Nina Schindler

Liebe mit Hindernissen

Nina Schindler

Liebe mit Hindernissen

cbj

cbj ist der Kinder- und Jugendbuchverlag
in der Verlagsgruppe Random House

FSC
Mix
Produktgruppe aus vorbildlich bewirtschafteten Wäldern und anderen kontrollierten Herkünften
Zert.-Nr. SGS-COC-1940
www.fsc.org
© 1996 Forest Stewardship Council

Verlagsgruppe Random House FSC-DEU-0100
Das für dieses Buch verwendete FSC-zertifizierte Papier *EOS*
liefert Salzer, St. Pölten.

Gesetzt nach den Regeln der Rechtschreibreform

1. Auflage 2006
Dieser Doppelband enthält die Romane »Liebeswahn oder Ein höchst seltsames Wochenende« und »Karlas Jacke«

Umschlaggestaltung: Formlabor
lf · Herstellung: WM
Satz: Uhl + Massopust, Aalen
Druck: GGP Media GmbH, Pößneck
ISBN-10: 3-570-13116-5
ISBN-13: 978-3-570-13116-9
Printed in Germany

www.cbj-verlag.de

Liebeswahn
oder
Ein höchst seltsames Wochenende

1

Ich liebe ihn.

Ich bin verrückt nach ihm.

Ich bete ihn an.

Mir wird schwindlig, wenn ich ihn sehe.

Mir bleibt die Luft weg, wenn ich ihn reden höre.

Mir knicken die Knie ein, wenn er dicht an mir vorübergeht.

Nein.

Gar nicht wahr.

Ich hasse ihn.

Ich könnte ihn umbringen, weil ich wegen ihm so leide.

Ich möchte ihm mitten in sein selbstbewusst grinsendes Gesicht schlagen. Ich würde ihn am liebsten dahin treten, wo es bei Jungs am meisten wehtut.

Nein.

Gar nicht wahr.

Ich liebe ihn.

Über alle Maßen.

Kann's gar nicht fassen.

Gar nicht wenig.

Ganz fürchterlich viel.

Ich hasse ihn.

Ich liebe ihn.

...liebe ihn... liebe ihn... so sehr... so sehr... ganz schrecklich... so, dass es wehtut... so wahnsinnig...

Ich lag auf meinem Bett in meinem Zimmer und starrte an die Zimmerdecke und grübelte über die Gefühle nach, die da unablässig in mir tobten.

Wie so oft.

Wenn ich die Augen zumachte, tauchte sofort vor meinem inneren Auge sein Gesicht auf: die großen braunen Augen mit den verboten dichten, langen Wimpern, die gerade, schmale Nase, die vollen Lippen und dahinter die großen schneeweißen Zähne … Ich sah seine breiten Schultern, die muskulösen Arme, den Waschbrettbauch – auch unter dem T-Shirt –, die langen Beine mit der ganz sachten Andeutung von O-Beinen, als ob er sich gleich auf ein Pferd schwingen und davongaloppieren würde – natürlich mit mir vor sich im Sattel, weil er mich gerade vor einem Grizzly gerettet hatte … Jetzt hielt er das Pferd an, glitt aus dem Sattel und half mir beim Absteigen – nein, er fing mich auf und trug mich auf einen großen Moosfleck unter einem hohen, alten Laubbaum. Dort bettete er mich hin und kniete neben mir, während er verzweifelt mein Gesicht streichelte und heiser vor Angst flüsterte: »Bitte wach auf, du darfst nicht sterben, du musst leben, für mich, für uns …«

Und dann schlug ich die Augen auf und blickte ihn voller Liebe an, voller hinschmelzender Liebe, und flüsterte nur: »Birger, Liebster …«, woraufhin er sich runterbeugte und mich küsste, minutenlang, stundenlang, tagelang, wochenlang …

Ich machte die Augen wieder auf und merkte, dass ich eins von meinen Kissen umklammert hielt.

Ein blödes Kissen, wo seine Brust oder sein Kopf sein sollte –

Ich setzte mich hin und schleuderte es an die Wand gegenüber von meinem Bett.

Ich wollte kein Kissen.

Ich wollte Birger!

Birger in Fleisch und Blut und nicht immer bloß als Phantom in albernen Wunschträumen.

Birger.

Ich stand auf und rückte den Spiegel wieder gerade, den ich mit dem Kissen getroffen hatte. Es war ein schöner Spiegel mit einem alten Goldrahmen. Aber das täuschte auch nicht darüber weg, dass das Gesicht, das mir daraus entgegenstarrte, nicht gerade oben auf irgendeiner Hitliste stand.

Oval, aber nicht perfekt oval, sondern ein viel zu spitzes Kinn, graue Augen, aber nicht groß genug, um was herzumachen, und mit fast unsichtbaren Wimpern, eine Nase – nicht gerade eine Knollennase, aber auch nicht edel, kühn geschwungen oder supergerade. Eben eine ganz übliche, langweilige Nase. Der Mund war leider nicht so groß wie bei Julia Roberts oder Cameron Diaz und auch nicht knospenhaft rund wie bei Nicole Kidman oder Alicia Keys.

Wenn ich wenigstens auffallend hässlich gewesen wäre, von dieser attraktiven Sorte Hässlichkeit wie Madonna oder wie diese Vierkantkinns Reese Witherspoon und Sarah Jessica Parker oder dieses bedauernswerte Gerippe Ally McBeal – irgendwie was Besonderes!

Aber ich war weder besonders hässlich noch besonders hübsch, ich war das Allerschlimmste, was man sein konnte: langweilig, so normal doof langweilig, dass man mein Gesicht schon nach spätestens drei Minuten wieder vergessen hatte.

Jedenfalls ganz bestimmt so einer wie Birger, dem alle Mädchen an unserer Schule nachliefen, der sie alle, alle haben konnte, er brauchte nur mit dem Finger zu schnippen: die Model-Typen und die niedlichen Mäuschen, die Sportasse und die Intellektuellen mit den Designerbrillen.

Ich seufzte und überlegte, ob ich den Spiegel zerkratzen sollte. Aber der konnte ja nichts für mein langweiliges, strunzdoof normales Aussehen.

Mein Blick wanderte weiter runter. Auch der Rest von mir war totaler Durchschnitt: keine ach um die entscheidenden zehn Zentimeter zu langen Beine und keine Wespentaille, kein Donnerbusen und auch keine Jungfrauenknospen von Brüsten, nichts, was einen zweiten Blick gelohnt hätte. So was wie mich hatte Birger schon hunderttausendmal gesehen, der konnte unter ganz anderen Superbienen wählen.

Danke, Schicksal.

Ich ließ den erbarmungslosen Spiegel hängen, wo er hing, setzte mich an den Schreibtisch und starrte durchs Fenster in den verregneten Garten hinterm Haus, während ich in meinem ziemlich deprimierten Gefühlshaushalt rumstocherte und überlegte, ob ich meinen Eltern die Schuld an dieser ganzen Langweiligkeit geben sollte. Aber die beiden sind überdurchschnittlich attraktiv. Wahrscheinlich hatten sie sich, was die besonderen Gene betraf, bei meinen älteren Geschwistern Jörn und Kathrin völlig verausgabt und für mich war dann nur noch dieser kümmerliche Rest übrig geblieben.

Kein besonderes Talent, kein Wunderkind am Klavier oder mit der Geige, keine bereits veröffentlichten Geschichten in unserer Schülerzeitung, ich konnte weder Politiker noch irgendwelche Popstars imitieren, brach keine Rekorde und hatte noch nie bei *Jugend forscht* mitgemacht. Kurz und gut: auf der ganzen Linie nichts als trauriges Mittelmaß, nichts, wonach sich irgendwer umdrehen oder weshalb sich jemand meine Telefonnummer besorgen würde.

Tja.

Das Leben als Quasimodo ist bestimmt hart.

Das Leben als Mittelmaß ist einfach nur langweilig.

Langweilig und deprimierend.

Ich bückte mich, holte das Mathebuch aus meinem Rucksack und schlug es auf.

Wenigstens beim Grips hatte ich ganz gut abgeschnitten, da hatte ich selten Probleme. Aber vielleicht wäre ein bisschen Beschränktheit gar nicht so verkehrt gewesen. Dann würde ich mein Elend vielleicht nicht so klar sehen und so schrecklich leiden.

Denn mein größtes Problem war die glasklare Erkenntnis, dass ein Superpiep wie Birger nicht den geringsten Grund hatte, sich mit so einer Träne wie mir einzulassen, wenn ihm reihenweise superintelligente, bildschöne Tussis nachliefen.

Warum, o warum nur hatte ich mich ausgerechnet mit Haut und Haaren in den tollsten Knaben an unserer Schule verknallt?

Warum nicht in Lenny?

Der stieg mir schon seit Monaten nach und ließ sich auch durch massive Abweisungen nicht entmutigen.

»He, Sophie – gehen wir mal ins Kino? Da läuft ein toller Film im *Cinema*. Der würde dir bestimmt gefallen.«

Von wegen, du willst doch bloß Schwitzehändchen halten.

»Äh, welcher denn?«

»*Die wunderbare Welt der Sophie*, äh, Amélie …«

Gut, da muss ich nicht lügen. »War ich schon zweimal drin, danke!«

Hoffentlich kapiert er die Botschaft.

Nein, tut er nicht. »Und warst du auch schon in dem neuen mit di Caprio?«

Junge, kapier's doch. Ich mag diese Anmache über Kino nicht! »Ehem, nee, aber ich hab am Wochenende eh keine Zeit, muss meiner Mutter helfen …«

Alles klar? »Schade. Na, vielleicht ein andermal …«

Bestimmt nicht. »Tja, vielleicht …«

Warum verknallte ich mich nicht einfach in Lenny Kinofreak Mueller-Beerenfeld und alles wäre geritzt?

Immerhin war er jemand, mit dem man sich nie langweilte und mit dem man immer was zu lachen hatte.

Aber nein.

Ich knirschte mit den Zähnen.

Es hatte ausgerechnet Birger sein müssen. Birger Carstens, der Supersportler und Breakdancer, der bei Schulfesten den DJ machte und alle in Tanzraserei versetzte, der unter allen Doppelgängerinnen von Kate Moss bis hin zu Liv Tyler die freie Wahl hatte – der hatte es unbedingt sein müssen, darunter war es nicht gegangen.

Birger.

Ich liebe ihn.
Ich hasse ihn.
Ich liebe ihn.

2

»Sophie, runterkommen, Tisch decken!«, schrie Bente von unten.

Bente ist meine Mutter und immer sehr mit sich beschäftigt. Mit ihrem zweiten Leben, wie sie es nennt. Als ich seinerzeit in die Schule kam, ist sie beruflich noch mal voll durchgestartet und hat mit ihrer Freundin Irina einen Catering-Service aufgemacht. Die Folge davon war, dass sie zu Hause fast nie mehr kochte, weil sie es nur noch zum Geldverdienen tat, und wir ernährten uns daheim in der Regel von den Überbleibseln ihrer Aufträge – Fingerfood bis zum Abwinken, Sushi ohne Ende oder in allerbestem jungfräulichen Olivenöl ertränkte Antipasti.

Meine Geschwister studieren seit Jahren in Berlin und finden diese Superhäppchen klasse, wenn sie mal kurz Touchdown zu Hause machen. Mein Erzeuger Kurt kommt eigentlich nur noch nach Hause, wenn er einen frischen Arztkittel braucht. Er hat in seiner Klinik so viel Nacht-, Wochenend- und Extradienste, dass ich immer ganz überrascht bin, wenn er mal mit am Tisch sitzt. Da er in der Klinik nur Kantinenfraß kriegt, findet er Bentes exquisite Catering-Reste natürlich immer den reinsten Gourmetschmaus. Ich mache mir mittlerweile nicht mehr so viel aus dem Nobelfraß und sorge bei den Rieseneinkäufen der Vorräte immer dafür, dass meine bescheidenen Gelüste auch mal befriedigt werden. Ein Königreich für ein Wurstbrot! (Ich will kein Sandwich mit Forellenkaviar.) Oder für Pellkartoffeln mit Quark. (Dafür lasse ich glatt das Hähnchenfilet auf Zitronengras stehen.)

Oft ist Bente abends mit ihrer Freundin Irina »außer Haus«, wie es in ihrer Fachsprache heißt, und ich versorge mich allein, aber heute war offensichtlich gemeinsames Essen angesagt.

»Sophie«, sagte Bente, als ich in die Küche kam, »schäl mir mal bitte fünf Zwiebeln und wasch den Salat.«

Ich stöhnte innerlich. Von wegen Tisch decken! Eine Küchenhilfe für ihr Catering brauchte sie! Also schälte ich Zwiebeln und wusch den Salat, während sie marinierte Hühnerflügel briet und gleichzeitig eine Guacamole, ihre berühmte Avocadocreme, anrührte.

»Wann musst du denn weg?«, fragte ich. Hoffentlich bald, dann störte mich niemand beim Träumen.

»Erst um neun«, sagte sie und hantierte an der Eisenpfanne, dass es nur so zischte. »Es ist ein Überraschungsgeburtstagsbüfett.«

»Aha«, sagte ich und prüfte die gewaschenen Blätter, bevor ich sie zerrupfte und in die Salatschleuder legte. Die mundgerecht gezupften, trocken geschleuderten Salatblätter schüttete ich vorsichtig in den dafür vorgesehenen Plastikcontainer.

»Was gibt es denn bei uns heute?« Wahrscheinlich wieder Reste.

»Oh.« Sie schaute mich geistesabwesend an. »Hm. Willst du ein paar Hühnerflügel?«

Chicken Wings am Morgen, am Mittag und am Abend. »Nee«, sagte ich. Bestimmt kam als Nächstes der momentane Asienboom dran. Na klar.

»Die Sateh-Soße ist fertig, du kannst dir ein Hühnerbrüstchen braten.«

Manchmal habe ich einfach keinen Appetit auf Gourmet-Köstlichkeiten. »Nein danke«, sagte ich höflich. »Ich schmier mir ein Käsebrot.«

Bente seufzte. »Wie du willst, Schatz. Aber manchmal frage ich mich doch, wo du diesen schlichten Geschmack herhast. Na ja, vielleicht von Kurt. Du kannst jetzt ruhig gehen, ich hab alles gut im Griff und um neun Uhr kommt Irina, dann fahren wir los.«

Endlich. »Super«, brummte ich und schmierte mir drei dicke Stullen mit *Boursin*. Der duftet so schön nach Knoblauch.

Damit verzog ich mich in mein Zimmer, legte mich aufs Bett, las und mampfte. Aber das Buch war ziemlich langweilig: Junge liebt Mädchen, Mädchen liebt einen anderen, der andere entpuppt sich als Trottel und sie kehrt reumütig zu dem ersten Verehrer zurück. Was mich daran ärgerte, war nicht so sehr das Happyend wie die Blödheit von dem Mädchen, das diesem Trottel hinterherjagte und nicht merkte, was für einem tollen Typen sie die kalte Schulter zeigte.

Ich klappte das Buch enttäuscht zu, kuschelte mich in meine Kissen und träumte meine Lieblingsgeschichte. Das sind tausendundeine Variationen vom hässlichen Entlein. Die fangen alle ähnlich an: Einstmals oder jetzt oder bald lebte ein Mädchen, dem man die innere Schönheit leider nicht von außen ansah. Doch dann tauchte der HELD am Horizont auf und irgendwas passierte, und da erkannte er, was für ein wunderbares weibliches Wesen in der etwas unscheinbaren Hülle steckte, und darüber freute sich die Maid so wahnsinnig, dass sie sofort bildschön wurde.

Bei dieser Thematik bin ich die Spezialistin.

Ich bin süchtig nach Geschichten, Romanen oder Filmen, die sich um hässliche Entlein drehen: *Aschenputtel, Pygmalion, Funny Face, Dirty Dancing, Strictly Ballroom, My fair Lady, Jane Eyre, America's Sweethearts, Kohlhiesels Töchter*.

Bestimmt haben sich schon viele Autorinnen (auch unter männlichen Pseudonymen?) auf diese Weise ihren Frust von der Seele geschrieben, wahrscheinlich ging es denen ähnlich wie mir.

Wir sind eben die traurige, langweilige, mittelmäßige Mehrheit, daran lässt sich nicht rütteln.

Meine Lieblingsszene ist immer die, wo das Entlein dann völlig verwandelt die große Treppe runterschreitet oder das Tanzturnier gewinnt oder den Helden rettet. Ich war mitten in einer ganz abgefahrenen Version von *Pretty Woman*, wo sie (ich) dem Kerl (Birger) stolz das Geld ins Gesicht schleudert, denn sie ist ja nicht käuflich, und er hat ihren vollen (inneren) Wert noch nicht erkannt, als ich das Telefon klingeln hörte.

Das war bestimmt für Bente, mich ruft abends um halb zehn nie jemand an. Schon gar nicht, seitdem meine beste (und einzige) Freundin Frauke die Schnapsidee hatte, ein Jahr in den USA zur Schule zu gehen. Sie hat schon zweimal die Familie gewechselt und schreibt lange E-Mails, wie öde es in ihrem Kaff in Ohio ist und wie langweilig und bla und blubb. Post von ihr zu kriegen, ist schön, aber nicht dasselbe wie zusammen auf dem Sofa sitzen und quatschen.

Ich stand auf, ging ins Bad und stellte fest, dass ich mir eigentlich dringend die Haare waschen müsste. Aber ich war zu müde und drückte mir bloß Zahnpasta auf die Bürste, als ich Bente schreien hörte.

»Nein!«

Ich stand stocksteif da.

»Das kannst du mir nicht antun!« Das klang nicht gut.

Ich fing an zu bürsten.

Dann hörte ich jemanden die Treppe hochstürmen und rumms! knallte die Badezimmertür an die Wand und Bente stand da.

»Sophie, du musst mir helfen!«

Ich hatte es ja geahnt. »Hä?« Ich starrte sie fragend an, während mir Zahnpasta am Kinn runterlief.

»Irina hat eine dicke Herpes-Kirsche am Mund und kann so nicht servieren. Da denken die Gäste möglicherweise, sie könnten sich am Ende noch anstecken. Also, sie kann sich so nicht blicken lassen, aber ich schaff das nicht allein. Du musst mitkommen!«

Na klar doch, Sophie macht alles. »Aber warum denn nicht Kathi?« Kathi war Irinas Tochter und zwei Jahre älter als ich. Die jobbte öfter mal, wenn Bente und Irina es nicht allein schafften.

»Kathi hat morgen und die ganze nächste Woche Abitur! Das weißt du doch!«

Nee, woher denn?

»Ich hab morgen Schule!«

Wetten, dass das nicht zählt?

»Du kannst ja zwei Stunden später gehen – ich schreib dir eine Entschuldigung, ja? Bitte lass mich nicht im Stich! Bitte!«

Ich seufzte und wusch mir die Zahnpasta ab.

Natürlich konnte ich Bente nicht im Stich lassen.

Bente seufzte auch, aber vor Erleichterung. Gleich kamen die Klamottenanweisungen. Zieh dies an… zieh das nicht an… »Zieh was Schwarzes an«, sagte sie da auch schon. »Ich lade schon mal alles ein.«

Natürlich hatte ich nichts Richtiges anzuziehen – mein einziges tragbares T-Shirt war in der Wäsche. Ich flitzte in das Zimmer meiner Schwester – und wirklich!, da hing eine schwarze Bluse. Ich streifte sie rasch über und hastete die Treppe runter. Bente lud gerade die letzten Plastikcontainer ein, da hielt Irinas Auto auch schon hinter ihrem, und wir halfen ihr, die Container daraus umzuladen. Die arme Irina! Sie sah wirklich sehr bedauernswert aus. Die linke Oberlippe war eine einzige krustige Geschwulst – nein, so konnte man wirklich nicht Gäste bedienen.

Ich setzte mich neben Mama auf den Beifahrersitz, schnallte mich an und wir fuhren los. Aber wohin?

»Wo ist es denn?«, fragte ich. Bestimmt nicht in Oslebshausen.

»In Oberneuland. Irgend so ein Professor wird sechzig, sie feiern in seinen Geburtstag rein und wir sind der Abend- und Mitternachtsimbiss.«

Wir sind der Imbiss? Schreck lass nach! »Aha.«

»Du hilfst mir beim Aufbauen und dann trägst du die Tabletts mit dem Fingerfood durch die Menge und bietest davon an, klar?«

Als ob ich das noch nie gemacht hätte! »Klar.«

Ich half ja nicht zum ersten Mal. Manchmal machte es auch Spaß, wenn die Leute sich freuten und Bente Komplimente machten. Bloß heute war ich müde und hätte mich jetzt lieber in meinem Bett zusammengerollt und mir eine neue Hässliches-Entlein-Variante ausgedacht.

Ich gähnte.

»Untersteh dich!«

»Reg dich ab«, sagte ich. »Ich gähne jetzt, damit ich nachher ununterbrochen grinsen kann.«

Sie lachte. »Dann gähn ruhig noch ein paarmal.«

Oberneuland ist einer der edleren Stadtteile von Bremen mit alten Villen, dicken Bungalows oder edel umgestylten Bauernhöfen. Unsere Adresse war offensichtlich so ein ehemaliger Bauernhof mit einem Riesengarten, in dem zig Gestalten im Licht der aufgehängten Lampions standen oder lustwandelten, oder was immer man an einem Montagabend so tut, während man darauf wartet, dass das Geburtstagskind endlich den Champagner schlürft.

Mir ist es sowieso ein Rätsel, weshalb die Leute an diesen exakten Terminen festkleben und das Fest nicht gemütlich und mit Ausschlafen am nächsten Wochenende feiern. Aber vielleicht sind sich ja Sechzigjährige nicht mehr so ganz sicher, ob sie es noch bis zum nächsten Samstag machen werden …

Ich half Mama beim Ausladen. Die Hausherrin hatte

auf der Terrasse eine lange Tafel aufgebaut, mit weißem Tischtuch und jeder Menge Windlichtern. In der Küche luden wir Bentes Fingerfood appetitlich auf große Silberplatten, buken Baguettes und Ciabattas auf, schnitten das knusprige Brot in Scheiben und platzierten die gefüllten Brotkörbe zwischen die Platten, danach holten wir die Tellerstapel, die Behälter mit dem Tafelsilber und die Servietten. Bente stellte die Gulaschsuppe warm, ich schob die Bleche mit den Spareribs unter den Grill.

Dann belud ich das erste Tablett mit Amuses gueules, den Appetithappen, und wanderte zwischen den Gästen umher. Innerhalb von zwei Minuten war alles ratzfatz leer und ich holte Nachschub.

Jetzt strebten immer mehr Menschen zum Büfett und bedienten sich dort, deshalb ging ich in den Garten zu den verstreuten Grüppchen, und die langten zu, als hätten sie drei Tage lang gehungert.

Bei meiner dritten Runde geschah es.

Ich war völlig unvorbereitet.

Eine Gruppe von etwa sieben, acht Menschen stand bei einem winzigen Teich und schnappte gierig nach den Häppchen, als eine Frauenstimme schräg hinter mir sagte: »Lecker, lecker! Haben Sie die selber gemacht?«

Na klar, ich stehe seit heute Morgen am Herd …

Ich drehte mich zu der Sprecherin um und wäre fast in den Teich gefallen, denn neben einer älteren Dame mit fünf Reihen Perlen um die Gurgel stand Birger. Er nahm sich auch einen Rosmarinkeks mit Salbeibutter und Anchovis, lächelte mich nichts sagend höflich an und wandte sich wieder dem Mädchen neben sich zu. Natürlich eine mit Model-Figur und Model-Gesicht.

Ich spürte richtig, wie ich überall Pickel, Tränensäcke und Runzeln kriegte. »Nein, das war meine Mutter«, sagte ich heiser vor lauter Schreck. »Ich helfe ihr nur.«

»Reizend, ganz reizend«, flötete die Perlendame. »Willst du denn später mal beruflich in ihre Fußstapfen treten? Sie ist ja so ein Kochgenie!«

Ich trete nie! »Das weiß ich noch nicht«, sagte ich höflich. »Ich gehe noch zur Schule.«

Jetzt geht garantiert die Fragerei los: auf welche denn?

»Ach nein! Auf welche denn?« Sie griff nach einem zweiten Keks und zwang mich so zum Stehenbleiben.

Ich verfluchte innerlich den Drang meines Gegenübers, unbedingt blöde Konversation machen zu müssen, und wünschte mich tausend Kilometer weit weg.

»Auf die Sekundarstufe am Rübekamp«, sagte ich leise. Bestimmt kannte sie wen, der da auch hinging!

»Ach nein! Genau wie mein Enkel! Birger! Hast du das mitbekommen! Unsere kleine Küchenfee besucht dieselbe Schule wie du! Bestimmt kennt ihr euch!«

Ich ihn? Klar. Der mich? Garantiert nicht.

Birger drehte sich wieder zu mir um, nahm sich ebenfalls nach, musterte mich dabei kurz und sagte höflich lächelnd: »Nicht dass ich wüsste.«

Er hätte mir genauso gut eine scheuern können.

Mir brannte das Gesicht vor Wut und Scham, und ich musste mich mit aller Macht zusammenreißen, um ihm nicht das Tablett mit allen verbliebenen Köstlichkeiten auf die Rübe zu schmettern. Stattdessen verzerrte ich mir alle unteren Gesichtsmuskeln bei dem verzweifelten Versuch zu lächeln, bot noch einmal von den Keksen an, drehte mich um und marschierte davon.

Das heißt – ich wollte davonmarschieren, mit hoheitsvoll gerecktem Kopf und total unberührt von so viel Gemeinheit. Doch mein Fuß stieß gegen eine Blumenbeetumrandung, ich stolperte und das Tablett und die letzten Kekse und Törtchen flogen zwischen die Rosenstöcke. Ich hatte mich noch in letzter Sekunde fangen können und war nicht zu Boden gegangen, aber die Erleichterung darüber dauerte bloß eine Zehntelsekunde, denn dann hörte ich jemanden laut und deutlich »So ein Trampel!« sagen.

Birger.

Ich angelte mir mein Tablett zurück, zerkratzte mir dabei die Hand an den Rosendornen und ging zur Terrasse zurück, langsam, weil ich mir den Fuß verknackst hatte und humpeln musste.

So eine Demütigung!

Warum hatte ich mich bloß so ungeschickt aufgeführt?

Warum hatte ich nicht ganz lässig eine witzige Bemerkung gemacht, alle Lacher auf meine Seite gebracht und bei Birger ordentlich gepunktet? Warum hatte ich diese Gelegenheit nicht zu meinem Vorteil genutzt?

Ich war zu blöd, deshalb.

Trottelig.

Da hatte ich ganz unverhofft Birger vor mir, den Mann meines Lebens, und dann benahm ich mich wie ein schusseliges Gör.

Den Rest des Abends verdrückte ich mich, wann immer es ging, in die Küche und überließ es Bente, die Leute zu bedienen. Alle lobten ihre Kochkünste und sie strahlte, und dann war es endlich so weit: Es wurde auf den Geburtstag angestoßen und dieses grässliche »Häppi Börsdäi« gesungen. Ich kenne außer so Zoten wie der von der Lahnwirtin kein blöderes Lied.

Danach wurden Reden geschwungen, von denen ich nichts mitbekam, denn jetzt brachten wir die Suppe raus, stellten sie auf die Wärmeplatte, und dann löffelte ich Suppe in die hingehaltenen Teller, während Bente den Nachtisch appetitlich anrichtete.

Ich hatte Angst vor einem weiteren Zusammentreffen mit Birger und sah deshalb kaum auf, während sich in meinem Kopf ganz andere Szenarien abspulten. Da griff er nämlich mit warmer, fester Hand nach meiner und entschuldigte sich für seine unüberlegte Bemerkung, denn natürlich sei ich ihm schon vor Monaten aufgefallen und er hätte mich immer schon mal näher kennen lernen wollen und –

»Pass auf, Birger, sonst kriegst du noch Suppe auf die Hose«, sagte eine Mädchenstimme, und dann ertönte ein Männerlachen, und als ich entsetzt aufschaute, sah ich direkt in die großen braunen Augen des perfekten, ebenmäßigen Model-Gesichts, und Birger sagte: »Besser Abstand halten«, woraufhin das Braunauge perlend auflachte.

Das war zu viel der Schmach! Ich lehnte die Kelle an den Topfrand, murmelte was von »Selbstbedienung« und rannte in die Küche und von da zum Klo.

Dort setzte ich mich auf den Deckel und heulte eine Runde.

Oh, diese Peinlichkeit!

Nie wieder konnte ich mich in die Schule wagen! Er

würde allen von meiner Schusseligkeit erzählen! Oder noch schlimmer: Er hatte morgen schon wieder meine Existenz vergessen, und falls wir uns begegneten, würde sein Blick genauso gleichgültig über mich streifen wie bei der Begegnung heute Abend.

Beides war gleich unerträglich.

Irgendwann schaffte ich es dann tränenlos zurück in die Küche und bald konnten Bente und ich alles wieder einladen und nach Hause fahren.

Um zwei plumpste ich todmüde und todtraurig ins Bett.

Ich hatte vom Schicksal meine Chance bekommen und ich hatte sie vergeigt.

Statt dem tollsten Typen an unserer Schule zu zeigen, was für eine einzigartige, unvergleichliche Partnerin ich sein könnte, hatte ich mich als Plantschkuh geoutet.

Ich kuschelte mich in meine Decke, und bevor ich wegsackte, hatte ich nur einen einzigen Gedanken: Ich brauchte noch eine Chance.

Eine einzige.

Bitte!

3

Als ich am nächsten Morgen aufwachte, geschah das ganz ohne Wecker. Da fiel mir wieder ein: Bente wollte mir ja für die ersten beiden Stunden eine Entschuldigung schreiben.

Weil ich ihr gestern Abend beim Servieren geholfen hatte.

Bei einem Geburtstag.

Bei Professor Carstens.

BIRGER! zuckte es mir durchs Hirn und ich machte die Augen wieder zu und verkroch mich unter die Bettdecke.

Ich würde überhaupt nicht mehr zur Schule gehen – ich wollte ihm nie wieder begegnen!

Mir wurde ganz heiß und leicht übel, während mir meine Stolpernummer vom gestrigen Abend wieder einfiel und die gleichgültigen bis verächtlichen Blicke, die ich mir von der Liebe meines Lebens eingefangen hatte.

Nie, nie, nie würde ich wieder an diese Schule gehen!

Ich doch nicht!

Nie wieder konnte ich Birger aus der Ferne ansehen, ohne befürchten zu müssen, dass er plötzlich den Blick auf mich warf und etwas wie »Trampel« sagte... oder etwas noch Schlimmeres.

»Sophie!«, brüllte Bente von unten. »Frühstück!«

Ich überlegte fieberhaft, was ich als Zu-Hause-Bleib-Grund angeben konnte: von Migräne über Brechdurchfall bis zur Beulenpest, doch noch während ich etwas Überzeugendes suchte (Magengeschwür? Blinddarmreizung? Gebrochenes Bein?), ging meine Tür auf und Bente verkündete: »Sophie Meret, raus aus den Federn und marsch unter die Dusche – es gibt Eier und Speck und dann fahre ich dich aus lauter Dankbarkeit zur Schule – also, ein bisschen dalli, ja? Dann schaffen wir es noch zur großen Pause.«

So viel Energie am frühen Morgen macht mich sprachlos – mir fiel nichts ein, weshalb ich zu Hause bleiben konnte, und außerdem war ich gerührt: Eier und Speck statt der sonst üblichen Croissants und Konfitüre!

Ich ging also folgsam ins Bad und überlegte meine Optionen. Vielleicht machte ich mir viel zu viele Gedanken: Birger hatte mich garantiert schon längst wieder vergessen.

So eine wie mich übersah der doch glatt.

Ich seufzte, gähnte, betrachtete deprimiert meine verquollenen kleinen Augen im Spiegel und schrubbte mich wach.

»Wo warst du denn in Mathe?«, begrüßte mich Lenny, als ich zu der Bank kam, wo unsere Klasse immer bei gutem Wetter in den Pausen abhängt.

Ich gähnte und zuckte mit den Schultern. »Ich durfte länger schlafen, weil ich meiner Mutter gestern bei einem Job geholfen habe.«

Lenny grinste. »Du Glückskind. Der Maurer war heute extra mies drauf – wahrscheinlich ist ihm seine Frau weggelaufen.«

»Wundern würde mich das nicht«, sagte Klaas und hielt uns seine Tüte mit Gummibärchen hin. Klaas isst immer Gummibärchen und kann sie gefahrlos anbieten, weil niemals jemand zulangt. Wir anderen mögen diesen Glibberkram nicht. Wovon quatschten die eigentlich? »Ist der überhaupt verheiratet?«

»Na klar«, sagte Lenny. »Mit einer Supergleichung, die hat Sinuskurven vom Allerfeinsten.« Er deutete mit den Händen eine Eieruhr an. Sexist.

»Nee«, mischte sich Mäxchen ein. »Der ist an der Gleichung mit einer Unbekannten gescheitert. Das Chromosom X war einfach nicht rauszukriegen.«

Immer auf die armen Frauen! Das ging mir gegen den Strich. »Und wenn er einen Freund hat?« Mir machen die Blödeleien mit den Jungs immer großen Spaß. »Vielleicht sind Mathematiker von Natur aus schwul. Deshalb vermehren sie sich auch nicht auf natürliche Weise und wir Mathedeppen sind immer in der Überzahl.«

Über Schwule reden die Jungs erfahrungsgemäß nicht gern. Das geht zu sehr ans Eingemachte. »Jedenfalls hast du was verpasst«, sagte Lenny. »Ich kann ja heute Nachmittag vorbeikommen und es dir erklären. Und dann erhörst du mich und wir flüchten nach Gretna Green.«

Mäxchen und Klaas lachten. Lenny tut ja schon seit der Grundschule immer so, als wäre er hinter mir her, und ich spiele immer die Rolle vom Rührmichnichtan.

»Geht nicht, ich hab schon was vor.« Ich zwinkerte ihm zu. »Aber du kommst auf die Liste.«

Er verzog die Mundwinkel. »Sophie – du brichst mir das Herz! Nie wieder wird dich jemand so lieben wie ich!«

Klaas und Mäxchen grölten, und ich sagte: »Du und ein Herz? Du hast doch eh bloß einen Computer in der Brust! Bei dir kann man höchstens den Strom abstellen!«

»Nicht schlecht!«, ächzte Klaas und packte seine Tüte ein. »Bloß müssen wir wieder rein, die Pause ist rum.«

Ich hatte jetzt Kunst und musste mich beeilen, weil

ich vorher noch einen Kaffee am Automaten holen wollte.

Lenny rief mir nach: »Sophie! Warte doch mal!«, aber ich suchte bereits in meinem Portmonee nach den richtigen Münzen und lief weiter.

Vor dem Automaten stand schon eine Schlange und ich stellte mich an. Da tauchte Lenny am Ende des Ganges auf und brüllte: »Sophie Meret! Du hast deine Jacke vergessen!«

Er nennt mich immer bei meinem vollen Namen, wenn er sich Gehör verschaffen will.

In diesem Augenblick drehte sich der vorderste Typ am Automaten um und sah mich von oben bis unten an.

Birger. Ich starrte zurück. Erkennst du jetzt, dass ich was ganz Besonderes bin?

»Meret? Hä?«, sagte er und lächelte mit herabgezogenen Mundwinkeln. »Wohl scharf wie Meerrettich, hä?«

Die Typen hinter ihm gackerten los und ich kriegte prompt einen tomatenroten Kopf. Was ganz Besonderes, ja? Von wegen.

»Sehr witzig«, knurrte ich dann bloß und hätte mich in den Hintern beißen können. Warum fiel mir nicht irgendwas ganz unglaublich Kluges oder Witziges ein? Warum brachte *ich* nicht die Kerle zum Lachen?

»Komm, der Rettich soll mal gleich seinen Kaffee kriegen«, sagte der Typ neben Birger und trat zur Seite. Vor lauter Wut auf mich und mein vernageltes Hirn schnappte ich mir den Plastikbecher zu heftig und die heiße Brühe floss über meine Hand.

»Autsch!« In meinem Schreck ließ ich den Becher fallen und der Kaffee spritzte hoch – auch an Birgers weiße Jeans.

Volltreffer! Ich schloss die Augen.

»Blöde Kuh!«, brüllte er und stürmte schimpfend davon, seine Kumpel rannten lachend hinterher.

Ich stand da wie belämmert und konnte es nicht glauben.

Ich war die blödeste Nuss aller Zeiten.

»Hier!« Lenny hielt mir meine Jacke hin.

Ich sah ihn an und er grinste. »Nun heul mal nicht, weil dich Meister Schwarzenegger angepflaumt hat.« Er holte eine Packung Papiertaschentücher aus seinem Rucksack und ließ ein paar ausgebreitet auf die schwarze Soße auf dem Fußboden fallen.

Ich bückte mich und wischte damit die Lache auf. Wenigstens konnte er so mein verkniffenes Gesicht nicht sehen. Hau ab, Lenny! Lass mich mit meinem Schmerz allein!

»Wenn er dir noch mal dumm kommt, werde ich ihn fordern!«, sagte Lenny. »Ein Duell auf Leben und Tod. Im Weitspucken, okay?«

Aber mir war viel zu elend für seine Scherze.

Ich warf den Klumpen nasse Taschentücher in den Abfalleimer neben dem Automaten und rannte los.

Mir brannte das ganze Gesicht.

Vor Scham.

Vor Wut.

Vor Verzweiflung.

4

In der sechsten Stunde hatte ich Englisch-Leistungskurs. Lenny sitzt da immer neben mir.

Ich kenne ihn ja schon seit Urzeiten und mag ihn gern. Wir sind Freunde. Aber eben Freunde-Freunde und nicht Miteinandergeh-Freunde.

Seit ein paar Monaten macht er einen auf leidenschaftlichen Verehrer, aber das ist eine seiner Spinnereien, wie er schon so viele hatte. Er ist nett, meistens auch ziemlich witzig, und in Technik und Naturwissenschaften hat er unheimlich was drauf, aber er hat nun mal nicht das Zeug zu einem Lover. Wer kann sich schon in einen Knaben mit dem Charme eines Daniel Düsentrieb verknallen?

Nee.

Echt nicht.

Er ist so groß wie ich. Na ja, vielleicht einen oder zwei Zentimeter größer, aber wirklich nicht mehr. Er ist sehr dünn, so dünn, dass sogar Kinder-T-Shirts an ihm Falten schlagen. Er leidet momentan ziemlich unter Pickeln, aber er tut so, als fände er das komisch. Neulich hat er mit dem Kugelschreiber um drei Riesenpickel an seiner Stirn blaue Kreise mit lachenden Mündern gemalt, sodass die wie einäugige Smileys aussahen und gar nicht mehr eklig. Wir haben uns alle schlapp gelacht.

Ich glaube, das ist es auch, was ich an ihm mag: dass er so selbstbewusst ist und sich von Dingen, die andere zu Selbstmordkandidaten machen würden, nicht unterkriegen lässt.

Meistens fühle ich mich neben ihm ganz wohl, außer wenn er sich wieder in diese blöden Arien von wegen Verliebtheit reinsteigert. Das macht er nur aus Quatsch, das weiß ich, aber manchmal geht mir dieser Quatsch schrecklich auf die Nerven.

Besonders seitdem ich weiß, dass ich Birger liebe.

Seither kommt mir Lenny mit seinen Sprüchen noch kindischer vor.

Ich hatte heute keine Lust auf seine Witzeleien, mir war immer noch elend wegen der behämmerten Szene am Kaffeeautomaten.

Rettich.

Meerrettich.

Manche Spitznamen sind ja ganz nett, aber der nicht. Der war nur grässlich. Demütigend.

Während ich den anderen zuhörte, wie sie die Kurzgeschichte von Hemingway analysierten und interpretierten, überfluteten mich in regelmäßigen Abständen immer neue Wellen der Scham und der Verzweiflung.

Ich hörte im Geist Birgers wütende Worte, sah seine verächtlichen Blicke und alles in mir krampfte sich zusammen.

Ich wusste genau, dass es viel schönere, attraktivere und klügere Mädchen als mich gab – aber keine, *absolut keine* von denen würde ihn jemals so rückhaltlos und hingebungsvoll lieben wie ich. Keine würde jemals so viel Verständnis für ihn aufbringen, keine ihm die Wünsche so von den Augen ablesen, keine seinen strahlenden Charakter so zu würdigen wissen wie ich.

Das wusste ich.

Davon war ich überzeugt.

Lenny versuchte ein paarmal, ein Gespräch anzufangen, aber ich war viel zu sehr in meine Gedanken versunken und wehrte alles ab.

Kurz vor Schulschluss schrieb er mir aufs Löschblatt: »Hallo, Meerrettich!«, und da knallte bei mir eine Sicherung durch. Ich hängte mir den Rucksack über eine Schulter, raffte meinen Kram zusammen und setzte mich an einen freien Tisch am Fenster. Die Täuber sah mich erstaunt an, aber ich schlug meine Lektüre auf und tat so, als würde ich Hemingways Sätze schlürfen, und da zuckte sie mit den Schultern und wandte sich den Hausaufgaben zu.

Ich saß da und fühlte mich wie eine hässliche Hülle mit einem unbekannten Kern. Der war liebenswert, fröhlich, mitreißend, witzig, absolut unwiderstehlich und natürlich wahnsinnig leidenschaftlich.

Mit geschlossenen Augen beamte ich mich in Gedanken in Birgers Arme, starke, braun gebrannte, muskulöse, beschützende Arme, die mich fest hielten, ganz fest.

»Du hast doch jetzt mich«, flüsterte Birgers tiefe Stimme in mein Ohr. »Für immer.«

»Du hast ja 'nen Knall«, sagte Lennys Stimme plötzlich in meine Träume hinein. »Sitzt einfach da und grinst blöde vor dich hin und merkst nicht mal, wenn die Stunde zu Ende ist. Nee, also nee.« Er seufzte. »Ich glaube, ich such mir 'ne andere zum Durchbrennen. Mit dir ist echt nix los.«

Sollte er doch. Meinen Segen hatte er. Ich stand auf und packte meine Sachen ein.

»Weißt du was?«, sagte ich ganz ruhig. »Lass mich einfach in Ruhe, ja? Weiter nichts.«

»Kannste haben«, sagte Lenny und ging.

Ich sah ihm nach.

Irgendwie wirkte er lächerlich.

Wie ein beleidigter kleiner Junge, dem man seine Lieblings-Playmo-Figur weggenommen hat.

Wahrscheinlich einen Piraten. Oder einen Ritter.

Albern.

5

Lenny ging mir auf den Wecker und Frauke war weit weg.

Ich hatte am nächsten Tag keine Lust auf Klönschnack bei »unserer« Bank wie sonst, deshalb verkrümelte ich mich in eine der vielen Nischen in unserer Pausenhalle. Bei einer Unsere-Schule-soll-schöner-werden-Aktion hatte der Elterbeirat mal viele Riesenkübel mit Grünpflanzen in die Halle gestellt, und wie durch ein Wunder waren die zu lauter Urwaldriesen herangewachsen, die eine Art Schutzschild um die Nischen bildeten. Ich saß hinter einem riesigen, etwas verstaubten Ficus Bejaminus und las Hemingways *Wem die Stunde schlägt*. Ich war so hingerissen von der Liebesgeschichte zwischen Maria und Robert, dass ich prompt überhörte, als es zur nächsten Stunde schlug.

Erst als ich merkte, dass die Halle fast leer war, schaute ich auf die Uhr.

Auweia – schon seit zehn Minuten Darstellendes Spiel bei Irmingard. Irmingard ist der liebste, freundlichste Mensch auf der Welt, aber bei Zuspätkommen rastet sie immer unangenehm aus. Ich hatte erst in der letzten Stunde an einem Sketch zum Thema Streit mitgemacht, deshalb konnte ich eigentlich heute ruhig blau machen.

Mir war heute mehr nach Hemingway als nach Loriot oder Comedy Club und ich holte mir völlig unbeobachtet und deshalb ohne Panne einen Kaffee und machte es mir hinter meinem Ficus bequem. Irgendwie ging es in dem Roman auch (wie fast immer in meinen Büchern) um ein hässliches Entlein, schließlich wurde Maria ja das Haar geschoren und *gestufter Bob mit Teilrasur* war damals garantiert keine Modefrisur.

Mir schwante, dass es trotz Schlafsackliebe mit den beiden wohl kaum ein glückliches Ende nehmen würde, aber ich musste trotz drohendem Unhappyend wie gebannt weiterlesen, ich war völlig versunken in die Bürgerkriegs-Welt Spaniens vor siebzig Jahren.

Plötzlich bekam ich mit, wie jemand rasch aus dem naturwissenschaftlichen Trakt in die Halle geeilt kam, kurz zögerte und dann zum Klo schnürte. Wenn dieses Zögern nicht gewesen wäre, hätte ich wahrscheinlich gar nicht von meiner mitreißenden Lektüre aufgeschaut, aber so sah ich den Typen gerade noch im Klo verschwinden.

Hm.

Einer aus der Dreizehnten.

Die heute ihr schriftliches Abi hatten.

Oder morgen drankamen.

Ich blätterte die nächste Seite um, als die Klotür schon wieder aufging, derselbe Typ sich vorsichtig umsah und dann schnell wieder in den Flur zu den Bio-, Physik- und Chemieräumen verschwand. Das war doch einer von denen gewesen, die gestern bei Birger am Kaffeeautomaten gestanden hatten, oder nicht?

Mann, der hielt bestimmt den Weltrekord im Schnellpinkeln!

Ich überlegte noch, wozu der eigentlich auf die Toilette gemusst hatte, als schon wieder jemand angelaufen kam.

Meine Nerven vibrierten, das Großhirn gab Alarm und alles in mir schrie: Birger!

Ich brauchte gar nicht genau hinzusehen – mein Radar hatte es mir längst gemorst, meine Gefühle wussten es schon, bevor mein Verstand sich eingeschaltet hatte.

Birger verschwand ebenfalls im Klo und kam ebenso flott wie sein Kumpel wieder aus den heiligen Hallen raus. Während er sich ebenfalls kurz vorsichtig nach allen Seiten umsah, tauchte plötzlich der Maurer auf, unser aller hoch geschätzter und ziemlich respektierter Mathelehrer.

»Carstens!«

Birger erstarrte.

Nein, nicht ganz –

Seine linke Hand ließ etwas in den Blumenkübel neben den Toiletten gleiten, ich sah es nur eine Millisekunde lang aufblitzen und hatte keine Ahnung, was Birger da hatte verschwinden lassen –

»Ja, Herr Maurer?« Ganz der sorglose, charmante Birger.

»Was suchen Sie hier? Sie schreiben doch Klausur, oder?«

»Ja, das stimmt.«

»Und? Und was tun Sie hier?«

»Austreten, Herr Maurer.« Das gewinnende, hinreißende Birger-Lächeln.

»Was denn? Fast erwachsen und noch eine Kinderblase?«, sagte Maurer mit ironischem Unterton.

Doch Birger blieb ganz ruhig. »Eine kleine Infektion, leider. Äh, Blase, äh –«

Maurer winkte ab. »Schon gut. Obwohl das schon verdächtig ist, wenn sich einer von den Null-Punkte-Kandidaten während der Klausur aufs Klo verdrückt … Na ja, dann mal los, Sie brauchen doch jede Minute …«

Birger nickte grüßend und verschwand blitzschnell, während der Maurer dastand und ihm hinterhersah.

Dann räusperte er sich und marschierte in Richtung Lehrerzimmer davon.

Ich kam mir vor wie im Theater, erste Reihe.

Spannend.

Ich wartete, bis sich die Gangtür hinter dem Maurer geschlossen hatte, und dann flitzte ich wie der Blitz zum Kübel und suchte nach dem winzigen Gegenstand, den Birger dort hineinfallen ließ. Wie an unserer Schule üblich, hatten irgendwelche Deppen da auch ihren Kleinmüll entsorgt: Vor lauter Kaugummipapierchen und Papierfetzen und Riegelhüllen konnte ich zuerst nichts Auffälliges erkennen. Doch unter einer halben, leicht vergammelten Mandarine wurde ich dann fündig: eine winzige Tonbandkassette, fast so klein wie eine Briefmarke. Es war überhaupt nichts Silbriges dran, und zuerst begriff ich nicht, was für ein Aufblitzen ich da gesehen hatte, bis ich beim Hin- und

Herwenden erkannte, dass wohl das Band reflektiert hatte.

Hm.

Ein Tonband.

Kumpel kommt und geht auffallend schnell wieder.

Birger kommt und hat beim Verlassen das Ding hier in der Hand, entsorgt es blitzschnell beim Anblick vom Maurer.

Klarer Fall von Beschiss.

Ich setzte mich mit der Kassette wieder in meine Nische und überlegte.

Es waren keine besonders edlen Gedanken.

Auch keine liebevollen.

Eher erpresserische.

Ich schmiedete einen Plan.

Einen Erpresserplan.

Das *Was* war mir rasch klar.

Nur das *Wie* und vor allem das *Wo* – darüber musste ich noch grübeln.

Wie in Trance starrte ich die ganze Zeit auf die winzige Kassette, die eher wie ein Spielzeug aussah und nicht wie ein Gerät, mit dem man zum Beispiel bei einer Mathe-Klausur bescheißen konnte. Nicht irgendeiner Klausur – nein, der Abi-Klausur.

Wenn man im Abi betrog, war das peinlich.

Dann sauste man im hohen Bogen durch die Prüfung, zurück auf LOS und durfte das Jahr noch mal wiederholen – wenn es einen nicht sogar von der Schule fegte.

Ich sah auf den winzigen spielzeugähnlichen Gegenstand.

Na gut, ich würde damit spielen.
Nach meinen Regeln.
Und einer würde mitspielen müssen.
Jetzt hatte ich ihn in der Hand.

6

Den ganzen Tag über erfüllte mich ein richtiges Hochgefühl: Das war die Chance, die ich mir so sehr gewünscht hatte! Jetzt musste ich es nur richtig anstellen, damit er – zunächst wahrscheinlich eher gezwungenermaßen – den optimalen Eindruck von mir bekam, dass er aber genug Zeit hatte, um herauszufinden, dass ich trotz meines durchschnittlichen Äußeren ganz fabelhafte Eigenschaften besaß, wie zum Beispiel …

Äh.

Na ja, also äh, hm.

Ich war witzig.

Manchmal.

Eher selten.

Witze fielen mir meistens erst hinterher ein.

Ich war geduldig.

Na toll.

Doch, das war etwas Besonderes, ich hatte ja gerade bewiesen, dass ich wochenlang auf meine – unsere? – Chance warten konnte.

Ich war entschlussfreudig.

Doch, das stimmte.

Ich war neugierig.

War das eine gute Eigenschaft?

Ich hatte viel Sinn für Humor.

Doch. Das stimmte. Ich liebte die Peanuts und Calvin und Hobbes und Ralf-König-Comics.

Ich wälzte mich auf der Liege auf unserer winzigen Terrasse und brütete, warum sich jemand bei genauerem Kennenlernen in mich verknallen sollte.

Immerhin: Lenny war ja bereits in mich verknallt, das bewies, dass es grundsätzlich möglich war. Aber war ein Typ mit Pickel-Smileys auf der Stirn ein brauchbarer Maßstab?

Ich stöhnte, ich seufzte, und dann machte ich auch noch den Fehler, mir wegen des zaghaften Sonnenscheins die Jeans und das T-Shirt auszuziehen.

Dünne Arme. *(Ärmchen)*

Dürre Beine. *(Stöckchen)*

Bisschen Busen, aber irgendwie zu seitlich. *(Möpschen)*

Dicker Hintern. *(Na ja, nicht richtig dick, eher ein bisschen üppig.)*

Ich wälzte mich wieder eine Runde und grübelte.

Eins war klar: Ich hatte den Kerl in der Hand.

Der musste tun, was ich ihm sagte.

Aber ich konnte ihm ja nicht befehlen, sich in mich zu verlieben.

Leider.

Ich konnte ihn aber zwingen …

Wozu?

Mir Liebesbriefe zu schreiben?

Mit mir ins Kino zu gehen?

Mich auf eine Party mitzunehmen?

Quatsch.

Ich wälzte mich noch eine Runde, dann gab ich es auf und schmökerte wieder in meinem Hemingway.

Ich behielt Recht: Natürlich gab es kein Happyend.

»Sophie!« Das war meine Mutter. Alarmstufe eins.

»Sophieeee! Wo bist du denn?« Alarmstufe zwei.

Ich machte die Augen zu und tat, als ob ich schliefe.

»Sophie Meret! Hörst du mich nicht? Komm runter!« Bestimmt stand sie unten an der Treppe und brüllte nach oben.

Ich schlüpfte wieder in meine Klamotten und ging in die Diele.

»Was ist denn? Ich bin hier.«

Bente drehte sich um und klappte den Mund zu, den sie schon zu einem neuen Schrei geöffnet hatte.

»Warum antwortest du denn nicht?«, fragte sie vorwurfsvoll.

Na, warum wohl? Weil du gleich einen Job für mich hast.

»Du musst mir mal eben helfen, die Container ins Auto zu laden. Irina und ich müssen um sechs da sein und aufbauen.«

»Okay, okay.« Ich gähnte. *Ein Königreich für einen Tee.*

»Wenn wir uns beeilen, können wir vielleicht noch einen Tee zusammen trinken.«

Ich starrte Bente an. Das war doch Gedankenlesen!

Aber sie hastete schon mit dem tragbaren Herd zum Auto.

Ich zockelte mit einem Container hinterher und nach

einer Viertelstunde war alles in ihrem großen Kombi verstaut.

Ich kochte Tee, während Bente Muffins aus dem Vorratsraum holte.

Ich liebe Muffins mit sahniger gelber Butter!

Dann machten wir es uns am Küchentisch gemütlich. Ich lümmelte mich auf die Bank, schmierte mir andächtig ein Muffin und genoss die Stille. Gleich würde sie irgendwas von mir wollen oder mir einen Auftrag geben oder mich sonst irgendwie für den Rest des Tages beschäftigen.

Arbeitsbeschaffung ist leider das, was Bente unter Fürsorge versteht, und seitdem die Großen aus dem Haus sind, konzentrieren sich leider alle ihre diesbezüglichen Einfälle auf mich.

Gleich kam es, ich spürte es schon in der Luft vibrieren.

»Du-u«, fing sie an.

Na bitte.

»Ich hatte heute Morgen einen Anruf von Christa.«

Huch. Christa ist Bentes Schwester und wohnt am anderen Ende von Bremen. Was die wohl gewollt hatte?

»Und …?«, fragte ich. »Spann mich doch nicht so auf die Folter. Was wollte sie dieses Mal? Sollst du ihren Mops wegen Fettsucht zum Tierarzt fahren? Oder hat ihre Katze wieder gejungt? Oder ist einer von den Kanaris von der Schaukel gefallen?«

Christa hat ein Herz für Tiere.

Das ist auch logisch, denn sie ist Lehrerin und hat kein Herz für Kinder. Für irgendwen muss das arme Herz ja schlagen.

Bente kicherte. »Nee, es ist was ganz anderes.« Sie sah mich an. »Du könntest ihr einen Riesengefallen tun.«

»Warum?«

Christa hat mir noch nie einen Gefallen getan. Sie hält mich für verwöhnt, schlecht erzogen und ungebildet. Was schlechte Meinungen betrifft, stehen wir uns im Übrigen in nichts nach. Ich halte Christa für klatschsüchtig, rachsüchtig und hirnrissig. Eigentlich dürfte es eine wie sie nur in Cartoons geben, so sehr entspricht sie dem Klischee der doofen Lehrerin. Wenn sie nicht krank ist, ist sie in Kur. Aber das finde ich in Ordnung, dann kann sie wenigstens keine Kinder quälen.

»Sie muss übernächstes Wochenende zu dem Bruder ihres Exmannes fahren, weil der seinen Fünfzigsten feiert. Das Ganze findet irgendwo bei Bansin an der Ostsee statt, und da lohnt sich die lange Fahrt nur, wenn sie zwei Nächte wegbleibt. Das machen allerdings ihre Viecher nicht mit und deshalb –«

Oh, Göttin! Nur das nicht! »Nein! Das mache ich nicht! Soll sie ihren Zoo doch mitnehmen!«

Bente neigte den Kopf etwas zur Seite und sah mich an. »Sieh mal, Sophie, es bedeutet für dich doch gar kein großes Opfer. Du gehst am Freitagnachmittag hin, lässt dir das Füttern und alles erklären, dann rauscht sie ab und am Sonntag kommt sie am späten Nachmittag wieder. Du brauchst also nur zweimal dort zu übernachten, und ansonsten kannst du ungestört fernsehen und lesen, wenn die Viecher versorgt sind.«

Hm. Das hatte was. Aber so leicht ließ ich mich nicht rumkriegen.

»Nee, ich will nicht. Soll sie doch aus der Ferne mit dem Fünfziger anstoßen...«

Bente lachte. »Stell ich mir nett vor, einen Arm bis nach Bansin.« Sie holte tief Luft.

Jetzt kam der Köder. Sie hatte noch was in petto. »Es soll ja auch nicht umsonst sein«, lockte sie.

»Quanta?«, fragte ich.

»Jeden Tag zwanzig Euro fürs Haussitten.« Bente hob mit beiden Händen ihre Tasse hoch und sah mich über den Rand hinweg an. Ich konnte ihr Grübchen in der linken Wange sehen, das sie leider nicht mir, sondern nur Jörn vererbt hat, was Kathrin auch gemein findet. »Und freie Bahn! Kein Helfen, keine Pflichten – bis auf das bisschen Füttern.«

Von wegen bisschen. »Bestimmt muss man diesem Mops Drei-Sterne-Menüs kochen.« So schnell gab ich nicht auf.

Bente lachte wieder. »Als ob du das nicht könntest! Du bist doch die einzige von meinen Gören, die meine Talente geerbt hat!«

Danke für die Blumen. »Aber ich wollte am Wochenende was ganz anderes machen!« Oha, das war ein Eigentor! Wenn sie jetzt nachhakte –

»Ach, ja? Was denn?«

»Öh – mit Lenny ins Kino und so...« Verdammt, ich finde lügen eigentlich doof.

Bente goss sich noch mal ein. »Dann geht ihr eben am Montag. Das läuft euch doch nicht weg... Also?«

Nein, schrie es in mir, aber dann... dann hatte ich auf einmal den Hauch einer Idee, und plötzlich bekam ich Herzklopfen...

»Hm.« Ich nahm mir noch ein Scone und knabberte daran herum. »Liegt dir ganz schrecklich viel dran, dass ich das liebe Kind bin?«

Bente lachte. »Ganz wahnsinnig viel! Du weißt doch, dass Christa sonst Terror macht, und dann klingelt wieder tagelang das Telefon, weil wir uns nicht um sie kümmern und überhaupt.«

Da kam mir der geniale Einfall!

Total genial!

Mühsam unterdrückte ich ein Kichern und zwang mich zu gemäßigt mürrischem Tochterbenehmen.

»Na gut, aber nur, weil du es bist.«

Bente streichelte meinen Arm, beugte sich vor und gab mir einen knallenden Schmatz auf die Wange.

»Manchmal bist du die netteste Tochter der Welt.«

Ich wurde rot. »Nee, echt nicht.« Wenn Bente wüsste, was die netteste Tochter der Welt sich gerade ausgedacht hatte!

Einen wunderbaren, tollen Plan.

Ich würde Birger erpressen.

Er musste drei Tage lang mit mir in Christas Haus wohnen. Dann würde er mich richtig kennen lernen und sich in mich verlieben. Bestimmt.

Manche Leute muss man eben zu ihrem Glück zwingen – geht nicht anders.

Ich goss mir noch eine Tasse Tee ein und hob sie hoch. »Auf das Viechersitten am nächsten Wochenende«, sagte ich feierlich. »Auf dass mir keines ins Bein beißen oder auf den Teppich pinkeln möge!«

Bente stieß mit mir an und dann klingelte es und Irina war da.

Mit viel Hin-und-her-Gelaufe und Das-noch-Holen und Jenes-nicht-Vergessen versetzten die beiden noch mal kurz das Haus in Aufruhr und dann war es still.

Ich saß da und grinste.

Bingo!

Jetzt musste ich nur noch die Kleinigkeit von Erpressung über die Bühne bringen.

Nein, keine Erpressung, das hörte sich so kriminell an.

Sagen wir lieber »ein Fall von geglückter Überredung«. Oder »… ich würde ihm einen Vorschlag machen, den er nicht ablehnen konnte.«

Das klang super. Wer hatte das denn noch mal gesagt?

Ich grübelte.

Marlon Brando im *Paten*.

Mafioso-Worte.

Oh-oh.

7

Ich grübelte, plante, verwarf und überlegte von neuem.

Zu blöd, dass Frauke in diesem Kaff in Ohio war.

Trotzdem – ich konnte sie ja mal fragen, was sie an meiner Stelle tun würde.

Ich schaltete den Computer an und schrieb ihr eine Mail. Ich erzählte ihr von meiner einmaligen Chance, den tollsten Knaben unserer Schule drei Tage lang an meine grüne Seite zu fesseln, und fragte sie, wie sie ihn an meiner Stelle von dieser berückenden Möglichkeit in

Kenntnis setzen würde. Dann erzählte ich ihr noch ein paar Schulschoten von der letzten Woche und schickte alles über den Großen Teich.

Danach sah ich auf die Uhr.

Wir hatten halb sechs. Minus sieben Stunden – da war es bei Frauke irgendwie später Vormittag.

Oh Schande, das konnte ja noch endlos lange dauern, bis sie an ihre Mail herankam. Die hatten da den ganzen Tag lang Unterricht (obwohl Frauke fand, dass man in der langen Zeit kaum was lernte) und hinterher meistens noch Sport oder andere Aktivitäten wie Debattierklub oder dieses ach so ästhetische Cheerleadertraining. Frauke hatte die Ehre, neben all den Schulschönheiten rumhampeln zu dürfen, und jetzt trainierte sie dreimal die Woche, um kreischend, hüpfend und mit dicken Pompoms wedelnd die Baseballmannschaft anzufeuern. Ätzend.

Bestimmt kam sie erst gegen sieben oder so nach Hause. Dann hatten wir bereits zwei Uhr morgen früh.

Egal. Mir würde schon selber etwas einfallen.

Heute hatten wir Dienstag, spätestens morgen sollte Birger meine Nachricht bekommen, damit er wusste, was am übernächsten Wochenende auf ihn zukam. Vielleicht musste er ja noch der momentanen Model-Freundin absagen oder seinen Kumpeln oder dem Mathe-Nachhilfelehrer.

Mathe schien seine schwache Stelle zu sein.

Seine Achillesferse.

Wenn ich ihn mit der Minikassette auffliegen ließ, konnte er sich das Abitur für dieses Jahr abschminken. Denn das lief ganz schlicht unter »Betrug«.

Ob das wie beim Schwarzfahren dann juristisch als »gesetzeswidrige Erschleichung von Ausbildungsqualifikation« galt?

Jedenfalls konnte ich ihm damit böse ans Knie fahren.

Und wenn er es riskierte, dass ich das mit der Kassette auffliegen ließ? Wenn er einfach grinste und sagte: Mach doch, was du willst!

Was tat ich dann? Einfach auf dem Absatz umdrehen und zum Schulleiter dackeln und petzen?

Das konnte ich nicht, das wusste ich.

Ich konnte meinen Traumprinzen zu seinem Glück zwingen, aber jemanden auf so üble Tour reinzureiten – das brachte ich nicht fertig.

Das durfte er aber nicht wissen. Sonst würde er mich und meinen Plan auslachen und mich seinen Kumpeln zum Fraß vorwerfen. »Hier, dieser Meerrettich, dieses Trampel, die wollte mich doch tatsächlich dazu bringen, dass ich –«

Ich spürte, wie ich einen knallroten Kopf bekam vor lauter Peinlichkeit.

Hatte ich zu viel Schiss oder würde ich es riskieren?

Mein Traumprinz und ich drei Tage allein zusammen in einer Wohnung – was war mir das wert?

Ich straffte meine Schultern und reckte das Kinn.

Ganz einfach: Ich würde bluffen.

8

Ich schrieb ihm einen Brief.

Nein, nicht einen. Mindestens zwanzig. Ich zerriss einen Versuch nach dem andern, und langsam verzweifelte ich an meinem Verstand, weil er mir einfach keine überzeugenden, faszinierenden, umwerfenden Formulierungen servierte.

Lieber Birger

setzte ich zum x-ten Mal an.

Nein.

So redete man mit seinem Cousin oder mit einem Brieffreund in Tasmanien, aber nicht mit dem Typen, den man zu einem gemeinsamen Wochenende erpressen wollte. Und überhaupt: Wieso machte ich mir eigentlich diese völlig überholte handschriftliche Mühe?

Ich schaltete den Computer ein und begann noch einmal von neuem.

`Guten Tag, Birger Carstens.`

Das war besser. Höflich, aber freundlich. Ich wollte ihn ja nicht gleich so erschrecken, dass er den Zettel wegwarf.

```
Ich bin im Besitz einer Minikassette,
die du während der Matheklausur am
Montag in einen Kübel mit Yuccapalmen
fallen ließest
```

Lieber fallen gelassen hast?

Nö.

Die letzten beiden Wörter löschen und:

verschwinden ließest, als dich Herr Maurer ansprach.
Diese Kassette habe ich an mich genommen und sie wird nur für eine Gegenleistung deinerseits zurückgegeben.
Diese Leistung besteht darin, dass du das nächste Wochenende von Freitagnachmittag 16 Uhr bis Sonntagnachmittag 16 Uhr mit mir an einem dir unbekannten Ort verbringst. Außer deiner Anwesenheit wird von dir nichts verlangt.
Du darfst niemandem davon erzählen, denn in diesem Fall wird die Kassette mit einem erklärenden Begleitbrief direkt an die Schulleitung geschickt, und du fällst durchs Abitur.
Falls du alle Abmachungen einhältst, bekommst du die Kassette am darauffolgenden Mittwoch zurück und kannst damit tun, was du willst.
Falls irgendein Wort von diesem Brief nach außen dringt oder du versuchst, den Absender herauszufinden, sitzt du in der Tinte.
Mit freundlichen Grüßen
deine Gastgeberin

```
Kommst du?
Ja
Nein
(Das Zutreffende bitte ankreuzen und
den Brief in dem beiliegenden Kuvert
abschicken)
```

Über die Adresse auf dem Kuvert hatte ich mir fürchterlich das Hirn zergrübelt, denn natürlich konnte der nicht an meine Adresse kommen – da hätte mein liebes Opfer ja alles gewusst. Die Adresse durfte keinen Anhaltspunkt geben, aus dem Birger voreilige Schlüsse ziehen konnte, und schon gar nicht durfte er meine Identität herausfinden. Schließlich war ich dann auf die Idee mit der Chiffre gekommen.

Damit kenne ich mich aus, seitdem ich vor drei Jahren meine ganze Barbiepuppensammlung zu Geld gemacht habe. Eigentlich habe ich mir aus diesen Plastik-Möchtegern-Girls nie etwas gemacht, aber ich hatte von Kathrin siebzehn Stück geerbt und dann jahrelang von einfallslosen Verwandten immer neue Puppen, Klamotten und Zubehör geschenkt bekommen, sodass eine beeindruckende Masse an rosa-buntem Plastik zusammengekommen war, mit dem ich nichts anfangen konnte, bis ich auf die Superidee kam, alles zu Geld zu machen.

Dazu gab ich eine Anzeige im *Weserkurier* auf, darunter stand eine Chiffre-Nummer, und dort schrieben die Leute hin, die was kaufen wollten.

Die meisten Inserenten geben schlauerweise ihre Telefonnummer an, weil dann alles viel direkter und schneller über die Bühne geht, aber das hatte Bente nicht gewollt, um die Blockierung unseres Telefons zu vermeiden, denn das war ja auch ihr Geschäftstelefon.

Deshalb hängte ich mich am Dienstag ans Telefon, gab für die Mindestsumme eine Anzeige auf:

Wer möchte meinen Zwergpudel knutschen?

und bekam eine Chiffre-Nummer. Einen so genannten Abholerausweis mit Chiffre-Nummer. Diese Nummer schrieb ich auf den Umschlag. Den würde Birger an die Zeitung schicken und dort konnte ich ihn dann donnerstags abholen.

So blieb alles wunderbar anonym.

Als ich das alles erledigt hatte, erfüllte mich eine seltsame Mischung aus Vorfreude und Angst.

Würde er toben und voller Wut riskieren, durch das Abitur zu segeln? Oder würde er den Schwanz einkneifen und meine Bedingung annehmen?

Was würde ich an seiner Stelle tun?

Als ich abends nicht einschlafen konnte, sah ich mir um 11 Uhr noch mal meinen Briefkasten im Computer an – und wirklich, Frauke, meine Herzensfreundin, hatte bereits geantwortet.

Sophieschatz,

du hast ja einen Knall. Was du da vorhast, ist total unmöglich, und du solltest die Finger davon lassen. Glaube deiner alten Freundin

Frauke.

PS: Ich fürchte, ich muss bald schon wieder meine Herberge wechseln, weil sie mich beim Rauchen erwischt haben, und jetzt glaubt Mom, dass ich ihre lieben Kinderchen (18 und 19 Jahre und starke heimliche Raucher) verderbe. Dabei mache ich mir eigentlich gar nichts aus Rauchen, zu Hause hab ich nie gepafft. Aber die tun hier so fromm und edel, dass man sich einfach ein Laster ausdenken muss. Eigentlich können sie doch froh sein, dass ich nicht kiffe oder saufe, aber statt sich darüber zu freuen, wollen sie mich jetzt wegen so einem blöden Glimmstengel an den Pranger stellen.
Warum wollte ich bloß hierher?

Küsschen F.

Das sah Frauke ähnlich! Verbietet mir ohne Angabe von Gründen die Durchführung des besten Plans seit dem Bau der Pyramiden und hat selber reichlich Mist am Stecken!

Frauke und rauchen!

Das war ja zum Lachen.

Die paffte höchstens mal alle Jubeljahre drei Züge und dann hustete sie anschließend zehn Minuten.

Ich schrieb ihr eine kurze Antwort, um sie zu trösten, und legte mich dann zum Nachdenken auf mein Bett.

Eins war klar: Ich musste davon ausgehen, dass Birger mich zu linken versuchte.

Das würde ich an seiner Stelle auch tun. Wer lässt sich schließlich gern so manipulieren? Auch wenn es zu seinem Besten war, aber das konnte er ja nicht wissen.

Deshalb musste ich meinen Plan auf Schwachstellen

hin abklopfen, um ihm keine Möglichkeit zu geben, sich aus dem Staub zu machen.

Sein Handy!

Das musste ich ihm als Erstes abknöpfen, sonst beorderte er am Ende noch alle seine Kumpel zu Tante Christas Kemenate, um mich zur Herausgabe des Beweisstücks zu zwingen.

Ich biss die Zähne zusammen, dass sie knirschten.

Niemals!

Er würde mir zwar auf Gnade und Barmherzigkeit ausgeliefert sein, aber ich würde großzügig und ganz entspannt ein wunderschönes Wochenende organisieren, das es ihm leicht, ja quasi zum Bedürfnis machen würde, sich unsterblich in mich zu verlieben.

Ich sah mich in meinem Wachtraum schon am Montag danach in der großen Pause mit Birger über den Pausenhof flanieren, die neidvollen Blicke meiner ausgestochenen Konkurrentinnen würden mich angenehm wärmen, während Birger stolz unsere Zusammengehörigkeit demonstrierte.

Kurz vor dem Kuss streikte meine Fantasie.

Knutschen auf dem Schulhof passte in den Traum irgendwie nicht rein und für ein anderes Szenario war ich zu müde.

In den folgenden zwei Tagen versuchte ich, Birger heimlich zu beobachten – er musste meinen Brief ja Mittwoch erhalten haben.

Machte er einen niedergedrückten, gequälten Eindruck? Nagte er unsicher und grüblerisch an der wunder-oh-so-vollen Unterlippe?

Aber das Schicksal war mir nicht gnädig und versaute mir die meisten Pausen – einmal schrieben wir einen Englischtest über die Pause hinweg, einmal dauerte das Aufräumen im Physiksaal viel zu lange und ein andermal mussten wir rüber in die Turnhalle.

Ich sah ihn nur sehr selten und dann aus der Ferne und hatte keine Ahnung, wie er sich fühlte.

Am Donnerstag schlich ich mit wackligen Knien zum Pressehaus und fragte am Schalter nach meinen Chiffre-Antworten.

Zu meiner großen Überraschung erhielt ich nicht nur meinen eigenen Umschlag (HURRA!!!), sondern noch drei weitere, alle von männlichen Wesen.

Der eine wollte nicht meinen Pudel, sondern mich knutschen, der Zweite stand sexuell total auf Pudel, und der Dritte lag mit einer komplizierten Hüftfraktur im Bett und wollte wissen, wer so eine beknackte Anzeige aufgegeben hatte.

Meinen Umschlag behielt ich bis zuletzt, denn ich wusste ja, was drinstand. Trotzdem bummerte mir das Herz bis zum Halse, als ich meinen eigenen Computerausdruck wieder in den Händen hielt.

Da war das Kreuz.

Und darunter stand handschriftlich:

Was bist du nur für ein sadistisches As.

Ich war platt. Was sollte das denn bedeuten? Meinte er »Aas« und wusste nicht, wie man das schrieb? Oder verbeugte er sich vor meiner kriminellen Energie?

Fragen über Fragen.

9

Nun musste ich es irgendwie hinbekommen, dass Birger am Freitagnachmittag zum Haus von Tante Christa kam, ohne dass er den Rückwärtsgang einlegen und mir entwischen konnte.

Ich grübelte.

Dann schickte ich ihm eine völlig unverfängliche Postkarte, eins dieser Reklamedinger, wie sie immer in Kneipen kostenlos angeboten werden. Auf der Bildseite stand ein schräges Zitat von einem Fußballhirni: »Vor dem Spiel ist nach dem Spiel«, was ja wirklich totaler Quatsch ist.

Ich schrieb Birgers Adresse drauf, und auf die linke Seite krakelte ich:

Lass die gelben Rosen weg: 14 rote sind genug..
Du hast am Freitag gegen 17 Uhr deine
Jacke im Umkleideraum vergessen.
Z.

Na gut, ich gebe es zu, es war keine schriftstellerische und keine besonders kreative Leistung, aber auch der größte Dummkopf würde daraus doch wohl einen Ort und eine Zeit herauslesen können, oder?

Rosenweg 14, am Freitag um 17 Uhr.

Wenn die Karte in falsche Hände geriet, konnte niemand was mit dem bescheuerten Text anfangen, und das mit den »Kassetten« hatte ich noch drangehängt, damit Birger nicht auf dumme Gedanken kam.

Aber wenn er nun seine Jacke wirklich vergessen hatte?

Und wenn er zu doof war, um die Botschaft herauszulesen?

Unmöglich. Birger war ein helles Köpfchen.

Garantiert.

10

Freitagmittag stand ich vor meinem Kleiderschrank und kurz vor einem Heulkrampf.

Alles, was da hing, war langweilig und doof. Öde wie der Ausblick von einer Sanddüne in der Sahara. Nichts Gewagtes, nichts Originelles und schon gar nichts Rattenscharfes.

Nur ein paar Blusen und Hosen, ein Kilt, ein paar Sommerfähnchen (*brrrrr*) und das Kleid, das mir Bente zur goldenen Hochzeit von Omi und Opi aufgeschwatzt hatte und in dem ich nicht mal begraben sein wollte – mit einem Wort: NICHTS, womit man den umschwärmtesten Jungen der Schule kirre machen konnte.

Ich knabberte an meiner Unterlippe und verfluchte den Tag, an dem ich mir das alles ausgedacht hatte. Dann reckte ich mich und streckte das Kinn nach vorn.

War ja sowieso egal.

Mit meinem nicht vorhandenen Sexappeal konnte ich ihn nicht bezirzen, so viel war klar.

Mein Aussehen war nun mal langweilig und dazu passten meine Klamotten. Im Minirock mit Nabelpiercing und Bikinioberteil wäre ich mir bloß lächerlich vorgekommen, das war einfach nicht mein Stil.

Ich wollte Birger ja mit meinen anderen Fähigkeiten beeindrucken, mit meiner Intelligenz, meiner Hingabe und meinem Witz.

Haha.

Ich schnitt mir im Spiegel eine Grimasse, schlug die Tür des Kleiderschranks wieder zu und beschloss, mich so anzuziehen wie immer. Jeans, T-Shirt und Nickijacke.

Draußen war es nicht besonders warm, der Wetterdienst hatte sich genauso bedeckt gehalten wie der Himmel: wenig Regen und für die Jahreszeit zu kühl. Ganz was Neues.

Ich packte meinen Schlafanzug, Ersatz-T-Shirts, das Reisenecessaire, Unterwäsche und meinen Badeanzug ein – man kann ja hoffen. Anschließend überlegte ich kurz und legte noch mein Reisescrabble, drei Bücher – sicher ist sicher – und meinen Discman mit ein paar CDs dazu.

Dann holte ich tief Luft, nahm meine Tasche, hängte mir mit der anderen Hand den Rucksack über die Schulter und ging nach unten in die Küche.

»Ich bin so weit.«

Bente war gerade am Möhrenraspeln.

Moment, ich mach das noch eben fertig.

»Du hast es doch nicht schrecklich eilig, oder?«, sagte sie und wischte sich mit dem Handrücken eine Haarsträhne aus der Stirn. »Ich möchte das eben noch rasch fertig machen.«

»Das geht in Ordnung.«

Ich setzte mich auf einen Stuhl und sah ihr beim Raspeln zu.

»Du bist mir doch nicht böse wegen des Jobs?«, fragte sie vorsichtig.

»Nö, ist schon okay.«

»Du hilfst mir damit wirklich sehr! Jetzt kann Christa nicht mehr rumrennen und behaupten, wir ließen sie immer im Stich.«

Das tut sie trotzdem, wenn sie es will.

»Natürlich ist kein Kraut gegen ihre Attacken gewachsen, aber für den Augenblick stehen wir gut da – autsch!« Bente hatte zu weit geraspelt und einen Fingerknöchel angeritzt. Sie sah wütend auf die winzigen Blutströpfchen, die dort sichtbar wurden. »Verdammt, sogar das Reden über sie bringt Unannehmlichkeiten. Komm – ich fahr dich lieber jetzt gleich.«

Dann kann ich mich besser auf meine Arbeit konzentrieren.

Sie holte den Autoschlüssel vom Brett, lutschte am Knöchel und ließ mich die Tür öffnen. »Dann kann ich mich hinterher wenigstens ganz auf mein Büfett konzentrieren.«

Na ja, nicht ganz, aber doch neun von zehn Punkten.

Sie fuhr mich zum Rosenweg und leierte noch mal Verhaltensmaßregeln runter. »Kein Alkohol, ja? Ist ja klar. Und bleib nicht zu lange auf, sonst hast du am nächsten Tag schlechte Laune und das merken die Viecher und benehmen sich auch fies …«

»Mama! Ich mach das nicht zum ersten Mal und ich bin siebzehn!«

Sie bog um eine Kurve und warf mir einen raschen Seitenblick zu. »Kaum zu glauben! Deine Schwester hatte in dem Alter schon –«

Sie biss sich auf die Lippe.

Massenhaft Verehrer, die uns das Haus einrannten.

Bente lachte etwas gezwungen. »Ist ja viel besser so. Lass dir ruhig Zeit und betrachte dir die Jungs genau. Dann können sie dich nicht so einfach flachlegen.«

Wenn du wüsstest, wie gern ich mich flachlegen lassen würde, Mama! Von Birger. Und vielleicht passiert es ja bald.

Ich spürte, wie meine Hände feucht wurden. Dafür war mein Mund ganz trocken.

»Ist schon gut, Mama. Ich gebe gut auf mich Acht.«

Sie bremste vor einer Ampel und drehte sich zu mir um. »Weiß ich doch, mein Schatz. Übrigens hab ich Christa gesagt, sie soll dafür sorgen, dass der Kühlschrank voll ist. Nicht dass du wie letztes Mal in die Pommesbude laufen musst.«

»Danke.« Ich esse Pommes manchmal ganz gern, aber nicht diese labberigen Stängel, die man an der Bude kriegt, oder diese Nähnadeln von *McDonald's*, die nach nichts schmecken, schon gar nicht nach Kartoffeln.

»Okay«, sagte meine Mutter im Brustton der Erleichterung, als sie dann vor Christas Haus anhielt. »Mach es gut, mein Küken! Du hast einen Wunsch bei mir frei.«

»Super!« Ich stieg aus und zerrte mein Gepäck und den Korb mit den Essensvorräten vom Rücksitz.

Amüsier dich gut, aber nicht zu gut.

»Amüsier dich gut!«, schrie Bente durchs offene Seitenfenster und hupte. »Aber nicht –«

Den Rest konnte man nicht mehr verstehen, aber ich gab mir die volle Punktzahl. Ich kenne meine Mutter.

Tante Christa machte die Tür erst nach dem dritten Klingeln auf.

»Na endlich!«, stöhnte sie und rannte ins Wohnzimmer.

Ich ließ meine Siebensachen bei der Garderobe auf den Teppich fallen und folgte ihr nach einem kurzen Blick auf meine Uhr. Punkt vier.

»Es ist genau vier«, meldete ich.

Sie schaute mich irritiert an, während sie zwei beschriebene Blätter Papier von ihrem Sekretär holte und auf den Couchtisch legte.

»Ich hatte doch drei gesagt, da bin ich mir ganz sicher.«

Ich zuckte mit den Achseln, weil diese Diskussionen so schrecklich überflüssig sind. Meine Tante ist eine Meisterin in der Disziplin: *Das ist eine Kaffeetasse – nein, das ist eine Teetasse.*

Hier hab ich dir ein paar Anweisungen aufgeschrieben…

»Hier steht alles ganz genau, wen du wann womit füttern musst, Gassigehzeiten und so weiter.«

Hm. Halbe Punktzahl. Ich ließ den Blick durchs Wohnzimmer schweifen und hörte nur mit einem halben Ohr zu, wie sie mir zu den schriftlichen Anweisungen noch einen Vortrag hielt.

»Das wär's«, verkündete sie dann. »Hast du noch eine Frage?«

Aber klar. »Wo ist die Fernbedienung?«

»Was?« Sie sah mich so verständnislos an, als hätte ich sie nach dem nächsten schwarzen Loch gefragt.

»Die Fernbedienung«, sagte ich freundlich. »Du weißt doch, so ein kleines Plastikding, mit dem man die Pro-«

»Ja, ja, ja, ist schon gut.« Sie winkte ab. »Die muss irgendwo hier sein.«

»Ich will sie jetzt.«

»Du solltest sowieso nicht so viel fernsehen! Das ist nicht gut für …«

Aha. Sie wollte mich also immer noch zu einem nichtfernsehenden Menschen erziehen.

»Egal. Gib sie mir – bitte.«

»Warum bist du denn so hartnäckig? Ich muss jetzt los!«

»Die Fernbedienung oder ich mach die Biege.«

Wir standen uns gegenüber und sahen uns direkt ins Gesicht. Ihr linkes Augenlid zuckte. »Sophie! Was soll denn das? Mach doch nicht so einen Aufstand wegen –«

Ich steckte die Hände in die Hosentaschen. »Ich will ja nur die Fernbedienung. Letztes Mal hast du das auch gesagt und ich hab das verdammte Ding nirgendwo finden können. Fast könnte man denken, du hast sie absichtlich versteckt. Also, wo ist sie?«

Ich kenne meine Tante. *Seufzen.*

Sie seufzte. »Also wenn du wirklich so völlig unbelehrbar bist, dann werde ich nachgeben. Sie muss hier irgendwo sein … Warte mal, ach ja, jetzt fällt es mir wieder ein, ach zu dumm, da hätte ich doch fast …«

Ich grinste. Immer dieses Theater. Letztes Mal hatte ich das verdammte Ding aus einer ihrer Teekannen geangelt, die sie zu dutzenden sammelt und auf Fensterbänken, Schränken, Tischen und Borden hortet.

Diesmal hatte ich die Suche abgekürzt, sie fischte die Fernbedienung aus ihrem Handarbeitskorb mit den schrecklichen bunten Häkeleien, die sie nach der Fertigstellung über hilflose Kissen zieht.

Mit schiefem Lächeln reichte sie mir das heiß umkämpfte Zauberding und ich steckte es ein.

Sicher ist sicher.

Das Verrückte daran ist nur, dass ich gar nicht so viel und häufig glotze, wie meine Tante es sich vorstellt. Aber ich mag es nicht, wenn sie mich so entmündigt.

»So, dann will ich jetzt mal meinen Lieblingen Auf Wiedersehen sagen.« Sie lächelte etwas verkrampft, denn sie ist eine schlechte Verliererin.

Ich folgte ihr zum Hundekörbchen in der Ecke, in dem Toni lag und unser Gespräch aufmerksam verfolgte. Toni heißt eigentlich Antonie von und zu und ist eine hochadelige Jack-Russel-Dame, aber sie ist trotzdem ein ganz lieber Köter. Tante Christa schluchzte fast vor Abschiedsschmerz, aber Toni und ich wussten beide, dass das nur Theater war. Sie hätte das Hundchen ja jederzeit mitnehmen können.

»Mein Schätzelchen«, hauchte Tante Christa und drückte Toni noch einmal an sich, und die wedelte höflich mit dem Schwanz.

Dann liefen wir hoch ins Schlafzimmer, wo sich die beiden Siamkatzen Ming und Tang auf der Fensterbank räkelten, weil hier die Nachmittagssonne reinscheint.

»Meine Lieblinge«, seufzte Tante Christa und streichelte sie hingebungsvoll, aber die beiden hatten momentan dafür keinen Bedarf und schnurrten nicht mal. »Mami ist bald wieder da, ja? Seid lieb zu Sophie, ihr beiden, und meckert nicht am Essen rum, ja?«

Dann wandte sich meine Tante wieder um und rannte die Treppe runter – ich folgte ihr wie ein Schatten.

Im Flur lag Paula auf ihrer Decke. Paula ist ein schwarzer belgischer Schäferhund mit untadeligem Charakter. Sie ist ein Hütehund und hütet gnadenlos alles, was sie zu ihrem Aufsichtsbereich zählt. Anfangs wollte sie Tante Christa nicht mal ohne ihre Begleitung aus dem Haus lassen – ohne Paulas Hüterei hätte ihr ja sonst was passieren können.

Mittlerweile ist Paula älter und gelassener und hütet auch mal aus der Ferne.

»Tschüs, meine Süße«, zwitscherte Tante Christa, und Paula sah von ihr zu mir und ließ den Kopf auf die Pfoten sinken.

Geh nur, schien sie zu sagen, ich hab ja noch wen, den ich hüten kann. Ich kraulte ihr das Fell hinter den Ohren und sie schloss genießerisch die Augen.

»Das ist ja schön, dass ihr euch so gut versteht«, meinte meine Tante großzügig, aber ich glaube, etwas weniger Hingabe wäre ihr lieber gewesen.

Sie sauste noch einmal durchs Haus, holte ihre Reisetasche runter, schnappte sich den Mantel von der Garderobe, überlegte kurz wegen des Schirms, entschied sich dann dafür, fand ihre Handtasche erst nicht, dann unter dem Sekretär im Wohnzimmer, suchte noch ein bisschen den Autoschlüssel – er war in der Manteltasche – und schließlich hatten wir alles im Auto verstaut und sie stieg ein.

Dann stieg sie wieder aus.

»Du liebes Bisschen – Sophie!« Sie schloss mich in die Arme und gab mir einen Kuss links und einen rechts (nicht vergessen: gleich die Lippenstiftflecke abwischen!) und stöhnte: »Eigentlich möchte ich gar nicht weg, aber sie haben mich so um mein Kommen gebeten, da brachte ich es nicht über mich, abzusagen!«

Genau, und ich bin das nächste Faltblatt im Playboy!

»Fahr vorsichtig«, sagte ich, denn so was mag sie.

Sie stieg ein. »Sag das mal den Rasern!«, meinte sie und seufzte.

Dann knallte sie die Tür zu, aber zu schwach, ich drückte von draußen, damit die Tür richtig einschnappte, und gleichzeitig stieß sie die Tür noch mal auf: mir ins Gesicht.

Es tat höllisch weh, und es half auch nichts, dass sie sofort losjammerte: »Wieso bist du nicht einen Schritt zurückgegangen?«

Ich versuchte zu grinsen, winkte und rannte zurück ins Haus.

Eine Spezialität von Christa ist, dass sie es immer irgendwie hinbiegt, dass alle im Unrecht sind, alles falsch machen oder nicht auf sie gehört haben – auch diejenige, der sie gerade eine Autotür ins Gesicht geknallt hat.

Wen wundert es da noch, dass sie einer der einsamsten Menschen auf diesem Globus ist?

Ich sah durch das Dielenfenster zu, wie sie den Rosenweg entlangbretterte, und schickte ein Gebet an die himmlischen Mächte, dass sie wieder heil zurückkehrte, denn Bente und ich hätten wegen der Caterei den Viechern kein Asyl bieten können (mal ganz davon abgesehen, ob wir unseren familieneigenen Hundehasser-Papa dazu gekriegt hätten, sein Einverständnis zu geben), und alle anderen Verwandten bis auf die von Christas Exmann – die kennen sie wahrscheinlich nicht richtig oder wollen dem Ex eins auswischen – haben sich schon vor Jahren von Tante Christa zurückgezogen.

Ich sah in den Spiegel.

Auha.

Links und rechts die Lippenstiftflecke – okay, das hatten wir gleich. Aber unter dem linken Auge hatte ich einen blauen Fleck von dem heftigen Kontakt mit der blöden Autotür. Ich sah aus, als ob mir Dr. Klitschko ein Veilchen verpasst hatte.

Oh Schreck! Und das Minuten vor der entscheidenden Begegnung mit meiner großen Liebe!

Ich stierte verzweifelt mein Spiegelbild an und suchte nach einem Krümelchen buddhistischer Gelassenheit: Om mani padme hum oder so.

Äußerlichkeiten waren doch nebensächlich.

Das Wesen des Menschen allein ist wichtig.

Auf die innere Qualität kommt es an, da kann man ruhig so aussehen, als ob man gerade einer Schlägerei entkommen wäre.

Lauter solche Sprüche flitzten durch mein Hirn, während ich am liebsten heulend auf den Teppich gesunken wäre.

Die ganze Mühe mit dem Hierherlocken, und jetzt – jetzt stand ich da wie ein misshandeltes Gör.

Plötzlich musste ich lachen.

Und wenn schon – heute ging ich aufs Ganze und bestimmt war der blaue Fleck morgen wieder weg.

Schließlich hatte ich drei Tage Zeit.

11

Um fünf nach fünf, genauer: um siebzehn Uhr fünf, schaute ich zum tausendsten Mal auf meine Armbanduhr und dann den Rosenweg entlang nach links und nach rechts.

Bisher drei Autos, fünf Fahrräder und sechs Passanten, aber kein Birger.

Ich hockte hinter dem Fenster vom Gästezimmer im ersten Stock, weil man von dort den besten Ausblick auf die Straße hatte.

Fünf Uhr zehn: nichts.

Und was machte ich, wenn er nicht kam?

Wenn er meinem sanften Zwang einfach Widerstand entgegensetzte und wegblieb?

Machte ich dann meine Drohung wahr?

Eher nicht.

Hatte er das am Ende so einkalkuliert? Dass ich mich nicht trauen würde, ihn zu verpetzen?

Hm.

Viertel nach fünf. Ein paar Autos, ein Wohnmobil, noch mehr Passanten und jede Menge Fahrradfahrer.

Kein Birger.

Ich musste dringend aufs Klo.

Und wenn er genau jetzt kam?

Blödsinn, der musste ja erst mal die Straße entlanglaufen. Das dauerte bestimmt drei bis vier Minuten.

Aber vielleicht kam er angeradelt? Oder mit einem Roller?

Mist. Wenn ich gleich aufs Klo gegangen wäre, hätte ich jetzt schon wieder auf meinem Posten sein können.

Jetzt musste ich noch dringender.

Ich schaute nach rechts, in Richtung Bushaltestelle.

Nichts.

Doch, da kam jemand.

Birger?

Es war ein Mann oder männliches Wesen und er kam auf das Haus zu und war nicht Birger und ging dran vorbei.

Und ich hatte mir fast in die Hose gemacht.

Ich zischte zur Toilette und befürchtete, während ich dort festsaß, dass es ausgerechnet jetzt an der Tür klingeln würde.

Tat es natürlich nicht.

Ich hätte noch drei Runden ums Haus rennen können, bis der nächste Typ ankam – aber der klingelte vier Häuser weiter.

Halb sechs.

Birger kam nicht.

Alles umsonst.

Hätte ich mir eigentlich denken können.

Der pellte sich ein Ei auf meine Erpressung, die ließ den völlig kalt. Wahrscheinlich hatte er sich einfach einen todsicheren Plan ausgedacht, wie er im Falle meiner Petzerei die Sache leugnen würde.

Ich hätte heulen können.

So ein schöner Plan – na gut, ein bisschen kriminell war er, zugegeben, aber ich wollte Birger ja nichts Böses. Ich wollte ihm ja eigentlich nur die Liebe seines Lebens, die ideale Gefährtin präsentieren, wozu ich sonst nie Gelegenheit bekommen hätte.

Ich verbiss mir die Tränen, die sich schon sammelten und hinter den Lidern kratzten, und ging runter in die Küche, was zu trinken holen.

Oh nein! Der Kühlschrank war voll mit Cola.

Typisch. Das Fernsehen will sie mir verbieten, aber mich dann vergiften. Wütend starrte ich auf die süße Plörre. Wo bekam ich jetzt einen ordentlichen Saft her?

Da klingelte es.

Ich schreckte zusammen, als ob man mir einen Stromschlag versetzt hätte. Automatisch lief ich los in Richtung Haustür, als ich einen warmen Körper an meinem Knie fühlte.

Paula.

Sie hütete mich.

Durch die Häkelgardine vor der Haustürfensterscheibe sah ich den verschwommenen Umriss eines Kopfes. Aber der war oben nicht blond, sondern dunkel!

Hatte Birger mir einen Ersatzmann geschickt? Oder war das nur die getönte Scheibe?

Wütend riss ich die Tür auf. Da stand Birger und sah mich total entgeistert an.

»Der Rettich!«

Ich lächelte ihn so freundlich an, wie man das nach einer solchen Anrede überhaupt kann, und sagte: »Herein.«

Paula bellte.

Birgers Blick wanderte von meinem Gesicht runter zu ihr.

»Oh, Scheiße!«

»Nicht doch«, widersprach ich höflich. »Das ist ein Hund. Paula, halt die Klappe! Das ist Birger. Riech mal an ihm und merk dir: Den kannst du auch hüten, der gehört ab jetzt dazu.«

Und zu Birger sagte ich: »Bitte komm rein.«

Er presste die Lippen aufeinander und schnaubte durch die Nase.

Ich seufzte, weil ich nun noch was drauflegen musste: »Ganz recht, ich hab die Kassette. Also, komm rein.«

Zögernd trat er über die Schwelle und, nach einem misstrauischen Blick auf Paula, auch in die Diele.

Ich schloss die Haustür hinter ihm. »Bitte hier entlang«, sagte ich und ging voran ins Wohnzimmer.

»Hey, was ist das denn? Disneyland oder so?« Birger stand mit offenem Mund bei der Tür und musterte Tante Christas Mobiliar.

Zugegeben, das war nicht jedermanns Geschmack – meiner garantiert nicht. Ein paar richtig schöne Möbel wie der antike Sekretär und die Biedermeierkommode stritten sich mit einer hässlichen Ledercouch und den zwei dazugehörigen Sesseln. Das alles wäre aber zu ertragen gewesen, wenn es nicht überall diese quietschbunten Häkelkissen gegeben hätte, die wahllos verstreut auf Couch, Sesseln, Stühlen und in größerem Format auch auf dem Fußboden lagen, standen, hingen. In irgendeiner ihrer Kuren war meine Tante vom Häkelvirus befallen worden und seitdem rächte sie sich an der

Menschheit durch die Produktion von Kissenbezügen in kreischenden Farben von äußerst gewagten Zusammenstellungen: Pink mit Orange und Lila, zum Beispiel, oder Gelb mit Türkis und Schwarz.

»Hast du das verbrochen?« Er zeigte auf die Couchkissen in einer berückenden Kombination von Aquamarinblau und Grüngelb.

Ich schüttelte den Kopf. »Bewahre! Das Haus gehört meiner Tante. Aber setz dich trotzdem.«

Er ließ sich vorsichtig auf einem der Mammutledersessel nieder, stützte die Hände auf die Knie und beugte sich leicht vor. »Und jetzt sag mir mal, was soll der Scheiß?«

»Gleich. Ich hole uns erst mal was zu trinken«, sagte ich und kam dann mit einer Coladose und einem Krug besten Bremer Leitungswassers und zwei Gläsern zurück. Ich stellte alles auf dem Tisch ab und setzte mich auf die Couch.

»Möchtest du?«

Er sah verächtlich auf die Dose. »Cola light? Spinnst du? So was trinken doch nur Zicken.«

Du musst es ja wissen. »Möchtest du ein Wasser?«

»Nee. Ich will endlich wissen, was der Scheiß soll.« Er fixierte mich mit seinem Blick und hatte wahrscheinlich keine Ahnung, dass er damit mein Innerstes in eine schwere, süße, klebrige Masse verwandelte.

Ich trank einen Schluck Wasser zur Beruhigung und versuchte ein Lächeln. Bestimmt sah ich aus wie Trudchen Blöd.

»Ganz einfach. Ich wollte dich mal näher kennen lernen.«

Den Spruch hatte ich vorbereitet. Ich sah ihn erwartungsvoll an. Nach meinem Drehbuch musste er nun ausfällig werden.

»Sag mal, haben sie dir ins Gehirn geschissen?«

Hm. Ziemlich ordinär. Kein guter Stil. Aber andererseits fühlte er sich in die Ecke gedrängt und da greift man schon mal zu vulgären Ausdrücken.

»Nicht dass ich wüsste. Danke, mir geht es auch sonst ganz gut – ich bin weder verrückt noch leide ich an einer rätselhaften Krankheit. Du kannst dich wieder beruhigen.«

Er verdrehte die Augen. »Beruhigen! Diese Erpresserin sagt, ich soll mich beruhigen! Wo ist die Kassette?«

Auch hierauf war ich vorbereitet.

»An einem sicheren Ort.«

»Aha.« Er warf mir wieder einen Blick voller Abscheu zu. »Und wenn ich dir jetzt den Hals umdrehe, schickt sie irgendein Unbekannter an die Schulleitung, hä?«

»So in etwa«, entgegnete ich kühl.

Er ließ sich gegen die Lehne fallen. »Mann, du hast sie doch nicht alle! Was soll ich denn hier mit einer total Durchgeknallten? Das ist doch pervers! Pervers ist das!« Er sah mich wieder an. Diesmal hatte sein Blick definitiv was Lauerndes. »Oder kann man dir das Teil gegen Bares abschwatzen? Ich hab was mitgebracht.«

Er holte aus der hinteren Jeanstasche ein Portmonee und entnahm ihm vier Scheine. Grün. Grün. Braunrot. Braunrot. 300 Euro.

Ich sah ich an und versuchte nun meinerseits, ein bisschen Verachtung zu zeigen. Er sollte begreifen, dass ich absolut nicht käuflich war. »Steck das wieder ein.«

»Was?« Er sah mich erstaunt an. »Du willst keine Knete? Ich dachte, das wäre der Sinn von dem Ganzen.«

Ich trank noch etwas Wasser. Kleine Pausen sind wichtig in einem Gespräch. »Ich will kein Geld. Ich wollte nur eine Gelegenheit, dich näher kennen zu lernen.«

»Echt? Und wenn du mich kennen gelernt hast, krieg ich die Kassette und alles ist okay?«

Das hoffe ich doch sehr. Von ganzem Herzen.

»Nächsten Mittwoch kriegst du die Kassette zurück. Wie versprochen.«

Er nahm sich die Dose vom Tablett, ließ es ploppen und goss sich ungeachtet seines vorherigen Protestes ein. Na, wenigstens trank er nicht direkt aus der Dose.

»Und wie stellst du dir das vor? Muss ich die ganze Zeit hier abhängen?«

Ich nickte. »Ich muss die nächsten zwei Tage das Haus und die Viecher meiner Tante hüten. Dabei wollte ich ein bisschen Gesellschaft.«

Er sah mich verblüfft an. »Das ist wirklich alles?«

Nein, mein Schlaumeier. In diesen zwei Tagen sollst du dich unsterblich in mich verlieben.

Ich grinste. »Ja.«

»Und was muss ich tun?«

»Einfach hier sein, mit mir kochen, fernsehen, reden und die Tiere versorgen.«

Er stieß die Luft aus. »Pöh, klingt ja total antörnend. Ungefähr wie 'ne Schlaftablette.«

Ich zuckte die Achseln. »Wieso? Wir können doch

bestimmen, was wir machen und ob es langweilig wird oder nicht.«

Er sah sich wieder im Zimmer um. Dann stellte er das Glas auf den Tisch. »Rettich, Rettich, du bist so was von daneben, du hast ja die Totalmeise. Wie stellst du dir das denn vor? Wie so ein Spießerpärchen oder was? Ich dreh durch, ich schwör's dir.«

Ich sah ihn nur an.

Noch nie hatte ich ihn so lange ungestört anschauen können. Wie er da lässig saß, die langen Beine weit von sich gestreckt, den Ellenbogen auf der Seitenlehne, den Kopf leicht schräg geneigt, die unverschämt blauen Augen direkt auf mich gerichtet: Da durchrieselte mich wieder ein solcher Glücksschauer, dass ich schlucken musste, um nicht laut zu seufzen.

Er tippte sich an die Stirn. »Du hast einwandfrei einen Knall.«

Wer wollte ihm da widersprechen? Ich nicht.

Ich räusperte mich und fragte: »Hast du ein Handy dabei?«

Er sah mich irritiert an. »Was?«

»Ob du ein Handy dabeihast?«, wiederholte ich.

Er maß mich mit einem verächtlichen Blick. »Und wenn?«

»Dann solltest du es mir geben.«

»Und wenn ich das nicht mache?«

Ich zuckte nun meinerseits mit den Achseln. »Dann können wir das hier auch gleich abbrechen.«

»Und dann schickst du die Kassette ab?«

Ich sah ihn nur an.

Er holte tief Luft und ließ sie wieder raus. »Ist ja auch

egal.« Dann griff er in die Brusttasche von seiner Jeansjacke und gab mir so ein Winziggerät.

»Danke.« Ich steckte es in meine Jeanstasche. »Wieso bist du eigentlich zu spät gekommen?«

»Krieg ich jetzt eine Strafe?« Er grinste mich böse an.

»Nö. Interessiert mich nur. Hast du die Botschaft nicht verstanden?«

Er sah vor sich auf den Teppich. »Doch. Aber ich bin aus Versehen in den Fünfundzwanziger-Bus gestiegen statt in den Vierundzwanziger und dann dauerte es eben ein bisschen länger.«

Er sah auf und ich musste lachen.

»Was gibt's denn da zu röhren?«, fragte er verärgert.

»Hat schon fast das Abi und vertut sich mit dem Bus«, sagte ich und kicherte. »Andere stolpern halt mal in einem dunklen Garten.«

»Ahhh, ich verstehe«, sagte er gedehnt. »Das Ganze hier ist wohl auch eine Retourkutsche für neulich Abend, was?«

»Auch«, sagte ich und hoffte, dass er das Bummern von meinem Herzen nicht hören konnte. Er sah einfach hinreißend aus, und ich konnte noch gar nicht glauben, dass er mir wirklich in diesem Zimmer leibhaftig gegenübersaß.

Er schwieg und mir fiel nichts Bedeutsames, Kluges, Witziges oder sonst wie Beeindruckendes ein, deshalb hielt ich die Klappe.

Er saß wieder vornübergebeugt da und verschränkte seine langen Finger zwischen den Knien. Wunderschöne Hände, einfach vollkommen. Wie die sich wohl beim Streicheln anfühlten?

Schon bei dem Gedanken an körperliche Berührungen brach mir der Schweiß aus. Am liebsten hätte ich eine Flanke über den Tisch gemacht und mich ihm an den Hals geworfen.

Mühsam hielt ich mich zurück und genoss einfach den Anblick so viel vollkommener Männlichkeit.

»Und was machen wir jetzt?«, fragte er und sah mir direkt in die Augen.

Prompt zitterten meine Knie.

»Äh, jetzt? Öm, jetzt muss ich mich mal um die Hunde kümmern.«

»Hunde? Mehrzahl?«

»Ja. Paula kennst du schon und dann gibt es noch Toni. Eine Jack-Russel-Dame.«

»Beißt die?«

»Nie«, sagte ich im Brustton der Überzeugung, dabei war Toni bekannt für ihre heftigen Attacken gegen Briefträger und Klempner. Deshalb hatte ich sie ja auch vorerst in der Küche eingesperrt. »Um acht Uhr gibt es Essen. Gibt es etwas, was du nicht magst?«

»Willst du was von der Pommesbude holen? Da ess ich alles.«

»Quatsch. Ich koch was.«

Er sah mich verdutzt an. »Kochen? Wieso? Das ist doch viel zu viel Aufwand. Das kann man doch einfacher haben.«

»Ach ja? Na, bei dem Geburtstag letzte Woche hast du aber ganz gut zugelangt.«

»Man nimmt, was man kriegt«, sagte er geringschätzig. »Ich mach mir nicht so viel aus Nobelfraß wie meine Verwandtschaft. Bei mir tut's auch ein *Bigmäc.*«

Mir schauderte leicht. »Den kannst du bei mir leider nicht kriegen.«

Er verzog das Gesicht. »Bist du vielleicht ein Körnerfresser?«

Ich schüttelte den Kopf. »Keine Angst. Ich esse fast alles. Bloß keine *Bigmäcs*.«

»Wusst ich's doch. Eine Gesundbeterin.«

Er lehnte den Kopf zurück und schloss die Augen.

Mühsam riss ich mich von dem Anblick so viel perfekter Männlichkeit los und stand auf. »Dann geh ich jetzt in die Küche. Du kannst ja inzwischen lesen oder fernsehen oder was auch immer. Hier.«

Ich reichte ihm die Fernbedienung und ging in die Küche, wo mich Toni aufgeregt begrüßte. Sie hatte natürlich längst mitgekriegt, dass ein fremdes Wesen im Haus war. »Wart's ab«, beruhigte ich sie. »Du lernst ihn schon noch kennen.« Ich beugte mich zu ihr runter und umarmte sie stellvertretend. »Er ist ja so hinreißend – einfach zum Niederknien.«

»Wuff«, machte Toni und verzog sich wieder in ihr Körbchen, während ich mich an das Kochen machte. Geplant war ein Salat und danach ein Schweinelendchen mit Sahnesoße und Pilzen und Selleriekartoffelbrei. Das ging rasch und war sehr lecker. Ich wusch, schnibbelte, briet und dickte an und nach einer knappen Stunde war ich fertig.

Ich deckte den Tisch in der Essecke und ging mit klopfendem Herzen ins Wohnzimmer, aus dem laute Musik schallte. Ob er noch da war?

Aber sonst hätte ich ja die Haustür zuschlagen hören. Oder hätte das der Krach übertönt?

Ich öffnete die Tür und linste rein. Birger saß auf dem Sofa und stierte auf den Bildschirm, auf dem irgendein schwarzer Rapper unverständliche, aber sehr monotone Laute ausstieß.

»Essen ist fertig«, sagte ich.

Er winkte mit der Hand ab. »Ruhe. Ich will das hören.«

Ich ging zum Tisch, nahm die Fernbedienung und schaltete das Gerät aus.

Blitzschnell war er aufgestanden und riss mir das Plastikding aus der Hand. »Was fällt dir ein?«, brüllte er. »Das ist ja unglaublich! Erst erpresst du mich auf eine unverschämte Art und Weise, und jetzt wirst du auch noch pampig, wenn ich was sehen will.«

Er drückte auf die Knöpfe und schon blökte der Rapper wieder.

Ich ging zum Fernseher und schaltete ihn mit der Hand aus.

Er machte ein paar Schritte auf mich zu, als ob er mir eine scheuern wollte.

»Wage es!«, schrie ich. »Du hast hier gar nichts zu melden, ist das klar? Dieses Wochenende machst du das, was dir gesagt wird, kapiert? Wenn es dir nicht passt, kannst du gehen und die Folgen tragen, mir ganz egal!«

»Ich dachte, du wolltest mich kennen lernen?«, sagte er mit widerlich ätzendem Ton. »Reicht es dir schon? Oder geht der Test noch weiter?«

Mir pochte das Blut in den Ohren und bestimmt hatte ich einen knallroten Kopf.

»Ganz recht«, blaffte ich zurück. »Aber zu meinen

Bedingungen, damit das klar ist. Und ein gutes Essen lässt man nicht wegen so einem doofen Videoclip kalt werden. Das ist nämlich eine Beleidigung für die Köchin!«

»Ach ja?« Er war stehen geblieben und hatte die Hände wieder runtergenommen. »Du glaubst allen Ernstes, dass ich bei dieser Nummer mitmache? Dass mich so ein Gör rumkommandiert und mir Befehle gibt? Das glaubst du doch nicht wirklich!«

Ich war so aufgeregt, dass ich mit dem Atmen Mühe hatte.

»Genau das glaube ich! Das war die Bedingung. Und wenn du es anders haben willst, kannst du jederzeit gehen. Die Konsequenzen sind dir ja bekannt.«

Er ließ sich auf den Sessel zurückfallen. »Ich fasse es nicht! Dieser Rettich glaubt doch wirklich, ich würde nach ihrer Pfeife tanzen! Du hast sie echt nicht alle!«

»Können wir die Diskussion über meinen Geisteszustand bitte in die Küche verlegen?« Ich ging zur Tür und hielt sie auf. »Nach Ihnen, mein Herr!«

In mir brodelte es.

Ich war wütend.

Ich schämte mich, weil ich jemandem so meinen Willen aufzwang.

Ich war verzweifelt, weil ich plötzlich gar nicht mehr wusste, ob das wirklich eine gute Idee gewesen war.

Vorhin im Wohnzimmer hatten wir uns zwar nicht gerade liebevoll, aber irgendwie normal unterhalten, doch das Gebrüll jetzt hatte einen wunden Nerv bei mir getroffen. Wollte ich mir das wirklich noch zwei Tage lang antun?

Konnte ich jetzt noch zurück?

Mich irgendwie mit Anstand aus der Schlinge ziehen?

Aber wie würde ich dann in den nächsten Tagen dastehen, wenn er auf dem Schulhof Hohn und Spott über mich ausgoss?

Wenn er das nach unserem Wochenende tat (wovon ich nicht ausging), dann konnte ich jederzeit behaupten, er wäre freiwillig zu mir gekommen.

Das hatte ich mir vorher schon gut überlegt.

Kaum wahrscheinlich, dass er nach dem Wochenende ein Interesse daran haben würde, mich vor aller Welt schlecht zu machen – nach meinem Drehbuch waren wir dann nämlich ein Liebespaar.

Als Birger in die Küche trat, war Toni mit einem Satz aus dem Körbchen und bellte ihn an.

»Hau ab!«, raunzte er Toni an. Die aber ging zum Angriff über und versuchte, nach seinem Jeansbein zu schnappen.

Birger wollte ihren kleinen spitzen Zähnen entkommen und hopste aus ihrem Schnappbereich. Ich stand da und lachte. Der Anblick war einfach zu schön: Birger am Hüpfen, Toni am Bellen und Paula stand in der offenen Küchentür und hütete uns unablässig.

»Aus!«, sagte ich dann zwischen Lachern, fasste Toni am Halsband und zerrte sie zu ihrem Körbchen.

»Der darf hier rein, merk dir das! Und hör jetzt auf zu knurren!« Ich gab ihr einen ganz leichten Klaps auf die Schnauze und daraufhin hörte sie auf zu knurren und rollte sich wieder zusammen.

Birger hatte sich an den Tisch gesetzt und sah mich böse an.

Klar hatte er eben kein gutes Bild abgegeben, aber das war schließlich nicht meine Schuld.

Ich war ziemlich durcheinander – erst sein Gebrüll und jetzt Tonis Attacke, das hatte mich ganz schön mitgenommen. Mit zittrigen Händen tat ich ihm Salat auf: Rucola mit Pinienkernen und Parmesansplittern, nichts Besonderes, aber immer lecker.

Misstrauisch sah er auf seine Salatportion, während ich mir auch auftat und mich gegenüber von ihm an den Tisch setzte.

»Guten Appetit.« Ich hörte selbst, wie quäkig meine Stimme klang, und ärgerte mich schrecklich. Wieso versuchte ich es nicht mal mit rauchig-tief-geheimnisvoll?

Weil du das nicht kannst, du Piepserin.

Er grunzte eine Antwort und wir fingen an zu essen.

Schweigend.

Ich goss uns von dem Chardonnay ein, den ich mitgebracht hatte, und wartete darauf, ob er vielleicht mit mir anstieß. Ich traute mich nicht.

Aber er schlürfte den köstlichen Kalifornier einfach weg und zeigte mit keiner Silbe, dass er den Wein zu schätzen wusste.

Anschließend stellte ich die schmutzigen Salatteller auf die Geschirrspülmaschine und platzierte das Lendchen und das Püree zwischen uns auf Untersetzer. Ich wies mit der Hand auf die Aufgebelöffel und sagte: »Bitte, bedien dich.«

»Was denn? Will denn die Mammi dem Kleinen nicht den Teller voll packen?«

Wahrscheinlich sollte es nach beißender Ironie klingen, aber es kam nur als hilfloser Gegenschlag an.

Statt zu antworten, nahm ich mir selber von beidem eine große Portion und fing an zu essen.

Er verzog angewidert den Mund und dann folgte er meinem Beispiel. Stumm kauten wir das ziemlich gelungene Essen in uns rein, und ich wartete, ob es ihm eine Bemerkung entlockte.

Schließlich war ein Teil meines Plans auch die Beachtung der Regel: Die Liebe geht durch den Magen, und ich gebe zu, in dieser Hinsicht hatte ich bei ihm Eindruck schinden wollen.

Aber vielleicht war er trotz seiner edlen Abstammung einer aus der Börger-Wörger-Fraktion und dann hatte ich mit meinen Kochkünsten eher keine Chance. Ich könnte dann höchstens mit einem Hamburger à la Bente punkten: reines Tartar mit Vollkornkrümeln und lauter scharfen Gewürzen… Aber dazu hatte ich keine Zutaten mit – tja.

Stumm nahm er sich nach – das war doch schon mal etwas. Dann konnten irgendwelche Komplimente ruhig noch etwas warten. Ich atmete innerlich auf und konnte mein Essen endlich genießen.

»Und? Was gibt's zum Nachtisch?« Er sah mich provozierend an. »Hat unsere kleine Meisterköchin da auch etwas vorbereitet?«

»Nee. Ich mag nichts Süßes.« Alles hat seine Grenzen, auch meine Kochleidenschaft.

»Das ist aber schade.«

»Du kannst ja 'ne Cola trinken«, bot ich ihm an. »Dann stellst du alles in die Maschine und ich geh inzwischen mit den Hunden raus.«

»Was denn? Bei dir tickt's doch echt nicht richtig! Ich

soll hier den Abwasch machen? Nur über meine Leiche.« Er verschränkte die Arme über der Brust und grinste mich an. »Ich dachte, ich krieg hier den vollen Service.«

»Du kriegst hier genau so viel, wie ich für richtig halte«, sagte ich und bemühte mich um Gelassenheit, obwohl mir schon wieder die Knie zitterten, aber diesmal vor Wut. »Und selbstverständlich musst du mit anpacken. Betrachte es als Übung für eine WG. Jeder trägt seinen Teil dazu bei, damit der Haushalt flutscht. Ich bin in einer Viertelstunde wieder zurück.«

Ich ging in die Diele und nahm die Leinen vom Haken.

Er war mir gefolgt.

»Sag mal, was soll denn der Scheiß? Hab ich Hausarrest oder was? Wieso kann ich nicht mit den Kötern raus? Oder wenigstens mitgehen?«

»So wie du dich aufführst?«

»Ach, und wie führ ich mich auf?«

»Unfreundlich und aggressiv. Damit bleibst du besser hier.«

Er sah mich an, als überlegte er, ob er lachen oder losschreien sollte.

»Und du bestimmst das?«

»Na klar, wer sonst?« Ich lächelte ihn an, aber innerlich war mir kalt vor Angst. Wenn er nun durchdrehte und einfach davonmarschierte? »Wenn du versprichst, dass du dich manierlich benimmst, kannst du von mir aus mitkommen.«

»Ach ja? Und was nennst du manierlich?«

»Du schreist mich nicht an, misshandelst weder mich noch die Hunde und haust nicht ab.«

Er maß mich von Kopf bis Fuß mit einem irritierten Blick. »Du meinst das im Ernst?«

»Ja.«

»Und woher willst du wissen, dass ich mein Versprechen halte?«

Ich hob die Schultern und ließ sie wieder fallen. »Ich kann das Spiel auch andersherum spielen. Ich schmeiß dich raus und das war's dann. Ende der Durchsage.« Ich hasse solche Sprüche, aber ich war mir sicher, dass er es so am besten verstehen würde. »Damit ist unser Kennenlern-Wochenende beendet und die Dinge nehmen ihren Lauf.«

Er schlug mit der Faust gegen den Rahmen der Wohnzimmertür. »Das gibt es doch nicht! Rettich, du spinnst! So läuft das nicht.«

»Doch«, sagte ich leise. »Genau so läuft es. Auch wenn du noch etwas Zeit brauchst, um dich daran zu gewöhnen.«

Ich klippte das Halsband bei Toni fest, die schon bei mir stand und, am ganzen kleinen Körper bibbernd, darauf wartete, dass es endlich rausging. Paula stand längst bei der Haustür und machte jetzt Platz, als ich die Hand auf die Klinke legte.

»Also, was ist? Benimmst du dich und kommst mit oder spielst du das Rumpelstilzchen und bleibst hier?«

Ich musste zu ihm hochschauen und schreckte etwas zurück, als mich sein wuterfüllter Blick traf.

»Ich bleibe hier. Danke, ich hatte heute schon Ausgang. Und außerdem brauch ich eine Pause von dir. Dringend.«

Ich öffnete die Haustür und ging mit den Hunden

raus. Ich musste aufpassen, dass ich die paar Stufen nicht runterfiel, denn seine Zornesworte hatten mir das Wasser in die Augen getrieben, und ich sah alles nur durch einen Tränenschleier.

Ich zwinkerte ein paarmal, um die Tränen loszuwerden, und schlug den Weg zum Deich ein. Dort ließ ich Toni frei und sie und Paula rannten vor mir her und die Böschung runter und tobten sich aus. Ab und zu kam uns ein Hund mit Mensch entgegen, aber bei zwei Hundedamen gibt es eigentlich kaum je Probleme, und sie beschnüffelten die Artgenossen nur ausgiebig, während ich mit den anderen Hundebesitzern nichts sagende Sätze tauschte.

Dann machten wir uns wieder auf den Heimweg.

Ob Birger noch da war?

Ich horchte ganz aufmerksam in mich hinein. Wollte ich vielleicht ganz tief drinnen, dass er die Mücke gemacht hatte?

Nein.

Ich sah ihn vor mir, wie er in seinen vollen ein Meter neunzig an der Tür stand und gegen das Holz schlug, und musste grinsen.

Immerhin ließ ich ihn nicht völlig kalt, immerhin machte er sich nicht pausenlos lustig über mich – er nahm mich ernst. Zwar liebte er mich noch nicht, aber er nahm mich jetzt endlich für voll.

Okay, das ist nicht gerade umwerfend positiv. Aber trotzdem: Ich würde es vielleicht schaffen können, das ganz Unglaubliche wahr zu machen. Es hinzukriegen, dass Birger sich in mich verliebte.

Zumindest neugierig auf mich wurde.

Ich wusste genau: Ich hatte eine Chance.

Wir hatten eine Chance.

Als Paar.

Ich atmete tief durch und spürte, wie mich ein Glücksschauer überrieselte.

Noch war alles möglich.

Ich durfte nur nicht klein beigeben.

Ich durfte nicht nachlassen.

In dieser Hochstimmung bog ich mit den Hunden in den Rosenweg ein. Ich hätte singen können vor Vorfreude.

Die letzten Schritte bis zu Tante Christas Haus rannte ich fast, ich wurde immer schneller und die Hunde fanden das toll und tobten mit.

Dann stand ich vor der Haustür und tastete in meiner Hosentasche nach dem Schlüssel.

Nichts.

Na klar! Den hatte ich vorhin in der Aufregung vergessen.

So was Blödes.

Ich biss die Zähne zusammen und klingelte.

Nichts.

Ich zählte bis zehn und klingelte wieder.

Nichts.

Ob er mich einfach hier draußen stehen lassen wollte?

Blitzschnell durchforstete ich mein Hirn nach den möglichen Konsequenzen: Ich fuhr mit den Kötern nach Hause und erzählte, ich hätte mich aus Versehen ausgesperrt, und kam mit Einbrecherwerkzeug wieder.

Ich blieb hier draußen sitzen, bis er nachgab.

Ich konnte schreien, doch dann bekamen alle Nachbarn mit, dass im Haus meiner Tante ein Kerl die Schlüsselgewalt hatte.

Paula und Toni standen bei mir und wedelten mit den Schwänzen.

Toni sagte: »Wuff«, weil es nicht weiterging, und Paula stupste mich mit der Schnauze an, damit ich endlich die Tür öffnete.

Tja, Pustekuchen.

Ich klingelte noch mal, anhaltend, eine Minute lang. Ich konnte das Schrillen bis hier draußen hören, es klang nervenzerfetzend. Aber nichts regte sich.

Ob Birger am Ende schon weg war?

Verstört suchte ich noch mal alle Taschen ab. Da hielt ich plötzlich sein Handy in der Hand. Ich betrachtete es, und siehe da: Es war an, nur gesperrt. Glücklicherweise wusste ich, wie man bei diesem Modell entsperrt.

Ich tippte Tante Christas Nummer und ließ es läuten. Glücklicherweise hat sie keinen Anrufbeantworter, da kann man es sehr lange läuten lassen.

Irgendwann, ungefähr nach dem hundertfünfunddreißigsten Klingeln, nahm Birger ab. »Ja?«

»Mach bitte die Tür auf.« *Und zwar plötzlich, ich platze vor Wut.*

»Und wenn nicht?«

»Dann fahre ich nach Hause.« *Nie und nimmer, aber wir können es uns ja mal vorstellen.*

»Und dann?«

»Dann warte ich bis Mittwoch.« *Vielleicht auch nicht, du Mistkerl!*

Am anderen Ende blieb es still.

»Also, dann tschüs.« *Verdammt noch mal, komm endlich!*

»Also gut.«

Er legte auf, und dann tauchte ein Schatten hinter dem Türfenster auf und die Hunde schlüpften rasch hinein, während ich etwas langsamer folgte.

»Na, Rettich? Wie war das? Mal deine eigene Medizin zu schmecken gekriegt?«

Ich sah ihn nicht an, während ich die Leinen wieder aufhängte.

»Wieso? Ich hab dich doch nicht draußen stehen lassen.«

»Nein, aber du hast es so getrickst, dass ich ohnmächtig bin. Dir total ausgeliefert. Fühlt sich mies an, was?«

Ich sagte nichts und ging ins Wohnzimmer. Durch die offen stehende Küchentür sah ich, dass er nichts weggeräumt hatte.

Aha, wir spielten also Rebellion.

Na gut, da konnte ich mitspielen.

12

»Wenn du morgen frühstücken willst, solltest du das Geschirr wegräumen«, sagte ich ganz ruhig.

»Wieso? Ich weiß doch, wie ein Kühlschrank aufgemacht wird. Wer will mich daran hindern, mir da was Essbares rauszuholen? Du?«

»Nein. Aber ich wollte morgen ein englisches Frühstück machen, mit allen Schikanen, und dazu hab ich keine Lust, wenn du dich vor der Arbeit drückst.«

»Moment mal! So haben wir nicht gewettet! Erst zwingst du mich hierher und dann soll ich noch Sklavendienste –«

»Quatsch!«, sagte ich und setzte mich wieder auf die Couch. »Wenn einer kocht, macht der andere die Küche wieder sauber. Das ist doch nur fair. Oder lässt du dich zu Hause von hinten bis vorn bedienen?«

»Vielleicht«, sagte er, ließ sich in den Sessel plumpsen und streckte die langen Beine aus. »Jedenfalls lass ich mich von keinem Meerrettich zu Frondiensten pressen.«

»In Ordnung. Dann koch ich eben ab sofort für mich allein. Auch gut.«

Statt einer Antwort drehte er sich wieder zum Fernseher um und stellte den Ton lauter. Ich linste kurz rüber. Halb nackte Mädchen verrenkten ihre schlanken Glieder, während eine von ihnen irgendwas in ein Mikro hauchte. Dann beugte ich mich zur Seite, wo ich am Nachmittag meinen Schmöker deponiert hatte, schlug ihn auf und fing an zu lesen.

Der Roman hieß *Besessen* und war mittlerweile verfilmt worden, aber ich wollte erst das Buch lesen, bevor ich mir den Film in der Videothek besorgen ließ. Schon nach wenigen Seiten war ich völlig gebannt und vergaß alles um mich herum.

Birger machte unserem trauten Beisammensitzen schließlich abrupt ein Ende, indem er sagte: »Ich kann Cola nicht ausstehen. Was gibt es hier denn sonst noch zu trinken?«

Ich sah von meinem Buch hoch.

»Ich hab zu den Mahlzeiten jeweils eine Flasche Wein dabei, ansonsten trinke ich nicht viel Alkohol.«

»Ja, duuu vielleicht, aber das kannst du von einem erwachsenen Mann doch nicht verlangen«, sagte er verächtlich. »Bin ich hier eingesperrt oder kann ich zu einem Kiosk laufen und mir Bier holen?«

Oho, Proll-Stil.

Ich zuckte die Achseln. »Natürlich kannst du gehen. Es ist ja nur in deinem Interesse, dass du wiederkommst.«

»Grins nicht so blöd«, blaffte er mich an, stand auf und fuhr sich mit allen zehn Fingern durchs Haar. »Das ist ja wirklich das Allerbeknackteste, was mir je passiert ist. Ich sitze in dieser Ätzbude mit einer Ätztusse wie Omma und Oppa und das soll noch zwei Tage so weitergehen! Ich glaub, ich werd noch verrückt!«

Ich sah auf mein Buch und tat so, als ob ich las, dabei klopfte mir bei seinem Anblaffer schon wieder das Herz bis zum Hals. Es ist einfach schrecklich, wenn ein Mensch, den man so wahnsinnig liebt, dermaßen die Haltung verliert. Ich schämte mich für ihn.

»Niemand zwingt dich«, murmelte ich. »Du hattest eine Option und du hast dich entschieden.«

»Einen Scheiß hatte ich!«, brüllte er. »Das ist eine ganz miese Erpresserei und eigentlich sollte ich dich anzeigen! Solche wie du gehören hinter Gitter, jawohl!«

Ich wurde erst knallrot, dann wurde ich blass, ich spürte, wie mir das Blut erst in den Kopf schoss und sich dann wieder verflüchtigte.

»Ich gehe jetzt«, verkündete er.

Ich sagte nichts, sondern las weiter.

»Alles klar?«, brüllte er, dass die Wände wackelten. »Hast du das kapiert?«

Ich nickte und las weiter, fasste nach der Fernbedienung und schaltete das grässliche Gewimmer aus.

Birger stand noch einen Moment unschlüssig da, dann verschwand er in die Diele und gleich darauf hörte ich die Haustür zuknallen.

Tja, das war's dann wohl.

Das frühe Ende meiner kriminellen Karriere.

Na ja, vielleicht war es besser so.

Die Rolle der Erpresserin, Kerkermeisterin oder Gouvernante war wirklich nicht nach meinem Geschmack. Außerdem war das Buch toll.

Da musste ich mir jetzt gar nicht wegen Birgers Abmarsch den Kopf zergrübeln, sondern ich las einfach weiter und lernte die zwei Zeitebenen und ihre Protagonisten auseinander halten, zwischen denen sich die Romanhandlung bewegt: das zwanzigste Jahrhundert mit den beiden Literaturwissenschaftlern und das neunzehnte Jahrhundert mit dem Dichter und seiner Geliebten, der Dichterin. Bisher hatte ich noch kein hässliches Entlein entdecken können, aber trotzdem bahnten sich hochromantische Verstrickungen an, und ich merkte, wie ich vor lauter Aufregung eine trockene Kehle kriegte.

Die Tiere hatten ihr Futter schon bekommen, deshalb hatte ich in dieser Hinsicht keine Pflichten mehr zu erfüllen.

Ich ging in die Küche, kochte mir einen grünen Tee, kraulte Toni und Paula, damit sie sich nicht so verlassen vorkamen, und kuschelte mich wieder in meine Couchecke. Ich ließ mich ganz in den Bann der beiden Handlungsstränge ziehen und dachte nicht mehr an Birger. Ich verbot mir einfach, an dieses dumme gescheiterte Experiment zu denken, und suchte Zuflucht in einer anderen Liebesgeschichte oder – wie ich hoffte, aber das war noch völlig offen – in zwei Liebesgeschichten.

Allmählich konnte ich mir den Studenten Roland und die Professorin Maud Bailey vorstellen, aber viel aufregender waren natürlich Randolph Henry Ash und Christabel LaMotte – schon allein diese Namen! Ich sagte sie mehrmals laut vor mich hin, was mir einen fragenden Blick von Paula einbrachte. Noch mehr Leute zu hüten?, dachte sie wahrscheinlich. Wo sind die denn?

Ich fraß mich förmlich durch die Seiten und Kapitel – nur bei den Gedichten brauchte ich Zeit. Lyrische Gedichte sind schwierig, finde ich, viel schwieriger als Balladen. Diese vielen Doppelbedeutungen oder Dreifachbedeutungen, Anspielungen und Wortbilder, Gleichnisse … ziemlich anstrengend.

Ich war bei den »schwarzen Krallen« stecken geblieben – was meinte sie damit? Sie – Christabel, beziehungsweise die Autorin Antonia Byatt.

Es klingelte.

Zweimal.

Ich machte nicht gerade einen Luftsprung vor Schreck, aber ich zuckte doch heftig zusammen.

»Paula«, sagte ich.

»Wuff«, machte Toni und kam aus der Küche.

Wir drei gingen zusammen zur Haustür und ich holte tief Luft. Dann öffnete ich sie einen Spaltbreit.

Birger.

Er grinste schief und sagte: »Lässt du mich rein?«

Ich trat einen Schritt zurück und er kam rein. In den Händen hielt er zwei Sixpacks mit Bierdosen, die Paula sofort neugierig beschnüffelte.

Ich sah ihn an, und er verzog den Mund und knurrte: »Ich brauch dieses Abi. Ich komme sonst nicht von zu Hause weg. Es ist lebenswichtig. Du hast ja keine Ahnung, wie wichtig!«

Er ging an mir vorbei in die Küche und ich hörte Geschirr scheppern.

Aha! Er machte auch noch unaufgefordert Küchendienst. Ich war völlig verblüfft. Damit hatte ich nun überhaupt nicht mehr gerechnet.

Ich verzog mich wieder in meine Leseecke und versuchte, mich auf das Gedicht zu konzentrieren. Aus den Augenwinkeln nahm ich wahr, dass er sich wieder in denselben Sessel wie vorhin setzte, und dann dröhnte der Fernseher auch schon los. Diesmal keine Musik, sondern Fußball. Ich hielt mir die Ohren zu und brüllte: »Leiser!«

Die Lautstärke nahm zwar ab, aber nur minimal. Ich konnte mich nicht mehr auf meinen Roman konzentrieren, griff wütend nach der Fernbedienung und stellte die Lautstärke auf »erträglich« ein.

Birger stand auf, kam um den Tisch herum und riss mir das Plastikding aus der Hand. »Du glaubst wohl, du kannst mich hier an der Leine führen, was? Ich bin doch nicht dein Fiffi! Für Fußball braucht man volles Rohr!«

Dann drehte er die Lautstärke wieder auf, aber die Berichte über Fußball waren vorbei, es gab jetzt ein Interview, und er merkte wohl selbst, wie albern hier die Phonstärke wirkte. Es wurde wieder leiser.

Ich versuchte zu lesen, weil mich die Handlung von Seite zu Seite mehr fesselte.

Roland und Maud – da bahnte sich doch bestimmt was an, für so was hatte ich einen Riecher. Aber warum wickelte sie sich Turbane um den Kopf?

»Was liest du denn da?«, fragte Birger.

»*Besessen* von Antonia Byatt.«

»Noch nie gehört.«

Tja, sein Pech.

»Muss man das kennen?«, hakte er nach.

»Wenn du mich fragst: ja«, sagte ich und klappte das Buch zu, aber mit dem Daumen zwischen den Seiten, wo ich gerade war. »Willst du dich jetzt ernsthaft mit mir darüber unterhalten oder willst du mich bloß beim Lesen stören?«

Bitte sag, dass du meine Stimme hören willst, sag, dass du dich nach einem Gespräch sehnst, dass du jemanden brauchst, der dich versteht…

»Ich langweile mich«, sagte Birger und ließ die zweite Dose ploppen. »Du hast mich gezwungen, hierher zu kommen, also unterhalte mich.«

Ich seufzte und legte das Buch auf den Tisch.

»Das finde ich zu einseitig. Wir könnten miteinander reden, damit wäre doch auch für deine Unterhaltung gesorgt. Oder willst du, dass ich halb nackt auf dem Tisch tanze wie diese Mädchen in dem Videoclip vorhin?«

»Du? Halb nackt tanzen? Das würde ich mir nicht mal ansehen, wenn man mir Geld dafür geben würde.

Ach – übrigens, wo wir schon mal beim Thema sind: Wie stellst du dir das mit der Übernachtung vor? Sind in der Erpressung auch gewisse Dienste enthalten?«

Mich durchzuckte ein sengender Panikblitz: Was meinte er damit? Doch nicht –

Ich spürte, wie ich schon wieder rot anlief. Unglaublich, was der Typ mit meinem Kreislauf anstellte.

»Keine Angst«, sagte ich so kühl, wie man es mit einem Tomatenkopf nur hinkriegen kann. »Du bist vor sexuellen Übergriffen völlig sicher. Du schläfst hier unten auf der Couch, die kann man nämlich ausziehen, und ich schlafe oben im Gästezimmer. Sind deine Ängste damit beseitigt?«

Er pfiff durch die Zähne und trank von seinem Bier. »Was für eine Zurückhaltung«, sagte er dann spöttisch. »Es gibt da Tussen an unserer Schule, die lauern nur auf so eine Gelegenheit.«

»Damit hast du den Beweis, dass ich keine Tusse bin«, sagte ich äußerlich gelassen, während ich innerlich in die Knie ging. Oh du Schande, über die Schlaferei hatte ich noch gar nicht richtig nachgedacht – wahrscheinlich hatte ich heimlich gehofft, dass wir um diese Zeit schon total selig am Knutschen wären und sich alles andere von allein ergeben würde.

Wie man sich doch irren kann.

Birger gähnte. »Und wann muss ich ins Körbchen?«

»Sei doch nicht so blöd. Bisher habe ich mich nicht als Kindergartentante aufgespielt und ich werde das auch in Zukunft nicht tun. Klar?«

Er gähnte wieder. Ohne sich die Hand vor den Mund zu halten, ganz ungeniert. »Ich langweile mich.«

»Nichts zu lesen dabei?«

»Bist du bekloppt?«

Wahrscheinlich las er Bücher nur bei vorgehaltener Pistole.

»Musst du denn nichts fürs Abi lernen? Ihr habt doch noch mündliche Prüfung.«

»Lernen? Am Wochenende? Hast du sie noch alle?«

Garantiert, mein Lieber. Aber darüber wollte ich jetzt nicht sprechen.

»Gibt es denn nichts in der Glotze, was dich interessiert? Das Programm liegt dort auf dem Tischchen.«

»Glotzen ist auf die Dauer lang-weil-lig«, wiederholte er.

Ich beugte mich vor. »Was machst du denn sonst an einem Freitagabend?«

Er hatte das halb volle Bierglas in der Hand und schwenkte es durch die Luft. »Na, einen draufmachen. Mit den Kumpels abhängen, Disko oder Kneipe, was gerade angesagt ist. Das Normale eben.« Er musterte mich mit schmalen Augen und plötzlich lachte er. »Nee, für dich ist das wohl nicht normal. Keine Kumpel, keine Disko – ich wette, du kannst noch nicht mal tanzen, hä?«

Du eingebildeter Affe, ich habe den Grundkurs in Standardtänzen, zweimal Fortgeschrittenenkurs in lateinamerikanischen Tänzen und einen Rock-'n'-Roll-Lehrgang mitgemacht – aber wahrscheinlich hast du diese Sorte Tanzen sowieso nicht im Visier.

»Kommt drauf an, was man unter tanzen versteht. Aber ich würde dich gern noch besser kennen lernen – du weißt ja, das ist der Zweck dieser Wochenendübung. Erzähl doch mal, wie dein perfektes Wochenende aussieht.« *Damit ich das morgen toppen kann, ist doch klar.*

»Na ja, das war's eigentlich schon. Manchmal gehen wir ins Kino, in irgend 'nen Actionfilm oder so, *Men in Black* oder *Star Wars* oder so, und ab und zu schmeißt einer 'ne Party. Früher hab ich noch nächtelang computert, aber das interessiert mich nicht mehr so.«

»Surfst du viel?«

»Meinst du auf'm See oder im Netz?«

»Beides.«

Er räkelte sich und trank von seinem Bier.

Dann rülpste er dezent und grinste.

Mich verwirrten total gegensätzliche Empfindungen. Das Rülpsen fand ich absolut daneben, das Lächeln verursachte eine trockene Kehle, unwillkürlich musste ich schlucken.

»Manchmal fahren wir hoch zum Jadebusen, da gibt es eine tolle Surfstrecke und meistens spielt der Wind auch mit. Surfen im Netz? Mal 'n Song runterladen oder so. Aber das ist mir meistens zu öde, ich geh lieber weg, bin lieber unter Menschen.«

Das hörte sich eigentlich enttäuschend langweilig an – aber vielleicht fehlte ihm einfach nur die richtige Gefährtin! Wenn ich ihm doch nur klar machen konnte, dass ich … dass das Zusammensein mit mir …

Ich biss die Zähne zusammen, gab mir innerlich einen Ruck, der das Matterhorn zum Einsturz hätte bringen können, und stellte die Frage aller Fragen.

»Hast du 'ne feste Freundin?«

»Im Augenblick nicht.« Er grinste und sah mich abschätzend an. »Wenn du darauf lauerst, mach dir lieber keine Hoffnungen.«

Ich schüttelte den Kopf und log, dass sich die Balken bogen – eigentlich hätte jetzt das Dach einstürzen müssen.

»Kein Interesse.«

»Ach ja? Und wozu dann dieser ganze Aufstand?« Er wedelte heftig mit der Hand in Richtung Restzimmer, und Paula sprang auf und schaute uns nacheinander an, ob sie jetzt als Hüterin gefordert war.

»Alles in Ordnung, Paulchen. Kannst dich wieder hinlegen«, sagte ich beruhigend. Dann wandte ich mich an Birger: »Hab's dir doch schon x-mal gesagt. Ich wollte dich einfach mal kennen lernen.«

»Und wozu? Um dich an mich ranzumachen?«

Bingo. Aber das würde ich nie zugeben. Vielleicht später mal, wenn wir mit unseren Enkeln spielen …

»Nein«, sagte ich mit so fester Stimme, wie sie Lügner immer haben müssen, wenn sie damit durchkommen wollen. »Ich studiere Charaktere und dich fand ich spannend.«

»Ach ja? Und wieso?«

Aua, jetzt galt es zu improvisieren.

»Du wirkst auf Außenstehende als Sonnyboy, hast immer einen Tross von Bewunderern um dich rum. Kurzum, der Erfolgsmensch. Ich wollte mal sehen, wie es hinter der Fassade aussieht.« *Puh. Nicht schlecht, Sophie, meine Süße, gar nicht schlecht. Könnte fast stimmen.*

»Ach? Echt?« Birger sah mich verblüfft an.

Der kaufte mir das offensichtlich ab. Mir wurde vor lauter Erleichterung ganz warm.

»Mhm. Das brauch ich für später. Ich will Theaterstücke schreiben. Oder Drehbücher. Dazu braucht man viele verschiedene Charaktere.«

»Ach nee?« Er lachte. »Das darf doch nicht wahr sein! Da bin ich also die Vorlage für irgendeine schwachsinnige Geschichte oder so … Das halte ich im Kopf nicht aus!«

»Blödsinn! Mich interessiert eben, wie Menschen ticken, und weil du so aus dem Durchschnitt herausragst …« *Und wie!!!* »… wollte ich mal wissen, wie du so tickst. Das ist alles. Ehrlich.«

Birger entspannte sich wieder, nuckelte an seinem Bierglas und dachte nach. Dann sah er mich wieder an.

»Also alles, was recht ist, aber du bist schon eine komische Puppe. Wenn du mich fragst: Du hast komplett einen an der Waffel. Aber so richtig gemeingefährlich bist du anscheinend nicht.« Er gähnte wieder. »Ach, was soll's! Ich finde das hier total bekloppt, aber vielleicht halte ich ja durch.« Er warf mir einen lauernden Blick zu. »Du hältst dich doch an die Abmachung?«

»Klar«, sagte ich und stand auf, ging raus und holte das Bettzeug aus dem Flurschrank, wo Tante Christa es immer frisch bezogen bereithält. »Im Gästeklo hier unten gibt es ein Waschbecken. Duschen kannst du oben im Bad. Ich muss jetzt noch ein letztes Mal mit den Hunden raus. Soll ich dir vorher oder nachher dein Bett machen?«

Er war auch aufgestanden und sah von seiner Höhe verächtlich auf mich runter. »Danke ergebenst. Aber mein Bett kann ich auch selbst beziehen. Kümmere dich um deine Viecher und lass mich in Ruhe. Vielleicht kann ich ja die beiden nächsten Tage verpennen, das wäre doch Spitze.« Er lachte, aber es hörte sich nicht fröhlich an.

Ich nahm die Leinen runter, legte sie den Damen jedoch nicht an, weil ich nur bis zur nächsten Straßenecke gehen wollte. Doch auch das dauert seine Zeit. Paula und Toni mussten alle halbe Meter ausgiebig schnüffeln und prüfen, wo sie ihr Pipi hinmachen wollten. Schließlich war das aber erledigt und ich schloss die Haustür auf – man lernt aus seinen Fehlern, den Schlüssel hatte ich diesmal eingesteckt.

Hinter der Wohnzimmertür war alles ruhig, ich brachte die Hunde zu ihren Körbchen und sah noch mal nach den Katzen, aber die waren durch ihre Katzenklappe übers Dach verschwunden. Endlich war ich bettfertig und wollte schon unter die Decke schlüpfen, als mein Blick auf den leeren Nachttisch fiel. Oh nein!!!

Ich hatte mein Buch unten im Wohnzimmer vergessen.

Das brauchte ich! Unbedingt!

Aber wenn Birger das nun missverstehen würde und dachte, ich wollte mich ihm an den Hals schmeißen?

Egal, ohne mein Buch konnte ich unmöglich einschlafen.

Ich tappte die Treppe runter, klopfte an die Tür und sagte laut und deutlich: »Dies ist kein Angriff auf deine Tugend, sondern nur die höfliche Bitte, mir mein Buch zu geben. Es liegt auf dem Tisch. Kannst du mir das bitte eben zukommen lassen?«

Ich hörte es quietschen und knarren und dann ging die Tür auf und Birger stand vor mir: mit total verwuschelten Haaren, in T-Shirt und Boxershorts. Ich erfasste das alles mit einem einzigen Blick und schon knickten mir beinahe die Knie weg.

Er war so unglaublich, er sah so wahnsinnig toll aus, so liebenswert, und ich hätte so schrecklich gern seine Haare berührt, seine Wangen, seinen Mund.

»Da«, sagte er und hielt mir mein Buch hin. »Ich hoffe, das war's dann.« Damit ging die Tür wieder zu und klickte laut ins Schloss.

Wie benommen stand ich mit geschlossenen Augen da, drückte das dicke Buch an meine Brust und wünschte mir brennend, ich wäre so selbstbewusst, um hineinzugehen und ihm ein ganz moralisches Angebot zu machen. Ich wollte nur bei ihm sein, in seiner Nähe, ihn berühren, streicheln, tasten, riechen, anfassen …

Falls dann mehr daraus wurde, konnte man ja immer noch sehen …

Ich drehte mich um, seufzte lautlos und stieg die Treppe wieder hoch, während vor meinem geistigen Auge lauter Bilder von Birger und mir in heftiger Umarmung und innigsten Küssereien abspulten.

So nah und doch so fern …

Wo kam denn dieser Spruch nun wieder her?

Ich war völlig fertig, als ich mir nun endlich die Bettdecke bis zum Kinn zog. Mein ganzer Körper brannte vor Sehnsucht, mein Inneres schmolz dahin wie flüssiges Gold – nein, jetzt gerieten mir schon die Metaphern durcheinander.

Wild entschlossen schlug ich mein Buch auf, und es spricht nur für die außerordentliche Qualität von Antonia Byatts Roman, dass ich schon nach drei Seiten Birger fast vergessen hatte, dass mich seine höchst beunruhigende Anwesenheit einen Stock tiefer nicht mehr zum Sabbern brachte, sondern dass ich mich wieder in die Geschichte von Christabel und Randolph ziehen ließ, mit Haut und Haaren und allen Fasern meines Herzens – wie es immer so schön heißt.

Als ich einschlief, vermischten sich in meinen Träumen die Romanfiguren mit den Lebenden, ich war Christabel und liebte Birger, doch der liebte Sophie und kämpfte mit Randolph um die Zuneigung der von allen begehrten jungen Frau, aber das war auf einmal Maud, und Birger lief ihr nach, und ich zerrte an seiner Jacke, damit er sich mir zuwenden sollte, und Randolph forderte Birger zum Duell, und Maud fand das unzeitgemäß, während Christabel nur schön lächelte… Ich wünschte, ich könnte auch so lächeln und wäre auch so schön, aber Birger lag mir zu Füßen und versicherte mir eindringlich, wie sehr er mich immer schon geliebt hätte und –

Ich wachte auf.

In meinem Kopf wirbelten noch die Traumbilder durcheinander, aber ich befand mich in einem fremden Zimmer, und es dauerte ein paar lange Sekunden, bis mir klar wurde, dass es Tante Christas Gästezimmer war. Ich sah auf meine Uhr: Es war halb neun.

Samstag um halb neun! Ich streckte mich und dehnte mich unter meiner Bettdecke und blinzelte in das Morgenlicht, das zum Fenster reinkam. Nicht gerade strahlende Sonne, aber immerhin kein Regen: Das war doch schon was.

Noch leicht bedröhnt von dem heftigen Traumgeschehen und blinzelnd wegen der Helligkeit, wollte ich ins Bad und stand schon auf dem Flur, als plötzlich die Badezimmertür aufging und mir ein nackter, nein: fast nackter Birger gegenüberstand. Das geschah so plötzlich, dass ich vor Schreck quiekte und Birger erschrocken einen Schritt zurück machte. Er fasste sich als Erster wieder.

»Trägst du immer solche Mülltüten?«, fragte er. »Das muss deinen Kerl ja mächtig antörnen.« Dann vergewisserte er sich, dass das Handtuch um seine Hüften seine Kronjuwelen ordentlich bedeckte, und ging an mir vorbei und die Treppe runter.

»Ich hab Hunger wie ein Wolf«, teilte er mir noch mit, bevor er im Wohnzimmer verschwand.

Ich musste mich im Bad erst mal auf den Klodeckel setzen, weil meine Knie mir den Dienst aufkündigten. Jungejunge, was für ein Anblick! Birger war einfach vollkommen, er war so was von gut gebaut, einfach unglaublich.

Langsam kam ich wieder zu mir und da fiel mir seine Bemerkung über den Müllsack ein. Ich sah entmutigt an mir runter. Das war mein schönstes Nachthemd!

Na gut, es war keine pfirsichfarbene Seide oder durchsichtige Spitze, aber es war ein schneeweißes Leinenhemd mit Spitzenrüschchen an Ausschnitt und Ärmeln, das ich mir mal auf dem Flohmarkt gekauft hatte.

Offensichtlich nicht sein Geschmack.

Ich schloss die Badezimmertür von innen zu – *sicher ist sicher* –, aber diese Maßnahme war leider völlig überflüssig.

Frisch geduscht und angezogen, betrachtete ich mich

traurig im Spiegel: Die frische Unterwäsche konnte ja von außen keiner sehen und ansonsten trug ich eine ganz normale Jogginghose und ein T-Shirt, diesmal ein blaues mit Aufdruck: YOU CAN TAKE IT IF YOU REALLY WANT.

Wer wollte sich hier eigentlich was einreden? Birger war viel zu toll für mich, den kriegte ich nie, auch wenn ich es noch so sehr wollte …

Mein Magen knurrte.

Na, seiner vielleicht auch. Wie war das noch mal mit der Liebe, die durch den Magen geht? Mal schauen.

Zuerst versorgte ich die Hunde und Katzen, die schon in der Nähe ihrer Fressnäpfe warteten. Nicht nur mit Futter, sondern auch mit Streicheleinheiten. Das hätte jetzt der Auftakt zu einem total entspannten Lesen-Spazierengehn-Glotzen-Wochenende sein können – aber nein! Ich musste mir ja unbedingt den Superknaben der Schule aufladen.

Ich seufzte. *Selbst schuld.*

Dann machte ich mich an die Zubereitung von dem großen Englischen Frühstück, das ich versprochen hatte.

Ich legte Bacon-Scheiben unter den Grill, kochte sicherheitshalber Kaffee *und* Tee, presste Pampelmusen aus und deckte den Tisch.

Dann brüllte ich: »Frühstück in drei Minuten«, und schlug die Eier in die Pfanne. Während ich Butter, Marmelade und Käse auf den Tisch stellte, kam Birger herein.

»Wow!«, sagte er anerkennend und warf sich auf denselben Stuhl wie gestern Abend.

»Wuff«, sagte Toni, die das wohl für eine Begrüßung gehalten hatte, und Paula tapste zu ihm und wedelte mit dem Schwanz.

Wir frühstückten schweigend. Ich, weil mir beim besten Willen nichts einfiel, mit dem ich gesprächstechnisch hätte glänzen können, und Birger, weil er wie ein Scheunendrescher fraß, fast ohne zwischendurch nach Luft zu schnappen. Überhaupt hatte er seltsame Manieren. Er schlürfte seinen Kaffee, kaute mit offenem Mund und schmatzte.

Als er einmal den Kopf hob und mich beim Beobachten erwischte, grinste er. »Na? Geschockt? Hattest du von mir andere Tischsitten erwartet?«

Worauf du einen wetten kannst!

»Ich nicht, aber wahrscheinlich deine Großmutter. Oder gibst du dir in ihrer Gegenwart extra Mühe? Damit sie dich nicht enterbt?«

Er lachte. »Natürlich schmatze ich zu Hause nicht. Das gäbe gleich wieder endloses Gequatsche und so. Aber hier ist es nicht wichtig, hier bist ja bloß du.«

Aha, und ich bin dir so egal?

»Na, dann lass dich bloß nicht stören. Jeder so proll, wie er mag«, sagte ich und rührte in meiner Tasse herum.

»Und was machen wir heute?« Seine Stimme hatte wieder diesen aufsässigen Ton. »Muss ich Bildchen malen oder Figuren kneten oder was hast du dir ausgedacht?«

Ich schluckte trocken. Ich hatte mir nichts ausgedacht. In meinen Träumen waren wir zu diesem Zeitpunkt irgendwie längst ein Paar geworden.

»Zunächst mal machst du die Küche«, sagte ich so ungerührt, wie ich nur konnte. »Dann muss ich mit den Hunden raus. Joggen. Dann wollte ich lesen oder reden oder so.«

»Oder so.« Er wischte mit einem Stück Baguette den letzten Rest von seinem Spiegelei auf. »Und wenn er an Langweile nicht gestorben ist, erpresst sie ihn noch heute.«

»Oh, du kennst Märchen? Sieh einer an.«

»He – was soll das denn?«

»Ich hatte schon geglaubt, du kannst nicht lesen.«

»Wie kommst du denn auf so 'n Scheiß?« Er sah mich wütend an.

Mir wurde innerlich wieder mulmig, ich ertrug es einfach nicht, wenn er sauer auf mich war.

»Natürlich lese ich, 'ne Menge sogar.«

Na klar, Bundesligatabellen und Blondinenwitze.

»Nimm's nicht so schwer«, schwächte ich meine Attacke ab. »Ich habe es nicht so gemeint.«

Er strich sich Butter auf eine Brotscheibe. »Also ehrlich, du bist eine total verzickte Tusse, weißt du das?«

»Nein«, sagte ich mit aller Entschiedenheit und stand auf. »Ich weiß, dass ich keine bin. Ich bin alles Mögliche, aber garantiert keine verzickte Tusse. Verwechsle mich ja nicht mit deinen Freundinnen, kapiert?«

»Mit meinen Freundinnen?« Er lachte laut los. »Du hast vielleicht Nerven! Das sind tolle Mädchen, richtige Schnuckelbienen, mit denen man sich sehen lassen kann! Nicht solche kriminellen Trantüten wie du!«

»Halt die Klappe!«, schrie ich.

Das war zu viel. Ich konnte jetzt weder klug noch strategisch denken, geschweige denn planen.

»Du bist doch der letzte miese Macker! Ein Langweiler ohne Ende! Einer, der außer Glotze und Bier nichts mehr braucht! Einer, der keinen Krümel Grips unter der Hirnrinde hat und der seinen Verstand eh an der Garderobe abgegeben hat! Nichts kannst du! Schon gar nicht eine halbwegs intelligente Unterhaltung führen!«

Er sah mich erstaunt an, die Hand mit dem Brot war auf halbem Weg zum Mund in der Luft stehen geblieben. »Nun krieg dich mal wieder ein, ich wollte dich doch gar nicht anpinkeln! Wahnsinn – wegen so 'ner Lappalie in die Luft zu gehen!«

Ich ging aus der Küche und sagte noch über die Schulter: »Die Küche geht an dich. Und diesmal bitte auch den Tisch abwischen.«

Dann holte ich die Leinen und Toni und Paula sausten zu mir.

»Heee!«, brüllte Birger. »Warte doch mal – ich will auch raus! Hier die ganze Zeit eingesperrt sein, das geht einem echt auf den Sack! Kann ich den Mist hier auch nachher machen?«

»Nee«, sagte ich ungnädig. »Dann trocknet alles an und wird in der Maschine nicht sauber.«

»Pfff!«, sagte er spöttisch. »Da spricht die allwissende Küchenfee!«

»Nix da. Die Tochter einer Frau mit einem Catering-Business. Oder muss ich sagen: Cater-Tusse?«

Ich war zurück in die Küche gegangen und stellte einiges in den Kühlschrank und anderes in meinen Korb, während er das Geschirr in die Spülmaschine einräumte. Die Hunde standen in der Türöffnung und sahen uns ungeduldig zu.

Dann vergewisserte ich mich, dass ich den Schlüssel eingesteckt hatte, und wir zogen los in Richtung Deich. Mir fiel kein Gesprächsthema ein und deshalb lief ich oben auf dem Deichweg einfach los. Ich bin keine gute Sportlerin, aber ich zockele gern meine Runden, weil man sich hinterher immer so schön ausgepowert fühlt. Schon nach wenigen Sekunden hatte Birger mich eingeholt, dann überholt und bald war er nur noch ein Pünktchen am Horizont. Toni raste begeistert hinter ihm her, während Paula völlig verwirrt zwischen ihm und mir hin und her flitzte, wahrscheinlich weil sie nicht wusste, wen sie hüten sollte.

»Der kommt nicht wieder, Paulchen«, sagte ich zu ihr. »Bleib ruhig bei mir.«

In Gedanken gab ich ihm den Abschied und wartete auf ein großes Unglücksgefühl, aber mittlerweile war mir die Puste knapp und ich konnte mich um meine innersten Gefühle nicht kümmern. *Soll er doch, dann haut er eben ab und ich kann ungestört lesen,* moserte etwas in mir rebellisch und ich passte nicht auf und kam auf ein paar Kieseln ins Rutschen.

Als ich mein Gleichgewicht wiedergefunden hatte, sah ich Toni auf mich zugerast kommen und wieder umdrehen und wegsausen: diese treulose Tomate. Sie flitzte zurück bis zu einer Bank und kam dann wieder zu mir.

Aha. Da saß also Birger.

War er also doch nicht durchgebrannt.

Kurz bevor ich ihn erreicht hatte, stand er auf, schlenkerte mit seinen ellenlangen Beinen und meckerte: »In Jeans laufen ist bescheuert.«

Wer wollte ihm da widersprechen?

»Du hättest ja vorher was sagen können«, legte er noch eins nach.

»Wieso? Du hättest dir doch selber etwas ausdenken können.«

»Hä? Wie meinst du das?«

»Na, wenn du gern joggst, hättest du doch dein Sportzeug einpacken können, oder? Wer konnte dich daran hindern?«

»Quatsch nicht so blöd. Ich wusste ja gar nicht, was auf mich zukam.«

»Na und? Das kann einen doch nicht daran hindern, selber was zu planen, findest du nicht? Nachdem du deine Kumpels und deine Disko nicht mitnehmen konntest, musstest du dir doch 'ne Alternative ausdenken, oder?«

Er schubste ärgerlich einen Stein vor sich her. »Nee, musste ich nicht.«

Sagen wir mal lieber, du hast dumpf alles auf dich zukommen lassen. Wenig Eigeninitiative.

»Ist ja auch egal.« Ich wollte mich nicht streiten. »Wollen wir da hinten zum *Café Weserblick* gehen? Da spielt am Wochenende meistens eine Jazzband und man kann draußen im Garten sitzen und zuhören.«

»Jazz?« Er sah zweifelnd auf mich runter.

»Meins auch nicht, aber es macht Spaß, draußen zu sitzen und Leute anzuglotzen und den Typen beim Spielen zuzusehen. Also, was ist?«

Er verzog seinen hinreißenden Mund. *Diese vollen, weichen Lippen mit den schneeweißen Zähnen – gleich fange ich an zu sabbern…*

»Okay. Ist bestimmt nicht der Ort, wo sich meine Leute rumtreiben. Von mir aus.«

Schämte er sich also, mit mir gesehen zu werden? Na, das war ja das Letzte! Ich merkte, wie mir wieder vor lauter Wut ganz heiß wurde, und ich ärgerte mich über diese dumme Reaktion und über mich selber.

»Meine Freundinnen kommen hier auch nicht her«, sagte ich so leichthin, wie ich nur konnte. »Du bist also vor allem Klatsch sicher.«

Mir war eigentlich die Lust schon wieder vergangen. Mich mit einem Jungen in ein Café setzen, der Angst hatte, mit mir gesehen zu werden – wie tief konnte man eigentlich noch sinken?

Schweigend liefen wir weiter, ich warf Stöckchen für die Hunde und Birger hatte die Hände in die Hosentaschen gesteckt und trabte hinter uns her.

Natürlich begaffte er erst mal alle Leute im *Weserblick*-Garten, ob sich nicht doch ein U-Boot aus seiner Bekanntschaft darunter befand, aber schließlich setzte er sich sogar ohne weitere Aufforderung zu mir an den Tisch.

Als die Bedienung kam, sagte ich: »Ein Tonic, bitte«, und Birger bestellte ein Weizenbier. Was Bier betrifft, kenne ich mich nicht gut aus und starrte fasziniert das Riesenglas an, das er dann hingestellt bekam.

Dann fingen die Jungs auf dem Podium an zu spielen, lauter solche Dixie-Nummern, die Leute ringsum wirkten samstäglich entspannt und fröhlich und ich fühlte mich für zwei Minuten mit der Welt total in Einklang. Die Hunde waren an der Leine und lagen im Gras, ich schloss die Augen und drehte mein Gesicht in die Sonne und freute mich über das zaghafte Frühlingswetter.

»Huch, Birger!«, kreischte plötzlich jemand, und ich riss die Augen wieder auf. »Was machst du denn hier? Das ist doch überhaupt nicht dein Revier!«

Ein Mädchen in weißen Jeans und knallrotem Pulli warf ihr Rad auf den Rasen und sich Birger an den Hals. Der kippte unter dem Anprall beinahe mit seinem Stuhl um und ließ sich dann abknutschen, ohne sich zu wehren.

»Wie kommst du denn hierher?«, hakte sie noch mal nach und strich sich ihre langen blonden Haare zurück, während sie mich mit einem neugierigen Seitenblick streifte.

»Mir war irgendwie nach frischer Luft und Jazzmusik«, nuschelte er.

»Irgendwie«, machte sie ihn nach. »Höchst merkwürdig. Du hörst doch nie was anderes als Heavy Metal! Und wer ist deine Begleiterin?« Damit drehte sie sich zu mir um.

»Nix Begleiterin«, brabbelte er los. »Das ist nur…«

Ich lächelte zu ihr hoch. »Wir haben uns nur ganz zufällig getroffen«, half ich dem Feigling. »Ich hab ihm neulich in der Schule Kaffee übergekippt und schuldete ihm noch was.«

»Ach, du gehst auch auf Birgers Schule? Wie nett«, flötete sie und musterte mich durchdringend.

»Willst du dich nicht zu uns setzen?«, forderte er sie auf.

Nur über meine Leiche!

»Vielen Dank, aber ich mach mit Leuten vom Tennisklub eine Radtour übern Deich, die warten da hinten.« Sie zeigte zum Eingang des Cafés, wo sich ein paar Menschen mit Fahrrädern drängelten. »Also: tschüs dann, und« – nochmals ein durchdringender Blick in meine Richtung – »amüsiert euch gut!«

Damit hob sie ihr Rad wieder auf und schob es zu ihrer Truppe.

Birger und ich sahen uns an. Seine Mundwinkel zuckten, als ob er irgendwas sagen wollte und es sich verkneifen würde.

»Oh nein«, stöhnte er dann. »Das war Vanessa – ausgerechnet hier muss ich Vanessa treffen! Ich kann es nicht glauben!«

»Und wer ist Vanessa?«

»Och, ähem, die kenne ich schon länger, von früher, komisch, dass die mich von da hinten erkannt hat...«

Und komisch, dass Hunde bellen können...

»Aber wer ist sie denn nun?«

»Die Tochter von einem Kollegen meines Vaters – aber was geht dich das eigentlich an?« Er hatte die Stirn gerunzelt. »Bloß weil ich dieses verdammte Wochenende mit dir abhängen muss, kann mich doch keiner zwingen, dir von meinen Bekannten zu erzählen!«

»Nö.«

Er sah mich misstrauisch an. »Was meinst du damit?«

»Ich meine damit: Keiner kann dich zwingen.«

Er schwieg noch eine Weile und knurrte dann: »Aus dir werd ich einfach nicht schlau!«

Bloß nicht – sonst muss ich mir die Kugel geben!

»Brauchst du auch nicht«, tröstete ich ihn und hob mein Glas. »Prost!«

Er trank aus seinem Riesenbierglas und merkte beim Abstellen, dass ich es neugierig ansah.

»Is was?«

»Ich finde das Glas hübsch. Schmeckt das Bier darin anders?«

Er tippte sich mit der freien Hand an die Stirn. »Logo. Weil es anderes Bier ist.«

»Ach ja? Kenne ich nicht.«

Er schob das Glas über den Tisch. »Möchtest du's mal probieren?«

Ungefähr so gern wie lauwarmes Schmieröl – aber was macht man nicht alles um des lieben Friedens willen?

Ich trank einen Schluck und dann noch einen und setzte das Glas ab. »Lecker.«

Das war geprahlt – ich wollte mich einfach bei Birger einschleimen, weil dies das erste Mal war, dass er auf mich zugekommen war.

»Dann hast du ja Geschmack.« Er grinste und dann winkte er der Bedienung. »Hallo! Bitte noch mal zwei hiervon!«

Ich traute mich nicht, zu widersprechen. Sonst hätte er mich wahrscheinlich für die verkniffenste aller Tussen gehalten und das wollte ich nicht. Ich wollte endlich mal normal mit ihm reden, ohne Feindseligkeit und Vorwürfe.

Er hob das neue Glas und sagte: »Auf den Rest von heute!«

»Ja«, ich hob mein Glas und wir tippten die Ränder aneinander. »Keinen Zank mehr!«

Und dafür Schmusen und Liebe und vielleicht Küssen und –

»Du trinkst ja gar nicht!«, meckerte Birger.

Aus lauter Verwirrung nahm ich einen Riesenschluck. Und weil es so schön war, noch einen.

Schwips wäre zu viel gesagt über den Zustand, in dem ich mich befand, als wir nach Hause trotteten. Mir war leicht ums Herz und im Hirn, und ich hatte keine Angst mehr, dauernd ins nächste Fettnäpfchen zu treten.

Birger erzählte irgendwas von einem Hund, der ihm mal gehört hatte, und warf Stöckchen für Toni, während Paula begeistert um uns rumsauste. So eine sensible Hüterin merkt natürlich sofort, wenn sich die Stimmung bessert – wahrscheinlich lassen sich verzankte Objekte nur sehr schwer in Schach halten.

In einer Eintracht, wie sie bislang noch nie zwischen uns geherrscht hatte, wanderten wir zu Tante Christas Haus, und in meinem tiefsten, unkorrigierbar optimistischen Innern regte sich schon wieder die Hoffnung, vielleicht könnte es ja doch zwischen uns noch …

»Scheiße!«, sagte Birger plötzlich.

»Was ist?« Ich war ganz verwirrt von diesem plötzlichen Stimmungsumschwung.

»Da vorn kommen – ähhh – Leute, verdammt, warum treibt sich denn ganz Bremen heute auf'm Deich rum?«

»Wer ist es denn?«

»Elena.«

»Und wer ist Elena?«

»Das erklär ich dir nachher!« Er schnappte sich meine Hand und zog mich den Deich hinunter in einen Weg, der zwischen Schrebergärten entlang führte. Völlig überrumpelt lief ich mit, die Hunde fanden das toll und kläfften fröhlich vor uns her. Eigentlich war ich sauer, weil er mich nicht vorzeigen wollte, aber andererseits hatte er mich zum ersten Mal freiwillig angefasst – obwohl es ein bisschen grob war und mein Handgelenk wehtat.

Mecker nicht rum, du hast dir das gewünscht…

Gerade als mir endgültig die Puste ausgehen wollte, wurde er langsamer, und wir liefen normal weiter.

Aber er hielt immer noch meine Hand fest.

»Elena ist die Tus-, äh, das Mädchen, mit dem ich auf diesem Geburtstagsfest neulich war, da, wo du –«

Danke – brauchst du nicht zu buchstabieren. Aha, also das Model.

»Ja?«

»Die geht mir so was von auf den Zeiger!«

»Ach nee! Und weshalb?«

»Weil sie – ach, ist ja auch egal!«

Seine Schritte wurden wieder rascher und er zerrte mich mit. Ob er vergessen hatte, dass er mich da am Händchen hatte? Oder war er mit seinen Gedanken so sehr bei Elena, dass er nichts anderes mehr registrierte?

»Na, sag schon! Ich möchte es wissen!«

Er sah auf mich runter und grinste. »Weil sie in mich verknallt ist und ich diese verknallten Weiber nicht abkann!«

»Warum schaust du mich so blöd an?«, fauchte ich los. »Ich bin nicht in dich verknallt!«

Nein, denn ich liebe dich, unsäglich, täglich, über alle Maßen, kann's gar nicht lassen…

»Dann ist es ja gut!« Abrupt ließ er meine Hand los

und die fühlte sich schrecklich im Stich gelassen an. »Mir ist dieser ganze Gefühlsknatsch nämlich total zuwider!«

Er riss von einem Busch am Wegrand einen Zweig ab, zupfte die Blätter ab und ließ die Gerte durch die Luft sausen.

»Aber du hast doch schon Freundinnen gehabt, oder?«

Er lächelte schief. »Klar.«

»Und die hast du doch gemocht, oder?«

»He – was soll das? Ist das ein Verhör oder was?«

»Nö, mich interessiert das einfach.«

»Es interessiert sie einfach!« Er hatte seinen schönen Mund zu einer höhnischen Grimasse verzogen. »Du bist echt das Letzte! So was von neugierig! Also gut: Klar hab ich welche gemocht. Und falls du es noch nicht weißt: Poppen macht Spaß!«

Ich bückte mich zu Paula runter, damit er nicht sehen konnte, dass ich eine knallrote Birne gekriegt hatte.

Ich zählte langsam bis zehn, während er weiterredete: »Klar macht das Spaß! Aber die Tussen wollen immer gleich ewige Liebe und so 'n Scheiß! Da soll man schwören, dass es keine andere gibt – na, du musst doch wissen, was ihr immer so labert!«

»Nö«, sagte ich wieder. »Ich labere nicht so.«

»Da wärst du ja die Erste!«, sagte er verächtlich, dann brach er die Gerte in mehrere kleine Stücke und warf sie weit weg, sodass die Hunde wieder was zu tun kriegten.

Schweigend gingen wir den Rest des Wegs bis zu Tante Christas Haus.

Noch während ich aufschloss, klingelte das Telefon. Ich rannte hin. Es war Tante Christa, die wissen wollte, wie es ihren Lieblingen ging. Ich beruhigte sie und sagte, sie solle sich mal keine Sorgen machen, ich hätte alles gut unter Kontrolle, und als sie über ihre Verwandtschaft klatschen wollte – wahrscheinlich hatten die sie ausgesperrt –, rief ich: »Mein Teewasser kocht! Tschüs, ich muss Schluss machen!«, und legte auf.

Doch sofort schrillte es wieder los. Was war das? Wollte Tante Christa unbedingt noch weitertratschen?

Nein, es war mein Mütterchen.

»Hallöchen, wie geht es denn der Tierbändigerin?«, fragte sie fröhlich.

»Danke, gut. Alles bestens in Ordnung, ehrlich.«

»Das hab ich doch gar nicht bezweifelt«, sagte Bente erstaunt.

In diesem Augenblick rief Birger: »Ich brauch einen Kaffee. Wo find ich den?«

Ich sagte zu Bente: »Moment«, hielt die Sprechmuschel zu und rief: »Im Schrank über der Spüle!« Dann sagte ich zu Bente: »Äh, ich hab nämlich Besuch, weißt du. Wir, hrm, wir üben nämlich für den Chemietest nächste Woche.«

»Ahaaa«, sagte Bente. »Ist es Lenny? Dann grüß ihn von mir, ja?«

»He, Lenny, ich soll dich von meiner Mutter grüßen«, sagte ich halblaut, und zu Bente: »Danke für deinen Anruf. Ich kümmere mich mal besser um den Kaffee.«

»Tu das«, sagte meine Mutter und fügte mit einem sehr ironischen Unterton hinzu: »Jetzt weiß ich auch, warum du diese Unmenge an Fressalien eingepackt hast.« Sie kicherte. »Es geht dir gut, mein Schatz, ja?«

»Danke«, erwiderte ich förmlich. »Ich habe alles bestens unter Kontrolle. Grüß Papa von mir, ja? Tschüs, bis morgen.«

»Tschüs, meine Süße«, sagte sie, und wir legten beide auf.

Ich atmete dreimal tief durch.

Dann ging ich in die Küche, um das Mittagessen in Angriff zu nehmen.

Birger hatte den Wasserkocher angestellt und lehnte sich nun lässig an den Türrahmen. »Was hast du unter Kontrolle? Mich?«

»Quatschkopp«, sagte ich, während ich die Wassernäpfe der Tiere auffüllte. »Das war meine bekloppte Tante und ich hab sie wegen der Viecher beruhigt.«

»Hä?«, sagte er misstrauisch. »Da war doch noch ein Anruf!«

»Ja.« Ich schloss kurz die Augen. »Das war meine Mutter.«

»Und ich bin Lenny?« Er grinste süffisant. »Wer ist denn das? Irgend so ein Hänfling aus deinem Jahrgang oder so?«

»Na und?« Ich richtete mich auf und sah ihn an. »Und überhaupt: Legst du Wert darauf, dass ich dich meinen Eltern vorstelle?«

»Eher nicht.«

»Na also.«

Er sah zu, wie ich den Kopfsalat und eine Tomate aus dem Kühlschrank holte. »Was gibt es denn?«

»Was hättest du denn gern?«

Und als er provokant auflachte, sagte ich: »'nen Burger!«

»Genau!«

»Kriegst du auch!«

»Echt? Wo ist denn die nächste Frittenbude?«

»Brauchen wir nicht. Ich mach die Burger selbst.«

»Ach was! Selber? Das geht?«

»Kannst ja zukucken.«

Und er blieb wirklich stehen und sah mir dabei zu, wie ich die Frikadellen und Zwiebelringe briet, die Brötchen röstete, Tomaten und Gürkchen schnitt und dann alles in der richtigen Reihenfolge aufeinander stapelte: Brötchenhälfte, Majo, Salatblatt, Tomatenscheiben, Frikadelle, Zwiebelringe, Ketschup, Gurkenscheiben und das mit Senf bestrichene Brötchenoberteil.

Das Wissen, dass mich seine Blicke unablässig verfolgten, brachte meine Pulsfrequenz sofort zum Rasen, mein Herz bummerte wie verrückt und dröhnte mir in den Ohren, und ich hoffte nur, dass er es nicht auch hören konnte.

Ich packte jedem von uns so einen Brötchenturm auf den Teller, dann stellte ich ihm eine Dose Cola und ein Glas hin und goss mir ein Glas Wasser ein, bevor ich mich setzte.

»Wohl bekomm's!«

Er setzte sich an seinen Platz und griff nach dem Riesenburger.

»Wow!«, erklärte er andächtig und biss zu.

Ich ebenfalls, denn die frische Luft hatte mich ganz schön hungrig gemacht. Langsam arbeiteten wir uns, wie es Ameisen mit ihren Zangen bei Blättern tun, durch die Burger-Ungetüme. Ich finde die Kombination der einzelnen Geschmackssorten himmlisch und konzentrierte mich ganz aufs Mümmeln. Deshalb schrak ich zusammen, als Birger plötzlich lauthals loslachte.

»Was ist denn?«

»Du müsstest dich mal sehen! Du siehst aus wie ein Clown!«

»Du erst!« Ich sah ihn an und musste auch lachen.

Wenn ich so aussah wie er, dann liefen mir ebenfalls Ketschuprinnsale am Kinn runter, rund um den Mund glänzte es speckig und von den Fingern tropfte ein Senf-Majo-Fett-Ketschup-Gemisch.

»Ruhe«, ich kicherte immer noch. »Das Burger-Essen erfordert hohe Konzentration und muss in aller Stille vonstatten gehen!«

Birger wieherte wieder los, und mir fiel auf, dass ich ihn bisher eigentlich noch nie laut lachen gehört hatte.

Während er sonst eine normal tiefe Stimme hatte, rutschte sie beim Lachen etwas in die Höhe, er keckerte und gackerte wie eine alte Frau.

Komisch.

Na, was hast du erwartet? Einen Basso profundo? Freu dich einfach, dass er gute Laune hat! Das ist doch schon mal die halbe Miete!

Ich las die letzten Krümel von meinem Teller und fragte: »Auf ein Neues?«

»Was denn? Gibt's noch mehr?«

Für dich gibt es alles, du Dussel, hast du das noch nicht kapiert?

»Na klar.« Ich stand auf und baute noch mal zwei Burger-Türme.

»Super!« Er packte seinen mit beiden Händen und quetschte ihn zusammen, ich tat es ihm nach und sagte: »Eins – zwei – drei!«, und dann hieben wir die Zähne rein und sauten uns noch mal voll, während wir uns gegenseitig dabei beobachteten. Ich musste lachen, verschluckte mich, setzte den Burger ab und hustete und lachte und explodierte beinahe, während Birger mir dabei zusah und wieder loswieherte.

Normalerweise bringt mich so ein schweinisches Mahl nicht mal zum Lächeln – bestimmt war das ungewohnte Weizenbier dran schuld, dass ich auf einmal die blödesten Sachen so komisch fand. Jedenfalls hob es die Stimmung gewaltig, und das anschließende Aufräumen erledigte sich fast von selbst, während wir herumblödelten.

»Ich bin so satt, ich mag kein Blatt!«, meckerte ich.

»Mann, hab ich mich voll gefressen! Noch nie war ich nach zwei kleinen Burgerchen so satt!«

»Kleine? Wie sehen denn dann bei dir große aus?«

»Sag mal, kannst du auch Hotdogs?«

»Klar, aber wir stecken lebendige Hunde ins Brötchen!«

»Und wie machst du Fritten?«

»Nur aus echten Kartoffeln und nicht aus Plastikknollen!«

»Die in den Pommesbuden sind aber aus Kartoffeln!«

»Du glaubst auch alles!«

»Nee, echt!«

»Ja, ja, geschmacklos, aber groß.«

Immer noch blödelnd, gingen wir zurück ins Wohnzimmer und Birger ließ sich in den Sessel plumpsen.

»Und was machen wir jetzt?« Er sah zu mir hoch.

»Sag du's mir!« *Nun komm schon, sag das, was ich mir am meisten wünsche – schmusen – krabbeln – irgendwas zusammen tun…*

»Keine Ahnung!« Er rutschte im Sessel nach vorn. »Am liebsten würde ich ein Nickerchen machen…«

Doch nicht allein?

»Ist okay, ich auch.« Ich stand neben dem Sekretär und sah sehnsüchtig zu ihm hin.

Aber er hatte die Augen geschlossen und gähnte. Lang und ausgiebig, und ich konnte wieder mal seine fast plombenlosen Backenzähne bewundern.

»Mach die Tür leise zu, ja?«, nuschelte er und kuschelte sich tiefer in den Sessel.

Ich zog die Tür leise von außen ins Schloss und wusste nicht, ob ich lachen oder heulen sollte.

Birger hatte nichts gemerkt, er hatte bis jetzt noch nicht begriffen, dass ich mich nach ihm verzehrte, dass ich süchtig nach ihm war, mich nach seinen Berührungen sehnte, für einen Kuss von ihm alles geben würde…

Was für ein Betonklotz.

Unsensibel und egomanisch.

Eben ein Mann.

Ich seufzte. War er eigentlich diese ganzen Anstrengungen wert? *Blöde Kuh! Wieso soll der was von dir wollen? Der kann doch alle haben, hast du ja vorhin gerade vom Logenplatz aus beobachten können!*

Ich legte mich auf mein Bett im Gästezimmer und griff nach dem Roman. Lieber sich in die Liebesgeschichte von Randolph und Christabel fallen lassen, an ihren heftigen Leidenschaften teilhaben, als von meiner einseitigen aufgefressen zu werden. Doch dann raffte es mich auch weg – ich weiß nicht, ob es der volle Magen oder das Weizenbier war: Ich schlief ein.

13

»Heee, Schnarchnase, aufwachen!«, dröhnte jemand dicht neben mir.

Ich schreckte hoch und knallte gegen etwas Hartes.

»Pass doch auf, du Trampel!«, brüllte Birger.

Ich saß jetzt aufrecht im Bett und hielt mir den Kopf. Da war mein innigster Wunsch nach Berührung in Erfüllung gegangen, aber mit meinem Talent hatte ich es gerade mal zu einem Kopf-an-Kopf-Knallen gebracht!

»Warum schleichst du dich auch so an!«, beschwerte ich mich.

»Die Köter machen Stress!«, maulte der Urheber meines Kopfschmerzes und rieb sich das Kinn. »Die haben mich geweckt und wollen was.«

»Klar, die wollen raus.«

»Dann kümmer dich gefälligst darum.«

Ich war inzwischen aufgestanden und sah zu ihm hoch. »Ja und? Du hättest doch auch mal mit ihnen bis zur nächsten Straßenecke gehen können, oder? Was ist denn da schon dabei!«

»Du tickst wohl nicht ganz richtig! Was hab ich mit den Kötern zu schaffen? Das ist ganz allein deine Angelegenheit!« Er drehte sich um und ging nach unten, ich hinterher.

Toni und Paula benahmen sich so wild, als ob ich von den Toten auferstanden wäre.

Ich kraulte beide und nahm die Leinen vom Haken.

Wortlos schnappte ich mir den Schlüssel und verließ mit den Hunden das Haus.

Während die beiden vor mir an den Zäunen nach ihren Lieblingsklos suchten, zermarterte ich mir das Hirn.

Wie konnte es angehen, dass man jemandem so verfallen war, dass man sogar noch seinen schrundigsten Zehennagel am liebsten mit Küssen bedeckt und den Geruch seiner schweißgetränkten Hemdsärmel wie den schönsten Parfümduft eingeatmet hätte – während man auf der anderen Seite seine Tischmanieren, das schrille Lachen und seine Fernsehgewohnheiten ziemlich blöde fand?

Doch mir fiel trotz allem Grübeln keine Antwort darauf ein. Waren meine Hormone, ganz losgelöst von meinem Verstand, von Birger besessen und führten eine Art Veitstanz der Liebe auf, während mein Hirn rummäkelte?

Ich begriff es nicht.

Ich hatte Sehnsucht nach ihm, nach seiner Stimme – *na gut, nicht immer* –, nach seiner Berührung, nach seiner Nähe. Ich wollte unbedingt von ihm gestreichelt werden – schon allein bei dem Gedanken daran setzte mein Herzschlag aus. Ganz zu schweigen von intensiveren Berührungen – wahrscheinlich bekam ich dann einen echten Herzkasper.

Während ich am Deich wieder umdrehte und zurückging, versuchte ich, einen Plan zu entwickeln, der zum Ziel hatte, Birger zum Küssen herumzukriegen.

Jetzt oder nie, dies war unser letzter Abend und morgen würde er sich sowieso nach dem Frühstück vom Acker machen.

Ja? Würde er das?

Nicht, wenn ich es richtig anstellte.

Die Sache hatte nur einen einzigen, winzig kleinen Haken.

Ich hatte keinen Plan.

Keine einzige Idee.

14

Als ich die Haustür aufschloss, empfing mich wieder der Höllenlärm von *MTV* oder vielleicht war es auch *Viva*. Die Hunde sausten gleich in die Küche, wo ich ihnen frisches Wasser in die Näpfe goss. Dann machte ich mich auf die Suche nach den Katern, doch zu meinem Erstaunen lagen die trotz des infernalischen Lärms im Wohnzimmer auf der Couch und taten so, als ob sie schliefen.

Ich setzte mich mit meinem Buch zu ihnen und kraulte ihnen das Fell. Mit einem Seitenblick prüfte ich, ob Birger mitbekam, wie zärtlich und liebevoll ich sein konnte, aber er stierte wie gebannt auf den Bildschirm, wo Mädchen in Bikinis rumhopsten und dabei sangen. Sehr hübsche Mädchen, die hätten wahrscheinlich auch in einem Nonnenhabit noch attraktiv ausgesehen. Irgendeine Girlgroup. Die Stimmen waren nicht schlecht, bestimmt hätten die in etwas weniger knappen Klamotten auch gut geklungen. Aber wahrscheinlich war ich bloß eifersüchtig und wäre gern an ihrer Stelle gewesen.

Nein! Überhaupt nicht!

»Bitte leiser!«, schrie ich.

Keine Reaktion.

Ich seufzte und stand auf, um mir die Fernbedienung zu holen, doch die hielt Birger fest umklammert.

»Gib sie her oder ich mach das Ding aus«, sagte ich und streckte die Hand aus. Er reichte mir das Plastikding, und als man die eigene Stimme wieder besser verstehen konnte, fragte ich: »Sag bloß, du findest diese Musik gut?«

»Na klar«, sagte er. »Du bist ja nur neidisch, weil die Tussen so spitzenmäßig aussehen.«

»Ich hab von der Musik gesprochen«, sagte ich so ruhig, wie ich konnte. »Dass die Mädchen hübsch sind, steht nicht zur Debatte.«

»Was verstehst du schon von Musik«, sagte er abfällig. »Du weißt ja nicht mal, was die richtige Lautstärke ist.«

Inzwischen tobte ein schwarzer Rapper mit sagenhaft origineller Basketballkappe, nackter Brust und weiten Jeans vor der Kamera rum.

»Vielleicht. Aber ich weiß auch, dass das heftige Rumstochern mit drei Fingern in der Luft noch lange nicht heißt, dass der Song gut ist.«

»Du hast doch echt keine Ahnung!« Birger beugte sich vor und zuckte rhythmisch mit den Schultern. »Bestimmt gehst du nie in Diskos.«

»Das Thema hatten wir schon mal.« Mittlerweile war

ich sauer. »Beweise doch mal lieber, dass das gute Musik ist!«

»Wie soll man das denn einer beweisen, die null Ahnung von gar nichts hat? Hä? Du verstehst doch vom Rappen so viel wie 'ne Kuh vom Stricken!«

»Irrtum, du Experte. Ich finde zum Beispiel die Sachen von *Fettes Brot* ganz große Klasse. Und weißt du, warum?«

Er starrte mich abweisend an. »Na?«

»Weil sie clever sind und – witzig! Die Jungs haben Humor und Köpfchen und das finde ich eine tolle Kombination.«

»*Fettes Brot!* Ph! Die sind doch so was von out!«

»Irrtum. Ich hab sie neulich im Fernsehen gesehen und da haben sie was von einer neuen CD erzählt. Und jetzt kommst du! Nein, eigentlich heißt es ja immer: ›Und jetzt kommen Sie!‹«

»Wieso? Was meinst du damit?«

»Na, das sagt doch immer der spießige Hausmeister in *Stenkelfeld*!«

»Was für ein Stenkelfeld?«

»Kennst du nicht diese Wahnsinns-Rundfunksketche? Da sagt das doch immer dieser Hausmeister, Gustav Gnöttgen.« Ich sah ihn neugierig an. Ich konnte gar nicht glauben, dass es einen Menschen in Norddeutschland gab, der Stenkelfeld nicht kannte.

»Gustav Gnöttgen?« Er starrte mich hilflos an, als ob ich vom Mars hereinspaziert wäre.

»Jawohl! Gustav Gnöttgen, der Hausmeister vom Claudia-Schiffer-Gymnasium!«

Er grinste. »Das meinst du nicht im Ernst!«

»Klar. Wart mal – ich glaube, ich hab eine dabei!«

Ich flitzte hoch zu meiner Tasche und wirklich: Zwischen den mitgebrachten CDs war *Stenkelfeld Nr. 3*.

Ich jubelte innerlich. Das *musste* er gut finden!

Ich schaltete dann den Fernseher aus und legte meine CD auf. Birger lauschte mit gelangweiltem Gesicht, aber allmählich schien er dann echt interessiert, und ich erwischte ihn sogar dabei, wie er grinste.

Bei Gustav Gnöttgens autoritärem Gemurre musste er grinsen, bei Jean-Jacques Gelées dummem Gesülze wieherte er laut los – ein bisschen schrill, aber ziemlich begeistert.

Ich saß hochzufrieden auf dem Sofa, kraulte die Kater und freute mich über die Wirkung. *Gib zu, dass du erleichtert bist, weil der Kerl doch einen Sinn für Humor hat.* Hm. Eigentlich hatte ich immer gedacht, dass Birger und ich die gleiche Wellenlänge haben müssten! *Gedacht – pah! Gewünscht hast du's dir. Und mittlerweile hast du daran gezweifelt.*

Ich schüttelte den Kopf, als ob man damit lästige Gedanken vertreiben könnte. Mit »Weihnachtsbeleuchtung« war dann die CD zu Ende, und Birger lag japsend im Sessel und wiederholte ständig: »Menschen wie du und ich, Menschen wie du und ich, oh nein …«

Ich sah ihn neugierig an. »Hast du echt noch nie davon gehört? Niemand aus deiner Clique? Kann ich gar nicht glauben.«

»Glaub doch, was du willst, Rettich.« Er lachte nicht mehr, sondern sah mich misstrauisch an. »Und überhaupt – eigentlich ist das doch alles Klugscheißer-Gesülze, oder?«

»Nein!« Ich war empört. »Das ist klug und witzig und nichts anderes. Hör doch genau hin, dann merkst du's auch.«

»Aha.« Er lächelte – immer noch böse. »Kleiner Intelligenztest für den dummen Birger, was? Sag mal, für so eine kleine Torte aus der Elften bist du ziemlich unverschämt!«

»Und du vermutest hinter allem und jedem eine Attacke! Geh doch mal davon aus, dass ich dich nicht kannte und deshalb gar keine Meinung über dich hatte. Hast du so wenig Selbstbewusstsein?«

»Was geht dich mein Selbstbewusstsein an! So eine dumme Tusse wie du, die noch nicht mal 'n Freund hat, die braucht mir doch nicht zu erzählen, was Selbstbewusstsein ist!«

»Ach nee?« Ich schob Ming zur Seite und beugte mich vor. »Was hätte denn ein Freund geändert? Ich bin doch selber wer, oder nicht? Oder teilt ihr die Mädchen rundherum bloß in zwei Kategorien ein: mit 'nem Kerl und ohne? Und nur die mit 'nem Kerl können punkten? Ganz schön schwach. Wie wär's denn mit Punkten für Intelligenz, Humor, Schlagfertigkeit oder Mut?« *Danke, Bente, dass du mir neulich das Argument geliefert hast!*

Er starrte mich erstaunt an. Seine Wut war verflogen, er grinste plötzlich. »Meine Güte, der Rettich bölkt rum. Weiber taugen doch nur für das eine, hat sich das noch nicht bis zu dir rumgesprochen?«

Ich sah an ihm vorbei zum Fenster. *Wollte ich diese Unterhaltung eigentlich wirklich führen? Na klar, schließlich hatte ich mit diesem Traummann doch noch etwas vor! Traummann? Hm.*

»Und wofür taugen Weiber oder Tussen?«, fragte ich möglichst ungerührt, während in mir die widerstreitendsten Gefühle tobten: Wie viele Unverschämtheiten muss man sich bieten lassen, bloß weil man schrecklich verliebt ist? *Betonung auf schrecklich.*

»Ist doch klar: zum Poppen. Zum Vögeln. Zum Ficken. Na, bist du jetzt geschockt? So viel Ehrlichkeit ist dir wohl noch nie begegnet?« Er lehnte sich zufrieden zurück. Ming war sauer, dass ich ihn weggeschubst hatte, und sprang vom Sofa, buckelte vor Birger und rieb sich an dessen Jeansbein. Der streckte die Hand aus und fing an, Ming zu streicheln.

Fasziniert folgte ich der Bewegung seiner schönen schlanken Hand und verging vor Sehnsucht, an Mings statt dort zu hocken und mich kraulen zu lassen. Ich machte die Augen zu und stellte mir vor, wie die langen Finger mir vom Nacken über den Rücken strichen, und hätte beinahe geschnurrt.

»Na?«, fragte Birger noch mal.

Ich sah ihn an.

»Was? Ach so. Deine Ehrlichkeit. Auf die du so stolz bist.« Ich zuckte die Achseln. »Drehen wir den Spieß doch mal um. Wozu sind denn Jungs gut?«

»Hä?« Er sah mich verdutzt an. *He, hallo: Ist da wer zu Hause?* »Wie meinst du das?«

Ich verzog den Mund. »Ich könnte doch jetzt was genauso Blödes sagen: Jungs sind nur zum Poppen gut. Zu mehr taugen sie nicht!«

»He! Was soll denn das? So ein Blödsinn!«

Ich nickte freundlich. »Genau. Mit Jungs kann man ja noch so viele andere tolle Sachen machen, nicht?«

Er sah mich misstrauisch an, während er Ming immer noch streichelte. *Ach, wäre ich doch ein Kater! Kater müsste man sein!*

»Was denn zum Beispiel?«, fuhr ich fort und zählte jeden Punkt an den Fingern ab. »Mit Jungs kann man diskutieren, weil sie so viel gelesen haben und sich im Zeitgeschehen so gut auskennen. Mit Jungs kann man wundervoll Walzer tanzen, weil sie alle die Linksdrehung können. Mit Jungs kann man in romantische Filme gehen, weil sie ein Happyend ab und zu auch klasse finden. Mit Jungs kann man spazieren gehen, weil sie nie vor irgendwelchen alten Lieben Reißaus nehmen. Mit Jungs kann man in einem Biergarten sitzen, weil sie gern Musik hören.« Ich ließ die Hände fallen. »Stimmt doch, oder?«

Er hatte die Unterlippe vorgeschoben und sah aus wie ein beleidigter Lausejunge. »Du redest Müll, Rettich.«

»Du auch, Birkenstock!«

Zu meiner Überraschung prustete er laut los. »Das ist gut! So hat mich seit der Grundschule keiner mehr genannt!« Dann stützte er die Ellenbogen auf die Knie und beugte sich vor. »Irgendwie hab ich das Gefühl, dass du nicht besonders viel von mir hältst, stimmt doch, oder?«

Mir ging dieser direkte Blick aus den blauen Birger-Augen bis runter in meine Nieren oder Eierstöcke oder was sich sonst so alles im Unterleib aufhält. Ich musste erst mal tief Luft holen, bevor ich antworten konnte.

»Nein, das stimmt nicht. Ich kenne dich immer noch nicht viel besser als gestern und da hab ich dich ja überhaupt nicht gekannt.« Ich versuchte ein Lächeln, damit er meine Verwirrung nicht bemerkte. »Aber solche Sprüche über Tussen und poppen sind nicht besonders originell. Auf die kann ich gut verzichten.«

Er hob das Kinn und schaute hoch zur Zimmerdecke. »Was könnte ich denn mal tun, damit du eine bessere Meinung bekommst?«

Oh, nichts leichter als das, du brauchst nur…

Mir wurde ganz warm. Hieß das, dass ich mich meinem Ziel näherte? *Oh, Wahnsinn!*

Birger drückte auf die Fernbedienung und sofort grölte wieder ein super trendy gekleideter Jemand los und fuchtelte mit den Händen wild in der Gegend rum. Er sprang auf und grinste mich an.

»Ich weiß was. Wenn ich schon nicht heute Abend in die Disko kann, können wir ja trotzdem schwofen. Los! Steh auf und mach mit!«

Er ließ seinen Oberkörper kreisen und bewegte die Schultern. Ich saß da und starrte ihn an wie das Kaninchen die Schlange. Er sah so umwerfend sexy aus. Ich hatte Hemmungen mitzumachen, weil ich nicht wusste, ob ich gegen seine Diskotussen anstinken konnte. Ich tanze zwar gern, aber Birger gegenüber kam ich mir wie ein dummes, kleines Pipimädchen vor, ungefähr so muss sich Frances bei Johnny in *Dirty Dancing* gefühlt haben.

Während im Fernsehen jetzt Shakira in Großaufnahme die genau richtigen Wimpernschläge zur Musik machte, stand ich langsam auf und ging zu der freien Fläche vor dem Fenster. Weil ich in meiner Verwirrung nicht richtig aufpasste, stolperte ich erst beinahe über

Ming, der mich entrüstet anmaunzte, und dann über eins von Tante Christas grässlichen Häkelkissen.

Birger tanzte mit geschlossenen Augen, und das war mir ganz recht, so konnte ich nachprüfen, ob noch alle meine Glieder an mir dranhingen und meinen Befehlen gehorchten.

Los, du Jammertrulle, ein bisschen mehr Feuer unterm Hintern, wie soll der Typ denn sonst merken, dass Leidenschaften in dir brodeln, mehr Temperament, los, zeig, was du kannst…

Ich schaute in Richtung Tür und konzentrierte mich auf die Musik. Langsam merkte ich, wie die Lähmung nachließ, wie ich mich wieder rascher bewegen konnte und das Wippen und Wackeln von Kopf, Po, Schultern und Füßen koordinierte. Es machte richtig Spaß. Ich versuchte eine Drehung und musste lachen, weil Birger am Fenster immer noch mit geschlossenen Augen dastand und ruckte und zuckte. Dann fing ein neues Stück an, ein langsames, und ich machte einen Schritt auf Birger zu. Jetzt war doch die Gelegenheit… wenn er jetzt den Arm um mich legte, wenn er…

Birger riss die Augen auf, schnaubte empört: »Scheiße! Immer diese lahmarschigen Songs, gerade wenn man so schön drin ist«, und ließ sich wieder in den Sessel fallen. »Mann, so was von einem total lahmen Nachmittag hab ich ja noch nie erlebt!«

Ich stand da wie bestellt und nicht abgeholt. Merkte der Kerl denn gar nichts? Wollte der denn kein bisschen in den Clinch gehen?

Ich ging zum Schrank, hockte mich davor und öffnete die unteren Schubladen.

»Was machst du denn da?«, fragte er.

»Ich such ein Spiel«, antwortete ich.

»Was denn? *Mensch ärgere dich nicht?* Das ist doch wohl das Letzte!«

»Keine Angst!« Ich stand auf und kam mit einem Spielkasten zum Tisch. »Es ist *Scrabble.*«

»Was?«

»*Scrabble.* Ein Kreuzwortspiel.«

Er kniff ein Auge zu. »Ach ja, ich erinnere mich. Das habe ich früher manchmal mit meiner großen Schwester gespielt.«

»Du hast eine Schwester?«

»Ach, das haben dir deine Spione verschwiegen, was? Ich hab einen älteren Bruder und eine ältere Schwester.«

»Genau wie ich.«

»Ehrlich?«

Ich nickte. »Die Jüngste sein ist blöd. Alle erziehen an dir rum, niemand traut dir was zu, und alle haben alles schon viel besser gemacht, als du es jemals hinkriegst.«

»Genau!« Er sah mich zustimmend an. »Deshalb ist das mit meinem Abi –« Er brach ab.

»Was ist mit dem Abi?« Ich stellte die Schachtel auf den Tisch und setzte mich wieder hin.

Er seufzte. »Ich muss das unbedingt schaffen, weil mein Bruder ein Eins-Komma-drei-Abi hingelegt hat. Versuch das mal zu toppen.« Er strich sich durch die kurzen blonden Haare. »Deshalb …«

»Ja?«

»Na, deshalb darf ich auf keinen Fall durchs Abi fallen. Die Schande wäre nicht auszuhalten. Bloß mach ich mir aus Schule längst nicht so viel wie Lars.«

Ich hatte jetzt Tang im Schoß liegen und kraulte ihn ausgiebig – sozusagen stellvertretend.

»Was hast du denn nach dem Abi vor?«

Birger schnaubte. »Keine Ahnung.«

»Studieren?«

»Ich will nicht zur Uni. Kein Bock auf Lernen. Dauernd lernen, lernen, lernen … Nee, damit bin ich durch. Ich hab mir überlegt, ob ich zum Bund gehen soll, für zwei Jahre. Da zockt man mächtig was ab, und vielleicht fällt mir in der Zeit ja ein, was ich machen will.«

»Und Zivi?« Keiner der Söhne von den Freunden meiner Eltern war zum Bund gegangen, alle hatten Zivildienst gemacht, genau wie Jörn. Was anderes war für die überhaupt nie infrage gekommen.

»Da verdienst du ja nix. Und nach zwei Jahren Offiziersanwärter hast du genug Kohle für ein Auto und kannst dir richtig was leisten.« Er sah mich wieder direkt an. »Findest du nicht gut, was?«

Ich schüttelte den Kopf.

»Kann ich nicht beurteilen. Ich hab nur mitgekriegt, wie mein Bruder seinen Zivildienst in einem Kindergarten gemacht hat, und das fand ich klasse. Er war erst jeden Abend total fertig und hat geflucht, aber dann hat es angefangen, ihm Spaß zu machen, und jetzt studiert er Psychologie. Er will Kindertherapeut werden oder irgendwas in der Richtung.«

»Schön für ihn«, sagte Birger, aber es klang desinteressiert. »Ich will jedenfalls nichts mit Gören machen, ich glaub nicht, dass ich überhaupt mal Kinder haben will. Jedenfalls noch lange nicht. Mich würden die nur nerven.«

Ich sagte nichts. Birger vertraute mir seine innersten Gedanken an – war das nicht toll? Wir führten ein richtiges Gespräch! So was hat er bei seinen Tussen bestimmt noch nie gemacht! Andererseits hatte er mit mir nicht richtig tanzen wollen – vielleicht war ich für ihn einfach kein weibliches Wesen, sondern nur ein Gegenüber.

»Und du?«

Ich kam aus meinen Grübeleien wieder auf die Erde zurück.

»Was?«

»Weißt du schon, was du mit diesem verkackten Leben machen willst?«

Ich streichelte Tang und überlegte mir meine Antwort.

»Noch nicht genau. Ich will studieren, am liebsten Literatur, aber da gibt es wenig Berufe, und Lehrerin möchte ich eigentlich nicht werden. Ich werde in den Sommerferien ein Praktikum bei einer Zeitung machen. Vielleicht wäre das was.«

Er hatte wieder die Unterlippe vorgeschoben, aber diesmal sah er nicht beleidigt aus, sondern eher nachdenklich.

»Muss toll sein, wenn man es weiß«, sagte er, und mir war, als klang da ein bisschen Bitterkeit durch. »Bin ich echt neidisch. Und hungrig. Was gibt's denn heute Abend?«

Ich sah auf die Uhr. »Och, schon sieben! Was es gibt? Warum machst du nicht mal was? Du hast ja gesehen, was im Kühlschrank und im Korb ist.«

»Iiich?« Birger trommelte sich mit den Fäusten auf

die Brust und Ming nahm mit einem Satz blitzschnell Reißaus. »Ich Tarzan – du Jane. Ich jagen – du kochen.«

»So, so.« *Komm, gib's doch zu, du wärst rasend gern seine Jane.* »Also, ich hätte da noch etwas anzubieten. Wie wäre es mit Antipasti und anschließend Spagetti? Ist nicht sehr originell, schmeckt aber immer wieder gut.«

»Hmmmm«, machte er. »Klingt gut. Dir ist es wichtig, wenn was originell ist, he?«

Ich sah ihn verwirrt an. »Wieso? Doch, ich glaub schon. Ich finde es toll, wenn die Leute was Eigenes machen, nicht nur das, was alle tun.«

»So wie ich?« Er grinste und sah so hinreißend aus, dass ich schnell zum Boden schauen musste, sonst wäre ich ihm pfeilgerade um den Hals geflogen.

Dann nahm ich mich zusammen und sah ihm in die Augen. »Das weiß ich noch nicht. Aber du hast Recht: Viel von dem, was du bisher von dir gegeben hast, war eher das, was alle sagen.«

»Wie das mit den Tussen und dem Poppen?«

»Das auch.«

Er lächelte mich an. »Das habe ich doch nur gesagt, um dich auf achtzig zu bringen. Ich wollte mal sehen, wie du ausrastest.«

»Ach ja?« Ich packte Tang zur Seite und stand auf. »Gut, dass du dein Ziel nicht erreicht hast. Das wäre ganz fürchterlich für dich geworden. Du hättest dich zu Tode erschreckt.« Ich lachte.

Er stand auch auf und sah wieder auf mich runter. »Ich werde aus dir nicht richtig schlau. Einerseits finde ich dich wahnsinnig nervig und blöd –«

»Danke für die Blumen!«

»Bitte – und andererseits kann ich mit dir reden. Verrückt!«

Mein unkorrigierbar hoffnungsvolles Herz machte einen kleinen Freudenhopser, aber ich ging rasch in die Küche, damit er in meinem Gesicht nichts von meinen sehnsüchtigen Gedanken lesen konnte.

»Kann ich was helfen?«, fragte Birger, der hinterhergekommen war.

»Du könntest Wasser in die Näpfe füllen«, sagte ich. Und zeigte in die Ecke, wo die Viecher ihr Fressen bekamen.

Dann setzte ich Wasser auf und schnitt Zwiebeln. Während die in der Pfanne brieten, holte ich das Hackfleisch raus und bröselte es dazu. Dann öffnete ich eine Dose Tomaten und kippte die auch in die Pfanne, danach Tomatenmark.

Während ich die Nudeln in das sprudelnde Wasser warf, sagte ich: »Du kannst schon mal den Tisch decken«, und dann rieb ich eine Mohrrübe in das Ragout, ein Trick von Bente, der die Soße nicht nur geschmacklich abrundet, sondern auch schön sämig macht. Nun fehlten nur noch Salz, Pfeffer und die Kräuter der Provence – ich war ein bisschen zu großzügig damit, es staubte hoch und ich musste niesen.

Als alles fertig war, stellte ich den Topf mit den abgegossenen Nudeln auf den Tisch, die Pfanne ließ ich auf dem Herd noch ein bisschen köcheln, und dann holte ich die drei Gläser mit Antipasti aus dem Kühlschrank – zu blöd, die hätte ich früher rausnehmen sollen. Jetzt war alles eiskalt.

Ich drapierte eine Reihe von Zucchini- und Auberginenscheiben auf unseren Tellern und legte ein paar eingelegte Pilze und Tomaten dazu und sagte: »Bitte Platz nehmen zum ersten Gang!«

Dann goss ich uns von dem Chianti ein.

Während wir aßen, redeten wir nicht. Aber es war diesmal kein unangenehmes Schweigen, sondern eher so ein kameradschaftliches.

Nein! Halt! Ich wollte keine Kameradschaft! Ich wollte LIIIEEEBE! Vor lauter Gefühlsdurcheinander verschluckte ich mich und musste zur Spüle laufen und ein Glas Wasser trinken.

»Nicht so hastig!«, sagte Birger mit vollem Mund. »Sich schön Zeit lassen. Dann lernst du auch noch Tischmanieren.«

»Und immer mit leerem Mund reden«, keuchte ich wütend.

»Du hast es gerade nötig!« Er schaufelte sich die nächste volle Gabel rein und redete undeutlich weiter: »Durch gute Manieren zeigt man den lieben Mitmenschen, dass man sie respektiert. Du glaubst doch nicht im Ernst, dass ich dich respektiere, oder?«

Ich schnappte nach Luft und starrte ihn an. Dann funktionierte mein Verstand wieder.

»Und warum nicht, verdammt noch mal? Ich find es jedenfalls schöner, wenn man während einer Unterhaltung bei Tisch nicht mit Essenskrümeln voll gespuckt wird!«

Er tippte sich mit der Messerklinge an die Stirn. »Du tickst ja nicht richtig! Unterhaltung bei Tisch! Du hast doch echt einen an der Klatsche!«

»Lieber einen an der Klatsche als ein Proll!«, konterte ich wütend.

Er warf das Besteck auf den Tisch und stand auf. »Spar dir deine Erziehungsmaßnahmen! Davon hatte ich zu Hause schon genug! Das muss ich mir von so einer kleinen Kröte nicht bieten lassen –«

»Was fällt dir ein! Wie kannst du es wagen, so mit mir …«

»Kann ich gut! Du bist eine Erpresserin!«

»Und du ein Bescheißer!«

»Das geht dich gar nichts an!«

»Wieso nicht? Ich will auch mal Abi machen, und ich finde es gemein, wenn sich Leute ihr Abi erschleichen, während unsereins dafür lernen muss.«

»Ach, leck mich doch am Arsch!«

»Das hättest du wohl gern!«

»Wie meinst du das?« Er hatte die Fäuste geballt und war zwei Schritte auf mich zugekommen.

»Weil du es wohl gewohnt bist, dass dir alle in den Arsch kriechen!« Ich biss die Zähne zusammen, um nicht loszuheulen. Nun war alles aus. *Bravo! Bravissimo!* »Wann hast du denn letztes Mal Kritik an dir akzeptiert?«

Er starrte mich an, ich starrte ihn an.

»Das geht dich einen Scheißdreck an«, knurrte er dann.

»Stimmt«, sagte ich, um Haltung bemüht, während mir das Herz im Halse klopfte.

»Dann halt die Klappe.«

»Du hast angefangen, mich zu beschimpfen.«

Er wischte sich mit der Hand über die Augen. »Quatsch.«

Ich stand auf, goss die Tomatensoße zu den Nudeln und wendete dann die Spagetti darin, bis sie gut davon umhüllt waren. Dann brachte ich die Pfanne an den Tisch, tat uns auf, setzte mich wieder auf meinen Platz. Ich aß weiter, aber es hätten genauso gut Bindfäden statt Nudeln sein können – ich schmeckte überhaupt nichts.

Birger stand zwischen Tisch und Tür und sah auf mich runter, das spürte ich. Innerlich wappnete ich mich gegen weitere Schmähreden. Wenn jetzt sowieso alle Hoffnung verloren war, konnte ich auch genauso gut noch mal nachlegen. Ihm sagen, dass er ein eitler, gedankenloser Pfau war, ein krähender Gockel auf dem Mist, ein Dünnbrettbohrer …

Aber es kam nichts von ihm, sondern überraschenderweise setzte er sich wieder und aß ebenfalls weiter. Anscheinend war er zu hungrig, um wegen einer Grundsatzdebatte über Tischmanieren oder Erpressungen sein Essen stehen zu lassen.

»Schmeckt ganz gut«, sagte er dann – mit leerem Mund – und grinste.

Ich grinste zaghaft zurück.

So ganz wohl war mir noch nicht: Diese Achterbahnfahrt an Beleidigungen und Vorwürfen hatte mich doch ziemlich geschlaucht.

»Ehrlich gesagt …«, fing ich an.

»Ja?«

Ich hatte sagen wollen: … können wir das Ganze auch jetzt und hier abbrechen. Aber als ich nun in seine Augen sah, die bloß einen Meter von mir entfernt waren, brachte ich es nicht raus. Nein, ich wollte ihn noch nicht hergeben. Wir hatten uns schließlich nur ein bisschen gestritten…

Ach ja? Dann war der letzte verbale Schlagabtausch wohl ein Gespräch unter Kumpeln gewesen?

»Och, nix.« Ich stellte die Teller aufeinander und trug sie zur Spüle.

»Na los, sag schon!«

»Nee, war nix.«

»Na gut. Dann sag ich jetzt mal was.«

Ich drehte mich zu ihm um, und mein Herz wummerte so laut, dass ich die Arme über der Brust verschränkte, um das Bummern zu dämpfen.

»Ja?«

Sophie, die Gesprächige. Jetzt würde er mir mitteilen, dass er die Nase voll hatte von dem ganzen Wochenende und dass ich mir die blöde Kassette sonst wohin…

»Ich hab noch Hunger auf was Süßes«, sagte er und lachte.

Ich verzog erleichtert den Mund zu einem Lächeln, obwohl ich vor lauter Erleichterung am liebsten losgeplärrt hätte. »Wenn's weiter nichts ist. Ich hab Tiramisu mitgebracht.«

Ich holte die Schüssel aus dem Kühlschrank, während Birger »oh« und »ah« sagte und Schälchen und Löffel deckte.

Zunächst löffelten wir einträchtig unsere Portion auf, aber dann ritt mich der Teufel.

»Weißt du, was du isst?«

»Klar«, sagte Birger. »Hast du doch selbst gesagt.«

»Aber weißt du auch, was das heißt?«

»Nee.« Er sah mich neugierig an. »Was denn?«

»Zieh mich raus oder zieh mich hoch.«

Er nahm sich noch eine zweite Ladung aus der Schüssel. »Ja, und? Was soll denn hochgezogen werden?«

»Na ja. Es ist eine sehr inhaltsreiche Sache, weißt du, viele Eier und Zucker und Kaffee. Das bekamen in Italien die Männer in den Bordellen vor dem Heimgehen serviert. Damit die Ehefrauen nicht merken sollten, wo sie die Nacht verbracht hatten.«

»Hä?« Birger sah mich fragend an. »Kapier ich nicht.«

Ich merkte, wie ich rot wurde. Die Hitze stieg mir bestimmt bis an den Haaransatz. Warum, zum Teufel, hatte ich bloß davon angefangen? Ich holte tief Luft und grinste.

»Die Männer, ähem, die ... also ... die konnten immer noch.«

»Was? Was konnten sie immer noch?«

Da begriff ich endlich, dass er sich über mich und meine Stammelei bloß lustig machte.

»Du Mistkerl!«, brüllte ich und warf das Stuhlkissen von dem Stuhl neben mir nach ihm.

Birger grölte vor Vergnügen und schließlich musste ich mitlachen.

»Warum hast du denn gefragt, du Blödmann, wenn du schon alles weißt?«

»Weil es Spaß gemacht hat, dir beim Stottern zuzusehen.« Er plinkerte mit den Lidern. »Weißt du, sooo ungebildet bin ich nun doch nicht. Jedenfalls nicht in solchen Sachen.«

Er grinste frech, und ich war völlig ratlos, was ich jetzt sagen oder tun sollte.

Da klingelte es an der Haustür.

Wir sahen uns erstaunt an. Ich zog die Mundwinkel runter und hob die Schultern. Keine Ahnung, sollte das heißen.

Ich ging zur Tür und öffnete.

Eine Frau etwa in Bentes Alter stand da und glotzte mich neugierig an.

Paula und Toni waren mitgekommen und Toni machte »Wuff«. Paula wartete erst mal ab.

»Was wünschen Sie?«, fragte ich.

»Äh, ich bin die Nachbarin, ich war im Garten und hörte laute Schreie und da dachte ich …«

»Ja?«

»Äh, sind Sie die Nichte von Frau Scharrer?«

»Ja. Warum?«

Ihre flinken Äuglein huschten über mich hinweg, an mir vorbei und versuchten, in jeden Winkel der Diele zu gelangen.

Paula stellte sich behütend vor mich.

»Ihre Tante sagte mir vorgestern, dass eine Nichte hier einhüten wollte, und als ich jetzt die lauten Stimmen hörte, da …« Sie verstummte.

»Ja?«

»Na, ob vielleicht was nicht in Ordnung wäre. Ob Sie vielleicht Hilfe brauchten – oder so.«

»Nein danke, es ist alles in Ordnung.«

Ich versuchte, die Tür zuzumachen, aber sie wich nicht von der obersten Treppenstufe.

»Ihre Tante sagte nichts davon, dass Sie Besuch bekämen.«

»Vielleicht hat sie das vergessen.«

»Äh, ja, vielleicht. Sie sind also nicht allein?«

Ich lächelte die Nachbarin mit den wieselflinken Äuglein freundlich an. »Nein.«

»Und Ihre Tante weiß das? Sie sind doch noch nicht volljährig, oder?«

»Ich wüsste wirklich nicht, warum ich Ihnen Auskünfte geben sollte.«

»Äh, ja. Ähm – nein.« Sie hatte offensichtlich ihr Pulver verschossen und wusste nicht, wie sie ihre Anwesenheit noch länger begründen sollte. »Äh – nichts für ungut. Wir pflegen hier eine gute Nachbarschaft und kümmern uns umeinander. Und als ich den Lärm hörte – ah, Sie sind also der – äh – Freund.«

Ich drehte mich rasch um, Birger war hinter mich getreten und strahlte die aufdringliche Kuh an. »Ja«, sagte er dann. »Brauchen Sie meinen Personalausweis oder lassen Sie meine Freundin und mich jetzt weiteressen?«

»Oh, da hab ich beim Essen gestört?«, sagte sie entzückt. »Das tut mir aber Leid. Dann will ich mal wieder gehen, Herr, äh, wie war doch noch der Name?«

»Den habe ich nicht genannt. Aber Sophies Tante wird ihn schon erfahren, wenn sie möchte. Von uns.«

Damit schob er meine Hand von der Klinke, zog Paula rein und drückte die Tür zu. »Einen schönen Abend noch.« Dann klickte die Tür ins Schloss.

Jetzt erst merkte ich, dass er während des Redens den Arm um meine Schultern gelegt hatte, und wartete darauf, dass er ihn wieder wegnahm. Doch er drückte mich leicht an sich und sagte befriedigt: »Der haben wir es gegeben, was?«

Ich sah zu ihm hoch und nickte. Vor meinen Augen

tanzten Funken. So nahe war ich ihm noch nie gewesen. Ich spürte seine Wärme und die Muskeln seines Arms und wusste nicht, was ich tun sollte.

Ein klarer Fall von Liebeslähmung.

Doch Birger drehte uns beide um und wir gingen eng aneinander gedrückt zur Küche. Da wir leider nicht beide durch die Tür passten, schob er mich vor sich her durch die Türöffnung, und ich fühlte mich urplötzlich wie ein siamesischer Zwilling nach der Operation.

Die Hunde trotteten hinterher und legten sich wieder ins Körbchen und auf die Decke.

Eindringling erfolgreich abgewehrt.

Wie benommen setzte ich mich und er nahm auch wieder Platz. Dann hob er das Glas und grinste.

»Auf die neugierige Ziege!«

»Auf die Ziege!«, wiederholte ich, und wir sahen uns in die Augen, stießen an und tranken.

Er nahm das Besteck wieder in die Hand und rollte eine Gabel Spagetti auf. »Hab ich übrigens vorhin nicht so gemeint«, sagte er kauend. »Okay?«

»Ich auch nicht«, sagte ich. »Okay.«

Das ist gelogen: Du hast jedes Wort genau so gemeint, wie du es gesagt hast! Na und? Alle lügen, ich auch. Manchmal. Ein bisschen. Wenn es für eine gute Sache ist.

»Kanntest du die?«, wollte er wissen.

Ich schüttelte den Kopf. »Nee. Die muss in dem Haus hier auf der Küchenseite wohnen. Ich hab vorhin beim Kochen das Fenster angekippt, deshalb waren wir wohl ziemlich gut zu verstehen!«

Er grinste wieder. »Dann hat die Kuh jetzt was zu tratschen! Weiß deine Häkeltante eigentlich von mir?«

Ich schüttelte den Kopf.

»Kriegst du jetzt deshalb Ärger?«

Ich trank noch einen Schluck. »Warum? Ich kann doch immer sagen, du bist abends wieder gegangen.«

»Und wenn die Alte von nebenan auf der Lauer liegt?«

»Dann steht Wort gegen Wort. Ist doch egal. Dann bist du eben abgehauen, als sie auf dem Klo war, oder was weiß ich.«

»Hast du es nicht einfacher, wenn ich verschwinde?« Er sah mich neugierig an.

»Nein. Doch. Egal.« Ich fing an abzuräumen. »Du willst wohl unbedingt weg und deine Kumpel in der Disko treffen, hm?«

Jetzt zuckte er mit den Achseln. »Einmal mehr oder weniger ist auch wurscht. So ein bescheuertes Wochenende wie das hier hatte ich jedenfalls noch nie.« Er erhob sich und stellte freiwillig das Besteck in die Geschirrspülmaschine. »Ich weiß nicht, ob ich vor Wut schreien oder vor Lachen brüllen soll. Jedenfalls ziehst du hier eine total bekloppte Nummer ab.«

Ich musste an ihm vorbei zum Kühlschrank und in diesem Augenblick richtete er sich auf und wir standen sekundenlang ganz dicht nebeneinander.

»Heee«, machte er und warf einen Blick zum Fenster. »Schau mal da!«

Draußen war es schon sehr dämmrig, und man konnte durch das Küchenfenster über den Gartenweg und die Hecke bis zum Nachbarhaus sehen, wo in dem gegenüberliegenden Fenster deutlich der Umriss einer Frauengestalt auszumachen war.

»Na, der wollen wir es mal zeigen«, sagte Birger leise, drehte mich zu sich um und küsste mich.

Ich war so erschrocken, dass ich die Lippen zusammenpresste und mit meinem ganzen Körper auf Widerstand ging. Das schien eine Art Signal auszulösen: Er verdoppelte seine Anstrengungen und bohrte mir seine Zunge in den Mund, während er mit der einen Hand über meinen Rücken bis zum Po tastete und mich fester an sich drückte.

In meinem Hirn überschlugen sich die Gedanken und Gefühle und die Rückmeldungen von irgendwelchen Nervenzentren aus den unterschiedlichsten Körperregionen. Mir knickten vor lauter Überwältigtsein die Knie weg, aber Birger hielt mich weiterhin fest, und ich hing in seinen Armen wie eine Lumpenpuppe, während er mit mir so eine Art Notbeatmung durchführte. Dann ließ er mich genauso urplötzlich, wie er mich geschnappt hatte, wieder los, ging ans Fenster, machte es auf und rief: »Alles in bester Ordnung, haben Sie alles genau sehen können? Schönen Abend noch.«

Dann zog er die Gardinen zu und drehte sich wieder zu mir um.

»Der haben wir es gezeigt, was?«, sagte er.

»Hmmm«, machte ich, während ich die letzten Sachen wegstellte, den Tisch abwischte und dann in der Diele die Leinen vom Haken nahm.

»Was hast du denn? Fandst du das nicht eine tolle Idee?« Er lachte. »Die kann jetzt klatschen, bis sie grün wird. So 'ne richtige grüne Witwe.«

»Doch, der haben wir's gezeigt.« Meine Stimme hörte sich für mich merkwürdig belegt an, deshalb räusperte ich mich. »Ich muss jetzt mit den Hunden raus.«

»Kann ich mitkommen?«

»Klar.«

Ich schloss hinter ihm ab und wir liefen in Richtung Deich. Mittlerweile war es fast ganz dunkel geworden und die Hunde waren nur noch als zuckende Schatten zu erkennen.

Ich hängte mir die Leinen um den Hals und hätte mich fast erwürgt, weil Birger plötzlich wieder den Arm um meine Schulter legte.

»Du zitterst ja«, sagte er erstaunt. »So kalt ist es doch gar nicht.«

»Doch, für mich schon.«

Wie sollte ich ihm erklären, dass mein Innerstes sich in schmelzende Lava verwandelt hatte, während ich an allen Gliedern fror? Ich war einfach total überwältigt. Nun hatte ich mir schon so lange die Tuchfühlung mit Birger gewünscht, aber trotzdem hielt ich es kaum aus, wenn sie passierte. *Unerträglich schön,* schoss mir durchs Hirn. *Jetzt weiß ich, was das bedeutet.*

Wir liefen langsam hinter den Hunden her, und ich kam aus dem Takt, weil Birger viel größere Schritte machte. Er hob mich einfach ein paar Zentimeter hoch und setzte mich wieder ab und schon war der Unterschied ausgeglichen.

Ich musste lachen und drehte den Kopf zu ihm.

»Am besten stellst du mich auf ein Skateboard und rollst mich neben dir her.«

»Einfacher wäre es mit Inlineskates.«

»Stimmt.« Langsam drang Birgers Wärme durch meine Jacke und ich hörte auf zu zittern. *Können wir bitte immer so weitergehen? Bis ans Ende der Welt? Und immer noch weiter?*

»Dann könnten wir jetzt auf dem Deich vor den Hunden abhauen.«

»Negativ. Die sind schneller als Skater.«

»Glaub ich nicht!«

»Stimmt aber!« *Nun sag schon, dass wir das mal ausprobieren müssen, Birger, sag schon, dass wir noch was miteinander vorhaben, los, rede!*

»Na ja, ich hab nicht viel Erfahrung mit Kötern. Auf dem Deich kann man eh nicht mehr so gut fahren wie früher, da wird man ja totgetrampelt.«

»Ich fahr manchmal im Bürgerpark.« *JETZT! SAG WAS! ICH BRAUCH ETWAS FÜR DIE ZUKUNFT!*

»Was? Zwischen den ganzen Omas und Opas? Nee, das ist öde.«

»Wo fährst du denn dann?« *Okay, ich geb's auf.*

»Eigentlich kaum noch. Das war mal was. Früher.«

»Ach so.«

Er nahm den Arm weg und hob einen Zweig auf. »Hierher, Toni!«, rief er, und dann hatte ich das große Vergnügen, dabei zuzuschauen, wie er sich um die Hunde kümmerte. Wirklich vorbildlich.

Meine Schulter fror und jetzt war mir auch innerlich frostig. Ich drehte um und lief wieder zurück.

»He, warte doch!« Birger kam hinter mir hergerannt. »Was ist denn? Willst du schon zurück?«

»Hmm. Ich friere.« *Du kannst mich wieder wärmen, du Sturkopp.*

»Komisch. Ich finde es für Mai ganz schön warm.«

Wir gingen schweigend bis zum Rosenweg. Ich sagte nichts mehr, weil ich innerlich ziemlich erschöpft war. Diese extremen Gefühle der letzten Stunde hatten mich fertig gemacht. Außerdem hatte ich nicht die leiseste Idee, wie es weitergehen sollte. Konnte. Würde.

Ich schloss die Tür auf und die Hunde zischten an mir vorbei in die Küche. Birger kam langsam nach und hängte wie ich seine Jacke an die Garderobe. Ich ging ins Wohnzimmer und er kam kurze Zeit später mit den Gläsern und der Weinflasche.

»Was denn? Lieber Wein als Bier?«, fragte ich.

Er nickte. »Bier ist eher was für die Kneipe. Aber sag mal, hast du nicht was zum Knabbern? Chips oder so?«

Zum Knabbern? Ist der Typ auf dem Spießertrip? Wer knabbert denn heute noch?

»Nee, ich mach mir nichts aus Knusperkram. Ich mag höchstens Nüsse. Aber ich kann ja mal sehen, ob was im Vorratsschrank ist.«

Ich kehrte mit drei Schälchen zurück: Erdnüsse, Chips und Salzbrezelchen. Birger stürzte sich darauf und fragte: »Und sonst? Was machen wir jetzt? Was hast du für heute Abend noch geplant?«

»Das hab ich dir doch schon mal gesagt: Zur Planung gehören zwei. Hast du eine Idee?«

»Jedenfalls nicht für ’nen Abend auf Mamas Couch! So was mach ich bloß alle Jubeljahre!«

»Okay, wir können ja fernsehen. Was siehst du denn gern, außer *MTV* oder so?«

Er warf drei Erdnüsse in die Luft und versuchte, sie mit dem Mund aufzufangen. Klappte nicht.

»Keine Ahnung.«

»Was? Du weißt nicht, was du gern siehst?«

»Doch, doch klar. *Wetten dass.* Oder *Wer wird Millionär*. Oder so.«

Ich hatte mir die Programmzeitschrift genommen und sah nach.

»Gibt es heute alles nicht.«

»Scheiße. Was gibt es denn?« Er hatte eine Nuss erwischt und strahlte.

»*Tatort,* irgendein Liebesfilm, zum hundertsten Mal *Beverly Hills Cop* und sonst nur noch Musikshows oder Mist.«

»Dann *Beverly Hills Cop*, okay?«

»Von mir aus.« Ich schaltete das richtige Programm ein. Noch liefen Nachrichten.

»He, dreh doch den Quatsch ab, wen interessiert denn der Blödsinn?«

»Na, mich. Ich will wissen, was passiert.«

»Ist doch eh immer dasselbe. Politiker, Erdbeben, Morde und Reden. Alles Kacke.«

»Nicht immer. Ich finde es meistens auch unangenehm, aber wichtig.«

»Das gewöhnst du dir auch noch ab.« Dann sah er mich genauer an. »Oder vielleicht auch nicht. Du bist sowieso schon ziemlich durchgeknallt.«

»Danke.«

»Bitte.« Während ich mich dann auf die – zugegebenermaßen – überwiegend schrecklichen Nachrichten zu konzentrieren versuchte, lockte er die Kater mit den Chips. Aber die mögen solchen Salzkram nicht. Danach versuchte er, sie mit einer raschelnden Zeitung zu einer

Verfolgungsjagd zu reizen, und Ming machte mit, während Tang zu mir kam und sich streicheln ließ.

Sozusagen stellvertretend. Ich fragte mich, ob die Kater kapiert hatten, was Birger ja irgendwie noch nicht so ganz aufgegangen war. Zuzutrauen wäre es ihnen.

Der Film fing an.

»Scheiße! Das ist ja der dritte Teil!«

»Wieso? Der ist doch auch ganz witzig!«

»Findest du? Ich finde den zweiten Teil am besten!«

»Nee, da wird mir zu viel geballert – und wer kann schon Frau Nielsen ab!«

»Na, du bestimmt nicht!«

»Sehr richtig. Und warum?«

Er grinste. »Weil es eine Dame von Format ist. Und Format ist was, was dir völlig abgeht.«

»Weil sie eine strohdumme, aufgebrezelte Nichtschauspielerin ist!«

»Sagst du!«

»Sag ich!«

Danach schauten wir zu, ohne zu reden, jeder mit einem Kater auf dem Schoß. Und mein Inneres war mal wieder in Aufruhr.

Heute war der letzte Abend.

Meine letzte Chance!

Und wir saßen da wie die letzten Couchpotatoes und sahen uns einen Film an – das durfte doch nicht wahr sein!

Aber dann vergaß ich meine Grübeleien und lachte mit Birger an den richtigen Stellen, zum Beispiel als Eddy dem feinen Pinkel das Auto klaute, und als der Film zu Ende war, hatte ich mich fast beruhigt.

Birger sah beim Abspann auf die Uhr. »Erst halb elf! Das halte ich im Kopf nicht aus! Was machen wir jetzt?«

»Keine Ahnung.«

»Wollen wir in eine Kneipe?«

»Ich kenne hier keine.«

»Na und? Finden wir eben eine.«

Mir fiel nichts mehr ein. Außerdem war ich innerlich am Verzweifeln. Mein tolles Experiment war gerade grandios am Scheitern. Drei Tage und zwei Nächte unter einem Dach und – nichts.

Niente. Nada. Zero. Null.

Ich stand auf.

Wir gingen in die Diele.

»Nee, Paulchen, du bleibst hier und hütest Toni!«, sagte ich zu der unermüdlichen Hüterin aller Hausbewohner.

Toni ließ ein beleidigtes Bellen hören, dann war aber Ruhe.

Birger und ich zogen wieder die Jacken an, ich nahm die Schlüssel und wir liefen los, diesmal in die andere Richtung, nicht zum Deich.

Es war kühl, und leider dachte er gar nicht mehr daran, mir den Arm um die Schultern zu legen. Der Rosenweg mündete in eine größere Straße, aber da stand auch nur ein Reihenhaus brav neben dem andern, und der Ausblick an der nächsten Ecke zeigte die gleiche dunkle Vorstadtstraße – von Kneipen keine Spur.

Vor uns ging eingehakt ein älteres Paar, und als wir es überholten, erkannte ich in der weiblichen Hälfte die neugierige Nachbarin von vorhin.

Birger offensichtlich auch, denn sofort legte er den

Arm um mich und fing an, an meinem Ohr herumzuknabbern. »Mmmhhhmmm«, sagte er genießerisch und vergewisserte sich, dass man ihn hören konnte. »Du schmeckst ja so süß – ganz zuckersüß – ahhhh!« Dann blieb er mitten auf dem Gehweg stehen und küsste mich, sodass das Paar um uns herumgehen musste. »Ich bin ganz verrückt nach dir – Wahnsinn!«, sagte er laut, und nun hatte ich den Schock überwunden und machte mit.

»Ach, Liebling, nicht so heftig, bitte«, zirpte ich und: »Oh, du drückst mir ja die Luft ab!«

Er kicherte mir ins Ohr und ich konnte mich ebenfalls nicht mehr bremsen und kichernd und gackernd gingen wir den Weg zurück. Paula begrüßte uns zufrieden schnüffelnd, während Toni uns nur kurz mit »Wuff« zur Kenntnis nahm. Immer noch lachend, blieb Birger in der Diele stehen und dann war es auf einmal kein Spiel mehr.

Irgendwas hatte sich verändert, ein Funke war übergesprungen. Als er mich jetzt in den Arm nahm und küsste, da küsste er mich nicht mehr, weil er eine lästige Person ärgern oder seine Langeweile vertreiben wollte, sondern auf einmal hatte seine Nähe etwas Drängendes, Forderndes.

Noch immer aneinander geklammert, bewegten wir uns ins Wohnzimmer, er gab der Tür einen Tritt und dann fielen wir auf die Couch.

Das darf doch nicht wahr sein, morste irgendwas in meinem Hirn und: *Das macht der bestimmt nur aus Langeweile*, aber ich hörte nicht auf innere Stimmen oder Morsezeichen aus dem Hirn, und sie schwiegen schließlich und ich überließ mich seinem Mund, seinen Händen und fing meinerseits an zu reagieren, nicht nur geschehen zu lassen, sondern auch etwas zu tun.

Ich tastete nach seinem Gesicht, ich spürte seine Schultern unter dem Hemdstoff, ich spürte sein Gewicht, als er sich auf mich rollte, und ich bewegte mich unter ihm, um den größtmöglichen Körperkontakt herzustellen: Ich wollte ihn ganz und gar spüren.

Unsere Zähne klickten aneinander, als wir die Münder zu gierig öffneten, und eine winzige Sekunde lachten wir gleichzeitig, dann versank ich wieder in den Wahnsinnsgefühlen von Nähe, Wärme und Lust.

Mir war, als hätte unsere Küsserei Stunden gedauert, als ich auf einmal merkte, dass Birger an den Klamotten herumfummelte. An meinen Klamotten.

Jetzt oder nie. Du hast es doch gewollt. War das nicht das Ziel der Übung? *Ich hab Angst. Will ich das wirklich?*

Die widersprüchlichsten, blödesten, ängstlichsten Gedanken schwirrten mir durch den Kopf, während ich meinerseits an seinem Pulli herumfummelte und den Po anhob, damit er mir die Jeans ausziehen konnte. Seine Brust war glatt und warm und der Rücken unendlich lang, und als er seine Jeans endlich unter heftigem Gestrampel auch ausgezogen hatte, fühlte ich sein Glied auf meinem Bauch, und ein letzter Rest von Vernunft regte sich, aber da drehte er sich schon etwas zur Seite, und ich bekam mit, dass er ein Kondom überstreifte.

Danach hatte die Vernunft nichts mehr zu melden, sondern ich überließ mich ganz diesem drängenden Wunsch, Birger zu spüren, ich öffnete mich für ihn, und wir versanken in dem Meer mit den Wellen aus Körper und Bewegung und Schweiß und Duft. In dem dämmerigen Dunkel erkannte ich die Umrisse seines Kopfes und seines Oberkörpers, ich sah, wie er den Mund öffnete, bevor er mich wieder küsste. Es dauerte mehrere Jahrhunderte und dann sank er stöhnend auf mich runter und blieb regungslos liegen.

Überflüssig zu sagen, dass ich keinen Orgasmus hatte.

Woher denn auch?

In meinem Körper züngelten von den Zehen bis zu den Haarwurzeln kleine, unruhige Lustflämmchen, aber es war zu keiner Erlösung gekommen. Ich war ein bisschen neidisch. Jungs haben es so viel einfacher.

Oder wir Mädchen machen es ihnen immer so einfach.

Birger bewegte sich.

Er küsste mich ganz sacht auf die Nasenspitze und flüsterte: »Du?«

»Ja?«

»Wie geht es dir?«

Danke der Nachfrage.

»Gut.«

»Aber …«

»Aber was?«

»Du bist nicht –?«

»Emhm.«

»Schade.«

Und dass der Papst keine Enkel hat.

Er glitt von mir runter und erledigte ein paar hygienische Handgriffe.

Ich starrte in das Dämmerdunkel über mir. Einerseits war ich wunschlos glücklich und andererseits so kribbelig, dass ich Birger am liebsten eine gescheuert hätte, als er sich mit einem genussvollen Stöhnen neben mich legte.

Wenn du jetzt einschläfst, bring ich dich um!

Ich kuschelte mich an ihn und versuchte, mir wenigstens etwas von seiner Wärme zurückzuholen, als plötzlich seine Hand suchend über mich wanderte und nach den Stellen tastete, die besonders empfindliche Stromstöße abgaben. Ich bewegte mich mit der Hand, dann mit seinen beiden Händen, ich merkte mit einer Riesenerleichterung, dass die züngelnden Flämmchen noch einmal richtig angefacht wurden, und dann kletterte ich auf einen hohen, hohen Berg, und eine riesige Wolke kam und trug mich weiter, weiter, weiter …

»Nicht so laut, du weckst die Hunde«, flüsterte Birger in mein Ohr, und da merkte ich erst, dass ich nicht alles lautlos mit mir hatte geschehen lassen.

Ich musste kichern, und er kicherte auch, und ich streichelte ihn überall dort, wo ich ihn schon seit tausend Jahren immer berühren wollte, und er machte kleine handgreifliche Entdeckungsreisen bei mir, und wir küssten uns immer wieder, und dann erzählte ich ihm die Geschichte von der Prinzessin mit der Dornenhaut, die der König demjenigen verspricht, der die Dornen wegmachen kann, und wie es ganz viele versuchen und niemandem gelingt es, aber dann rollt der schlaue Hans sie in einen Teig ein und bäckt sie, und da bleiben alle Dornen in dem Teig stecken, und sie hat die wunderzarteste Haut, und sie feiern die wundervollste Hochzeit, und sie genießen die wunderzärtlichsten Streicheleien – und Birger lachte, ganz leise, und seine Stimme schrillte diesmal fast gar nicht.

Irgendwann müssen wir eingeschlafen sein.

Ich erwachte davon, dass etwas kratzte. Eine von Tante Christas Häkeldecken. Ich konnte mich nicht mehr daran erinnern, dass wir uns zugedeckt hatten.

WIR!

Wir?

Ich war allein! Panisch sah ich mich um, aber mein Blick wurde sofort von einem Rücken gebremst, der seitlich neben mir aufragte.

Er war noch da.

Ich schmiegte mich an den Rücken und umschlang ihn mit dem freien Arm. Birger brummelte leise im Schlaf. Ich wollte mich auch wieder in den traumlosen Schlaf sacken lassen, aus dem ich so plötzlich aufgetaucht war, aber in meinem Kopf drehten sich jede Menge Rädchen, die Decke kratzte immer noch, und ich ergab mich in mein Schicksal – schlaflos in Bremen.

Und außerdem: War es nicht viel schöner, neben Birger zu liegen und zu *wissen*, dass man da lag, als einfach zu pennen?

Ich starrte auf den makellosen Rücken drei Zentimeter vor meinen Augen und hätte ihn gern geküsst. Also küsste ich ihn. Birger knurrte wieder.

Mir war plötzlich etwas flau im Magen und das kam nicht vom Frühstückshunger oder so.

Ich hatte Angst.

Wie würde er aufwachen?

Was würde er sagen?

Oder: Was würde er *nicht* sagen?

Würde er die Macho-Rolle spielen: War es also das, was du die ganze Zeit wolltest? Hast du mich deshalb gezwungen, hierher zu kommen?

Wie sollte ich darauf reagieren?

Ich habe dich zu nichts gezwungen, das wollten wir alle beide.

Tat es mir Leid? Bereute ich meine Erpressung?

Nei-hein. Nö. Eigentlich nicht.

War ich glücklich? So strahlend filmhappyendmäßig?

Nö. Eigentlich nicht.

Na, komm schon, Sophie. Was ist mit dir? Bist du enttäuscht?

Hm. Ein bisschen.

Keine schöne Liebesnacht?

Doch, schon.

Aber???

Heute würde ich seinen schrundigen Zehennagel nicht mehr küssen wollen.

Warum?

Ich bin nicht mehr so verrückt nach ihm.

Aha. Darf man auch den Grund erfahren?

Moment, Moment. Ich versuche doch gerade erst selber, mir darüber klar zu werden.

Na, dann klär mich mal auf.

Er ist irgendwie... tja, also ich trau es mich kaum zu denken, aber er ist ein bisschen... langweilig.

Ein wunderschöner Junge und nicht so schrecklich viel dahinter – oder?

Sag du's mir.

Ich blicke noch nicht durch.

Ich seufzte.

Wenn ich es rückblickend genau betrachte, ist es ein ziemlich langweiliges Wochenende gewesen. Punkt.

Wahrscheinlich dachte Birger das auch.

Vielleicht hat er nur aus lauter Langeweile …

Nein. Es hat zwischen uns gezündelt. Das war keine Flucht vor der Langeweile!

Haha. Du kennst dich aus, ja?

Ein bisschen schon, verdammt noch mal.

Und was wird jetzt?

Ich weiß es nicht.

Und wenn er gleich aufwacht?

Dann weiß ich es immer noch nicht.

Warum haust du nicht ab?

Weil es so schön warm und gemütlich hier bei ihm ist.

Aber die Decke kratzt doch!

Die blöde Decke hab ich völlig vergessen.

Ich gähnte. Da bewegte sich auf einmal der Rückenberg vor mir und die Couch knarrte und schaukelte: Birger drehte sich um und – schaute mir genau in die Augen.

»Bist du auch schon länger wach?«, fragte er.

»Erst seit ein paar Minuten, warum?«

»Ich wollte gerade aufstehen, als es plötzlich hinter mir noch mal ganz warm und weich wurde.«

Er verzog die Lippen zu einem winzigen Lächeln.

»He – bist du nicht die Superköchin?«

»Mhm.«

»Wie wär's mit einem Frühstück?«

»Mhm.«

»Und dann…«

»Und dann?«

»Dann würde ich den Rettich gern ein bisschen besser kennen lernen.«

»RETTICH!!«

»Sophie! Siehst du, jetzt hab ich dich zum ersten Mal bei deinem richtigen Namen genannt. So-phie! Klingt eigentlich ganz hübsch.«

Ich richtete mich ein bisschen auf und stützte meinen Kopf in die Hand. »Du willst mich kennen lernen?«

»War das nicht der Sinn dieser bescheuerten Übung? Bloß sind drei Tage ein bisschen wenig, oder?«

»Ich dachte, ich geb dir deine komische Kassette und dann kennst du mich nicht mehr…«

Weinen, bis Blut kommst… singt irgend so ein Typ. So eine bin ich anscheinend auch. Warum sag ich das jetzt?

Er hob die Hand und zupfte an einer Haarsträhne von mir. »Steck dir diese blöde Kassette hin, wo du willst! Bei der Aufnahme hat nämlich irgendwas nicht richtig funktioniert.«

»Dann ist da gar nichts drauf?«

Er nickte. »Genau, Miss Marple.«

»Aber dann –« Ich glotzte ihn an.

Er lachte. Mit dieser etwas hohen, aber durchaus nicht ganz unangenehmen Stimme. »Ich war stocksauer, dass mich jemand erpresste, und wollte unbedingt rauskriegen, wer das war. Dann hab ich hier drei Tage lang das Ekel gegeben. Erst hatte ich eine Riesenstinkwut auf das Arschloch, das mich so am Kanthaken kriegen wollte, ich war wild entschlossen, dem Kerl an die Gurgel zu gehen, aber außerdem –«

»Ja?«

»War ich auch ziemlich neugierig.«

»Und dann?«

»Na, dann dachte ich, mich trifft der Schlag, als so eine kleine graue Maus – aua!«

»Sag das nie wieder!« Ich hatte ihm alle fünf Nägel der linken Hand über den Oberarm gezogen – wenn man das im richtigen Winkel tut, gibt es ziemlich eklige Kratzer.

Er betastete vorsichtig die roten Linien. »Sag mal, du spinnst wohl! Ich war doch noch gar nicht fertig.«

»Okay, mach weiter.«

»Nachdem ich also wusste, dass du dir diesen Kram ausgedacht hattest, wurde ich neugierig und dachte, spiel ich mal mit. Sie hält mich zwar irgendwie für einen miesen Typen, aber andererseits wollte sie mich unbedingt hier haben – warum?«

»Gute Frage«, murmelte ich in seiner Armbeuge.

»Und so allmählich hab ich Geschmack an meiner Rolle gekriegt, es war richtig klasse, mal die Sau rauszulassen: Ich war der verwöhnte, dumme Trottel mit den schlechten Manieren …« Er drehte langsam meinen Kopf so um, dass ich ihn anschauen musste. »Und hab mich die ganze Zeit gefragt, warum du so ein Ekelpaket kennen lernen willst.«

Ich seufzte. »Ich mich auch.«

Er stützte sich auf den angewinkelten Arm und sah auf mich runter. »Dann hab ich es rausgekriegt.«

»Was denn?«

»Du warst total in mich verknallt.«

»Ach nee?«

»Ach doch. Und das wollte ich mir dann mal genauer ansehen.«

Ich riss eins von Tante Christas Ätzkissen unter mir hervor und schlug es ihm auf den Kopf. »Du gemeiner Hund!«

Er versuchte, die nächsten Schläge abzuwehren, und lachte wieder. »Na gut, ich geb zu, ich hab mich auch gelangweilt. Ich war neugierig und wollte wissen, was du im Schilde führst.«

»Du – du – du –« Mir fiel nichts mehr ein.

Er nickte zufrieden.

»Aber eins lass dir gesagt sein: Die Fußballnummer war echt! Fußball muss ich jede Woche sehen!«

»Ich nicht!« Ich war von seiner Enthüllung immer noch so durcheinander, dass mir keine gute Erwiderung einfiel.

»Brauchst du ja auch nicht. Ich hab so viele Macken, dass du mich bestimmt in einer Woche nicht mehr sehen willst.«

Das könnte sein.

Ich ließ mich wieder neben ihn plumpsen. »Wenn wir schon von Macken reden …«

»Ich hab Hunger! Wenn wir von unseren ganzen Macken reden, liegen wir noch in einer Woche hier!«

»Ich geh als Erste unter die Dusche!«, sagte ich. »Und übrigens gibt es ein berühmtes Filmzitat: ›Nobody is perfect‹ – du übrigens schon mal gar nicht!«

»Und du schon lange nicht!«

»Jaaa, aber ich hab es immer gewusst!«

Und damit sprang ich von der Couch, rannte hoch ins Bad und lehnte mich keuchend an die Tür.

Na gut, wir würden uns weiter kennen lernen.

Vielleicht.

Karlas Jacke

1

Ich blinzelte. Das Sonnenlicht war entschieden zu grell. Es tat mir weh. In den Augen und im Kopf, besonders an den Schläfen – da pikste es fürchterlich. Doch bevor ich meine Augen wieder schloss, sah ich etwas.

Fast wäre ich aus dem Bett gefallen.

Ich sah braune Haare. Ziemlich viele und einige davon direkt vor meinem Gesicht. Ein Stück Arm, das nicht zu mir gehören konnte, ragte hinter dem Kopfkissenzipfel hervor. Meinem Kopfkissen! Oder lag ich in einem fremden Bett mit meinem Röschen-Kopfkissenbezug?

Das Denken war schwierig, denn es pochte in meinem Schädel, und irgendwo hinter den Augen tat es weh. Gemein weh.

Trotzdem hatte ich die Augen weit aufgerissen und starrte auf das Haarbüschel und das Stück Arm – Ellenbogen? – und wagte kaum noch zu atmen.

Da lag wer.

In meinem Bett.

Denn mit einem raschen Rundumblick hatte ich mich jetzt vergewissert, dass ich in meinem Bett lag und mich in meinem Zimmer befand.

Niemand hatte mich mit meiner Lieblingsbettwäsche in eine andere Welt gebeamt.

Jetzt knurrte der Jemand neben mir, bewegte sich, drehte sich um und auch die Haare drehten sich ein paar

Zentimeter weiter weg, dafür lag jetzt der fremde Arm halb über mir.

Über mir?

Mir stockte der Atem.

Ich war nackt.

Jedenfalls oben rum.

Ein nackter Arm über meiner nackten Brust.

Und ich wusste nicht mal, wem der gehörte!

Meine Gedanken rasten fieberhaft, sozusagen im Overdrive in meinem protestierenden, benebelten Hirn herum: WER lag da? Und WARUM? Wieso hatte ich ihm erlaubt, sich in mein Bett zu legen?

Am liebsten hätte ich das alles zu einem schlechten Traum erklärt, mich umgedreht und weitergeratzt. Wenn ich dann wirklich aufwachte, lag ich allein in meinem Bett unter der Röschenbettwäsche, und alles war wieder gut.

Grchhhh, machte es leise neben mir.

Verdammt, jetzt schnarchte der, die oder das auch noch!

Lieber Gott, mach, dass es ein DAS ist!

Vielleicht ein armes Waisenkind, das sich verlaufen und das ich freundlicherweise mitgenommen hatte …

Oder eine DIE – aber meine beste Freundin Alice hatte blonde Haare und meine andere beste Freundin Charlie hatte eine Fastglatze …

OH NEIN! Das war eindeutig ein Kerl!

Aber wieso?

Wo kam der her?

Wer hatte ihm erlaubt, in mein Bett zu krabbeln?

Ich?

NIEMALS!

Mittlerweile drehte sich mir schon der wummernde Kopf vor lauter verzweifeltem Nachdenken und akutem Luftmangel, weil ich kaum noch zu atmen wagte.

Wenn DER jetzt aufwachte?

WER war das?

Als Erstes brauchte ich jetzt eine warme Dusche – beim Duschen kann ich immer am besten nachdenken. Vielleicht verflüchtigte sich dann dieser widerliche Nebel, in dem meine Gedanken festklebten.

Vorsichtig, ganz vorsichtig, rutschte ich unter dem Arm weg, der scheinbar absichtslos auf meiner Brust lag. Dann lüftete ich die Bettdecke so, dass ich darunter weggleiten konnte.

Um ein Haar wäre ich auf den Bettvorleger gefallen, weil ich vor lauter Anstrengung, den Fremdling in meinem Bett nicht zu wecken, den Po so weit über die Kante schob, dass ich fast das Gleichgewicht verlor.

Überhaupt war es mit meinem Gleichgewichtssinn ziemlich miserabel bestellt – mir drehte sich wieder alles und jetzt wurde mir auch noch schlecht.

Auf alle viere gestützt, hockte ich vor meiner Koje und versuchte zu erkennen, wer sie mit mir geteilt hatte. Aber das Gesicht meines unbekannten Schlafgenossen blieb weiterhin unter der Bettdecke versteckt und das braune Haarbüschel reichte als Identifizierungsmerkmal nicht aus. WER WAR DAS?

Leise, ganz leise, richtete ich mich auf und lief auf Zehenspitzen zur Tür. Gerade als ich die Klinke runterdrücken wollte, tat es einen lauten Schnaufer und ich blieb wie erstarrt stehen und sah zum Bett zurück.

Doch anschließend blieb da alles ruhig und ich flüchtete lautlos über den Flur ins Bad.

Während ich die Wassertemperatur regulierte, atmete ich auf: Zum Glück waren meine Eltern zu irgendeiner Medizinerkonferenz verreist. Und meine große Schwester hatte die Nacht bei ihrem Freund verbringen wollen …

Hatte sie das wirklich getan?

Ich huschte zu Gudruns Zimmer, öffnete leise die Tür und linste hinein.

Das Bett war gemacht, der Schreibtisch gudruntypisch aufgeräumt – sie war wirklich nicht da.

Ich atmete noch mal erleichtert aus.

Langsam machte ich mir Sorgen um die Sauerstoffzufuhr für mein Gehirn, falls das mit dem Luftholen weiterhin so schlecht klappte. Also atmete ich dreimal tief durch und stellte mich unter die Dusche.

WER WAR DER KERL IN MEINEM BETT?

Während ich das warme Wasser über meinen grübelnden Kopf laufen ließ und mich rundherum einseifte, überlegte ich, was ich gestern Abend gemacht hatte.

Leere.

Mein Hirn war so leer wie ein schwarzes Loch im All – niente, nada, null. Irgendwann musste es da einen totalen Filmriss gegeben haben – aus die Maus.

Also weiter zurück: gestern Nachmittag?

Während der heiße Dampf um mich herum Spiegel und Fensterscheibe beschlug und sich meine vor Schreck erstarrten Muskeln langsam wieder lockerten, rekapitulierte ich Stück für Stück:

Gestern Nachmittag war ich zu Charlie gefahren. Mit dem Rad. Wir hatten uns ihre neueste CD von k. d. lang angehört, dann hatten wir bei ihr auf dem Balkon gesessen und einen ganzen Zwiebelkuchen verdrückt. Charlie kann sagenhaft gut kochen, aber das wissen nur wenige Leute, weil sie Angst hat, dass sie bei dem Bekanntwerden solcher Talente auf einmal als unemanzipierte Frau dasteht. Der Zwiebelkuchen war jedenfalls erste Sahne, und wir tranken Weißwein dazu, weil Charlies Eltern auch übers Wochenende verreist waren und uns deshalb niemand anmeckern konnte. Zwiebelkuchen und Edelzwicker sind jedenfalls eine köstliche Kombination, etwa so wie Käsebrot und Kakao oder Pellkartoffeln und Quark mit Apfelwein.

So weit alles klar.

Ich machte die Augen zu und schnupperte den Duft meiner Verbenenseife – köstlich!

Langsam fiel mir der Rest des Nachmittags wieder ein: Wir waren hinterher zu Alice gefahren und dann zu dritt an den Werdersee geradelt, wo die Clique schon ihr Lager aufgeschlagen hatte. An warmen Sommerabenden treffen wir uns meistens auf den Wiesen rund um den Werdersee. Wer genug Knete hat, setzt sich natürlich lieber in ein schickes Café oder Bistro an der Schlachte oder am Ostertorsteinweg oder was auch immer gerade angesagt ist. Wir nicht so betuchten Schülerinnen kaufen unsere Cola oder unser Bier oder Mineralwässerchen im Supermarkt und hocken uns dann ans Wasser – aber das ist auch toll. Meistens hat jemand einen Gettoblaster mit und wir hören Musik, ab und zu hat wer eine Gitarre dabei und wir grölen uns einen ab. Ansonsten wird gelästert, gefrotzelt, gelacht, blödes Zeug gelabert und alle sind happy.

So war das auch gestern.

Und dann?

Ich riss die Augen wieder auf.

Irgendjemand hatte was von einer Party erzählt, und daraufhin hatten die meisten beschlossen, dorthin zu gehen.

Nicht direkt als Partycrasher, ein paar waren richtig offiziell eingeladen und Mädchen waren angeblich Mangelware und deshalb höchst willkommen. Alice und Charlie waren jedenfalls dafür und ich ließ mich überreden. Was hätte ich auch allein zu Hause groß machen können?

Eins meiner Lieblingsvideos abnudeln?

Den Mond anglotzen?

Mir die Fingernägel dreieckig feilen?

An so einem schönen Abend?

Niemals.

Also war ich mitgefahren.

Genau.

Wir waren alle mit den Rädern losgegondelt, wer keins dabeihatte, war auf dem Gepäcksitz mitgenommen worden. Das kommt zwar ziemlich teuer, wenn man erwischt wird, ist aber immer sehr lustig und verlangt fortgeschrittene Fahrkünste.

Wohin waren wir gefahren?

Über die Weser. Und nach der Brücke… Richtung Findorff.

Oder?

Ich drehte das Wasser ab und trat vorsichtig aus der

Dusche auf den Frotteeteppich. So ganz in Ordnung war mein Gleichgewichtssinn immer noch nicht.

Ich wischte mit einem Handtuchzipfel über den Spiegel und beäugte mich. Eigentlich sah ich so aus wie immer. Na ja, vielleicht ein ganz kleines bisschen verquollen um die Augen, aber sonst …?

Ich plinkerte, um die Schwiemeln zu vertreiben, und klatschte mir mit der hohlen Hand eiskaltes Wasser ins Gesicht.

BRRRR!

Wo, zum Teufel, waren wir gestern Abend gelandet?

Jedenfalls waren wir irgendwohin gefahren, wo ich bisher noch nie gewesen war.

Ich kannte auch die Typen nicht, die die Party gaben. Irgendwelche Studis, sozusagen reifere Herren und Damen, mit denen unsereiner aus der Sek I sonst wenig zu tun hat.

Ganz hinten, weit weg von meiner Hirnrinde, tief im Duster der Vergessenheit, tauchte ein Bild von einem kleinen, drahtigen Typen auf, er sprach Bayrisch und bot seine Cocktails an wie Sauerbier.

Genau!

Cocktails!

Die waren mein Verderben gewesen!

Ich sah mich wieder kichernd und glucksend an diesem improvisierten Bartresen stehen und die seltsamen bunten Panschereien probieren, die uns der Bayer kredenzte. Moment mal – Gunther!

Genau, der hieß Gunther. Gunther gab an wie eine Tüte Mücken, er wäre der beste Barkeeper auf dieser Seite vom Atlantik und er wüsste alle Rezepte auswendig. Irgendwie hatte das Zeug auch witzig geschmeckt – nach Kokos oder nach Mango oder nach Zitrone … jedenfalls hatte ich gut zugelangt und war mir wie das verlängerte Ende von Tequila Sunrise vorgekommen.

Als ich mich jetzt bückte, um meine Füße trocken zu rubbeln, entfuhr mir ein leises Stöhnen. Es pikste in meinem Kopf noch immer wie eine Armee Stecknadeln im Nadelkissen und ein seltsam flaues Gefühl drückte mir auf den Magen.

Aber das war momentan nicht das Wichtigste. Ich schüttelte den Kopf, um mein Erinnerungsvermögen anzukurbeln, allerdings wünschte ich sofort, ich hätte es sein lassen, es war, als würde eine kleine Dampfwalze meine letzten paar grauen Zellen platt quetschen.

Doch ich verbiss mir jegliches Selbstmitleid und rief mich streng zur Ordnung.

Reiß dich zusammen, Karla, und denk jetzt nicht an deine Wehwehchen. Frag dich lieber: Wer, zum Teufel, ist der Typ in deinem Bett?

Einer von den Partygästen?

Und überhaupt – was ist eigentlich zwischen euch abgelaufen?

Habt ihr –?

Ich spürte, wie ich knallrot wurde – den Blick in den Spiegel hätte ich mir sparen können. Plötzlich war mir ganz elend vor lauter Peinlichkeit. Ich war zwar keine Jungfrau mehr, aber ich stieg schließlich nicht einfach so mir nichts, dir nichts mit irgendeinem Unbekannten in die Koje.

Ich doch nicht.

Aber wieso lag dann dieser Kerl in meinem Bett?

Hatten wir –?

Ich wollte das unbedingt wissen, schließlich musste ich diesem Herrn Unbekannt gleich gegenübertreten.

Musste ich?

Ich könnte doch einfach abhauen, oder?

Aber ich konnte doch nicht einen mir völlig unbekannten Menschen allein in der Wohnung meiner Eltern zurücklassen – oder? Wenn der nun Papas Pfeifensammlung mitgehen ließ? Oder Mamas Original-Janssen-Aquarell?

Nee, das ging nicht.

Außerdem war ich auch neugierig.

Ich hatte schrecklich Schiss, so schlimm, dass mir fast die Zähne klapperten, und gleichzeitig war ich wild entschlossen rauszukriegen, wer da meine unfreiwillige Gastfreundschaft so übertrieben inniglich in Anspruch genommen hatte.

Ich hatte sie ihm schließlich nicht aufgedrängt – oder doch?

Ich stöhnte wieder leise, in meinem Kopf hämmerte es ekelhaft, ich hatte trotz Zähneputzen einen ekligen Geschmack im Mund und mir war elend.

Mit einem Wort: Kater.

Ich hatte den ersten Kater meines Lebens.

Einen Cocktailkater.

Einen Hahnenschwanzkater.

Merkwürdiges Vieh.

Ich schlüpfte in meinen Frotteebademantel und zog den Gürtel fest – okay, jetzt konnte man von mir nur noch Waden abwärts und Hals aufwärts sehen.

Lieber wäre ich in voller Montur gewesen, wenn ich nun gleich diesem unbekannten Bettgenossen gegenüberstand, aber meine Klamotten waren alle in meinem Zimmer.

KLAPP.

Ich stand stocksteif da. Da war eine Tür zugeklappt.

Meine Tür?

Knarren. Die Treppe.

RUMS.

Das war – die Haustür.

Der Typ war weg!

Verschwunden!

Einfach abgehauen!

2

Vor lauter Erleichterung bibberten meine Knie so sehr, dass ich mich am Waschbecken abstützen musste.

Dem Himmel sei Dank – der Kerl war weg.

Ich hob den Kopf, sah mein Gesicht im Spiegel und grinste mir zu.

Wow! Das war ja ein richtig nettes Gesicht! So ungefähr mit dem Charme eines Freddy Krüger.

Ha! Die Wohnung gehörte wieder mir allein! Ich brauchte dem Unbekannten keinen guten Morgen zu wünschen oder Kaffee zu kochen oder gar ein Ei.

Er war weg.

Ich atmete auf. Reckte die Schultern. Sah aus dem Fenster in den wunderschönen Sommermorgen. Klatschte mir noch mal einen Schwapp kaltes Wasser ins Gesicht und verließ das Bad.

Auf nackten Sohlen schlich ich zu meinem Zimmer, machte vorsichtig die Tür auf: Juhuuu! Mein Bett war leer!

Ich öffnete ebenso leise die Türen zu den anderen Zimmern und vergewisserte mich, dass der Typ wirklich und wahrhaftig verschwunden war.

Dann ging ich runter in die Küche, setzte Teewasser auf, holte ein Jogurt aus dem Kühlschrank und freute mich auf mein Solofrühstück.

Was für eine Peinlichkeit das geworden wäre – mit einem Wildfremden frühstücken zu müssen! Ich hätte nicht mal seinen Namen gewusst.

Ob er meinen kannte?

Ob er mich demnächst auf dem Schulhof anrempeln würde: »He – du da, weißte noch, neulich Nacht nach der Party?«

Ich spürte, wie mir wieder die Röte ins Gesicht stieg und der Schweiß ausbrach. Ich fühlte mich wie aus der Sauna gekickt.

Jungs benahmen sich manchmal saublöd.

Und außerdem gaben sie gern an, besonders vor ihren Kumpels.

Mistikack, das hätte mir gerade noch gefehlt! Vor meinem geistigen Auge sah ich einen schattenhaften Typen sich vor lauter Kerls produzieren, die alle grinsend zu mir rüberglotzten, sich an meiner Reaktion aufgeilten und sich auf die Schenkel schlugen vor Vergnügen!

Ich biss die Zähne zusammen.

Quatsch. So schlimm musste es doch nicht kommen – es gab schließlich auch nette Jungs, oder? Hin und wieder sogar höfliche, liebenswerte, annehmbare Exemplare – auch wenn die eindeutig in der Minderzahl waren. Aber es gab sie, verdammt noch mal! Und vielleicht gehörte der unbekannte Bettgenosse von heute Nacht ja zu denen.

Ich wollte mich jetzt nicht mehr länger mit blöden Fantasien rumquälen und ging zum Briefkasten, um mir die Sonntagszeitung zu holen.

Auf dem Rückweg zur Küche passierte es.

Zuerst kam der kleine Schock: An unserer Garderobe hing zwar eine Jeansjacke, aber keine *Levis*.

Ich bin die Einzige in unserer Familie, die eine Jeansjacke trägt.

Gudrun findet so was prolo und meine Eltern tragen *Barbour*-Fräcke.

Was hier an der Garderobe hing, war aber eine *Diesel*, deshalb wusste ich sofort, dass es sich um SEINE Jacke handeln musste.

Es war die einzige Jacke an der Garderobe. Jedenfalls die einzige Jeansjacke.

Wie von tausend Furien gehetzt, raste ich die Treppe hoch in mein Zimmer: Aber natürlich lagen da bloß meine Unterwäsche, meine Jeans und mein Pulli über dem Korbsessel.

Keine Jacke.

Ich rannte wieder die Treppe runter zur Garderobe, riss alle Jacken und Mäntel von den Haken und warf sie auf den Boden. Aber nirgendwo darunter hatte sich meine Jacke versteckt.

Meine *Levis*-Jacke.

Mit meinem Brief.

Der Schock traf mich so schlimm, dass mir nun wirklich schlecht wurde und ich mich fast übergeben hätte. Ich setzte mich auf den Fußboden und starrte hasserfüllt zu der *Diesel*-Jacke hin, die da neben meiner roten Regenjacke lag.

Bestimmt hatte der Typ vorhin auch noch nicht so ganz klar in die Welt geblickt und sich in seinem Noch-nicht-ganz-wach-Dämmer irrtümlicherweise meine Jacke geschnappt. Das wäre an sich schon blöd genug gewesen, aber das Ganze wurde zur absoluten Katastrophe durch meinen Brief.

Den Brief an –

Ich atmete tief ein und aus, um den Brechreiz zu bekämpfen, und stand langsam wieder auf.

Mein Brief.

Mein BRIEF!

OH NEIN!

Ich brühte den Tee auf, löffelte mein Jogurt, holte das Teesieb aus der Kanne und goss mir ein.

Mir war zum Heulen.

Ich versuchte, die Tränen kullern zu lassen, um mir etwas Erleichterung zu verschaffen, aber stattdessen kriegte ich bloß rasende Kopfschmerzen.

Warum schleppte ich Idiotin auch seit Wochen diesen Brief mit mir rum?

Weil ich doof war, ganz einfach.

Ich war saudoof. Dumm wie Bohnenstroh, dumm wie Brot, wie Mister Universum, wie … eben total bekloppt.

Ich war so doof. Doof wie Schifferscheiße! Aber warum ist Schifferscheiße doof? Egal. Ich war doof.

Ich trank von dem Tee, verbrannte mir prompt den Mund und jetzt auf einmal konnte ich heulen.

Ich heulte mich richtig aus.

Die Zeitung kriegte dicke Tropfen ab, bis ich mein Taschentuch aus der Bademanteltasche gefummelt hatte, und bald war sie nur noch ein nasser Fetzen. Ich schniefte und krächzte und brüllte und heulte, dass wahrscheinlich noch eine Schiffssirene von mir was hätte lernen können.

Als die schlimmste Heulerei vorbei war, richtete ich mich auf und starrte, ohne etwas zu sehen, aus dem Küchenfenster.

Mein blöder Brief.

Mein Liebesbrief an meinen Lehrer.

An Paul. Paul Simonis. Fast wie Paul Simon, der von *Simon and Garfunkel.* Kein Wunder, dass er deshalb bei allen nur »Saimon« hieß, obwohl er immer behauptete, er könne gar nicht singen.

Eigentlich waren fast alle Mädchen aus unserer Klasse in ihn verknallt – mehr oder weniger. Alice hatte es zuerst auch erwischt, Charlie nicht ganz so doll, die fand ihn ein bisschen zu alt.

Das Alter störte mich überhaupt nicht. Paul war vierunddreißig – das waren nur läppische achtzehn Jahre Altersunterschied. Das gab es doch oft, besonders bei ganz berühmten Leuten. Bei Michael Douglas und Catherine Zeta-Jones zum Beispiel. Oder bei Jack Nicholson und seinen Freundinnen und bei Warren Beatty mit Annette Bening. Oder bei Johannes Rau und seiner Frau Christina. Massenhaft Paare mit einem großen Altersunterschied, manchmal sogar noch viel mehr als poplige achtzehn Jahre. Bei den Promis regte sich niemand drüber auf. Hauptsache ist schließlich, man liebt sich.

Jedenfalls war ich vor lauter Liebe zu Paul nach den Osterferien regelrecht durchgedreht, und in meiner Verzweiflung hatte ich damals diesen Brief an ihn geschrieben, für den Fall, dass sich mal eine Gelegenheit bieten würde, wo ich ihm meine Gefühle gestehen konnte. Reden kann ich über so etwas nicht.

Mein größter Traum war natürlich, dass wir uns irgendwo zufällig begegneten und ganz zwanglos ins Gespräch kamen und er auf einmal feststellte, dass ich gar nicht so eine unbedarfte kleine Schülerin war wie meine Mitschülerinnen, sondern eine gewissermaßen früh gereifte Persönlichkeit, und wenn ich nach diesem langen, intensiven, seelenerforschenden Gespräch dann sicher war, dass es bei ihm auch gefunkt hatte, würde ich ihm beim Abschied meinen Brief geben – dann wusste er, dass es mir genauso ging wie ihm.

Natürlich waren wir uns nie solo begegnet, außer einmal in der Lebensmittelabteilung in einem Kaufhaus, als ich ihm meinen Einkaufswagen in die Hacken gerammt hatte und er, statt mich anzuschnauzen, nur grinste, weil ich vor lauter Schreck nicht mal eine Entschuldigung stottern konnte, sondern ihn nur fassungslos anstarrte.

»Du hast eindeutig zu viel Schwung, Karla«, hatte er gesagt, eine kleine Grimasse geschnitten und sich die Ferse gerieben.

Von diesem Moment an liebte ich ihn natürlich noch mehr. Aber es war kein geeigneter Zeitpunkt gewesen, den Brief zu übergeben.

Oh, du großer schwarzer Kater – niemand durfte diesen Brief lesen! Den kannte nicht mal Alice!

Ich musste unbedingt diesen Kerl erwischen! Diesen hundsgemeinen Jackenklauer oder Jackenvertauscher, diesen widerlichen Einschleicher in fremde Schlafzimmer und Krabbeler in wildfremde Betten!

Und zwar subito! Bevor er in meinen Jackentaschen rumkramte und alles über meine allergeheimsten Gefühle las. Nicht auszudenken, was dann passieren konnte!

Meine Fantasie überschlug sich. Die unterschiedlichsten Szenarien wirbelten durch mein armes, schmerzendes Hirn.

Wenn der *Diesel*-Typ wusste, auf welche Schule ich ging, und Leute von unserer Schule kannte, ließ er die womöglich den Brief am schwarzen Brett aushängen! Zwischen den Verlustmeldungen von Turnschuhen und Kassetten und Klamottentauschangeboten hing dann auf einmal dieser Brief mit meinen intimsten Gefühlen und der Rest der Welt würde sich schlapp lachen und ich müsste wie ein stolzer Samurai vor lauter Scham und Schande Harakiri begehen – krkkksss! – oh nein!!!!

Mir wurde ganz schwach – am liebsten wäre ich in Ohnmacht gefallen, wie die feinen Dämchen früher.

Ohnmacht – nichts mehr fühlen, nichts mehr wissen… eingeschnürt in ein enges Mieder dekorativ auf einer Recamière liegen und im Nirwana spazieren gehen… Das wäre schön!

Quatsch. In Ohnmacht fallen wäre das Letzte – ich musste diesen Kerl ausfindig machen und mir meine Jacke wiederholen, bevor der in die Innentasche geschaut hatte.

Und zwar subito! Schnell, schnell!

Aber zuerst hatte ich noch etwas besonders Unangenehmes zu erledigen.

Mir war immer noch nicht klar, was sich zwischen diesem Bettgenossen und mir gestern Nacht abgespielt hatte.

Ich presste die Lippen zusammen wie Heike Drechsler kurz vor dem Absprung und stand entschlossen auf.

Ich ging in mein Zimmer und hob die Bettdecke hoch. Das Laken war zerknittert, aber es sah okay aus. Ich schaute unters Bett – kein Gummi, nichts.

Anscheinend war nichts passiert.

Mein Unterkörper hatte keine Meinung dazu, der stellte sich taub und leider war ich schon geduscht gewesen, bevor mich mein dumpfes Hirn auf diese Möglichkeit aufmerksam gemacht hatte.

Ich hätte mich ohrfeigen können!

So unglaublich doof! Weiß nicht mal, ob ... oder ob nicht ... aber mein Gefühl sagte mir, eher nicht.

Doch mein Gefühl hatte auch noch nie einen Filmriss zu bewältigen gehabt, ganz zu schweigen von so einem rabenschwarzen Kater.

3

Ich rannte durch alle Zimmer und hätte am liebsten den Kopf gegen die Wand geknallt, so wie das Verrückte oder reuige Sünder in Filmen und Romanen immer machen. Aber die Wände und Möbel sahen ziemlich hart aus, und meine Birne fühlte sich immer noch ziemlich weich an, deshalb ließ ich diese *Rumpelstilzchen*-Nummer lieber bleiben.

In der Küche kippte ich rasch noch eine Tasse Tee runter, holte das schnurlose Telefon und rief Alice an, während ich in mein Zimmer ging und mich anzog.

Ihre Mutter war dran.

»Guten Morgen, Inge. Kann ich bitte mit Alice sprechen?«

»Ist es wirklich so dringend?«, fragte Inge. »Sie hat sich noch nicht blicken lassen und ich möchte ungern ein Buch an den Kopf geschmissen kriegen. Neulich hat sie mich fast mit dem Wecker getroffen.«

»Bitte – es ist schrecklich wichtig.«

»Na gut, dann warte einen Moment, ich bring ihr das Telefon.«

Ich zog gerade mit einer Hand meine Unterhose an, als Alice »Hrrmpf?« in den Hörer knurrte.

»Hör mal, hier ist Karla – ich brauch ganz dringend deine Hilfe – es ist megawichtig, es geht sozusagen um Leben und Tod, bitte –«

»Hör auf zu sabbeln, sag schon, was los ist!«, raunzte sie.

Normalerweise wäre ich wegen so einem Anraunzer beleidigt gewesen, aber solche Empfindlichkeiten konnte ich mir jetzt nicht leisten.

»Alice, mit wem war ich gestern auf dieser Party zusammen?«

»Soll das ein Witz sein?« Wenigstens hörte sie sich jetzt wach an.

»Nee, ehrlich, ich habe einen Filmriss, ich glaub, diese komischen Cocktails ...«

»Was soll das denn?«

»Ich möchte nur wissen –« Ich überlegte verzweifelt, wie ich Alice meine Situation erklären konnte, ohne als komplette Trotteltrine dazustehen.

»Was denn? Ich will weiterschlafen!«, knurrte sie. »Mach fix!«

»Mit wem war ich zusammen?«

»Heißt das, du weißt es nicht mehr?«

»Nee, nicht so richtig.«

»Und warum weckst du mich deshalb in aller Herrgottsfrühe?«

»Weil ich es wissen muss, verdammt noch mal!«, blaffte ich zurück, aber ich hätte ahnen können, dass eine gerade erst geweckte Alice so nicht mit sich reden ließ.

Klick.

Sie hatte aufgelegt.

Ich drückte auf die Tasten, was nicht ganz einfach war, weil ich mich gerade in meine Jeans zappelte.

»So nicht!«, meckerte sie auch gleich los. »Ruf mich nachher an, wenn ich Sprechzeit hab.«

»Nein! Alice, bitte! Hör doch mal zu! Ich bin heute Morgen aufgewacht und da lag einer neben mir im Bett, und während ich duschte, ist er abgehauen und hat aus Versehen meine Jacke mitgenommen und die brauch ich dringend zurück! Wahnsinnig dringend! Vorgestern!«

Ich schnappte nach Luft, weil ich das alles nonstop rausgestoßen hatte, aber am anderen Ende der Leitung war nichts zu hören.

»Alice?«, fragte ich flehend, während auf einmal ein seltsames Glucksen zu hören war.

Jetzt erkannte ich das Geräusch. Sie kicherte.

»Alice!«

»Das gibt's doch nicht! Unsere tugendhafte Karla hat einen Kerl abgeschleppt und der ist vor ihr geflüchtet!«

Sie kicherte wieder.

Jetzt hätte ich am liebsten aufgelegt, aber ich war leider auf sie angewiesen, zumindest auf ihr Gedächtnis.

»Alice – BITTE!«

»Ja, ja, ist ja schon gut.« Sie konnte sich kaum beruhigen und gickelte immer noch.

»Sag doch schon – WER?«, jaulte ich.

»Woher soll ich das wissen?«, fragte sie zurück.

»Aber – du warst doch auch da!« Ich hatte das Telefon zwischen Kinn und Schulter geklemmt und suchte im Schrank nach einem sauberen T-Shirt.

»Nee, nicht so lange wie du. Ich fand die Party öde und bin so um eins abgehauen, zusammen mit Thomas.«

»Und ich?«

»Du wolltest nicht mitkommen. Du hast in der Küche gestanden und mit Sonja, Lena und anderen Typen blöde alte Schlager gesungen, ziemlich laut und ziemlich falsch, wenn du mich fragst.«

»Und?«

»Und nix. Ich hab dich gefragt, ob du mitkommen willst, aber du hast bloß doof gelacht, und da bin ich ohne dich abgehauen.«

»Oh nein.« Ich machte die Augen zu. Alice konnte mir nicht helfen. Schlimm. Oberschlimm. »Und Charlie?«

»Die saß in irgend'ner Ecke und stritt sich mit irgendwelchen Mackern rum und verfluchte alle Autorennen und besonders Ätzi Schumacher – du kennst sie doch: Wenn es einen Fettnapf gibt, springt sie rein, aber mit dem Kopf zuerst!«

»Das heißt, sie war noch da, als du weggegangen bist?«

»Glaub schon. Aber sag mal, was ist denn eigentlich los mit dir? Du klingst ja ziemlich daneben.«

»Bin ich auch. Ich such meine Jacke.«

»Wieso? Ach, weil ihr die Jacken vertauscht habt? Aber das ist doch keine Katastrophe, der merkt das schon irgendwann und …«

»Es IST eine Katastrophe und er darf nichts merken und du hast keine Ahnung!«, jammerte ich.

»Bitte, wenn das so ist«, sagte sie pikiert, »dann kann ich ja endlich weiterschlafen.«

»NEIN!«, schrie ich. »Alice, du musst mir helfen, bitte!«

»Erst nach eins«, sagte sie entschieden. »Sonntags vor zwölf bin ich kein Mensch. Ciao!«

»Du bist doch meine –«, sagte ich, aber da merkte ich, dass ich in eine tote Leitung sprach. »Alice? ALICE? Scheiße.«

Ich band schnell meine Schnürsenkel und dann wählte ich Sonjas Nummer.

Aber sie war nicht da, sie war mit dem Hund rausgegangen, erfuhr ich von ihrem großen Bruder.

»Und wann kommt sie wieder?«

»Keine Ahnung«, sagte er unfreundlich. »Weiß man bei Sonja nie.«

Damit beendete er das Gespräch.

»Arschloch«, sagte ich heftig, aber es brachte keine Erleichterung. Ich fühlte mich wie James Bond, wenn er noch fünf Minuten Zeit hat, um die Bombe zu entschärfen. Bloß dass ihm das immer gelingt. Mir saß die Zeit im Nacken: Jede Sekunde konnte der Kerl meinen Brief entdecken und dann war ich die Lachnummer eins von Bremen.

Wen konnte ich noch fragen, ohne mich bis auf die Knochen zu blamieren?

Wer war gestern Abend am Werdersee gewesen?

Kolja?

Trix?

Waren die auch hinterher mit zur Party gefahren?

Ich ließ entmutigt die Schultern sacken – es war zum Verzweifeln. So ähnlich muss sich ein Teletubby auf einer Mission Impossible vorkommen …

Aber ich war schließlich kein Teletubby.

Ich konnte schon selber denken.

Ich räumte die Küche auf, hängte den ganzen Kram, der im Flur lag, wieder an die Haken und auf die Bügel, schnappte mir die fremde Jacke und verließ das Haus.

Draußen musste ich die Augen zusammenkneifen, weil die Sonne strahlte, dass es eine wahre Pracht war. Ausgerechnet an einem dermaßen verschissenen Tag – das war einfach ungerecht!

Ich zog die Jacke probehalber an – sie passte ganz gut, nur die Ärmel waren etwas zu lang. Na ja, das sind ohnehin so Einheitsgrößen, Betonung auf Größe, ich trug am liebsten Jacken in L. Wahrscheinlich hatte dieser Idiot noch gar nicht gemerkt, dass er sich meine Jacke gegriffen hatte. Möglicherweise hatte er auch noch gar nicht in der Innentasche nachgeschaut – warum sollte er auch?

Oh, du gütiges Schicksal – bitte mach, dass er in der Innentasche nicht nachschaut!

Ich tastete die Taschen dieser Jacke ab. Hoffnung flammte in mir auf. Vielleicht war ja irgendein Ausweis drin, mit Namen und Adresse! Fieberhaft durchsuchte ich die Außen- und Innentaschen, aber weder Portmonee noch Ausweis … was für eine Enttäuschung.

Tja, kein Wunder, so was stecken die meisten Jungs in die hintere Hosentasche, weil sie damit die Blicke auf ihren Knackarsch lenken wollen.

Da! Da war was! Ein Zettel!

1 Brot
½ Pfd. Butter
Tomaten
Quark
1 Bund Schnittlauch

Ach du grüne Scheiße – ein Einkaufszettel!

Ziemlich vegetarisch. Für sich oder für seine Mami? Oder für seine Freundin?

Na, die hatte sich bestimmt gewundert, wo ihr Knilch gestern Nacht abgeblieben war!

Ich biss die Zähne zusammen. Kein schönes Szenarium: einem fremden Mädchen den Kerl auszuspannen – und noch dazu völlig ohne Absicht!

Trotz der Sonnenhitze war mir plötzlich ganz kalt und eine Gänsehaut lief mir über den Rücken. Das war doch total spacy: dieser wildfremde Typ in meinem Bett…

Ich kehrte auf dem Absatz um, rannte die Straße zurück bis zu unserem Haus und holte mein Rad aus dem Keller. So war ich mobiler und außerdem fuhr die Straßenbahn sonntags nicht so oft, da musste ich wahrscheinlich elend lange an den Haltestellen rumstehen und machte mir bloß schwarze Gedanken. Nein, es war viel besser, sich den Fahrtwind um die Ohren wehen zu lassen…

Ich fuhr auf dem Deich entlang, wo ich nur ab und zu eine Joggergestalt überholte oder mir so ein schnaufendes Wesen entgegenkam. Die seidenweiche Luft trocknete mir den Angstschweiß, der mir bei jedem neuen Gruselgedanken an Briefe und ihre mögliche Verwendung aus den Poren quoll, Flieder- und andere Düfte wehten mir um die Nase, eigentlich war heute ein Tag zum… in der Sonne braten.

Ich knirschte mit den Zähnen.

Solche Tage gibt es in Bremen nicht gerade oft und ich musste mir ausgerechnet so einen warmen, duftenden Streicheltag durch das massenhafte Trinken wild gepanschter Cocktails versauen! Nur ein Glück, dass man sich nicht selbst in den Hintern treten kann. Ich wusste gar nicht, auf wen ich wütender war: auf mich oder auf meinen unbekannten Bettgenossen? Ich schob meine Baseballkappe so zurecht, dass meine Augen im Schatten lagen, und strampelte so rasch ich konnte.

Ich fuhr zu Charlie.

Die musste doch mitbekommen haben, mit wem ich mich letzte Nacht eingelassen hatte. Charlie ist von uns dreien die Verrückteste, das kann man schon an ihrer Fastglatze erkennen, aber auch an ihren Klamotten. Sie zieht sich immer total abgefahren an, ihre Hosen hängen unterm Po, und um ihre Knie klirren Ketten und baumeln Flaschenöffner und anderes nützliche Gerät, und neulich quasselte sie ständig davon, dass sie sich ein Tattoo machen lassen wollte. Bisher besteht es aber nur aus Filzstiftpünktchen: eine Schlange, die sich um ihren Oberarm windet. Sie findet das geil, ich finde so was eher aufdringlich, so als ob jemand dauernd schreit: Seht doch mal, wie hip ich bin!

Mein Stil ist das nicht, mein Stil sind eher normale Jeans und witzige T-Shirts wie das mit den Spiegeleiern vorne drauf und darunter steht EGGSTASY.

Ich biss die Zähne zusammen.

T-SHIRTS!

Als ob ich nicht an was Wichtigeres zu denken hätte!

WER war der Kerl?

WER war der Kerl?

WER war der Kerl?

Ich trat mit Wucht in die Pedale und hätte fast einen kleinen Köter gestreift, der gerade seinen Haufen auf den Radweg legen wollte.

»Kein Hundeklo!«, brüllte ich das Herrchen im bunten Jogginganzug an, das daraufhin erschrocken einen Satz rückwärts machte.

Danach ging es mir erst mal wieder eine Sekunde lang besser. Wütend überlegte ich, warum Helge Schneider kein Lied über Hundeklos sang, das wäre doch viel sinnvoller – Katzen waren schließlich bekanntermaßen saubere Tiere …

Aber dann überholte ich ein paar andere Radler und zwei davon hatten Jeansjacken hinten auf den Gepäckträger geklemmt – da holte mich mein ganzes Elend ruck, zuck wieder ein und in meinem Kopf wummerte es bei jedem Tritt statt »Katzenklo, Katzenklo« jetzt nur noch: »Karla doof, Karla doof…«

4

Charlie wohnt in Walle, da musste ich ziemlich lange strampeln, aber es gab kaum Verkehr auf der Straße, bestimmt lagen alle Leute noch im Bett oder am Unisee oder im Stadionbad oder sonst wo am Wasser.

Scheiße!

Da wäre ich heute auch lieber, anstatt einen Unbekannten zu verfolgen. So eine Verfolgungsjagd lese ich lieber in Büchern, gemütlich im Sessel – in der Wirklichkeit ist so was überhaupt nicht spannend oder aufregend, sondern nur ätzend!

Hoffentlich war Charlie zu Hause!

Ich hätte vorher Bescheid geben sollen, dass ich auf dem Weg zu ihr war, ich Trottel!

Ich trat schneller in die Pedale und kam schwitzend bei Kalenbergs an.

Auf mein Klingeln hin tat sich erst mal gar nichts. Ich klingelte noch mal, lange, so wie die Polizei in Krimis, wenn sie genau weiß, dass die Verdächtigen zu Hause sind.

Wieder rührte sich nichts.

Ich starrte die Haustür an, eine altmodische, große zweiflügelige Holztür, durch deren Scheiben man nichts sehen konnte, weil das Glas milchig weiß war. Dann starrte ich auf den Klingelknopf. Aber der hatte einwandfrei funktioniert.

Als ich schon enttäuscht zurück zu meinem Rad gehen wollte, wurde die Tür plötzlich einen Spaltbreit aufgemacht, und Charlies kleiner Bruder beäugte mich.

»Was willsen du hier?«, nuschelte er.

Er ist zehn und ein ziemlich pfiffiges Kerlchen. Vorsichtshalber stellte ich schon mal einen Fuß in den Türspalt.

»Ich will zu Charlie.«

»Das geht jetzt nicht«, sagte er wichtigtuerisch und zog die Nase hoch.

»Klar geht das«, sagte ich und versuchte, mich an ihm vorbeizudrängeln. Er machte Platz und zuckte mit den Schultern.

»Ich würd jetzt nicht bei ihr reingehen«, sagte er und grinste.

»Und warum nicht?« Ich war unten an der Treppe stehen geblieben. »Sag schon, los!«

»Weil sie nicht allein ist, deshalb!«, verkündete er triumphierend und zog wie ein Ausrufezeichen den Rotz hoch.

»Mir egal!«, knirschte ich zwischen den Zähnen hervor, doch vor Charlies Zimmer blieb ich erst mal stehen.

Freundschaft erlaubt einem ja manches – aber durfte ich da so einfach reinplatzen?

Wenn sie nun nicht allein war?

Ich klopfte leise an die Tür.

»Verpiss dich!«, schrie Charlie.

»Ich bin's«, sagte ich. »Karla.«

»WAS? KARLA? Komm rein!«

Vorsichtig machte ich die Tür auf. Charlie lag noch im Bett und neben ihr lag Chrissie aus unserer Parallelklasse.

Ich musste grinsen.

»Na, so was – ciao, ragazze belle! Das hatte sich aber eben bei deinem Brüderchen viel romantischer angehört!«

Charlie grinste.

»Wer sagt dir denn, dass es keine Romanze ist, he?« Sie gab Chrissie einen schmatzenden Kuss auf die Schulter. »Ich bin total verknallt in diese dumme Kuh!«

Chrissie kicherte.

»Hör auf! Das kitzelt!«

Charlie haute ihr eins von ihren Kuscheltieren um die Ohren, von denen sie immer noch mehr als zwanzig in ihrem Bett rumliegen hat.

Chrissie wehrte sich, schmiss zurück und es gab ein Mordsgekicher und -gekloppe.

Schließlich hatte ich die Faxen dicke und brüllte los: »Hört auf! Lasst das doch mal!«, und fuhr dann mein wirkungsvollstes Geschütz auf: »CHARLOTTE!«

Charlie kann es nämlich ums Verplatzen nicht ausstehen, wenn man sie bei ihrem vollen Namen nennt. Sie sah mich wütend an und ich riss den beiden mit Schwung die Bettdecke weg.

Ziemlich verdattert registrierte ich, dass die Mädels splitternackt waren, und warf ihnen die Decke wieder hin.

Charlie kicherte wie eine Hyäne.

»Hähähä – wetten, ich weiß, was du jetzt denkst?«

»Ich denke gar nichts«, sagte ich genervt. »Ich hab ein Problem und deshalb bin ich hier. Du musst mir helfen!«

»Ohhhhhh! Wie gemein! Karla interessiert sich nicht für mein Liebesleben!«, krähte Charlie los, und Chrissie quietschte vor Vergnügen.

»Charlie! Sei doch mal ernst!« Ich setzte mich auf den Schreibtischstuhl, machte die Augen zu und hielt mir mit den Händen den Kopf fest, weil sich das Gekreisch von den beiden direkt in mein Hirn zu bohren schien.

Charlie ließ das Kissen fallen, in das sie ihre theatralischen Krokodilstränen vergossen hatte, und runzelte die Stirn.

»He, was ist denn? Hast du was?«

»Das versuch ich dir die ganze Zeit zu sagen, du hirnamputierte Gans!«, fauchte ich. Ich hatte jetzt wirklich keinen Nerv für blöde Witzchen.

»Dann spuck es aus!«, befahl sie und fuhr mit blecherner Roboterstimme fort: »Alpha eins antwortet nicht! Oder doch? Mal sehen! Vielleicht!«

Ich sah zu Chrissie hin.

»Es ist was ziemlich … na ja, Privates, sozusagen.«

Mir war das peinlich, aber Chrissie war nicht beleidigt.

»Okay, dann geh ich schon mal ins Bad«, sagte sie. »Wo ist das denn?«

»Die Tür am Ende vom Flur«, sagten Charlie und ich gleichzeitig, und wir mussten alle kichern.

Nachdem sich die Tür hinter Chrissie geschlossen hatte, sagte Charlie: »Na los, raus damit, was knabbert dir die Seele an?«

»Ich will wissen, mit wem ich gestern auf dieser merkwürdigen Party zusammen war. Ich hab einen Filmriss und es ist furchtbar wichtig.«

»Gestern? Meinst du die bei diesen Medizinern in der Hemmstraße oder meinst du die im Viertel?«

»Die erste.«

Charlie kniff die Augen zusammen. »Du warst da mit keinem bestimmten Kerl zusammen, ich hab dich immer nur in 'ner ganzen Truppe gesehen. Warum, hast du dich in einen von denen verknallt?«

»Nee, ganz im Gegenteil. Ich hasse ihn.«

»Dann lass ihn doch bleiben, wo der Pfeffer wächst«, sagte Charlie. »Wozu dann dieser ganze Aufstand?«

»Weil der Typ blöderweise mit meiner Jacke abgehauen ist, deshalb. Und weil ich die so schnell wie möglich wiederhaben muss! Wer waren denn die Leute, mit denen du mich gesehen hast?«

»Wart mal!« Charlie strich sich mit der Hand über die Stirn und kniff die Augen nachdenklich zusammen. »Der eine war aus der Zwölften, so 'n langer Dünner mit Pferdeschwanz.«

»Braun?«, fragte ich aufgeregt.

»Nee, eher so mausblond. Warum?«

Ich räusperte mich. »Weil ich bloß noch weiß, dass er braune Haare hatte. Irgendwie lockig, aber nicht sehr, also keinen Afro oder so.«

»Dann weißt du ja 'ne Menge«, sagte Charlie und sah mich nachdenklich an. »Einen kannte ich nicht und einer war so ein Angeber, der machte alle Mädchen an, der Reihe nach. Bei mir hat er's auch probiert.«

»Haarfarbe?«, fragte ich tonlos.

Das hätte ja klasse gepasst: Da schleppte ausgerechnet ich so einen Leonardo-di-Caprio-Verschnitt ab. Wo ich diesen Typ überhaupt nicht abkann!

»Wenn ich das bloß noch wüsste, da hab ich nicht drauf geachtet – ich würde sagen, eher dunkel. Jedenfalls war er nicht blond, das hätte ich mir gemerkt.«

Es klopfte und Chrissie kam rein.

»Na, seid ihr fertig mit der Geheimsitzung?«

»Noch nicht ganz«, sagte Charlie. »Du kannst schon mal Kaffee kochen, die Küche ist einen Stock tiefer.«

»Nee, so was«, protestierte Chrissie. »Da sind wir noch nicht mal verheiratet und schon kommen die Befehle! Ich glaub, da geh ich lieber heim und bleib hetero.«

»Quatschkopp«, sagte Charlie freundlich. »Du willst doch auch 'nen Kaffee, oder? Und über hetero oder nicht reden wir ein anderes Mal.« Sie schnitt eine alberne Grimasse. »Außerdem ist das kein Thema für Karlas zarte Ohren.«

»Und wenn mich da unten dein Brudertier wieder mit Darts beschmeißt, was mach ich dann?«

»Dann gehst du am besten in Deckung«, sagte Charlie ungerührt und wartete, bis wir wieder allein waren. »Jetzt aber mal raus mit der Sprache – was ist denn nun wirklich passiert?«

Ich schüttelte den Kopf.

»Das glaubst du sowieso nicht!«

»Teste mich mal!«, sagte sie und legte sich wieder gemütlich in den Kissenberg zurück.

Ich hatte von dem vielen Gerede mittlerweile wieder Kopfschmerzen und fühlte mich entsprechend elend. Aber vielleicht war ich auch bloß hungrig. Ich rubbelte mir die Schläfen und versuchte, es kurz zu machen.

»Ich bin heute Morgen in meinem Bett neben einem Kerl aufgewacht, von dem ich nur die Haare gesehen habe. Während ich im Bad war, hat er die Mücke gemacht und seine Jacke mit meiner verwechselt. Und ich brauch meine Jacke wieder – ganz dringend!«

Charlie sah mich erst ungläubig an, dann prustete sie und dann lachte sie los. Sie lachte, bis das ganze Bett wackelte.

Ich saß da wie Piksieben, mir war überhaupt nicht nach Lachen und irgendwann merkte sie das wohl auch und kriegte sich wieder ein.

Sie musterte mich so aufmerksam wie die Sphinx den Wüstensand.

»Das glaub ich nicht! Und das passiert unserer Karla! Filmriss, Kerl im Bett und – wuppdich! – ist er wieder weg! Nee, also ehrlich!« Sie schüttelte den Kopf.

Ich kriegte von ihrem Kopfschütteln noch schlimmere Kopfschmerzen.

»Hast du mal eine *Aspirin*?«

»Im Bad, im Schränkchen müssten welche sein. Nur die Ruhe, wir finden den Jackendieb. Warum darf denn Chrissie davon nix erfahren? Die hält dicht.«

»Die war doch gar nicht auf dieser Party.«

Charlie maß mich mit einem langen Blick.

»Du bist ja wirklich ziemlich tief abgestürzt!« Sie gähnte. »Natürlich war sie da! Wegen ihr bin ich doch noch ins Viertel!«

»Ach?«

»Ja, ach. Vielleicht kann sie dir ja mehr sagen.«

Chrissie konnte. Wir saßen rund um den Küchentisch und Charlie hatte ihr mein Dilemma kurz beschrieben. Chrissie rührte nachdenklich in ihrem Becher herum und versuchte, sich zu erinnern.

»Du hast mit einem ziemlich lange getanzt und dauernd gekichert. Ziemlich eng, wenn du verstehst, was ich meine…«

Ich verstand und es war mir schrecklich unangenehm. Ich tanze nicht so besonders gern, und nun war ich anscheinend auch noch mit einem, den ich erst ein paar Minuten kannte, in den Clinch gegangen…

Ich schüttelte mich.

»Sag doch schon, wie sah der aus?«, rief Charlie. Sie knallte einen Pott mit Kaffee vor mich auf den Tisch und sah Chrissie neugierig an.

»Er war ungefähr gleich groß wie du, vielleicht 'ne Itze größer, sah nicht richtig schlecht aus… aber seinen Namen kenne ich nicht.«

»War das der, der alle Weiber angemacht hat?«, wollte Charlie wissen.

»Glaub schon. Er flirtete mit allen, die in seine Nähe kamen, aber er machte das eigentlich ganz nett«, sagte Chrissie und sah wieder nachdenklich in ihren Becher. »Ich glaub, er spielt irgendwo in einer Band.«

Ich schloss die Augen, weil es hinter meinen Schläfen schrecklich hämmerte und weil mich die Vorstellung von einer Karla als Groupie von einem flirtsüchtigen Musiker ganz irre machte. Da konnte man doch bloß eine jahrelange Migräne kriegen!

»Das darf doch nicht wahr sein!« Ich stützte die Ellenbogen auf den Tisch und stöhnte.

Charlie tätschelte mir die Schulter und brummte etwas Mitfühlendes.

»He, wartet mal!«

Ich sah hoch. Chrissie fuchtelte mit der Hand.

»Ich glaub, ich weiß, wer das ist. Das ist der Kumpel von Carlo und Carlo ist mit Larissa befreundet – wenigstens sind die bis vor kurzem heftig miteinander gegangen. Und Larissa wollte heute Mittag zum Brunch ins *Casablanca* kommen.« Sie schnappte nach Luft und sah uns Beifall heischend an.

Charlie schaute auf ihre Uhr und grinste.

»Halb eins. Da brunchen die sich jetzt die Seele aus dem Leib. Auf, Mädels, nix wie hin!« Sie trank noch einen großen Schluck, stand auf und ging zur Tür. »Worauf wartet ihr noch?« Chrissie kicherte und sogar ich mit meinem Brummschädel musste grinsen.

»Du bist noch im Bademantel, Herzchen, oder hast du vor, die Leute in diesem Aufzug zu bezirzen?« Chrissie ging zu ihr, zog den Bademantel vorn auseinander und schnalzte mit der Zunge. »Ha, dacht ich's mir doch! Nackter geht's wirklich nicht!«

Charlie schlug ihr auf die Hand und reckte den Kopf.

»Na und? Dann geh ich eben als Blitzerin! Ich zisch nackt rein, greif mir ein Croissant und – wuuuusch! – bin ich wieder draußen – hihihi …«

Aber dann zog sie sich lieber doch an, auch wenn Anhänger einer traditionellen Kleiderordnung ihren Minirock wahrscheinlich eher als Stirnband und ihr T-Shirt eher als Malerlappen bezeichnet hätten.

Wir schwangen uns auf die Räder und fuhren ins Viertel.

5

Vor dem *Casablanca* kriegte ich die Krise.

Die Vorstellung, dass möglicherweise der Jackenvertauscher da drin saß und den anderen gerade meinen Brief vorlas, führte zu einem Schweißausbruch, und ich merkte, wie meine Hände zitterten.

»Geht ihr lieber rein und sucht diese Larissa – ich warte draußen. Ich fühl mich dem Gewühl noch nicht gewachsen.«

Charlie sah mich prüfend an.

»Hat die Tablette noch nicht gewirkt? Brauchst du noch eine oder was?«

»Nee, nee – geht ihr nur rein. Ich pass derweil auf die Räder auf.«

Während die beiden drinnen nach dieser Larissa suchten, linste ich durch das Grünzeug hinter den Fensterscheiben in das Lokal hinein. Dicht an dicht saßen und standen da Leute und mampften und knabberten und schaufelten und becherten und schlürften.

An dem Tisch direkt hinter der Scheibe saß ein Jüngling mit modisch hochgezwirbelten Haaren und quatschte mit vollem Mund auf seine Begleiterin ein, die ihn offensichtlich anhimmelte. Während ihm die Krümel aus dem Mund spritzten, hing sie an seinen Lippen. Ich sah dabei angewidert zu und registrierte ganz nebenbei, dass seine Haare irgendwie braun waren, und schon wurden mir die Knie weich.

DER – der erzählte ihr gerade von dem Brief und tat sich dicke, dieser Angeber, dieser widerliche Möpp –

Mir wurde wieder leicht übel, ich wandte den Blick ab und versuchte, mich in den Griff zu kriegen und das Zittern zu stoppen. Ich war wohl im Begriff durchzuknallen, das war doch die reinste Wahnvorstellung, die mich da eben gepackt hatte …

Zum Glück dauerte es nicht lange und Charlie und Chrissie kamen wieder raus – mit einer Dritten im Schlepptau. »He, Karla – kuck mal, das ist Larissa!« Chrissie strahlte.

»Hallo«, murmelte ich und versuchte, diese Larissa einzuschätzen.

Sie war ziemlich dünn und lang und von ihrem Gesicht versteckte sich das meiste hinter einem Gewuschel aus langen, dünnen bunten Zöpfchen, an denen sie dauernd herumfummelte.

»Das ist Karla, und sie sucht nach einem Typen, der gestern Abend mit auf der Party bei Ulf war. Dieser Unbekannte hat ihre Jacke mit seiner verwechselt.«

Dem Himmel sei Dank – Charlie hatte das ziemlich neutral dargestellt.

»Verstehe.« Larissa zündete sich eine Zigarette an und pustete den Rauch in meine Richtung. Mir wurde ganz mau. »Aber wen genau meint ihr? Carlo hat viele Kumpel. Band, habt ihr gesagt. Hm. Hip-Hop oder Techno oder was?«

Ich hob ratlos die Schultern und ließ sie wieder sacken.

Chrissie überlegte. »Ich glaube, der spielt öfter mit DJ Bibo. Du weißt schon, mit diesem Oberscratcher.«

Charlie grinste. »Er soll außerdem braune Haare haben. Leicht gelockt.«

Larissa sah mich nachdenklich an und blies mir noch eine Wolke Teerdampf ins Gesicht, weil ich vor lauter Wissbegierde nicht rechtzeitig abgetaucht war.

»Oh – yeah. Das könnte Knuddel sein.«

»Kn-knuddel?«, fragte ich blöde.

»Klar, Knuddel. Ist zwar ein bisschen doof, aber ganz nett. Und als Musiker eine Granate.« Sie warf die Zigarette in den Rinnstein und verzog den Mund. »War's das? Oder wolltet ihr noch mehr wissen?«

Sie wedelte zum Abschied gnädig mit der Hand und hatte sich schon umgedreht, als Charlie rasch sagte: »Wo finden wir den?«

»Knuddel? Der pennt sicher noch.«

Oder schon wieder, dachte ich, aber ich blieb stumm.

»Und danach?«, hakte Charlie nach.

Larissa verdrehte die Augen.

»Gottchen, was weiß ich. Wahrscheinlich im Park oder im Bad oder am Unisee oder so.«

»Verstehe. Aber wo kommt er immer wieder hin? Ich meine, wo hängt er regelmäßig ab?« Charlie ließ nicht locker. Ich hätte sie küssen können.

Larissa blies sich ein paar Zöpfchen aus dem Gesicht. Das wirkte genau eineinhalb Sekunden, und man konnte kurz ihre Augen sehen, dann waren sie wieder hinter dem Haarvorhang verschwunden.

»Keine Ahnung. Aber heute Abend kommt er garantiert in den *Schlachthof*. Da spielt Momo mit ihren

Jungs, das lässt er sich bestimmt nicht entgehen. Knuddel hat ja sonst nicht viel drauf, aber von Musik versteht er eine Menge. Also dann: ciao.«

Damit war sie wieder in dem Lokal verschwunden, die Tür fiel hinter ihr ins Schloss.

Chrissie prustete. »Das hört sich ja nach einem wahnsinnig tollen Knilch an.«

In der Tat. Etwa so toll wie ein debiler Gartenzwerg.

Ich hätte sie ohrfeigen können.

Aber eigentlich hätte ich mich selber ohrfeigen können. Schließlich hatte ich mir diese Kacke selber eingebrockt.

Kann man sich Kacke überhaupt einbrocken?

Wenn ich mir vorstellte, dass so ein Schrumpfhirn meinen Brief lesen könnte, fiel ich lieber gleich in ein Koma. Vielleicht konnte ich ja so in ein- bis zweihundert Jahren wieder aufwachen und neu anfangen.

»... keinen Zweck ... Julian ... vielleicht ... was meinst du, Karla? He, penn hier nicht im Stehen ein!« Charlie hatte meinen Arm gepackt und rüttelte mich. Fast wäre ich mitsamt meinem Rad umgekippt.

»Was ist denn?« Ich hatte nicht zugehört.

»Mir fiel gerade ein, dass Julian die Truppe von Carlo ja auch kennt. Vielleicht weiß der, wer dieser Knuddel ist.«

Ich holte tief Luft. Ich wollte dieses Knuddelwesen nie kennen lernen – NIE, NIE, NIE!

Andererseits ... mein Brief ... Paul ... oh, du Hölle!

»Okay, dann also hin zu ihm.«

»Ach ja? Weißt du denn, wo der wohnt?« Charlie

tippte sich an die Stirn. »Als Detektivin ein klarer Fall von Versagerin.«

»Ich weiß es!« Chrissie hatte so laut geschrien, dass sich ein paar Passanten nach uns umdrehten. »Julian spielt sonntags immer Fußball. Beim BTS Buntentor.«

»Okay, okay, aber das braucht doch nicht der ganze O-Weg zu wissen – oder?« Charlie stieg auf. »Los!«

Ich strampelte hinterher. »Und wohin?«

»Zur Sportanlage vom BTS. Die ist da hinten am Werdersee. Wir fahren mit der Hal Över auf die andere Weserseite.«

Hal Över ist eine kleine Fähre für Menschen und Fahrräder. Als ich die vielen Kinder unten am Anleger warten sah, wurde mir schon wieder schlecht, weil der Fährmann oder wie derjenige heißt, der so eine Fähre steuert, den Kindern immer eine Freude machen will und deshalb das Schiff mitten auf der Weser sich mehrmals um die eigene Achse drehen lässt. Zugegeben, als Kind hatte mir das auch Spaß gemacht, aber mit meinem cocktailverkorksten Magen heute … bitte nein!

Wir bezahlten unsere Überfahrt und ich suchte mir einen Pfosten zum Festhalten.

Natürlich ließ er die Fähre sich mehrmals wild im Kreis drehen und alles unter zwölf kreischte begeistert und sofort legte der Kinderfreund noch ein paar Runden zu.

Ich kämpfte jetzt ganz ernst mit meinem Mageninhalt, der unbedingt ins Freie wollte.

Wenigstens hier blieb ich Siegerin, wenn auch nur knapp.

Als wir endlich die Räder am andern Ufer die Böschung hochschoben, musterte Charlie mich von der Seite.

»Püh, gut siehst du nicht aus.«

Ich stöhnte nur leise.

Sie streichelte meinen Arm. »Weißt du was? Bleib hier und erhol dich. Das machen Chrissie und ich auch ohne dich.«

Ich seufzte dankbar. »Das wär super. Ich leg mich da ans Ende von der Wiese beim *Café Sand*.«

»Okay.«

Charlie und Chrissie stiegen wieder auf und strampelten los in Richtung Schrebergärten und Sportplätze.

»Bis gleich«, brüllte Charlie, und dann waren sie hinter einem Pulk von Spaziergängern verschwunden.

6

Ich schob mein Rad bis an den Rand der Wiese, weit weg von den Biertischen und den ausgebreiteten Decken, von Jungfamilien mit Kinderwagen und brüllenden Babys.

Bei einem hübschen grünen Rasenfleck ganz ohne Hundekacke legte ich mein Rad hin und setzte mich daneben.

Was für ein Mist!

Wer war der Kerl?

Knuddel!

Mit dem Namen würde ich mir die Kugel geben! Hatte ich wirklich mit einem Knuddel das Bett geteilt?

Einem aufdringlichen Weiberhelden? Der in Bands irgendein Instrument quälte, Leute kannte, die Carlos und Julian hießen, und sich auf Partys rumtrieb?

Igitt! Ich knirschte vor Verzweiflung und Hilflosigkeit mit den Zähnen! Ausgerechnet so ein Dummbeutel hatte Zugriff auf meinen Brief!

Ich streckte mich bäuchlings auf dem Rasen aus, legte den Kopf auf meine gekreuzten Arme und schloss die Augen. Wenn meine Welt jetzt in Trümmer fiel und ich darunter begraben wurde, wollte ich wenigstens vorher noch ein paar Minuten an den Menschen denken, der seit Wochen meine Gedanken und Gefühle beherrschte.

Paul.

Paul Simonis.

Saimon.

Aber ich nannte ihn in Gedanken immer nur Paul.

Er war seit zwei Jahren unser Englisch- und Politiklehrer. Am Anfang hatte ich ihn einfach nur sympathisch gefunden – so wie fast alle in unserer Klasse. Als dann Alice, Carola und Kerstin für ihn zu schwärmen anfingen, hatte ich das albern gefunden und mich über diese bescheuerten Hühner lustig gemacht – sogar über meine beste Freundin Alice.

Wir hatten uns deswegen fast zerkracht, denn irgendwann hielt ich es nicht mehr aus und hatte keine Lust mehr auf stundenlange Quatschereien wie »Saimon ist ja so süüüüß« und »Hast du mitgekriegt, wie er mich heute ganz lange angesehen hat?« und »Gestern sah er wieder super aus, fandst du nicht?« und »Ich hab seine Adresse rausgekriegt, wollen wir da mal vorbeifahren?«

Ich wollte nicht, ich fand diese Anhimmelei und Nachsteigerei entsetzlich albern und hatte null Bock auf solche Labereien und schließlich sagte ich ihr das auch.

Sie starrte mich völlig entgeistert an.

»Wie – wie kann man nur so eiskalt sein?«, jaulte sie los. »Du bist ja völlig gefühllos, du hast kein Herz!«

Aber irgendwann hatte Alice sich dann in Thomas verkuckt und »Saimon« war kein Thema mehr für sie gewesen. Ab da hieß es dann »Thomas kann…« und »Thomas ist…« und »Thomas hat schon wieder…«

Ich hatte aufgeatmet und mich gefreut, dass Alice wieder normal war, denn wegen Thomas machte sie längst nicht so einen Aufstand wie seinerzeit bei ihrer Schwärmerei für Paul. Sie schnurrte immer nur zufrieden, wenn ich fragte, wie es ihr mit ihm ging, oder grinste wissend und sagte: »Das muss man erleben und nicht drüber quatschen.«

Manchmal fragte sie auch neugierig: »Und du? Gibt es etwas, was ich wissen müsste?«

Aber ich hatte immer nur gegrinst und geschwiegen, wie der kleine Messingbuddha auf dem Schreibtisch von meinem Vater.

Und jetzt? Ich richtete mich auf, rollte die fremde *Diesel*-Jeansjacke zusammen, schob sie mir unter den Nacken und machte es mir wieder bequem.

Das Gras rings um mich roch nach Sommer und Sonne, noch war es nicht totgetreten oder staubbraun. Ich grinste in mich rein und glitt in Gedanken zwölf Monate zurück.

Letztes Jahr um diese Zeit – ach ja.

Aber das schien jetzt soooo lange her zu sein.

Bis dahin hatte ich zwar schon ab und zu mal einen Freund gehabt, aber das war nie was Ernsthaftes gewesen. Dann lernte ich im letzten Sommer Lutz kennen.

Er ging in die gleiche Klasse wie meine große Schwester Gudrun und kam öfter zu uns nach Hause, um mit ihr für Mathe zu lernen, weil das ihre schwache Stelle war. Später kam er aber auch, wenn Gudrun nicht da war, und dann hockten wir bei mir im Zimmer, hörten Musik und redeten stundenlang miteinander über alles und nichts.

Ich fand es toll, dass sich ein älterer Typ für mich interessierte, und außerdem war er ziemlich klug und sah ganz gut aus, vom Typ her so ähnlich wie dieser Robert Sean Leonard aus dem *Club der toten Dichter.* Ich begriff zuerst gar nicht, dass er wirklich hinter mir her war, und dann fühlte ich mich ziemlich geschmeichelt.

Lutz war meine erste Liebe und – zu meiner großen Überraschung, denn ich hatte ihn mir viel erfahrener vorgestellt – ich seine.

Einige Wochen lang fand ich das Zusammensein mit ihm sehr aufregend. Ich fand es toll, dass mich einer täglich anrief, dass wir zusammen zu Partys gingen, dass alle Welt mitkriegte, dass ich einen Freund hatte. Und außerdem fand ich das Knutschen und Fummeln und überhaupt die ganze Liebe große Klasse, aber wenn wir allein waren und mal gerade nicht fummelten oder knutschten, hatten wir immer weniger miteinander zu reden. Mittlerweile kannte ich alle seine Lieblingsplatten und -bands und -musiker und seine Meinung zum Umweltschutz und zur Klimaerwärmung und irgendwie tat sich nichts Neues auf.

Nachdem das erste Herzflimmern vorbei war, fand ich ihn auf einmal ziemlich langweilig, weil es auf der Welt außer Sport und Musik für ihn nichts gab – keine Bücher, keine Filme … nix.

Na ja, und Knutschen natürlich. Also saßen wir, wenn wir nicht gerade knutschten, stundenlang nebeneinander und schwiegen uns an. Vorbei waren die Zeiten, in denen wir so fröhlich miteinander gequatscht hatten. Er fand das in Ordnung, weil ihm eh das Knutschen am wichtigsten war, aber mir ging das mit der Zeit schrecklich auf den Zeiger. Wenn ich ihm was erzählte, hörte er nicht richtig zu, und wenn wir mal ins Kino gingen, wollte er da auch bloß dauernd knutschen, und der Film war ihm völlig egal.

Er konnte überhaupt nicht begreifen, warum ich nach viereinhalb Monaten Schluss machen wollte, denn ich wollte ihm nicht wehtun und ihm gestehen, dass ich das Zusammensein mit ihm so öde fand wie die Sportschau, deshalb stotterte ich ihm was vor von wegen zu jung und zu viel Schulaufgaben und lauter solchen Stuss. Aber er schluckte diese Begründungen, ohne mit der Wimper zu zucken, und ich hatte den leisen Verdacht, dass er von meiner »Ehrlichkeit« regelrecht gerührt war.

Mittlerweile war er mit Steffi aus unserer Parallelklasse zusammen, die war anscheinend genauso anspruchslos wie er und ging bestimmt auch bloß ins Kino, um zu fummeln, weil sie garantiert immer noch nicht den Unterschied zwischen einem Krimi und einem Actionfilm gerafft hatte. Dafür kannte sie siebenundzwanzig Lippenstiftsorten – und benutzte sie auch alle. Jeden Tag einen andern.

Mein nächstes intensiveres Liebesleben haute mich auch nicht gerade aus den Pantinen. Cengiz war lieb, aber ein bisschen doof, obwohl er auch zwei Jahre älter war als ich. Das hatte ich nicht gleich gemerkt, denn er war gut im Smalltalk, kannte massenhaft Witze und galt deshalb als tolle Partynummer. Aber in Wirklichkeit interessierte er sich nur für Klamotten und strunzte stundenlang durch die Läden, um sich nach Sonderangeboten bei bestimmten Designerlabels zu erkundigen, was mich mit der Zeit wahnsinnig anödete.

Aber am schlimmsten war, dass er vor seinen Kumpels mit mir angab wie eine Tüte Mücken. Da merkte ich, dass es ihm gar nicht um mich ging, sondern nur darum, dass er überhaupt eine Freundin hatte.

Also schrieb ich ihm in der Faschingswoche einen Brief, es wäre aus und Ende. Er antwortete darauf nicht mal, sondern zeigte mir ab dann die kalte Schulter, wenn wir uns irgendwo zufälligerweise begegneten.

Mittlerweile redeten wir wieder miteinander und ich lachte auch wieder über seine Witzchen und es war ganz okay. No hard feelings, würde der Lateiner sagen.

Nach diesen welterschütternden Erfahrungen tat ich nach außen hin so, als hätte ich kein besonderes Interesse am Flirten und Knutschen. Ab und zu hatte ich ein bisschen was mit einem von den Jungs aus unserer Clique, mal einen Abend oder höchstens eine Woche lang. Aber es war keiner dabei, der mich richtig angetörnt hätte. Dabei sehnte ich mich insgeheim nach jemandem, nach einem, den ich wahnsinnig lieben würde und der mich wahnsinnig lieben würde, der mich toll fände und den ich toll fände und der kein dummer kleiner Junge mehr war wie die meisten Typen ringsherum.

Dabei hatte ich genau so einen Mann schon die ganze Zeit vor mir, ich hatte es bloß nicht gemerkt.

Paul.

Das wurde mir kurz vor den Osterferien klar, als wir im Englischunterricht *Romeo und Julia* lasen, weil wir die Verfilmung in englischer Sprache sehen sollten. Ich las die Julia, und Benni las den Romeo, aber er verhaspelte sich dauernd. Am peinlichsten war es bei der berühmten Balkonszene, da vergurkte er sich dermaßen, dass die halbe Klasse vor Lachen fast am Boden lag. Dann griff Paul ein und deklamierte Romeos Verse und ich sah verdutzt hoch und ihm direkt in die Augen.

Danach war ich dran und bestimmt sind die Julia-Worte noch nie so innig und ehrlich gesprochen worden wie damals von mir.

Denn nun wusste ich es – mit absoluter Gewissheit.

Paul war der Mann, nach dem ich mich schon so lange verzehrte.

Ich wollte kein Jüngelchen, sondern einen richtigen Mann, einen, der wusste, wo's längs ging. Jemanden, der Verse rezitieren konnte, ohne rot zu werden, der einem die Welt erklären konnte, aber – anders als andere Erwachsene wie zum Beispiel meine Eltern – auch zugab, dass er nicht alles wusste.

Ich fing an, Paul zu beobachten: Ich prägte mir seine Gesten und seine Gewohnheiten ein. Wie er sich immer mit den gespreizten Fingern durchs Haar fuhr oder wie er gedankenverloren auf seinem Kuli rumkaute, wenn er sich eine Antwort überlegte. Ich wusste immer im

Voraus, wenn er bei einem bestimmten Geräuschpegel »Herrschaften! Etwas gemäßigter, bitte!« sagen würde. Oder dass er bei ausbleibenden Antworten auf seine Fragen die Stirn runzelte und seufzte: »Du tätest dir einen Gefallen, wenn du noch mal ins Buch schaust. Der nächste Test kommt bestimmt.«

Ich hing an seinen Lippen, ich büffelte Englisch wie eine Streberin, ich las täglich die Zeitung und überredete Papa, das *Spiegel*-Abo nicht zu kündigen, damit ich in Politik fit war und wusste, was auf der Welt abging. Da ich sowieso eine gute Schülerin war, fiel es nicht so auf, dass ich mich in Englisch und Politik verstärkt dahinter klemmte, und ich lebte für diese Augenblicke, wo ich mal wieder als Einzige die Antwort wusste und von Paul dafür ein strahlendes Lächeln erntete.

Dieses Lächeln war es unter anderem, weshalb ich ihn so unsagbar liebte. Er hatte ohnehin einen breiten Mund, und wenn er lächelte, zog er ihn noch weiter auseinander, zeigte seine Zähne und rund um die Augen bildeten sich dann kleine Fältchenkränze.

In meinen Tagträumen stellte ich mir immer vor, wie ich diese Fältchen eins nach dem andern küsse, wie ich dann die beiden dreieckigen Falten links und rechts neben seinen Mundwinkeln küsse und wie er plötzlich aufhört zu lächeln und mich wiederküsst.

Oder wie ich mir das so vorstellte.

Ich stellte mir vor, wie er mich umarmt, ganz fest, so, dass es beinahe wehtut, und wie er mir dann Sachen ins Ohr sagt, lauter wunderbare Worte, wie: »Warum habe ich nicht schon eher gemerkt, was für eine wundervolle junge Frau du bist!« oder »Ich muss all die Monate völlig blind gewesen sein!« oder »Ich kann es nicht fassen! Womit hab ich solch ein Glück verdient?«

Abends lag ich in meinem Bett und träumte mit offenen Augen, wie wir uns ganz zufällig irgendwo begegneten – im Park? Im Schwimmbad? Im Supermarkt? Am Zeitungskiosk? – und wie sich aus der ganz zufälligen Begegnung dann etwas ungemein Tiefgründiges zwischen uns entspann. Mein Lieblingstraum war die Fortsetzung der Szene von damals aus der Lebensmittelabteilung. Statt zu grinsen und einfach weiterzufahren, lächelte er mich strahlend an und sagte: »Ich hatte schon Angst, ich müsste mein Steak allein essen – hast du nicht Lust mitzukommen?«

Dann begleitete ich ihn in seine Wohnung, die ich mir wunderschön vorstellte, so ein Gemisch aus gemütlichen und edlen Möbeln, ein bisschen antik, ein bisschen Bauhaus, ein bisschen Flohmarkt.

Dort kochten wir zusammen, und ich war witzig und hochintelligent und wahnsinnig schlagfertig und originell, und er sah mich öfter heimlich staunend von der Seite an, als ob er es nicht fassen könnte, dass eine Sechzehnjährige schon so reife, kluge, humorvolle Dinge von sich gab. Dann aßen wir, tranken Wein dazu und ich konnte richtig dabei zusehen, wie er auflebte, weil er sich in meiner Gesellschaft so wohl fühlte wie nie zuvor in seinem Leben.

An diesem ersten Abend würde natürlich noch nichts passieren. Er würde mich nach Hause bringen und sich mit einem keuschen Küsschen auf die Wange verabschieden. Doch dabei würde er mir noch rasch zuflüstern:

»Das war so ein schöner Abend – können wir das bei Gelegenheit mal wiederholen?«

Ein anderer Lieblingstraum von mir drehte sich um unsere zufällige Begegnung im Theater, wo das Schicksal uns nebeneinander setzte und wir deshalb in der Pause miteinander redeten. Auch da war er von meinem Witz und meiner Schlagfertigkeit völlig hingerissen und erbat sich einen erneuten gemeinsamen Theaterbesuch.

In irgendeiner dieser Nächte, in denen ich mir das Zusammensein mit Paul ausmalte, war es dann passiert: Ich war noch mal aufgestanden und hatte meinen Brief an ihn geschrieben – den Brief, den ich seither wie einen Talisman bei mir getragen hatte und den nun ein blöder Kerl durch die Gegend schleppte und wer weiß was damit anstellte.

7

Ich schreckte aus dem Liegen hoch, weil ein paar Meter neben mir etwas raschelte, und sah mich verwirrt um. Aber es war nur ein Hund, der zwischen den Grasbüscheln eine Kuhle in den Sandboden kratzte.

Ich ahnte, wozu.

»Scher dich weg!«, brüllte ich. »Blödes Vieh! Scheiß woandershin!«

»Das macht er auch!«, sagte jemand, und ich sah hoch. Da stand eine Frau und wedelte mit der Leine.

»Komm, Paula, komm her, wir gehen wieder zu Paul«,

lockte sie, aber das Hundevieh scharrte fröhlich immer weiter, dass die Brocken nur so flogen. Ich stand auf und klopfte mir den Sand von den Jeans.

»Hier ist kein Hundeklo!«, sagte ich böse.

»Das weiß ich«, sagte die Frau ungerührt. »Komm, Paula, hier ist Scharren nicht erlaubt.«

Und ohne mich eines weiteren Blickes zu würdigen, befestigte sie die Leine am Halsband, drehte sich um und marschierte mit Hund in Richtung *Café Sand* davon.

Dort erhob sich von einem der Biertische ein Mann – ich kniff die Augen zusammen.

UNMÖGLICH!

Das war ja wohl total bekloppt: Da hatte ich eben so intensiv an Paul gedacht, dass ich ihn nun schon überall leibhaftig rumrennen sah!

Der Mann ging auf die Frau zu, nahm ihr die Hundeleine ab und küsste sie auf den Mund. Dann bückte er sich und tätschelte den Hund.

Mein Herz setzte aus.

Das war er!

Mein Paul!

MEIN Paul?

War er das wirklich? Der diese Hundetante da geküsst hatte?

Mir wurde der Mund ganz trocken vor Schreck.

Monate-, wochen-, stundenlang hatte ich ihn beobachtet, mir seine Körpersprache, seine Gestik, seine Mimik eingeprägt – natürlich war er das.

Kein Zweifel, dort stand Paul.

Und küsste diese Hundetante!

Es rauschte in meinen Ohren, es flimmerte vor meinen Augen, es würgte mich im Hals.

Paul Simonis hatte eine Freundin!

Wieso hatte ich eigentlich nie darüber nachgedacht? Warum hatte ich mir eingebildet, der tollste Mann der Welt sei unbeweibt und würde nur noch auf mich warten?

Erschüttert ließ ich mich wieder auf die Wiese sinken und landete prompt auf dem umgebuddelten Plätzchen Sandboden, kühl und feucht.

Egal.

Meine Augen verfolgten Paul, der der Hundetante den Arm um die Schulter gelegt hatte und den Kopf zu ihr runterneigte. Sie waren zu weit weg, als dass ich sein Gesicht genau hätte sehen können, aber von meinen langen Beobachtungsstunden her wusste ich genau, wie er aussah, wenn er jetzt mit konzentriertem Interesse auf sie runterschaute.

Das kannte ich.

Wie er sie womöglich liebevoll anschaute.

Das kannte ich nicht.

Davon hatte ich immer nur geträumt!

Es zerriss mir fast mein Inneres: Der Mann meiner Träume war vergeben.

Und wenn ich ehrlich war: Die Hundetante hatte, abgesehen von dem scharrenden Köter, keinen schlechten Eindruck gemacht. Und der Köter hieß Paula! Na, da passte ja alles herrlich zusammen!

Mit einem Stöhnen legte ich mich wieder bäuchlings hin und vergrub mein Gesicht in den Armen.

Paul hatte eine Freundin!

Das tat weh!

Das tat so höllisch weh – eigentlich konnte ich hier gleich liegen bleiben und sterben.

Oder Harakiri machen. Das hatte ich heute doch eh schon mal tun wollen.

Oder ins Gras beißen.

Ich machte die Augen auf und sah auf das Grasbüschel direkt vor meinem Gesicht.

Nee, also da würde ich bestimmt nicht reinbeißen – wer weiß, welche Hunde sich hier schon ausgetobt hatten!

Paul… Ach, Paul…

Sieh doch her – hier hattest du die perfekte Gefährtin, die alles für dich getan hätte, die zärtlichste, aufmerksamste Geliebte, die je ein Mann sich wünschen konnte…

Scheiße. Vielleicht wollte er ja eine fehlerhafte, egoistische, kratzbürstige – und die gleichgültigste, die man sich denken konnte.

Wer konnte das wissen?

Ich nicht.

Mich wollte er jedenfalls nicht.

Eine große Welle der Traurigkeit rollte über mich hinweg, aber es kamen keine Tränen, sondern es kratzte nur weiter unangenehm im Hals.

Paul, ach, Paul…

Es tat so weh…

Diese Enttäuschung…

Aber es kamen immer noch keine Tränen.

Verdammt noch mal, hier lag ich, todunglücklich, von meinem Geliebten verlassen…

Ich musste schlucken, weil es so grässlich im Hals kratzte.

Was hieß hier »verlassen«? Er war ja nie mit mir zusammen gewesen.

Er war mein Lehrer.

Und ich war nur seine Schülerin.

Oh, Mann, tat das weh. Mörderisch weh.

Konnte man eigentlich an gebrochenem Herzen sterben? Machte es dann einfach knacks und man war hin? So eine Art Liebesinfarkt?

Bestimmt würde ich das hier nicht überleben.

Wenn ich hier liegen blieb, würde ich wegdämmern und nie mehr aufwachen…

Ich würde mir ein Loch buddeln und mich darin verstecken und nie wieder zum Vorschein kommen.

Ich würde mir die Radieschen von unten ansehen.

Nie, nie, nie mehr wollte ich Paul sehen!

Ich wollte nie mehr seine Stimme hören…

Dann würde mir bestimmt schlecht werden.

Mir war jetzt schon schlecht!

Mir drehte sich alles im Magen um!

Paul!

Paul, wie kannst du nur?

Du bist doch mein Traum!

Du warst doch mein Traum…

Wie kannst du nur…

8

»Was machst du denn da?«

Charlies Stimme.

Ich rieb mir die Augen, rappelte mich erschrocken hoch und setzte mich hin.

»Hä?«

»Na, du liegst da rum wie eine Leiche.«

»Was? Wie eine …?« Ich schluckte mühsam, weil es immer noch wehtat. »Wie kommst du denn darauf?«

Charlie grinste.

»Starr und steif lag sie da. Aber wir bringen gute Nachricht, du Starre und Steife.«

Ich blinzelte verdattert.

»Hä?«

»Wir haben diesen Julian wahrhaftig erwischt. Er kennt den Typ. Aber er sagt, es ist nicht Knuddel. Sondern ein gewisser –«

»Jojo!«, sagte Chrissie triumphierend.

»Jojo«, wiederholte ich matt.

»Ja, stell dir vor! Der war jedenfalls gestern auf der Fete und hat mit dir getanzt und war auch bei den Gesängen in der Küche dabei. Hat Julian gesagt.«

»Julian.«

Chrissie sah mich forschend an.

»Sag mal, spinnst du? Wieso wiederholst du alles? Los, hoch mit dir. Wir fahren jetzt zu Jojo.«

»Was?«

»Na klar. Oder willst du auf einmal deine Jacke nicht mehr?«

DIE JACKE!

Meine Güte, die hatte ich in meiner tiefen Trauer ganz vergessen. Die Jacke mit dem Brief.

DER BRIEF!

Ich stöhnte leise und schloss die Augen.

»Meine Güte! Was hat sie denn?«, fragte Chrissie genervt.

»Keine Ahnung. Aber das macht sie sonst nie«, sagte Charlie. »Los, Karla, mach die Strahleäuglein auf und steig aufs Rad. Wir fahren zu diesem Jojo, deine Jacke holen.«

Wie benommen fuhr ich hinter den beiden her zurück zur Fähre. Während der Steuermann wieder seine neckische Kreiseltour machte, bekam ich mich wenigstens so weit unter Kontrolle, dass ich eine Frage stellen konnte.

»Wo fahren wir eigentlich hin?«

»An den Unisee. Zum Onkel-Tanten-Strand.«

Der Unisee ist eine Kiesgrube. Der Papa-Mama-Strand ist der Uferbereich für Familien und ordentliche Leute, der Onkel-Tanten-Strand ist da, wo die Nackedeis liegen.

»Wieso denn dorthin?«, fragte ich blöde.

Charlie warf mir einen mitleidigen Blick zu.

»Weil er sich da rumtreibt, du dusselige Kuh.«

»Mit meiner Jacke?«

»Anzunehmen. Vielleicht will er ja anschließend auf den Swutsch.« Sie gab mir einen derben Rippenstoß. »Sag mal, du freust dich ja gar nicht, dass wir das alles für dich rausgefunden haben!«

»Nee, doch, doch, ja.«

Ich sah an ihr vorbei aufs Wasser und dachte an Paul und die Hundetante.

»Huch, sag mal, hast du einen Hitzschlag oder was?«

Charlie sah mich jetzt eher besorgt an.

Ich versuchte ein Grinsen.

»Nee, du, alles okay.« Ich rieb mir die Schläfen. »Mir steckt bloß diese letzte Nacht noch gewaltig in den Knochen.«

Da waren wir auch schon am anderen Ufer angelangt, schoben die Räder bis zum Radweg hoch, stiegen wieder auf und fuhren los.

Und fuhren.

Und fuhren.

Es war ein ziemliches Stück bis zum Unisee, der lag nämlich am anderen Ende der Stadt.

Der Fahrtwind war bei der Hitze sehr angenehm und streichelte mir das Gesicht wie ein wehender Chiffonschal. Die hohen Baumkronen warfen Schattenflecke auf den Radweg und die Luft war erfüllt von Motorgebrumm und Vogelzwitschern. Da wir hintereinander fuhren, brauchte ich nicht mehr zu reden.

Ich brauchte auch nicht mehr zu denken.

In meinem Hirn war eine gewaltige Leere.

Und meine Gefühle waren total verknotet. Ich wusste nicht mehr, was ich fühlte und was nicht, was ich vorhin gefühlt hatte und überhaupt.

Karlas Gefühlschaos.

Mistikack.

So ein Elend.

Ich kniff die Augen zusammen und konzentrierte mich auf den Radweg.

»Paul und Paula, Paul und Paula«, zischten meine Reifen, während sie über Asphalt oder Pflastersteine rollten.

Dann bogen wir in den Weg ein, der zum Unisee führt, und schon wenige Minuten später hatten wir den Papa-Mama-Strand erreicht. Wir schlossen die Räder aneinander, zogen die Schuhe aus und gingen barfuß am Ufer entlang weiter.

Charlie blieb stehen, hielt die Hand schützend über die Augen und suchte.

»Julia hat gesagt, Jojo wäre bei der Clique vom Alten Gymnasium. Hmmm. Nix. Doch, da drüben, schaut mal, da ist Elena, die geht in die zwölfte. Mensch, die hätte ich im Bikini fast nicht erkannt.«

»Och«, sagte Chrissie enttäuscht. »Isse nicht nackt?«

»Nö. Es besteht schließlich kein FKK-Zwang«, sagte Charlie. »Kommt, wir gehen mal rüber.«

Folgsam liefen wir hinter ihr her. Dann konnte ich die einzelnen Gesichter der Truppe rund um Elena erkennen. Wer um Himmels willen war Jojo?

»Da drüben, das ist er«, sagte Charlie eifrig und zeigte auf einen Jungen, der gerade einem andern Spieler ein Frisbee zuwarf. »Der!«

»Das ist er nicht!«, sagte ich halb erleichtert, halb enttäuscht und blieb stehen. »Der ist ja blond. Meine Jacke hat doch einer mit braunen Haaren!«

»Das sagst du uns JETZT?«, schrie Charlie. »Dafür fahren wir quer durch die ganze Stadt?!«

»Ich kannte ihn doch nicht – und du hast nichts von blonden Haaren gesagt.«

»Oh, du Hölle«, sagte Charlie fromm. »Na, egal, jetzt sind wir hier, da können wir auch mal baden.«

»Nur zu. Dann suche ich halt allein weiter.«

»Komm, sei nicht beleidigt!« Charlie packte mich am Arm und hielt mich fest. »Jetzt ist Ende der Fahnenstange – wo sollen wir denn noch suchen?«

Ich zuckte mit den Achseln.

»Weiß ich auch nicht. Aber ich hab keine Lust zu baden.«

»Brauchst du ja auch nicht. Setz dich einfach zu uns auf die Decke und halte dein verkatertes Haupt in die leichte Brise – das hilft bestimmt.«

Ich musste lachen.

»Toller Tipp. Danke, ganz ehrlich. Aber ich hab dafür jetzt keine Ruhe. Ich suche weiter.«

»Na gut«, sagte sie, wieder besänftigt. »Du bist auch nicht beleidigt, wenn wir hier bleiben?«

»Nicht die Bohne«, beteuerte ich wahrheitsgemäß und machte den Abgang. »Danke vielmals für alles!«, rief ich im Weggehen.

»Da nich für«, quiekte Charlie und rannte hinter Chrissie her zu der Clique vom Alten Gymnasium.

9

Auf der langen Rückfahrt quer durch die Stadt hielt ich bei einer Telefonzelle an und probierte es noch mal bei Alice.

Volltreffer.

Sie war inzwischen aufgewacht und sehr, sehr neugierig.

»Bin gleich da«, sagte ich erleichtert. »Mach schon mal 'nen Eiskaffee oder so.«

Alice war allein zu Hause, ihre Sippe war ausgeflogen, irgendwohin in die Lüneburger Heide. Wir hatten die Terrasse für uns, lagen ausgestreckt auf Liegestühlen und ich erzählte ihr alles.

Na ja, nicht ALLES.

»Hmmm«, machte sie zwischendurch, oder »auweia« oder »so ein Mist«.

Ich nuckelte durstig an meinem Strohhalm, der Eiskaffee war toll erfrischend. Dann drehte ich den leeren Becher zwischen meinen Handflächen hin und her.

»Tja, und jetzt hab ich keine Ahnung, wo ich noch suchen kann. Sonja ist nicht zu kriegen und sonst weiß ich keinen mehr.«

Ich war plötzlich fix und fertig, es war einfach zu viel: die verschwundene Jacke, die Hitze, die lange Fahrt, die ENTTÄUSCHUNG vorhin – ich konnte nicht mehr. Am liebsten hätte ich mich zusammengerollt und ein Nickerchen gemacht. Oder fünf Stunden lang geheult. Oder einen dicken Baumstamm gespalten und zu Kleinholz gehackt.

»Wage es ja nicht!«, sagte Alice.

»Was?« Ich blinzelte.

»Es wird jetzt nicht gepennt. Wir müssen deine Jacke finden, bevor der Typ sie durchsucht. Vielleicht hat er ja den Brief noch gar nicht gefunden.«

Ich hatte ihr auch von dem Brief erzählt, allerdings nur so ganz allgemein.

Dass ich mal in einer schwachen Minute alle meine erschütternden Herzensnöte zu Papier gebracht hatte und dass ich dabei aber überhaupt nicht wusste, ob ich diesen Brief dem Verursacher meiner tiefen Gefühle jemals zukommen lassen wollte.

Mehr nicht. Was genau drinstand und an wen der Brief adressiert war, wusste sie nicht.

»Aber wo suchen?«, fragte ich nun.

Sie sah konzentriert zu der Hecke hinüber, als ob sie von dort eine Antwort erwarten würde.

»Weiß ich auch nicht.«

»Siehste«, sagte ich enttäuscht und machte die Augen wieder zu.

»Ha!«, schrie sie plötzlich, und ich fuhr hoch wie von der Tarantel gestochen.

Sie schaute mich triumphierend an. »Wir müssen diese Lena finden! Du weißt schon – die, mit der du da noch so spät rumgetrötet hast!«

Ich stöhnte.

»Aber ich kenn die doch gar nicht!«

Sie grinste.

»Aber ich. Na ja, nicht richtig. Immerhin weiß ich, dass sie Informatik studiert.«

»Pöh. Und jetzt soll sie mir den Jackentauscher im Internet suchen oder was?«

Alice kicherte.

»Wär auch nicht schlecht: *www.jackentausch.de.* Nee, mal im Ernst. Wir fragen Ulf, wo sie wohnt.«

»Ulf?« Ich verstand nur noch Bahnhof. »Na klar, Ulf!

Wieso bin ich da nicht gleich drauf gekommen! Fragen wir einfach Ulf, dann klärt sich alles wie von selbst. Und wer ist Ulf, bitte schön?«

Alice kicherte immer noch.

»Krieg dich wieder ein und lass mal Tante Alice machen. Du bist ja völlig fertig mit den Nerven. Damit du aber nicht dumm sterben musst: Ulf war gestern Abend dein Gastgeber. Dem gehört die Wohnung, in der die Party stattfand.«

Sie verschwand im Haus und kam mit dem Telefon und ihrem Notizbuch zurück.

Dann suchte sie eine Nummer und tippte sie ein.

Fasziniert folgte ich dem Gespräch.

»Ja, hallo, hier ist Alice.

…

Genau, die Schwester von Melissa. Ich war gestern auf deiner Party.

…

Doch, war echt nett.

…

Was?

…

Nee, du. Geht nicht. Heut hab ich schon was vor.« Sie zwinkerte mir zu. »Vielleicht ein anderes Mal. Momentan such ich die Adresse von Lena. Die war doch gestern auch da.

…

Kennst du nicht? Klar kennst du die. Die ist mit Sonja und Matze gekommen.

…

Nee danke, Sonjas Nummer hab ich, aber da ist

niemand. Gib mir doch mal Matzes Nummer, ja? Danke.«

Sie kritzelte was in ihr Büchlein, verabschiedete sich und drückte auf die rote Taste.

»Puhh! Was für ein Schleimer. Der hatte null Ahnung, wer ich bin, und wollte sich mit mir verabreden. So eine Art Blind Date. Mit mir nicht.«

Sie warf die langen blonden Haare zurück und tippte wieder. Nach zwei weiteren Telefonaten hatte sie Lena an der Strippe.

»Hey, du wirst dich wahrscheinlich nicht an mich erinnern: Ich heiß Alice und war gestern auch auf Ulfs Party. Und jetzt such ich einen Typen –

…

Nein, nicht was du denkst. Ich hab schon einen Freund. Nee, der, den ich suche, hat eine Klamotte vertauscht, eine Jacke, und die brauch ich dringend wieder.

…

Braune Haare, stand bei euch in der Küche und sang bei den Oldies mit.

…

Hat grad sein Abi gemacht, glaub ich.

…

Hä?« Alice zog eine Schnute und zuckte entschuldigend die Achseln in meine Richtung. »Nö, sah nicht besonders toll aus. Eher Durchschnitt.

…

Ach so. Hm. Okay, danke, tschüs.«

Sie legte auf und sah mich an.

»Sie kennt ihn auch nicht. Hat ihn gestern zum ersten Mal gesehen. Punkt.«

Dann streckte sie die Hand aus und streichelte mich.

»Tut mir echt Leid. Jetzt weiß ich auch nicht weiter. Vielleicht hast du ja bei Sonja mehr Glück – falls du sie noch erwischst.«

Ich hockte da und hätte heulen können.

Da hatte heute Morgen einer neben mir im Bett gelegen, ein Kerl aus Fleisch und Blut, hatte geatmet und ein bisschen geschnarcht und hatte seinen warmen Arm auf meine Brust gelegt – ich spürte, wie ich wieder rot wurde. Elende Pein! Und dieser Mensch schien ein Phantom zu sein: Mal war er ein Musiker aus einer Band, vernaschte alle Weiber und hieß Knuddel, mal hieß er Jojo und war blond und deshalb der Falsche und nun hatte er sich endgültig in Luft aufgelöst.

Ich trank mein Glas leer und stand auf.

»Willst du schon gehen?«, fragte Alice erstaunt.

Ich sah auf meine Uhr. Es war erst vier. Inzwischen konnte der Jackendieb meinen Brief schon als Leserbrief an den *Weserkurier* geschickt haben oder als Kleinanzeige in die *A-Z* gesetzt haben oder was weiß ich.

»Ich fahr zu Sonja und leg mich auf die Lauer. Irgendwann muss sie doch mal heimkommen. Morgen ist schließlich Schule.«

»Schon, aber Sonja nimmt das ja nicht so genau. Die will eh die Klasse wiederholen.«

»Du meinst, die geht heute schon wieder auf den Swutsch?«

Ich biss mir auf die Unterlippe, um nicht laut loszujaulen.

So ein Frust!

Alice verzog den Mund.

»Könnte sein. Weiß nicht. Jedenfalls können wir auch von hier aus feststellen, wann Sonja wieder heimkommt.« Sie stand auch auf. »Ich hab Hunger. Und du?«

Ich hatte seit dem Jogurt heute früh nichts mehr gegessen, aber mir war auch meistens flau und mau gewesen. Erstaunt stellte ich fest, dass ich Hunger hatte.

»Ich könnte schon was vertragen.«

Wir gingen ins Haus und inspizierten den Inhalt des Kühlschranks, schmierten uns Brote, belegten sie dick mit Schinken- und Tomatenscheiben und dann schnippelte Alice noch eine Avocado klein und ich machte eine Vinaigrette dazu. Das Hantieren tat mir richtig gut, ich merkte, wie ich mich dabei ein klein wenig entspannte.

Sie holte Apfelsaft aus dem Keller und wir machten es uns auf der Terrasse mit unserem Imbiss gemütlich.

Als Alice den letzten Krümel verdrückt hatte, seufzte sie laut auf und lehnte sich zurück.

»Nun rück mal raus mit der Sprache. Was ist das denn für ein Brief?«

»Och – äh, na ja, eher was Persönliches.«

Sie machte ein Auge weit auf und kniff das andere zu. Toller Trick!

»Ach ja? Und deshalb darf ich es nicht wissen?«

Ich stieß einen tiefen Seufzer aus.

»Lieber nicht. Ist mir peinlich.«

Sie musterte mich jetzt mit beiden Augen – ganz aufmerksam.

»Pass auf, Karlaschatz – wir kennen uns jetzt schon so viele Jahre, aber ich hab dich noch nie so von der Rolle erlebt. Du bist ja total verschreckt. Du bibberst ja förmlich. Hängt das bloß mit dem Brief zusammen?«

Ich schniefte ein bisschen. Wahre Freundschaft ist schon was Tolles. Ich merkte, wie mir vor Rührung das Wasser in die Augen stieg. Liebe alte Alice.

»Nee, natürlich nicht. Wach du mal morgens neben einem total fremden Kerl auf – möchte wissen, wie es dir dann geht. Ich bin mir ja ziemlich sicher, dass nichts zwischen uns passiert ist, aber dass so was überhaupt geschehen konnte, macht mich ganz irre. Ich könnt mich vor lauter Wut auf mich in der Luft zerrupfen wie Rumpelstilzchen. Weißt du, das ist so, als ob ich immer eine viel zu hohe Meinung von mir hatte und jetzt feststelle, dass ich eigentlich eine saudumme Zicke bin.«

Vor lauter Selbstmitleid hätte ich fast losgeheult, aber Alice lachte, und das brachte mich aus dem Gleis.

»Was ist denn daran so komisch?«, fragte ich wütend.

Sie hatte sich wieder eingekriegt und schaute mich freundlich an, wie eine Lehrerin, die einer Doofen verklickern will, dass sie eine Sechs geschrieben hat – dass es aber noch Hoffnung für sie gibt.

»Du bist so schrecklich streng mit dir. Sieh es doch einfach mal so: Du weißt jetzt, dass solche Cocktails gefährlich sind, und ab sofort kann dir das nicht mehr passieren. Du trinkst eben nur noch Whisky!«

Das war ja ein toller Tipp.

Jetzt musste auch ich grinsen.

»Okay, Botschaft angekommen. Aber vielleicht bleibe ich doch lieber bei Apfelsaft oder Wasser oder so.«

Sie rutschte in ihrem Liegestuhl etwas höher. »Das mit dem Brief willst du mir nicht sagen? Weshalb dich das so in Panik versetzt?«

Ich sah auf meine Hände in meinem Schoß.

»Ich hab dir doch gesagt, dass es ein Liebesbrief ist. Ein Brief, den ich nie abschicken wollte. Und jetzt liest ihn vielleicht ein total Fremder!«

»An wen ist er denn?«

Ich sah hoch, ihr direkt in die Augen.

»An Paul.«

»Paul? Du meinst ... doch nicht Saimon?« Sie starrte mich ungläubig an.

Ich nickte.

»Heiliger Bimbam, hat es dich also auch noch richtig erwischt!« Sie streckte die Hand aus und streichelte mir tröstend den Arm und seufzte. »Er ist schon ein toller Typ. Und dem hast du also den Brief geschrieben? Der steckt in deiner Jacke? Und du hast Angst, dass dieser Unbekannte den Brief liest?«

Ich kam mir vor lauter Nicken schon wie ein Kasperl vor.

Alice überlegte.

»Stehen denn Namen drin?«

Ich sah sie verdutzt an.

»Na ja ... halt Paul. Anrede und so.«

»Und deiner?«

Ich überlegte. Hatte ich mit meinem Namen unterschrieben? Deine Karla oder so ähnlich? Ich wusste es nicht mehr.

»Vielleicht. Keine Ahnung.«

Sie neigte den Kopf zur Seite.

»Du könntest abstreiten, dass du ihn geschrieben hast. Du sagst einfach, du hast ihn gefunden.«

»Hm.« Alice war lieb, aber ich glaubte nicht, dass das funktionieren würde.

Verdammt noch mal, ich wollte an diesen blöden Brief gar nicht mehr denken!

Das Telefon klingelte und Alice nahm es und ging damit ins Haus. Bestimmt war das ihr Thomas, und sie wollte nicht, dass ich zuhörte, falls er mit ihr Süßholz raspeln würde. So hieß das doch immer in alten Schmökern. Was, zum Deubel, war eigentlich Süßholz? Wie konnte man das raspeln? Vielleicht wollte er auch melden, dass er gleich vorbeikommt? Dann sollte ich schleunigst machen, dass ich das Feld räumte.

Ich trug das Geschirr leise in die Küche und winkte Alice vom Flur aus zu.

Sie sagte: »Einen Moment mal, bin gleich wieder da«, und legte die Hand über die Sprechmuschel. »Kann ich dir noch irgendwie helfen, Karla?«

Ich schüttelte den Kopf. »Nö.«

»Willst du wirklich schon gehen?«

»Ja.«

»Dann wünsch ich dir viel Glück.«

Ich rieb mir die Nase.

»Danke, das kann ich gebrauchen.«

Ich winkte noch mal, aber da hatte Alice sich schon umgedreht und redete wieder ins Telefon.

Ich seufzte vor Neid und Sehnsucht. So gut hätte ich es auch mal gern gehabt! Einfach mit meinem Freund einen Marathonschwatz am Telefon halten …

Aber dazu brauchte man erst mal einen Freund.

Ich hatte keinen Freund, ich hatte nur ein Riesenproblem.

Houston, wir haben …

Ich zog die Haustür leise hinter mir ins Schloss.

10

Langsam radelte ich in Richtung Weser. Ich war so in Gedanken versunken, dass ich beinahe eine Ampel überfahren hätte. Reifen quietschten. Ein wütender Autofahrer brüllte mir was zu, aber ich hielt nicht an, sondern machte, dass ich weiterkam. Der Typ sah so jähzornig aus, dass ihm das Schlimmste zuzutrauen war.

Ich strampelte und strampelte und wusste nicht, wohin.

Nach Hause wollte ich nicht.

Nach Reden war mir auch nicht zumute.

Meine Freundinnen hatten für mich schon alles getan, was sie konnten.

Ich fuhr auf den Deich in Richtung Erdbeerbrücke, vorbei an Picknickgesellschaften und kreischenden Kindern, überholte Inlineskater und Jogger und viele Hunde mit Frauchen und Herrchen – und hätte mich so gern über diesen wunderschönen Tag gefreut.

Einfach im Gras liegen und den Bienen zuhören, den Schmetterlingen nachschauen und vielleicht mal den großen Zeh ins Wasser tunken … stattdessen lag mir diese schreckliche Jackentausch-Brief-Geschichte wie eine bleierne Kanonenkugel im Magen.

Ich hielt kurz entschlossen an, schlitterte mitsamt dem Rad die Böschung hinunter und legte mich in den Schatten von einem großen Holunderbusch, die Jacke hatte ich wieder als Kopfkissen zusammengerollt und bohrte mein Gesicht hinein. Sie roch fremd. Nicht nach

Schweiß oder eklig, sondern ganz schwach nach irgendeinem unbekannten Deo – eben fremd.

Nun war ich ganz allein mit meinen Gefühlen.

Mit meiner Scham.

Wie ein feuchtes schwarzes Tuch hielt sie mich umklammert – ich konnte nicht mehr normal atmen, ich konnte mich nicht über die Sonnenwiese freuen, mir war nur noch elend, und ich heulte unhörbar in mich hinein, weil ich mich so schämte.

Ich schämte mich entsetzlich – bei dem Gedanken, was der fremde Typ von mir denken mochte, wenn er das las, was ich in dem Brief geschrieben hatte.

Und außerdem wurde mir ganz schlecht vor lauter Peinlichkeit bei der Erinnerung an Paul mit seiner Freundin beim *Café Sand.*

Das Blut pochte mir in den Schläfen wegen meiner gesammelten Scham, ich schluchzte leise ein bisschen ins hohe Gras. Nun war mein Traum vom idealen Paar Paul/Karla geplatzt, eines hochpeinlichen Todes gestorben, und daran war bloß ein Mensch schuld: ich selbst.

Mit geschlossenen Augen lag ich da und erinnerte mich ziemlich genau an all das, was ich Paul geschrieben hatte:

... Seelenverwandtschaft ... dass ich ihn schon seit Monaten liebte ... was für Gefühle sein Anblick sonst noch in mir auslöste ... dass ich ihn gern umsorgen würde ... dass ich versuchen wollte, ihm eine ideale Gefährtin zu sein ... unsere vielen gemeinsamen Interessen, die uns miteinander verbänden ... dass ich fast jede Nacht von ihm träumte ... dass meine Tage nur dann mit Inhalt gefüllt seien, wenn wir bei ihm Unterricht hatten … dass sein Anblick mein Leben wie eine kleine Sonne wärmen und heller machen würde … dass ich seine Hände liebte und mich nach ihrer Berührung sehnte … der Blick seiner wunderschönen grauen Augen, der mich immer von neuem verzauberte …

Satz für Satz, Bild für Bild fielen mir meine ganzen Formulierungen wieder ein, auf die ich so stolz gewesen war, als ich sie vor ein paar Wochen aufgeschrieben hatte.

Und jetzt?

Die totale Peinlichkeit!

Mir wurde wieder abwechselnd heiß und kalt bei dem Gedanken, dass ein fremder Mensch das lesen und mit mir in Zusammenhang bringen könnte. Aber auch bei der Vorstellung, dass Paul das je zu lesen bekommen hätte, kriegte ich jetzt fast einen Herzkasper.

Paul, der seine Freundin küsste und seinen Köter tätschelte – dieser Paul hätte sich doch über mich bestimmt halb totgelacht … oder er hätte mitleidig auf mich runtergeschaut … oder er hätte sich verärgert gegen diese Form von Anhimmelei verwahrt …

Vielleicht hätte er mich auch zu einem Gespräch mit dem Direktor verdonnert und sich meine Nachstellungen verbeten …

Wie hieß das noch mal?

Stalking … deshalb konnte man sogar angezeigt werden …

Die Gedanken turnten quer durch mein Hirn wie Trapezkünstler beim doppelten Salto unter der Zirkuskuppel, und mir war dauernd so, als würde ich gleich abstürzen …

Ich lag da mit geballten Fäusten und wäre am liebsten ausgestiegen aus meinem Leben: Welt, halt an, ich will nicht mehr!

Weiter weg, oben auf dem Deich, hörte ich Spaziergänger nach ihren Hunden rufen oder pfeifen, hier unten im hohen Gras war ich ganz allein und ziemlich unsichtbar für den Rest der Welt. Ich sah hinaus auf den Werdersee: Möwen segelten elegant vor dem knallblauen Himmel entlang, manchmal stießen sie hinunter aufs Wasser, dann schossen sie wieder scheinbar ohne jede Anstrengung pfeilgerade in den Himmel, die Schwingen ausgebreitet und den Hals vorgestreckt.

Ich sah ihnen zu und wünschte mir, mich ebenso schwerelos bewegen zu können, im Vergleich mit den Möwen kam ich mir vor wie ein Knubbel Blei, erdenschwer, unbeweglich.

Eure Probleme möchte ich haben, dachte ich. Nur darüber nachdenken, wo ich den nächsten Fisch fange, und sonst nichts. Oder hatten Möwen auch Kummer mit der Liebe? Jaulten die Möwenmädchen auch herum, weil sie sich in den Falschen verknallten oder der Falsche sich in sie? Bedeuteten die heiseren Möwenschreie am Ende gar, dass sie sich Gefühle mitteilten?

Möwe Emma an Möwe Klaus: Magst du mich?

Möwe Klaus an Möwe Emma: Ich hab schon längst eine Freundin.

Möwe Emma: Rabääääähhhh…

Ich hätte gern gewusst, wie es um das Liebesleben der Möwen bestellt war, aber noch während ich darüber nachgrübelte, lullten mich die Wärme, das sanfte Nachmittagslicht und der Duft der Weide ein, und irgendwann dachte ich gar nichts mehr und döste nur so vor mich hin.

Stimmengemurmel weckte mich und ich fuhr hoch. Ich musste eingeschlafen sein. Jemand lachte leise.

Kein Wunder, wenn man meinen ungewohnten Cocktailkonsum und die kurze letzte Nacht bedachte. Die Sonne stand bereits ziemlich tief, und mit einem Blick auf die Uhr stellte ich fest, dass es schon halb sechs war.

Ich fühlte mich schrecklich zerschlagen, hundemüde. Mein Nickerchen hatte keine Erholung gebracht, und da mir gleich beim Aufwachen auch die ganze Katastrophe wieder eingefallen war, wusste ich auch, warum.

Ich reckte mich und streckte mich wie eine Katze auf dem Kaminvorleger.

Vorsichtig peilte ich über die Gräserspitzen hinweg: Etwa zehn Meter von mir entfernt lag ein Pärchen und die beiden waren ziemlich inniglich miteinander beschäftigt. Ich konnte nicht verstehen, worüber sie redeten, aber jetzt kicherte sie wieder, und er beugte sich über sie und küsste ihren Hals und ihren Mund.

Vorsichtig ließ ich mich wieder auf den Bauch fallen, ich wollte nicht, dass die beiden sich durch mich beobachtet fühlten. Andererseits – wie sollte ich hier ungesehen wegkommen?

Erst einmal blieb ich liegen und schaute wieder zu den Möwen hoch, dann ließ ich meinen Blick weiterwandern.

Ein paar Schwäne schwammen direkt am Ufer entlang und ich sah ihnen gebannt zu. Unglaublich, diese vollkommene Linie des gebogenen Halses – hingerissen verfolgte ich ihr majestätisches Dahingleiten.

Was denn nun – lieber Möwe oder lieber Schwan?, fragte eine boshafte Stimme in meinem Kopf, und ich seufzte.

Die friedliche Stille, nur unterbrochen durch die Knutschgeräusche von dem Pärchen, Vogelschreie oder Insektengebrumm, der wolkenlose Himmel und die seidenweiche Luft hüllten mich ein wie eine Zauberhülle, die mich vor meinen eigenen bohrenden Gedanken und Grübeleien zu schützen schien. Ach, wenn ich doch einfach hier liegen bleiben und nur neidisch auf Liebespaare und Schwäne und Möwen zu sein brauchte …

Ich schloss die Augen und versuchte, mich wieder in ein Nickerchen davonzustehlen – dann bräuchte ich nicht an den ganzen Kummer zu denken, der mich heute seit meinem Aufwachen quälte.

Aber statt des erhofften traumlosen Vergessens sah ich im Geist wieder Paul mit der Hundetante lachend Arm in Arm über die Wiese schlendern, ich sah Charlie mit Chrissie im Bett rumflachsen, ich sah Alice, wie sie mich aus weit aufgerissenen Augen mitleidig ansah, und ich sah mich gestern Abend quietschvergnügt nach Findorff radeln.

Mit einem Ruck saß ich aufrecht da und starrte aufs Wasser.

Ich konnte mich wieder erinnern!

Das Pärchen rief etwas zu mir rüber, wahrscheinlich hatte ich die beiden erschreckt, aber das war jetzt völlig egal – ich hatte mich wieder erinnert!

Angestrengt bemühte ich mich, die Fahrt nach Findorff vor mein inneres Auge zu holen. Ich sah uns die Räder abschließen, ich sah uns eine Treppe hochgehen, die Wohnungstür war angelehnt, von drinnen drang der übliche Partylärm nach draußen, ich sah wieder den bayrischen Barkeeper den Cocktailbecher schwenken. »Geschüttelt und nicht gerührt!«, hatte er immer wieder gebrüllt, und dann – nichts.

Leere im Hirn.

Wütend stand ich auf, stellte mein Rad auf und schob es wieder die Böschung hoch bis zum Radweg.

Oh, du Hölle – das wäre doch toll gewesen, wenn mir jetzt wieder alles eingefallen wäre …

Ich war so enttäuscht nach diesem viel zu kurzen Erinnerungsausflug, dass ich am liebsten ein paar Tränchen gedrückt hätte. Stattdessen knirschte ich mit den Zähnen und stieg wieder auf.

Wohin jetzt?

Auch egal.

Richtung Arsten, weg von der Stadt, weg von Paul und meinen blöden heftigen Gefühlen für ihn.

11

Ich trat in die Pedale, als gäbe es eine Medaille zu gewinnen, überholte Spaziergänger und andere Radfahrer und hoffte darauf, dass der angenehm kühle Luftzug mir das Hirn freipusten würde, wie irgendein Zaubermittelchen den Gestank auf dem Klo verfliegen lässt.

Doch nichts passierte, kein Sesam-öffne-dich-Türchen zur letzten Nacht wurde aufgeschlossen – nichts. Vor lauter Frust hätte ich fast eine Inlineskaterin gerammt.

»Pass doch auf, du blöde Kuh!«, kreischte sie, und ich wurde wieder langsamer.

Strampel, strampel, an der Erdbeerbrücke vorbei, immer weiter …

Dann wurde ich überholt, zwei vorgebeugte Gestalten auf Rennrädern zischten an mir vorbei, eine drehte sich um und brüllte überrascht: »Mensch, Karlchen!«

Ich glotzte fassungslos nach vorn und stoppte, während der Typ auch anhielt und vom Sattel rutschte. Nur eine Person hatte mich jemals Karlchen genannt und schon damals hatte ich das nicht leiden können.

Cengiz! Da stand er und grinste über alle vier Backen.

»Was machst du denn hier?«

Blöde Frage.

»Ich genieße den einzigen Tag Bremer Sommer.«

Was Besseres fiel mir nicht ein, aber er strahlte mich unverändert weiter an, während nun auch sein Begleiter umdrehte und zu uns zurückgefahren kam.

»Wie geht's denn so?«, forschte Cengiz unbeirrt fröhlich weiter. »Übrigens, das hier ist Nadine.«

Der Begleiter war also eine Begleiterin.

»Tach«, sagte sie unfreundlich.

»Hallöchen, wie geht's denn so?«, sagte ich, ganz Dame von Welt, während Cengiz begeistert von ihr zu mir und zurück peilte.

»Das ist Karla, du weißt schon, die, mit der ich …« Da geriet er ins Stottern, anscheinend hatte er gemerkt, dass seine Nadine über unser Zusammentreffen nicht sehr begeistert war.

Tja, Cengiz hatte sich noch nie besonders gut in andere Leute reindenken können.

»Und?«, fragte er weiter. »Wo willst du hin?«

»Och, einfach ein bisschen Stress ablassen«, erklärte ich und musterte Nadine, der er – ganz der stolze Besitzer – die Hand auf den Arm gelegt hatte.

Wahrscheinlich wurde sie jeden Samstag zusammen mit seinem Motorrad liebevoll eingeseift und anschließend poliert. Sie legte ihm jetzt ebenfalls demonstrativ den Arm um den Nacken und ich musste grinsen. Von mir drohte ihr wahrlich keine Gefahr – Cengiz hätte ich nicht mehr gewollt, selbst wenn er der einzige Jüngling von ganz Bremen gewesen wäre… na ja, jedenfalls nur unter den allerextremsten Bedingungen.

»Kommst du mit?«, fragte er. »Wir fahren in so ein Gartenlokal, da ist es echt nett.«

Ich musste innerlich grinsen, als ich den wütenden Blick von dieser Nadine sah, die mich am liebsten an den Arsch der Welt und garantiert nicht in ein echt nettes Gartenlokal gewünscht hätte, und tat so, als würde ich mir das ernsthaft überlegen, um ihre Qual noch ein bisschen zu verlängern.

»Nee, du, danke, aber ich bin verabredet«, sagte ich dann und stieg auf mein Fahrrad. »Viel Spaß noch!«

»Ebenfalls«, brüllte er mir nach. »Vielleicht ein andermal.«

Garantiert, dachte ich, aber bis dahin hat man dir bestimmt schon die Augen ausgekratzt.

Ich grinste fröhlich vor mich hin, meine Laune war

merklich gestiegen und meine Kopfschmerzen waren ebenfalls völlig verschwunden. Das Zusammentreffen hatte mich auf gewisse Weise aufgeheitert: Jedenfalls würde ich niemals Cengiz nachjammern, das war so vorbei wie die Chartserfolge von den Spice Girls.

Ich pfiff *Act Naturally* von Beatle Ringo vor mich hin und überlegte, was ich nun tun sollte.

Act Naturally ist eins meiner absoluten Lieblingslieder, ein bisschen verrückt, ein bisschen ironisch, ein bisschen trotzig: einfach eine tolle Mischung.

Well, I hope you come and see me in the movie,
then I know that you will plainly see
the biggest fool that ever hit the big times
and all I got to do is
act naturally.

Im Kopf sang ich den Text zu meiner Pfeiferei.
The biggest fool – oh ja, die kannte ich.
Das war ich. Karla, the fool.
Karla, die dumme Nuss.

Ich überlegte, welche Möglichkeiten ich noch hatte, den unbekannten Jackendieb aufzuspüren, aber mir fiel nichts mehr ein.

Also fuhr ich nach Hause. Vielleicht hatte ja wer angerufen oder Charlie hatte am Unisee noch was rausgekriegt oder …

Oder ich hakte das alles ab.

Ende im Gelände.

Aus die Maus.

Schicht im Schacht.

Finito.

Und der Brief?

Ich wappnete mich innerlich und wartete darauf, dass mich wieder eine heiße, erstickende Schamwelle überrollte bei der Vorstellung, dass meine tiefinnersten Gefühle von jemandem gelesen und vor aller Welt breitgetreten und verspottet werden könnten. Dass jemand alles über meine Sehnsüchte und Hoffnungen erfuhr, jemand, der mich gar nicht kannte, der sich daraus eine Karikatur, ein Zerrbild machen würde …

Die Welle kam nicht. Bestenfalls ein kurzes Wellengekräusel.

Ich war jetzt genauso trotzig wie Old Ringo.

Und wenn schon.

All I got to do is act naturally …

I act naturally und alle lachen sich über mich tot.

Das wäre sehr unangenehm und peinlich, aber es würde die Welt nicht zum Einsturz bringen.

Ich staunte über meine Gedanken. Noch vor wenigen Stunden hatte ich auswandern oder ins nächste Mauseloch kriechen oder eine Doppelgängerin kaufen wollen und jetzt war mir das auf einmal alles wurst?

Na ja, wurst nun nicht gerade.

Aber jedenfalls starb ich bei der Vorstellung nicht mehr lauter Peinlichkeitstode.

Einigermaßen abgeklärt kam ich zu Hause an.

Ich brachte mein Rad in den Keller und stieg die Treppe ins Hochparterre rauf.

»Karla? Bist du das?«, rief Mama. »Das ist aber schade.«

»Was ist schade?«, sagte ich und ging ins Wohnzimmer. Da saß sie in ihrem Lieblingssessel und hatte ein Buch in der Hand. »Wo ist denn Papa?«

»Ach, der sitzt oben in seinem Büro und kuckt Fußball«, sagte Mama grinsend.

Das ist nämlich für Papa sonntagnachmittags eine heilige Pflicht. Doch da der Rest der Familie daran nicht interessiert ist und freien Zugang zum Wohnzimmer will, muss er sich die Bundesligaspiele immer in seinem Arbeitszimmer anschauen.

»Mit ›schade‹ meinte ich: Zu dumm, dass du nicht ein paar Minuten früher gekommen bist.«

»Wieso?«

»Ach, da war jemand für dich da. Aber nun hast du ihn verpasst.« Damit beugte sie sich wieder über ihr Buch.

»Mama!«

»Ja?« Sie sah mich über ihre Lesebrille hinweg erstaunt an. »Was hast du denn?«

»WER war das?« Mein Herz klopfte plötzlich wie wahnsinnig, mein Puls raste und mir war seltsam hohl im Bauch.

»Keine Ahnung«, sagte sie und schaute konzentriert auf ihren Schmöker. »Er wollte dich sprechen und war enttäuscht, als ich ihm sagte, ich hätte keine Ahnung, wo du dich rumtreibst.«

»Okay, okay, aber wie hieß er?«

Sie zuckte mit den Schultern.

»Das hat er nicht gesagt und ich hab ihn auch noch nie hier gesehen.«

Ich holte tief Luft und zählte rasend schnell bis zehn,

um nicht loszubrüllen. Dann fing ich noch mal neu an.

»Wie sah er denn aus? Blond, braun, rothaarig? Groß, klein, dick, dünn?«

Sie kniff kurz die Augen zusammen, als ob das die Erinnerung zurückbrächte. Dann grinste sie entschuldigend.

»Ehrlich gesagt, ich hab nicht so genau hingeschaut.«

»MAMA!«

»Na gut, lass mich mal nachdenken. Also – eher mittelgroß, würde ich sagen und so richtig dick war er auch nicht und die Haare –« Sie lachte. »Keine Ahnung. Er hatte so ein Baseballdings auf.«

»Und was hat er gewollt?« Ich merkte selber, dass sich meine Stimme sonderbar gequetscht anhörte.

»Keine Ahnung. Aber er schien mir ziemlich enttäuscht. Dann ist er wieder losgedüst.«

Er war hier gewesen! Er hatte bestimmt den Jackentausch bemerkt! Vielleicht hatte er mir den Brief selbst zurückbringen wollen, bevor er in andere Hände fallen konnte ... und sie ließ ihn wieder laufen!

So dicht war ich wahrscheinlich noch nie am Muttermord entlanggeschippert. Ich verdrehte die Augen und stöhnte leise.

Sie sah mich neugierig an.

»Gibt es da vielleicht etwas, was ich wissen sollte? Was habt ihr eigentlich gestern Abend angestellt? Ich hab dich gegen elf angerufen, aber da hatte ich bloß mich am Beantworter.«

»Wir waren am Werdersee«, murmelte ich und sah starr auf das alberne Rosenkissen, das ich mal vor Jahren gestickt hatte. Sie sollte auf keinen Fall merken, dass ich den letzten Abend nicht ganz unter Kontrolle gehabt hatte.

Ich sah auf meine Uhr. Sechs.

»Ich geh noch mal los«, sagte ich.

Wenn ich hier rumsaß und grübelte, würde ich nur wieder eine Panikattacke kriegen. Außerdem bestand auch die Möglichkeit, dass sie eine ihrer Mütterlichkeitsattacken bekam und mich weiter aushorchte. Lieber machte ich die Mücke.

»Ist gut, mein Schatz. Ach, übrigens, Charlotte hat angerufen. Sie wollte wissen, ob du den Test gefunden hast.«

Typisch Charlie! Die machte sich wahrhaftig Sorgen wegen mir. Ich war gerührt und musste schlucken.

»Och ja. Hab ich.«

Meine Mutter sah mich aufmerksam an.

»Dann ist ja alles in Ordnung, oder?«

»Klar. Klar ist alles in Ordnung. Aber ich muss noch mal los.«

Sie lächelte. »Denk dran, um acht gibt's Essen.«

Und damit war sie wieder in ihren Roman vertieft und merkte wohl gar nicht, wie ich die Tür hinter mir zumachte.

Also wuchtete ich mein Rad wieder die Kellertreppe hoch und überlegte, wo ich nun hinfahren sollte.

Warum nicht in die Höhle des Löwen? Sozusagen zum Ort des Geschehens beziehungsweise von wo aus es seinen Anfang genommen hatte.

Ich fuhr nach Findorff. So ganz sicher war ich mir nicht, aber ich wusste, dass wir unter großem Gelachter beim Schlachthof in die Admiralstraße abgebogen waren. Das tat ich jetzt auch. Fuhr weiter, bog in die Hemmstraße ein, immer weiter … nee, hier war es nicht.

Ich bog um, radelte zurück und durchforschte die Nebenstraßen. Schließlich war ich ja nicht zum ersten Mal in diesem Stadtteil – irgendwas musste mir doch bekannt vorkommen.

Ich suchte und suchte – und dann fand ich das Haus. Es war ein neues Haus, drei Stockwerke hoch, und unter den Schildchen neben den Klingeln fand ich eins mit der Aufschrift *Ulf Werner / Martin Lürßen.*

Ich holte tief Luft und klingelte.

12

Der Summer brummte, ich drückte die Tür auf und stieg die Treppe hoch. Die Wohnungstür im ersten Stock war nur angelehnt – mich beschlich ein merkwürdiges Gefühl von Déjà-vu.

Vorsichtig stieß ich die Tür auf.

»Ich bin im Bad«, rief eine Männerstimme.

Ich blieb wie angewurzelt stehen. Sollte ich da jemandem in der Badewanne Gesellschaft leisten? Das war ja wohl der Gipfel –

Doch bevor ich eine patzige Antwort geben konnte, sah ich das Schild an der Tür: *Dunkelkammer.* Und darüber brannte eine rote Lampe.

»Ich bin gleich fertig«, tönte es von drinnen. »Mach uns doch schon mal einen Tee.«

Ich brummte irgendwas und wunderte mich. Konnte der Fotografenmensch durch Türen sehen?

In der Küche erinnerte, abgesehen von zwei prallvollen gelben Säcken, kaum noch was an die Fete. Ich sah mich um – da bei dem Küchentisch sollten wir gestanden und alte Schlager gegrölt haben.

»Marmor, Stein und Eisen bricht …«, summte ich vor mich hin und betrachtete den Schauplatz meines gestrigen Absturzes in die totale Amnesie. Doch, an die Singerei konnte ich mich noch undeutlich erinnern, an die Lieder, aber nicht an die Gesichter, die dazugehört hatten.

Mist.

Ich schaltete den Boiler über der Spüle ein, suchte und fand im Hängeschrank den Tee, füllte etwas davon in das Sieb, stellte Tassen auf ein Tablett, fand den Zucker, holte Milch aus dem Kühlschrank und da kochte auch schon das Wasser.

Nachdem ich den Tee aufgebrüht hatte, tapste ich leise über den Flur und machte eine der Türen auf. Wohnzimmer, oje, ein ziemlicher Saustall. Nächste Tür: Schlafzimmer mit Arbeitsecke.

Nächste Tür: das Gleiche noch mal.

Nächste Tür: eine Abstellkammer.

Nächste Tür: wieder ein Schlafzimmer mit Schreibtisch.

»Was willst du denn in meinem Zimmer?«, blaffte mich da jemand an, und ich zuckte erschreckt zusammen.

In meinem Entdeckungseifer hatte ich gar nicht gehört, dass sich die Badezimmertür geöffnet hatte. Da stand nun ein dünner, langer Typ und schaute mich mit gerunzelter Stirn an – nicht besonders freundlich. Das musste dieser Ulf sein. Oder Martin …

»Was machst du überhaupt hier?«

»Aber … aber du hast mir … doch eben die Tür … äh, der Summer …«, stotterte ich.

»Dir? Quatsch, ich dachte doch, du wärst Jörg!«, sagte er empört.

»Ich bin aber nicht Jörg.« Eigentlich hätte er das auch selber merken können. »Ich hab geklingelt und dann ging die Tür auf und jemand sagte, ich soll Tee machen. Und da ist er!«, sagte ich vergrätzt und zeigte in die Küche.

Der lange Dünne zog seine Gesichtshaut wieder straff und grinste.

»So was! Ich hab in der Dunkelkammer einen Summer, weil ich ja nicht immer raus kann, wenn es bimmelt. Ich hab gedacht, du wärst Jörg, mit dem bin ich nämlich jetzt verabredet.« Er sah auf seine Uhr. »Pfff, mit dem war ich verabredet, der ist seit zehn Minuten überfällig. Na, komm, dann trinken eben wir den Tee, den du gemacht hast, und vielleicht verrätst du mir dann auch, was du hier willst.«

Während er das Tablett ins Wohnzimmer trug und ich brav hinterherschaukelte, ließ er sich noch ein bisschen über die Unpünktlichkeit gewisser Leute aus, und dann saßen wir uns schließlich auf gemütlichen, alten Sesseln mit fadenscheinigem Bezug gegenüber, und er goss uns ein, ich nahm mir Milch und Zucker, und dann sagte er: »Na?«

Ich stellte meine Tasse wieder hin und sagte: »Es ist wegen gestern.«

»Ja?«

»Na, wegen der Fete.«

»Und?«

»Jemand ist mit meiner Jacke abgehauen«, improvisierte ich rasch. Schließlich hätte die Vertauschung ja auch hier stattgefunden haben können und nicht bei mir zu Hause.

»Und?«

»Nix. Vielleicht hat es dieser Jemand ja gemerkt und war inzwischen hier, um die Jacken zurückzutauschen.«

Der lange Dünne lehnte sich gemächlich zurück und rührte in seinem Becher.

»Das ist ja zum Piepen«, verkündete er dann.

Ich war verblüfft. »Hä?«

»Na, es stimmt. Vorhin war einer da, der suchte seine Jacke.«

Ich setzte mich bolzengerade hin und glotzte ihn aufgeregt an. »Und?«

»Nichts und. Ich hatte von keiner Jacke gehört und hatte auch keine gefunden und die anderen auch nicht – also ist er wieder abgezogen.«

»Aber ich hab doch seine Jacke«, sagte ich verzweifelt und zerrte an der *Diesel*-Jacke rum. »Hier, das ist seine und er hat meine.«

Ulf oder Martin sah mich nachdenklich an.

»Sollte man gar nicht meinen. Sie passt eigentlich prima.«

»Darum geht es doch nicht!« Meine Güte, war der Kerl vielleicht vernagelt! »Jeder von uns will seine Jacke wiederhaben, das kann man doch begreifen.«

»Nö, ich nicht. Freu dich doch über den neuen Kittel.« Ulf grinste, trank einen Schluck und sagte: »Autsch, heiß.«

»Ich will keinen neuen, ich will meinen alten«, sagte ich dickköpfig. »Wie sah er denn aus?«

»Der Kittel? Na, jeansmäßig und so.«

»Nein, der Typ, der meine Jacke hatte.« Ich fasste mir genervt an den Kopf.

Dieser Ulf oder Martin raffte ja überhaupt nichts. Und so was studierte! Und wurde dann auch noch als Arzt oder Architekt auf die Menschheit losgelassen. Du lieber Himmel!

»Keine Ahnung, ich habe ihn ja gar nicht gesehen.«

»Was? Wieso?«

»Weil Ronnie mit ihm geredet hat. Du weißt doch, Ronnie. Der wohnt auch hier. Mit Tanja. Sozusagen inoffiziell.«

»Ach, so ein Mist. Dann weißt du jetzt wahrscheinlich weder seinen Namen noch seine Adresse, und wie er aussieht, weißt du auch nicht.«

»Korrekt.« Er schlürfte mit Behagen seinen Tee und ich hätte ihm am liebsten die Kanne an den Kopf geworfen. »Nee, warte mal!«

Sein Gesicht hatte sich aufgehellt.

»Ich war ja gerade dabei, die Fotos von gestern Abend zu entwickeln. Vielleicht ist er ja da drauf.«

»Das wäre toll!« Ich sah ihn erwartungsvoll an. Meine Hoffnung, diesen Unbekannten endlich, endlich aufspüren zu können, war wieder angefacht worden. »Kannst du mal nachschauen?«

Er sah wieder auf seine Uhr, dann sprang er mit einem Entsetzensschrei auf.

»Ich hätte fast die Zeit vergessen!«

Er rannte aus dem Zimmer und ich sauste hinterher.

Die Badezimmertür stand jetzt auf, das rote Licht war aus und drinnen fluchte Ulf oder Martin laut vor sich hin.

»Oh nein! Verdammter Mist! Jetzt ist alles hin.« Er stöhnte. »Elende, verdammte Sauerei… nein, nicht schon wieder… ich dreh ihm den Hals um…«

Ich stand in der offenen Tür und sah ihm zu, wie er mit gesenktem Kopf zwischen den beiden Tischen links und rechts von der Dusche hin- und herflitzte und mit irgendwelchen Gerätschaften in den flachen Plastikwannen rumstocherte.

»Hat mir dieser Arsch doch wieder einen falschen Entwickler besorgt… ach, du Kacke… wenn ich den zu fassen kriege…«

Ich habe zwar keine Ahnung vom Fotoentwickeln und dergleichen, aber anscheinend stimmte die Chemie bei dem Krempel nicht und ein Film war nicht oder nicht genug entwickelt worden und irgendwas anderes war auch in die Hose gegangen und der Meister hier sprang im Karree.

»Ist denn gar nichts zu sehen?«, fragte ich, aber er hörte mir überhaupt nicht zu, sondern schimpfte und zeterte, dass sich die Balken bogen.

Hier würde ich wohl nichts mehr erfahren.

Ich verdrückte mich still und leise und verfluchte ebenfalls mein Pech. Da hatte es also Fotos gegeben und ich hätte meinen Bettgefährten von heute Nacht vielleicht darauf entdecken können… Na klar, ich hätte ihn ganz fix an dem einmalig eindrucksvollen Schwung seines Unterarms und einer leicht gewellten braunen Haarsträhne identifiziert… Wenn ich nicht den Fahrradlenker hätte festhalten müssen, hätte ich mir wütend an die Stirn getippt.

Das war heute nicht mein Tag.

Überhaupt nicht.

Beim Weiterfahren ärgerte ich mich, dass ich als alter Krimifan nicht gleich gemerkt hatte, was an Ulfs oder Martins Geschichte unlogisch klang.

Wenn der Kerl mit der Jacke sie bei Ulf umtauschen wollte, konnte das doch gar nicht der Penner von heute früh sein – der musste doch wissen, dass er den Kittel bei mir mitgenommen hatte.

Oder?

13

Vor lauter Grübelei achtete ich kaum noch auf meine Umwelt, sondern stierte geradeaus vor mich hin. Das war mein Verhängnis: Das Vorderrad rutschte mir plötzlich weg und ich knallte mit dem Kopf voran aufs Pflaster. Ich rutschte noch ein Stück über den Fahrradweg und kam knapp vor der Bordsteinkante zum Halten, mein Rad quer unter mir. Die Stellen, wo ich mir die Haut abgeschürft hatte, taten höllisch weh, und ich kämpfte gegen die Tränen an. Abgesehen von den Schmerzen, war es natürlich auch megapeinlich, so über den Boden zu schlittern. Es sah ja aus, als wäre ich zu blöd zum Fahrradfahren.

Doch die Erde tat sich nicht vor mir auf, um mich gnädigerweise zu verschlingen und den neugierigen Blicken der Passanten zu entziehen, und deshalb versuchte ich, mich nach dem ersten Schock über den Sturz wieder aufzurappeln. Das war schwierig, weil ich mich in meinem eigenen Rad eingeklemmt hatte und mir die einzelnen Glieder noch nicht wieder ganz gehorchten.

»Typisch!«, sagte eine Stimme.

Männlich.

Ich linste misstrauisch hoch.

»Typisch!« Da war jemand sehr aufgebracht. »Wieder mal Hundescheiße! Da kann man sich noch glatt den Hals brechen! Müssen die Leute ihre Hunde denn ausgerechnet auf den Fahrradweg scheißen lassen! Komm, ich helf dir hoch!«

Dann packten mich zwei Hände und hievten mich auf die Beine.

Durch den Tränenschleier hindurch sah ich einen Kerl, ein bisschen älter als ich, der mich mit gerunzelten Brauen aufmerksam studierte.

»Alles okay?«

»Ja – nee, ach, ich weiß nicht«, plapperte ich und hätte mich am liebsten wieder hingesetzt und eine Runde geheult.

Nicht genug, dass ich mir meine zarte Haut an Pflastersteinen abrasierte! Dafür brauchte ich dann auch noch einen Zeugen wie diesen Typen hier!

Er sah richtig nett aus – lange blonde Mähne und eine große Nase und darunter ein großer Mund, den er jetzt ganz breit gezogen hatte, während er mich kritisch beäugte.

Ich schniefte und versuchte, so zu tun, als wäre wieder alles in Ordnung.

»Du hast da ’ne ziemliche Schramme«, sagte er und tupfte mit dem Zeigefinger vorsichtig auf meine Schläfe.

Ich zuckte zusammen.

»Du solltest sie säubern.« Er grinste. »Manche Leute haben echt Schwein. Ich mach grade meinen Zivildienst im Krankenhaus – ich kenn mich mit so was aus.«

Ich bückte mich, um mein Rad aufzuheben, das auf den ersten Blick noch ziemlich heil aussah.

Er war schneller und riss es hoch, ließ die Räder abwechselnd kreisen und sagte: »Nix dran. Glück gehabt. Na, was ist? Soll ich dir ein Pflaster draufmachen?«

Ich sah ihn verdattert an.

Da lachte er.

»Keine Angst, ich bin nicht der böse Wolf. Ich wohne hier in der Nähe und könnte dich eben kurz verarzten. Oder willste lieber ins Krankenhaus?«

Ich schüttelte den Kopf.

»Dann komm mal mit.« Damit schob er mein Rad einfach weiter und ich zockelte hinterher wie ein braves Hündchen, die Straße entlang, dann in eine Seitenstraße und nochmals abgebogen.

Weil wir hintereinander hergingen, brauchte ich mich nicht mit ihm zu unterhalten.

Das war gut, mir hatte es nämlich ganz schön die Sprache verschlagen. Nach diesen vielen Reinfällen mit männlichen Menschen war das heute der erste Lichtblick!

Mein Retter!

Mein Beschützer!

Ich betrachtete ihn aufmerksam von hinten: Er war schlank, schien durchtrainiert, wenn man den strammen Po in den Jeans dafür als Anhaltspunkt nahm, und das lange blonde Haar flatterte fröhlich in der leichten Abendbrise.

Doch, der gefiel mir.

Vielleicht hatte ja ein gütiges Schicksal mir heute noch was Schönes zugedacht?

Ich seufzte und das hatte er gehört und drehte sich zu mir um.

»Tut's arg weh?«, fragte er besorgt.

»Nö, nö, geht schon«, murmelte ich und kriegte einen roten Kopf.

Ich war total verwirrt.

Gerade erst hatte ich mich von meiner großen Liebe Paul verabschieden müssen, grässliche Qualen durchlitten und über eine lieblose Zukunft nachgegrübelt – und schon verkuckte ich mich in den Nächsten.

Das war doch der Gipfel an Treulosigkeit.

Aber hatte ich Paul denn wirklich geliebt?

Oder hatte ich mir das bloß eingebildet?

Gönnte ich ihn am Ende der Hundedame?

War er nur was für Träumereien gewesen?

Ich seufzte wieder, aber diesmal ganz leise.

Ich war ziemlich durcheinander. Und wackelig in den Knien war mir auch. So ein Sturz nimmt einen eben doch ganz schön mit.

Es dauerte aber nicht lange, da blieb mein Retter stehen. »Hier sind wir schon!«, meldete er und stieß eine Haustür auf, stellte mein Rad im Hausflur ab und verschloss die Tür von innen. »So, jetzt kann's keiner klauen«, sagte er zufrieden. »Ich wohne unterm Dach – kannst du noch so weit klettern?«

Ich nickte und er ging voran.

Erster Stock, zweiter Stock, dritter Stock – vierter: Da waren wir. Höher darf nämlich in der Bremer Innenstadt gar nicht gebaut werden.

Ich war ziemlich außer Puste und überlegte, ob ich ohnmächtig zusammensinken sollte und ob er mich dann über die Schwelle tragen würde ...

Ich fühlte mich wie die Heldin in einem Schundroman und malte mir aus, was gleich alles zwischen uns passieren würde ...

Er fummelte mit dem Schlüssel im Schloss, sah hoch und grinste wieder.

Ein absolut nettes Grinsen, eins, das ich mir wirklich gern öfter ansehen würde ...

»Momentchen noch!«, sagte er, und da ging auch schon die Tür auf. »Schatzi, kannst du mal eben kommen?«, brüllte mein Held, während ich den nächsten Schock bekam, als im Flur eine junge Frau auftauchte, die anscheinend nur ein großes T-Shirt anhatte.

»Ein Opfer der Hundehäufchen auf Bremer Fahrradwegen!«, verkündete mein Retter und zeigte auf mich, während ich mich fühlte wie ein Thermometer, das man plötzlich aus dem wohlig warmen Wasser herausholt und in eine eisige Pfütze tunkt.

Schatzi betrachtete meine Schürfwunden und führte mich dann ins Bad, wo ich auf dem Klodeckel Platz nahm, während sie sehr kompetent die Wunden säuberte und verpflasterte.

»Glück gehabt, es braucht nicht genäht zu werden«, knurrte sie dann und betrachtete zufrieden ihr Werk.

Ich stand auf, prüfte kurz, ob meine wackeligen Knie mich schon wieder trugen, und warf einen Blick in den Spiegel. Wo mir eben noch malerisch das Blut über die Wangen gelaufen war, sah alles wieder tipptopp aus, nur hatte ich jetzt ein adrettes kleines Pflaster auf der Stirn kleben.

»Was können wir sonst noch für dich tun?«, fragte sie mütterlich, während er ihr einen lauten, knallenden Schmatz auf die Backe gab und »Du bist toll, Schatzi!« röhrte.

Sie schob ihn lächelnd zurück.

»Möchtest du einen Tee? Oder lieber eine Cola? Oder einen Kognak?«

»Danke, nee, sehr lieb, aber ich muss wieder los«, wehrte ich ab und sah mir dieses wandelnde Glück auf vier Beinen noch mal kurz an.

Kein Wunder, dass so ein toller Typ in festen Händen war. Was hätte der auch an mir finden sollen, wenn es so tolle Frauen gab wie die da! Sie zauste ihm mit gespreizten Fingern durch seine Mähne und kicherte.

»Komm, Galahad, deine gute Tat für heute hast du ja vollbracht – nun geh und hol uns endlich die Pizza!«

Sie schob uns zur Wohnungstür hinaus, doch bevor er sich mit mir an den Abstieg machte, küsste er sie wieder derart ungeniert, dass ich mich schamhaft abwandte. So viel demonstriertes Glück konnte ich heute einfach nicht ertragen.

Wütend stampfte ich hinter ihm die Treppen runter.

Ich tat mir Leid.

Wurde noch jemand auf dieser großen, weiten Welt so vom Pech verfolgt wie ich?

Da verliebte ich mich in einen Lehrer, der das aber gar nicht bemerkte.

Dann musste ich mir zähneknirschend eingestehen, dass diese ach so große Liebe wohl nur eine Schwärmerei gewesen war, eine ganz doofe Schulmädchenschwärmerei – und dabei hatte ich Alice damals genau das vorgeworfen und mich für was Besseres gehalten.

Ganz zu schweigen davon, dass ich unbekannte Kerle mit ins Bett nahm!

Stürze vom Fahrrad sind offensichtlich dazu angetan, einem den letzten Rest von Selbstwertgefühl zu nehmen – ich fühlte mich schon fast so wie das Häufchen Hundekacke, das mich so plötzlich zu Fall gebracht hatte.

Unten schloss mein Retter und Schatzis Küsser die Haustür wieder auf und ich schob mein Rad raus.

»Danke«, sagte ich noch mal. »Auch an deine Freundin!«

Er lachte.

»Das ist nicht meine Freundin, das ist meine Frau!«, korrigierte er mich strahlend und völlig ahnungslos, dass er damit mein momentanes Unglück noch verzehnfachte. »Seit genau drei Wochen!«

»Herzlichen Glückwunsch«, brachte ich mühsam raus, stieg auf mein Rad und radelte los.

»Danke!«, rief er hinter mir her, während ich tief Luft holte und erleichtert feststellte, dass ich noch Rad fahren konnte und mein Rad einigermaßen geradeaus fuhr.

Ich hatte schon ein paar Ampeln überquert, als mir plötzlich aufging, dass ich gar kein Ziel hatte.

Wohin hatte ich eigentlich gewollt, bevor ich über das Pflaster rutschte?

Ich fuhr langsamer und versuchte, Ordnung in mein Gedankenwirrwarr zu bringen.

Scheiß auf die Kerls – was war denn nun das Wichtigste?

Na klar!

Der Brief!

Jetzt, wo ich mir die demütigende Wahrheit eingestanden hatte, dass ich mir das mit Paul nur zusammenfantasiert hatte, dass das auch bloß so ein Übungslauf in Sachen Verlieben gewesen war, wurde der Brief noch viel, viel wichtiger!

Sozusagen überlebenswichtig!

Sich vorzustellen, dass der jemandem in die Hände fallen könnte, der mich damit bloßstellte!

Der meine albernen Schwüre und kindischen Geständnisse öffentlich ausbreiten würde!

Schwüre und Geständnisse, die inzwischen sogar mir peinlich waren!

Jetzt ging es nicht mehr darum, dass da jemand die geheime Wahrheit rausposaunen könnte – jetzt ging es um die Bekanntmachung von Herzensergüssen, an die ich mich selber nur noch höchst ungern erinnerte! Ich durfte gar nicht weiter darüber nachdenken, sonst würde ich gleich schnurstracks in die Weser fahren und mich ertränken.

Aber leider konnte ich schwimmen.

Mir vorzustellen, dass meine Herzensergüsse –

NEIN! Da konnte ich mich auch gleich mit nacktem Po in die Fußgängerzone stellen und begaffen lassen!

Meine Gedanken drehten sich wie Mühlräder im Kopf: schwer und knirschend, und sie zermalmten meine Hoffnung, aus dieser Klemme irgendwie wieder rauszukommen.

Wie sollte ich bloß den Kerl finden?

Und wie konnte ich ihn davon abhalten, mit dem Brief Schindluder zu treiben?

14

Mittlerweile war ich wieder in der Innenstadt, und ich registrierte, dass sich ein Wort von Schatzi in meinem Hirn festgehakt hatte: Pizza.

Ich hatte plötzlich Hunger.

Kurz entschlossen setzte ich mich auf dem Rathausplatz an den Tisch vor einem Café und bestellte einen Eiskaffee und eine Schokotorte.

Eigentlich war das Café ein typischer Ort für Touris, und ich hätte mich sonst ums Verplatzen nie hierher gesetzt, aber im Augenblick war es hier ganz wunderbar.

Rund um mich herum tobte das bunte Leben. Wenn ich den Kopf etwas drehte, sah ich die wunderschöne Bremer Rathausfassade im Abendsonnenschein, und am Nebentisch erzählte eine Sächsin ihrer Freundin so laut, dass es niemand in zehn Meter Umkreis überhören konnte, wie toll sie Bremen fand.

Wie schön für Bremen.

Ich aß gierig meinen Kuchen, schlürfte den kalten Kakao und langsam entspannte ich mich wieder etwas.

Noch war ja gar nichts passiert.

Noch war alles möglich – oder?

Aber das war ja das Schlimme: Alles war möglich!

Gerade als ich wieder in die nächste Schwermut abzustürzen drohte, quiekte die Touristin vom Nachbartisch: »Nu gomm, Älvira, wir gähn jätz zu den Musiganden!«

Da beugte ich mich rüber zu ihr und sagte: »Entschuldigen Sie, aber dazu brauchen Sie nicht aufzustehen, die sehen Sie da drüben!«

Und damit zeigte ich hinüber zum Eingang vom *Ratskeller*, wo ein Stückchen weiter die Bremer Stadtmusikanten aus Bronze stehen.

»Was denn? Das da sind die Musiganden?«, schrie die Frau empört. »So gleene Viecher?«

Ich zuckte mit den Achseln.

»Ist aber Kunst. Von Marx.«

»Näää!« Sie starrte mich entgeistert an. »Hat der ooch gebildhauert?«

Nun war ich verblüfft, aber da mischte sich jemand vom Tisch gegenüber ein: »Gemeint ist Gerhard Marx, der Bildhauer, gnädige Frau!«

Ein älterer Herr zwinkerte mir zu, und ich musste grinsen, weil ich erst jetzt begriff, dass die gute Frau offensichtlich Karl Marx für den Schöpfer der Stadtmusikanten gehalten hatte.

»Gab's da noch mähr davon?«, fragte die Frau zweifelnd. »Nu, da gucken mer se uns äbn mal aus dr Nähe an, Älvira.«

Ich lehnte mich zufrieden zurück und gestattete mir ein Lächeln.

Das kleine Intermezzo hatte gut getan.

Aber was konnte ich jetzt noch tun, um zu verhindern, dass mein Brief gegen mich verwendet wurde?

Was hätte eine meiner Krimiheldinnen getan?

Ich rührte mit dem langen Löffel im Kakaorest und überlegte, was ich heute schon alles unternommen hatte und wo ich noch eine Chance witterte.

Sonja!

Genau, ich hatte Sonja noch nicht erreicht.

Ich bezahlte und steuerte die nächste Telefonzelle an. Ich gehörte nämlich zu den letzten drei Menschen in unserem Lande, die noch ohne Mobiltelefon waren.

Sonst hätte ich ja auch längst Charlie angerufen und ihr vom Stand meiner Nachforschungen erzählt.

Aber der Stand war ja null.

Null Komma null.

Oder ich hätte Alice gefragt, ob sie lieb mit ihrem Thomas telefoniert hatte.

Ich hätte der ganzen Welt Bescheid sagen können, dass ich meine eigenen Faxen langsam dicke hatte.

Das erste Telefon funktionierte nicht.

Beim nächsten musste ich warten, weil eine doofe Tussi irgendjemandem anscheinend das Telefonbuch auswendig hersagte.

Es dauerte und dauerte.

Schließlich war sie fertig und ich durfte rein.

Aber meine Telefonkarte war leer und ich hatte nur noch ein Zweieurostück.

Es half nichts, ich musste es aufs Geratewohl versuchen.

Leise stöhnend schwang ich mich wieder aufs Rad und fuhr los – unter besonderer Berücksichtigung aller tierischer Fäkalien, die als Tret- oder Radminen auf den Fahrradwegen lauerten.

15

Sonja wohnte in Schwachhausen, also strampelte ich am Bahnhof vorbei und dann die Hollerallee entlang.

Es war jetzt merklich kühler und ich fröstelte. Ich hielt an und zog die vermaledeite Jacke an.

Eigentlich war die Jacke an allem schuld.

Weil sie meiner so ähnlich sah.

Quatsch, Jacken haben keine Schuld an irgendwas.

Ich knirschte mit den Zähnen und kniff die Augen zusammen, ich kaute innen an meinen Backen auf dem weichen Fleisch herum und kräuselte die Nase – aber ich konnte mich nicht mehr vor der Erkenntnis drücken: Es war alles meine Schuld.

Schließlich hatte ich das Zeug selber geschrieben, in einer wunderschönen Frühlingsnacht.

Ich wusste noch genau, dass ich damals vor Sehnsucht fast umgekommen wäre. Der Gefühlsstau in meinem Innern hatte mir regelrecht die Luft abgeklemmt.

Ich war neidisch auf Mädchen in Romanen, die eine Liebesgeschichte erlebten. Ich war neidisch auf Heldinnen in Filmen, die von ihrem Lover geküsst wurden –

ganz egal ob es Brad Pitt, Ben Affleck oder Leonardo di Caprio war. Ich wollte keinen von denen, aber ich wollte geküsst werden.

Geliebt werden.

Und nicht nur das.

Ich wollte nicht bloß dastehen und mich abschmatzen oder anhimmeln lassen – oh nein!

Ich wollte lieben.

Genau. Es ging gar nicht in erster Linie um die Kerls. Ich war es, die so gern jemanden geliebt hätte.

Ich war es, die mit ihren Freunden Schluss gemacht hatte, weil sie was anderes, was Vollkommenes gesucht hatte.

Ich war es, die sich dann jemanden ausgekuckt hatte, der absolut außerhalb ihrer Reichweite war.

Mir dämmerte allmählich eine bestürzende Erkenntnis: Wahrscheinlich wollte ich die Liebe nur in der Fantasie und gar nicht in der Wirklichkeit.

Natürlich wollte ich Zärtlichkeit, sehnte ich mich nach Schmusen und nach Nähe und hätte gern einen Freund gehabt.

Aber nicht um jeden Preis.

Ich wollte einen richtigen Freund, nicht bloß einen Lover.

Jemanden, zu dem ich Vertrauen haben konnte.

Jemanden, der mich nicht auslachte, wenn ich meine Wolkenkuckucksheime baute.

Jemanden, der gut roch, der sich gut anfühlte.

Jemanden, der streicheln konnte.

Jemanden, der wusste, wo meine kribbeligsten Stellen waren …

Ich seufzte. Im Seufzen war ich heute große Klasse.

Aber ich hatte jetzt keine Lust mehr, mir selber Leid zu tun.

Ich strampelte höchst konzentriert weiter – und plötzlich musste ich lachen.

Wie war das denn mit mir?

Roch ich gut?

Fühlte ich mich gut an?

Konnte ich mit anderen über ihre Wolkenkuckucksheime lachen?

Konnte man zu mir Vertrauen haben?

Freundschaften sind schließlich keine Einbahnstraßen und Liebesgeschichten erst recht nicht …

Als ich bei Sonja ankam, war ich ziemlich aus der Puste.

Ich schloss das Rad am Zaun an und klingelte.

Sie war da.

»Ich hab schon gehört, dass du heute Morgen angerufen hast. Mein Bruder meinte, du hättest ganz schön genervt geklungen – was ist denn los?«

»Erzähl ich dir gleich – aber es dauert vielleicht einen Moment. Können wir uns irgendwohin setzen?«

»Klar doch«, sagte sie und grinste.

Sonja ist lang und dünn und hat echte rotblonde Locken. Dafür wird sie nie braun. In manchen Dingen ist das Schicksal doch gerecht, denn sonst wäre sie wirklich viel zu hübsch gewesen.

Sie war keine von meinen besten Freundinnen, weil sie erst vor einem Jahr in unsere Klasse gekommen war, und mit Charlie und Alice bin ich sozusagen schon von Kindergartenbeinchen an befreundet.

Sie bot mir einen Eiskaffee an, aber ich sagte ihr, dass ich heute schon so viel von dem Zeug getrunken hätte, dass bald genug Koffein für drei durchwachte Nächte in mir rumplätscherte.

Also holten wir Gläser und eine Flasche Apfelsaft aus der Küche mit und setzten uns in dem kleinen Garten hinterm Haus in zwei Korbsessel. Ich schickte noch rasch ein kleines Stoßgebet an irgendwelche hilfreichen Mächte los, bevor ich fragte: »Mit wem haben wir gestern Abend in Ulfs Küche alte Schlager gesungen?«

Sonja lachte und fing an zu trällern: »She loves me, yeah, yeah, yeah…«

Ich sagte nichts, sondern sah sie nur an.

Sie räusperte sich. »Hm. Wart mal: du und ich, Knuddel, David, dann dieser komische Mixer – nee, Barkeeper, dieser… äh…«

»Gunther«, half ich ihr aus.

»Ja klar, Gunther. Und Ronnie und eine Zeit lang auch Tobias… also, mehr fallen mir nicht ein. Warum? Warum willst du das denn wissen?«

»Weil einer von denen mit meiner Jacke durchgebrannt ist«, modelte ich die Wahrheit ein wenig zurecht. »Und ich bin später leider total abgestürzt – diese komischen Cocktails von Gunther, du weißt schon. Ich kann mich an rein gar nichts mehr erinnern, nur dass meine Jacke weg ist. Wahrscheinlich hat sie einer aus unserem sangesfreudigen Team mit seiner verwechselt.«

»Oh, ehrlich? Dann kann es Gunther schon mal nicht gewesen sein, der hat nämlich einen Brustkorb wie Arnold Schwarzenegger. Der hätte in dein Fräckchen nie reingepasst. Es sei denn…«

Sie warf mir einen listigen Blick zu und kniff ein Auge zu.

»Was denn?«, fragte ich ungeduldig.

»Na ja, vielleicht ist das eine ultraneue Methode, mit unbekannten Mädchen anzubändeln. Der Typ schnappt sich einfach eine von ihren Klamotten oder ihr Handy oder sonst was… und wartet darauf, dass sie kommt und es sich wieder abholt.«

Ich schüttelte den Kopf.

»Nee, das kannst du vergessen. Es ist eher jemand, dem mein Fräckchen passen könnte.«

Sie kräuselte die Lippen und überlegte.

»Hm. Tobi vielleicht, der ist zwar ein Stück größer als du, aber ziemlich dünn. Doch, dem könnte dein Frack passen.«

»Und wer ist dieser Tobi? Wo kann ich den finden?«, drängelte ich.

Sie lachte laut los und japste zwischendurch nach Luft.

»Das gibt's doch nicht! Nein, das kann doch nicht wahr sein!«

»Wieso?«, fragte ich pikiert. »Was kann nicht wahr sein?«

Sie schüttelte sich immer noch vor Lachen, aber allmählich beruhigte sie sich.

»Du weißt nicht, wer Tobi ist?«

Ich zuckte mit den Schultern. »Keine Ahnung.«

Sie strich sich mit dem Zeigefinger langsam über die Nase. »Hm. Wenn ich es recht bedenke, ist das nur logisch. Der war ja damals schon mit der Schule fertig und –«

»Ich verstehe immer bloß Bahnhof!«, jammerte ich verzweifelt. »Wer ist es denn nun?«

Sie grinste.

»Na, mein Bruder.«

»Dein –?« Ich starrte sie entgeistert an.

Der Fiesling heute Morgen am Telefon? Der mich so kurz und barsch abgefertigt hatte?

Sie nickte.

»Ja, mein Brüderchen. Tobias Rudolf Büntemeyer. Rudolf nach meinem hochverehrten Großvater. Den Rudolf lässt er aber meistens weg.«

Ich schluckte.

»Dein Bruder. Und wieso kennt den hier niemand?«

Sie zog eine Schnute.

»Na, ein paar kennen ihnen schon. Ich zum Beispiel. Aber das war einfach so, dass er gerade Abi machte, als wir hierher zogen, und dann nach Erlangen gegangen ist. Zum Studieren.«

»Aha«, sagte ich.

»Ja, den hab ich gestern zu der Party mitgeschleppt, weil er sich hier allein gelangweilt hat und in Bremen eben zu keiner Clique gehört.«

Mir saß ein Kloß im Hals. Ich räusperte mich mehrmals.

»Und dein Bruder ist rotblond wie du?«

»Nee, nee, der hat dunklere Haare, so dunkelbraun.«

»Hm. Und lang? Pferdeschwanz?«

»Nee, nur so bis an die Ohren. Eigentlich hat er keine richtige Frisur, er lässt die Mähne einfach wachsen und irgendwann wird sie ihm zu lang und dann säbelt er sie ab.«

»Ach ja«, log ich, »ich glaube, an den erinnere ich mich. Das war doch der mit den Beatles-Songs, nicht?«

»Hmmm.« Sonja grinste, lehnte sich zurück und wickelte eine rotblonde Haarsträhne um ihren Zeigefinger. »Definitiv mein Brüderchen. Beatles-Fan hoch zehn. Total auf John Lennon abgefahren. Der hat sein Lebtag noch nie was von Robbie Williams gehört.«

»Vielleicht hat er da auch nichts verpasst«, murmelte ich. Dann machte ich mit dem Interview weiter. »Und was tut der sonst noch? Ich meine, so studienmäßig?«

»Och, der studiert Medizin. Bei uns in der Familie sind doch alle Ärzte. Oder werden welche.«

»Du auch?«, fragte ich – und bereute es sofort, weil ich dadurch von meinem eigentlichen Thema abgelenkt hatte.

Sie zog die Mundwinkel nach unten und hopste in ihrem Korbsessel unruhig hin und her.

»Keine Ahnung. Vielleicht. Vielleicht geh ich aber auch erst mal ein paar Jahre ins Ausland. Und du?«

»Null Ahnung.« Ich überlegte, wie ich das Gespräch unverfänglich wieder auf diesen Bruder bringen konnte, aber sie plapperte schon weiter.

»Echt? Ich dachte immer, du würdest was in Kunst machen.«

»Kunst?« Jetzt musste ich lachen. »Ausgerechnet! Brotlose Kunst, meinst du wohl. Nee, ich hab gedacht, ich mach mal ein Praktikum beim Fernsehen. Mich reizt Cutterin oder so was.«

»Hört sich ziemlich spannend an. Vielleicht sollte ich auch mal in dieser Richtung weiterdenken …«

Sonja goss sich aus dem Krug nach, und während

sie ihr volles Glas vorsichtig auf der Sessellehne balancierte, nutzte ich die Gelegenheit zum Nachhaken.

»Du weißt also nicht zufällig, ob sich dein Bruder heute über eine fremde Jacke beschwert hat?«

»Nö. Der würde das gar nicht merken. Außerdem hab ich ihn heute noch gar nicht gesehen, der ist letzte Nacht verschollen gewesen, heute Morgen wohl erst kurz vor deinem Anruf aufgekreuzt und vorhin schon wieder losgetrabt.«

Ach, du liebes Lottchen! Das hörte sich ja wirklich nach meinem fremden Bettgenossen an!

Dieser Widerling mein Bettgenosse?

Bitte nein! Bloß das nicht!

Ich überlegte krampfhaft, wie ich über diesen Tobias noch mehr erfahren konnte, ohne dass es allzu sehr auffiel. Da klingelte das Telefon.

»Moment, ich muss da rangehen.« Sonja stand so schnell auf, dass ihr Saft überschwappte. »Du bleibst doch noch ein bisschen?«

Ich nickte und sie schoss ins Haus.

Ich goss mir auch einen Saft ein. Ich brauchte dringend eine Stärkung.

Sonjas Bruder – war er der Unbekannte von heute Nacht?

Eigentlich hörte sich das gar nicht so schlecht an, was sie über ihn erzählt hatte.

Student. Also wahrscheinlich kein pickeliger Jüngling mehr. Wenn ich etwas widerlich finde, sind es dicke Eiterpickel im Genick. Das ist ungefähr das Unerotischste, was ich kenne. Aber bei dem Typ heute Morgen hatte ich den Nacken nicht sehen können.

Größer als ich war er auch, das fand ich gut, und offensichtlich nicht besonders eitel. Sonst hätte er sich um das Styling von seiner Mähne gekümmert.

Während ich mit halb geschlossenen Augen noch die mageren Infos durchging, kam Sonja zurück und ließ sich in ihren Korbsessel fallen.

»So eine Scheiße! Es war für meine Eltern.«

»Ach? Du erwartest einen bestimmten Anruf?«

Sie seufzte.

»Und wie. Unser Schnulzenchor war nämlich der Höhepunkt von gestern Nacht, danach ging alles den Bach runter.« Sie zog die Beine an, stellte die Füße auf die Sesselkante und schlang die Arme um die Knie. »Leider. Ich hab mich tierisch mit Boris gefetzt.«

»Hm«, machte ich teilnahmsvoll. Wer zum Teufel war denn jetzt Boris?

»Der hat mir dann eine Eifersuchtsszene hingelegt, dass ich nur noch schreien konnte. Dann haben wir uns total zerkracht und ich bin wütend nach Hause gezischt. Und wie du siehst«, sie grinste mich bedröppelt an, »bin ich hier immer noch und warte darauf, dass Monsieur sich entschuldigt.«

Ich machte die Augen zu. Nee, also wirklich. Die Liebesleiden von anderen Leuten waren momentan nicht mein Thema. Aber das konnte ich Sonja ja nicht unter die Nase reiben.

»Worum ging es denn?«, fragte ich also brav.

Sie ballte die Fäuste und trommelte damit auf den Sessellehnen herum.

»Um gar nichts! Das ist es ja! Der blöde Kerl wird immer wegen nix und wieder nix eifersüchtig und gibt dann die Nummer ›rasender Liebhaber‹! Dabei bin ich treu wie Gold! Und schließlich darf man ja wohl mal ein paar Lieder grölen! Aber Boris meint, ich hätte mich an David rangemacht. Oder der sich an mich – ich weiß nicht mehr, was. Ausgerechnet David!« Sie seufzte wieder. »Weißt du, ein bisschen eifersüchtig ist ja ganz nett, irgendwie schmeichelhaft, wenn du verstehst, was ich meine. Aber wenn da jemand so 'ne Dauershow draus macht – nee, also nicht mit mir.«

Erschöpft lehnte sie sich zurück und ließ die Beine wieder vom Sessel gleiten.

»So was Beknacktes! Ausgerechnet David!«

»Wieso?«

Über den hatten wir noch gar nicht gesprochen. Aber ich konnte doch nicht schon wieder meinen Fragenkatalog runterleiern!

Haarfarbe? Haarlänge? Körpergröße?

Mehr wusste ich ja nicht. Leise Schnarchgeräusche kann man ja wohl kaum als Identifizierungsmerkmal anführen, oder?

Sonja rümpfte die Nase.

»Ach, David. Hat mich gewundert, dass der überhaupt mitgesungen hat. Das ist doch so 'n Langweiler.«

»Echt?«

»Und wie. Hängt dauernd überm Computer. Deshalb ist er auch nie irgendwo dabei. So 'n schüchternes Kerlchen – ich glaub, der hat noch nie 'ne Freundin gehabt.« Sie kicherte. »Der weiß wahrscheinlich nicht mal, wie ein BH aufgemacht wird.«

»Hmmm.«

Na, damit war David wohl von der Liste, der kam

nicht infrage, das war mal klar. So einer krabbelt doch nicht zu einer Unbekannten unter die Bettdecke.

Sonja gähnte.

»Aber dass dieser blöde Boris sich überhaupt nicht meldet – unglaublich! Der hätte sich längst entschuldigen müssen! So ein bekloptes Benehmen!«

Jetzt grinste ich.

»Wer weiß.«

Sie warf mir einen misstrauischen Blick zu.

»Wie meinst du das?«

»Na, vielleicht will er jetzt mal zur Abwechslung dich eifersüchtig machen!«

Sie hatte empört den Mund aufgerissen.

»Was? Das wäre ja wohl das Allerletzte!«

»Nee, eigentlich nicht. So wie du es eben erzählt hast, wäre es doch das allererste Mal, dass der Spieß umgedreht wird.«

Ich fand die Vorstellung urkomisch und kicherte los.

Sonja klappte den Mund zu und kicherte ebenfalls.

Da klingelte es wieder.

Wie der Blitz war sie im Haus verschwunden und ich grinste in mich rein.

Was für eine Wohltat, sich mal um die Problemchen von andern Leuten zu kümmern und meinen ganzen Mist zu vergessen.

Und überhaupt –

Plötzlich durchzuckte mich eine ganz schrecklich mutige Idee.

Egal was der Unbekannte mit meinem Liebesbrief an Paul auch machen würde – mehr als ein paar peinliche Stunden würde das wohl kaum zur Folge haben.

Na gut, vielleicht ein paar peinliche Tage.

Aber die andern hatten schließlich ihre eigenen Kümmernisse und Probleme – warum sollten sie sich da lange um mich und mein sentimentales Geschreibsel kümmern?

Genau.

Obwohl es doch ein ganz schöner Brief war – so voller Gefühl. Richtig viel Gefüüüühhhl! Tonnenweise Gefüüüüühhhhl! Und damals hatte ich das alles hundert Pro geglaubt!

Aber heute war mir dieses Riesengefühl irgendwann abhanden gekommen. Zwischen *Café Sand* und dem Sturz wegen der Hundekacke.

Ich fühlte mich seltsam befreit und atmete probehalber tief ein und aus.

Mein Brustkorb dehnte sich wie bei einem Schwergewichtler, er fühlte sich gar nicht mehr eng und klammerig an. Auf einmal konnte ich wieder völlig frei atmen. Ich merkte, wie mir plötzlich eine Riesenlast von der Seele rutschte, und grinste glücklich vor mich hin.

Es lag ja schließlich nur an mir, ob ich die Lästerei wegen dem Brief zur Katastrophe werden ließ oder nicht!

Wenn ich ganz lässig darauf reagierte und nur mal eben mit der Schulter zuckte und vielleicht noch ein bisschen gähnte, dann gingen den Lästermäulern bestimmt bald die Munition und die Puste aus.

Genau. Ich durfte mich nicht provozieren lassen.

Ich würde mich in edles Schweigen hüllen.

Oder nur geheimnisvoll lächeln.

Oder irritiert kucken und mit dem Finger an die Stirn tippen.

Ich würde mich zu der ganzen Sache nicht äußern und ruck, zuck wär sie vom Tisch.

Ich spürte, wie sich nun auch meine verkrampften Muskeln einer nach dem andern entspannten. Es war ein herrliches Gefühl.

Ich trank in durstigen Schlucken, kuschelte mich in den Sessel und lauschte auf die Geräusche ringsumher.

Ganz fern der Autoverkehr, in der Nähe zwitscherten irgendwelche Piepmätze, von drinnen hörte ich Sonjas Stimme, ohne die einzelnen Wörter verstehen zu können …

Es war so friedlich.

Und mir war wieder leicht ums Herz.

Ich seufzte. Und zwar heute zum ersten Mal aus einem schönen Anlass.

Yeah, yeah, yeah!

Act naturally …

16

Während ich mich so über meine wieder gefundene Seelenruhe freute, kam Sonja zurück und warf sich in ihren Gartensessel.

»Der Doofkopp!«

»Wieso? Hat er sich nicht entschuldigt?«, fragte ich.

»Wer? Ach nee, das war nicht Boris, das war mein Brüderchen. Der treibt sich noch irgendwo in der Stadt rum, weil er sich mit jemandem treffen will. Und als ich frage, mit wem, tut er auf einmal wahnsinnig geheimnisvoll, und schließlich blafft er mich an, dass mich das gar nichts anginge!« Sie schnaubte empört.

»Ist er immer so fies zu dir?«, fragte ich neugierig. Ich brauchte schließlich noch mehr Infos über meinen Bettgenossen.

»Och nö, eigentlich ist er, so als Bruder, ein ganz guter Typ. Früher haben wir viel zusammen gemacht und ich hab auch immer alles über seine Freundinnen gewusst und er über meine Freunde.« Sie verzog das Gesicht. »Aber seitdem er ausgezogen ist, erzählt er mir nichts mehr, und eben hat er sich schrecklich zugeknöpft gegeben. Doof, doof, doof!«

Vielleicht hat er ja allen Grund dazu, dachte ich, aber laut sagte ich: »Gudrun ist auch anders, seitdem sie studiert. Vielleicht ist das ein Naturgesetz.«

»Naturgesetz! Er fehlt mir, der Depp! Wir haben früher oft dieselben Bücher gelesen und anschließend darüber geratscht oder wir sind zusammen ins Kino gegangen oder auf Partys.«

Aha, also einer, der Bücher liest und gern ins Kino geht, registrierte ich befriedigt. Hörte sich alles gar nicht so schlecht an.

»Vielleicht hat er 'ne Freundin?«, fragte ich und hoffte, dass es sich gleichgültig anhörte.

Sonja lachte. »Das wüsste ich aber! Hier in Bremen? Nee. Wenn er eine hat, dann bestimmt in Erlangen.«

Mist, daran hatte ich noch gar nicht gedacht. Aber hier hatte ich jedenfalls Platzvorteil oder Heimvorteil oder wie das hieß.

»Was für einen Typ mag er denn?«, fragte ich ganz beiläufig und goss mir noch ein Glas Saft ein, damit mich mein neugieriger Gesichtsausdruck nicht verriet.

»Was für 'n Typ?« Sonja starrte konzentriert auf ihre Hände. »Hm. Eigentlich hat er keinen bestimmten. Lisa war lang und blond, Martha war rund und blond, Franzi hatte 'ne Modelfigur und dunkle Haare…«

»Oho! Ein echter Aufreißer!«

Na, das klang ja nun überhaupt nicht gut. Andererseits – wenn er ein attraktiver Junge war, liefen ihm die Mädels wohl die Bude ein! Vielleicht konnte er sich ihrer gar nicht immer erwehren… Und so einer kam mit zu mir…?

Vorsicht!, ermahnte ich mich. Keine voreiligen Schlussfolgerungen!

»Aufreißer?« Sonja überlegte. »Na, ich weiß nicht. Der ist mit jeder mindestens ein halbes Jahr gegangen.«

Aha, also ein Treuer.

»Und warum hat er dann Schluss gemacht?«

Sie kicherte. »Hat er ja gar nicht immer. Manchmal waren es auch die Mädchen. Weil er zu viel Sport machte oder wegen sonst irgendwas.«

Das klang ja immer besser. Sport war okay.

Ich lächelte.

»Warum grinst du denn so?«, fragte Sonja. »Und überhaupt, warum interessierst du dich auf einmal für mein Brüderchen?«

»Tu ich doch gar nicht!«, wehrte ich ab. »Du hast davon angefangen.«

»Hab ich?« Sie stutzte. »Hm. Hat er dir denn gestern gefallen?«

»Hmmm, schon. Aber heute Morgen am Telefon war er ziemlich pissig.«

Sonja lachte.

»Der hatte wahrscheinlich 'ne kurze Nacht. Aber als wir alle gesungen haben – das war der Hammer! Ich fand das wahnsinnig witzig – diese ganzen ollen Songs, was?«

Ich spreizte die Finger und ruckelte mit den Schultern.

»Bloß leider kann ich mich an das alles nicht mehr so richtig gut erinnern – du weißt doch: die Cocktails!«

»Ach ja, richtig.« Sie sah auf ihre Uhr. »Also, wenn du willst, frag ich ihn nach deiner Jacke. Okay?«

Ich wusste, wann mein Besuch zu Ende war, und stand auf.

»Brauchst du nicht. Das findet sich bestimmt alles irgendwie. Und hoffentlich ruft dein Boris bald an.«

Sie stand auch auf.

»Ich wollte dich nicht rausschmeißen. Aber ich hab jetzt langsam Hummeln im Hintern vor lauter Warterei. Ich glaub, ich fahr zum Werdersee und schau mal, wer da alles abhängt. Kommste mit?«

»Och nö. Ich düse heute schon den ganzen Tag rum – wegen der blöden Jacke, weißt du? Ich muss mich mal wieder zu Hause blicken lassen.«

Und da sein, wenn dein Brüderchen demnächst vorbeikommt und mir meine Jacke bringt. Diesen Tobias möchte ich nämlich unbedingt bald mal kennen lernen. Richtig kennen lernen.

»Wir haben noch ein Stück die gleiche Richtung«, sagte ich. »Wir können ja bis zur Weser zusammen fahren.«

Sonja brachte mich zur Haustür und holte dann ihr Rad aus dem Keller.

Danach radelte ich mit ihr die Strecke zurück, die ich vor einer Stunde mit so schwerem Herzen langgestrampelt war.

Jetzt dagegen war mir ganz fröhlich zumute und ich sang leise vor mich hin.

»Marmor, Stein und Eisen bricht… aber unsere Li-hiebe nicht. Alles, alles geht vorbei, doch wir sind uns treu…«

Ein bescheuerter Text, aber irgendwie auch nett.

So eine eisenstarke Li-hiebe hätte ich schon toll gefunden, die hätte ich gern auch mal erlebt.

Es brauchte ja nicht Paul zu sein.

So ein Tobias wäre dazu auch ganz gut geeignet.

Sogar wenn er weit weg studierte.

Am Wochenende konnte er doch immer nach Bremen kommen – oder? Das machten viele Studenten…

Vorsicht, Karla, ermahnte ich mich, verkauf das Bärenfell nicht, bevor du es erlegt hast, Quatsch, bevor du den Bären erlegt hast…

Aber es war doch sonnenklar: Tobias musste mein unbekannter Bettgefährte sein, alles passte wie Arsch auf Eimer!

Und der Typ hörte sich richtig nett an!

Meine Lebensgeister waren nicht nur wieder erwacht – sie rotierten im Overdrive und machten Überstunden und meine Fantasie bastelte mir ein wunderschönes Liebesmärchen zusammen…

Aber verdammt noch mal, das hatte ich mir am Ende eines so langen, schwierigen und von tiefschürfendsten Gefühlen begleiteten Tages doch ehrlich verdient, oder?

Karla auf dem Weg zu einem ganz tollen Jungen …

»Aber unsere Li-hiebe nicht …«

Hatten wir das wirklich gestern Nacht zusammen gesungen?

Hatte er da schon an mich gedacht?

Warum war er mit mir mitgekommen?

Weil er sich in mich vergafft hatte?

Oder weil er mich beschützen wollte?

Oder hatte ich ihn am Ende dazu aufgefordert?

Aber er war doch freiwillig mitgekommen!

Oder?

Dam, dam … dam, dam, dröhnte der Oldie in meinem Hirn.

»Also, tschüs dann, bis morgen!«, brüllte Sonja plötzlich und bog ab.

Ich hatte gar nicht richtig mitbekommen, dass wir schon die Brücke überquert hatten.

17

Ich fuhr jetzt langsamer. Bis zum Haus meiner Eltern dauerte es höchstens noch fünf Minuten.

Ich wollte diese Zeit der Erwartung auskosten.

Wann würde mein Jackenvertauscher wieder kommen?

Hatte Mami nicht gesagt, der Junge von heute Nachmittag wollte es heute Abend noch mal versuchen?

Ich trat etwas schneller in die Pedale. Ich bog von der Friedrich-Ebert-Straße ab und überquerte den Leibnizplatz.

Jetzt den Buntentorsteinweg entlang, schneller, schneller …

Jetzt hatte ich die Gneisenaustraße erreicht, weiter bis zur Hardenbergstraße, jetzt in die Gellertstraße … über die Kornstraße rüber, Vorsicht, ein Auto, noch eins, jetzt rüber, da hinten sah ich schon das Haus meiner Eltern … und da am Zaun, da stieg gerade jemand auf ein Fahrrad.

»Halt!«, brüllte ich. »Wart mal!«

Da war ich auch schon bei dem Radfahrer angekommen.

Keuchend hielt ich an und stieg ab.

Das war er.

Er war auch abgestiegen.

Braune Haare, unordentlich gewellt.

Er war mindestens drei Zentimeter kleiner als ich.

Ich starrte ihn an.

Wer war das?

Jedenfalls bestimmt nicht Tobias.

Kein Zweifel: Das war dieser David.

Der Computerfreak.

Ich spürte, wie meine hoch gespannten Erwartungen in sich zusammensackten wie ein einstürzender Wolkenkratzer.

Typisch mein Glück.

Kein Tobias.

Nicht mal ein eifersüchtiger Boris.

Kein Schatzigatte.

Kein Ulf oder Martin.

Kein Knuddel und kein Jojo und schon gar nicht Paul.

Nur David.

Er nestelte eine Tüte vom Lenker.

»Hier, ich glaube, das ist deine Jacke.«

Das gab es nicht!

Ich sah ihn nur an.

Alle Wörter waren mir im Hals stecken geblieben.

Der Typ wurde knallrot!

Ich nahm die Tüte und zog die Jacke raus.

Meine Jacke.

»Ich, äh … also, ich hab die heute Morgen aus Versehen vertauscht … äh, ja.«

Ich hatte inzwischen fieberhaft getastet.

Ja!

Da war er.

Ich zog meinen Brief heraus.

Den Brief an Paul.

Mein Gegenüber sah verwirrt auf den Umschlag in meiner Hand.

»Das ist nicht meiner«, sagte er zögernd. »Ich seh den zum ersten Mal. Ich hab keine Ahnung, wie der da reingekommen ist.«

»Aber ich«, sagte ich knapp.

Das war garantiert nicht Tobias.

Das war kein Student mit massenhaft Freundinnen.

Das war ein Junge, kleiner als ich, vielleicht ein bisschen älter als ich und momentan auch noch viel verlegener als ich.

Das war der Typ, der heute Morgen neben mir im Bett gelegen hatte.

Er sah mich unsicher an, als ob er daran herumrätselte, wie ich reagieren würde.

Dann grinste er ein bisschen.

»Ich weiß nur, dass ich heute Morgen in einem total fremden Zimmer aufgewacht bin.«

Er sah mir direkt ins Gesicht und nun wurde ich ein klitzekleines bisschen rot.

»Ich glaub, ich kenn das Zimmer.« Ich musste grinsen. »Vielen Dank für die Jacke. Kann ich dir was anbieten? Willste ’nen Tee?«

Eins war klar: Ich hätte jetzt weder Limo noch Eiskaffee noch sonst was Kühles runtergekriegt. Keine kalte Plempe mehr.

Er lehnte sein Rad wieder an den Zaun.

»’n Tee wär nicht schlecht.«

Foto: © Frank Pusch

Nina Schindler, geboren 1946, arbeitete nach ihrem Studium als Lehrerin an einer Gesamtschule. Schon während dieser Zeit beschäftigte sie sich intensiv mit Jugendliteratur, zunächst als Rezensentin für Fachzeitschriften und den Rundfunk, später als Jurorin, Referentin bei Tagungen und Seminaren und im Rahmen eines Lehrauftrages an der Universität Bremen. Anfang der Neunzigerjahre drehte Nina Schindler dem Schuldienst den Rücken und begann, selbst zu schreiben. Inzwischen hat sie zahlreiche Bücher für Leser aller Altersgruppen veröffentlicht. Neben ihrer schriftstellerischen Tätigkeit arbeitete sie als Übersetzerin aus dem Englischen und Französischen. Nina Schindler ist Mutter von fünf Kindern und lebt mit ihrer Familie in Bremen.

Der Bericht wurde im
Auftrag der Kommission der
Europäischen Gemeinschaften,
Generaldirektion für Wissenschaft,
Forschung und Entwicklung
vom
Fraunhofer-Institut für
Systemtechnik und Innovationsforschung
erstellt.

Olav Hohmeyer

Soziale Kosten des Energieverbrauchs

Externe Effekte des Elektrizitätsverbrauchs in der Bundesrepublik Deutschland

Mit 20 Abbildungen und 24 Tabellen

Springer-Verlag
Berlin Heidelberg New York
London Paris Tokyo

Dipl.-Oec. Olav Hohmeyer

In Zusammenarbeit mit:

Dr. Hariolf Grupp	Julia Peter, B. S.
Dr. Fredy Jäger	Dipl.-Volkswirt Gerhard Schulz
Dr. Jill Jäger	Dipl.-Volkswirt Inge Tötsch
Dr. Eberhard Jochem	

Fraunhofer-Institut für Systemtechnik und Innovationsforschung
Breslauer Straße 48, D-7500 Karlsruhe 1

Dr. Wolfgang Palz
Kommission der Europäischen Gemeinschaften

Dokument Nr. EUR 11519
Kommission der Europäischen Gemeinschaften

ISBN 3-540-50275-0 Springer-Verlag Berlin Heidelberg New York
ISBN 0-387-50275-0 Springer-Verlag New York Berlin Heidelberg

CIP-Kurztitelaufnahme der Deutschen Bibliothek

Hohmeyer, Olav:
Soziale Kosten des Energieverbrauchs: externe Effekte d. Elektrizitätserzeugung in d. Bundesrepublik Deutschland / Olav Hohmeyer. [In Zusammenarbeit mit Hariolf Grupp ... Der Bericht wurde im Auftr. d. Komm. d. Europ. Gemeinschaften, Generaldirektion für Wiss., Forschung u. Entwicklung vom Fraunhofer-Inst. für Systemtechnik u. Innovationsforschung erstellt]. –
Berlin; Heidelberg; New York; London; Paris; Tokyo: Springer, 1988
Engl. Ausg. u. d. T.: Hohmeyer, Olav: Social costs of energy consumption
ISBN 3-540-50275-0 (Berlin ...) brosch.
ISBN 0-387-50275-0 (New York ...) brosch.

Druck: Weihert-Druck GmbH, Darmstadt
Bindearbeiten: T. Gansert GmbH, Weinheim-Sulzbach
2142/7130-543210

Die Ergebnisse der vorliegenden Studie haben beträchtlich von der Vorarbeit vieler anderer Autoren profitiert. Dies gilt besonders für die Bereiche der monetarisierten Umwelteffekte (Wicke sollte hier als hervorragendes, aber nicht einzigartiges Beispiel genannt werden) wie auch der Auswirkungen radioaktiver 'Niedrigstrahlung' auf die menschliche Gesundheit. Auf diesem Gebiet gilt mein besonderer Dank Frau Professor Dr. Schmitz-Feuerhake, die durch zur Verfügungstellen der neuesten Forschungsergebnisse auf diesem Gebiet wesentlich zur Abrundung der Studie beigetragen hat.

An der Ausarbeitung des ursprünglichen Entwurfs der Studie waren I. Tötsch (Kapitel 2.1-2.4, 3.1 und 3.2.2.3.4) und G. Schulz (Kapitel 3.2.1.1.1-3.2.1.1.5 und 3.2.1.3) sowohl mit der Beschaffung und Auswertung der Daten als auch mit eigenen Textentwürfen beteiligt. Für diese sehr wichtigen Vorarbeiten gilt mein Dank diesen ehemaligen Kollegen, die zum Zeitpunkt der Fertigstellung des abschließenden Berichts leider nicht mehr an unserem Institut weilten. Da die Entwürfe aufgrund ihres Weggangs ohne ihr Wissen und ohne ihre Zustimmung von mir verändert wurden, trage ich die alleinige Verantwortung für eventuelle Unklarheiten und Fehler im Text dieses Buches.

Ich bin M. Silbereis, I. Gottschalg, R. Klein und R. Welke, die sich mit viel Umsicht und Einsatzbereitschaft der Manuskripte, Tabellen und Korrekturen angenommen haben, sehr zu Dank verpflichtet. Auch M. Castangnini (graphische Gestaltung der Abbildung 3.1) und besonders J. Peter gilt mein Dank für die Erstellung und ständige Verbesserung der Abbildungen.

Besonderen Dank schulde ich meinen Kollegen M. Brand, H. Grupp, E. Jochem, T. Reiß und B. Schwitalla für die kritische Diskussion des Manuskripts und viele zusätzliche Anregungen, die sie beigesteuert haben. Für die kritische Durchsicht des Manuskripts und Beratung in medizinischen Fragen bin ich meiner Frau, Ulrike Hohmeyer, zu besonderem Dank verpflichtet.

Karlsruhe, im Juli 1988

Olav Hohmeyer

INHALTSVERZEICHNIS SEITE

VERZEICHNIS DER ABBILDUNGEN UND TABELLEN | SEITE

SEITE

SEITE

SEITE

0. EINLEITUNG

In den letzten Jahren hat sich herausgestellt, daß die Markteinführung von auf erneuerbaren Energiequellen basierenden Energiesystemen, wie Solaranlagen oder Windenergiekonvertern, langsamer erfolgt als lange Zeit erwartet wurde (vgl. z.B. Jochem et al. 1986, S. 338f). Dies deutet darauf hin, daß verschiedene der Markteinführung dieser Technologien entgegenstehende Hemmnisse in ihrer Bedeutung unterschätzt wurden. Diese Annahme wird durch die Beobachtung unterstützt, daß fühlbare finanzielle Anreize die Marktdiffusion von Windenergieanlagen in Ländern wie Dänemark und den USA deutlich beschleunigen konnten (vgl. Jochem 1986, S. 340f).

Es ist mehrfach darauf hingewiesen worden, daß sowohl die gesamtwirtschaftlichen und sozialen Vorteile neuer Energietechnologien, wie z.B. ihre Umweltverträglichkeit, die mögliche Reduzierung der Importabhängigkeit von Energieträgern oder die Erhaltung erschöpfbarer Ressourcen, als auch die verborgenen Kosten der konventionellen Energiesysteme in einzelwirtschaftlichen Kostenkalkülen nicht adäquat repräsentiert sind (vgl. z.B. Wicke 1986, S. 12 oder Solow 1982, S. 32). Der Preisbildungsmechanismus des Marktes gibt in diesen Fällen die Kosten der Produktion nicht adäquat wieder. Sind aber Märkte grundsätzlich in ihrer Funktion gestört, muß der Staat eingreifen, um ihr Funktionieren durch die Internalisierung externer Effekte sicherzustellen (vgl. z.B. Solow 1982, S. 31 oder Osterkamp/Schneider 1982, S. 27). Es ist daher notwendig, die vollen gesamtwirtschaftlichen Kosten der konkurrierenden Energiesysteme zu erforschen. Erst die Kenntnis der sozialen Kosten der Energiebereitstellung kann den Staat in die Lage versetzen, Maßnahmen zu ergreifen, die es erlauben, mit Hilfe korrigierter Marktprozesse eine optimale Ressourcenallokation sicherzustellen und die unfreiwillige Subventionierung der Produktion durch unbeteiligte Dritte zu verhindern. Im Gegensatz zur häufigen Abgrenzung des Begriffs soziale Kosten in der Literatur, die in der Regel sowohl interne als auch externe Kosten hierunter subsummiert, wird der Begriff im folgenden in Anlehnung an die Definition von Kapp (1979, S. 10) als Summe aller direkten und indirekten Verluste verstanden, die Drittpersonen als Folge einer uneingeschränkten wirtschaftlichen Tätigkeit tragen.

Da bisher noch keine systematische Informationsbasis über die sozialen Kosten konkurrierender Energiesysteme existiert, die es staatlichen Stellen ermöglichen würde, korrigierende Maßnahmen zur Sicherstellung einer optimalen Ressourcenallokation durch Marktprozesse zu ergreifen, wird in dieser Arbeit versucht, eine erste systematische Einschätzung der sozialen Kosten konkurrierender Energiesysteme zur Elektrizitätserzeugung zu geben. Die Arbeit konzentriert sich auf der einen Seite auf die Elektrizitätserzeugung mit Hilfe der Wind- bzw. Sonnenenergie, da diese als besonders umwelt- und sozialverträglich angesehen werden (vgl. z.B. Winter et al.

1983, S. 15) und vergleicht sie mit der Elektrizitätserzeugung auf der Basis fossiler und nuklearer Brennstoffe auf der anderen Seite, da letztere durch den Einsatz erneuerbarer Energiequellen teilweise substituiert werden könnten.

Soweit wie möglich stützt sich die Studie auf Daten aus der vorhandenen Literatur. Allerdings wurden in Bereichen, für die wenige oder keine Daten vorliegen, eigene Berechnungen zur Bestimmung der sozialen Kosten durchgeführt. Dies gilt für die Beschäftigungswirkungen der untersuchten Energietechnologien oder für die Kosten großer Kernkraftwerksunfälle.

Obwohl der Autor sich der Tatsache wohl bewußt ist, daß viele externe Effekte (soziale Kosten und Nutzen) von Energiesystemen nicht adäquat quantifiziert oder monetarisiert werden können, wurde der Versuch unternommen, einen Vergleich der monetarisierbaren sozialen Kosten durchzuführen. Die abgeschätzten Größenordnungen und Bereiche dieser Effekte erlauben einen ersten groben Vergleich der konkurrierenden Energiesysteme und einen Test der Hypothese, daß die Berücksichtigung der sozialen Kosten die Wettbewerbsposition der erneuerbaren Energiequellen verbessert und so die Marktdiffusion der Energiesysteme beschleunigt, die auf erneuerbaren Energiequellen basieren.

Die dargestellten Ergebnisse sollten als ein erster systematischer Überblick interpretiert werden, der nur relativ grobe Angaben liefert, welche aber dennoch als Grundlage für erste korrigierende energie- und wirtschaftspolitische Maßnahmen dienen können. Wann immer Zweifel bestanden, wurden Annahmen im Gegensinn zur Ausgangshypothese getroffen, welche lautet, daß die externen Kosten der auf erneuerbaren Energiequellen basierenden Energiesysteme deutlich niedriger sind als die externen Kosten konventionelle Energiequellen nutzender Energiesysteme. Daher können auf dieser Basis vorgeschlagene Maßnahmen zwar nicht weit genug gehen; sie werden die Energiepolitik aber auf keinen Fall in die falsche Richtung lenken.

Die Arbeit wurde auf der Basis der ökonomischen und administrativen Verhältnisse der Bundesrepublik durchgeführt. Daher sind die quantitativen und monetären Ergebnisse nicht direkt auf andere Länder übertragbar. Der generelle Ansatz gilt allerdings für jede marktwirtschaftlich organisierte Volkswirtschaft.

Unter dem im Titel der Studie verwendeten Begriff des 'Energieverbrauchs' wird im Zusammenhang der Arbeit nicht der physikalische Verbrauch von Energie verstanden - Energie bleibt nach dem ersten Hauptsatz der Thermodynamik immer erhalten, sie kann nur umgewandelt werden -, sondern der Verbrauch eines Nutzen stiftenden Energieträgers für die Bereitstellung von Energiedienstleistungen unter Umwandlung in nicht mehr verkäufliche niederwertige Energie (z.B. Abwärme). Es handelt sich also um den Verbrauch des ökonomischen Nutzwerts der Energie.

1. ZUSAMMENFASSUNG

Der Einsatz fossiler und nuklearer Brennstoffe zur Bereitstellung von Energiedienstleistungen führt zu erheblichen Kosten, welche nicht in den Marktpreisen dieser Leistungen enthalten sind. Verursachte Umweltschäden, als ein Beispiel hierfür, werden von der Gesellschaft getragen (vgl. z.B. Hickel 1987, S. 44, Solow 1982, S. 32 oder Kapp 1979). Diese Kosten werden daher als "soziale Kosten " bezeichnet, ein Begriff der von Pigou in seinem Buch über "Wealth and Welfare" 1912 eingeführt worden ist (vgl. Osterkamp und Schneider 1982, S. 15). Zusammen mit ihrem positiven Gegenstück, den "sozialen Nutzen", werden sie auch als externe Effekte bezeichnet, da sie für den Marktprozeß und ihre Verursacher extern sind (vgl. Osterkamp und Schneider 1982, S. 15, zur Begriffsabgrenzung im Rahmen dieser Studie vergleiche auch S. 1). Im Vergleich zum Einsatz konventioneller, nicht erneuerbarer Energieressourcen verursacht die Nutzung regenerativer Energiequellen geringe oder keine sozialen Kosten und kann per Saldo sogar sozialen Nutzen stiften (vgl. Tabelle 1.2). Dieser bedeutsame Unterschied, der sich in den relativen Energiepreisen aber nicht niederschlägt, führt zu einer schwerwiegenden Verzerrung der Konkurrenzsituation auf den Energiemärkten. Da erhebliche gesellschaftliche Kosten im Allokationsprozeß nicht berücksichtigt werden, resultieren aus den unkorrigierten Marktprozessen falsche Allokationsentscheidungen (vgl. Solow 1982, S. 32). Generell werden erneuerbare Energiequellen gegenüber ihren konventionellen Konkurrenten in nicht gerechtfertigter Weise benachteiligt. Erneuerbare Energiequellen werden nicht entsprechend ihrem vollen Wettbewerbspotential genutzt und erheblich später eingeführt, als dies nach der Gesamtkostensituation unter Berücksichtigung der sozialen Kosten und Nutzen für die Volkswirtschaft und die Gesellschaft optimal wäre.

In jeder Marktwirtschaft ist es eine wichtige wirtschaftspolitische Aufgabe des Staates, Marktprozesse immer dann zu korrigieren, wenn diese aufgrund schwerwiegenden Marktversagens eine optimale Allokation nicht sicherstellen können (vgl. z.B. Osterkamp und Schneider 1982, S. 27). Im Falle der Existenz bedeutender sozialer Kosten muß der Staat durch geeignete Maßnahmen ihre Internalisierung gewährleisten. Nur mit Hilfe solcher korrigierender staatlicher Eingriffe können die relativen Preise die Gesamtkosten jedes Energiesystems widerspiegeln und die über Marktmechanismen gesteuerten Allokationsprozesse zu einem Allokationsoptimum führen (vgl. Solow 1982, S. 31ff).

Eine Voraussetzung für derartige staatliche Maßnahmen ist die Kenntnis des Ausmaßes der betreffenden sozialen Kosten. Nur wenn diese Effekte in monetären Werten bekannt sind, kann der Staat die notwendigen Maßnahmen zur Korrektur der Marktpreise vornehmen, um das angestrebte Ziel einer optimalen Allokation zu gewährleisten.

Diese Studie gibt eine erste systematische Quantifizierung und Monetarisierung der relevanten sozialen Kosten und Nutzen, um eine Grundlage für korrigierende Maßnahmen in bezug auf die Nutzung der Windenergie und die photovoltaische Nutzung der Sonnenenergie zu schaffen.

Es ist allerdings in vielen Bereichen schwierig, die sozialen Kosten von Energiesystemen zu quantifizieren, und es ist noch erheblich schwieriger, diese in Geldeinheiten zu bewerten, also zu monetarisieren. Dennoch ist der Autor zusammen mit anderen Experten der Ansicht, daß der Versuch, fundierte Schätzwerte zu ermitteln, erheblich sinnvoller ist, als die Existenz sozialer Kosten von Energiesystemen faktisch zu ignorieren (vgl. z.B. Wicke 1986, S. 10f). Die Schwierigkeiten, die einer Quantifizierung und Monetarisierung entgegenstehen, werden in den Kapiteln 3 und 4 ausführlich diskutiert.

Vier Hauptfelder sozialer Kosten von Energiesystemen werden in der Arbeit betrachtet:
- Umweltkosten, einschließlich der Auswirkung auf die menschliche Gesundheit
- mangelhafte Berücksichtigung langfristiger Ressourcenknappheit durch gegenwärtige Marktpreise
- makroökonomische Effekte wie Veränderungen in der Wertschöpfung oder der Beschäftigung und
- Subventionen durch staatliche Stellen, die teilweise in Form direkter Zahlungen und zum Teil indirekt in Form staatlicher Dienstleistungen erfolgen.

Staatliche Subventionen im Bereich der Forschung und Entwicklung können unter dem letzten Punkt subsummiert werden. In jedem dieser Hauptfelder gibt es eine Vielzahl einzelner externer Effekte, welche in Kapitel 3 ausführlich behandelt werden.

Tabelle 1.1 gibt einen Überblick über die wichtigsten externen Effekte, die im Rahmen der Arbeit zwar diskutiert werden, die aber nicht oder nur teilweise monetarisiert werden konnten. Die einer Monetarisierung entgegenstehenden Probleme werden kurz kommentiert und es wird aufgezeigt, welche Effekte sich nach Meinung des Autors einer sinnvollen Quantifizierung oder Monetarisierung völlig entziehen. Außerdem ist in der Tabelle angegeben, in welcher Form die Vernachlässigung dieser sozialen Kosten das Ergebnis der Gesamtberechnungen beeinflussen kann, wobei unter einer 'negativen' Wirkungsrichtung eine Benachteiligung regenerativer Energiequellen zu verstehen ist. Wie Tabelle 1.1. zeigt, führt diese Vernachlässigung bestimmter sozialer Kosten in der Regel zu einer Benachteiligung der regenerativen Energiequellen.

Tabelle 1.1: Soziale Kosten, die in der Studie zwar diskutiert werden, aber nicht oder nur unzureichend monetarisiert oder quantifiziert werden konnten

Diskutierte soziale Kosten	Synopse der einer Monetarisierung entgegenstehenden Probleme	Monetarisierung erzielt (ja / nein / teilweise)	Grundsätzliche Möglichkeit einer Monetarisierung	Auswirkung der Vernachlässigung der sozialen Kosten auf die erneuerbaren Energiequellen
1. <u>Umweltkosten</u>				
1.1 Elektrizitätserzeugung auf der Basis fossiler Brennstoffe				
- Flora				
-- Wälder	Datenverfügbarkeit	par	ja	neg
-- Landwirtschaft	Datenverfügbarkeit	par	ja	neg
-- Artenvielfalt	Keine Monetarisierung der Reduzierung der Artenvielfalt möglich	nein	nein	neg
- Fauna	Sehr grobe Schätzungen	par	ja	neg
- Menschliche Gesundheit	Nur Schäden durch Schwefeloxyde, keine anderen Schadstoffe (nur Atemwegserkrankungen)	par	par	neg
- Materialien	Keine Schäden an historischen Baudenkmälern oder Kunstwerken berücksichtigt	par	par	neg
- Klima	Nur die Erhöhung von Dämmen und Sperrwerken an der Küste berücksichtigt	par	par	neg
1.2 Kernenergie				
- Normalbetrieb	Nur wenig Daten verfügbar	nein	par	neg
- Große Kernkraftwerksunfälle	Nur die Produktionsausfälle durch Krebserkrankungen und Todesfälle berücksichtigt. Erhöhte Kosten für das Gesundheitssystem nicht berücksichtigtigt. Keine psycho-sozialen Kosten berücksichtigt.	par	par	neg
1.3 Erneuerbare Energiequellen				
- Photovoltaik				
-- Flächenbedarf	Opportunitätskosten in Höhe von 10 % des Bodenpreises angenommen.	par	par	pos
-- Gesundheitsschäden durch Berufsunfälle	Produktionsausfälle durch Arbeitsunfälle des Wartungspersonals in Höhe von 19 500 DM/PJ angenommen. Keine Kosten für zusätzliche Krankenversorgung berücksichtigt	ja	ja	pos
- Windenergie				
-- Lärm	Wahrscheinlich eine Überschätzung des Effekts	ja	ja	pos
-- Flächenbedarf	Nur geringe Kosten aufgrund zusätzlich möglicher Landnutzung (Landwirtschaft)	nein	ja	pos
-- Beeinträchtigung des Landschaftsbilds	Der ästhetische Wert eines Landschaftsbildes und das Ausmaß der Beeinträchtigung sind extrem schwierig zu bestimmen	nein	ja	pos

Diskutierte soziale Kosten	Synopse der einer Monetarisierung entgegenstehenden Probleme	Monetarisierung erzielt (ja / nein / teilweise)	Grundsätzliche Möglichkeit einer Monetarisierung	Auswirkung der Vernachlässigung der sozialen Kosten auf die erneuerbaren Energiequellen
1.4 Umweltauswirkungen der Brennstoffkreisläufe (nukleare und fossile Brennstoffe)	Datenverfügbarkeit	nein	ja	neg
1.5 Umweltauswirkungen der Produktion von Vorleistungsinputs und Investitionsgütern	Datenverfügbarkeit und das Fehlen eines Umweltsatellitenmodells für Input-Output Analysen	nein	ja	Nukl.:neg Foss.:neg Wind:pos PV:pos
2. <u>Ökonomische Effekte</u> 2.1 Erneuerbare Energiequellen (netto) - Strukturveränderungen	Keine Abschätzung versucht, da die Zusammenhänge äußerst komplex sind, aber nur geringe Effekte aus Strukturveränderungen resultieren dürften	nein	ja	neg?
2.2 Staatliche Subventionen 2.2.1 Güter und Dienstleistungen, die öffentlich bereitgestellt werden				
- Katastrophenschutz (nuklear)	Datenverfügbarkeit	par	ja	neg
- Haftung des Staates bei Kernkraftwerksunfällen	Diese Kosten sind schon bei den Kosten der Kraftwerksunfälle berücksichtigt (1.2)	1.2	ja	neg
2.2.2 Öffentliche Ausgaben für allgemeine Dienstleistungen				
- Zusätzliche öffentliche Sicherheitskräfte	Keine Daten verfügbar (Kernenergie)	nein	ja	neg
- Verwaltungskosten von Genehmigungsverfahren etc.	Keine Daten verfügbar	nein	ja	neg
2.2.3 Monetäre Subventionen				
- Steinkohle	Nur direkte Subventionen berücksichtigt. Subventionen unter anderen Haushaltstiteln nicht berücksichtigt, da diese kaum zuzuordnen sind	par	ja	neg
- Mineralöl u. Gas		par	ja	neg
- Kernenergie		par	ja	neg

par: partiell
neg: negative Wirkung
pos: positive Wirkung

Die wichtigsten Effekte, die im Rahmen der Studie nicht quantifiziert oder monetarisiert werden konnten sind:

- die psycho-sozialen Kosten von schweren Erkrankungen und Todesfällen sowie Krankheitskosten für das Gesundheitssystem
- die Umwelteffekte der Produktion von Vorleistungsgütern für den Bau und Betrieb von Energiesystemen
- die Umwelteffekte aller Stationen der verschiedenen Brennstoffkreisläufe (besonders im Fall der Kernenergienutzung)
- die vollen Kosten induzierter Klimaveränderungen
- die Umwelt- und Gesundheitsschäden des Normalbetriebs von Kernkraftwerken und
- die versteckten Subventionen für Energieträger und -systeme, die unter anderen Haushaltstiteln gewährt werden.

Wenn man die in Tabelle 1.2 wiedergegebenen quantifizierten sozialen Kosten der Elektrizitätserzeugung auf der Basis fossiler Brennstoffe aufsummiert und auf die erzeugte Kilowattstunde umrechnet, so erhält man brutto spezifische soziale Kosten in Höhe von etwa 4 bis 9 Pf_{82}/kWh. Für Strom aus konventionellen Kernkraftwerken, also ohne Berücksichtigung von Brütern oder Hochtemperaturreaktoren, ergeben sich brutto spezifische soziale Kosten zwischen ca. 10 und 21 Pf_{82}/kWh. Ein mit den Anteilen an der Stromerzeugung gewichteter Mittelwert, der sich an der Struktur des Energieträgereinsatzes in der Stromerzeugung der Bundesrepublik von 1984 orientiert, ergibt brutto spezifische soziale Kosten zwischen ca. 5 und 12 Pf_{82}/kWh. Alle in der Zusammenfassung angegebenen Zahlenwerte sozialer Kosten basieren auf einer statischen Betrachtung (Basisjahr 1984). Der Einfluß einer Dynamisierung der sozialen Kosten wird in Kapitel 4 diskutiert.

Betrachtet man die gesamten sozialen Kosten und Nutzen der Windenergie und bringt dabei die oben beschriebenen sozialen Kosten der konventionellen Energieerzeugung als vermiedene Kosten in Anrechnung, so ergeben sich aus der Umstellung von konventioneller Elektrizitätserzeugung auf Windenergie netto soziale Nutzen zwischen ca. 6 und 12 Pf_{82}/kWh. Hierbei handelt es sich um einen wahrscheinlichen Wertebereich für den minimalen externen Nutzen der Windenergie. Da alle in der Studie getroffenen Annahmen in Zweifelsfällen zu Ungunsten der erneuerbaren Energiequellen getroffen worden sind, liegen die wahren sozialen Nutzen der Windenergie wahrscheinlich deutlich höher als diese Zahlen zeigen.

Im Fall der photovoltaischen Sonnenenergienutzung liegt die Summe der sozialen Nettonutzen zwischen 7 und 17 Pf_{82}/kWh. Auch dies ist nur ein geschätzter Mindestwert, der ein verzerrtes Bild der Realität geben kann, da in Zweifelsfällen jeweils die Vorteile der photovoltaischen Systeme deutlich verringert wurden.

Tabelle 1.2: Zusammenfassung der sozialen Kosten und Nutzen der Elektrizitätserzeugung auf der Basis fossiler und nuklearer Brennstoffe sowie der erneuerbaren Energiequellen Wind und Sonne (Preisbasis 1982)

a) Soziale Bruttokosten der Elektrizitätserzeugung auf der Basis fossiler Brennstoffe (alle Zahlen sind geschätzte minimale externe Kosten)	
1. Umweltschäden	1,14 - 6,09 Pf_{82}/kWh_{el}
2. Ausbeutungszuschlag (1985)	2,29 Pf_{82}/kWh_{el}
3. Öffentlich bereitgestellte Güter und Dienstleistungen	0,07 Pf_{82}/kWh_{el}
4. Finanzielle Subventionen (incl. Steuererleichterungen)	0,32 Pf_{82}/kWh_{el}
5. Öffentliche Zahlungen für Forschung und Entwicklung	0,04 Pf_{82}/kWh_{el}
Summe	3,86 - 8,81 Pf_{82}/kWh_{el}
b) Soziale Bruttokosten der Elektrizitätserzeugung auf der Basis nuklearer Brennstoffe, ohne Berücksichtigung neuer Reaktorlinien (alle Zahlen sind geschätzte minimale externe Kosten)	
1. Umweltschäden (nur Gesundheitsschäden)	1,20 - 12,0 Pf_{82}/kWh_{el}
2. Ausbeutungszuschlag (1985)	5,91 - 6,23 Pf_{82}/kWh_{el}
3. Öffentlich bereitgestellte Güter und Dienstleistungen	0,11 Pf_{82}/kWh_{el}
4. Finanzielle Subventionen	0,14 Pf_{82}/kWh_{el}
5. Öffentliche Zahlungen für Forschung und Entwicklung	2,35 Pf_{82}/kWh_{el}
Summe	9,71 - 20,83 Pf_{82}/kWh_{el}
c) Mittlere soziale Bruttokosten der in der Bundesrepublik 1984 erzeugten Elektrizität	
1. Soziale Kosten der aus fossilen Brennstoffen gewonnenen Elektrizität (Gewichtungsfaktor 0,7444)	2,87 - 6,56 Pf_{82}/kWh_{el}
2. Soziale Kosten der aus nuklearen Brennstoffen gewonnenen Elektrizität (Gewichtungsfaktor 0,2556)	2,48 - 5,32 Pf_{82}/kWh_{el}
Summe (konv. Elektrizität, wird unten verrechnet)	5,35 - 11,88 Pf_{82}/kWh_{el}
d) Nettonutzen der Windenergie	
1. Umweltschäden (Lärm)	(-) 0,01 Pf_{82}/kWh_{el}
2. Öffentliche Zahlungen für Forschung und Entwicklung (einschließlich geschätzter zukünftiger Zahlungen)	- 0,26 - (-) 0,55 Pf_{82}/kWh_{el}
3. Makroökonomische Nettoeffekte	+ 0,53 - (+) 0,94 Pf_{82}/kWh_{el}
4. Vermiedene soziale Kosten der konventionellen Elektrizitätserzeugung (s.o.)	+ 5,35 - (+) 11,88 Pf_{82}/kWh_{el}
Summe der sozialen Nettonutzen auf eine Kommastelle gerundet	+ 5,6 - (+) 12,3 Pf_{82}/kWh_{el}
Mittelwert	(+) 8,9 Pf_{82}/kWh_{el}
e) Nettonutzen der Solarenergie (Photovoltaik)	
1. Umweltschäden	(-) 0,44 Pf_{82}/kWh_{el}
2. Öffentliche Zahlungen für Forschung und Entwicklung (einschließlich geschätzter zukünftiger Zahlungen)	- 0,52 - (-) 1,04 Pf_{82}/kWh_{el}
3. Makroökonomische Nettoeffekte	+ 2,40 - (+) 6,65 Pf_{82}/kWh_{el}
4. Vermiedene soziale Kosten der konventionellen Elektrizitätserzeugung (s.o.)	+ 5,35 - (+) 11,88 Pf_{82}/kWh_{el}
Summe der sozialen Nettonutzen auf eine Kommastelle gerundet	+ 6,8 - (+) 17,1 Pf_{82}/kWh_{el}
Mittelwert	(+) 11,9 Pf_{82}/kWh_{el}

Selbst ohne die Berücksichtigung aller sozialen Kosten und mit einer bewußten Verzerrung zu Ungunsten der erneuerbaren Energiequellen liegen nach Verrechnung aller Effekte die monetarisierten sozialen Nettonutzen der Windenergie und der photovoltaischen Sonnenenergienutzung in der gleichen Größenordnung wie die Marktpreise konventionell erzeugter Elektrizität in der Bundesrepublik. Diese lagen 1982 je nach Abnehmergruppe etwa zwischen 10 und 25 Pf_{82}/kWh für sogenannte Tarifabnehmer (vgl. Jochem et al. 1987, S. 127). Die Einbeziehung oder Vernachlässigung der externen Effekte hat daher einen erheblichen Einfluß auf den Allokationsprozeß und damit auf die Markteinführung der Windenergie heute sowie auf die Markteinführung photovoltaischer Systeme in zehn bis fünfzehn Jahren.

Abbildung 1.1 und Abbildung 1.2 zeigen den Einfluß der Einbeziehung der sozialen Kosten der Elektrizitätserzeugung auf die Wettbewerbsposition von Windenergieanlagen in der Bundesrepublik. Aufgrund der erheblichen Kostenunterschiede deutscher und dänischer Windenergieanlagen (der zur Zeit wohl ausgereiftesten Anlagen), wurden zwei Kostenkurven für Windenergie abgeleitet. Abbildung 1.1 zeigt die Situation auf der Basis der deutschen Windenergieanlagekosten, während Abbildung 1.2 die Situation auf der Basis der dänischen Anlagekosten darstellt. Einzelheiten hierzu werden in Kapitel 4 erläutert. Für die Analyse ist angenommen worden, daß die Eigentümer von Windenergiekonverten (WEK im folgenden) nur 20 % der erzeugten Elektrizität selbst verbrauchen und die restlichen 80 % in das Netz eingespeist werden. Bei unterstellten Elektrizitätspreisen von ca. 25 Pf_{82}/kWh für substituierten eigengenutzten Strom und 6,5 Pf_{82}/kWh für in das Netz eingespeisten Strom ergibt sich ein durchschnittlicher Elektrizitätspreis von 10,2 Pf_{82}/kWh für die durch Windenergie substituierte konventionell erzeugte Elektrizität. Auf der Basis der unteren Preisentwicklungsszenarios anderer Studien für die zukünftige Strompreisentwicklung (vgl. z.B. Hofer und Masuhr, 1984, S. 114), ist eine jährliche reale Steigerungsrate von 2 % für die zu substituierende Elektrizität angenommen worden. Diese Preisentwicklung wird in den Abbildungen 1.1a und 1.2a durch die unterste Preiskurve für die zu substituierende Elektrizität dargestellt. Sollte hierdurch die Preissteigerungsrate der konventionellen Elektrizität überschätzt werden, so führt diese Überschätzung zu einer systematischen Unterbewertung des Einflusses der sozialen Kosten (Δ t sinkt!). Wie oben schon angesprochen, wurden für die Erzeugungskosten von Elektrizität auf der Basis von Windenergie zwei Kostenkurven abgeleitet. Betrachtet wurden marktgängige "kleine" Windenergieanlagen in der Leistungsklasse zwischen 50 und 100 kW Nominalleistung. Die Kurven, die dem Verlauf auf Kostenentwicklungen umgerechneter technischer Lernkurven folgen (vgl. hierzu z.B. Arrow 1962), wurden auf der Basis recht zuverlässiger jährlicher und halbjährlicher dänischer Kostenangaben für die Jahre 1979 bis 1985 (untere Windenergiekostenkurve in Abbildung 1.1a und 1.2a) und relativ weniger deutscher Angaben zu Windenergiekosten der Periode 1980 bis 1986 (obere Kurve) geschätzt. Der Verlauf der deutschen Kostenentwicklung wurde relativ stark in Anlehnung an die offensichtlich vorlaufende dänische Entwicklung abgeleitet.

Beide Kostendegressionskurven der Windenergie schneiden die Marktpreiskurve der zu substituierenden Elektrizität. Diese Schnittpunkte sind mit A (im Fall der deutschen Windenergiepreise) und A' (im Fall der dänischen Windenergiepreise) bezeichnet. Im Zeitpunkt des Erreichens dieser Schnittpunkte wird die jeweilige Windenergietechnik ohne Berücksichtigung sozialer Kosten zur zu substituierenden Elektrizität konkurrenzfähig. Addiert man nun den unteren Grenzwert der geschätzten minimal sozialen Nettokosten (5,6 Pf_{82}/kWh) zur Marktpreiskurve der zu substituierenden Elektrizität, erhält man eine neue Preiskurve, die sich mit den Windenergiekostenkurven in den Punkten B und B' schneidet. Addition des oberen Grenzwertes (12,3 Pf_{82}/kWh) führt zu einer dritten Preiskurve der zu substituierenden Elektrizität, die die Windenergiekostenkurven in C und C' schneidet.

Die Einbeziehung der sozialen Nettoeffekte zeigt, daß Windenergie zur konventionell erzeugten Elektrizität deutlich früher konkurrenzfähig ist, als die Betrachtung der reinen Marktpreise vorspiegelt. Entsprechend würde bei Einbeziehung der sozialen Kosten auch die Marktdiffusion der Windenergiesysteme deutlich früher beginnen. Dieser Zusammenhang ist in Abbildung 1.1b und 1.2b graphisch dargestellt. Es wurde angenommen, daß das technisch problemlos nutzbare Potential der Windenergie in der Bundesrepublik bei ca. 20 TWh_{el}/a liegt (100 %-Linie). Dies entspräche dem Betrieb von beispielsweise 100 000 Anlagen einer jeweiligen Nennleistung von ca. 100 kW. Es wurde ferner angenommen, daß ein Pioniermarkt von ca. 5 % dieses Potentials existiert, auf welchem wirtschaftliche Konkurrenzfähigkeit nicht als notwendige Voraussetzung für Innovationen in Windenergieanlagen gefordert wird (5 %-Linie). Vorbedingung für den Beginn der Diffusionsphase (Überschreiten der 5 %-Linie) ist das Erreichen der Konkurrenzfähigkeit mit der zu substituierenden Elektrizität. Nach dem Erreichen der Konkurrenzfähigkeit wird für den Diffusionsprozess eine Dauer von ca. 20 Jahren angenommen, bevor bei Erreichen von ca. 95 % des technischen Potentials die Sättigungsphase beginnt.

Die Berücksichtigung der sozialen Nettokosten im Allokationsprozeß (bei der Substitutionskonkurrenz) führt zu einer deutlichen Verschiebung der Marktdiffusionsverläufe der Windenergieanlagen. Entsprechend der veränderten Zeitpunkte des Erreichens der Konkurrenzfähigkeit in Abbildung 1.1a verschiebt sich der Zeitpunkt des Beginns der Diffusionsphase in Abbildung 1.1b (von A nach B und C). Der Unterschied beträgt im Fall der deutschen Windenergieanlagenpreise zwischen sieben und zehn Jahren. Wenn die sozialen Nettokosten nicht berücksichtigt werden, führt dies zu deutlich falschen Investitionsentscheidungen, die ihrerseits hohe Kosten für die Gesamtwirtschaft und die Gesellschaft verursachen. Geht man im Fall der Eigennutzung der Elektrizität nicht von der Ersparnis des vollen Strompreises (Durchschnittskosten), sondern nur von der Einsparung des Arbeitspreisanteils (Grenzkosten) aus, so gewinnt

Abbildung 1.1: Einfluß der Berücksichtigung der sozialen Nettokosten auf den Beginn der Marktdiffusion kleiner Windenergieanlagen (deutsche Anlagenpreise) in der Bundesrepublik und den Verlauf der Marktdiffusion bis zum Jahre 2030

a) Windenergiekosten im Vergleich zur Kostenentwicklung der zu substituierenden Elektrizität

b) Marktdiffusionsverläufe auf der Basis der in a) gezeigten Kostenverläufe

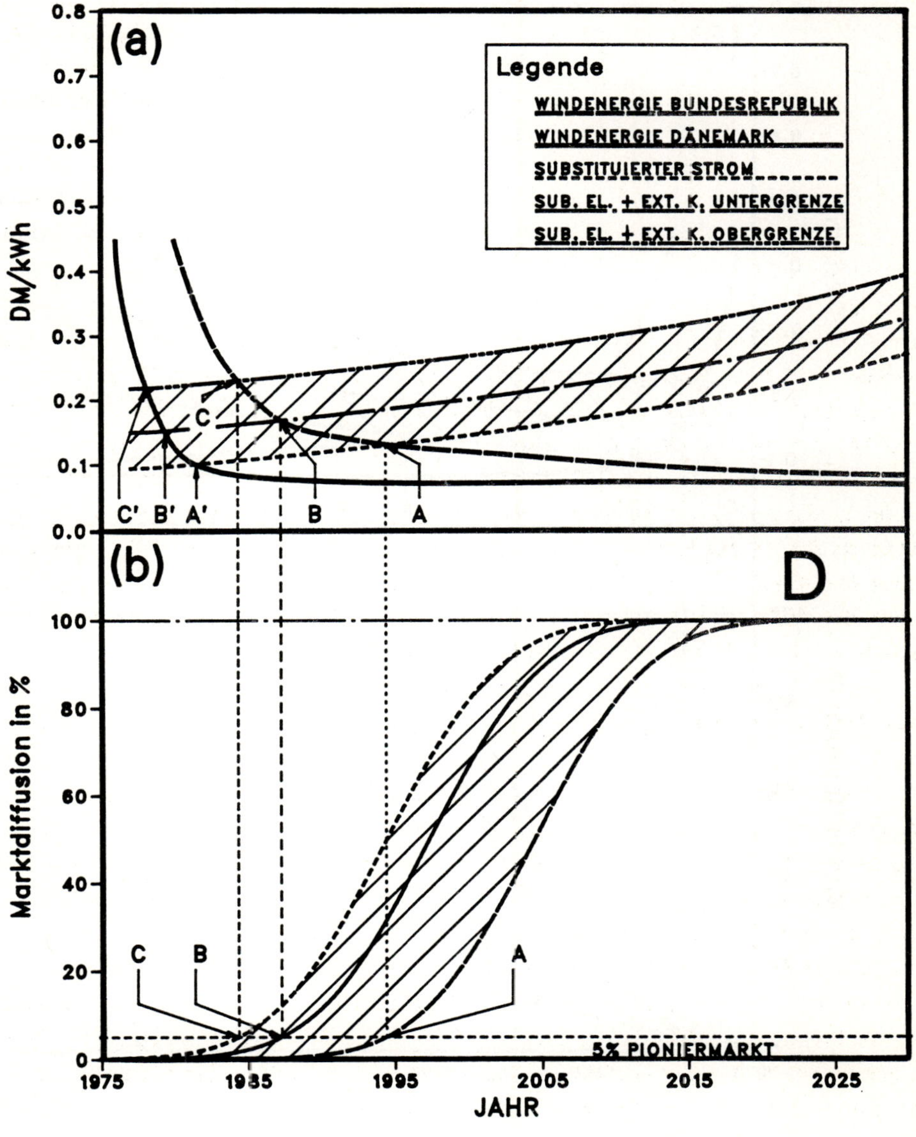

Abbildung 1.2: Einfluß der Berücksichtigung der sozialen Nettokosten auf den Beginn der Marktdiffusion kleiner Windenergieanlagen (dänische Anlagenpreise) in der Bundesrepublik und den Verlauf der Marktdiffusion bis zum Jahr 2030

a) Windenergiekosten im Vergleich zur Kostenentwicklung der zu substituierenden Elektrizität

b) Marktdiffusionsverläufe auf der Basis der in a) gezeigten Kostenverläufe

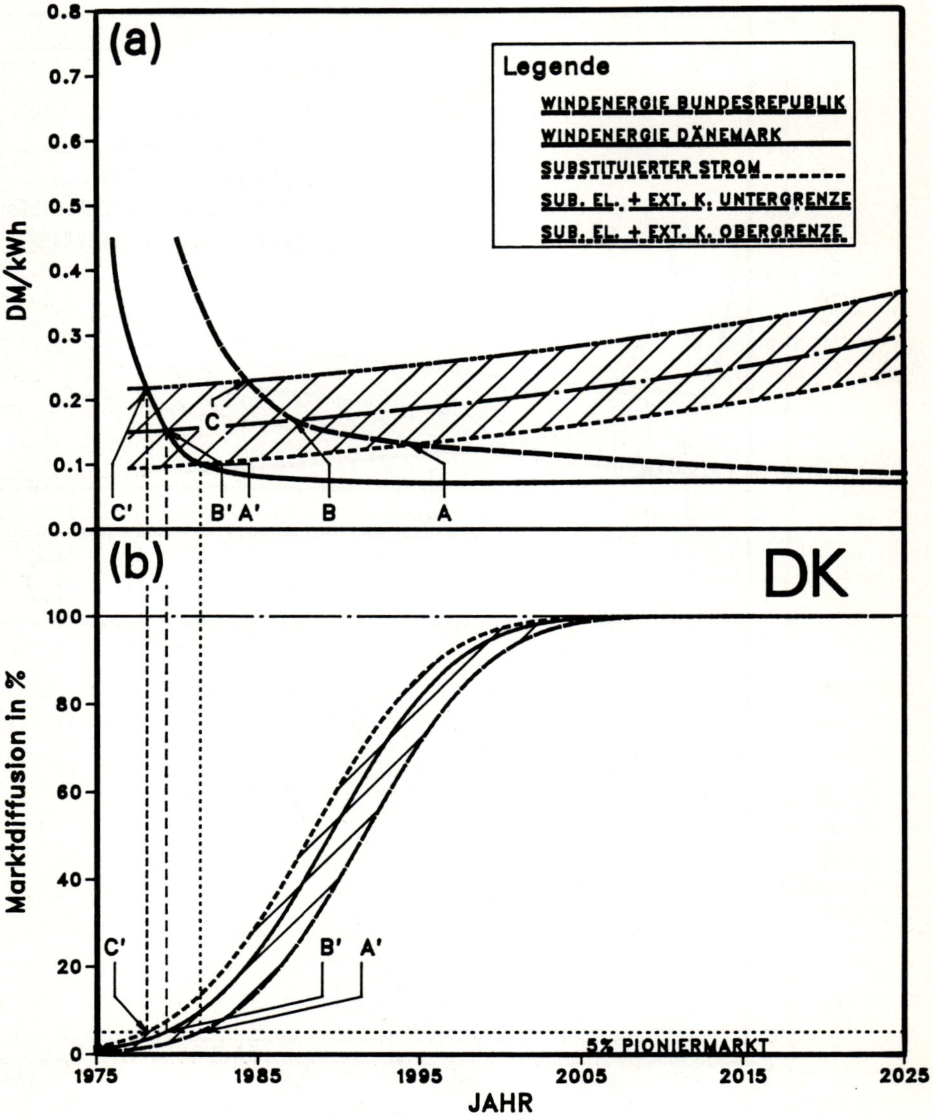

die Berücksichtigung der sozialen Kosten noch zusätzliches Gewicht. Der zeitliche Abstand zwischen A und C wächst dann auf ca. fünfzehn Jahre (C=1985 und A=2000). Dieser Effekt beruht auf der grundsätzlich gegebenen Konvexität der Windenergiekostenkurve gegen den Koordinatenursprung. Bei einer Parallelverschiebung der schneidenden Kurven um den gleichen Betrag nach unten, müssen die Abstände zwischen A und B sowie C größer werden.

Abbildung 1.3 zeigt die Situation analog für die photovoltaische Stromerzeugung. 1982 beliefen sich hier die Kosten noch auf ca. 2,67 DM_{82}/kWh (Pellworm), was in der Größenordnung des Zwanzigfachen des Marktpreises der zu substituierenden Elektrizität lag. Die Einbeziehung der sozialen Nettokosten wird die Konkurrenzfähigkeit der photovoltaischen Stromerzeugung in der Bundesrepublik nach Schätzung des Autors erst in 10 bis 15 Jahren entscheidend beeinflussen, falls der unterstellte Verlauf der zukünftigen technischen Lernkurve (Kostendegressionskurve) halbwegs realistisch ist. Auf der Basis der Angaben einer Vielzahl von Autoren (siehe Kapitel 4) wurde der zukünftige Verlauf einer solchen Kostendegressions- und Lernkurve bestimmt. Dieser ergab z.B. photovoltaische Elektrizitätserzeugungskosten von ca. 62 Pf_{82}/kWh für das Jahr 2000 und einen Kostenverlauf, der sich zum Jahr 2050 weitgehend einem unteren Grenzwert von ca. 26 Pf_{82}/kWh nähert. Basierend auf der Annahme dezentraler privater Solarsysteme und einer Eigennutzung des erzeugten Stroms von 50 % sowie der Abgabe der restlichen 50 % an das öffentliche Elektrizitätsnetz ergibt sich ein mittlerer Marktpreis für die zu substituierende Elektrizität von ca. 19 Pf_{82}/kWh im Jahr 1990.

Wie im Fall der Windenergie wurde ein jährliche reale Preissteigerung von 2 % für die zu substituierende Elektrizität unterstellt. Die Einbeziehung des ermittelten unteren Grenzwerts für die minimalen sozialen Nettokosten (6,8 Pf_{82}/kWh) resultiert in einem Vorziehen des Erreichens der Konkurrenzfähigkeit um ca. vier Jahre (von A nach B in Abb. 1.3a und c). Die Berücksichtigung des oberen Wertes der sozialen Nettokosten (17,1 Pf_{82}/kWh) hat ein Vorziehen um ca. acht Jahre (von A nach C) zur Folge. Für Abbildung 1.3b wurde ein technisches Marktpotential vor 20 TWh/a (100 %-Linie) und ein Pioniermarkt von 5 % (5 %-Linie) unterstellt. Das Gesamtpotential entspricht etwa dem Betrieb von 2,25 Millionen Anlagen einer Spitzenleistung von 10 kW. Die Marktdiffusionsverläufe verschieben sich entsprechend dem Erreichen der Konkurrenzfähigkeit um vier bis acht Jahre (5 %-Punkt von A nach B und C). Auch im Fall der Photovoltaik führt eine ausschließliche Berücksichtigung des Arbeitspreises im Fall der Eigennutzung zu einem höheren Gewicht der Berücksichtigung der Sozialen Kosten. Der Abstand zwischen A und C beträgt dann elf Jahre (A=2019 und C=2008). Aufgrund der etwas spekulativen Datenlage über die zukünftige Kostenentwicklung photovoltaischer Systeme, sollten die spezifischen Angaben zum Erreichen der Konkurrenzfähigkeit als grobe Schätzungen betrachtet werden. Dies hat allerdings keinen gravierenden Einfluß auf die heute und in der näheren Zukunft notwendigen energie- und wirtschaftspolitischen Entscheidungen, da die Einbeziehung der sozialen Netto-

Abb. 1.3: Einfluß der Berücksichtigung der sozialen Nettokosten auf den Beginn der Marktdiffusion photovoltaischer Stromerzeugungsanlagen in der Bundesrepublik und den Verlauf der Marktdiffusion bis zum Jahr 2040 (Preisbasis 1982)

a) Kosten photovoltaisch erzeugter Elektrizität im Vergleich zur Kostenentwicklung der zu substituierenden Elektrizität

b) Marktdiffusionsverläufe auf der Basis der in a) gezeigten Kostenverläufe

c) Ausschnittvergrößerung aus Abbildung a), zur Verdeutlichung der Schnittpunkte der Kostenkurven

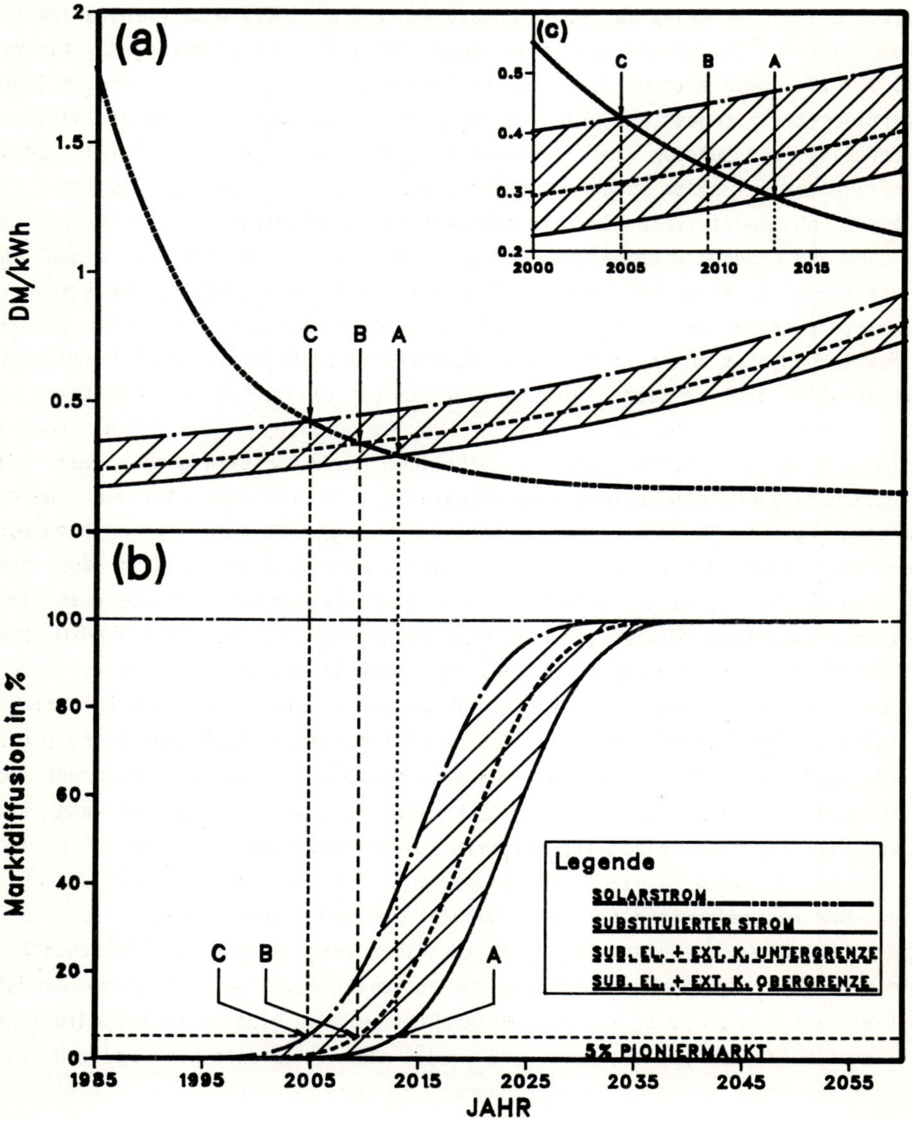

kosten im Falle der Photovoltaik die relative Wettbewerbsposition der konkurrierenden Systeme bis zum Jahr 2000 wahrscheinlich nicht ändern wird. Daher sollte sich in diesem Fall die Energiepolitik kurzfristig darauf konzentrieren, Forschung und Entwicklung im Bereich der Photovoltaik weiter mit dem Ziel zu fördern, die Kosten der erzeugten Elektrizität drastisch zu senken.

Die energiepolitischen Maßnahmen, die im Fall der Windenergie zur Berücksichtigung der sozialen Kosten notwendig erscheinen, unterscheiden sich deutlich von den im Zusammenhang mit der Photovoltaik in der näheren Zukunft notwendigen Maßnahmen. Im Fall der Windenergie erscheint es zwingend notwendig, möglichst bald Maßnahmen zu ergreifen, um die heutige erheblich verzerrte Marktsituation zu korrigieren. Entweder sollten die erheblichen sozialen Kosten der Elektrizitätserzeugung auf der Basis fossiler oder nuklearer Brennstoffe internalisiert oder zumindest die positiven sozialen Nettonutzen der Windenergie durch Kompensationszahlungen gutgeschrieben werden. Nur so können Energiepreise erreicht werden, welche die für heute notwendige Investitionsentscheidungen in Elektrizitätserzeugungssysteme richtigen Preissignale setzen. Sollte eine solche Internalisierung nicht erreicht werden, werden falsche Investitionsentscheidungen getroffen, die eine suboptimale Struktur des Elektrizitätserzeugungssystems zur Folge haben müssen, welche die erneuerbaren Energiequellen nur in unzureichendem Umfang mit einbezieht und so hohe Kosten für die Gesamtwirtschaft und die Gesellschaft in der Bundesrepublik zur Folge hat. Pragmatisch betrachtet kann eine schnelle Internalisierung der sozialen Kosten und Nutzen und damit eine deutlich verbesserte Allokation der knappen Ressourcen auf den Energiemärkten bezüglich der Windenergie wohl am besten dadurch erreicht werden, daß für Windenergiesysteme eine alternative Kompensation in Höhe der sozialen Nettonutzen gezahlt wird. Die Besteuerung konventionell erzeugter Elektrizität in Höhe der verursachten erheblichen sozialen Kosten, die ökonomisch beste Lösung des Problems, dürfte zumindest kurzfristig am verständlichen Widerstand der betroffenen Industrie scheitern. Nach dem derzeitigen Erkenntnisstand könnte eine alternative Kompensationszahlung in der Größenordnung zwischen 6 und 13 Pf_{82}/kWh erzeugter Windelektrizität liegen. Kumuliert man dies über die Lebenserwartung einer 100 kW Windenergieanlage (für die Rechnung wurden 15 Jahre Lebenserwartung angenommen), so ergibt sich eine gesamte Kompensationszahlung von 180.000 - 390.000 DM_{82} pro Anlage. Dieser Betrag entspricht dem geschätzten Mindestwert der kumulierten sozialen Nettonutzen der Anlage, die in den heutigen Marktpreisen keinen Niederschlag finden.

Die gleichen Überlegungen zur notwendigen Internalisierung der sozialen Kosten und Nutzen werden für die photovoltaische Stromerzeugung eine Rolle spielen, sobald der Preis der erzeugten Elektrizität deutlich unter 50 Pf_{82}/kWh gesenkt worden ist, was unseren Schätzungen zufolge zwischen dem Jahr 2000 und 2010 erreicht werden kann.

2. SOZIALE KOSTEN DES ENERGIEVERBRAUCHS: EVALUIERUNG UND POLITISCHE IMPLIKATIONEN

Obwohl diese Arbeit eher darauf zielt, eine pragmatische erste Einschätzung der Unterschiede in den sozialen Kosten verschiedener Energiesysteme zu liefern, müssen doch einige theoretische Überlegungen dargelegt werden, um den Hintergrund für eine solche Einschätzung zu liefern.

2.1 Definition sozialer Kosten und Nutzen

Die ökonomische Theorie geht davon aus, daß jede rationale ökonomische Entscheidung auf einer Zielfunktion basiert. Im Fall der Entscheidungen privater Haushalte nimmt die ökonomische Theorie an, daß es sich hierbei um eine Nutzenfunktion handelt. Im Fall von Privatunternehmen ist das Ziel Gewinn und im Falle des Staates soziale Wohlfahrt. Alle drei Zielfunktionen beinhalten gegenwarts- und zukunftsbezogene Elemente. Soziale Wohlfahrt wird in der Regel als der Wert des Wohlergehens aller Individuen einer Gesellschaft definiert, der auch das Wohlergehen künftiger Generationen einschließt. Demzufolge ist soziale Wohlfahrt weitgehend eine abgeleitete Funktion, da individuelle Nutzen die Basis einer solchen Wohlfahrtsfunktion darstellen. Lehrbücher über öffentliche Finanzen oder Kosten-Nutzen-Analyse behandeln ausführlich die Fragen der sozialen Wohlfahrtstheorie und ihrer wirtschaftspolitischen Implikationen. Als Beispiele für Lehrbücher über die generellen Aspekte seien hier nur Mishan (1976) oder Pearce und Dasgupta (1972) angeführt. Wicke (1982) oder Siebert (1983) stellen die Anwendung der Wohlfahrtstheorie auf Fragestellungen der Umweltökonomie dar.

Um zu einer aggregierten gesellschaftlichen Wohlfahrtsfunktion zu gelangen, ist es notwendig, Individualnutzen zu vergleichen. Dies wirft Fragen der Gewichtung der Nutzen einzelner Individuen auf, die eventuell in Abhängigkeit von dem relativen Nutzenniveau des einzelnen Individuums gewählt werden könnten. Solche Gewichtungsfaktoren sind notwendigerweise Gegenstand politischer Wertungen und in der Regel höchst schwierig abzuleiten. In vielen wirtschaftspolitischen Entscheidungssituationen ist es aber dennoch notwendig, Entscheidungen für ganze Gruppen zu treffen, ohne ihr Einverständnis einholen zu können.

Auf der Basis gegebener Wertvorstellungen können mit Hilfe von Evaluierungsprozeduren rationale Entscheidungen abgeleitet werden. Die Ergebnisse solcher Evaluierungen sind allerdings extrem sensitiv in bezug auf Veränderungen in den zugrunde liegenden Wertvorstellungen. Evaluierungsprozeduren können daher zwar Hilfestellung bei der

Ableitung rationaler Entscheidungen geben, sie können politische Wertentscheidungen nicht ersetzen (vgl. hierzu z.B. Pearce und Dasgupta 1972, S. 3).

Eine weitere Schwierigkeit bei der Behandlung von Wohlfahrtsproblemen ist die Entscheidung darüber, wessen Nutzen und Kosten berücksichtigt werden sollen. Für die meisten politischen Entscheidungsträger ist die zu berücksichtigende Gruppe von Individuen ihre Wählerschaft. Wirkungen auf Individuen außerhalb der Wählerschaft werden nur insofern berücksichtigt, wie sie auf Individuen in der Wählerschaft zurückwirken. Ein möglicher Weg für solche Rückkopplungen sind Reaktionen von außerhalb der Gruppe, die Gruppenmitglieder direkt berühren, oder altruistische Reaktionen in Situationen, in welchen die Gruppenmitglieder nicht betroffen sind.

2.2 Soziale und private Kosten und Nutzen

Vergleicht man die Bewertung einer Handlungsoption entsprechend einer gesellschaftlichen Wohlfahrtsfunktion mit der Bewertung gemäß einer Zielfunktion eines privaten Unternehmers, so wird der Unterschied in der Bewertung schnell deutlich. Der Private richtet sich in der Regel (kein Altruismus unterstellt) nur nach seinen eigenen Kosten und Nutzen. Der Private ist sozusagen das einzige Individuum in der relevanten Gruppe. Dies heißt nicht, daß keine Effekte auf andere Individuen Eingang in private Gewinn- und Nutzenüberlegungen finden. So muß er Zahlungen für Inputs leisten, die den Preis dafür darstellen, daß er diese knappen Ressourcen von anderen konkurrierenden Verwendungsmöglichkeiten abzieht. Ähnlich bewirken Emissionsabgaben und/oder Emissionsgrenzwerte, daß Unternehmen die Schäden und Unannehmlichkeiten in ihr Kostenkalkül einbeziehen, die ihre Produktion für Dritte verursacht. Es können auch positive Externalitäten für ein Unternehmen entstehen, wenn Subventionen, private Zahlungen oder gesetzliche Bestimmungen entsprechend ausgestaltet sind. Bezieht das Unternehmen diese Externalitäten aufgrund gesetzlicher Rahmenbedingungen in sein Entscheidungskalkül mit ein, so sagt man, daß es diese Externalitäten internalisiert. Für diese Externalitäten werden im folgenden die Begriffe soziale Kosten und soziale Nutzen verwendet.

Die gesamten Kosten und Nutzen privater Güter oder Projekte können in zwei Kategorien unterteilt werden (vgl. auch Tabelle 3.1):

- private Kosten und Nutzen, welche sich in privaten Gewinn- und Nutzenkalkülen niederschlagen und
- soziale Kosten und Nutzen, welche alle Effekte auf andere Individuen in der relevanten Gruppe umfassen, die vom privaten Entscheidungsträger nicht internalisiert werden.

Die wohl am besten bekannten sozialen Kosten sind die Schäden aufgrund von Umweltverschmutzung. Weitere wichtige Externalitäten sind z.B. Auswirkungen auf den Arbeitsmarkt und ihre sozialen Implikationen, Verteilungseffekte oder defensive Ausgaben von staatlichen Stellen oder Privaten, um Umweltschäden abzuwenden oder zu mildern.

Die vorliegende Studie versucht die Diskrepanz zwischen der privaten und sozialen, also gesamtwirtschaftlichen, Nützlichkeit konkurrierender Energiesysteme zur Elektrizitätserzeugung zu analysieren. Im Mittelpunkt steht hierbei der Vergleich konventioneller Energiesysteme auf der Basis fossiler und nuklearer Brennstoffe mit der Stromerzeugung aus den regenerativen Energiequellen Wind und Sonne (hier photovoltaische Stromerzeugung). Bisher sind diese Energiesysteme aufgrund der an Marktpreisen orientierten privaten Kostenkalküle nur in wenigen Ausnahmefällen wirtschaftlich. Das Ergebnis einer gesamtgesellschaftlichen und gesamtwirtschaftlichen Bewertung kann hiervon deutlich abweichen, wenn sich, wie vom Autor als Ausgangshypothese unterstellt, herausstellt, daß die sozialen Kosten der konventionellen Elektrizitätserzeugung deutlich höher liegen, als im Fall der Nutzung regenerativer Energiequellen. Im dritten Kapitel der vorliegenden Arbeit wird eine erste Abschätzung der Größenordnung dieser sozialen Kosten gegeben, die eine Einschätzung der Verzerrung durch Nichtberücksichtigung sozialer Kosten zuläßt. Kapitel 2.3 gibt eine kurze theoretische Einführung in die Evaluierung sozialer Kosten und Nutzen.

2.3 Evaluierung sozialer Kosten und Nutzen

2.3.1 Theoretische und pragmatische Abgrenzung der zu berücksichtigenden Effekte

Die Bewertung ökonomischer Handlungsoptionen ist nur bei Kenntnis der Handlungsalternativen möglich. Der angemessene Bewertungsmaßstab für die Verwendung knapper Güter ist ihr Wert für die bestmögliche Verwendung. Diesen Ansatz bezeichnet man als Opportunitätskostenprinzip, das die Basis aller ökonomischen Optimierungskalküle bildet. In gewissem Maße ist dieses Prinzip im Sinne privater Opportunitätskosten schon in den Marktpreisen enthalten, da die Verkäufer bereit sind, zu diesen Preisen zu verkaufen und ihre Rechte, die Waren oder Dienstleistungen zu anderen Zwecken zu nutzen, aufgeben.

Auch bei der Bewertung sozialer Kosten kann das Opportunitätskostenprinzip zur Anwendung kommen. Die Anwendung dieses Prinzips kann im Fall der durch Luftverschmutzung verursachten Materialschäden am Beispiel einer wertvollen Statue an der Außenfassade einer alten Kirche (z.B. des Kölner Doms) gezeigt werden. Beläßt man die Statue an der Fassade, so wird sie innerhalb weniger Jahrzehnte völlig zerstört sein und geht mit ihrem vollen Wert in das soziale Kostenkalkül ein. Ersetzt man aber die Statue durch eine viel billigere Nachbildung und stellt das Original in einem Museum auf, wo es keinen weiteren Schaden erleidet, so verändert sich das soziale Kostenkalkül. Die sozialen Kosten der Luftverschmutzung in bezug auf diese Statue sind dann die Kosten für die Reproduktion der Statue zuzüglich des ideellen Wertes, die Außenfassade der Kirche mit dem Original der Statue besichtigen zu können und der Kosten für die Ausstellung des Originals in einem Museum abzüglich des Nutzens, den die Besichtigungsmöglichkeit des Originals im Museum mit sich bringt. Läßt man das Original weiterhin im Freien der Materialkorrosion durch Luftverschmutzung ausgesetzt, sind im Fall wertvoller Originale die sozialen Kosten sicherlich sehr viel höher als bei Ersatz durch eine Reproduktion. Verallgemeinernd läßt sich feststellen, daß die sozialen Kosten der Luftverschmutzung den Schadensvermeidungskosten entsprechen, wo immer eine solche Strategie erfolgreich angewendet wird, und den effektiven Schadenskosten entsprechen, wenn diese Schäden nicht verhindert werden oder verhindert werden können. Allein die Möglichkeit einer kostengünstigen Schadensvermeidungsstrategie reicht zur Kostenzurechnung allerdings solange nicht aus, wie diese Vermeidungsstrategie nicht erfolgreich durchgeführt wird.

Marktpreise beinhalten in der Regel auch alle privaten Kosten und Nutzen der vorgelagerten ökonomischen Prozesse. Dies gilt nicht für die sozialen Kosten und Nutzen. Wenn auf vorgelagerten Produktionsstufen soziale Kosten entstehen, vermittelt sie der Marktpreismechanismus nicht an die nachgelagerten Stufen weiter. Die Gesamtsumme aller sozialen Kosten eines Endprodukts ist aber die Summe der sozialen Kosten aller relevanten Produktionsstufen. Ein möglicher Weg zur Ableitung der Summe aller sozialen Kosten wäre die Verwendung einer um alle sozialen Kosten erweiterten Input-Output Tabelle, welche die sozialen Nettoeffekte jeder Produktionsstufe beinhalten müßte. Durch Inversion dieser Matrix der Koeffizienten der gesellschaftlichen Gesamtkosten wäre es möglich, in Analogie zur Leontief-Inversen die Gesamtkosteninverse zu bestimmen, die dann die Summe aller sozialen Kosten und Nutzen mit einschließen würde.

Das Statistische Bundesamt der Bundesrepublik Deutschland (Arbeitsgruppe von Dr. C. Stahmer) stellt zur Zeit Überlegungen über die Konstruktion von entsprechenden Umweltsatellitenmodellen zur Ergänzung der offiziellen Input-Output Tabellen an.

Bislang ist allerdings noch nicht klar, ob und wann ein solches Projekt praktisch begonnen werden kann. Es ist daher leider nicht möglich, indirekte soziale Kosten im Rahmen der vorliegenden Arbeit in zufriedenstellender Weise mit einzubeziehen.

Das Problem der zur Zeit nicht ermittelbaren indirekten sozialen Kosten stellt sich für alle Bereiche sozialer Kosten mit Ausnahme der Auswirkungen auf den Arbeitsmarkt. Im Fall der Beschäftigungseffekte enthält die um einige technologiespezifische neue Produktionsfunktionen (Inputvektoren) erweiterte Input-Output Tabelle, in Verbindung mit branchenspezifischen Arbeitskoeffizienten alle für die Berechnung von Vorleistungseffekten notwendigen Informationen. In allen anderen Bereichen können zur Zeit nur die sozialen Kosten der letzten Produktionsstufe analysiert werden. In einigen Fällen wurde diese Analyse durch eine Betrachtung der vorletzten Produktionsstufe ergänzt. Allerdings ist es in bestimmten Fällen sozialer Kosten auch auf der letzten Produktionsstufe nicht möglich, diese adäquat zu quantifizieren und zu monetarisieren. Um trotz dieser Schwierigkeiten die gesamtwirtschaftlichen und gesamtgesellschaftlichen Kosten der konventionellen Elektrizitätserzeugung mit den Gesamtkosten der Elektrizitätserzeugung auf der Basis regenerativer Energiequellen vergleichen zu können, nehmen wir in dieser Arbeit an, daß sich die nicht berücksichtigten indirekten sozialen Kosten in etwa aufheben. Es ist geplant, diese Annahme im Rahmen einer Folgestudie zu überprüfen.

2.3.2 Vergleich und Aggregation unterschiedlicher Arten sozialer Kosten und Nutzen

Bewertungen sozialer Wohlfahrt müssen oft eine Vielzahl von Effekten berücksichtigen, die nur schwer vergleichbar sind. Ein Beispiel aus dem Problemfeld dieser Arbeit ist der Vergleich ökonomischer oder materieller Werte, wie der vergleichsweise hohen Marktpreise der Elektrizität aus erneuerbaren Energiequellen mit den Gesundheitsschäden, die aus der Luftbelastung durch die Stromerzeugung aus Kohle resultieren. Es stellt sich die Frage, wann die Umstellung auf weniger gesundheitsschädliche Technologien gesellschaftlich "profitabel" wird. Dies führt direkt zu der Frage, welchen Preis das menschliche Leben oder eine unversehrte Gesundheit hat. Die meisten Menschen schrecken aus ethischen Gründen vor einer solchen Bepreisung menschlichen Lebens zurück. Allerdings muß man sich darüber im klaren sein, daß Entscheidungen über zulässige Emissionen, Sicherheitsstandards, Mittel für Krebsforschung und ähnliche Probleme implizite Kosten-Nutzenkalküle und somit implizite Preisannahmen bezüglich des menschlichen Lebens und der menschlichen Gesundheit enthalten. Es ist immer möglich, ein weiteres Menschenleben durch die Verschärfung von Sicherheitsvorkehrungen (und die Erhöhung von Kosten) oder durch die Verminderung der Produktion von Gütern mit hohem Berufsunfallrisiko zu retten. Generell liegt bei der Optimierung einer mehrdimensionalen Zielfunktion eine implizite Monetarisierung nicht monetärer Effekte vor, wenn immer auch monetäre Größen in der Zielfunktion enthalten sind. Um einen sachgerechten Entscheidungsprozeß zu ermöglichen, ist es offensichtlich erstrebenswert, implizite Bewertungen explizit zu machen. Dies heißt nicht, daß explizite Bewertungen nicht einer kritischen Plausibilitätskontrolle, auch im Hinblick auf ihre Auswirkungen auf die Gesamtbewertung praktischer Probleme unterzogen werden müssen.

Die Monetarisierung nicht monetärer Effekte wird oft auf der Basis öffentlicher Mittel vorgenommen. Wenn zum Beispiel der soziale Nutzen öffentlicher Ausgabenprogramme bewertet werden soll, werden Kosten und Nutzen vor dem Hintergrund der Beschränkungen öffentlicher Haushalte verglichen. Da der Erhebung zusätzlicher Steuern in der Praxis in der Regel enge Grenzen gesetzt sind, andererseits aber die Nachfrage nach öffentlichen Mitteln groß ist, kann der soziale Nutzen öffentlicher Mittel größer sein, als der des gleichen Betrags in Form privater Profite. Ähnlich gilt, daß eine Einkommenserhöhung für Familien mit niedrigem Einkommen größeren gesellschaftlichen Nutzen stiftet, als die im Betrag gleich große Einkommenserhöhung für Familien mit hohem Einkommen. Monetarisierung bedeutet nur, daß eine Standardeinheit zur Bewertung aller unterschiedlichen Kosten und Nutzen verwendet wird. Sie erlaubt auch die Aggregation monetärer Werte mit unterschiedlichen Gewichtungsfaktoren, wenn diese Effekte unterschiedliche Individuen oder Organisationen betreffen.

In den vorangegangenen Ausführungen ist die Bedeutung der Monetarisierung für die Optimierung einer mehrdimensionalen Wohlfahrtsfunktion betont worden, es sollte aber auf einige Einschränkungen im Hinblick auf praktische Bewertungen hingewiesen werden. Theoretisch spielt es keine Rolle, welche Vorgehensweise für die Monetarisierung gewählt wird. In der Praxis tendiert eine explizite Monetarisierung allerdings dazu, leicht monetarisierbare Effekte überzubewerten, da diese am einfachsten zu berechnen sind und daher tendenziell am vollständigsten erfaßt werden. Außerdem sind denjenigen, die solche Berechnungen durchführen, die politischen Bewertungsmaßstäbe für die sozialen Kosten und Nutzen der betroffenen Gruppen nicht oder nur unzureichend bekannt. In solchen Fällen ist es sehr verlockend, nur die Effekte zu berücksichtigen, die einfach zu erfassen sind und andere, eventuell wichtige Effekte zu vernachlässigen. Eine sehr sachgerechte Vorgehensweise dürfte es sein, alle monetären Effekte zu aggregieren und alle anderen Wirkungen qualitativ zu beschreiben, ohne sie zu monetarisieren und alle Wirkungen zu einem Gesamteffekt zu aggregieren. Aber auch diese Vorgehensweise löst nicht alle Probleme, da der Anreiz, monetäre Effekte zu erfassen, erheblich größer ist als für nicht monetäre Effekte. Entsprechend gilt auch, daß auf der nächsten Stufe der endgültigen Bewertung die "objektiven" Werte der monetären Effekte die deskriptiven Teile der Problemdarstellung dominieren. Obwohl oder gerade weil die vorliegende Arbeit sich in weiten Teilen auf schon vorhandene Forschungsergebnisse zu diesem Problembereich stützen muß, die in der Regel die nicht monetären Wirkungen unterschätzen, ist es notwendig, sich ihrer Bedeutung und der aus ihrer Unterschätzung resultierenden Verzerrungen bewußt zu sein. Wie in Kapitel 3 deutlich wird (vgl. Tabelle 3.19), begünstigt diese Tatsache in fast allen Fällen die konventionelle Elektrizitätserzeugung aufgrund ihrer erheblichen sozialen Kosten im Bereich von Umwelt und Gesundheit, aber sie ist konsistent mit unserer Gesamtvorgehensweise, daß wir Annahmen im Fall von Unsicherheiten zum Nachteil der regenerativen Energiequellen treffen.

2.4 Soziale Kosten und ihre wirtschaftspolitischen Implikationen

In der bisherigen Diskussion des Problems der Differenz zwischen privaten und gesellschaftlichen Kosten in Kapitel 2.2 ist gezeigt worden, daß private Entscheidungen (z.B. für mehr oder weniger umweltintensive Produktionstechnologien) nicht zu einem gesamtgesellschaftlichen und gesamtwirtschaftlichen Optimum führen, solange bedeutende soziale Kosten (und Nutzen) verursacht werden, deren Internalisierung nicht gewährleistet ist. In jeder Marktwirtschaft ist es Aufgabe des Staates, diese privaten Entscheidungen so zu leiten, daß ihre gesellschaftlichen Implikationen angemessen berücksichtigt werden. Soziale Kosten privater Entscheidungen müssen durch staatliche Intervention in den Markt internalisiert werden, da eine fehlende oder unzureichende Internalisierung dieser Effekte zu einer schwerwiegenden Fehlallokation von Mitteln und knappen Ressourcen und so zu hohen Verlusten in bezug auf das erreichbare gesamtwirtschaftliche Wohlfahrtsniveau führen kann. Mögliche Instrumente im Zusammenhang mit externen Umweltkosten sind Emissionssteuern in Höhe der verursachten sozialen Kosten, die diese Umweltkosten internalisieren können, oder Emissionsgrenzwerte, welche das Auftreten negativer externer Umweltkosten von vorneherein verhindern sollen. Falls Steuern aus pragmatischen Gründen nicht erhoben werden können, weil sie z.B. unter bestimmten politischen Umständen gegen interessierte Gruppen nicht durchsetzbar sind, könnten an besonders umweltschonende Technologien Kompensationszahlungen geleistet werden oder öffentliche Ausgabenprogramme durchgeführt werden, welche die Schäden verhindern oder mindern könnten.

Verschiedene Autoren wie Schulz (1985) oder Wicke (1986, S. 61ff) zeigen verschiedene pragmatische Gründe für die Monetarisierung nicht monetärer externer Effekte auf, die in engem Zusammenhang mit der politischen Behandlung dieser Effekte stehen. So kann das beste Instrument zur Internalisierung dieser Effekte in private Entscheidungskalküle, nämlich die Erhebung einer entsprechenden Steuer oder Abgabe auf der Basis sozialer Kosten nur erfolgreich sein, wenn diese Effekte in das Steuersystem übersetzt, das heißt monetarisiert werden können. Entsprechend kann auch eine optimale Struktur öffentlicher Ausgaben nur (mathematisch) abgeleitet werden, wenn die

Kosten und Nutzen der verschiedenen Ausgaben quantitativ vergleichbar sind. Im politischen Entscheidungsprozeß kann die Monetarisierung bei der Festlegung des Umfangs von Umweltschutzmaßnahmen von Nutzen sein, wenn sie erlaubt, Kosten und Nutzen dieser Maßnahmen in Geldeinheiten zu vergleichen.

Die Wirkungen einzelner Maßnahmen zur Internalisierung sozialer Kosten auf die einzelnen Märkte können höchst unterschiedlich sein. Belastet man alle Produkte und Prozesse mit einer Steuer in der Höhe der Summe ihrer (theoretischen) sozialen Nettoeffekte, so führt dies zu einer Korrektur aller relativen Preise im Sinne der Berücksichtigung der gesellschaftlichen Gesamtkosten und somit zu einer optimalen Allokation aller Ressourcen und zu einem optimalen Outputniveau aller Produktionsprozesse. In der Praxis kann man eine optimale Allokation aufgrund nicht erfaßbarer Interdependenzen nie vollständig sicherstellen. Maßnahmen können aber in Richtung auf die Erzielung eines Optimums wirken. Subventioniert man aber nur Produkte oder Produktionsprozesse mit besonders hohen sozialen Nutzen, so erhöht man zwar die Konkurrenzfähigkeit dieser Produkte im Vergleich zu ihren direkten Substituten und somit auch ihre Produktion, die Produktion von Gütern mit hohen sozialen Kosten bleibt aber im Vergleich zu allen anderen Gütern zu billig und somit bleibt auch ihr Produktions- und Nachfrageniveau zu hoch. Subventionszahlungen bewirken daher nur die Korrektur der Preisverhältnisse auf den direkt betroffenen Gütermärkten, können aber keine Korrektur in bezug auf die gesamte Produktion aller Gütermärkte bewirken, wie dies durch entsprechende Steuern möglich wäre. Im Fall der Steuern bezahlt der Verursacher für den von ihm verschuldeten Schaden, im Fall der Subventionen zahlt die Gesellschaft durch erhöhte allgemeine Steuern für die Abwendung oder Reparatur von Schäden.

2.5 Die Auswirkungen der Berücksichtigung sozialer Kosten auf die Konkurrenzfähigkeit und die Marktdiffusion neuer Energietechnologien

Der Zeitpunkt der Markteinführung von neuen Technologien zur Nutzung regenerativer Energiequellen hängt im wesentlichen von der Erreichung eines konkurrenzfähigen Kostenpreises im Vergleich zum Preis der zu substituierenden Endenergie ab. Da sich sowohl die Kosten der konventionellen Energieerzeugung (P_{EK}) über die Zeit ändern (im allgemeinen wird von einem leichten jährlichen Anstieg als langfristigem Trend ausgegangen), als auch die Kosten der Nutzung regenerativer Energiequellen mit fortschreitenden technologischen Lerneffekten entlang einer Kostenkurve (P_{ER}) fallen, kommt es im Zeitpunkt t_0 zum Schnitt der beiden Kostenkurven (vgl. Abbildung 2.1). Zur Erörterung des technischen Fortschritts durch Lernen sei hier nur beispielhaft auf die Arbeit von Arrow (1962) hingewiesen.

Abbildung 2.1: Typische Preisentwicklung für die Energieerzeugung aus erschöpfbaren konventionellen Energieträgern (P_{EK}) und die Energieerzeugung aus regenerativen Energiequellen (P_{ER})

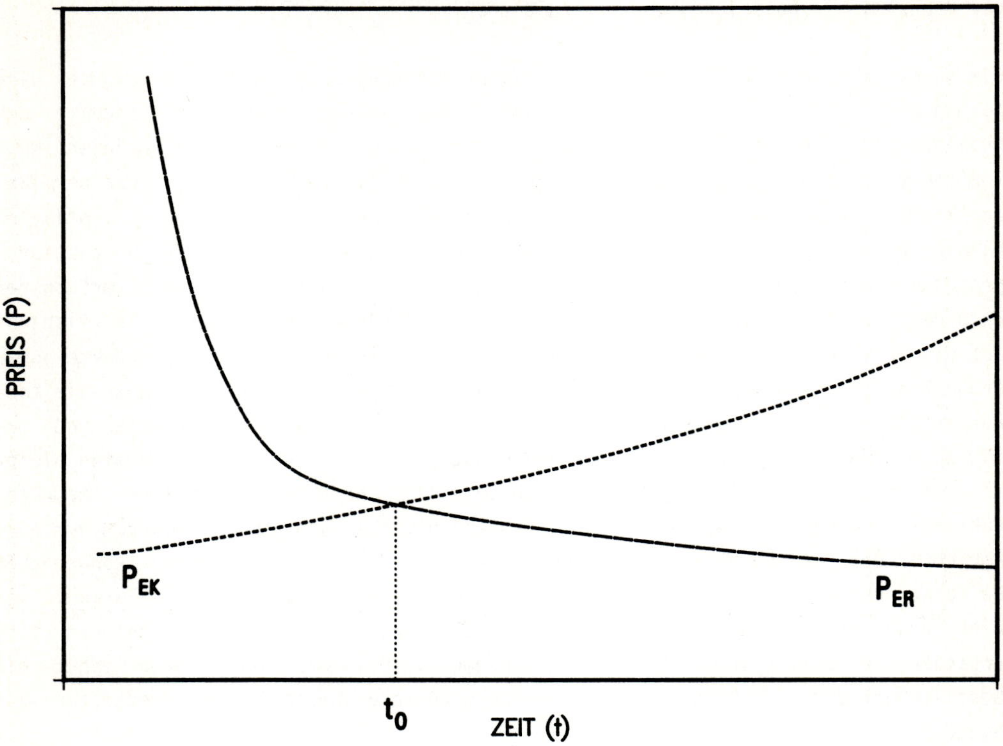

Stellt Abbildung 2.1 die Situation ohne Berücksichtigung der sozialen Kosten der Energieerzeugung dar, so lassen sich diese durch Addition der sozialen Nettokosten, also nach Verrechnung aller sozialen Kosten und Nutzen der konkurrierenden Energietechnologien, zur Preiskurve der konventionellen Energieerzeugung in die Analyse einbeziehen. Gehen wir davon aus, daß erhebliche soziale Nettokosten der konventionellen Energieerzeugung existieren und nehmen wir vereinfachend an, daß diese über die Zeit konstant sind, so können sie durch Parallelverschiebung der P_{EK}-Kurve um den Betrag dieser Kosten (K_s) berücksichtigt werden (vgl. Abbildung 2.2).

Die neue Kostenkurve (respektive Preiskurve) ist in der Abbildung mit P_{EKS} bezeichnet. Durch die Einbeziehung der sozialen Kosten verschiebt sich der Schnittpunkt der Kurven von t_o nach t_1. Das Erreichen der Konkurrenzfähigkeit der neuen Technologie wird also durch die Nichtberücksichtigung der sozialen Kosten gegenüber der gesamtwirtschaftlich wünschenswerten Berücksichtigung aller Kosten um Δ t verzögert.

Abbildung 2.2: Einbeziehung der sozialen Nettokosten

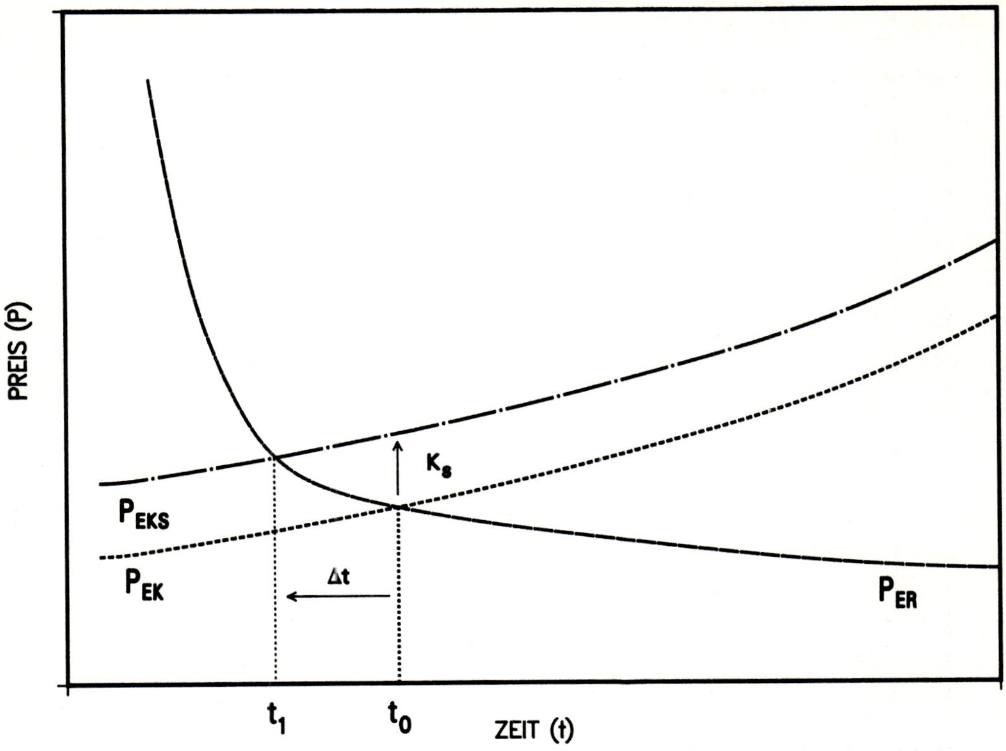

Geht man davon aus, daß die Marktdiffusion neuer Energietechnologien in den etablierten Märkten erst einsetzt, wenn die neuen Technologien Energie zumindest zum gleichen Preis liefern können, wie die etablierten Konkurrenztechnologien, so kommt dem Schnittpunkt t_0 respektive t_1 als Beginn des Diffusionsprozesses eine zentrale Bedeutung zu. Dieser gesamtwirtschaftliche Diffusionsprozeß stellt den Übergang von einer alten auf eine neue Technologie im Bereich energietechnischer Investitionsgüter dar. Solche Prozesse lassen sich am ehesten mit "vintage" oder "stock adjustment" Modellen beschreiben (vgl. Stoneman 1983, S. 113ff), in welchen schrittweise ein Bestand an alter Technologie durch neueste Technologie ersetzt wird. Stoneman stellt auch fest, daß sich aus verschiedensten empirischen Studien immer wieder S-förmige Diffusionsverläufe ergeben haben (vgl. Stoneman 1983, S. 69). Diese Form entspricht auch den Vorstellungen von Griliches über die Stadien der Diffusion (vgl. Brown 1981, S. 21). Nimmt man an, daß ein Pioniermarkt für neue Energietechnologien existiert, der keine Wirtschaftlichkeit als Voraussetzung fordert oder erheblich geringere Anforderungen stellt (Sondermärkte), und dieser etwa 5 % des gesamten Marktpotentials darstellt, so kann der Punkt t_0 (respektive t_1) als Startpunkt für den Diffusionsprozeß verstanden werden. Abbildung 2.3 skizziert einen solchen Diffu-

Abbildung 2.3: Marktdiffusion neuer Energietechnologien in Abhängigkeit vom Erreichen der Wettbewerbsfähigkeit

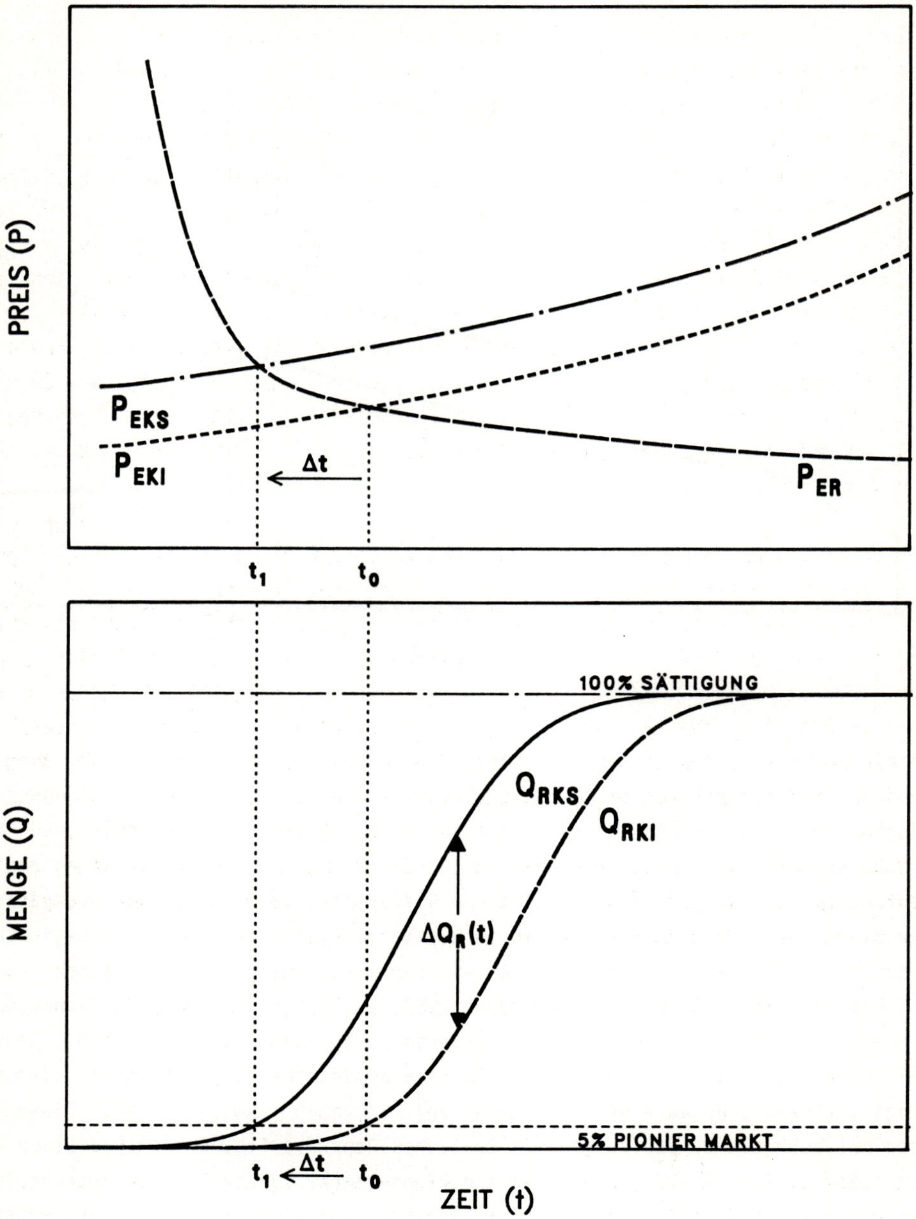

sionsprozeß, wobei die Diffusion als Anteil der jährlichen Produktion an der gesamten Energieproduktion auf der Basis einer regenerativen Energiequelle bei 100 %iger Marktsättigung dargestellt ist.

Unterstellt man, daß sich außer der Berücksichtigung der sozialen Kosten keine weiteren Veränderungen ergeben, so resultiert aus der Verschiebung des Erreichens der Wirtschaftlichkeit um Δ t eine Verschiebung der Marktdiffusionskurve um das gleiche Δt. Die jährliche Erzeugung von Energie auf der Basis einer regenerativen Energiequelle $Q_R(t)$ liegt bei Nichtberücksichtigung der sozialen Kosten um die Differenz der beiden Kurven (ΔQ_R) niedriger als im Fall der gesamtwirtschaftlich optimalen Einführung. Bezüglich der Form und des Verlaufs der Marktdiffusionskurven wird in der Studie unterstellt, daß der Zeitraum zwischen dem Beginn der Diffusion (5 %-Punkt) und dem Beginn der Sättigung (95 %-Punkt) 20 Jahre beträgt. Dieser Wert ist eine grobe Abschätzung der zu erwartenden Umwälzung des Kapitalstocks im Energiebereich in Abhängigkeit von der eintretenden technischen und ökonomischen Obsolenz. Vorgenommen wird diese Analyse an den Beispielen der Elektrizitätserzeugung aus Wind- und Sonnenenergie im Vergleich zur Elektrizitätserzeugung auf der Basis fossiler und nuklearer Energieträger.

Unterstellt man nun, daß sowohl die sozialen Nettokosten und die zukünftigen privaten (internen) Kostenverläufe der konkurrierenden Energietechnologien als auch die Marktdiffusionsverläufe der neuen Energietechnologien bekannt sind, kann man aus den jährlichen Preisdifferenzen ($\Delta P_E(t) = P_{EKS}(t) - P_{ER}(t)$) und den jährlichen Mengendifferenzen ($\Delta Q_R(t) = Q_{RKS}(t) - Q_{RKI}(t)$) die jährlichen gesellschaftlichen Mehrkosten ($\Delta C_s(t)$) der Nichtberücksichtigung der sozialen Nettokosten durch verzögerte Technologiediffusion berechnen. Abbildung 2.4 veranschaulicht diese Ableitung der gesellschaftlichen Mehrkosten graphisch.

Integration der sich ergebenden jährlichen Kostenfunktion erlaubt die Ableitung der gesamten sozialen Kosten (TC_s), die aus der verspäteten Marktdiffusion resultieren. Mathematisch kann dies folgendermaßen dargestellt werden:

$$C_s(t) = (Q_{RS}(t) - Q_{RI}(t)) \times (P_{EKS}(t) - P_{ER}(t))$$

$$TC_s = \int_{t_1}^{t_e} \text{von } C_s(t) \quad \text{mit} \quad t_e = f(t_1)$$

Im Zeitpunkt t_e wird Δ Q(t) Null, da ab diesem Zeitpunkt auch bei verspäteter Einführung der neuen Technologie die maximale jährliche Energieproduktion erreicht wird.

Abbildung 2.4: Jährliche und gesamte soziale Kosten der verspäteten Marktdiffusion von Energietechnologien auf der Basis regenerativer Energiequellen

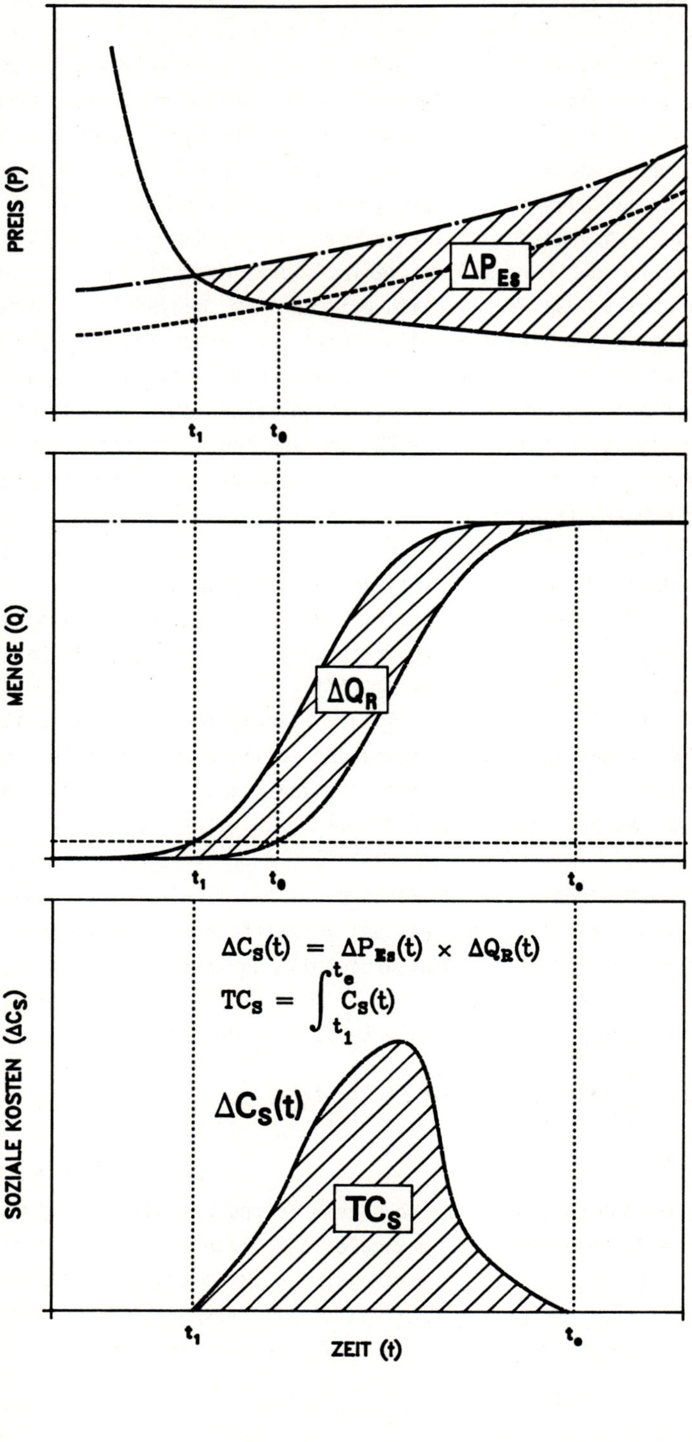

Empirisch umsetzen läßt sich der oben entwickelte Ansatz allerdings nur, wenn bestimmte Voraussetzungen erfüllt sind. Im Idealfall sollten alle sozialen Kosten bekannt und monetarisierbar sein. Ferner müßten die zukünftigen Verläufe der internen Kosten der konkurrierenden Technologien bekannt sein und darüber hinaus müßte man den genauen Verlauf der Marktdiffusion der neuen Technologie kennen, um die abgeleiteten sozialen Kosten berechnen zu können. Es ist unmittelbar einsichtig, daß diese Bedingungen nicht gegeben sind. Es stellt sich daher die Frage, ob der Ansatz empirisch auch nützlich sein kann, wenn nur unvollständige Information gegeben ist. Bezüglich der Elektrizitätserzeugung läßt sich feststellen, daß sowohl die zukünftige Kostenentwicklung der konventionellen Elektrizitätserzeugung (z.B. Hofer und Masuhr 1984) als auch der ungefähre Kostenverlauf der neuen Technologien aus veröffentlichten Studien oder vorliegenden Preisdaten relativ gut ableitbar sind. Im Fall der Windenergie ist die Preisentwicklung dänischer Anlagen seit Ende der 70er Jahre sehr gut dokumentiert. Das Vorliegen dieser Informationen erlaubt es, die Kostenkurven zunächst mit hinreichender Genauigkeit zu ermitteln bzw. abzuschätzen. Wie oben bereits angesprochen, läßt sich auf der Basis der Geschwindigkeit der bisherigen Kapitalstockumwälzung im Elektrizitätsbereich die ungefähre Zeitspanne der Marktdiffusion (5 - 95 % des Gesamtpotentionals) neuer Technologien abschätzen. Da die Möglichkeit, aus dezentralen intermittierenden Quellen wie Wind- und Sonnenenergieanlagen Strom in das öffentliche Netz einzuspeisen, eine technische Obergrenze hat, die sich technisch bestimmer läßt, ist es möglich, das gesamte Marktpotentional und damit den ungefähren realen Verlauf der Marktdiffusionskurve abzuleiten.

Wie schon oben dargestellt, stellt die Monetarisierung der sozialen Kosten das größte grundsätzliche Problem dar, da diese zum Teil zwar quantifizierbar, aber nicht oder nur sehr unzureichend monetarisierbar sind. Beispiele für diese Schwierigkeiten sind die monetäre Bewertung von Gesundheitsschäden wie Pseudo-Krupp oder die Unmöglichkeit der Quantifizierung einzelner Effekte wie z.B. des psycho-sozialen Leidens oder der Beeinträchtigung eines Landschaftsbilds. Pfriem (1986, S. 31ff) geht soweit, daß er für den Bereich der Umweltschäden eine Entökonomisierung der Analysen fordert. Der Autor ist im Gegensatz hierzu zusammen mit einer Reihe anderer Autoren (vgl. z.B. Osterkamp und Schneider 1982, S. 10, Ayres und Kneese 1982, S. 63, Kapp 1979, S. 16f und Mishan 1982, S. 162 wie auch Kap. 2.4 oben) jedoch der Ansicht, daß der Versuch einer Quantifizierung und Monetarisierung der sozialen Kosten und der so möglichen Einbeziehung in die ökonomische Analyse und Politikgestaltung unter bestimmten Umständen eher zu einer höheren gesamtwirtschaftlichen Wohlfahrt führen kann, als nicht in politische und ökonomische Entscheidungskalküle eingehende quantitative oder ethisch-moralische Überlegungen. Läßt sich auch bei unvollständiger Information und Monetarisierbarkeit schon ein Minimum an sozialen Nettokosten mit hinreichender Sicherheit, also auch eindeutigem Vorzeichen, bestimmen, so lassen sich falsche Marktpreise in Richtung auf die gesamtwirtschaftlichen Kosten der konkurrierenden Technologie korrigieren. Sind die monetarisierbaren sozialen Kosten nicht vernachlässigbar gering, sondern liegen sie in der gleichen Größenordnung wie die internen Kosten bzw. Marktpreise der konkurrierenden Technologien, so erscheinen korrigierende Maßnahmen angebracht zu sein. Auf der Basis vorläufiger Ergebnisse kann eine Verbesserung der gesamtwirtschaftlichen Wohlfahrt auch bei unvollständiger Einbeziehung der sozialen Kosten erreicht werden. Dies scheint im Fall der Konkurrenz zwischen Wind- und Sonnenenergie einerseits und fossilen und nuklearen Energieträgern andererseits gegeben zu sein.

3. SOZIALE KOSTEN VON ENERGIESYSTEMEN

3.1 Systematische Darstellung der relevanten sozialen Kosten der Elektrizitätserzeugung

3.1.1 Darstellung der relevanten sozialen Kosten

Jeder Produktionsprozeß ist wie jede andere Aktivität mit dem Gesamtsystem eines Landes, bestehend aus dem ökonomischen, dem sozialen, dem politischen, dem ökologischen und anderen Teilsystemen, über vielfache Verflechtungen und Abhängigkeiten verbunden. Nur ein Teil dieser Verflechtungsbeziehungen wird bei einzelwirtschaftlichen Entscheidungen in das Entscheidungskalkül mit einbezogen. Die theoretische Bedeutung der Vernachlässigung dieser Beziehungen (externe Effekte/soziale Kosten und Nutzen) und die grundsätzlichen Schwierigkeiten, die ihrer systematischen Untersuchung entgegenstehen, sind in Kapitel 2 diskutiert worden. In diesem Kapitel (3.1) wird ein Überblick über die für den Vergleich konkurrierender konventioneller und neuer Energiesysteme (Wind und Photovoltaik) wichtigsten Kategorien sozialer Kosten gegeben.

Abbildung 3.1 stellt die wichtigsten Beziehungen des Bereichs der Elektrizitätserzeugung zum ökonomischen und ökologischen Subsystem dar. Die für den privaten Produzenten relevanten Beziehungen sind die Zahlungen für seine Inputs, die Erlöse für seine Produkte, die zu zahlenden Steuern und die erhaltenen Subventionen. Diese Geldströme werden in der privaten Kosten/Nutzen-Bilanz, wie in Tabelle 3.1 dargestellt, berücksichtigt. Subventionen, die für die Produktion von Vorleistungen gezahlt werden, werden in der Bilanz nicht explizit aufgeführt, sind aber in Form niedrigerer Vorproduktpreise in der Bilanz indirekt enthalten.

Bei einem Vergleich der privaten Kosten/Nutzen-Bilanz mit der sozialen Kosten/Nutzen-Bilanz im unteren Teil von Tabelle 3.1 fallen die direkten Subventionen und die Steuern auf Emissionen besonders auf. Beide Positionen erscheinen nur auf einer Seite der privaten Kosten/Nutzen-Bilanz und tauchen erst in dem sozialen Teil der gesellschaftlichen Gesamtbilanz wieder auf. Die gesellschaftliche Gesamtbilanz der Kosten und Nutzen enthält entsprechend einer Bewertung der sozialen Wohlfahrt alle Wirkungen auf Mitglieder der gesamten Gruppe. Subventionen sind in diesem Zusammenhang Einkommen für den privaten Unternehmer und Zahlungsverpflichtungen des Staates, die über Steuereinnahmen finanziert werden müssen. Daher ist der Nettoeffekt in der Bilanz der Gesamtgesellschaft null. In ähnlicher Weise stellen Steuern zwar einerseits eine Verringerung der privaten Einkommen dar, sie erhöhen aber andererseits die Einkommen des Staates um den gleichen Betrag. Entsprechend ist auch hier der gesamtgesellschaftliche Nettoeffekt gleich Null. Bei einer Betrachtung der Unter-

Abbildung 3.1: Überblick über die wichtigsten Systemzusammenhänge im Bereich der Elektrizitätserzeugung einschließlich sozialer Kosten

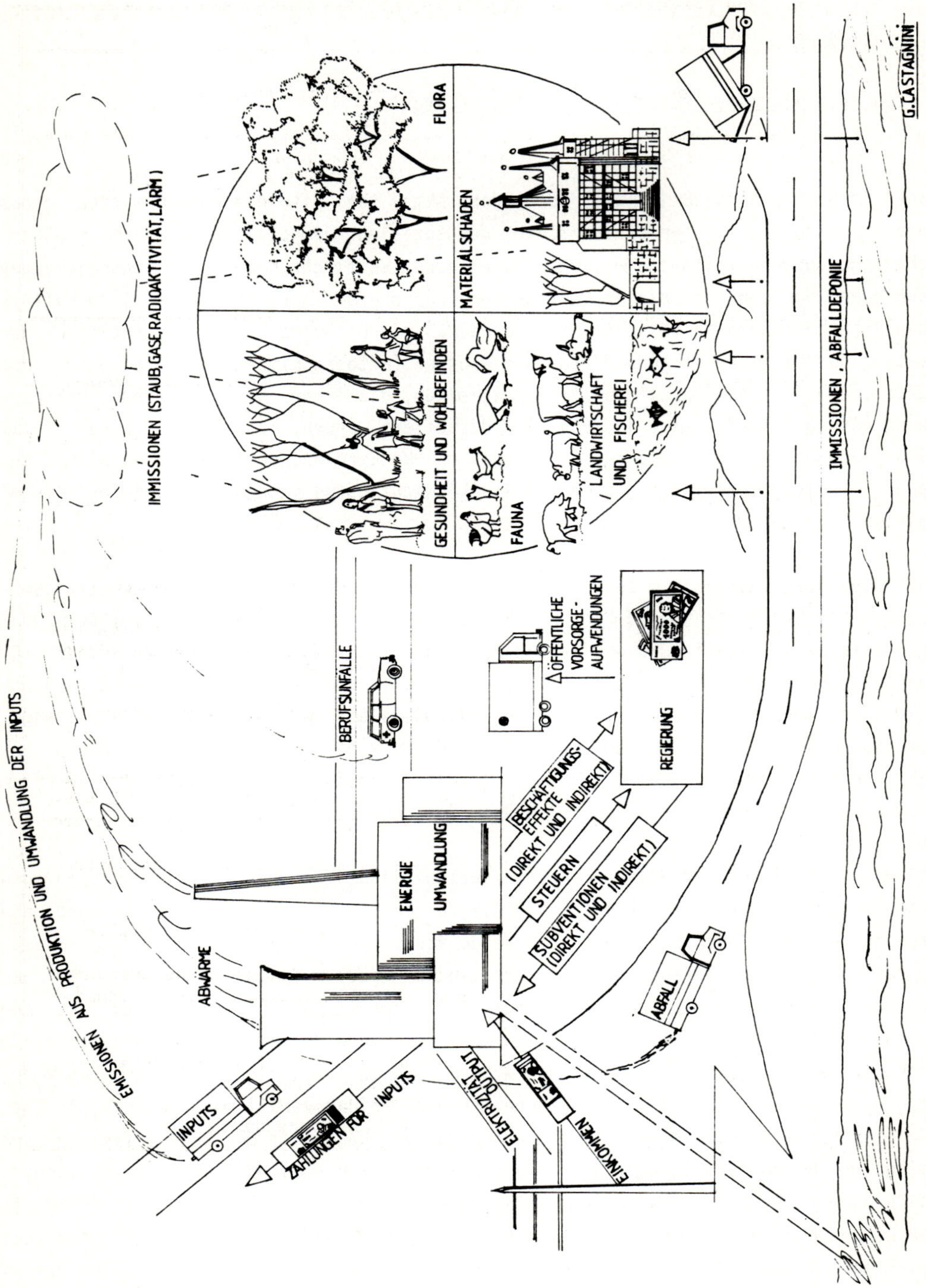

Tabelle 3.1: Bilanz der gesamtwirtschaftlichen Kosten und Nutzen

Nutzen	Kosten
Interne Kosten und Nutzen (einzelwirtschaftliche Bilanz)	
- Erträge - Direkte Subventionen a) laufend b) F&E	- Produktionskosten (einschl.: Umweltschutztechnik, Gebühren etc.) - Einkommenssteuern - Emissionssteuern
Soziale Kosten und Nutzen	
- Emissionssteuern - Politischer Nutzen verringerter Importabhängigkeit - Verringerte Kosten für Arbeitslosengeld etc. aufgrund direkter und indirekter Beschäftigungseffekte - Sonstige positive Externalitäten	- Direkte Subventionen a) laufend b) F&E - Indirekte Subventionen (über Vorleistungen) - Verursachte öffentliche Ausgaben - Höheres berufliches Gesundheitsheitsrisiko, das nicht durch höhere Einkommen kompensiert wird - Politische Kosten erhöhter Importabhängigkeit - Zukünftige Kosten verknappter natürlicher Ressourcen, die nicht durch heutige Marktpreise wiedergegeben werden - Soziale Kosten durch Landschaftsverbrauch - Mögliche Schäden durch Großunfälle - Soziale Kosten (Schäden und Aufwendungen zur Schadensabwehr) durch Schadstoffemissionen: a) menschliche Gesundheit b) Land- und Forstwirtschaft c) Flora und Fauna d) Materialschäden e) Klimaänderungen

schiede zwischen einzelnen Energiesystemen ist es nicht sinnvoll, alle möglichen Steuern zu erfassen, soweit sie für jedes System gleich sind. Einkommens- und Mehrwertsteuer werden für alle Energiesysteme in gleicher Weise erhoben. Es stellt daher für unsere Untersuchung keinen Informationsverlust dar, sie nicht weiter zu berücksichtigen. Es kann außerdem angenommen werden, daß sie an anderer Stelle generiert würden, wenn die gleiche Nachfrage in andere (inländische) Bahnen gelenkt würde. Das generierte Steueraufkommen kann daher nur in sehr bescheidenem Maße einem bestimmten Projekt gutgeschrieben werden. Im Zusammenhang der Behandlung der makroökonomischen Effekte werden wir auf diese Frage zurückkommen. Ähnliches gilt, wenn Subventionen in gleicher Weise für alle konkurrierenden Technologien gewährt werden und nicht bestimmte Projekte besonders bevorzugen. Auch in diesem Fall kürzen sich solche allgemeinen Subventionen bei einem Vergleich aus der Rechnung heraus, da beim ökonomischen Vergleich nicht die absoluten, sondern die relativen Preise (bzw. Kosten) ausschlaggebend sind. In der Bilanz der gesamten sozialen Kosten und Nutzen wird die private Bilanz daher nur um die unterschiedlichen sektorspezifischen Steuern und Subventionen ergänzt.

In der Bundesrepublik gibt es praktisch keine energiespezifischen Steuern, da die Mineralölsteuer auf Diesel- und Vergaserkraftstoff als eine spezifische Warensteuer anzusehen ist. Zur Zeit gibt es keine spezifischen Steuern im Bereich der Elektrizitätserzeugung, allerdings können spezielle Befreiungen von allgemeinen Steuern eine Rolle spielen, die in Kapitel 3.2.2.3 behandelt werden. Steuern auf Schadstoffemissionen erhöhen die einzelwirtschaftlichen Kosten. Sie verändern allerdings solange nicht die Nettobilanz der gesamtgesellschaftlichen Kosten und Nutzen, wie sie einzelwirtschaftliche Entscheidungen nicht verändern. Gelingt es allerdings, die Steuern so festzulegen, daß alle relevanten sozialen Kosten internalisiert werden, so führen solche Steuern dazu, daß die veränderten privaten Entscheidungen zu einem gesamtgesellschaftlichen sozialen Optimum führen. Solche Steuern verändern daher effektiv die Bilanz der gesellschaftlichen Nutzen, dies geschieht allerdings durch Reaktion auf die erhöhten einzelwirtschaftlichen Kosten und nicht durch die Erhebung von Steuern an sich.

Im Gegensatz zu Steuern spielen zahlreiche Subventionen im Elektrizitätssektor eine nicht unerhebliche Rolle, besonders wenn man die konventionelle Stromerzeugung mit der Nutzung regenerativer Energiequellen vergleicht (vgl. Kapitel 3.2.2.3).

Die direkten Subventionen für die Investition in erneuerbare Energiequellen werden hier nicht mit einbezogen, da die Gesamtbilanz am Ende unserer Betrachtung den möglichen Spielraum für eine solche Subventionierung abstecken soll. Das Nettoergebnis unserer Betrachtung muß daher mit den bereits gezahlten Subventionen für die verschiedenen erneuerbaren Energiequellen im Einzelfall verglichen werden.

Ein wichtiges Potential für die Verursachung sozialer Nutzen der konventionellen Elektrizitätserzeugung liegt in den möglicherweise positiven Beschäftigungseffekten im Bereich der Vorleistungen für die Kohleverstromung. Wird heimische Steinkohle verstromt, so kann dies über die relativ hohe Arbeitsintensität des Steinkohlebergbaus brutto zu erheblichen Beschäftigungseffekten führen. Aber auch die Nutzung regenerativer Energiequellen führt brutto zu erheblichen Beschäftigungswirkungen. Kapitel 3.2.2 vergleicht diese Effekte der verschiedenen konkurrierenden Energiesysteme und ermöglicht damit Aussagen über die Nettobilanz dieser Effekte, welche allein für unsere Fragestellung relevant sind. Darüber hinaus werden die Auswirkungen des Einsatzes konkurrierender Energiesysteme auf die Produktion, das Sparen, die Importe und die verschiedenen Wertschöpfungskomponenten in Kapitel 3.2.2 einschließlich der Effekte auf vorgelagerten Produktionsebenen untersucht. Pekuniäre Effekte ergeben sich aus einer veränderten Beschäftigungssituation vor allem durch Veränderungen in den Zahlungen für Arbeitslosengeld, Arbeitslosenhilfe und Sozialhilfe sowie erhöhten Steuereinnahmen und erhöhten Einnahmen im Bereich der Sozialversicherungen, die neben erhöhten Löhnen und Gehältern auftreten. Auf der Basis der Nettobeschäftigungseffekte lassen sich diese Wirkungen relativ leicht global berechnen.

Ein weiterer makroökonomischer Effekt, der zu sozialen Kosten führt, ist die mangelhafte Berücksichtigung langfristiger Knappheit erschöpfbarer Ressourcen in den gegenwärtigen Ressourcenpreisen. Die von der ökonomischen Theorie unterstellten Marktmechanismen zur Kontrolle der langfristigen Knappheitspreise (Kapitalzins) sind offensichtlich grundlegend gestört und gewährleisten keine optimale intertemporale Allokation. Kapitel 3.2.2.2 diskutiert diese Problematik, leitet ein Modell zur Berechnung von Knappheitszuschlägen ab und zeigt einen Weg zur Ermittlung der sozialen Kosten der unzureichenden Berücksichtigung langfristiger Knappheitsverhältnisse.

Einer der wichtigsten Bereiche sozialer Kosten von Energiesystemen sind die durch Umweltverschmutzung verursachten Schäden an Natur, Materialien, Klima und der menschlichen Gesundheit. Soziale Kosten von Energiesystemen ergeben sich aus zwei recht unterschiedlichen Bereichen. Zum einen werden im Normalbetrieb der Anlagen Schadstoffe emittiert, deren Konzentration zwar relativ gering ist, deren kumulierte Effekte aber offensichtlich nicht ungefährlich sind, sondern in allen angesprochenen Schadensbereichen zu erheblichen negativen Auswirkungen führen können. Der zweite Ursprung erheblicher Umweltbelastungen und Schäden sind mögliche Großunfälle von Energieanlagen. Dies gilt, wie plastisch in Tschernobyl demonstriert worden ist, besonders für Anlagen des nuklearen Brennstoffkreislaufs. Unfallrisiken verursachen auf zwei Ebenen soziale Kosten. Zum einen müssen Einrichtungen für Notfälle vorgehalten und finanziert werden, zum anderen verursachen die Unfälle selbst erhebliche soziale Kosten. In Kapitel 3.2.1.2 werden gerade die sozialen Kosten durch mögliche Unfälle untersucht und dadurch auf die erzeugte Elektrizität umgerechnet, daß die Unfallkosten mit der Wahrscheinlichkeit eines Großunfalls multipliziert werden, wie es in der Literatur üblich ist. Die Kosten der Umweltschäden aus dem Normalbetrieb von Energieerzeugungsanlagen werden in den Kapiteln 3.2.1.1 (fossile Energieträger) und 3.2.1.3 (regenerative Energiequellen) berechnet.

Die Umweltkosten des normalen Produktionsprozesses fallen in Form laufender Kosten an. Umweltverschmutzung kann Aufwendungen für die Abwendung möglicher Schäden oder effektive Schäden verursachen. Die möglichen Schadenspfade sind auf der rechten Seite von Abbildung 3.1 dargestellt. Die Umweltbelastung durch Elektrizitätserzeugung beschränkt sich nicht auf den reinen Prozeß der Energieumwandlung, sondern entsteht, wie in Kapitel 2 schon diskutiert, auch auf vorgelagerten Produktionsstufen. Wie schon oben ausgeführt, ist es in dieser Studie nicht möglich, die Umwelteffekte auf den vorgelagerten Produktionsstufen zu quantifizieren.

Es war auch nicht möglich, die sozialen Kosten der Deponierung von Abfällen zu quantifizieren. Generell sollen die Gebühren für die Abfallbeseitigung die entsprechenden Kosten decken. Doch dies kann nicht unbedingt als in der Realität gegeben angenommen werden, da die wahren Kosten in vielen Fällen erst lange nach der Deponierung der Abfälle erkannt worden sind, was es in der Regel unmöglich macht, die Kosten zur Beseitigung entstandener Schäden vom Produzenten der deponierten Abfälle erstatten zu lassen. Dieses Problem kann bei der Elektrizitätserzeugung aus fossilen Brennstoffen durchaus Bedeutung erlangen. Neben dem Problem der nicht kostendeckenden Gebühren für die Deponierung von Abfällen können noch zusätzliche Umweltkosten durch die Deponierung von Abfällen im Bereich der Elektrizitätserzeugung verursacht werden. Die deutlichsten Beispiele hierfür sind die Verseuchung des Grundwassers und des Bodens, die möglicherweise zu schweren Gesundheitsrisiken führen können. Der Bereich der Abfalldeponierung könnte ein großes Problem für die Kernenergie werden. Leider konnten aufgrund fehlender Daten die Probleme des nuklearen Abfalls in dieser Studie nicht genauer quantifiziert oder mögliche Schäden monetarisiert werden. Deshalb beschränkt sich die Studie auf die Behandlung von möglichen Umweltfolgen aufgrund großer Unfälle von Kernkraftwerken, die in Kapitel 3.2.1.2 behandelt werden. Weitergehende Analysen müssen späteren Untersuchungen vorbehalten bleiben.

Aufgrund mangelnder Daten beschränkt sich Kapitel 3.2.1 nur auf die Umweltschäden aus der letzten Produktionsstufe der Elektrizitätserzeugung und auch diese Umweltschäden konnten nicht vollständig ermittelt werden. Da die konventionelle Elektrizitätserzeugung sehr umweltintensiv ist, führt die Unvollständigkeit der Analyse zu einer Verbesserung der scheinbaren Profitabilität der konventionellen Elektrizitätserzeugung im Vergleich zur Nutzung erneuerbarer Energiequellen. Praktisch alle Vereinfachungen, die im Verlauf der Analyse getroffen wurden, verzerren ähnlich einseitig zugunsten der konventionellen Stromerzeugung und bewegen sich somit genau im Gegensinn zu der grundlegenden Hypothese, daß die Wettbewerbsfähigkeit der erneuerbaren Energiequellen durch die Berücksichtigung der externen Kostenbilanz verbessert wird. Diese Vorgehensweise führt zu eher vorsichtigen Schätzungen für die Wettbewerbsfähigkeit von Wind- und Solarenergie unter Einschluß aller Effekte.

3.1.2 Zuordnung sozialer Kosten und Nutzen zu einzelnen Verursachern

Der Versuch der Berechnung der sozialen Kosten der Umweltverschmutzung führt zu schwerwiegenden Zurechnungsproblemen. Mittlerweile stehen verbesserte Methoden zur Ermittlung der jährlichen Kosten der Umweltverschmutzung zur Verfügung. Unglücklicherweise ist es jedoch noch nicht möglich, Schadensfunktionen abzuleiten, die es erlauben würden zu bestimmen, in welchem Ausmaß die jährlichen Schäden verringert werden könnten, wenn die Immissionen reduziert würden. Die zugrundeliegenden Kausalzusammenhänge sind sehr schwer zu untersuchen, da sie auf einer Reihe verschiedener Schadstoffe aus unterschiedlichsten Quellen basieren, die sowohl in der Gegenwart als auch in der Vergangenheit emittiert wurden. Kumulative Effekte sowie auch Puffereffekte sind im Fall von Umweltschäden eher die Regel als die Ausnahme. Für den Zweck dieser Studie haben wir vereinfachend angenommen, daß die gegenwärtigen jährlichen Schäden ungefähr den gegenwärtigen und zukünftigen Folgen heutiger Umweltverschmutzung proportional sind. Diese Annahme kann damit begründet werden, daß weiterhin angenommen wird, daß eine Fortsetzung der heutigen Immissionen nicht zu einer deutlichen Erhöhung der jährlichen Schäden führen wird. Beide Annahmen führen wahrscheinlich zu einer deutlichen Unterschätzung der sozialen Kosten der gegenwärtigen Umweltverschmutzung, da viele der Schadstoffe sich in Pflanzen und dem Boden akkumulieren und jede zusätzliche Belastung zu wahrscheinlich höheren Schäden führt. Das gegenwärtige Wissen über das Schadenspotential bestimmter Schadstoffe ist trotz des mangelnden Wissens über die sehr komplexen Kausalzusammenhänge im Verhältnis zum Wissenstand der Vergangenheit erheblich verbessert worden. Die insgesamt festgestellten Schäden können grob auf die verschiedenen Schadstoffe aufgeteilt werden, was es ermöglicht, einen Teil der Schäden aufgrund der spezifischen Emissionen des Elektrizitätssektors der konventionellen Stromerzeugung zuzurechnen.

Ein weiteres Zurechnungsproblem ergibt sich aus dem erheblichen Import und Export von Luftschadstoffen. Die Bundesrepublik exportiert zur Zeit deutlich mehr Luftschadstoffe als sie selbst importiert, wobei ca. 50 % der gesamten Immissionen in der Bundesrepublik aus dem Ausland stammen. Erste Anhaltspunkte für eine Export-Import-Bilanz der Luftschadstoffe geben vorläufige Berechnungen über den weiträumigen Transport von Schwefeloxiden (vgl. Bundesminister für Umwelt 1988, S. 48a). Entsprechend können nur ca. 50 % der in der Bundesrepublik entstehenden Umweltschäden auf Luftverschmutzung durch die inländische Produktion und andere inländische Quellen zurückgeführt werden, während gleichzeitig deutlich mehr als 50 % der durch die inländisch emittierten Schadstoffe entstehenden Schäden außerhalb der Bundesrepublik Deutschland auftreten. Es scheint nicht angebracht, die Folgen exportierter Luftverschmutzung zu vernachlässigen, da es erheblich leichter sein wird, über die Reduzierung ausländischer Emissionen und damit die Importe von Schadstoffen in die Bundesrepublik zu verhandeln, wenn die bundesdeutschen Exporte von Schadstoffen reduziert werden. Bedenkt man diese politischen Konsequenzen und auch die altruistische Bedeutung der ausländischen Schäden, so erscheint es sinnvoll, auch die Effekte des Exports von Schadstoffen aus der Bundesrepublik mit zu betrachten. Da die Exporte von Luftschadstoffen aus der Bundesrepublik die Importe deutlich überwiegen, werden die in der Bundesrepublik entstehenden Gesamtschäden als Mindestwert für die durch inländische Emissionen verursachten inländischen und ausländischen Schäden benutzt.

Für den Vergleich der spezifischen sozialen Kosten der Elektrizitätserzeugung auf der Basis der unterschiedlichen Energiequellen wird angenommen, daß eine Einheit (kWh) der erzeugten Elektrizität auf der Basis von Sonnen- und Windenergie einer Einheit Elektrizität auf der Basis konventioneller Energieträger äquivalent ist. Es ist wohl bekannt, daß die einzelwirtschaftlichen und gesamtwirtschaftlichen Kosten pro kWh sehr stark mit der jährlichen Betriebsdauer der Erzeugungsanlage variieren, das heißt, es gibt sehr große Unterschiede zwischen Spitzen-, Mittel- und Grundlaststromerzeugung. Es ist nicht möglich, die Zeiten der Elektrizitätserzeugung aus Wind- und Sonnenenergie zu steuern. Diese Elektrizität fällt, wenn sie nicht unter hohen Kosten und Nutzenergieverlusten zwischengespeichert wird, intermittierend an. Allerdings fallen weder Sonnen- noch Windenergie in der Regel in Lasttälern an. Die Elektrizitätserzeugung aus Windenergie ist am höchsten während der kälteren Wintermonate, und die Elektrizitätserzeugung auf der Basis photovoltaischer Systeme fällt während des Tages an. Diese Quellen ergänzen daher die Elektrizitätserzeugung gerade während der Zeiten relativ hoher Netznachfrage. Da die Verfügbarkeit der Stromerzeugung aus regenerativen Energiequellen von nicht beeinflußbaren Wetterentwicklungen abhängig ist, kann ihre Stromerzeugung nicht als Spitzenlastproduktion angesehen werden. Es erscheint aber aufgrund des tages- und jahreszeitlichen Anfalls angemessen, diese Elektrizitätsproduktion als Mittellaststrom zu betrachten. Diese Überlegungen gehen in die Berechnung der Marktpreise der zu substituierenden konventionellen Elektrizität im weiteren Verlauf der Studie ein.

3.2 Untersuchte soziale Kosten und Nutzen von Energiesystemen

3.2.1 Umweltschäden durch die verschiedenen Systeme der Elektrizitätserzeugung

Soziale Kosten der Erzeugung, Verteilung und des Einsatzes von Energie zeigen sich am offensichtlichsten in der Form von Umweltschäden. Diese Schäden können leicht als soziale Kosten identifiziert und begriffen werden. Da sich das öffentliche Bewußtsein über Umweltprobleme in den letzten 10 bis 15 Jahren sehr deutlich weiter entwickelt hat und die öffentliche Meinung für diese Probleme heute sehr sensibel ist, haben durch Energiesysteme verursachte Umweltschäden einen sehr großen Einfluß auf die öffentliche Akzeptanz konkurrierender Energiesysteme (vgl. OECD 1981, S. 7).

Wie Wicke (vgl. 1982, S. 5ff) anmerkt, ist es unmöglich, eine exakte Definition des Begriffs Umwelt zu geben, der daher immer etwas fließende Konturen behalten muß. Im Zusammenhang dieser Studie definieren wir den Zustand (respektive Veränderungen des Zustands) der Umwelt sowohl als den Zustand der Medien Luft, Wasser und Boden, als auch als den Zustand der Flora, Fauna, der menschlichen Gesundheit und des menschlichen Wohlbefindens, der Materialien und des Klimas. Den Abbau nicht erneuerbarer Ressourcen fassen wir als hauptsächlich ökonomischen Effekt auf und behandeln ihn entsprechend in Kapitel 3.2.2.

Obwohl Umweltschäden in den meisten Fällen sehr deutlich zu Tage treten, bereitet es erhebliche Schwierigkeiten, sie quantitativ zu messen, zu bewerten und spezifischen Ursachen zuzuordnen. Umweltschäden sind praktisch ausschließlich soziale Kosten wie die Schäden an Gebäuden durch Luftverschmutzung oder Gesundheitsschäden, die durch die Luftverschmutzung von Energiesystemen verursacht werden können (vgl. Frey et al. 1985, S. 29ff).

Um das in Kapitel 2 diskutierte generelle Allokationsproblem in bezug auf soziale Kosten zu lösen, wäre es notwendig, diese sozialen Kosten einzelnen Schadstoffen zuzuordnen und diese zu einzelnen Emittenten zurückzuverfolgen. Nur auf der Basis einer solchen Vorgehensweise wäre es möglich, das Verursacherprinzip vollständig zu verwirklichen. Da wir aber noch viele Ursachen-Wirkungs-Beziehungen wie z.B. synergetische Effekte, bei weitem nicht vollständig verstehen und da wir auch nur höchst unzureichende Daten über diese Ursachen-Wirkungs-Zusammenhänge zur Verfügung haben, ist die konsistente Anwendung des Verursacherprinzips sehr schwierig oder in einigen Fällen heute noch völlig unmöglich. Aufgrund dieser Schwierigkeiten, die einer exakten wissenschaftlichen Wirkungsanalyse im Wege stehen, sind wir gezwungen, weniger exakte Ansätze für eine erste Einschätzung zu verwenden. Aufgrund der hierin liegenden Probleme können die im folgenden ermittelten Ergebnisse relativ große Fehlermargen enthalten. Dies beeinflußt natürlich sehr stark die Zuverlässigkeit der gesamten

Analyse und ihrer Ergebnisse. Wir weisen daher an dieser Stelle ausdrücklich darauf hin, daß die im folgenden wiedergegebenen Resultate nur Größenordnungen möglicher Effekte angeben sollen und nicht als exakte numerische Angaben eines genau bekannten Ursachen-Wirkungs-Zusammenhangs mißverstanden werden dürfen. Alle Zahlen über konventionelle Elektrizitätserzeugung orientieren sich an einem wahrscheinlichen Mindesteffekt dieser Systeme. In vielen Fällen sind keine einzelnen Angaben, sondern mögliche Wertebereiche für solche minimalen sozialen Kosten aufgeführt.

Zusätzlich zu der bewußten Orientierung in Richtung auf eine Mindestschätzung für die sozialen Kosten konventioneller Energiesysteme kommt es zu einer weiteren Unterschätzung der gesamten sozialen Kosten dadurch, daß eine Reihe sozialer Kosten in dieser Studie nicht behandelt werden konnten oder diese Effekte sich nicht monetarisieren lassen.

Die vorliegende Studie konzentriert sich auf die Umwelteffekte von drei Gruppen von Energiequellen bzw. Energieträgern:
(1) fossile Energieträger
(2) nukleare Brennstoffe und
(3) erneuerbare Energiequellen.

Umwelteffekte von Energiesystemen werden im wesentlichen durch die Emission von Luftschadstoffen aus den verschiedenen Energieumwandlungsprozessen verursacht. Im folgenden werden die Emissionen der wichtigsten Transformationsprozesse von Energie betrachtet. Diese Emissionen werden soweit als möglich für einzelne Luftschadstoffe dargestellt. Da exakte Schadensfunktionen für die unterschiedlichen Schadstoffe nicht bekannt sind, werden die zum großen Teil in der Literatur schon quantifizierten Schäden aufgrund von Luftschadstoffen mit Hilfe von gewichteten Toxizitätsfaktoren auf die einzelnen Schadstoffe zugerechnet. Dieser Ansatz wurde von Grupp (1986) entwickelt.

In unserer Analyse konnten wir nur für relativ wenige Luftschadstoffe diese Zuordnung vornehmen, da die Datenbasis und die Literatur über Umweltschäden weitere Analysen zur Zeit nicht zulassen. Bisher beinhaltet die Analyse nicht die Erfassung indirekter Umweltschäden durch die Produktion (einschließlich des Einsatzes von Energie) der Transformationssysteme selbst, wie auch durch die Exploration, Extraktion und Aufbereitung der verschiedenen Energieträger. Auch die Probleme der sicheren Deponierung von Produktionsabfällen werden in dieser Studie noch nicht behandelt. Es ist vorgesehen, diese Effekte in einer späteren Studie zu erfassen.

3.2.1.1 Fossile Energieträger

Die zur Zeit in der Bundesrepublik hauptsächlich eingesetzten fossilen Energieträger sind Steinkohle, Braunkohle, Erdgas, Erdöl und zu einem geringen Teil andere feste Brennstoffe wie z.B. Torf. Da die zu untersuchenden Energiesysteme auf der Basis regenerativer Energiequellen Elektrizität bereitstellen, steht auch im Bereich der Nutzung fossiler Energieträger die Elektrizitätserzeugung im Mittelpunkt der Analyse. Andere Umwandlungssysteme wie Heizungsanlagen oder Umwandlungssysteme für den Verkehrsbereich sind nicht Gegenstand der Studie. Auch die Elektrizitätserzeugung für den Schienentransport ist kein Gegenstand der Betrachtung, die sich so auf die öffentliche und industrielle Elektrizitätserzeugung beschränkt.

Im allgemeinen nehmen die Ursachen-Wirkungs-Zusammenhänge im Umweltbereich die Form von Entscheidungsbäumen an, welche im Rahmen des Textes aufgrund der Vielzahl der Verzweigungen auf den letzten Ebenen nicht als vollständige Entscheidungsbäume dargestellt werden können. Deshalb gibt Tabelle 3.2 nur eine Auflistung der unterschiedlichen Positionen auf jedem Niveau der Entscheidungsbaumstruktur wieder und versucht nicht, die Kombinationen aller Positionen zu zeigen. Es dürfte dem Leser allerdings nicht schwer fallen, diese Kombination der einzelnen Positionen selbst durchzuführen.

Umwandlungsprozesse von Energie können als Kuppelprozesse verstanden werden, die unerwünschte Nebenprodukte produzieren, welche als Schadstoffe in die Umwelt abgegeben werden und im Fall der Luftschadstoffe über erhebliche Distanzen transportiert werden, bis sie nach ihrem Niederschlag zu verschiedensten Belastungen z.B. von Wasser oder Boden führen. Da Luftschadstoffe offensichtlich für den überwiegenden Teil der Umweltschäden aufgrund von Energieumwandlungsprozessen verantwortlich sind, werden wir uns im folgenden im wesentlichen auf diesen Bereich konzentrieren. Es kann allerdings auch festgestellt werden, daß der größte Teil der Boden- und Wasserbelastungen aufgrund von Energieumwandlungsprozessen Sekundäreffekte von Luftbelastungen sind. Neben diesen Sekundäreffekten im Bereich der Boden- und Wasserbelastung durch Luftverschmutzung gibt es direkte Effekte von Energieumwandlungsprozessen auf diese Medien, wie z.B. die möglichen direkten Schädigungen des Bodens durch feste Abfälle, wie Asche, welche Umweltschadstoffe, wie z.B. Schwermetalle, enthalten kann. Die Belastung des Bodens kann auf dem Wege der Auswaschung von Schadstoffen dann auch wieder zu Sekundäreffekten in den Bereichen Grund- und Oberflächenwasser führen.

Heute sieht man SO_x, NO_x, CO, Staub und flüchtige organische Verbindungen als die wichtigsten Luftschadstoffe an (vgl. Bundesminister des Innern 1984, S. 15ff). Gerade in letzter Zeit wird auch der Bedeutung von CO_2 und Spurengasen für mögliche Kli-

Tabelle 3.2: Umweltschäden durch die Nutzung fossiler Energiequellen

Fossile Brennstoffe	Umwandlungs-systeme	Belastete Umwelt-medien	Schadstoffe/ Schadensmittler	Umweltschäden
- Kohle - Erdöl - Erdgas - Andere feste Brenn-stoffe	- Kraftwerke - Heizkraftwerke (- Heizwerke) (- private Zen-tralheizungen und Einzel-öfen) - Verbrennungs-motoren (Verkehr)	- Luft - Boden - Wasser	- SO_x - NO_x - CO - CO_2 - Staub - VOC[1] - Wärme - Lärm	- Flora -- Waldschäden -- Ernteverluste -- Artenvielfalt - Fauna -- Fischereiverluste -- Vergiftete Fische -- Artenvielfalt - Menschheit -- Gesundheitsschäden -- Reduzierte Lebens-qualität - Materialien -- Korrosion -- Schäden an Bauwer-ken und Denkmälern - Klima -- Gesundheitsschäden -- Ernteverluste -- Überschwemmungen aufgrund eines ge-stiegenen Meeres-spiegels

[1] Flüchtige organische Verbindungen

maveränderungen eine erhebliche Bedeutung eingeräumt. Da Klimaeffekte in Kapitel 3.2.1.1.5 gesondert behandelt werden, werden CO_2-Emissionen nicht in die folgenden Berechnungen eines Schadensanteils der Elektrizitätserzeugung mit einbezogen. Die genannten Hauptschadstoffe verursachen Schäden bei höchst unterschiedlichen Konzentrationsniveaus. Wie oben schon angesprochen, berücksichtigen wir diese Unterschiede zwischen den einzelnen Luftschadstoffen in unseren folgenden Berechnungen durch die Gewichtung mit Toxizitätsfaktoren der Schadstoffe nach der Definition der deutschen MAK-Werte (maximale Arbeitsplatzkonzentration) (vgl. Grupp 1986, S. 361ff). Der MAK-Wert gibt die maximal erlaubte Konzentration eines Schadstoffs am Arbeitsplatz an. Neben den oben angesprochenen Luftschadstoffen werden Umweltschäden auch durch Lärm und Abwärme verursacht. Diese Effekte spielen allerdings für den Bereich der fossilen Energie im Vergleich zu den Schäden, die durch die oben angeführten Schadstoffe verursacht werden, eine nachgeordnete Rolle. Obwohl die Abwärmebelastung durch große Kraftwerke sicherlich nicht unterschätzt werden sollte.

Diese Studie setzt sich nicht mit dem sehr komplexen Problem des Transports von Luftschadstoffen von der emittierenden Quelle zum Ort der Immission und den manchmal höchst komplexen Transformationen der Schadstoffe am Schadensort auseinander. Bei der Betrachtung einer gesamten Volkswirtschaft in dem Kontext der grenzüberschreitenden Luftverschmutzung in ganz Europa kürzen sich im Fall der Bundesrepublik die Spezifika der Transportphänomene mehr oder weniger aus der Rechnung heraus (vgl. Kapitel 3.1) und erlauben es so, globale Schadenszuordnungen vorzunehmen.

Tabelle 3.3: Emissionen der wichtigsten Schadstoffe in der Bundesrepublik im Jahr 1982 (CO_2 vgl. Kapitel 3.2.1.1.5)

Luftschadstoffe	Gesamtemissionen (Millionen t)	Kraftwerke/ Heizkraftwerke (KWK) und Heizwerke (Millionen t)	Andere Quellen (Millionen t)
CO	8,2	0,033	8,167
Staub	0,7	0,152	0,548
NO_x 1)	3,1	0,859	2,241
SO_2	3,0	1,863	1,137
VOC	1,6	0,01	1,6

1) Berechnet als NO_2
Quelle: Bundesminister des Innern 1984, S. 15ff und eigene Berechnungen

Für die Analyse der Umweltschäden durch Elektrizitätserzeugung ist es notwendig, die Emissionen der einzelnen Luftschadstoffe nach den Hauptgruppen der Emittenten zu unterteilen. Tabelle 3.3 gibt hierfür die gesamten Emissionen eines Schadstoffs, sowie die Emissionen der Kraftwerke (einschließlich der Heizkraftwerke im Bereich der Fernwärmeerzeugung) und die Emissionen aller sonstigen Quellen an. In dieser Tabelle, die sich auf offizielle Statistiken stützt, sind die Emissionen der Kraftwerke noch nicht von den Emissionen der Heizkraftwerke im Bereich der Fernwärme getrennt. Die offizielle Statistik liefert eine solche Unterteilung leider nicht. Im weiteren Verlauf der Studie haben wir eine solche Untergliederung der Schadstoffemissionen selbst vorgenommen.

Um das Schadenspotential der einzelnen Schadstoffe zu ermitteln, werden die Emissionsmengen aus Tabelle 3.3 mit den Toxizitätsfaktoren auf der Basis der deutschen MAK-Werte gewichtet (vgl. Grupp 1986, S. 361). Wie man in Tabelle 3.4 sieht, reichen diese Toxizitätsfaktoren von 1,0 für CO bis zum Faktor 125 für NO_x. Aufgrund dieser Gewichtung ändert sich die relative Bedeutung der Gesamtemissionen der einzelnen Luftschadstoffe sehr deutlich.

Aus Tabelle 3.4 geht hervor, daß die Kraftwerke einschließlich der Heizkraftwerke und der Fernwärmeerzeugung ca. 34 % der nach Schädlichkeit gewichteten Emissionen der wichtigsten Luftschadstoffe in der Bundesrepublik emittieren. Rechnet man die Angaben aus Tabelle 3.4 so um, daß sie weder die Elektrizitätserzeugung für den Verkehrsbereich, noch die Wärmeerzeugung auch aus Wärmekraftkopplungsanlagen im Bereich

Tabelle 3.4: Toxizitätsfaktoren und gewichtete Emissionen (Bundesrepublik 1982)

Luftschadstoffe	Toxizitäts-faktor[1]	Kraftwerke Heizkraftwerke (KWK) und Heizwerke	Andere Quellen
CO	1,0	0,03	8,2
Staub	100,0	15,20	54,8
NO_x	125,0	107,38	280,1
SO_2	100,0	186,30	113,7
VOC	100,0	1,00	159,0
Gesamt	-	ca. 310	ca. 615
%	-	ca. 34 %	ca. 66 %

[1] Relativ zu CO; im Falle von Bandbreiten ist der niedrigste Wert verwendet worden
Quelle: Tabelle 3.3 und Grupp 1986, S. 361

der Fernwärme enthalten, so vermindert sich der Gesamtanteil um ca. 6 % auf ca. 28 % der gewichteten Emissionen der wichtigsten Luftschadstoffe, die der konventionellen Elektrizitätserzeugung zuzurechnen sind. Im weiteren Verlauf der Studie wird dieser Faktor von 28 % benutzt, um der relevanten Elektrizitätserzeugung die durch sie verursachten Umweltschäden anteilig zuzurechnen.

3.2.1.1.1 Schäden an Pflanzen

Luftverschmutzung schädigt in erster Linie das natürliche Wachstum und die Qualität der Pflanzen. Eine Analyse der durch Luftverschmutzung verursachten Schäden wird durch die Tatsache behindert, daß sich diese Schäden nicht sauber von natürlichen Einflüssen wie klimatischen Besonderheiten trennen lassen. Außerdem treten synergetische Effekte auf, welche sich nicht ausschließlich der Luftverschmutzung zuordnen lassen. Bisherige Studien haben sich auf die wirtschaftlichen Verluste im Bereich der Land- und Forstwirtschaft konzentriert (vgl. z.B. Wicke 1986, S. 40ff). Die Verluste durch Schäden an vielen bisher nicht kommerziell genutzten Pflanzenarten bis hin zu ihrem völligen Aussterben sind bisher in diesen Berechnungen noch nicht berücksichtigt worden.

In der Bundesrepublik stellen die aufgetretenen Waldschäden wahrscheinlich den schwersten aber auch den am deutlichsten sichtbaren Schaden im Bereich der Pflanzenwelt dar. Diese Schäden sind daher in den letzten Jahren genauer untersucht worden. Außerdem hat es Versuche gegeben, die Produktionsverluste aufgrund von Schäden an landwirtschaftlichen Pflanzen abzuschätzen.

Nach Wicke (1986 S. 40ff) belaufen sich die Waldschäden in der Bundesrepublik auf ein Minumum von 5,5 bis 8,8 Milliarden DM/a. Die Schäden an landwirtschaftlichen Pflanzen schätzt Wicke auf ca. 1 Milliarde DM/a (Minimum). Den Gesamtschaden im Bereich der Pflanzen ohne Einbeziehung von Schäden an Wildpflanzen schätzt er damit auf 6,5 bis 9,8 Milliarden DM/a. Wicke stützt seine Angaben auf verschiedene andere Quellen. Als ein weiterer Autor schätzt Grupp (1986, S. 363) den Bereich der möglichen Vegetationsschäden auf 1,7 bis 9,9 Milliarden DM/a und merkt dabei an, daß es offensichtlich einen deutlich ansteigenden Trend in diesen Schadenskosten gibt.

Vor einigen Jahren schätzte Jochem (Jochem 1984, S. 8) einen minimalen Schadensbereich für Vegetationsschäden auf 0,9 bis 3,3 Milliarden DM/a. Da die Waldschäden in der Bundesrepublik erst in den letzten Jahren gründlich untersucht worden sind, gehen wir davon aus, daß die Zahlen von Wicke am ehesten den realen Schäden entsprechen. Über die direkten Verluste der Forstwirtschaft hinaus, versucht Wicke auch Schäden im Bereich der Erholungs- und Schutzfunktionen des Waldes mit einzubeziehen. Außerdem versucht er in seinen Berechnungen die Versauerung der Waldböden mit zu berücksichtigen, welche im wesentlichen auf Luftschadstoffe zurückgeführt werden muß.

Gewichtet man nun die Angaben von Wicke mit dem oben abgeleiteten relativen Schadensfaktor der Elektrizitätserzeugung (28 %) und basiert die Kostenangaben auf das Preisniveau von 1982 um, so ergibt sich ein Schätzbereich für den verursachten minimalen Schaden im Bereich der Pflanzen von:

<u>1,69 bis 2,54 Milliarden DM_{82}/a.</u>

Wie schon an anderer Stelle betont, handelt es sich hierbei um einen Minimalwert, der wichtige Schäden an Wildpflanzen noch nicht berücksichtigt (vgl. Wicke 1986, S. 27ff und S. 45ff).

Es sei an dieser Stelle darauf hingewiesen, daß die meisten Autoren der im folgenden Kapitel zitierten Studien nicht angeben, auf welcher Preisbasis ihre Kostenschätzungen beruhen. Wir haben daher angenommen, daß die angegebenen Zahlen auf der Preisbasis des Veröffentlichungsjahres der Studien gemacht wurden. Falls dies nicht korrekt ist, so führt diese Annahme zu einer Unterschätzung der angegebenen Kosten, da die Angaben in einem solchen Fall auf einem weiter zurückliegenden Bezugsjahr basieren müssen und deshalb nicht so stark wie von uns vorgenommen, deflationiert werden müßten.

3.2.1.1.2 Schäden an Tieren

Umweltverschmutzung beeinträchtigt nicht nur die Pflanzen und die menschliche Gesundheit (Schäden an der menschlichen Gesundheit werden im nächsten Abschnitt ausführlich behandelt), sondern auch die Tiere. Die größten Schäden aufgrund von Elektrizitätserzeugung entstehen auch in diesem Bereich durch die verursachte Luftverschmutzung. Tiere können direkt oder indirekt durch Sekundäreffekte der Luftverschmutzung betroffen sein. Ein Beispiel für solche Sekundäreffekte ist die Versauerung von Oberflächengewässern, welche zu Fischsterben großen Ausmaßes führen kann. Solche Fälle sind in der Vergangenheit besonders aus den skandinavischen Ländern berichtet worden.

Obwohl es allgemein bekannt ist, daß auch Tiere durch Luftverschmutzung geschädigt werden, existieren sehr wenige quantitative Studien zu dieser Problematik (vgl. Wicke 1986, S. 40ff). Daher sind die Kostenschätzungen in diesem Bereich wohl mit noch höheren Unsicherheiten behaftet als dies im Bereich der Pflanzenschäden der Fall ist.

Wicke schätzt, daß der Schaden im Bereich der Tierwelt in der Bundesrepublik bei mindestens 100 Millionen DM/a liegt. Es ist bezeichnend, daß Wicke diese Schätzungen auf eine sehr alte Studie aus Nordrhein-Westfalen für das Jahr 1964 stützen muß, da ihm keine aktuelleren Zahlen zur Verfügung stehen. Wicke hat die Resultate der Nordrhein-Westfalen-Studie bis in die Mitte der 80er Jahre hinein extrapoliert. Sein Ergebnis kann mit Angaben von Euler (1984) verglichen werden, der sich auf eine OECD-Studie stützt, in welcher die Produktionsverluste in Skandinavien durch Oberflächengewässerversauerung aufgrund von SO_2-Einträgen abgeschätzt wurden. Nach einer Umrechnung der Resultate der OECD-Studie auf die Bundesrepublik kommt Euler zu einem Mindestschaden von ca. 30 Millionen DM/a. Obwohl man diese Zahl bezüglich der Schäden im Fischereibereich nicht gut in einen Gesamtschaden umrechnen kann, kann sie doch als Bezugspunkt zur Überprüfung der Angaben von Wicke dienen. Vor dem Hintergrund der umgerechneten OECD-Zahlen scheint Wickes Angabe in der richtigen Größenordnung zu liegen. Verwendet man nun die Schadensgröße von 100 Millionen DM/a, die Wicke in 1986er Preisen angegeben hat, rechnet diese auf die Preisbasis von 1982 um und gewichtet sie mit dem spezifischen Schadensfaktor für die Elektrizitätserzeugung, so erhält man einen zurechenbaren Gesamtschaden von ungefähr:

<u>26 Millionen DM/a.</u>

Diese Angabe ist höchstwahrscheinlich eine sehr niedrige Schätzung für den verursachten Schaden (vgl. Wicke 1986 S. 42).

3.2.1.1.3 Schäden, die die Menschheit direkt betreffen

Die wahrscheinlich größten sozialen Kosten der Umweltbelastung durch Energieumwandlungssysteme auf der Basis fossiler Brennstoffe betreffen die Menschheit direkt. Die möglichen Schäden reichen von Gesundheitsschäden auf der einen Seite bis hin zu Verlusten an Lebensqualität durch verminderte Erholungsmöglichkeiten auf der anderen und decken ein sehr breites Spektrum möglicher Schäden ab. Um Doppelzählungen zu vermeiden, behandeln wir in diesem Kapitel nur Effekte, die nicht auch schon an anderer Stelle behandelt worden sind.

Eine sehr wichtige Rolle spielen die durch Luftverschmutzung verursachten Erkrankungen des Atmungstraktes, welche aus der Sicht des Ökonomen einerseits zu einer verminderten Verfügbarkeit des Produktionsfaktors Arbeit (Morbidität) und andererseits zu Verlusten im Bereich des Produktionsfaktors Arbeit (Mortalität) führen (vgl. Marburger 1986, S. 51ff und Leu et al. 1984, S. 394ff). Es ist berechtigterweise Gegenstand heftiger Diskussionen, wie derartige Gesundheitsschäden bewertet werden sollen und ob solche Schäden in monetären Größen quantifiziert werden dürfen. Die einfache Berechnung der Produktionsverluste und der Kosten durch Krankheit oder Todesfälle stellen die psycho-sozialen Kosten und die sehr dramatischen Verluste im Bereich der Lebensqualität nicht in Rechnung. Dennoch erscheint es sehr wichtig, zumindest eine grobe Schätzung der minimalen Kosten durch Krankheit und Todesfälle in die Berechnungen mit einzubeziehen. Dies nicht zu tun, hieße, die sozialen Kosten von Energiesystemen auf der Basis fossiler Brennstoffe noch weiter zu unterschätzen, was zu einem noch schlechteren Allokationsprozeß führen würde. Bezüglich der ohnehin erfolgenden impliziten Monetarisierung vergleiche die theoretische Diskussion in Kapitel 2.3.2.

Auf der Basis der Angaben von Marburger (1986) schätzt Wicke die Kosten in diesem Bereich auf 2,3 bis 5,8 Milliarden DM/a. Diese Schätzungen beruhen nur auf den Zahlen über Erkrankungen des Atmungsapparats und basieren auf der Annahme, daß 20 bis 50 % dieser Erkrankungen durch Luftverschmutzung verursacht werden. Grupp (1986, S. 363) schätzt diese Kosten auf 6,8 bis 27,2 Milliarden DM/a.

Eine Umrechnung der Angaben von Euler für durch SO_2 verursachte Gesundheitsschäden ergibt einen möglichen Schadensbereich von 1,62 bis 40,35 Milliarden DM/a (vgl. Euler 1984, S. 167). Eulers Ergebnisse deuten darauf hin, daß die Angaben von Wicke und Grupp als relativ niedrige Schätzung der möglichen minimalen Schäden anzusehen sind. Die Zahlen beinhalten, wie schon ausgeführt, nur einen Teil der gesamten sozialen Kosten in diesem Bereich. Sie beinhalten weder den Großteil der sozialen Kosten durch die Belastung der Böden, noch beinhalten sie die direkten sozialen Kosten der Energieumwandlung im Bereich der Gewässerbelastung. Wie schon oben ausgeführt, ist die Analyse der Gesundheitsschäden auf der Basis von Luftverunreinigungen sehr schwierig, da synergetische Effekte und extrem lange Zeitverzögerungen eher die Regel als die Ausnahme zu sein scheinen. Um diesem Umstand Rechnung zu tragen, verwenden wir den sehr breiten Wertebereich von Euler als Ausgangspunkt für die folgenden Berechnungen. Umrechnung des Gesamteffektes auf die anteiligen Schäden der Elektrizitätserzeugung und Umbasierung auf das Preisbasisjahr 1982 führt zu einem möglichen Schadensbereich der sozialen Kosten im Bereich der menschlichen Gesundheit von:

<u>450 bis 11 300 Millionen DM/a.</u>

Verglichen zum japanischen Kompensationssystem für Luftverschmutzung scheint dieses Schadensintervall nicht extrem hoch zu liegen. In Japan müssen Kraftwerke wie auch andere Emittenten für die Emission von Schwefeldioxyd Abgaben bezahlen, welche auf der Basis der Gesamtemissionen der jeweiligen Region berechnet werden. Diese Abgaben werden dazu benutzt, für die aufgetretenen Gesundheitsschäden Entschädigungszahlungen zu leisten. Berechnet man derartige Abgaben für die SO_2-Emissionen der bundesdeutschen Elektrizitätserzeugung entsprechend der niedrigsten und der höchsten Abgabenrate in Japan, so erhält man einen Bereich von 1,15 bis 19,07 Milliarden DM/a. Dies deutet daraufhin, daß der für die Bundesrepublik abgeleitete Schadensbereich sehr wahrscheinlich keine Überschätzung der möglichen Schäden darstellt. Sogar der obere Wert (11,3 Milliarden DM/a), den wir auf der Basis der Angaben von Euler berechnet haben, liegt deutlich innerhalb des Bereichs der japanischen Emissionsabgaben.

3.2.1.1.4 Materialschäden

Im Bereich der durch Umweltverschmutzung verursachten Materialschäden liegt das Hauptaugenmerk auf Korrosions- und Verwitterungseinflüssen von Luftschadstoffen (vgl. Isecke 1986, S. 67ff).

Die durch Luftverschmutzung verursachte Korrosion und Verwitterung ist schwierig einzugrenzen, da auch nicht verschmutzte Luft Korrosion und Verwitterung von Materialien hervorrufen kann. Zusätzlich treten vielfältige synergetische Effekte im Bereich der Korrosion auf. Vergleicht man allerdings hoch belastete Industriegebiete und Reinluftgebiete, so kann man feststellen, daß die Oberflächenkorrosion von Stahlkonstruktionen ungefähr fünfmal so hoch liegt wie in den betrachteten Reinluftgebieten (vgl. Isecke 1986, S. 71ff). Die durch Luftverschmutzung verursachte Korrosion von Stahlkonstruktionen erreicht durchaus erhebliche Größenordnungen. Darüber hinaus können erhebliche Korrosionserscheinungen an Natursteinen auftreten, was vor allem an Gebäuden und historischen Baudenkmälern zu erheblichen Schäden führen kann. Auch läßt sich Korrosion durch Luftverschmutzung an im Freien befindlichen Kunstwerken wie Glasmalereien oder Skulpturen feststellen, die allerdings kaum in ihrer monetären Bedeutung abgeschätzt werden kann. Darüber hinaus verursacht Luftverschmutzung erhebliche Kosten für zusätzliche Reinigung, wie z.B. von Fenstern, ganzen Gebäuden aber auch von Kleidungsstücken.

Auf der Basis einer aktualisierten Studie von Heinz, schätzt Wicke die Materialschäden aufgrund von Luftverschmutzung in der Bundesrepublik auf ca. 2,3 Milliarden DM/a (vgl. Wicke 1986, S. 38ff und Heinz 1986, S. 83ff). Wie Wicke ist auch der Autor der Ansicht, daß die von Heinz angegebenen Zahlen keine realistische Minimalschätzung für den entstehenden Gesamtschaden darstellen. Diese Einschätzung basiert im wesentlichen auf dem Umstand, daß wichtige Schadenstypen von Heinz in seiner Untersuchung nicht berücksichtigt worden sind, wie z.B. die schweren Schäden an Kunstwerken und Kulturdenkmälern (vgl. Wicke 1986, S. 48ff).

Grupp schätzt daß die Materialschäden in der Größenordnung von 3,2 bis 4,2 Milliarden DM/a liegen, wobei auch er nicht sämtliche relevanten Schadenstypen mit in seine Analyse einbeziehen kann (vgl. Grupp 1986, S. 363). Der Autor ist der Ansicht, daß eine Kombination der aktualisierten Schätzung von Heinz mit der Schätzung von Grupp einen ersten sinnvollen Wertebereich für die möglichen Minimalschäden der Luftverschmutzung im Bereich der Materialien darstellen kann. Es wird daher von einem Bereich von 2,3 Milliarden (Heinz 1986, Preisbasis 1983) bis 4,2 Milliarden DM/a (Grupp 1986, Preisbasis 1986) als plausiblem Wertebereich für den verursachten Minimalschaden ausgegangen.

Umrechnung dieses Bereichs auf die Preisbasis 1982 und den spezifischen Anteil der Stromerzeugung auf der Basis fossiler Brennstoffe (28 %) führt zu einem Schadensbereich von:

<u>620 - 1 090 Millionen DM/a.</u>

3.2.1.1.5 Auswirkungen auf das Klima

Die Evaluierung von Umweltschäden ist in den meisten Bereichen mit erheblichen Schwierigkeiten verbunden. Die Analyse klimatischer Veränderungen durch Luftverschmutzung aufgrund der Nutzung fossiler Brennstoffe sieht sich allerdings noch erheblich größeren Schwierigkeiten gegenüber. Neben regionalen Einflüssen (lokalen Klimaveränderungen und Einflüssen auf den Niederschlag, die Gesundheit der Bevölkerung einer Region oder Auswirkungen auf die regionale Landwirtschaft) treten globale Effekte von Klimaveränderungen auf, wie z.B. das mögliche teilweise Abschmelzen der polaren Eiskappen (vgl. Jäger 1986, S. 6ff). Die Auswirkungen dieser Effekte sind heute nur sehr schlecht erkennbar und abschätzbar. Klimatische Veränderungen können nicht reversible langfristige Auswirkungen zur Folge haben, welche höchst unsicher sind und deren Analyse notwendigerweise ein sehr hohes Maß an Spekulation beinhalten muß. Klimatische Veränderungen und ihre Folgen können in eine globale Katastrophe führen. Es besteht mittlerweile generelle Übereinstimmung darin, daß die sogenannten Treibhausgase (Ozon, Methan, Stickoxyde und Chlorfluorkohlenwasserstoffe) bis zur Mitte des nächsten Jahrhunderts einen ähnlichen Effekt haben werden wie eine Verdoppelung der CO_2-Konzentration in der Atmosphäre (vgl. Jäger 1986, S. 8). Fachwissenschaftler gehen generell davon aus, daß die resultierenden Klimaveränderungen zu einem Anstieg des Temperaturniveaus von 1,5 bis 5,5 Grad Celsius führen werden. Experimentelle Analysen und die Untersuchung der Korrelation der CO_2-Konzentration in der Atmosphäre und der langfristigen Temperaturänderungen über die letzten 100 Jahre deuten darauf hin, daß diese Kausalbeziehung als relativ gut gesichert angesehen werden kann. Eine solche Temperaturveränderung würde zunächst zu einem Anstieg des Meeresspiegels um 25 bis 165 cm führen und ohne entsprechende Schutzmaßnahmen schwere Schäden in den Küstenbereichen zur Folge haben.

Eine Studie von Kosobud und Daly (1984, S. 638ff) ermittelte positive klimatische Auswirkungen für Lateinamerika und negative klimatische Effekte für Nordamerika soweit die Landwirtschaft, die Gesundheit und andere Effekte betroffen sind. Für Lateinamerika kommen sie als Resultat einer Verdopplung der CO_2-Konzentration zu einem positiven Effekt von ungefähr 2,5 Milliarden Dollar. In Nordamerika würde die gleiche Veränderung zu Gesamtverlusten in der Größenordnung von 400 Billionen Dollar führen (Bezugsjahr der Studie war 1982). Die Angaben sind aufgrund der oben schon gemachten Einschränkung als sehr spekulativ zu betrachten.

In der Bundesrepublik würde ein Anstieg des Meeresspiegels um bis zu 1,65 m im wesentlichen zu der Notwendigkeit führen, die Küstenbefestigungen, wie Deiche und Sperrwerke entsprechend zu erhöhen. Bei einer Gesamtlänge der Seedeiche von ungefähr 1 000 km (500 km hiervon sind sogenannte Außendeiche) und durchschnittlichen Kosten für die Erhöhung von Deichen um 1 m von 2 Millionen DM/km und den zusätzlichen

Kosten für die Erhöhung von Sperrwerken und anderen Einrichtungen belaufen sich die Kosten zur Vermeidung von Überschwemmungen auf ca. 2,5 bis 5 Milliarden DM (Berechnung auf der Basis der Angaben von Gierloff-Emden, 1980). Diese sehr grobe Schätzung sollte nur als ein allererster Orientierungspunkt für die Größenordnung der möglicherweise verursachten Kosten von klimatischen Veränderungen aufgrund von Luftverschmutzung in der Bundesrepublik angesehen werden. Rechnet man diese Angaben auf den Anteil der CO_2-Emissionen der Elektrizitätserzeugung aus fossilen Brennstoffen um (ungefähr 35 % der gesamten antroprogenen CO_2-Emissionen), so erhält man einen zuordenbaren Kostenbereich von 980 bis 1 960 Millionen DM (Preisbasis 1982). Rechnet man nun diese Gesamtkosten auf die Periode von 50 Jahren um, in welcher diese Verdoppelung der Konzentration voraussichtlich stattfinden soll, so erhält man jährliche Kosten der Klimaveränderung von:

20 - 40 Millionen DM/a.

3.2.1.1.6 Zusammenfassung der Umweltschäden aufgrund des Einsatzes fossiler Brennstoffe in der Elektrizitätserzeugung

Tabelle 3.5 gibt eine Zusammenstellung aller oben abgeleiteten sozialen Kosten der Elektrizitätserzeugung auf der Basis fossiler Brennstoffe im Bereich der Umweltschäden.

Die sozialen Kosten der Elektrizitätserzeugung aus fossilen Brennstoffen durch Luftverschmutzung, welche sich auf gesamt 2,8 bis 15 Milliarden DM/a belaufen, beinhalten neben den direkten Auswirkungen der Luftverschmutzung auch einige indirekte Effekte im Bereich der Belastung des Bodens (vgl. Wicke 1986, S. 107). Aus einer empirischen Zahlungsbereitschaftsanalyse, die Schulz (Schulz 1985) in Berlin durchgeführt hat, leitet Wicke einen Gesamtschaden von ca. 48 Milliarden DM/a ab (Preisbasis 1986). Diese aus der Zahlungsbereitschaftsanalyse abgeleitete Größe weist er als seinen Minimalschaden aus. Da die Umrechnung dieser Zahl auf den spezifischen Anteil der Elektrizitätserzeugung aus fossilen Brennstoffen zeigt, daß diese Größe durchaus im von uns abgeleiteten Bereich der einzeln quantifizierten Schäden liegt, wird diese Zahl, die der Autor für methodisch als am schlechtesten gesichert hält, in der folgenden Analyse nicht weiter verwendet, sondern es wird der auf der Basis der Einzelschäden abgeschätzte Schadensbereich herangezogen werden. Es sei hier nochmals darauf hingewiesen, daß dieser Schadensbereich als ein Bereich für den durch Luftverschmutzung verursachten Mindestschaden angesehen werden muß, da alle Annahmen im Gegensinn zur Hypothese von relativ hohen externen Kosten der Luftverschmutzung getroffen worden sind.

Tabelle 3.5: Geschätzte soziale Kosten der Luftverschmutzung entsprechend der verschiedenen Schadenskategorien (alle Angaben auf volle 10 Millionen gerundet)

Schäden an	Gesamte quantifizierte Schäden (Millionen DM_{82}/a)	Anteil der Schäden durch Elektrizitätserzeugung auf der Basis fossiler Brennstoffe (28 %) (Millionen DM_{82}/a)
Flora	6 030 - 9 090	1 690 - 2 540
Fauna	90	30
Menschheit	1 620 - 40 350	450 - 11 300
Materialien	2 230 - 4 000	620 - 1 090
Klima	60 - 110	20 - 40
Gesamter Bereich (einfache Addition)	10 030 - 53 640	2 810 - 15 000
Gesamter Bereich auf der Basis unabhängiger Fehler	31 840 ± 19 450	8 910 ± 5 450
Zahlungsbereitschaft[1]	44 540	12 470

[1] Wicke 1986. Zahlen auf das Preisniveau von 1982 umgerechnet.

3.2.1.2 Kernenergie

Zur Zeit beruht die Erzeugung von Elektrizität auf der Basis von Kernenergie im wesentlichen auf dem Einsatz von Uran 235 und nur zu einem verschwindend geringen Anteil auf dem Einsatz von Plutonium 239. In der Bundesrepublik herrschen Druckwasserreaktoren vor, neben denen einige Siedewasserreaktoren zum Einsatz kommen. Wie auch bei anderen Energieumwandlungsprozessen zur Erzeugung von Elektrizität entstehen im Bereich der Nutzung der Kernenergie nicht erwünschte Nebenprodukte, wie Abwärme und speziell radioaktive Spalt- und Aktivierungsprodukte. Die radioaktiven Auswirkungen des Prozesses beruhen auf den hoch energetischen harten Strahlungen aus dem Spaltprozeß im Reaktor selbst und den radioaktiven Spalt- und Aktivierungsprodukten, die teilweise mit der Abluft und dem Abwasser aus dem Prozeß freigesetzt werden. Der größte Teil der Spaltprodukte ist in den abgebrannten Brennelementen enthalten. Der Kernenergieerzeugung zurechenbare Radioaktivität wird nicht nur von Kernkraftwerken freigesetzt, sondern auch von anderen Prozessen im nuklearen Brennstoffkreislauf. Neben den Kernkraftwerken sind die Hauptelemente des nuklearen Brennstoffkreislaufs die Uranexploration, der Uranbergbau, die Urananreicherung, die Produktion von Brennelementen, die Wiederaufarbeitung abgebrannter Brennelemente und die Endlagerung radioaktiven Abfalls. Die Hauptquellen emittierter Radioaktivität im Brennstoffkreislauf sind die Wiederaufarbeitungsanlagen und die Kernkraftwerke. Der Uranabbau in der Bundesrepublik ist praktisch vernachlässigbar und die Wiederaufarbeitung sowie die Endlagerung sind noch nicht in dem zur Aufnahme des derzeitig anfallenden Atommülls notwendigen Umfang etabliert. Die sich kumulierende Menge radioaktiven Abfalls, der langfristig gelagert werden muß, bedeutet ein erhebliches langfristiges Potential für mögliche radioaktive Schäden.

Über die radioaktiven Emissionen des Brennstoffkreislaufs hinaus stellen die kontaminierten Ausrüstungsteile abzubrechender Kernkraftwerke ein bedeutendes Potential an radioaktiven Abfällen dar, die entsorgt werden müssen. Derartiger radioaktiver Abfall wird in dieser Studie nicht weiter behandelt. Da sich die folgenden Berechnungen auf mögliche Großunfälle von Kernkraftwerken beschränken, unterschätzen sie die möglichen Umweltgefahren der Kernenergie in mehrfacher Hinsicht. Hierauf wird weiter unten im Zusammenhang mit der Tabelle 3.7 näher eingegangen.

Wie schon im Bereich der fossilen Brennstoffe nehmen die Ursachen-Wirkungs-Beziehungen auch im Bereich der Umweltauswirkungen des Einsatzes der Kernenergie die Form von Entscheidungsbäumen an. Es werden daher auch hier nur Listen der möglichen Positionen auf den einzelnen Ebenen der Entscheidungsstruktur in Tabelle 3.6 wiedergegeben. Wiederum muß es dem Leser überlassen bleiben, diese zu kombinieren, um zur vollen Struktur der möglichen Effekte zu gelangen.

Tabelle 3.6: Umweltschäden durch Kernenergienutzung

Teil des nuklearen Brennstoffkreislaufs	Schadenspfade (Normalbetrieb und Unfälle	Belastete Umweltmedien	Umweltschäden
- Uranbergbau - Uranverarbeitung - Anreicherung - Brennelementfertigung - Kernkraftwerk - Wiederaufarbeitung - Endlager - Trannsport von Brennstoffen und Abfällen	- Abluft - Abwärme - Abwasser - Radioaktivität - Feste Abfälle/Deponie - Giftige Abfälle (Plutonium)	- Luft - Boden - Wasser	- Flora -- Waldschäden -- Ernteverluste -- Artenvielfalt - Fauna -- Reduzierte Produktion in der Landwirtschaft -- Artenvielfalt - Meschheit -- Gesundheitsschäden -- Verschlechterte Lebensqualität - Bodenverseuchung

Tabelle 3.7 führt alle Effekte auf, die im Bereich des nuklearen Brennstoffkreislaufs auftreten und in dieser Studie nicht behandelt werden. Generell können zwei Schadenstypen unterschieden werden. Es handelt sich einerseits um Schäden aus dem sogenannten Normalbetrieb der Anlagen, wie z.B. Abwärmebelastung und radioaktive Belastungen durch Abgase und Abwässer, andererseits handelt es sich um Schäden aufgrund von großen Reaktorunfällen (Kernschmelzunfälle), wie im Fall des RMBK in Tschernobyl. Selbst partielle Kernschmelzunfälle, wie beim TMI (Three Mile Island) in Harrisburg verursachen sehr hohe Kosten, selbst wenn keine wesentlichen Teile des radioaktiven Inventars in die Umwelt gelangen. Diese Kosten werden durch Evakuierungs- und andere administrative Maßnahmen, sowie durch notwendige Stromabschaltungen, die Zerstörung von Investitionsgütern und ähnliche Effekte verursacht.

Tabelle 3.7: Mögliche Umweltschäden des Normalbetriebs und von Unfällen der Anlagen des nuklearen Brennstoffkreislaufs, die in dieser Studie nicht berücksichtigt wurden

1. Uranbergbau

2. Uranverarbeitung, -anreicherung und Brennelementfertigung
   - Normalbetrieb
   - Unfälle

3. Urantransport
   - Normalbetrieb
   - Unfälle

4. Normalbetrieb von Kernkraftwerken

5. Wiederaufarbeitung radioaktiven Abfalls
   - Normalbetrieb
   - Unfälle

6. Endlagerung radioaktiver Abfälle
   - Normalbetrieb
   - Unfälle
   - Zukünftige Freisetzung von Radioaktivität in die Umwelt

7. Abbruch von kontaminierten Anlagen und Endlagerung der Komponenten

Unter normalen Betriebsbedingungen eines Kernkraftwerks sollten sich die Mengen der emittierten Radioaktivität im Bereich der in den jeweiligen Betriebsgenehmigungen für zulässig erklärten Mengen halten (vgl. Bundesminister des Innern, 1982, S. 4 und 212f); dennoch erreicht die im Normalbetrieb emittierte Menge von Radioaktivität aus dem Brennstoffkreislauf ein durchaus erhebliches Ausmaß (vgl. Halbritter et al. 1982, S. 107). Die Auswirkungen der verschiedenen Spaltprodukte variieren erheblich entsprechend ihrer Partikelgröße, ihres Gewichts, ihrer Halbwertzeit, der Transportentfernung und der zeitlichen Verzögerung zwischen der Emission aus dem nuklearen Brennstoffkreislauf und der Immission am Platz der Deposition. Daher variiert der mögliche Umweltschaden der Stromerzeugung auf der Basis von Kernenergie erheblich entsprechend der Mischung der freigesetzten Spalt- und Aktivierungsprodukte und der Transportparameter.

Mittels des Transports durch die Umweltmedien Luft und Wasser können die unterschiedlichen Spalt- und auch Aktivierungsprodukte negative Auswirkungen auf Pflanzen, Tiere und Menschen haben. Nur vergleichsweise hohe radioaktive Dosisleistungen dürften zu Schäden an Materialien führen.

Ein weiterer entscheidender Parameter für die Höhe der Schädigungen von lebenden Organismen ist die unterschiedliche Akkumulationskapazität des menschlichen oder tierischen Körpers sowie der Pflanzen für die unterschiedlichen Spaltprodukte. Der verursachte Schaden an unterschiedlichen Teilen der Organismen bzw. Organen hängt zum Teil von der Verweildauer der radioaktiven Spaltprodukte im Organismus ab. Die Periode bis zum Ausbruch einiger durch Strahlung verursachter Krebserkrankungen kann durchaus in der Größenordnung von 20 bis 30 Jahren liegen. Das empirische Wissen über die möglichen Auswirkungen der Nutzung der Kernenergie, die seit den 60er Jahren kommerziell genutzt wird, ist aufgrund dieser erheblichen Zeitspannen sehr begrenzt. Diese sehr lange Zeitverzögerung macht es oft auch unmöglich, einzelne Schäden zu spezifischen Quellen von Radioaktivität zurückzuverfolgen, selbst wenn die Schäden dem Einfluß radioaktiver Strahlung generell zugeordnet werden können.

Es besteht ein grundlegendes Zuordnungsproblem für die identifizierten Schäden zu bestimmten Quellen von Radioaktivität, da die Kernspaltung nicht ausschließlich für die Erzeugung von Elektrizität genutzt worden ist. Da in den 50er Jahren in großem Maßstab Atomwaffentests in der Atmosphäre durchgeführt worden sind und da auch radioaktive Partikel aus normalen Verbrennungsprozessen freigesetzt werden können, ist es sehr schwierig, spezifische Schäden nuklearen Spaltprodukten aus dem Bereich der Kernenergieerzeugung zuzurechnen. Außerdem können Menschen auch durch die Radioaktivität aus dem Bereich der Nuklearmedizin geschädigt werden, welche auch hochenergetische Strahlung zu Untersuchungs- und Therapiezwecken einsetzt. Außerdem besteht ein durchaus erhebliches Niveau an kosmischer und terrestrischer Hintergrundradioaktivität, welche nicht völlig von der künstlich erzeugten Radioaktivität in bezug auf die resultierenden Schäden isoliert werden kann.

Die Frage der Existenz einer unteren Schwelle für schädliche radioaktive Mindestdosisleistungen für lebende Organismen wird unter Experten sehr kontrovers diskutiert. Es gibt keinen Zweifel daran, daß relativ hohe Dosisleistungen zu schweren Schäden an lebenden Organismen führen, es wird aber teilweise in Zweifel gezogen, daß geringe radioaktive Dosisleistungen auch zu Schädigungen führen. Ein großer Teil der Experten ist überzeugt, daß es keine harmlose radioaktive Dosis für Menschen gibt. Andere Experten vertreten hingegen manchmal die Ansicht, daß geringe radioaktive Dosisleistungen sogar nützlich für das Wachstum und die menschliche Gesundheit sein können. Die geringste Kontroverse gibt es aufgrund neuerer Erkenntnisse der Molekularbiologie um die genetischen Schäden aufgrund von geringen radioaktiven Dosisleistungen (vgl. Fremlin 1985, S. 56 und Wachsmann 1986, S. 499ff). Diese Ansicht wird deutlich durch neuere Erkenntnisse der Molekularbiologie über Radioaktivität und Chromosomschäden unterstützt (vgl. Kovacsics, 1987).

Da zwischen den Experten über die möglichen Schäden der Kernenergienutzung keine Einigkeit herrscht, ist es offensichtlich, daß es keine sehr zuverlässigen Forschungsergebnisse über die Ursachen-Wirkungs-Zusammenhänge im Bereich der möglichen Schäden aufgrund der Kernenergienutzung gibt. So wird z.B. eine Studie über die Auswirkungen der Radioaktivität im Bereich der Waldschäden von Reichelt und Kollert (1985) sehr kontrovers debattiert.

Es gibt heute leider noch kaum Quantifizierungen oder Monetarisierungen der Umweltschäden durch den Normalbetrieb von Kernkraftwerken. Es gibt nur eine Ausnahme mit Hinblick auf die möglichen Schäden im Bereich der menschlichen Gesundheit. Halbritter et al. (1982) quantifizierten die auf allen Stufen des Brennstoffkreislaufs unter Bedingung des Normalbetriebs freigesetzte Radioaktivität und gaben eine Gesamtpersonendosis von 16,6 Personen Sievert/GWe pro Jahr an. In der gleichen Studie kommen sie zu ca. 30 Personen Sievert/GWe pro Jahr für große Reaktorunfälle (vgl. Halbritter et al. 1982, S. 107). Seit der Reaktorkatastrophe in Tschernobyl erscheint es angemessen, eine erste Analyse der möglichen Schäden auf der Basis großer Kernschmelzunfälle durchzuführen und zunächst die Effekte des Normalbetriebs von Kernkraftwerken zu vernachlässigen. Zieht man die von Halbritter angegebenen Relationen zwischen Reaktorunfall und Normalbetrieb heran, so sollte dies zu einer Unterschätzung der Gesundheitsschäden durch den Einsatz der Kernenergie um ca. 30 % führen. Obwohl vereinzelt Experten die Ansicht vertreten, daß der Tschernobylunfall in der Bundesrepublik nicht zu direkten Gesundheitsschäden führen kann, da sich die gemessenen radioaktiven Belastungen im Bereich der sogenannten natürlichen Hintergrundstrahlung bewegen (vgl. Kiefer 1986, S. 394), erscheint es dem Autor aufgrund neuerer Erkenntnisse aus der Molekularbiologie offensichtlich, daß über die materiellen Schäden an Nahrungsmitteln hinaus auch erhebliche langfristige gesundheitliche Schäden in der Bundesrepublik verursacht wurden, was sich langfristig an der höheren Zahl von Krebserkrankungen und an genetischen Schäden an Embryos zeigen dürfte.

Im folgenden werden in der Literatur vorgenommene Abschätzungen der globalen Gesundheitsschäden aufgrund des Unfalls von Tschernobyl als Ausgangspunkt für die Abschätzung der Größenordnung der Gesundheitsschäden von Kernkraftwerksunfällen benutzt. Für die folgenden Berechnungen der sozialen Kosten großer Nuklearunfälle sind eine Reihe von Annahmen getroffen worden. Aufgrund von statistischen Angaben zur wirtschaftlichen Situation in der Bundesrepublik kann davon ausgegangen werden, daß eine durchschnittliche Erwerbsperson ein Nettoinlandsprodukt von ungefähr 50 000 DM/a produziert (Preisbasis 1982). Auf der Basis der Gesundheitsschäden und der erhöhten Sterblichkeit aufgrund eines höheren Krebsrisikos wird angenommen, daß ein durchschnittlicher Krebstod zum Verlust eines halben Erwerbslebens von insgesamt 40 Arbeitsjahren führt. In Übereinstimmung mit der Fachliteratur wird eine Sterblichkeitsrate von ca. 50 % bei allen verursachten Krebsfällen angenommen. Im Fall der nicht tödlich verlaufenden Krebserkrankungen wird davon ausgegangen, daß hier durchschnittlich 10 Arbeitsjahre verloren gehen, was der Hälfte des Verlusts im Fall einer tödlich verlaufenden Krebserkrankung entspricht. Hieraus resultieren Verluste im Bereich des Nettoinlandsprodukts von 1 Million DM pro tödlichem Krebsfall und von 500 000 DM pro nicht tödlich verlaufendem Krebsfall. Diese ökonomischen Zahlen können für die überschlägliche Monetarisierung der reinen ökonomischen Effekte gestiegener Krebserkrankungen aufgrund von großen Kernkraftwerksunfällen benutzt werden. Dies stellt nicht in Rechnung, daß Krebserkrankungen erhebliche Kosten im Bereich des Gesundheitssystems verursachen und zu noch größeren psycho-sozialen Kosten und individuellem Leiden führen, die sich im Fall der letztgenannten Effekte einer Quantifizierung und Monetarisierung aus Fragen der Bewertung und der Ethik völlig entziehen. Eventuell könnte man sich hier auf der Basis z.B. in den USA gerichtlich zugesprochener Schmerzensgeldzahlungen einer Monetarisierung nähern. Die im folgenden angegebenen Schadenszahlen können daher nur eine sehr grobe Quantifizierung eines absoluten Minimums des verursachten Schadens geben, das sicherlich nur den kleineren Teil der gesamt verursachten Schäden eines großen Nuklearunfalls abdeckt.

Ein Maß für die Häufigkeit der durch die emittierte Radioaktivität ausgelösten Krebserkrankungen ist die wahrscheinliche Anzahl der Krebsfälle pro einer Million Personen rem (die kumulierte Dosis von 1 Million rem, die auf eine nicht näher spezifizierte Anzahl von Personen wirkt). Diese Dosisleistung entspricht 10 000 Personen-Sievert. Die Anzahl der Krebsfälle pro 1 Million Personen rem wird zwischen den verschiedenen Experten heftig diskutiert, da diese Zahl für die Akzeptanz der Kernenergie in der Bevölkerung eine zentrale Rolle spielt. Um die Entwicklung der Einschätzung dieser Problematik in den letzten Jahren aufzuzeigen, stellt Tabelle 3.8 einen Überblick über die wichtigsten früheren Abschätzungen zur Fragestellung Krebshäufigkeit und Strahlenbelastung dar. Die neuesten Zahlenangaben von verschiedenen Fachleuten wurden sowohl in einem Aufsatz von Schmitz-Feuerhake (1988) als auch in einem Fernsehbericht von Bott (1987) zitiert und finden sich in der Tabelle 3.9. Nach Bott (1987, S. 24) bewegen sich die Schätzungen für die Anzahl der Krebsfälle pro einer Million Personen rem je nach Autor zwischen 200 und 7 400. Viele Autoren wie z.B. auch Gofman und Morgan nehmen an, daß ca. 50 % dieser Krebsfälle zum Tode führen.

Tabelle 3.8: Durch Radioaktivität verursachte Krebssterblichkeit (ältere Schätzungen)

Quelle	Krebstote pro 10⁶ Personen rem	Bemerkungen
- IRCP Nr. 26[1]	100	
- UNSCEAR 1977[1]	300 100	Hohe Dosis Niedrige Dosis
- BEIR 1972[1]	90-450	
- BEIR III, 1980[5]	158-501	Linear ohne Schwelle
- Beebe 1977[1][2]	100-150	Nur Überlebende von Atombomben
- Baum 1977[1]	160-560	Nur Überlebende von Atombomben
- Schmitz-Feuerhake 1981[1]	150-750 (1000[3])	
- Radford[4] 1983	> 800[2]	Krebsfälle pro 10⁶ Personen rad
- Gofman 1981[6]	3771	Krebsfälle pro 10⁶ Personen rad
- Jacobi 1981[7]	70-200	

[1] Schmitz-Feuerhake 1981, S.21
[2] Pro rad externe Dosis T65D, welche in etwa der Organdosis in rem gleich ist
[3] Schmitz-Feuerhake 1981, S.23
[4] Radford 1983, S.8
[5] Schmitz-Feuerhake 1985, S.3
[6] Gofman 1982, S.96
[7] Jacobi 1982, S.129

Daß viele Autoren heute dazu tendieren, höhere Krebshäufigkeiten anzunehmen als vor einigen Jahren, ist im wesentlichen das Resultat einer Neubewertung der Radioaktivitätsdosimetrie der Atombombenabwürfe von Hiroshima und Nagasaki, die unter anderem durch Fry und Sinclair (1987) dargestellt worden sind. Außerdem beruhen neuere Schätzungen auch auf ersten Resultaten des Unfalls von Tschernobyl. Einige der älteren Angaben in Tabelle 3.8 basieren auf dem Konzept der Personen rad, welches in bezug auf die Neutronen- und Alphastrahlung inkorporierten radioaktiven Materials zu fehlerhaften Ergebnissen führt. Das Personen-rem-Konzept, welches physische und biologische Korrekturfaktoren für die verschiedenen Strahlungsarten berücksichtigt, führt zu realistischeren Ergebnissen. Allerdings führen beide Ansätze in bezug auf Gamma- und Röntgenstrahlung zu den gleichen Resultaten.

Veröffentlichungen sowjetischer Stellen nach dem Tschernobyl-Unfall geben die Menge der Radioaktivität, der die sowjetische Bevölkerung ausgesetzt war und ist, mit ca. 240 Millionen Personen rem als Resultat der Reaktorkatastrophe an (vgl. Bott 1987, S. 31). Der Anteil der Bundesrepublik an der Exposition wird generell mit ungefähr

Tabelle 3.9: Krebssterblichkeit aufgrund von Radioaktivitätseinwirkung nach Bott[1] und Schmitz-Feuerhake[2] (relativ neue Angaben)

Quelle	Krebstote pro 10^6 Personen rem	Bemerkungen
Bott (1987):		
Gofman	3700	50 % der Krebsfälle
ICRP	125	200 Krebsfälle
Radford	1000	
Jacobi	50-500	Pro 10 000 Personen-Sievert
Morgan	400-2000	Maximum 4 100 Krebsfälle
Schmitz-Feuerhake (1988):		
Radford 1980	Männer: 220-880 Frauen: 550-1620	Nagasaki-Tumorregister
Bertell 1984	Männer: 380-1200 Frauen: 720-2100	
RERF[3] 1987	1740 580-1160	Linear Abschlag für niedrige Dosis

1) Bott 1987
2) Schmitz-Feuerhake, 1988
3) RERF: Radiation Effects Research Foundation

12 Millionen Personen rem geschätzt (vgl. Bott 1987, S. 30). Diese Zahlen enthalten auch zukünftige Einwirkungen von Radioaktivität aufgrund der langen Halbwertzeit von Cäsium, welches sich in der Nahrungskette für eine Reihe von Jahren halten wird. Im Fall des Tschernobyl-Unfalls traten lediglich 4 % des radioaktiven Inventars des Reaktors in die Umwelt aus, da ein vollständiges Schmelzen des Reaktorkerns verhindert werden konnte (vgl. Bott 1987, S. 12). Dies kann nicht generell für derartige Reaktorunfälle unterstellt werden. Im Vergleich zur Bevölkerungsdichte der gesamten Sowjetunion ereignete sich die Reaktorkatastrophe zwar in einer relativ dicht besiedelten Region, vergleicht man diese Region jedoch mit der durchschnittlichen Bevölkerungsdichte Europas oder speziell der Bundesrepublik, so muß man sie als relativ dünn besiedelt bezeichnen. Die Bevölkerungsdichte Europas außerhalb der Sowjetunion ist ca. dreimal so hoch wie die Bevölkerungsdichte des europäischen Teils der Sowjetunion, wo sich der Unfall ereignete. Die Bevölkerungsdichte der Bundesrepublik übersteigt die Bevölkerungsdichte der europäischen Sowjetunion ungefähr um Faktor sieben.

Nimmt man die angegebenen 240 Millionen Personen rem des Reaktorunfalls von Tschernobyl als die weltweite Exposition und nimmt man ferner an, daß zwischen 200 und 3 700 (die Hälfte der von Gofman angegebenen Zahlen) Krebsfälle aus einer Exposition von 1 Million Personen rem resultieren, so ergibt sich eine mögliche Gesamtzahl von 50 000 bis 900 000 Krebsfällen als Folge des Tschernobyl-Unfalls. Die entsprechende Zahl für die Bundesrepublik auf der Basis von 12 Millionen Personen rem liegt zwischen 2 400 und 45 000 Krebsfällen als Folge der Reaktorkatastrophe. Multipliziert man nun diese Krebsfälle mit den oben abgeleiteten Produktionsverlusten, so ergibt sich ein gesamter ökonomischer Verlust in der Größenordnung von 36 - 666 000 Milliarden DM in der ganzen Welt und ein ökonomischer Verlust in der Bundesrepublik in der Größenordnung von 2 - 33 Milliarden DM. Diese Schätzung scheint in der richtigen Größenordnung zu liegen, da die amerikanische NRC die Kosten eines Kernschmelzunfalls in der Größenordnung von US $ 100 Milliarden angibt (vgl. Aldrich et al. ohne Jahr). Um die Schadenskosten auf der Basis der ökonomischen Produktionsverluste auf kWh-Basis berechnen zu können, muß man die durchschnittliche Wahrscheinlichkeit eines solchen Reaktorunfalls und die durchschnittliche Elektrizitätsproduktion pro Betriebsjahr eines durchschnittlichen Kernkraftwerks berücksichtigen. Wenn der Kehrwert der Wahrscheinlichkeit des nächsten entsprechenden Kernkraftwerkunfalls mit der Elektrizitätsproduktion pro Betriebsjahr multipliziert wird, so erhält man die ungefähre Menge der Elektrizität, die pro entsprechendem Kernkraftwerksunfall produziert wird.

Zur Berechnung der Schadenskosten großer Kernkraftwerksunfälle wurde eine durchschnittliche Reaktorgröße von 1 250 MW und ein Jahresbetrieb bei Nennleistung von 6 000 Betriebsstunden angenommen. Dies führt zu einer Jahresproduktion von 7,5 TWh. Die Wahrscheinlichkeit solcher Kernkraftwerksunfälle mit Austritt des radioaktiven Inventars ist heftig umstritten, da es einerseits sehr schwierig ist, die Wahrscheinlichkeit eines solchen Ereignisses abzuschätzen und andererseits diese Wahrscheinlichkeit eine politische Schlüsselrolle für die Akzeptanz der Kernenergie in der Bevölkerung spielt. Die normalen Risikoabschätzungen unterscheiden selten zwischen einzelnen Reaktortypen und geben stattdessen Durchschnittswerte für Durchschnittsreaktoren an. Mit Ausnahme großer Brutreaktoren nehmen Experten an, daß alle konventionellen Reaktortypen eine vergleichbare Wahrscheinlichkeit für einen Kernschmelzunfall haben. Im folgenden werden wir Kernschmelzunfälle mit einer Sprengung des Containments, die zu einer beträchtlichen Freisetzung des radioaktiven Inventars führen, als Exkursionsunfälle bezeichnen, obwohl dieser Terminus manchmal in der Literatur für eine etwas andere Konstellation benutzt wird. Brutreaktoren haben generell eine höhere Unfallwahrscheinlichkeit aufgrund des Natrium-Kühlkreislaufs und eines unterschiedlichen Verlaufs des Unfalls aufgrund der anderen Geometrie des Reaktorkerns. Wahrscheinlichkeiten von Exkursionsunfällen für konventionelle Reaktoren sind von Birkhofer (1986, S. 444) der Literatur entnommen und zusammengestellt worden. Die Angaben von Birkhofer sind in Tabelle 3.10 wiedergegeben.

Tabelle 3.10: Wahrscheinlichkeit großer Kernkraftwerksunfälle auf der Basis unterschiedlicher Risikostudien (Birkhofer 1986, S. 444)

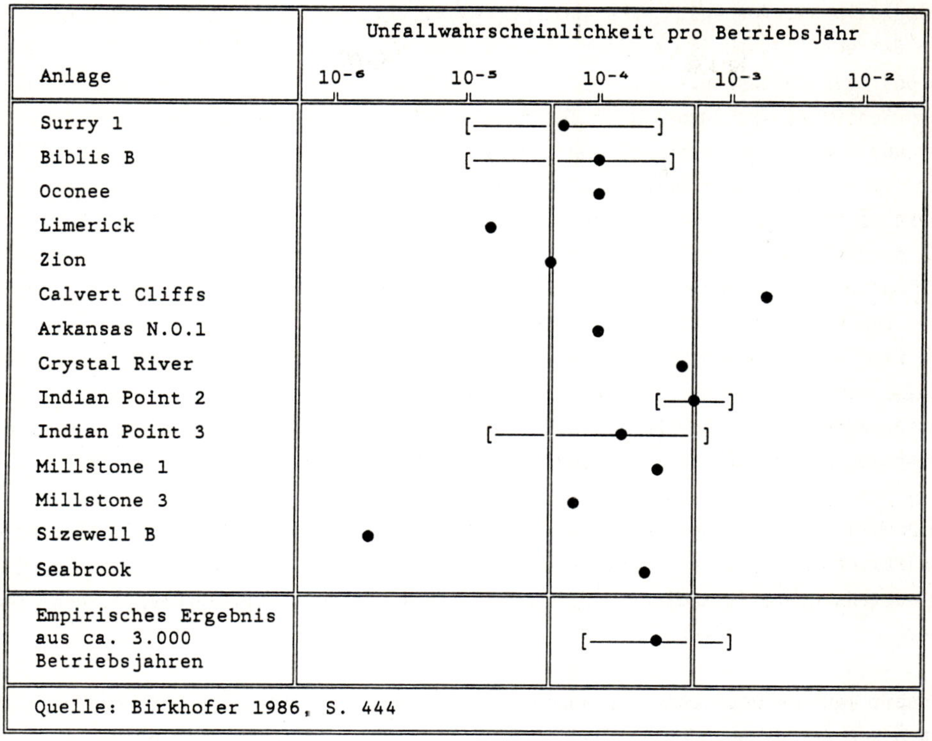

Die Mehrzahl der Studien kommt zu Wahrscheinlichkeiten von einem nuklearen Exkursionsunfall pro 2 000 und 20 000 Betriebsjahren. Der Unfall von Tschernobyl ereignete sich nach ca. 3 000 Betriebsjahren von Kernkraftwerken weltweit und hatte eine Reihe von Vorläufern, die beinahe zur Freisetzung von Teilen des nuklearen Inventars geführt hätten. Beispiele solcher Vorläufer beinhalten den Unfall von Harrisburg und andere Kernkraftwerksunfälle in den Vereinigten Staaten in den 50er und 60er Jahren. Nimmt man den Bereich von 2 000 bis 20 000 Betriebsjahren pro Kernkraftunfall als Grundlage der weiteren Berechnungen, so ergibt sich zusammen mit den oben gemachten Annahmen, eine Elektrizitätserzeugung von ca. 15 000 bis 150 000 TWh pro Exkursionsunfall. Die spezifischen Produktionszahlen für Tschernobyl müßten im Bereich von 15 000 TWh liegen. Für die Berechnung der spezifischen Schadenskosten eines Exkursionsunfalls auf der Basis einer kWh Elektrizität aus Kernkraftwerken müssen eine Reihe von Parametern bekannt sein, die in relativ großen Bereichen variieren können:

- Entsprechend der Experteneinschätzung variiert die Anzahl der möglichen Krebsfälle pro 1 Million Personen rem zwischen 200 und 3 700 Fällen (Gofmann gibt sogar 7 400 Krebsfälle hierfür an).
- Die Wahrscheinlichkeit solcher Exkursionsunfälle variiert zwischen 2 000 und 20 000 Betriebsjahren.
- Nach Schätzung des Autors kann der Anteil des freigesetzten radioaktiven Inventars des Reaktors durch einen solchen Exkursionsunfall zwischen 1 % und 50 % des Inventars variieren, wobei bei einer Freisetzung von 50 % ein Durchschmelzen des Reaktorkerns durch den Reaktorboden angenommen wird.
- Die Bevölkerungsdichte in der Region, die am stärksten durch den radioaktiven Fallout betroffen sein wird, variiert zwischen 10 und 250 Personen pro qkm je nach Lage des Kernkraftwerks.
- Die Zahl der Personen, die in der direkten Umgebung des Reaktors (30 bis 50 km Radius) einer sehr hohen Radioaktivitätsdosis ausgesetzt sein wird, variiert zwischen weniger als 100 000, wie z.B. in der Sowjetunion und mehr als 3 Millionen Menschen, wie im Fall der deutschen Kernkraftwerke Krümmel, Stade oder Biblis.

Es muß darauf hingewiesen werden, daß die mögliche Zahl der betroffenen Personen in der direkten Umgebung des Reaktors und die Dichte der generell betroffenen Bevölkerung austauschbare Parameter sind, die nicht als multiplikativ verknüpfbare Faktoren betrachtet werden sollten.

Verknüpft man die möglichen Wertebereiche der einzelnen Parameter mit den spezifischen Daten des Tschernobyl-Unfalls, so erhält man für eine Minimalkonstellation einen Anteil von 12,5 % der der auf Menschen wirksamen Radioaktivitätsdosis gemessen in Personen rem (Freisetzung von 1 % des radioaktiven Inventars, was nur 25 % der Freisetzung des Tschernobyl-Unfalls entspricht und eine Bevölkerungsdichte von ca. der Hälfte der für Tschernobyl relevanten Bevölkerungsdichte). Als möglicher oberer Grenzwert ergibt sich ein Faktor von 125 mal der Exposition in Personen rem, die aus dem Tschernobyl-Unfall resultierte, welcher auf dem 12,5 fachen Freisetzungsanteil des radioaktiven Inventars und einer um Faktor 10 höheren Bevölkerungsdichte der relevanten Region basiert. In Personen rem heißt dies, daß im Minimalfall lediglich 30 Millionen Personen rem als Exposition resultieren, wenn sich der Unfall in einer extrem dünn besiedelten Region mit nur geringem Austritt von radioaktivem Inventar ereignet und im Maximalfall bedeutet dies eine Exposition von 30 Milliarden Personen rem für Kernkraftwerke in sehr dicht besiedelten Regionen und Exkursionsunfälle mit einer Freisetzungsrate von 50 % des nuklearen Inventars bei Durchbruch des Reaktorkerns durch den Boden des Gefäßes.

Die so erhaltenen Resultate müssen mit dem oberen und unteren Schätzwert für die Anzahl der Krebsfälle pro 1 Million Personen rem multipliziert werden, was wiederum zu einer Ausweitung des möglichen Gesamtschadensbereichs führt, der entsprechend zwischen einem Minimum von 6 000 und einem Maximum von 110 Millionen Krebsfällen liegen kann. Multipliziert man diese Angaben mit den ökonomischen Produktionsverlusten an Nettoinlandsprodukt, welche wir oben für die Bundesrepublik abgeleitet haben (750 000 DM pro Krebsfall), so erhält man einen möglichen ökonomischen Schadensbereich zwischen 4,5 und 83 250 Milliarden DM.

Bei diesen Berechnungen darf nicht vergessen werden, daß es sich hierbei nur um einen möglichen Wertebereich für das Minimum der Schadenskosten handelt, da sowohl die Schadenskosten im Bereich des Gesundheitssystems als auch die psycho-sozialen Kosten nicht in die Berechnung eingehen. Tabelle 3.11 zeigt den Einfluß der Variation der verschiedenen Parameter auf den gesamten möglichen Schadensbereich.

Nach Tabelle 3.11 bewegen sich die ökonomischen Schadenskosten pro kWh im Bereich zwischen 0,003 Pf/kWh im besten Fall und 5,55 DM/kWh im schlechtesten Fall. Der mögliche Schaden variiert also um den Faktor 185 000 zwischen dem Minimum und Maximum des möglichen Schadensbereichs. Betrachtet man nun den Unfall von Tschernobyl und nimmt eine Wahrscheinlichkeit von 1 000 Krebsfällen pro 1 Million Personen rem nach Radford an (vgl. Bott 1987) und verknüpft diese mit der empirischen Betriebsdauer von 3 000 Betriebsjahren pro Exkursionsunfall und unterstellt einen Standort in der Sowjetunion (Tschernobyl), so erhält man ökonomische Schadenskosten in der Größenordnung von 1,2 Pf/kWh. Nimmt man jedoch einen Reaktorstandort wie Biblis oder Krümmel in der Bundesrepublik an, wo die Bevölkerungsdichte ca. 10 mal so hoch ist und nimmt man die aus verschiedenen Studien abgeleitete Variation der Wahrscheinlichkeit eines solchen Exkursionsunfalls als Basis der Berechnungen an, so erhält man ökonomische Schadenskosten zwischen 1,2 und 12 Pf/kWh. Der letztere Schadensbereich scheint dem Autor ein relativ wahrscheinlicher Schadensbereich für einen durchschnittlichen Exkursionsunfall in der Bundesrepublik zu sein. Auch hier gilt, daß nur die Produktionsausfälle berechnet wurden, welche nur als Minimalwert für die möglichen Schadenskosten angesehen werden können, da keine anderen Schäden einbezogen worden sind. Für alle weiteren Berechnungen im Verlauf der Studie wird daher folgender Schadensbereich (in 1982er Preisen) zugrunde gelegt:

<u>1,2 - 12 Pf_{82}/kWh.</u>

Tabelle 3.11: Produktionsverluste durch Krebserkrankungen aufgrund von nuklearen Exkursionsunfällen angegeben als Schadenskosten pro kWh erzeugter Elektrizität auf der Basis von Kernenergie (Preisbasis 1982)

Betrachtete Fälle	Mögliche Parametervariationen							
	Anteil des freigesetzten radioactiven Inventars 1 - 50 % (0,25 - 12,5)[1]	Bevölkerungsdichte (0,5 - 10,0)[2] Ergebnis in Mio. Personen rem	Krebsfälle pro 1 Mio. Personen rem (200 - 3 700)[3]	Krebsfälle pro Unfall	Produktionsausfälle pro Unfall (750 000 DM pro Krebsfall) in Mio. DM	Wahrscheinlichkeit eines Unfalls (ein Unfall pro 2 000-20 000 Betriebsjahre)	Elektrizitätserzeugung pro Unfall (7,5 TWh pro Kraftwerk und Jahr)	Produktionsausfälle pro kWh Kernenergiestrom Pf/kWh
Allgemeiner Fall eines Kernkraftwerkunfalls auf der Basis der Zahlen von Tschernobyl: 240 Millionen Personen rem, 4 % Freisetzung	0,25 x 240	x 0,5 = 30	200 x 30 =	6 000	4 500	1/20 000	150 000 TWh	0,0030
						1/2 000	15 000 TWh	0,030
			3 700 x 30 =	111 000	83 250	1/20 000	150 000 TWh	0,0555
						1/2 000	15 000 TWh	0,5550
		x 10,0 = 600	200 x 600 =	120 000	90 000	1/20 000	150 000 TWh	0,06
						1/2 000	15 000 TWh	0,6
			3 700 x 600 =	2,22 million	1 665 000	1/20 000	150 000 TWh	1,11
						1/2 000	15 000 TWh	11,10
	12,5 x 240	x 0,5 = 1 500	200 x 1 500 =	300 000	225 000	1/20 000	150 000 TWh	0,15
						1/2 000	15 000 TWh	1,50
			3 700 x 1 500 =	5,5 million	4 126 500	1/20 000	150 000 TWh	2,75
						1/2 000	15 000 TWh	27,51
		x 10,0 = 30 000	200 x 30 000 =	60 million	4 500 000	1/20 000	150 000 TWh	3,0
						1/2 000	15 000 TWh	30,0
			3 700 x 30 000 =	111 million	83 250 000	1/20 000	150 000 TWh	55,5
						1/2 000	15 000 TWh	555,0
Tschernobyl (5 TWh/a) 1 000 Krebsfälle pro 1 Million Personen rem	1,0 x 240	x 1,0 = 240	1 000 x 240 =	240 000	180 000	1/3 000	15 000 TWh	1,2
Unfall wie Tschernobyl in der Bundesrepublik. 1 000 Krebsfälle pro 1 Mio. Personen rem	1,0 x 240	10,0 x 240 = 2 400	1 000 x 2 400 =	2,4 million	1 800 000	1/20 000	150 000 TWh	1,2
						1/2 000	15 000 TWh	12,0

1) Das 0,25 - 12,5-fache des freigesetzten Anteils von Tschernobyl
2) Das 0,5 - 10,0-fache der Bevölkerungsdichte der westlichen UDSSR
3) 200 - 3 700 Krebsfälle pro 1 Mio. Personen rem

3.2.1.3 Regenerative Energiequellen

Als regenerative oder erneuerbare Energiequellen bezeichnen wir Solar-, Wind- und Gezeitenenergie, die Energie von Meeresströmungen wie auch andere Energiequellen wie z.B. Biomasse, deren Reproduktionsrate deutlich höher liegt als die Konsumptionsrate durch die Menschheit. Im folgenden werden wir uns nur mit den Aspekten solcher Energiesysteme beschäftigen, die für ihre Umweltauswirkungen von Bedeutung sind. Die spezifischen technischen Aspekte solcher Energiesysteme werden hier nicht weiter diskutiert und der interessierte Leser wird auf die umfangreiche Fachliteratur zu diesem Problemkreis verwiesen. Wie im Fall der fossilen Energie und auch der Nutzung der Kernenergie haben die Ursachen-Wirkungs-Ketten, die im Fall der erneuerbaren Energiequellen zu Umweltschäden führen können, die Form von Entscheidungsbäumen. Wie schon oben diskutiert, können solche Entscheidungsbäume nicht in ihrer vollen Struktur im Text aufgelistet werden. Tabelle 3.12 zeigt daher nur die einzelnen Positionen der verschiedenen Ebenen dieser Baumstruktur auf, ohne sie zur vollen Struktur zu kombinieren. Diese Verknüpfung bleibt dem Leser überlassen. Wie auch für die anderen betrachteten Energiesysteme werden nur die Umweltschäden aufgrund des Betriebs der Systeme zur Nutzung erneuerbarer Energiequellen in die folgende Analyse einbezogen. Wie schon oben diskutiert, wäre eine Erweiterung der Analyse auf die vorgelagerten Produktionsstufen sinnvoll und notwendig. Eine solche Analyse ist zur Zeit leider nicht möglich.

3.2.1.3.1 Solarenergie

Aufgrund der relativ geringen Energiedichte der Solarstrahlung auf der Erdoberfläche benötigt die terrestrische Nutzung der Solarenergie sowohl erhebliche Landflächen (vgl. Fremlin 1985, S. 255 und CONAES 1979, S. 366 und 369) als auch große Panelflächen für die eingesetzten solaren Systeme. Die Nutzung der Solarenergie durch zentrale Anlagen resultiert in negativen Umwelteinflüssen aufgrund des beträchtlichen Landbedarfs für die Aufstellung thermischer Kollektoren oder photovoltaischer Panele. Aufgrund fehlender praktischer Erfahrungen mit derartigen Großanlagen sind bisher die möglichen Effekte auf Flora, Fauna und das Klima noch nicht berechnet worden. Es ist bisher nicht bekannt, ob Tiere durch die Installation zentraler Solarsysteme aus ihren natürlichen Lebensbereichen vertrieben werden. Beobachtungen im Fall von Windenergieanlagen aus der jüngeren Vergangenheit lassen hier annehmen, daß dies nur in sehr geringem Umfang der Fall sein wird. Generell werden Solarsysteme so gebaut, daß es möglich ist, Schafe oder andere Nutztiere unter ihnen weiden zu lassen und so eine kombinierte Nutzung der Flächen ermöglicht wird. Es wird angenommen, daß

Tabelle 3.12: Mögliche Umwelteffekte der Nutzung erneuerbarer Energiequellen ohne Berücksichtigung der Produktion dieser Systeme

Genutzte erneuerbare Energiequelle	Umwandlungssystem	Belastete umwelt-medien	Schadstoffe/ Schadens-mittler	Umweltschäden
- Wasserkraft	- Großanlagen - Kleine Laufwasserkraftwerke	- Wasser - Erdkruste	- (Überschwemmungen) - Tektonische Belastungen	- Landbedarf - Zerstörung von Feuchtgebieten -- Flora -- Fauna
- Sonnenenergie	- Dezentral - Zentral -- Thermisch -- Photovoltaisch	- Land		- Landbedarf - Menschliche Gesundheit (Unfälle von Betriebspersonal)
- Windenergie	- Große WEKs (≥ 250 KW) - Kleine WEKs (< 250 KW)	- Land - Luft	- Lärm	- Landbedarf - Lärmbelästigung -- Menschen -- Tiere
- Biomasse -- Organische Abfälle -- Energiepflanzen	- Verbrennung - Biogasnutzung - Nutzung flüssiger Treibstoffe auf Biomassebasis	- Luft - Boden - Wasser	- Organische Verbindungen - Abgase (NO_x, CO, SO_x etc.)	- Bodenbelastung durch organische Verbindungen - Bodenerosion - Verdrängung landwirtschaftlicher Nutzpflanzen - Landbedarf - Flora - Fauna

größere Schäden an der Flora und Fauna dadurch vermieden werden können, daß Solaranlagen moderater Größe installiert werden und diese Installationen in Gegenden erfolgen, die als relativ unwichtig für das gesamte Ökosystem eines Landes betrachtet werden (vgl. Fremlin 1985, S. 255). In welchem Umfang der Flächenbedarf solcher Anlagen zu Opportunitätskosten führt, die höher als die Bodenpreise des verwendeten Landes sind, kann nur auf der Basis zu analysierender Einzelinstallationen ermittelt werden. Es kann jedoch generell angenommen werden, daß die Opportunitätskosten im wesentlichen durch den Quadratmeterpreis des verwendeten Bodens abgegolten werden. In Einzelfällen kann jedoch ein gewisser Effekt verbleiben, der auf diese Art und Weise nicht berücksichtigt worden ist.

Der Betrieb kleiner dezentraler Solaranlagen (auf Hausdächern) führt praktisch zu keinen entsprechenden Kosten im Vergleich zu der Anlage großer zentraler Solarsysteme (vgl. CONAES 1979, S. 477 und Neff 1981, S. 61ff). Neben den externen Effekten durch den Produktionsprozeß (vgl. hierzu die weiter unten gemachten Ausführungen), scheint der einzige externe Effekt dezentraler Solarinstallationen auf Hausdächern darin zu liegen, daß im Zusammenhang mit der Installation und den notwendigen Instandhaltungsarbeiten Arbeitsunfälle auftreten können.

Nach Neff (1981, S. 65) führt hauptsächlich die Produktion der Solarsysteme zu Umweltschäden. Eine andere Studie über die Risiken von Arbeitsunfällen verschiedener Energiesysteme (Hubert 1984) weist darauf hin, daß 85 % der spezifischen Risiken im Fall solarthermischer Anlagen und 97 % der Risiken im Fall photovoltaischer Anlagen der Produktion dieser Systeme zugerechnet werden müssen. In Abhängigkeit der für die Produktion von photovoltaischen Solarzellen eingesetzten Materialien ergeben sich sehr unterschiedliche Auswirkungen auf die Umwelt und auf die Gesundheit und Sicherheit der Produktionsarbeiter. Alle Produktionsprozesse zur Herstellung von Dünnfilmzellen verwenden toxische Gase und die Produktion von Galliumarsenid-Zellen erfordert den Umgang mit erheblichen Mengen von Arsen, welches extrem gefährlich und karzinogen ist. Neben den spezifischen Gefahren des Einsatzes von toxischen Gasen in der Solarzellenproduktion kann die Beseitigung der festen Abfälle des Produktionsprozesses einiger Zelltypen (Cadmium- und Arsenverbindungen), wie auch die Beseitigung der ausgedehnten Systeme auf der Basis von Galliumarsenid- und Cadmium-Verbindungen zu bedeutenden Problemen im Bereich der Umweltbelastung führen. Die Produktionsprozesse müssen unter extremen Sicherheits- und Vorsichtsmaßnahmen durchgeführt werden und können zu bedeutenden Gefahrenpotentialen in der Produktion und zu erheblichen Umweltschäden führen, wenn die Produktion von Galliumarsenid- oder Cadmiumzellen in großem Umfang durchgeführt werden sollten (vgl. OECD, 1987, S. 34). Da diese Typen von Solarzellen, die relativ hohe Gesundheits- und Umweltrisiken beinhalten, nach Ansicht des Autors keine herausragenden Vorteile gegenüber der Technik auf Silikonbasis besitzen, wird vorgeschlagen, daß sich die zukünftige Entwicklung hier auf die Technologie mit dem vergleichbar geringsten Risiko konzentrieren sollte. Verfolgt man einen solchen Pfad geringen Risikos, so kann davon ausgegangen werden, daß auch die Produktion photovoltaischer Systeme in großem Umfang nicht zu größeren Umweltproblemen führen dürfte als die Produktion konventioneller Energiesysteme. Die Umwelt- und Gesundheitsrisiken im Zusammenhang mit photovoltaischen Zellen auf Silikonbasis sind praktisch im Produktionsprozeß konzentriert und können erheblich leichter kontrolliert werden als die Risiken der Produktion von Galliumarsenid-Zellen. Die Beseitigung von Solarsystemen auf Silikonbasis dürfte keine signifikanten Umweltprobleme mit sich bringen, da die zur Dotierung verwendeten Materialien im Kristallgitter der Solarzellen fixiert sind.

Zur Zeit sind keine Zahlen über die möglichen externen Kosten der unterschiedlichen Produktionsprozesse und der Beseitigung der ausgedienten Solarsysteme bekannt. Da aber auch die Gesundheits- und Umwelteffekte der Produktion der konventionellen Energiesysteme nicht in diese Studie mit einbezogen worden sind, werden diese Effekte auch nicht für die Produktion von Solarzellen mit berücksichtigt.

Wie schon oben angesprochen, wird die Quantifizierung und Monetarisierung der indirekten Umwelteffekte durch die Produktion der Energiesysteme der Gegenstand einer späteren Studie über weitere externe Effekte von Energiesystemen sein.

Im folgenden werden die Umweltkosten des Betriebs von photovoltaischen Solaranlagen überschlägig berechnet. Für die Berechnung der Umweltkosten werden auch die Risiken von Arbeitsunfällen für Betriebs- und Wartungspersonal unter dieser generellen Rubrik miterfaßt. Sowohl die spezifischen Unfallrisiken der dezentralen Photovoltaik-Anlagen als auch die sozialen Kosten des Landbedarfs der zentralen Photovoltaik-Anlagen werden im folgenden abgeschätzt.

a) Die sozialen Kosten aufgrund von Arbeitsunfällen des Wartungspersonals dezentraler Photovoltaik-Anlagen wurden von Jochem et al. (1987) auf 423,5 verlorene Personenstunden und 0,0085 tödliche Unfälle pro PJ erzeugte Elektrizität geschätzt. Unterstellen wir ein Nettoinlandsprodukt von 50 000 DM (Preisbasis 1982) pro Beschäftigten und Jahr, ein Berufsleben von 40 Jahren und nehmen wir an, daß ein Jahr 1 920 Arbeitsstunden umfaßt, so erhalten wir soziale Kosten aufgrund von Produktionsverlusten in der Höhe von ca. 11 000 DM/PJ für die verlorenen Personen-stunden und von 8 500 DM/PJ für die entsprechenden tödlichen Unfälle. Wenn wir davon ausgehen, daß der pro tödlichem Unfall verlorene Teil des Arbeitslebens im Durchschnitt 20 Jahre beträgt. Hieraus ergeben sich externe Gesamtkosten aufgrund von Produktionsverlusten in Höhe von 19 500 DM/PJ solarer Elektrizität. Umrechnung dieser Zahl auf die kWh-Stunden-Basis ergibt 0,007 Pf_{82}/kWh.

b) Wir nehmen an, daß die sozialen Kosten aufgrund der Opportunitätskosten des Bodens, die nicht durch die Bodenpreise gedeckt werden, in der Größenordnung von 10 % der Bodenpreise liegen. Diese Annahme führt wahrscheinlich zu einer Überschätzung der sozialen Kosten einer solchen Landnutzung, aber sie ist konsistent mit unserer Gesamtvorgehensweise, daß wir Annahmen jeweils zum Nachteil der regenerativen Energiequellen treffen, falls Unsicherheiten bestehen. Die Demonstrationsanlage auf Pellworm kann als Rechenbeispiel herangezogen werden. Sie bedeckt eine Landfläche von 16 000 qm und produzierte 1983 274 000 kWh Elektrizität. Sie hat eine erwartete Betriebsdauer von ca. 20 Jahren. Unterstellt man einen Bodenpreis von 30 DM/qm (Preise 1982), so erhält man externe Opportunitätskosten in Höhe von 48 000 DM, welche zum Betrag der während der Gesamtbetriebszeit der Anlage produzierten Elektrizität von 5,5 GWh in Beziehung gesetzt werden müssen. Es ergeben sich hieraus soziale Kosten von 0,876 Pf/kWh.

Nimmt man an, daß die Hälfte der photovoltaischen Elektrizität von dezentralen Systemen und die andere Hälfte von zentralen Systemen der Größe der Anlage von Pellworm produziert wird, so ergibt sich ein durchschnittlicher Wert für die sozialen Kosten der photovoltaischen Elektrizitätserzeugung (Preisbasis 1982) von:

$\underline{0{,}441\ Pf_{82}/kWh.}$

3.2.1.3.2 Windenergie

Elektrizität kann aus Windenergie mit Hilfe von Windturbinen mit horizontaler Achse (dem vorherrschenden Typ) oder mit Windenergiekonvertern mit vertikaler Achse wie Darieux- oder Savonius-Rotoren erzeugt werden. Da bisher Windenergieanlagen mit vertikaler Achse nur eine sehr untergeordnete Rolle spielen, konzentriert sich diese Studie auf die Auswirkungen von Windturbinen mit horizontaler Achse. Diese Anlagen lassen sich generell in zwei Größenbereiche einteilen: einen Bereich von 5-250 kW Nennleistung, d.h. relativ kleine Anlagen, von welchen zur Zeit Tausende weltweit in Betrieb sind und welche auch in Hunderten jährlich verkauft werden (zur Zeit im wesentlichen im Bereich von 50-200 kW), und einen Bereich von 0,5 bis 5 MW. Die letztgenannte Größenordnung wird von den Versorgungsunternehmen bevorzugt, da es diese Anlagen erlauben, das Angebot an Windenergie an besonders bevorzugten Standorten möglichst weitgehend zu nutzen, was mit Anlagen kleinerer Rotordurchmesser in diesem Maße nicht möglich ist. Eine neuere Studie (Jenkins 1988) weist allerdings darauf hin, daß solche Großanlagen systematische Kostennachteile gegenüber den zur Zeit verkauften kleineren Anlagen haben und behalten werden. Dieser Umstand dürfte die Konkurrenzfähigkeit der Großanlagen erheblich beeinflussen. Dänische und amerikanische Erfahrungen zeigen, daß die relativ kleinen Windenergiekonverter im Bereich von ca. 100 kW Nennleistung zur Zeit die wirtschaftlichsten Anlagen sind.

Elektrizität aus Windenergie ist zur Zeit die wirtschaftlichste Möglichkeit zur Nutzung regenerativer Energiequellen. Obwohl die Umweltschäden aufgrund von Windenergieanlagen als extrem gering angesehen werden (vgl. Fremlin 1985, S. 253), soll eine Abschätzung dieser sozialen Kosten in die folgenden Berechnungen mit einbezogen werden, um eine Begünstigung der regenerativen Energiequellen zu vermeiden. Die möglichen Umwelteffekte von Windenergieanlagen liegen im wesentlichen im Bereich des Landbedarfs für die Anlagen, der Beeinträchtigung des Landschaftsbildes durch Windenergieparks, also eine Vielzahl solcher Systeme auf relativ engem Raum, dem

Lärm, den diese Systeme produzieren können, und der möglichen Störung von Rundfunk- und Fernsehempfang (vgl. CONAES 1979, S. 370 und Selzer 1986, S. 133).

Der Landbedarf wird als ein sehr kleiner Effekt betrachtet, da das Land unter den Windenergiekonvertern nach wie vor für eine landwirtschaftliche Nutzung wie den Anbau von Getreide oder als Weideland für Vieh verwendet werden kann (vgl. CONAES 1979, S. 370 und praktische amerikanische und dänische Erfahrungen mit Windparks). Außerdem werden diese Anlagen in der Bundesrepublik im wesentlichen in sehr dünn besiedelten Küstenregionen errichtet werden. Bisher gibt es noch keine Evaluierung der ästhetischen Kosten, die aus der Beeinträchtigung des Landschaftsbildes durch Windparks resultieren. Erste qualitative Arbeiten sind in den USA von Thayer (vgl. Thayer 1988) durchgeführt worden. Eine quantitative Abschätzung dieses Effekts könnte mit Hilfe einer Zahlungsbereitschaftsanalyse durchgeführt werden, die aber nach Wissen des Autors bisher noch nicht vorgenommen worden ist. Aus diesem Grund können leider keine sozialen Kosten aufgrund der Beeinträchtigung des Landschaftsbildes mit einbezogen werden. Da aber beide oben angeführte Effekte auch für die konventionelle Elektrizitätserzeugung nicht berücksichtigt worden sind (obwohl sie sicherlich vorliegen), erscheint es angemessen, diese Effekte auch für die erneuerbaren Energiequellen im Fall der Windenergienutzung vorläufig unberücksichtigt zu lassen. Die sozialen Kosten des Landbedarfs für große photovoltaische Systeme sind im Gegensatz hierzu dennoch einbezogen worden, da es sich hierbei um extrem große Flächen (100-260 qkm) und relativ niedrige Montagegestelle handeln wird.

Die Störung elektromagnetischer Wellen durch Metallrotoren ist zur Zeit nur ein theoretisches Problem, da mehr als 98 % aller zur Zeit auf dem Markt gehandelten Windenergiesysteme Kunststoffrotoren verwenden, die elektromagnetische Wellen nicht erheblich beeinträchtigen. Sollten mehr Metallrotoren zum Einsatz kommen (wie z.B. bestimmte Typen von Darieux-Rotoren), könnte diesem Effekt durch den Einsatz von Richtantennen begegnet werden. Die einzigen verbleibenden zu berücksichtigenden sozialen Kosten im Bereich der Umweltbeeinträchtigung erscheinen dem Autor die durch die Anlagen verursachte Geräusche zu sein, die u.U. zu Störungen der in der Nachbarschaft der Anlagen lebenden Menschen führen können. Solche Lärmbelästigungen können sicherlich durch entsprechendes Rotordesign auf ein Minimum gebracht werden, das nach der eigenen Anschauung des Autors am Beispiel eines dänischen Windparks in der Nähe des Ringköbing-Fjords zumindest für Anlagen in der Größenordnung von 100 kW zu einem vernachlässigbaren Restgeräusch reduziert werden kann. Da zu den Effekten durch Geräuschbelästigung in der Literatur bisher noch keine quantifizierenden Angaben gemacht worden sind, werden im folgenden erste Schätzungen der sozialen Kosten vorgenommen. Die Schätzungen basieren auf Geräuschpegelmessungen, die von der dänischen Teststation des Risø-Nationallabors 1986 durchgeführt wurden. In Risø werden alle dänischen Windenergiekonverter der gängigen Größen auf die verschiedenen relevanten Parameter hin einem Standardtestprogramm unterworfen. Einer dieser Testparameter ist der Geräuschpegel des erzeugten Lärms.

Die hier verwendeten Messungen stammen von einer Windmatik 17.55 Windturbine mit einer Nennleistung von 55 kW, einem dreiflügligen Rotor und einer Turmhöhe von 20 m. Dieses System produziert unter durchschnittlichen Bedingungen etwa 145 MWh Elektrizität/a (bei Rauhheitsklasse 2 der umgebenden Landschaft nach der von Risø verwendeten Skala). Geräuschpegelmessungen bei einer Windgeschwindigkeit von 6 m/s resultierten in den folgenden Werten:
Bei 20 m Entfernung: 50-56 dB(A)
200 m Entfernung: 30-36 dB(A).

Da die Lärmbelästigung durch Windenergieanlagen immer in Relation zum Geräuschpegel der Hintergrundgeräusche gesehen werden muß, liegt sie gerade bei geringen Windgeschwindigkeiten am höchsten. Für die folgenden Berechnungen wird angenommen, daß 140 000 Systeme der untersuchten Größe in den dünn besiedelten Küstenregionen Norddeutschlands aufgestellt werden. Außerdem wird unterstellt, daß im Umkreis von 200 m um diese Anlagen maximal 10 000 Wohnungen gelegen sein werden. Es ist sehr wahrscheinlich, daß die Windenergieanlagen relativ weit von Gebäuden entfernt aufgestellt werden, da die Turbulenzen von Gebäuden in erheblichen Belastungen der Windturbinen resultieren. Die Zahl von 10 000 Wohnungen kann daher als ein sehr hoher Schätzwert für die betroffenen Wohnungen angesehen werden.

Die Kosten der Lärmbelastung werden in Form der Reduktion des Mietwertes der Wohnungen berechnet, die durch den Lärm betroffen sind. Auf der Basis der Angaben von Wicke (s. Wicke 1986, S. 117) und Pommerehne (s. Pommerehne 1986, S. 202ff) wird eine Reduktion des Mietwerts um ca. 3 % für das angenommene Lärmniveau von 30-35 dB (A) angenommen. Bei einem durchschnittlichen Mietwert von ungefähr 500 DM_{82}/Monat in der Küstenregion beträgt die jährliche Reduzierung des gesamten Mietwertes durch Lärmeinfluß aufgrund von Windenergieanlagen ungefähr 180 DM pro Wohnung. Auf der Basis der Elektrizitätserzeugung von 140 000 Windenergieanlagen ergeben sich spezifische soziale Kosten (in Preisen von 1982) von:

<u>0,009 Pf_{82}/kWh</u>

für die mit kleinen Windenergieanlagen erzeugte Elektrizität.

3.2.2 Externe makroökonomische Effekte von Energiesystemen

Nicht nur im Bereich der Umweltschäden sind externe Effekte (soziale Kosten und Nutzen) von Energiesystemen von Bedeutung. Sie spielen auch eine erhebliche Rolle im Bereich der Beschäftigungseffekte, des Abbaus erschöpfbarer Ressourcen und im Fall staatlicher Subventionen. In Kapitel 3.2.2.1 werden die Beschäftigungseffekte verschiedener Energiesysteme analysiert, die besonders in Zeiten hoher Arbeitslosigkeit eine große Rolle spielen können.

Über die Induzierung höherer privater Einkommen hinaus kann ein gestiegenes Beschäftigungsniveau zu Erleichterungen im Bereich der Ausgaben staatlicher Stellen und der Sozialversicherungsanstalten für Arbeitslosengeld, Arbeitslosenhilfe und Sozialhilfe führen. In direkter Verbindung mit den möglichen Beschäftigungseffekten müssen auch die Auswirkungen auf die Handelsbilanz (Importsubstitution) gesehen werden. Entsprechend der spezifischen Importabhängigkeit im Bereich einzelner Energieträger kann eine Importsubstitution durch den Einsatz regenerativer Energiequellen zu Veränderungen im Niveau der inländischen Produktion führen.

Außerdem können sich soziale Kosten daraus ergeben, daß erschöpfbare natürliche Ressourcen nicht entsprechend ihrer langfristigen Knappheit bepreist werden, sondern nur die Extraktionskosten (einschließlich des Transports und des Profits) der derzeit abgebauten Ressourcen in den Marktpreis eingehen. Diese Fragestellung wird in Kapitel 3.2.2.2 behandelt.

Darüber hinaus stellen staatliche Zahlungen zur Unterstützung von Forschung und Entwicklung sowie für die Markteinführung oder den Verkauf der verschiedenen Energieträger oder Energiesysteme soziale Kosten dar, welchen in Kapitel 3.2.2.3 nachgegangen wird.

Im folgenden sollen diese ökonomischen Effekte für zwei Technikbeispiele diskutiert und quantifiziert werden: Es handelt sich hierbei um die Elektrizitätsproduktion mit Hilfe kleiner Windenergieanlagen im Bereich von 50-100 kW Nennleistung und die Elektrizitätsproduktion durch kleine dezentralisierte photovoltaische Anlagen. Diese externen ökonomischen Effekte werden mit den Effekten der konventionellen Elektrizitätsproduktion auf der Basis fossiler und nuklearer Brennstoffe verglichen, um Nettoeffekte zu ermitteln. Darüber hinausgehende externe Effekte, wie Verteilungseffekte, strukturelle Veränderungen, regionale Effekte, mögliche Exporteffekte, soziale Konsequenzen und mögliche politische oder militärische Implikationen werden in dieser Studie nicht diskutiert. Diese Effekte sind entweder relativ gering (z.B. Verteilungseffekte), vergleichsweise sehr spekulativ (Exporteffekte) oder sie können praktisch nicht quantifiziert werden (soziale, politische oder militärische Effekte). Obwohl diese Restriktionen in gewissem Maße auch für die in der Studie analysierten Effekte gelten, betreffen sie doch die von der Analyse ausgeschlossenen Effekte in besonderer Weise. Eine umfassendere Analyse aller Effekte hätte den Rahmen der für die Studie zur Verfügung stehenden Ressourcen deutlich gesprengt.

3.2.2.1 Auswirkungen auf Produktion, Beschäftigung und Außenhandelsbilanz

Für die Bundesrepublik sind die Auswirkungen der verschiedenen Energietechnologien auf die folgenden relevanten ökonomischen Parameter untersucht worden:

- Bruttowertschöpfung und Bruttoproduktion
- Einkommen aus Löhnen und Gehältern sowie aus Profiten
- Beschäftigungseffekte
- Importe von Gütern und Dienstleistungen (im wesentlichen indirekte Importe von Vorleistungsgütern)
- Einkommen des Staates und der Sozialversicherung.

Diese Parameter beschreiben die wichtigsten Aspekte einer Ökonomie mit Ausnahme der Exporte.

Der verwendete methodische Ansatz basiert auf einer komparativ statischen Input-Output-Analyse und kann durch die folgenden drei primären Elemente charakterisiert werden:

- Ökonomische Nettoanalyse unter Einschluß der positiven und negativen Effekte auf die Volkswirtschaft mit Berücksichtigung der induzierten Importveränderungen
- Erweiterung der verwendeten Input-Output-Tabelle um die Produktionsfunktionen der zu untersuchenden neuen Energietechnologien
- Empirische Ermittlung der zusätzlichen Input-Strukturen (Input-Vektoren zur Erweiterung der Matrix). Die Input-Vektoren können als technische Produktionsfunktionen betrachtet werden.

Dieser methodische Ansatz wurde zuerst in einer Studie des Autors über die Beschäftigungseffekte von Investitionen zur Energieeinsparung in verschiedenen EG-Ländern eingesetzt (vgl. Hohmeyer et al. 1985), welche die verwendete Methode ausführlich erläutert.

Eine gründliche Analyse der makroökonomischen Effekte, die aus der Produktion, Installation und dem Betrieb der Energietechnologien resultieren, muß sowohl die positiven makroökonomischen Effekte der neuen Energietechnologien für die Nutzung erneuerbarer Energiequellen beinhalten, als auch die nicht realisierten makroökonomischen Effekte der substituierten "Standard-Energietechnologien" (vgl. Abb. 3.2). Im folgenden wird der Terminus 'ökonomische Effekte' in der auf makroökonomische Wirkungen eingeschränkten Bedeutung verwendet. Zwei mögliche Implementationspfade unterschiedlicher Energietechnologien werden in einer komparativ statischen Analyse verglichen. Dynamische Effekte werden in dieser Analyse nicht berücksichtigt.

Investitionen in neue Energietechnologien, ihr Betrieb und ihre Wartung führen zu neuen wirtschaftlichen Aktivitäten. Darüber hinaus kann ein positiver Einkommenseffekt dadurch entstehen, daß sich bei wirtschaftlichen Technologien die Energiekosten des Verbrauchers senken lassen. Da sich die Investitionen in Standard-Energietechnologien wie auch die Aufwendungen für ihre Instandhaltung und ihren Betrieb verringern, müssen die daraus resultierenden Effekte als negative ökonomische Effekte verbucht werden. Sollten die neuen Energietechnologien nicht wirtschaftlich sein, so resultiert ihr Einsatz in einem negativen Einkommenseffekt, welcher dazu führt, daß der generelle Konsum und die Ersparnisse der Energieverbraucher sinken, da sich ihre Energiekosten erhöhen.

Die oben beschriebenen ökonomischen Effekte führen entweder zu einer Zunahme oder zu einer Abnahme der inländischen Gesamtnachfrage. Um die resultierende inländische Gesamtnachfrage bestimmen zu können, werden die direkten Importe von jeder Einzelnachfrage subtrahiert. Die Importveränderung der Vorleistungsgüter werden mit Hilfe der Input-Output-Analyse berücksichtigt. Auf diese Weise können inländische Produktionseffekte von Importeffekten getrennt werden.

Aufgrund fehlender Daten über die Grenzneigung des Konsums der einzelnen ökonomischen Handlungsträger (Arbeiter, Unternehmer, usw.) ist eine detaillierte Analyse der induzierten Einkommensmultiplikatoreffekte unmöglich. Eine ausführliche Diskussion der Problematik findet sich bei Hohmeyer und Rahner (1980, S. 97ff).

Die verwendete Methode der Input-Output-Analyse einschließlich der Erweiterung der Input-Output-Tabelle um zusätzliche Input-Vektoren für die neuen Energietechnologien wird in einer Arbeit von Hohmeyer et al. (1985, S. 44ff) über die Beschäftigungseffekte von Investitionen in Technologien zur Energieeinsparung in verschiedenen EG-Ländern detailliert beschrieben. In dieser Studie werden die Input-Output-Tabellen für die Bundesrepublik für das Jahr 1975 in der von dem statistischen Amt der Kommission der Europäischen Gemeinschaften veröffentlichten Form verwendet. Der Ansatz der Input-Output-Analyse in der oben beschriebenen Form (und im Sinne der Ausführungen von Hohmeyer et al. 1985) erlaubt es, Werte für alle bisher diskutierten Parameter zu berechnen. Obwohl erhebliche Mühen und Arbeit in die Entwicklung einer adäquaten ökonomischen Analysemethode investiert worden sind, bleiben eine Reihe von Problemen neben den drei Grundproblemen der Input-Output-Analyse ungelöst. Die Grundprobleme basieren auf den Grundannahmen der Input-Output-Analyse, und zwar der Annahme eines homogenen Produkts oder einer sich über Zeit nicht verändernden Pro-

Abbildung 3.2: Struktur der Netto-Analyse

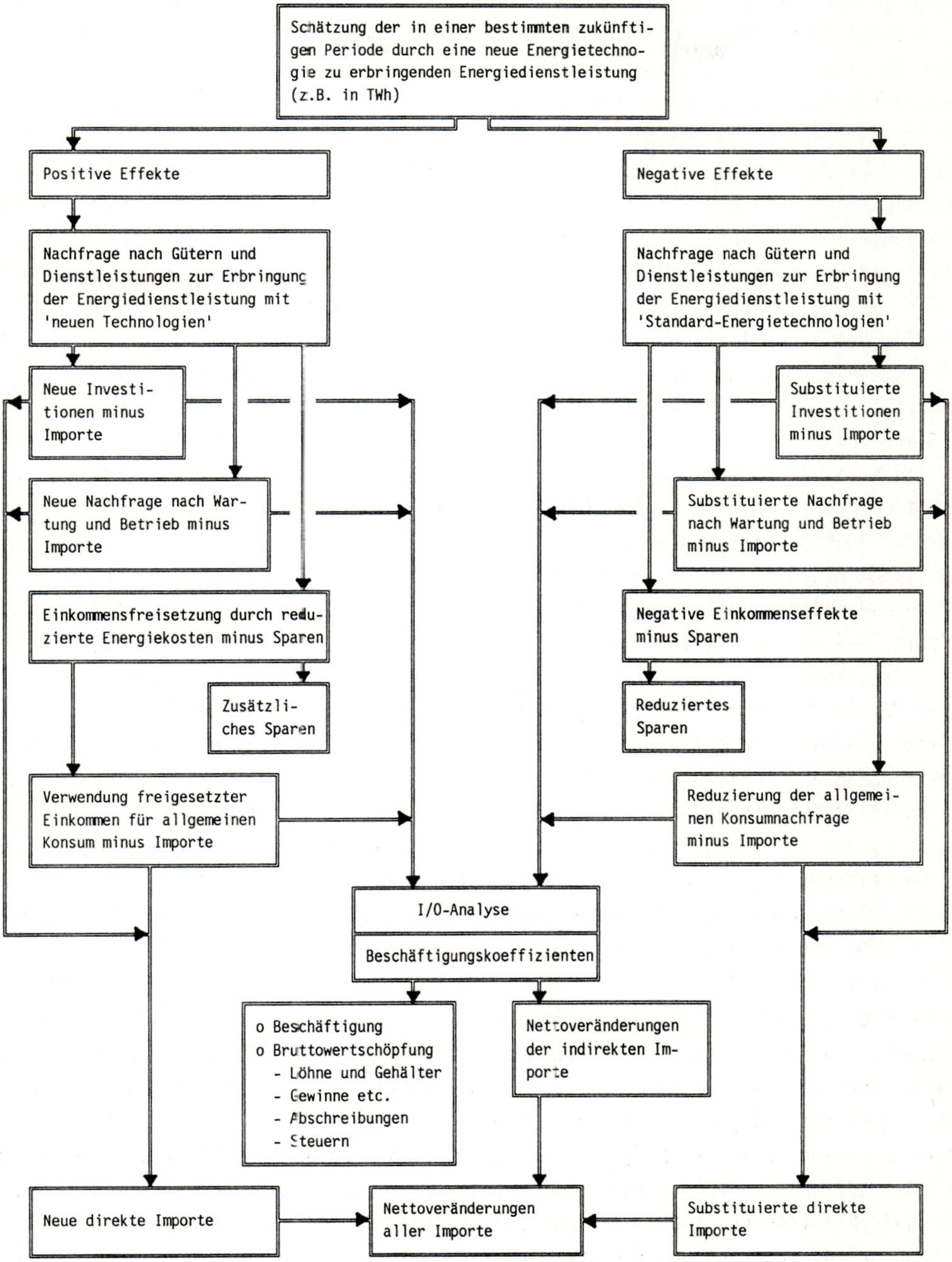

duktmischung für jede betrachtete Branche, konstanten Faktoreinsätzen für die Produktion jeder Branche und der Annahme konstanter Skalenerträge. Alle Detailprobleme werden im Bericht von Hohmeyer et al. (1985, S. 48ff) diskutiert. Aufgrund dieser der Methode inhärenten Probleme, sollten die berechneten Werte nicht als genaue Zahlenwerte mißverstanden, sondern als intelligente Abschätzungen der ökonomischen Effekte interpretiert werden.

Bisher gibt es relativ wenige Studien über die ökonomischen und speziell die Beschäftigungseffekte des Einsatzes von Energietechnologien zur Nutzung regenerativer Energiequellen. Beispiele für solche Analysen sind die Studien von Jochem et al. (1987) und Hohmeyer et al. (1985), welche jeweils relativ differenzierte Nettoansätze für die Analyse der Effekte einsetzen. Es ist bemerkenswert, daß diese Studien für alle betrachteten Technologien im Bereich der erneuerbaren Energiequellen und der rationellen Energienutzung zu positiven Nettobeschäftigungseffekten kommen. Jochem et al. (1987, S. 217) kommen zu positiven Nettobeschäftigungseffekten für die Bundesrepublik von 6 800 Personenjahren (berechnet in Produktivitäten von 1975) für ein Szenario zur Einführung solarer Brauchwassersysteme in der Bundesrepublik im Jahr 2000 und für das Jahr 2030 ermitteln sie positive Beschäftigungseffekte von ungefähr 32 000 Personenjahren für die gleiche Technologie. Für photovoltaische Systeme kommen sie zu positiven Nettobeschäftigungseffekten von ungefähr 200 Personenjahren für Anlagen, die im Jahr 2000 operieren, und von 29 000 Personenjahren für Systeme, die im Jahr 2030 in Betrieb sind (wiederum alle Angaben in Produktivitäten von 1975). Hohmeyer et al. (1985, S. 65ff) berechnen positive Nettobeschäftigungseffekte für den Betrieb von und die Investitition in solare Brauchwassersysteme in der Periode von 1983 bis zum Jahr 2000 von 31 000 Personenjahren in der Bundesrepublik. Für Biogasanlagen kommen sie in derselben Periode zu positiven Beschäftigungseffekten von 41 000 Personenjahren (alle Angaben in Produktivitäten von 1975). Diese Effekte ergeben sich, obwohl bei den angenommenen Anlagenpreisen die Energiekosten für die Benutzung von solaren Brauchwassersystemen und Biogasanlagen deutlich höher liegen als beim Einsatz der substituierten Standard-Energietechnologien (vgl. Hohmeyer et al. 1985, S. 51ff).

Der oben beschriebene analytische Nettoansatz basiert darauf, für die zu untersuchenden neuen und die substituierten Standard-Energietechnologien, die gleiche monetäre Gesamtnachfrage und die Bereitstellung der gleichen Qualität und Quantität an Energiedienstleistungen gegenüberzustellen. Dieser Ansatz erlaubt die Berechnung der externen ökonomischen Effekte, die direkt als Veränderungen der Bruttowertschöpfung, der Beschäftigung und der Ersparnisse abgeleitet werden. Im folgenden werden diese externen ökonomischen Effekte für die beiden angesprochenen Beispiele, nämlich die Nutzung der Windenergie und die photovoltaische Nutzung der Sonnenenergie berechnet.

Windenergie

Die externen ökonomischen Effekte (soziale Kosten und Nutzen) variieren entsprechend den zukünftigen Veränderungen der Kosten der Windenergie und der zu substituierenden konventionell erzeugten Elektrizität. Daher werden die externen ökonomischen Effekte für sechs verschiedene Stichjahre in der Periode von 1986 bis zum Jahr 2030 auf der Basis angenommener Preisentwicklungen für die Bundesrepublik berechnet. Würde man dänische Windenergiekosten (vgl. Abb. 1.2) verwenden, so käme man zu deutlich günstigeren Ergebnissen.

Für die verschiedenen Stichjahre wurden folgende Annahmen konstant gehalten:

- 100 000 Windenergiekonverter mit einer Nennleistung von jeweils 100 kW
- durchschnittliche jährliche Elektrizitätsproduktion aus Windenergie von 20 TWh
- Standort der Windturbinen im Durchschnitt in Oberflächenrauhheitsklasse 1 mit einer jährlichen Verfügbarkeit entsprechend 2 000 Betriebsstunden bei Nominalleistung
- durchschnittliche Lebensdauer pro System von 15 Jahren
- 20 % der erzeugten Windenergie zur Eigenversorgung mit Substitution der im Standardfall vom öffentlichen Netz gekauften Elektrizität
- 80 % der Windenergie wird an das Netz abgegeben
- Windenergieanlagen erhalten keinen Kapazitätskredit und substituieren keine Investitionen in konventionelle Kraftwerke.

Tabelle 3.13 gibt die Annahmen wieder, die aufgrund der erwarteten Veränderungen der realen Preise und der daraus resultierenden Nachfrageveränderungen im Betrachtungszeitraum variiert wurden.

Die Input-Output-Analyse liefert die aus der Einführung der Windenergieanlagen auf der Basis der angegebenen Annahmen resultierenden Nettoveränderungen der ökonomischen Parameter, welche in Tabelle 3.14 und Abbildung 3.3 dargestellt werden. Für die Analyse wurden nur die für die Windenergie relevanten Daten im Laufe des Betrachtungszeitraums verändert, während die gesamten ökonomischen Rahmendaten (so auch die Struktur der Input-Output-Tabelle) unverändert gelassen wurden.

Eine genauere Untersuchung der Struktur der Effekte zeigt, daß die im wesentlichen aufgrund reduzierter Steuereinnahmen zunächst auftretenden Verluste für den Staat zu wenigstens 69 % durch die positiven Auswirkungen des gestiegenen Beschäftigungsniveaus auf die Haushalte des Staates und der Sozialversicherungen kompensiert werden. Obwohl nach 1988 die Importe höher sein werden als im Basisfall, stellt sich die Gesamtbilanz der inländischen Nettoeffekte dennoch positiv dar und führt ab 1990 die Reduzierung der Energiekosten der Windenergieanlagenbesitzer zu erheblichem zusätz-

Tabelle 3.13: Im Betrachtungszeitraum variierte Annahmen für die Windenergie (Preisbasis 1982)

	1986	1990	2000	2010	2020	2030
- Investitionskosten von Windenergieanlagen in DM_{82}/kW	3 526	2 690	2 180	1 840	1 610	1 500
- Investitionskosten entsprechend einer jährlichen Erzeugung von 20 TWh in Millionen DM_{82}	35 260	26 900	21 800	18 400	16 100	15 000
- Elektrizitätspreis für substituierten Strom zum Eigenverbrauch in Pf_{82}/kWh (2 % realer Preisanstieg pro Jahr)	27,19	29,43	35,88	43,73	53,31	64,99
- Erlös für an das öffentliche Netz verkaufte Elektrizität in Pf_{82}/kWh (2 % realer Preisanstieg pro Jahr)	7,0	7,62	9,28	11,32	13,79	17,85
- Anteilige Investitionskosten pro Jahr in Millionen DM_{82}	2 351	1 793	1 453	1 227	1 073	1 000
- Betriebs- und Wartungskosten pro Jahr in Millionen DM_{82} (1,5 % der Investitionssumme)	528,9	403,5	327,0	276,0	241,5	225,0
- Einsparungen durch Selbstversorgung in Millionen DM_{82}/a (4 TWh/a)	1087,6	1177,2	1435,2	1749,2	2132,4	2599,6
- Erlöse aus dem Verkauf von Elektrizität an das öffentliche Netz in Millionen DM_{82}/a (16 TWh/a)	1120,0	1219,2	1484,8	1811,2	2206,4	2856,0
- Gesamte Änderung der jährlichen Elektrizitätskosten in Millionen DM_{82}/a	+672,3	-199,9	-1140,0	-2057,4	-3024,3	-4230,6
- Die veränderten Elektrizitätskosten führen zu folgenden Reaktionen (Millionen DM_{82}/a):						
- 10,9 % verändertes Sparen	-73,7	+21,8	+124,3	+224,3	+329,6	+461,1
- 5,9 % veränderte direkte Importe	-39,7	+11,8	+67,3	+121,4	+178,4	+249,6
- 83,2 % veränderte inländische Nachfrage	-559,4	+166,3	+948,5	+1711,8	+2516,2	+3519,4
- Gesamte Nachfrageverschiebung in Millionen DM_{82}/a	2879,9	2396,4	2920,0	3560,4	4338,8	5455,6

lichen Sparen. Rechnet man die gesamten jährlichen Effekte auf der Basis der jährlich erzeugten Elektrizität um, so erhält man positive spezifische externe Effekte (soziale Nutzen) des Betriebs kleiner Windenergieanlagen im Bereich von (Preisbasis 1982):

<u>0,53 - 0,94 Pf/kWh.</u>

Der Verlauf der für die Bundesrepublik angenommenen Kostenentwicklung basiert zum Teil auf einer Adaption empirischer Zahlen der vergangenen Entwicklung in Dänemark, wo Windenergieanlagen der unterstellten Größe gängig sind und an private Investoren in erheblichen Stückzahlen verkauft werden. Die Berechnungen beinhalten keine Verzinsung des eingesetzten Kapitals und können daher nicht für eine Wirtschaftlich-

Tabelle 3.14: Jährliche externe makroökonomische Effekte der Windenergie im Zeitraum 1986 bis 2030 in der Bundesrepublik (alle Preise auf der Basis 1982, Produktivitäten auf der Basis 1975, dem Basisjahr der verwendeten Input-Output-Tabelle)

Veränderungen (Millionen DM_{82}/a und Personenjahren 1975/a)	1986	1990	2000	2010	2020	2030
- Sparen	-73,4	+21,8	+124,2	+224,3	+329,6	+461,2
- Importe	-234,2	+209,8	+212,7	+227,5	+252,6	+295,5
- Bruttowertschöpfung	-160,0	-231,5	-337,9	-453,6	-584,8	-767,2
davon:						
-- Löhne und Gehälter	+134,4	+112,0	+104,0	+102,6	+106,3	+114,7
-- Andere Einkommen	-29,6	-74,8	-132,5	-192,4	-258,2	-345,4
-- Abschreibungen	+47,6	+61,6	+84,5	+110,1	+139,7	+179,7
-- Steuern	-312,7	-330,0	-393,1	-472,4	-570,4	-713,1
- Beschäftigungseffekt in Personenjahren/a	+15170	+14040	+14770	+16270	+18480	+22020
- Verringerte öffentliche Ausgaben durch verringerte Arbeitslosigkeit	340,5	315,1	331,5	365,2	414,7	494,2
- Inländische externe Nettoeffekte in:						
-- Millionen DM_{82}/a	+107,1	+105,4	+117,8	+135,9	+159,5	+188,2
-- Pf_{82}/kWh	0,54	0,53	0,59	0,68	0,80	0,94

keitsanalyse der Anlagen verwendet werden. Diese Fragestellung wird in Kapitel 4 genauer behandelt, kann hier aber aus Gründen der Systematik der Analyse nicht mit einbezogen werden.

Photovoltaische Sonnenenergienutzung

Wie auch im Fall der Windenergie verändern sich die externen makroökonomischen Effekte (im folgenden auch einfach ökonomische Effekte genannt) photovoltaischer Systeme entsprechend der zukünftigen Entwicklung der Kosten dieser Systeme wie auch der Veränderungen in den Preisen der zu substituierenden Elektrizität. Die ökonomischen Effekte sind wiederum für sechs Stichjahre im Zeitraum zwischen diesmal 1982 und dem Jahr 2050 auf der Basis der angenommen Preisentwicklungen für die Bundesrepublik berechnet worden.

Folgende Annahmen wurden über den Betrachtungszeitraum nicht variiert:

- 2,25 Millionen photovoltaische Systeme mit jeweils 10 kW Nennleistung
- 20 TWh Elektrizitätsproduktion aus photovoltaischen Anlagen pro Jahr
- 50 % der erzeugten Elektrizität werden vom Erzeuger selbst genutzt
- 50 % der erzeugten Elektrizität werden an das öffentliche Netz verkauft

Abbildung 3.3: Externe makroökonomische Effekte der Windenergie in der Bundesrepublik im Zeitraum von 1986 bis 2030 (Preisbasis 1982)

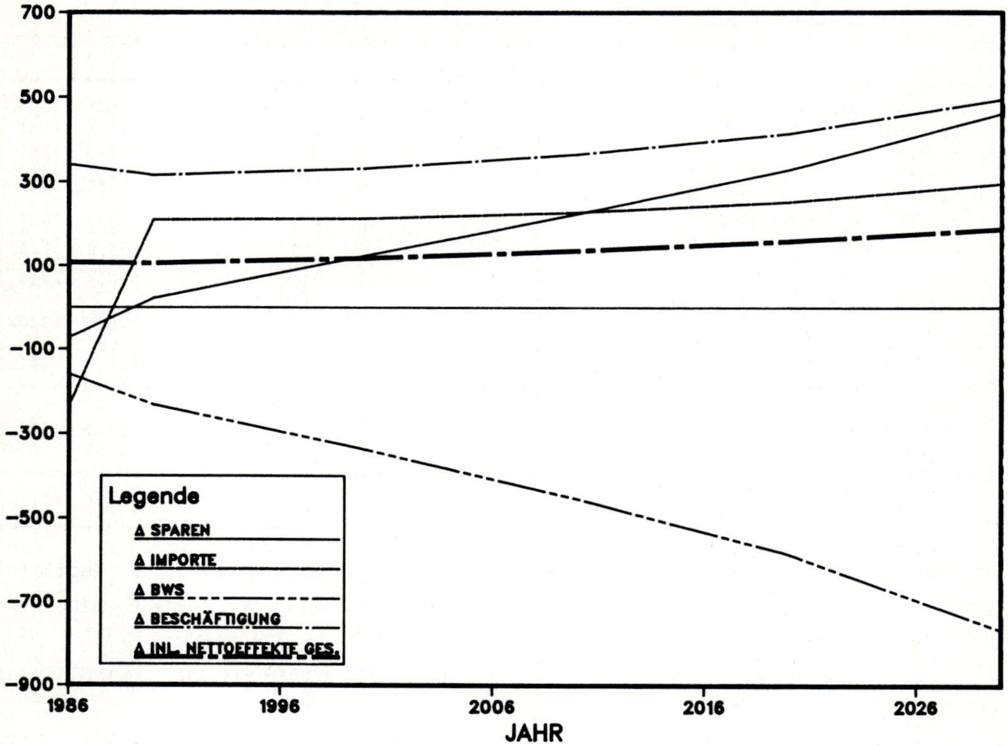

- kein Kapazitätskredit für photovoltaische Anlagen und daher keine Substitution von Investitionen in konventionelle Kraftwerke (aufgrund der intermittierenden Erzeugung photovoltaischer Elektrizität).

Da sich die Kostendegressionen für die Module und die sonstigen Systemkosten (BOS) mit unterschiedlichen Geschwindigkeiten entwickeln werden, ist anzunehmen, daß sich die Struktur der Produktionsfunktionen für photovoltaische Systeme im Zeitablauf verschiebt. Auf der Basis der Projektionen von Nitsch und Räuber (1987, S. 79) für 1986, 2000 und 2020 (für 2020 wurde die Alternative 'Hohe Kosten' verwendet) wurden verschiedene Produktionsfunktionen abgeleitet. Tabelle 3.16 und Abbildung 3.4 zeigen die Entwicklung der ökonomischen Nettoeffekte aufgrund der Nachfrageverschiebung von der aus fossilen und nuklearen Brennstoffen erzeugten Elektrizität hin zur photovoltaisch erzeugten Elektrizität für sechs Jahre zwischen 1982 und 2050. Es muß hierbei berücksichtigt werden, daß dies keine Analyse der wahrscheinlichen Effekte in diesen Jahren ist, sondern eine Analyse der Effekte zukünftiger Produktions- und Kostenstrukturen, die für eine vergleichende Analyse in den generellen ökonomischen Rah-

Tabelle 3.15: Annahmen über die Entwicklung der photovoltaischen Sonnenenergienutzung, die über den Betrachtungszeitraum variiert wurden (Preisbasis 1982)

	1982	1990	2000	2010	2020	2050
- Nennleistung in W_p/m^2	100	100	135	142,5	150	150
- Systemwirkungsgrad in %	8	9,6	13,5	14,4	15,3	15,3
- Erzeugung in $kWh/m^2 \cdot a$ (unterstellte Einstrahlung 1100 $kWh/m^2 \cdot a$)	88	105,6	148,5	158,4	168,3	168,3
- Systemlebensdauer in Jahren	20	22,5	27,5	30	30	30
- Notwendige Kapazität für die Erzeugung von 20 TWh/a in MW_p	22 727	18 939	18 182	17 986	17 825	17 825
- Notwendige Panelfläche in km^2	258,3	179,3	122,4	113,5	105,9	105,9
- Investitionskosten in DM_{82}/kW	27,84	15,55	8,34	5,26	3,62	2,64
- Investitionskosten entsprechend einer jährlichen Erzeugung von 20 TWh in Millionen DM_{82}	632636	294501	151638	94606	64527	47058
- Elektrizitätspreis für substituierten Strom zum Eigenverbrauch in Pf_{82}/kWh (2 % realer Preisanstieg pro Jahr)	25,12	29,43	35,88	43,73	53,31	96,57
- Erlös für an das öffentliche Netz verkaufte Elektrizität in Pf_{82}/kWh (2 % realer Preisanstieg pro Jahr)	6,50	7,62	9,28	11,32	13,79	24,99
- Anteilige Investitionskosten pro Jahr in Millionen DM_{82}	31 617	13 089	5 514	3 153	2 151	1 569
- Betriebs- und Wartungskosten pro Jahr in Millionen DM_{82} (0,5 % der Investitionssumme)	3 163	1 473	758	473	323	235
- Einsparungen durch Selbstversorgung in Millionen DM_{82}/a (10 TWh/a)	2 512	2 943	3 588	4 373	5 331	9 657
- Erlöse aus dem Verkauf von Elektrizität an das öffentliche Netz in Millionen DM_{82}/a (10 TWh/a)	650	762	928	1 132	1 379	2 499
- Gesamte Änderung der jährlichen Elektrizitätskosten in Millionen DM_{82}/a	+31 618	+10 857	+1 756	-2 279	-4 236	-10 352
- Die veränderten Elektrizitätskosten führen zu folgenden Reaktionen (Millionen DM_{82}/a):						
- 10,9 % verändertes Sparen	-3 336	-1 183	-191	+248	+462	+1 128
- 5,9 % veränderte direkte Importe	-1 865	-641	-104	+134	+250	+611
- 83,2 % veränderte inländische Nachfrage	-26 307	-9 033	-1 461	+1 897	+3 524	+8 613
- Gesamte Nachfrageverschiebung in Millionen DM_{82}/a	34 780	14 562	6 272	5 505	6 710	12 156

men des Jahres 1975 integriert wurden. Die verwendete Input-Output-Tabelle gibt gerade diese ökonomische Struktur von 1975 (ihrem Basisjahr) wieder und wird im Verlauf der unterschiedlichen Analysen mit Ausnahme der zusätzlichen Inputvektoren nicht verändert. Diese Vorgehensweise erlaubt die Isolierung der ökonomischen Effekte aufgrund der veränderten Produktions- und Kostenstrukturen der untersuchten Technologien erheblich besser als eine Analyse im Rahmen eines sich verändernden Referenzsystems.

Tabelle 3.16: Jährliche externe makroökonomische Effekte der photovoltaischen Elektrizitätsproduktion zwischen 1982 und 2050 in der Bundesrepublik (alle Preise auf der Basis 1982, Produktivitäten auf der Basis 1975, dem Basisjahr der Input-Output-Tabelle)

Veränderungen (Millionen DM_{82}/a und Personenjahren 1975/a)	1982	1990	2000	2010	2020	2050
- Sparen	-3446,4	-1183,3	-191,5	+204,9	+461,8	+1128,4
- Importe	-929,9	-249,5	+63,6	+171,8	+264,4	+510,2
- Bruttowertschöpfung	+4406,0	+1064,3	+129,6	-378,3	-729,9	-1647,7
davon:						
-- Löhne und Gehälter	+4270,8	+703,5	+819,6	+507,4	+397,2	+382,8
-- Andere Einkommen	-760,8	-504,3	-454,8	-478,1	-543,9	-930,0
-- Abschreibungen	+1515,3	+708,7	+389,3	+325,2	+300,9	+476,7
-- Steuern	-619,3	-565,3	-624,5	-732,7	-884,1	-1577,2
- Beschäftigungseffekt in Personenjahren/a	135 120	64 530	38 430	32 180	33 310	49 480
- Verringerte öffentliche Ausgaben durch verringerte Arbeitslosigkeit	3032,1	1448,0	862,5	722,1	747,5	1110,4
- Inländische externe Nettoeffekte in:						
-- Millionen DM_{82}/a	+3991,7	+1329,0	+800,6	+548,7	+479,1	+591,1
-- Pf_{82}/kWh	19,96	6,65	4,00	2,74	2,40	2,96

Wie auch im Fall der Windenergie enthalten die Zahlenangaben keine Verzinsung des eingesetzten Kapitals und können daher auch nicht für die Berechnung von Elektrizitätspreisen oder Wirtschaftlichkeiten verwendet werden. Fragen der Wirtschaftlichkeit werden in Kapitel 4 behandelt.

Unabhängig davon, welches Jahr betrachtet wird, sind die gesamten externen ökonomischen Nettoeffekte des Einsatzes photovoltaischer Systeme positiv. Es ergeben sich also soziale Nettonutzen. Dies geht im wesentlichen auf die positiven Auswirkungen auf das Beschäftigungsniveau im Bereich von 30 bis 130 000 Personenjahren pro Jahr zurück. Bis zum Jahre 2000 steigt die Bruttowertschöpfung deutlich an, da für die photovoltaische Elektrizitätserzeugung deutlich höhere Aufwendungen notwendig sind als für die substituierte konventionelle Elektrizitätserzeugung. Die höheren Energiekosten führen auf der anderen Seite allerdings in diesen Jahren zu deutlich reduziertem Sparen in der Größenordnung zwischen 190 und 3 450 Millionen DM/a. Nach dem

Abbildung 3.4: Externe makroökonomische Effekte der photovoltaischen Elektrizitätserzeugung zwischen 1982 und 2050 (Preisbasis 1982)

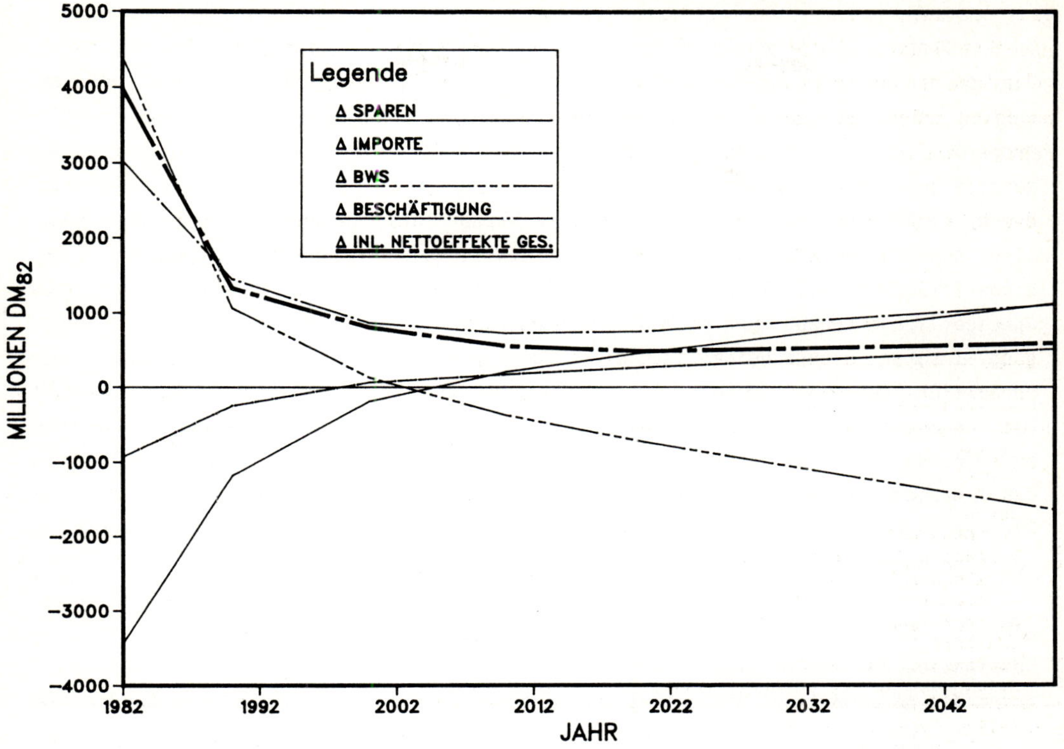

Jahr 2000 sinkt die Energiekostenbelastung und das Sparen steigt entsprechend, die Bruttowertschöpfung sinkt allerdings deutlich. Die gesamte Importbilanz verändert sich von einer Reduktion der Importe um 930 Millionen DM im Jahr 1982 zu einem Anstieg der Importe von mehr als 500 Millionen DM im Jahr 2050. Die Kombination aller ökonomischen Effekte führt zu sozialen Nettonutzen zwischen 590 (2050) und 3 990 Millionen DM/a. Schließt man den sehr hohen Wert für 1982 aus der Betrachtung aus und rechnet diesen Bereich auf die externen Effekte pro kWh um, so erhält man (in Preisen von 1982):

$$\underline{2{,}96 - 6{,}665\ Pf_{82}/kWh.}$$

3.2.2.2 Abbau nicht erneuerbarer Ressourcen

In der ökonomischen Theorie werden nicht erneuerbare Ressourcen als Güter definiert, die von der Natur nicht oder nur mit einer im Verhältnis zur menschlichen Lebenserwartung sehr niedrigen Rate reproduziert werden (z.B. Metalle oder fossile Energieträger). Sie unterscheiden sich daher grundsätzlich von erneuerbaren Ressourcen wie Nutztierbeständen oder Wäldern (vgl. Siebert, 1983, S. 3). Der besondere Charakter dieser nicht erneuerbaren Güter zeigt sich in der Tatsache, daß sie nicht nur knapp sind, sondern daß auch ihre Knappheit mit steigendem Verbrauch ansteigt (vgl. Siebert 1983, S. 40). Nicht erneuerbare Ressourcen werden daher durch den Verbrauch unweigerlich erschöpft und stehen danach nicht länger für die Produktion zur Verfügung. Insofern unterscheiden sich diese Güter prinzipiell von anderen Gütern und Produktionsfaktoren, die generell reproduzierbar sind (vgl. Müller 1981, S. 74ff). Die Unausweichlichkeit der langfristigen Erschöpfung wirft die Frage auf, ob die ansteigende langfristige Knappheit dieser Güter im Marktpreis berücksichtigt werden muß, um eine optimale intertemporale Allokation zu gewährleisten. Eine optimale Allokation bedeutet, daß die gegenwärtige Abbaurate dieser Ressourcen nicht zu sozialen Kosten für zukünftige Generationen führen darf.

Siebert (1983, S. 15ff) definiert die Kosten nicht erneuerbarer Ressourcen als die Kombination der Abbaukosten und der Nutzungskosten. Nutzungskosten sind als die aufgrund der gegenwärtigen Ausbeutung der Ressource entgangenen zukünftigen Nutzen definiert. Daher hat eine solche Ressource Gesamtkosten, die die gegenwärtigen Ausbeutungskosten übersteigen (Opportunitätskosten zukünftiger Generationen). Der Wert einer Einheit des Teils der Ressource, der gegenwärtig ausgebeutet wird, ist durch seinen Nutzen für den gegenwärtigen Verbrauch bestimmt, wohingegen der Wert einer Einheit der Ressource, die in der natürlichen Lagerstelle verbleibt, durch ihren zukünftigen Nutzen gegeben ist (diese Nutzungskosten werden manchmal auch in-situ-Wert genannt). Der Marktpreis der abgebauten Ressource sollte sich im Sinne einer optimalen intertemporalen Allokation aus den Abbaukosten plus den Nutzungskosten zusammensetzen.

Im Fall vollkommener Märkte und totaler Information würden die Anbieter ihre Profite aus der Ausbeutung der Ressource über alle Zeitperioden maximieren. Der einzelne Anbieter sieht sich wachsender Knappheit der Ressource gegenüber, die zu der Erwartung zukünftiger Preissteigerungen aufgrund der steigenden Nutzungskosten eines abnehmenden Vorrats der Ressource führt. Er muß sich daher entscheiden, ob er die Ressource heute abbauen und die Erlöse im Finanzmarkt investieren will oder ob er die Ressource erst in der Zukunft abbauen will, um zukünftig höhere Erlöse erzielen zu können.

Unter vollkommenen Marktbedingungen sollte eine Ressource jeweils in dem Ausmaß angeboten werden, daß die gegenwärtigen Erlöse zuzüglich der Zinsen auf die Finanzanlagen dieser Erlöse den erwarteten zukünftigen Preisen gleich sind. Auf der Grundlage dieser Annahme gelangte Hotelling (vgl. Siebert 1983, S. 64ff) zu einem sehr einfachen ersten Modell, welches davon ausgeht, daß sich die Preise für die Ressource in Abhängigkeit von der Zentralbankdiskontrate ändern. Der Gegenwartswert der Nutzungskosten für alle Perioden ist gleich. Gleichzeitig verringert sich die nachgefragte Menge mit ansteigenden Preisen, wenn man eine starre Nachfragestruktur unterstellt (vgl. Siebert 1983, S. 22). Basierend auf der Annahme perfekter Märkte des einfachen Modells ist diese Tendenz auch dann langfristig stabil vorhanden, wenn ein Anbieter zu niedrige Preissteigerungen für die Zukunft (interne Diskontrate) unterstellt und er mehr anbietet, um die Erlöse auf den Finanzmärkten zu investieren. Aufgrund dieses zusätzlichen Angebots der Ressource und aufgrund des zusätzlichen Angebots an Kapital fallen die gegenwärtigen Preise der Ressource und der Zinssatz für Finanzinvestitionen, bis ein Gleichgewicht der Märkte erreicht ist (vgl. Siebert 1983, S. 25). Allerdings können vom Modell der vollständigen Märkte abweichende Bedingungen (z.B. unvollständige Information auf Seiten der Anbieter und Nachfrager über zukünftige Knappheiten und Preise von möglichen Substituten für die Ressource) zu schwerwiegenden intertemporalen Fehlallokationen führen. Darüber hinaus weist Kapp (1979, S. 21ff) darauf hin, daß ein entsprechendes Marktmodell keine sozialen Kosten des Ressourcenabbaus mit einbezieht.

Verhält sich der Anbieter einer Ressource entsprechend dem generellen Grundsatz der Profitmaximierung, so wird die Preisentwicklung und der Ressourcenabbau dem oben beschriebenen Verlauf unter idealen Bedingungen (Abwesenheit sozialer Kosten, vollkommene Märkte) folgen. Die Verfolgung der ökonomischen Ziele der einzelnen Faktoren fällt dann zusammen mit der Erreichung der ökonomischen Ziele der Gesamtgesellschaft. Nimmt man an, daß der zukünftige Nutzen einer gegebenen Ressource größer sein wird als der gegenwärtige Nutzen und daß eine Gesellschaft sich zum Ziel setzt, den Gesamtnutzen einer Ressource über alle Zeitperioden zu maximieren, dann muß der Gesamtnutzen für jede Periode gleich sein und der zukünftige Grenznutzen muß mit der gesellschaftlichen Diskontrate (der Zeitpräferenzrate) auf seinen gegenwärtigen Wert abgezinst werden (vgl. Siebert 1983, S. 13ff). Entsprechend dem oben beschriebenen einfachen Modell sollte die gesamtgesellschaftliche Diskontrate gleich der Marktdiskontrate sein (dies entspricht der neoklassischen Theorie, da hier der Grenznutzen gleich dem Zinssatz sein muß).

Ein empirischer Test dieses theoretischen Modells sollte klar zeigen können, daß mit zunehmender Knappheit die Preise für die Ressource steigen. Dies kann in der Praxis allerdings nicht mit einem auch nur annähernd zufriedenstellenden Ergebnis nachgewiesen werden (vgl. z.B. Siebert 1983, S. 48ff). Für diese mangelnde Übereinstimmung zwischen Theorie und Realität gibt es eine Reihe möglicher Erklärungen. Man könnte annehmen, daß es eigentlich keine zunehmende Knappheit gibt, da die ökonomisch handelnden Subjekte solche Knappheitsentwicklungen durch Anpassungsprozesse neutralisieren. Derartige Anpassungsprozesse könnten die Substitution einer Ressource durch weniger knappe alternative Ressourcen sein oder die Einführung alternativer Technologien, welche erst ab einem bestimmten Preisniveau der betrachteten Ressource wirtschaftlich werden (sogenannte Backstop-Technologien) und Knappheitsentwicklungen entgegenwirken können. Außerdem können weitere Explorationen und technischer Fortschritt im Bereich der Förder- und Abbautechniken die Verfügbarkeit einer Ressource erhöhen und damit das ökonomisch abbaubare Volumen der Ressource steigern. Auch hierdurch könnte eine Verringerung der Knappheit bewirkt werden. In Anbetracht der gegenwärtigen Preise der alternativen Technologien (z.B. als Ersatz für Erdöl) (vgl. auch Wagner 1987, S. 46) und der gegebenen Begrenztheit der Ressourcen bestimmter Rohstoffe auf einem begrenzten Planeten erscheinen dem Autor diese Erklärungsansätze gegenwärtig wenig plausibel. In der Realität findet man eine Vielzahl von Anzeichen wachsender Knappheit (vgl. Abbildung 3.6) bei über Jahren stabilen und zum Teil sogar fallenden Preisen. Es muß daher angenommen werden, daß die Marktpreise die steigenden Knappheiten nicht angemessen widerspiegeln, weil sie unvollkommen sind, und sie deshalb die Interessen zukünftiger Generationen nicht adäquat berücksichtigen. Von einer Ressourcenpreisentwicklung in Abhängigkeit von der Zentralbankdiskontrate kann nicht gesprochen werden. Die Unvollkommenheiten der Ressourcenmärkte können auf einem, zumindest teilweisen Monopol, einem Kartell von Anbietern, unvollständigen Informationen oder nicht funktionierenden Geldmärkten beruhen, welche nicht die theoretisch notwendige Zinsrate produzieren.

Die Haupthypothese zur Erklärung des Marktversagens in bezug auf die Preissetzung unter Einbeziehung der Nutzungskosten ist die Überlegung, daß die Haushalte eine unrealistisch hohe Zeitpräferenzrate haben (vgl. Siebert 1983, S. 275ff). Eine solche zu hohe individuelle Zeitpräferenzrate führt dazu, daß die Marktzinsrate höher ist als die gesellschaftlich wünschenswerte Zeitpräferenzrate, was wiederum zu einer überhöhten Ausbeutungsrate der Ressource führt.

Die individuelle Zeitpräferenzrate kann durch den kaum in die Zukunft reichenden Planungshorizont der einzelnen Marktteilnehmer erklärt werden. Da diese Zeitpräferenzrate den berechtigten Interessen zukünftiger Generationen zu geringe Bedeutung zumißt, verursachen die heutigen Abbauraten soziale Kosten für zukünftige Generationen. Die Internalisierung dieser sozialen Kosten muß mit den Mitteln der Wirtschaftspolitik sichergestellt werden, um zu gewährleisten, daß der Ressourcenabbau der gesellschaftlich optimalen Zeitpräferenzrate folgt. Auch wenn in einigen Fällen Kritik an der Effizienz solcher wirtschaftspolitischer Maßnahmen zur Internalisierung sozialer Kosten geübt wird, so ist es doch die Aufgabe des Staates, im Fall prinzipiellen Marktversagens an den Ressourcenmärkten zu intervenieren, um die langfristig optimale intertemporale Allokation der Ressourcen sicherzustellen. Da es sich hier auf der einen Seite um ein fundamentales Versagen des Marktmechanismus, auf der anderen Seite aber nur um die Möglichkeit eines partiellen Politikversagens bei der Internalisierung externer Effekte handelt, muß der von Siebert (vgl. 1983, S. 292ff) vorgetragenen Kritik bezüglich des möglichen Versagens wirtschaftspolitischer Maßnahmen ein deutlich geringeres Gewicht zugeordnet werden, als dem grundsätzlichen Marktversagen im Fall der nicht erneuerbaren Ressourcen.

Da nach Übereinstimmung der Expertenmeinung die Realität zeigt, daß die Preisentwicklung für Erdöl die zunehmende Knappheit dieser Ressource über lange Zeiträume nicht widerspiegelt (vgl. z.B. Schneider 1980, S. 385 oder Wagner 1987, S. 43ff), ist es offensichtlich, daß der Staat hier intervenieren muß, um die Differenz zwischen dem kurzfristigen und langfristigen Knappheitspreis dieser nicht erneuerbaren Ressource zu eliminieren. Hierbei ist zu diskutieren, welche Zeitspanne bei der Betrachtung langfristiger Knappheiten einbezogen werden sollte. Zur Zeit erscheint dem Autor das von Wagner verwendete Modell, welches sich lediglich auf die Entwicklung in der Vergangenheit und die geschätzten Gesamtressourcen stützt (vgl. Wagner 1987, S. 44 ff), der angemessenste pragmatische Ansatz für die Bestimmung solcher Langfristeffekte zu sein. Unabhängig von der möglichen Kritik an der Effizienz von Steuern auf der Basis eines solchen Berechnungsansatzes, kann das Modell im Rahmen dieser Studie dafür benutzt werden, erste grobe Schätzungen der langfristigen Knappheitsrelationen zu geben, welche zur Zeit in den Marktpreisen der nicht erneuerbaren Ressourcen nicht enthalten sind. So ist es möglich, einige erste Zahlen in die weiteren Berechnungen schon mit einzubeziehen.

Wagners Berechnungen basieren auf einem sehr einfachen Modell, welches davon ausgeht, daß eine langfristige Bereitstellung von Energiedienstleistungen am besten dadurch garantiert werden kann, daß für den bisher erschöpften Teil der Ressource ein Zuschlag in der Höhe der Kosten einer teuren Substitutionstechnologie (Backstop-Technologie) erhoben wird, welche dazu genutzt werden könnte, mit Hilfe dieser Technologie den erschöpften Teil der Ressource auf der Basis erneuerbarer Energiequellen zu substituieren. Auf diese Weise kann der Bestand an verfügbaren Ressourcen für die Produktion von Energiedienstleistungen auf Dauer konstant gehalten werden. Entsprechende Substitute für fossile Energieträger könnten zum Beispiel aus Sonnen- und Windenergie produzierte Elektrizität oder auf dieser Basis produzierter Wasserstoff sein. Die Einführung der Kosten der so erzeugten Elektrizität oder des entsprechend erzeugten Wasserstoffs als Zuschlagsfaktor für die bisher erschöpften Reserven der nicht erneuerbaren Energiequellen führt zu einem Gesamtpreis, welcher sich an den zukünftigen Kosten der Substitutionstechnologien orientiert und somit eine ungefähre Idee vom zukünftigen Nutzungswert der verbleibenden Reserven gibt.

Abbildung 3.5: Jährliche Abbauraten für fossile Brennstoffe und Uran zwischen 1950 und 1985, ausgedrückt als Prozentsatz der abbaubaren Ressourcen (Quelle: Wagner 1987, S. 45 und Atomwirtschaft-Atomtechnik 12/73, 6/76, 4/78, 12/80, 12/82, 12/86)

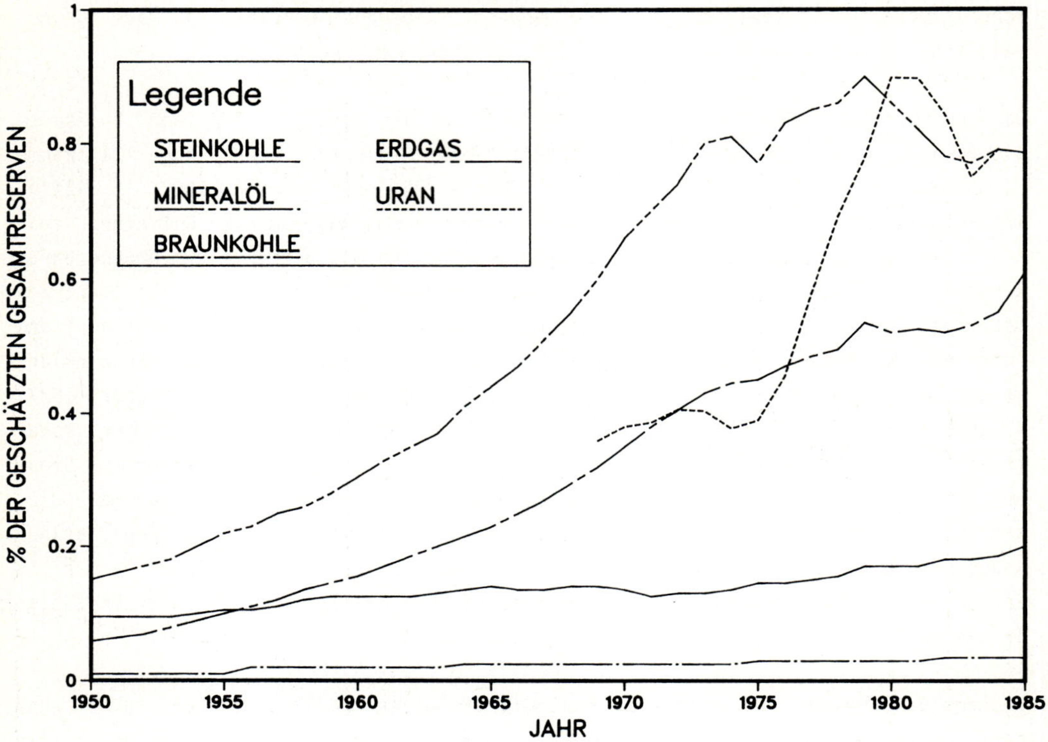

Zur Ermittlung dieses gemischten Preises auf der Basis der heutigen Marktpreise und der substitutionsorientierten Zuschläge berechnet Wagner (vgl. Wagner 1987, S. 46) die gegenwärtigen Erschöpfungsniveaus (1985) für die wichtigsten fossilen Energieträger als:

- 13 % für Erdgas
- etwas über 20 % für Erdöl
- 10 % für Steinkohle und
- 1,3 % für Braunkohle.

Auf der Basis der von der OECD (NEA)/IAEO regelmäßig in der Zeitschrift "Atomwirtschaft-Atomtechnik" (siehe z.B. Atomwirtschaft-Atomtechnik, 12/1986, S. 614-617) veröffentlichten Statistiken über die weltweiten Uranressourcen lag der abgebaute Anteil der Uranressourcen 1984 bei ca. 15,9 %. Diese Angabe schließt alle hinlänglich gesicherten Ressourcen (Reasonably Assured Resources/RAR) und alle geschätzten zusätzlichen Ressourcen der Kategorien I und II (Estimated Additional Resources/EAR-I und EAR-II) bis zur Klasse der höchsten Abbaukosten von 130-260 US $ pro kg Uran ein. Abbildung 3.5 zeigt die jährlichen Abbauraten für fossile Brennstoffe und Uran. Abbildung 3.6 zeigt den kumulierten Anteil der bis 1985 abgebauten fossilen Brennstoffe und des Urans.

Abbildung 3.6: Entwicklung des kumulierten weltweiten Abbaus von fossilen Brennstoffen und Uran in der Periode von 1950 bis 1985 als Indikator für den erreichten Stand des Ressourcenabbaus (Quelle: Wagner 1987, S. 45 und Atomwirtschaft-Atomtechnik 12/73, 6/76, 4/78, 12/80, 12/82, 12/86)

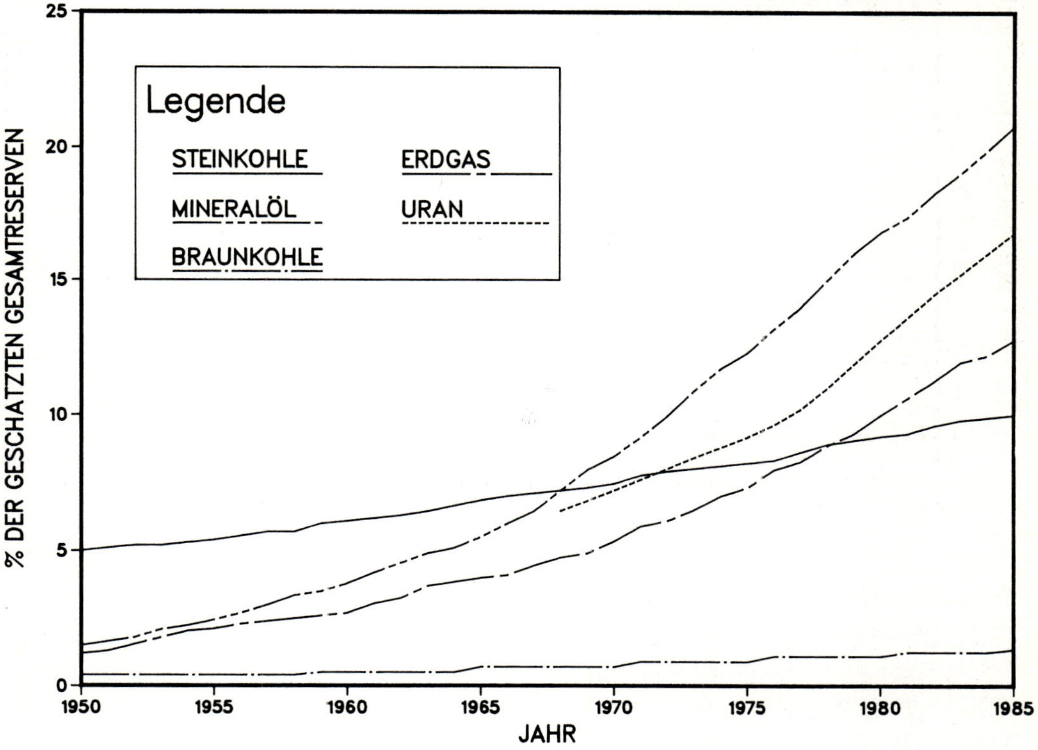

Hält man die jährliche Abbaurate konstant auf dem Niveau des Jahres 1985, so führt dies für Erdöl, Erdgas und Uran schon im nächsten Jahrhundert zu erheblichen Ausbeutungsniveaus. Abbildung 3.7 veranschaulicht eine entsprechende Entwicklung.

Abbildung 3.7: Zukünftige Entwicklung des kumulierten weltweiten Abbaus der fossilen Brennstoffe und von Uran in der Periode 1980 bis 2060 bei Annahme konstanter zukünftiger jährlicher Abbauraten

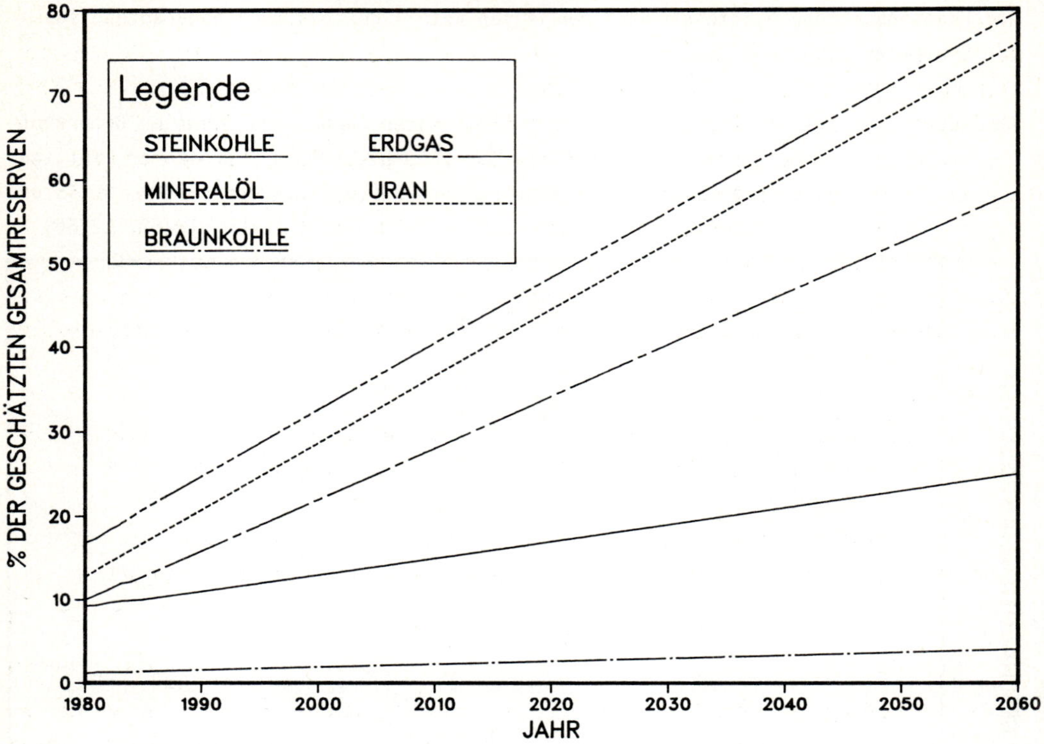

In seinem eher pragmatischen Modell versucht Wagner, wie oben schon angedeutet, die Substitutionskosten für fossile Brennstoffe dadurch zu berechnen, daß er die Produktionskosten eines speicherfähigen synthetischen Energieträgers des gleichen Energiegehalts berechnet. Er fordert hierfür, daß der synthetische Energieträger auf der Basis erneuerbarer Energiequellen (Backstop-Technologien) produziert werden soll und daß er keine erheblichen externen Umwelteffekte hat. Er benutzt daher für seine Berechnungen die derzeitigen Produktionskosten von Elektrizität und Wasserstoff sowohl auf der Basis photovoltaischer Anlagen als auch auf der Basis von Windenergiesystemen. Er kommt zu gegenwärtigen Kosten von 64 bis 95 Pf/kWh für Elektrizität aus photovoltaischen Anlagen und zu 16 bis 32 Pf/kWh für Elektrizität aus Windenergieanlagen. Die so erhaltenen Kosten rechnet er für die Herstellung von Wasserstoff mit einem Hydrolysewirkungsgrad von 0,7 um. So ergibt sich ein Preis von 91 Pf bis 1,36 DM für 1 kWh Wasserstoff auf der Basis photovoltaischer Elektrizität und einen Preis von 23 bis 46 Pf/kWh für Wasserstoff aus Windenergie (vgl. Wagner 1987, S. 46). Diese Zuschlagkosten basieren auf der Substitution von 1 kWh Elektrizität und müssen deshalb auf die substituierten fossilen Primärenergieträger, die in konventionellen Kraftwerken eingesetzt werden, umgerechnet werden. Sie betragen dann pro kWh des Primärenergieträgers nur ca. 35 % des oben angegebenen Wertes.

Da die Verwendung der gegenwärtigen Substitutionskosten wahrscheinlich zur Einbeziehung von überhöhten Kosten führt (Substitutionstechnologien wie die Photovoltaik sind zur Zeit noch in einem relativ wenig ausgereiften Stadium), erscheint dem Autor die von Wagner vorgeschlagene modifizierte Modellvariante zur Kalkulation eines minimalen Zuschlags besonders adäquat zu sein. Dieser Ansatz basiert nicht auf den gegenwärtigen Substitutionskosten, sondern stützt sich auf die geschätzten zukünftigen Substitutionskosten der vollständig ausgereiften Technologie. Wagner berechnet sowohl diese von ihm sogenannten "endgültigen Substitutionskosten" für fossile Brennstoffe, wie auch die gegenwärtigen Substitutionskosten, die oben angesprochen wurden.

Das für uns für die folgenden Berechnungen übernommene Modell der endgültigen Substitutionskosten hat die folgende mathematische Form (vgl. Wagner 1987, S. 47):

Die verbleibenden Reserven R(t) einer nicht erneuerbaren Ressource sind die Gesamtreserven T abzüglich des kumulierten Gesamtverbrauchs C(t) bis zum Zeitpunkt t:

$$R(t) = T - C(t).$$

Unter Verwendung des Substitutionszuschlags s(T) und des realisierten "Primärwerts" p(t), welcher das Einkommen des Ressourcen-Besitzers angibt, berechnet Wagner einen virtuellen in-situ-Wert der verbleibenden Ressource v(t):

$$v(t) = (R(t)/T) \times p(t) + (C(t)/T) \times s(t),$$

welcher von den aktuellen Substitutionskosten der Periode t abhängt. Ersetzt man diese gegenwärtigen Substitutionskosten durch die der ausgereiften Alternative $s(\infty)$, so erhält man:

$$v(t) = (R(t)/T) \times p(t) + (C(t)/T) \times s(\infty).$$

Enthält der gegenwärtige Marktpreis P_M die Extraktions-, Verteilungs- und Umwandlungskosten (m(t),d(t),r(t)), die Summe aller Profite g(t) und den Primärwert p(t), so kann er folgendermaßen ausgedrückt werden:

$$P_M = m(t) + d(t) + r(t) + g(t) + p(t).$$

Es ergibt sich ein Substitutionspreis einschließlich des Knappheitszuschlags S(t) aus:

$$P_s(t) = P_M(t) + S(t)$$

$$S(t) = (C(t)/T) \times (s(\infty)-p(t)).$$

Für die Bestimmung von S(t) ist es notwendig, die Größenordnung von p(t) zu kennen. Für eine Mindestschätzung von S(t) kann der Marktpreis $P_M(t)$ als oberer Grenzwert für p(t) benutzt werden.

Zur Bestimmung des Substitutionspreises für die Elektrizität aus fossilen Brennstoffen muß man den gegenwärtigen Marktpreis der Elektrizität differenziert nach den folgenden Parametern kennen: dem eingesetzten fossilen Brennstoff, dem Ausmaß des bisherigen Ressourcenabbaus für den eingesetzten fossilen Brennstoff, dem Marktpreis für den fossilen Brennstoff und dem Wirkungsgrad des relevanten Kraftwerkparks. Zusätzlich muß man den zukünftigen Elektrizitätspreis auf der Basis von Windenergie abschätzen. Für die weiteren Berechnungen wird ein Wirkungsgrad von 35 % für fossile Kraftwerke angenommen. (Ein höherer Wirkungsgrad erhöht den zugerechneten Anteil des Zuschlags pro kWh eingesetzter Primärenergie.) Für die Elektrizitität aus Windenergie wird angenommen, daß diese direkt zur Herstellung von Wasserstoff durch Elektrolyse mit einem Wirkungsgrad von 70 % eingesetzt wird und der Wasserstoff jederzeit mit Hilfe von Brennstoffzellen bei einem Wirkungsgrad von 55 % in Elektrizität umgewandelt werden kann. Diese Annahmen führen zu einem Substitutionspreis von 41,8 Pf_{86}/kWh (vergleiche Tabelle 3.17). Die hieraus und aus der Abbausituation von 1985 resultierenden Knappheitszuschläge zeigt Tabelle 3.17. Für fossile Brennstoffe liegen die Zuschläge zwischen 0,5 Pf/kWh produzierter Elektrizität für Braunkohle und 5,8 Pf/kWh für Elektrizität aus Erdöl.

Gewichtet man diese Knappheitszuschläge für die Elektrizitität aus den verschiedenen fossilen Brennstoffen entsprechend ihrem relativen Anteil an der Elektrizitätsproduktion der Bundesrepublik von 1985, so erhält man für 1985 einen durchschnittlichen Knappheitszuschlag von 2,4 Pf/kWh (Preisbasis 1986). Rechnet man diesen Zuschlag auf die Preisbasis 1982 zurück, so ergibt sich ein durchschnittlicher Knappheitszuschlag für die gesamte Elektrizität aus fossilen Brennstoffen von:

2,29 Pf_{82}/kWh.

Die Anwendung der gleichen Methode auf die aus Uran erzeugte Elektrizität auf der Basis der OECD (NEA) Statistiken über die Uranreserven und den kumulierten bisherigen Uranverbrauch (vergleiche Atomwirtschaft-Atomtechnik 12/1986) und unter Einbeziehung eines relativ großen Preisbereichs für die gegenwärtigen Urankosten (vgl.

Schmitt et al. 1986, S. 91 und Franke/Viefhues 1984, S. 11-9) ergibt den in Tabelle 3.17 ausgewiesenen Knappheitszuschlag von 6,3 - 6,7 Pf/kWh. Umrechnung dieser Angaben auf die Preisbasis 1982 ergibt einen Knappheitszuschlag von:

5,9 - 6,2 Pf/kWh.

Kombiniert man diese beiden Zuschläge für die gesamte Elektrizitätserzeugung durch Gewichtung mit den Erzeugungsanteilen von 1984, so erhält man einen Gesamtbereich für einen statischen, auf 1984/85 bezogenen Knappheitszuschlag (Preisbasis 1982) von:

2,98 - 3,06 Pf_{82}/kWh.

Erweitert man diese Berechnung für zukünftige Knappheiten auf der Basis konstanter jährlicher Abbauraten nach 1985, so erhält man dynamische Knappheitszuschläge wie sie in Abbildung 3.8 dargestellt sind.

Es sollte hierbei allerdings berücksichtigt werden, daß Windenergie nicht für den größten Teil der abgebauten fossilen Brennstoffe und des Urans als Substitut dienen kann. Der Substitutionspreis von 41,8 Pf_{86}/kWh sollte daher als langfristiger Preis für Elektrizität aus Wasserstoff auf der Basis verschiedener erneuerbarer Energiequellen betrachtet werden und entspricht wahrscheinlich einer eher günstigen Preisvariante.

Die dynamische Analyse führt zu gewichteten durchschnittlichen Knappheitszuschlägen für Elektrizität aus fossilen Brennstoffen (Preisbasis 1982) im Bereich zwischen:

- 0,12 - (+) 3,02 Pf/kWh.

Der negative Zuschlag im Jahr 2060 resultiert aus der speziellen Form der für die Berechnung verwendeten Funktion. Da der Marktpreis $P_M(t)$ eines Energieträgers als oberer Grenzwert für den unbekannten Primärwert P(t) um jährlich 2 % erhöht wird (dies ist die angenommene reale Preissteigerung für konventionelle Elektrizität und somit indirekt auch für fossile Brennstoffe), wächst der Korrekturfaktor schneller als der kumulierte lineare Abbau der Ressource. Nach dem Jahr 2015 führt dieser Effekt zu abnehmenden Knappheitszuschlägen. Dies kann als ein Anzeichen dafür interpretiert werden, daß die angenommene reale Preissteigerungsrate des Marktpreises für fossile Energieträger (abgeleitet aus der Preissteigerungsrate für Elektrizität) einen wachsenden Teil des langfristigen Knappheitspreises bei gleichbleibendem jährlichen Abbau beeinhaltet. Da $P_M(t)$ sicherlich eine erhebliche Überschätzung von P(t) darstellt, führt die verwendete Funktion allerdings zu einer Unterschätzung der in der Realität notwendigen Knappheitszuschläge.

Tabelle 3.17: Berechnete Knappheitszuschläge für die 1985 produzierte Elektrizität auf der Basis fossiler und nuklearer Brennstoffe (Preise 1986)

Verwendeter Brennstoff	Preis in Pf/KWh$_{el}$ ohne Zuschlag[1]	Derzeit verbrauchter Anteil der Gesamtressourcen[2]	Substitutionspreis für Elektrizität aus Windenergie und Wasserstoff[3] Pf/kWh$_{el}$	Brennstoffkosten für Elektrizität aus fossilen und nuklearen Brennstoffen[4] Pf/kWh$_{el}$		Knappheits-/Ausbeutungszuschlag in Pf/kWh$_{el}$	Preis einschließlich des berechneten Zuschlags in Pf/kWh$_{el}$
	$PM_{el}(t)$	$C(t)/T$	$s(\infty)$	$P(t)= P_{MP}(t)$	$s(\infty)-p(t)$	$S(t)= (C(t)/T \times (S(\infty)-p(t)))$	$P_e(t)= P_{Mel}(t)+S(t)$
Erdgas	33,0	0,1281	41,8	11,8	30,0	3,8	36,8
Erdöl	23,0	0,2064	41,8	13,5	28,3	5,8	28,8
Steinkohle (Inland)	17,5	0,1009	41,8	9,0	32,8	3,3	20,8
Steinkohle (Import)	12,0	0,1009	41,8	5,6	36,2	3,7	15,7
Braunkohle	7,5	0,0128	41,8	5,8	36,0	0,5	8,0
Uran	9,2-25,4	0,1679	41,8	1,8-3,9	37,9-40,0	6,3-6,7	15,8-31,8

[1] Produktionskosten nach Brand und Jochem 1986, S. 5, Franke und Viefhues 1984, S. 11-9 und Schmitt et al. 1986, S. 91 (Preise 1986)

[2] Nach Wagner 1987, S. 46 und eigenen Berechnungen auf der Basis von OECD (NEA) Angaben vom September 1986 (Atomwirtschaft-Atomtechnik 12/1986, S. 614-617)

[3] Elektrizität aus Windenergiekonvertern (ausgereifte zukünftige Technik) mit 16 Pf/KWh$_{el}$, Elektrolyse mit einem Wirkungsgrad von 70 % und Brennstoffzellen mit einem Wirkungsgrad von η_{eff} = 0,55 (vgl. Vielstich 1986, S. 302). $s(\infty)$ = 41,8 Pf/KWh$_{el}$

[4] Brennstoffkosten nach 'Zahlen der Kohlewirtschaft 1986', S. 29 mit einem Wirkungsgrad von η = 0,35 für konventionelle Kraftwerke auf die kWh$_{el}$ umgerechnet. Urankosten nach Franke and Viefhues 1984, S. 11-10 und Schmitt et al. 1986, S. 91

Im Fall der Kernenergie führt die gleiche Berechnung zu einem Bereich von Knappheitszuschlägen (Preisbasis 1982) von:

5,91 - 23,89 Pf/kWh.

Dieser relativ hohe Zuschlag rührt teilweise daher, daβ $P_M(t)$ für Kernenergiestrom vergleichsweise niedrig ist, da die Urankosten einen relativ kleinen Teil der Elektrizitätserzeugungskosten darstellen. Der Rest des Effekts beruht auf einem relativ hohen gegenwärtigen Ausbeutungsniveau und hohen jährlichen Abbauraten (1984).

Abbildung 3.8: Zukünftige dynamische Knappheitszuschläge für Elektrizität aus fossilen und nuklearen Brennstoffen (Uran). Zeitraum 1985 bis 2060. Gewichtete Gesamtzuschläge auf der Basis der Energieeinsatzstruktur der Elektrizitätserzeugung der Bundesrepublik von 1984

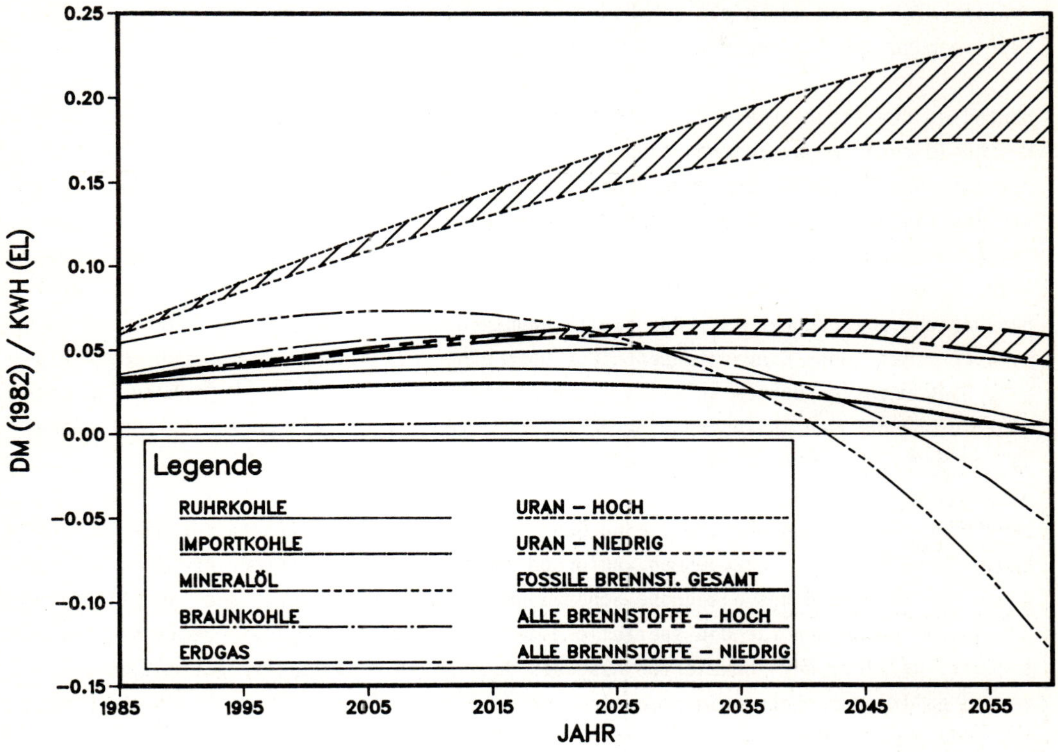

Kombiniert man die beiden Bereiche für die gesamte Elektrizitätsproduktion durch Gewichtung mit den relativen Anteilen der Elektrizitätsproduktion 1984, so erhält man einen durchschnittlichen dynamischen Knappheitszuschlag von (Preisbasis 1982):

<u>2,98 - 6,72 Pf/kWh.</u>

Für die weiteren Berechnungen werden die statischen (1985) Knappheitszuschläge als vorläufige Abschätzung der nicht in den Marktpreisen enthaltenen langfristigen Knappheiten der nicht erneuerbaren Energiequellen verwendet.

3.2.2.3 Induzierte öffentliche Ausgaben als Element sozialer Kosten

Weitere Elemente sozialer Kosten sind induzierte öffentliche Ausgaben, öffentliche Transfer-Zahlungen und nicht erhobene Steuern insofern, als diese Kosten zu einer Verringerung der für andere öffentliche Aufgaben verfügbaren Mittel führen.

Obwohl es den Anschein erweckt, daß diese Art durch den Staat getragener sozialer Kosten leichter zu evaluieren sind als zum Beispiel die nicht monetären Konsequenzen der Luftverschmutzung, ist dies nicht notwendigerweise der Fall. Ein Hauptproblem stellen die Wechselbeziehungen und Verflechtungen zwischen den verschiedenen öffentlichen Aufgaben und den daraus resultierenden Ausgaben dar. Es ist nicht immer möglich, zu ermitteln, welcher Anteil eines speziellen Ausgabenprogramms einer einzelnen Ursache zuzurechnen ist. Das zweite Hauptproblem liegt darin begründet, daß die meisten staatlichen Einrichtungen nicht über eine detaillierte Kostenrechnung verfügen. Dies macht es extrem schwierig, die exakten Kosten einzelner Maßnahmen zu ermitteln. Selbst wenn alle induzierten öffentlichen Dienstleistungen bekannt sind, ist es sehr schwierig, ihre Kosten abzuschätzen.

Der Autor hat dennoch versucht, eine Quantifizierung dieser Effekte für die Bundesrepublik Deutschland vorzunehmen. Aufgrund der oben angedeuteten Probleme müssen diese Zahlen allerdings als grobe Schätzungen verstanden werden. Die quantitativen Ergebnisse haben nur für die spezielle Situation der Bundesrepublik Deutschland Gültigkeit, da viele der induzierten Ausgaben das Resultat spezieller nationaler Gesetze und politischer Entscheidungen sind. Der generelle Ansatz ist im Gegensatz hierzu für jede marktorientierte Volkswirtschaft gültig.

Die Bedeutung der öffentlichen Ausgaben und monetären Transfers wird seit langem gesehen. Eine Studie von Heede, Morgan und Ridley (1985) hat die monetären Transfers in den Energiesektor untersucht und ihre erhebliche Bedeutung für die USA aufgezeigt. Heede, Morgan und Ridley kommen zu dem Ergebnis, daß die jährlichen Subventionen für die Kernenergie den Erlösen der Elektrizitätsversorgungsunternehmen für Kernenergie in den USA gleichkommen.

Unglücklicherweise sind auch die verfügbaren Daten über induzierte öffentliche Ausgaben, d.h. im wesentlichen durch die öffentliche Hand bereitgestellte Dienstleistungen, welche notwendig geworden sind, um Gefahren für die Öffentlichkeit zu vermeiden, höchst unvollständig. Diese Art sozialer Kosten scheint bisher für die nukleare und fossile Elektrizitäterzeugung erheblich bedeutsamer zu sein, als für die Nutzung erneuerbarer Energiequellen. Es wäre daher notwendig, diese Kosten sehr genau zu erheben. Da dies aufgrund der Datenlage nicht möglich ist, kommt es zu einer erheblichen Verzerrung der Ergebnisse zugunsten der konventionellen Elektrizitätserzeugung und führt zu einer systematischen Unterschätzung der Wettbewerbsfähigkeit der erneuerbaren Energiequellen.

Ein ähnliches Problem ergibt sich bei der Analyse der Forschungs- und Entwicklungssubventionen. Es ist extrem schwierig festzustellen, welche Anteile der Grundlagenforschung einer bestimmten Energieart zugerechnet werden können. Auch hier ist es wiederum die konventionelle Elektrizitätserzeugung, die im wesentlichen von einer unvollständigen Erfassung profitiert.

3.2.2.3.1 Durch staatliche Stellen bereitgestellte Güter und Dienstleistungen (Subventionen als Sachleistung)

Es gibt theoretische und praktische Gründe, bestimmte Güter und Dienstleistungen durch die öffentlichen Hände bereitzustellen. Die besten Beispiele sind öffentliche Güter, welche andernfalls entweder überhaupt nicht oder weit unterhalb des gesellschaftlich optimalen Niveaus angeboten würden, weil in diesen Fällen erhebliche Externalitäten bestehen. Informationsdienstleistungen wie z.B. Immissionsmeßnetze sind solche öffentlichen Güter. Die meisten Elemente der Infrastruktur sind im wesentlichen öffentliche Güter, da die Nutzung durch eine Nachfrage nicht notwendigerweise den Nutzen anderer Nachfrager reduziert. Die öffentliche Bereitstellung und Finanzierung kann eine ausreichende Versorgung mit derartigen Gütern sicherstellen. Es gibt allerdings gewöhnlich komplementäre Güter und Dienstleistungen, welche nicht vollständig in die Kategorie öffentlicher Güter fallen. Ein genauer Blick auf die Infrastrukturausgaben zeigt, daß die Kosten der Erschließung eines speziellen Gebietes zur Ansiedlung neuer Unternehmen diesen Unternehmen direkt zugerechnet werden können, obwohl die fixen Kosten der Infrastruktur auch bei Ausbleiben einer späteren Nutzung entstehen würden. Selbst wenn sich keine Unternehmen in dem erschlossenen Gebiet ansiedeln, bleiben diese Kosten für die Allgemeinheit bestehen. Andere öffentliche Dienstleistungen, wie die Kontrolle von Emissionen oder die Kontrolle gefährlicher Produktionsprozesse, staatliche Programme zur Reduzierung von Umweltbelastungen und ähnliche Maßnahmen sind die Folge privater Aktivitäten, welche aber von den verursachenden Firmen nicht nachgefragt werden. Solange wie solche Dienstleistungen von den Verursachern nicht bezahlt werden, stellen sie eindeutig soziale Kosten dar. Die Kontrolle des gesellschaftlich relevanten Handelns von Unternehmen ist die Aufgabe des Staates, weil nur so erheblicher Schaden abgewendet werden kann. Kosten, die einem einzelnen Unternehmen oder einer Branche zugeordnet werden können, die aber von diesen nicht getragen werden, müssen bei gesamtwirtschaftlichen Wohlfahrtsbetrachtungen einbezogen werden und sollten über entsprechende Steuern internalisiert werden, wann immer dies möglich ist.

(a) Öffentliche Ausgabenprogramme zur Schadensabwehr und -verminderung

- Ausgabenprogramme im Bereich der Waldschäden
Aufgrund der schädlichen Auswirkung der Luftverschmutzung auf die deutschen Wälder wurde es notwendig, bestimmte Programme wie die Kalkung der Wälder einzuführen, um das Absterben der Bäume zu verlangsamen. Wicke (1986) schätzt, daß für solche Schutzmaßnahmen ca. 120 Millionen DM pro Jahr notwendig sind. Da 75 % der deutschen Wälder im Besitz der öffentlichen Hände sind, muß die Hauptlast der Kosten durch staatliche Stellen getragen werden, bis die Verursacher finanziell zur Verantwortung gezogen werden können. Die gesamten Waldschäden durch Luftverschmutzung einschließlich der Schäden an Wäldern in öffentlichem Besitz wurden in Kapitel 3.2.1 in bezug auf die unterschiedlichen Schadensquellen untersucht. Die hier angesprochenen Programme werden in diesem Kapitel nur angeführt, um die verschiedenen Teilbereiche des Einsatzes öffentlicher Mittel im Zusammenhang zu zeigen. Zusätzlich zu den oben angesprochenen Aufwendungen für Kalkungsprogramme wurde 1984 über Steuernachlässe eine Subvention von 11 Millionen DM an private Waldbesitzer gewährt (18,7 Millionen DM in 1985). Auch diesen Posten beinhaltet die Analyse in Kapitel 3.2.1.

- Öffentlicher Katastrophenschutz
Öffentliche Katastrophenschutzvorsorge für große Unfälle ist ein sehr gutes Beispiel für Aktivitäten, welche den staatlichen Stellen praktisch durch den Produktionsprozeß aufgezwungen werden. Als Interessenvertreter der Gesamtbevölkerung muß der Staat Gefahrenvorsorge für solche Unfälle treffen. Die generellen Ausgaben für derartige Dienstleistungen (einschließlich z.B. der Feuerwehr oder bestimmter Abteilungen der Polizei) können nicht einzelnen Unternehmen oder Branchen zugeordnet werden, da diese Einrichtungen in der Regel einen sehr großen Zuständigkeitsbereich haben und gleichzeitig vielfältige Risiken abdecken müssen. Eine deutlich andere Situation ergibt sich im Fall der Gefahrenvorsorge für Kernkraftwerksunfälle. Hier beschränken sich die öffentlichen Dienstleistungen auf die Planung und das vorbeugende Training des vorhandenen Personals, die Bereitstellung von Meßinstrumenten für Radioaktivität und die Vorhaltung von Anlagen zur Dekontamination von Trinkwasser einschließlich des Wassers für die Viehhaltung (Bundesminister des Innern 1984, S. 720).

Nach Angaben des Finanzberichts (Bundesminister der Finanzen 1984, S. 147), stellt der Bundeshaushalt jährlich ungefähr 800 Millionen DM für den Katastrophenschutz bereit. Ca. 45 % dieses Budgets gehen in die Finanzierung verschiedener Katastrophenschutzmaßnahmen und die Anschaffung und Wartung von Instrumenten zur Strahlenmessung. Dieser Anteil betrug somit ca. 360 Millionen DM im Jahr 1984. Die Sicherheitsvorkehrungen sind für zivile Nuklearunfälle genauso verfügbar, wie für den Fall kriegerischer Auseinandersetzungen und reduzieren damit die Anforderungen an private Vorsorgemaßnahmen. Die Sicherheitsvorkehrungen dienen wahrscheinlich in erheblich höherem Maße der Vorsorge für Zivilunfälle, weil sie nur in solchen Fällen auf eine Kontaminierung treffen werden, welche in ihrem Ausmaß begrenzt genug ist, daß diese Vorkehrung überhaupt einen nennenswerten Einfluß auf die Auswirkungen der Unfälle haben können. Wäre dieser Haushaltsposten in Abwesenheit inländischer Kernkraftwerke geringer, so wäre die Differenz eindeutig als soziale Kosten von Kernkraftwerken identifizierbar. Schätzt man vorsichtig den Anteil des zurechenbaren zivilen Risikos auf 10 % der Ausgaben, so erhält man in diesem Falle 36 Millionen DM/a als soziale Kosten der Kernenergie. Umrechnung auf die Preisbasis 1982 ergibt jährliche Subventionen von 34,1 Millionen DM und spezifische Subventionen von:

<u>0,04 Pf_{82}/kWh.</u>

Im allgemeinen muß jedoch festgestellt werden, daß die Vorsorge für schwere Nuklearunfälle (wie z.B. die Kapazitäten der entsprechend ausgerüsteten Krankenhäuser) völlig unzureichend ist und mehr dazu dient, die Bevölkerung zu beruhigen, als das Schadenspotentional möglicher Unfälle deutlich zu reduzieren. Die Hauptkosten der Risiken der Kernenergienutzung liegen in den möglichen Schäden, die in Kapitel 3.2.1 behandelt wurden.

- <u>Öffentliche Haftung für zivile Nuklearunfälle</u>

Das Atomgesetz beschränkt die gesamte Haftung pro Kernkraftwerksunfall auf 1 Milliarde DM (§ 25 AtG, vgl. Büdenbender 1982, S. 515). Nur 500 Millionen DM müssen durch eine private Versicherung des Betreibers gedeckt werden. Für die weiteren 500 Millionen DM haftet der Staat. Bis auf einen kleinen Bruchteil werden durch dieses Gesetz alle Kosten auf unbeteiligte Dritte abgewälzt. Eine erste Schätzung der Kosten der Maßnahmen im Zusammenhang mit den direkten Schäden des Reaktorunfalls von Tschernobyl in der Sowjetunion (diese stellen nur einen kleinen Teil der gesamten langfristigen Kosten dar), liegt in der Größenordnung von 10 Milliarden DM (vgl. Energiespiegel 1988, S. 12). Selbst wenn man nur diese Kosten in Anrechnung bringt, ist die Haftungsgrenze von 1 Milliarde DM weit davon entfernt, den Schaden abzudecken. Nur kleinere Unfälle und ihre Auswirkungen können durch diese Haftungssumme abgedeckt werden. Da die Kernkraftwerksstandorte in der Bundesrepublik in der Regel sehr nahe an dichtbesiedelten Ballungsräumen liegen, wären die resultierenden Schäden erheblich höher als in der Sowjetunion. Allein die landwirtschaftlichen Verluste in der Kraftwerksumgebung wären beträchtlich. Entsprechend der niedrigsten Schätzung aus Kapitel 3.2.1.2 würde ein Kernkraftwerksunfall in einer Region mit sehr geringer Bevölkerungsdichte (d.h. im nicht europäischen Teil der Sowjetunion), zu Schäden in Höhe von mindestens 4,5 Milliarden DM führen. Dennoch ist eine Gesamthaftung in Höhe von

1 Milliarde DM weit davon entfernt, auch nur einen solchen Minimalschaden abzudecken. Andererseits werden durchaus erheblich höhere Summen in anderen Fällen durch die Privatwirtschaft und die Versicherungen abgedeckt. Die Übernahme der Haftung in Höhe von 500 Millionen DM durch die öffentliche Hand ist ein klarer Fall von Subventionierung. Es gibt keinen Grund, warum private Versicherungen diesen Betrag nicht abdecken könnten, insbesondere, da sie ohnehin schon eine Haftungsverpflichtung in Höhe von 500 Millionen DM übernehmen.

Da die Analyse in Kapitel 3.2.1 schon die gesamten Schäden eines großen Kernkraftwerksunfalls ohne Berücksichtigung der Haftungsregelung behandelt hat, ist in dieser Rechnung auch die staatliche Subvention schon enthalten. Würde die Analyse in Kapitel 3.2.1 sämtliche möglichen Schäden aller möglichen Unfalltypen beinhalten, müßte der Wert der privaten Haftungsverpflichtung von diesen möglichen Schäden abgezogen werden, da nur soziale d.h. nicht private Kosten berechnet werden. Berücksichtigt man jedoch den Umstand, daß die in Kapitel 3.2.1 vorgenommene Analyse nur die Folgen von Großunfällen einbezieht und kleinere Unfälle nicht mit erfaßt, kann man unterstellen, daß die private Haftungsverpflichtung im wesentlichen die letztere Unfallkategorie abdeckt.

- Öffentliche Ausgaben für die Umweltschutzverwaltung und Kontrolltätigkeiten
  Aufgrund der zunehmenden Probleme der Umweltverschmutzung sind verschiedene Meßnetze und Kontrollsysteme eingerichtet worden. Die Überwachung der Emissionen von Kraftwerken muß in der Regel vom Anlagenbetreiber bezahlt werden. Entsprechend der nationalen und lokalen Gesetze und Verordnungen müssen Gebühren erhoben werden, die die tatsächlichen Kosten der Kontrollmaßnahmen des Staates decken (vgl. z.B.: Atomgesetz § 21 und Kostenverordnung zum Atomgesetz-AtKostV); § 6 Landesgebührengesetz (LGebG) Baden-Württemberg § 2(1)). Die gleichen Gesetze und Verordnungen enthalten aber auch Klauseln, welche es gestatten, derartige Gebühren zu senken oder ganz fallen zu lassen, d.h. sie ermöglichen den Gebrauch der Gebühren als Instrument der Wirtschaftspolitik. Ohne jegliche Detailinformation, die nur mit einem unverhältnismäßig hohen Aufwand hätte erhoben werden können, ist es nicht möglich, eine Aussage über das derzeitige Niveau der Subventionierung im Bereich reduzierter oder erlassener Gebühren zu machen. Es kann aber zumindest festgestellt werden, daß Energiesysteme, wie photovoltaische Solar- oder Windenergieanlagen, die solche Kontrollen nicht erfordern, mit Sicherheit nicht zu derartigen sozialen Kosten führen werden.

Für die öffentlichen Immissionsmeßnetze ergibt sich eine deutlich andere Sachlage. Diese Immissionsmeßnetze werden nicht durch Gebühren von Emittenten finanziert. Da die Notwendigkeit solcher Meßnetze aber auf der Existenz oder der Gefahr von Umweltbelastungen beruht, können die entstehenden Kosten bestimmten Emissionsbereichen zugeordnet werden. Zwei Meßnetze sind für den Energiebereich von Bedeutung. Das erste ist ein Netz von Meßstationen zur Erfassung der allgemeinen Luftverschmutzung. Die Kosten dieses Meßnetzes sind für die verschiedenen Emissionsquellen mit besonderer Berücksichtigung der Elektrizitätserzeugung disaggregiert worden. Die Disaggregations- und Zurechnungsmethoden hierfür sind die gleichen, die auch für die Berechnung der allgemeinen Kosten der Luftverschmutzung verwendet wurden (vgl. Kapitel 3.2.1 für detaillierte Informationen). Hiernach liegt der Anteil der mit ihrer Toxizität gewichteten Luftverschmutzung der Elektrizitätserzeugung bei ca. 28 %. Nach Informationen des Umweltbundesamtes (Auskunft gegenüber dem Autor) belaufen sich die gesamten Meßnetzkosten auf ca. 23 Millionen DM pro Jahr. Die dem Elektrizitätssektor somit zurechenbaren Kosten betragen damit ca. 6,4 Millionen DM pro Jahr in Preisen von 1986. Umrechnung auf die Preisbasis von 1982 ergibt jährliche Kosten von 6,1 Millionen DM und spezifische Kosten von:

$$\underline{0{,}0025\ Pf_{82}/kWh.}$$

Das zweite der Elektrizitätserzeugung zurechenbare Meßnetz dient der Messung von Radioaktivität. Die Investitionskosten für die zu installierenden Geräte werden auf ca. 28 Millionen DM geschätzt (Ministerium für Umwelt- und Reaktorsicherheit, Mitteilung an den Autor). Auf der Basis einer 10jährigen Abschreibung entspricht diese Investition jährlichen Kosten von 3,6 Millionen DM (Preisbasis 1986) ohne Berücksichtigung laufender Kosten für Personal etc. Umrechnung allein der Investitionskosten auf die Preisbasis von 1982 ergibt jährliche Kosten von 3,4 Millionen DM und spezifische Kosten von:

$$\underline{0{,}0043\ Pf_{82}/kWh.}$$

(b) Öffentliche Ausgaben für allgemeine Dienstleistungen

- Zusätzliche öffentliche Sicherheitskräfte
Sicherheitskräfte bei Kraftwerken werden privat bezahlt und müssen daher nicht in die Evaluierung der sozialen Kosten einbezogen werden. Darüber hinaus erfordern manche Anlagen allerdings eine zusätzliche Absicherung durch öffentliche Sicherheitskräfte. Eine zusätzliche Absicherung ist besonders für kerntechnische Anlagen von Bedeutung, da hier durch Sabotage mit relativ geringen Mitteln Katastrophen ausgelöst werden können. Selbst wenn bestimmte Teile der induzierten Kosten klar identifiziert werden könnten, wäre es nicht notwendigerweise richtig und auch sicherlich nicht legal, den Anlagenbetreiber für diese Aufwendungen haftbar zu machen, so lange wie er seine Anlage in Übereinstimmung mit der Be-

triebsgenehmigung und den allgemeinen Vorschriften betreibt. Die entstehenden Kosten sind dennoch für eine gesamtgesellschaftliche Kostenbetrachtung von Bedeutung und müssen auch bei der Erteilung von Genehmigungen für solche Anlagen mit einbezogen werden. Es war allerdings im Rahmen unseres Forschungsprojektes nicht möglich, Zahlenangaben über diesen Bereich zu erhalten. Diese Art sozialer Kosten fallen im Prinzip nur für kerntechnische Anlagen an und spielen für erneuerbare Energiequellen keine Rolle. Die Nichteinbeziehung dieses Kostenbereichs verschlechtert daher wiederum die Wettbewerbsposition der erneuerbaren Energiequellen. Da diese Vorgehensweise im Gegensatz zu unserer Ausgangshypothese steht, ist eine Vernachlässigung dieser Kosten zulässig.

- Kosten zusätzlich zur Verfügung gestellter Infrastruktur
  Öffentliche Ausgaben für Infrastrukturmaßnahmen spielen für große und unabhängige ökonomische Einheiten eine erheblich bedeutsamere Rolle als für Anlagen auf bereits erschlossenen Grundstücken (z.B. Block 4-7 eines Kraftwerks). Deutsche Gesetze sehen vor, daß 90 % der Kosten neuer Infrastrukturmaßnahmen durch die Besitzer der betroffenen Grundstücke und 10 % durch die Kommunen getragen werden. Diese Kosten sollten daher nur eine geringe Quelle sozialer Kosten darstellen. In der Realität ist es allerdings so, daß der private Anteil in der Regel erst 10-15 Jahre nach Vollendung der Maßnahmen bezahlt wird, wenn überhaupt eine Zahlung erfolgt. Darüber hinaus machen Kommunen häufig von ihrer Option Gebrauch, diese Gebühren nicht zu erheben, um durch eine solche Subventionierung neue Unternehmen zur Ansiedlung zu bewegen. Die Möglichkeit zur Reduzierung des privaten Anteils an der Finanzierung dieser Maßnahmen steigt mit der Verhandlungsmacht des betroffenen Unternehmens und ist damit abhängig von seiner Größe. Es ist sehr schwierig, das genaue Niveau der Subventionierung zu quantifizieren. Es kann aber generell festgestellt werden, daß größere Unternehmen in der Tendenz höhere Subventionen erhalten.

  Um eine Abschätzung der Größenordnung der sozialen Kosten entsprechend der 10 %-Regel und der langen Rückzahlungszeiträume zu erhalten, wurden die Infrastruktur-Entwicklungskosten des Standortes für ein 300 MW-Kraftwerk vorsichtig auf 50 Millionen DM geschätzt. Auf dieser Basis können die öffentlichen Aufwendungen durch den implizierten langfristigen Kredit dadurch berechnet werden, daß man annimmt, daß eine Bezahlung erst nach 10 Jahren erfolgt und eine Verzinsung von 8 % unterstellt werden kann. Die Berechnungen ergeben, daß dies einem öffentlichen Anteil von 58 % an der Finanzierung entspricht. Dieser Betrag kann in soziale Kosten pro Jahr für diesen Standort umgerechnet werden. Der Autor geht davon aus, daß die Infrastruktur-Investitionen einer Gesamtbetriebsdauer möglicher nacheinander dort betriebener Anlagen von ca. 50 Jahren entspricht. Möglicherweise können auch nach den 50 Jahren auf dem gleichen Standort weitere Anlagen betrieben werden, dieser Effekt fällt aber aufgrund der Abdiskontierung auf die Gegenwart nicht weiter ins Gewicht. Die jährlichen sozialen Kosten pro 300 MW-Kraftwerk belaufen sich somit auf 2,2 Millionen DM, was ca. 5 % der ursprünglichen Infrastruktur-Investition entspricht. Im Bezugsjahr 1985 waren 74 Kraftwerke mit einer Kapazität von mehr als 300 MW, 43 mit einer Kapazität von 150 bis 300 MW und 457 kleinere Einheiten im Bereich der konventionellen Elektrizitätserzeugung in Betrieb (vgl. Vereinigung Industrielle Kraftwirtschaft ohne Jahr). Eine Gesamtsumme von ca. 220 Millionen DM (Preisbasis 1986) scheint daher eine eher konservative Schätzung der involvierten sozialen Kosten zu sein. Umrechnung auf die Preisbasis 1982 ergibt jährliche Kosten von 208 Millionen DM und spezifische Kosten von:

<u>$0{,}058\ Pf_{82}/kWh$.</u>

- <u>Administrative Kosten von Genehmigungsverfahren etc.</u>
  In der Regel führen Bauvorhaben und große Investitionsvorhaben zu einem erheblichen administrativen Aufwand auf Seiten der öffentlichen Hände. Wie im Fall der Gebühren für Maßnahmen im Bereich der Emissionskontrolle erheben die zuständigen Behörden auch hier Gebühren für die Mehrzahl der notwendigen Verwaltungsakte. Diese Gebühren sollen kostendeckend sein. Allerdings können auch sie verringert oder erlassen werden, falls dies im öffentlichen Interesse geboten ist (siehe die schon oben angeführten Beispiele). In Anbetracht der erheblichen involvierten Summen können diese rechtlichen Möglichkeiten eine Quelle verdeckter Subventionierung sein. Je höher die notwendigen Dienstleistungsaufwendungen der öffentlichen Hände pro Produkteinheit sind, desto größer wird die Bedeutung nicht erhobener Gebühren.

Die öffentlichen Dienstleistungen für einzelne Produktionsanlagen verteilen sich häufig auf verschiedene Behörden. So werden auch die für den Bau und Betrieb von Kernkraftwerken und fossil gefeuerten Kraftwerken erforderlichen Genehmigungen und sonstigen administrativen Maßnahmen von unterschiedlichen Behörden behandelt. Für dezentrale Solar- und Windenergieanlagen sind wiederum andere Behörden zuständig. Informationen von verschiedenen Behörden deuten darauf hin, daß die Gebühren im Zusammenhang mit Kernkraftwerken zu einem erheblich geringeren Teil kostendeckend sind, als die allgemeinen Gebühren für den Bau von Wohnhäusern und ähnlichen Gebäuden. Genehmigungen für dezentrale Solarsysteme werden wie die letztgenannte Kategorie von Vorhaben behandelt.

Es ist leider nicht möglich gewesen, im Rahmen der Studie Daten über diese mögliche implizite Subventionierung zu erhalten. Da aber ohnehin keine exakten Kostenrechnungen für die öffentlichen Dienstleistungen vorliegen, wäre ein Vergleich der tatsächlichen Kosten mit den erhobenen Gebühren auch bei einer besseren Datenlage eine extrem schwierige und zeitaufwendige Aufgabe. Wiederum kann die Schlußfolgerung unserer Betrachtung nur im Qualitativen verbleiben. Je höher die administrativen Kosten pro Produkteinheit sind, um so größer ist der mögliche Einfluß einer verdeckten Subventionierung. Es kann zu Recht angenommen werden, daß Ermäßigungen in den Gebühren mit der Größe des Projekts und seiner Bedeutung für die Kommune korrelieren, da hier die ins Spiel gebrachte Verhandlungsmacht eine erhebliche Rolle spielen dürfte. Auch diese Situation begünstigt große Kraftwerke im Vergleich zu kleinen Solar- und Windenergieanlagen.

3.2.2.3.2 Monetäre öffentliche Subventionen

Transferzahlungen und Steuerermäßigungen sind komplementäre wirtschaftspolitische Instrumente zu Steuern. Alle drei Instrumente sollten so ausgestaltet sein, daß sie externe Effekte durch Besteuerung sozialer Kosten und Subventionierung sozialer Nutzen internalisieren. Wie aber in Kapitel 2 schon ausgeführt wurde, wird eine solche optimale Ausgestaltung in der Praxis oft verhindert. Es ist nicht einmal klar, ob Subventionen nach der zweitbesten Regel gewährt werden, nämlich daß sie Prozesse begünstigen, welche vergleichsweise geringe soziale Kosten hervorrufen (vgl. Kapitel 2.3). Eine der Fragestellung adäquate Untersuchung der sozialen Kosten muß daher die Subventionen getrennt analysieren und alle Kosten und Nutzen vergleichen. Leider ist es in der Praxis nicht möglich, diese Maßgabe konsistent zu befolgen. Subventionen und Steuerermäßigungen werden aufgrund einer umfangreichen Palette von Gründen gewährt. Es ist daher möglich, daß Subventionen für regionale oder strukturelle Verbesserungen in den Energiesektor gehen. Da es praktisch unmöglich ist, diese Subventionen und die ihnen entsprechenden Nutzen zu quantifizieren, wird angenommen, daß alle derartigen Subventionen gerade den entsprechenden Nutzen gleich sind und so keine sozialen Kosten entstehen.

Es gibt zahlreiche unterschiedliche Definitionen von Subventionen. Bisher ist in dieser Studie der Begriff so verwendet worden, daß er sowohl monetäre Transfers als auch kostenlose Dienstleistungen abdeckt. Im folgenden werden nur Subventionen angeführt, die auf direkten monetären Transfers basieren und für welche keine Dienstleistungen oder Güter empfangen werden. Öffentliche Dienstleistungen werden hier nicht mehr behandelt, da sie oben schon diskutiert wurden. An dieser Stelle werden auch öffentliche Transferzahlungen für Forschung und Entwicklung ausgeschlossen, da diese an separater Stelle in Unterkapitel 3.2.2.3.3 weiter unten behandelt werden. Für diese Trennung sprechen im wesentlichen zwei Gründe. Erstens stammen die Daten über Forschungs- und Entwicklungssubventionen aus völlig anderen Quellen, und zweitens - dies ist sicherlich wichtiger - sollten sie als langfristige Investitionen betrachtet werden. Sie müssen über den Zeitverlauf aggregiert werden, um einen durch die öffentlichen Hände zur Verfügung gestellten Grundstock an Technologie und technologischem Wissen im Sinne eines 'Grundkapitals' zu beschreiben. Die Mehrzahl der sonstigen Transferzahlungen dienen eher dazu, die laufenden Kosten der Produktion zu reduzieren, und sollten daher entsprechend auf jährlicher Basis betrachtet werden. Trotz der mit diesem gewähltem Ansatz verbundenen Probleme scheint dieser zur Zeit der sachdienlichste Ansatz zu sein.

Die folgende Auflistung von Steuerermäßigungen umfaßt sowohl Bundessteuern als auch Kommunalsteuern. Beide Steuerarten werden in der Regel gemeinsam erhoben und auch zusammen im Bundessubventionsbericht ausgewiesen. Aufgrund der begrenzten Datenverfügbarkeit können nicht alle kommunalen Transfers mitberücksichtigt werden. Da aber der Bundeshaushalt die Hauptquelle von Subventionen darstellt, erscheint die Analyse trotzdem tragfähig.

(a) Subventionen und Steuerermäßigungen

Eine detaillierte Analyse der öffentlichen Transferzahlung zugunsten des konventionellen Energiesektors in der Bundesrepublik hat Düngen (1984) für die Periode 1979 bis 1984 vorgelegt. Viele der im folgenden gemachten Angaben basieren auf dieser Studie, wobei hier die von Düngen ausgewiesenen Forschungs- und Entwicklungstransfers ausgenommen werden. Soweit von Düngen für spätere Jahre geschätzte Zahlen verwendet wurden, sind diese in unserer Studie sofern verfügbar durch die tatsächlichen Werte ersetzt worden.

- Kohle

  Düngens Studie ist gerade im Bereich der Kohleförderung sehr detailliert. Für 1984 ermittelt er Transferzahlungen von 1,19 Milliarden DM (Preisbasis 1984) für den Abbau und die Lagerung von Kohle. Diese Zahl enthält keine Subventionen, die explizit für andere Verwendungen als die Erzeugung von Elektrizität gegeben wurden, und auch keine Transferzahlungen für Forschung und Entwicklung. Die Angabe enthält auch keine Transferzahlungen für Zechenstillegungen oder Transfers, die durch den Kohlepfennig finanziert werden, welcher aus dem Elektrizitätspreis finanziert wird. Die letztgenannten Transferzahlungen spielen eine Rolle beim Vergleich der betriebswirtschaftlichen Kosten der Kohle- und Uranverstromung. Sie führen aber nicht zu Verzerrungen beim Vergleich der konventionellen Elektrizitätserzeugung und neuer Energiequellen wie Wind und Solarenergie. Nach Angaben der Arbeitsgemeinschaft Energiebilanzen (1985) fanden gut 50 % der deutschen Steinkohleförderung Verwendung in der Elektrizitätserzeugung (1984). Dieser können daher ca. 50 % der Subventionen zugerechnet werden.

Die gesamten jährlichen Subventionen für die Stromerzeugung auf Kohlebasis belaufen sich damit auf 563 Millionen DM_{82} pro Jahr. Bei einer Elektrizitätserzeugung von 246 TWh aus fossilen Brennstoffen entspricht dies spezifischen Subventionen von:

<u>0,229 Pf_{82}/kWh.</u>

- <u>Erdöl und Erdgas</u>
  Die Bundesregierung unterstützt Anstrengungen zur Sicherung der Öl- und Gasreserven durch Zahlungen (136,2 Millionen DM in 1984) an die DEMINEX, ein Konsortium von deutschen Firmen, das sich im Bereich der Akquisition und Exploration von Ölfeldern für den deutschen Markt betätigt.

  Darüber hinaus unterhält die Bundesregierung Erdölreserven, welche jährliche Kosten von ca. 12 Millionen DM verursachen (siehe Bundeshaushaltsplan). Die dritte Quelle öffentlicher Transferzahlungen in diesem Bereich sind Steuerermäßigungen. Der Erdölverbrauch in der Produktion von Mineralölprodukten wird nicht besteuert. Diese Steuererleichterung belief sich auf ca. 48 Millionen DM im Jahr 1984. Die drei Einzelsubventionen addieren sich zu einer Gesamtsubvention von 196,2 Millionen DM im Jahr 1984. Bei einem Anteil von 6 % der Elektrizitätserzeugung am Erdöl- und Erdgasverbrauch (vgl. Arbeitsgemeinschaft Energiebilanzen, 1986), entfällt hiervon eine Summe von 11,8 Millionen DM auf die Subventionierung der Elektrizitätserzeugung. Umrechnung auf die Preisbasis von 1982 ergibt Subventionen in Höhe von 11,1 Millionen DM_{82}/Jahr und spezifische soziale Kosten von:

  <u>0,0045 Pf_{82}/kWh.</u>

- <u>Kernenergie</u>
  Über die sehr substanziellen Transferzahlungen für Forschung und Entwicklung hinaus sind im Rahmen des Bundeshaushalts 61 Millionen DM für Reaktorsicherheit und Strahlenschutz und 64 Millionen DM zur Subventionierung der generellen Kosten der Nuklearindustrie gezahlt worden. Diese Angaben schließen die Kosten für die Bundesuranreserve mit ein (vgl. Bundesminister der Finanzen 1987, S. 149). Diese 125 Millionen DM müssen vollständig der Elektrizitätserzeugung zugerechnet werden, da dies die einzige Nutzung der Kernenergie zur Zeit ist. Auf der Preisbasis von 1982 betragen die jährlichen Subventionen umgerechnet 116 Millionen DM/a, und es ergeben sich spezifische soziale Kosten von:

  <u>0,14 Pf_{82}/kWh.</u>

(b) Beschleunigte Abschreibungen für Investitionen in Umweltschutzmaßnahmen

Die Gewährung eines Steuernachlasses für Umweltschutzinvestitionen ist ein typisches Beispiel für die Verwendung der Subvention als zweitbeste Maßnahme. Die ökonomisch wirkungsvollste Maßnahme einer Steuer auf die umweltbelastenden Emissionen wird offensichtlich als politisch nicht durchsetzbar angesehen. Daher sind andere Instrumente zur Unterstützung des Umweltschutzes notwendig. Die Steuersubvention durch beschleunigte Abschreibung verringert die Investitionskosten zur Reduzierung der Emissionen und macht diese Investitionen dadurch etwas attraktiver für private Unternehmen. In einigen Fällen sind die Subventionen an strenge Emissionsstandards gebunden und sollen offensichtlich im wesentlichen dazu dienen, die Durchsetzung dieser Standards zu erleichtern.

Die Steuererleichterungen durch diese Maßnahme beliefen sich auf 575 Millionen DM im Jahr 1984 (vgl. Bundesminister der Finanzen 1985, S. 200). Ungefähr ein Drittel der Investitionen, die in den Genuß dieser Steuererleichterungen kamen, entfielen auf den Elektrizitätssektor. Die Subvention für den Elektrizitätssektor beläuft sich daher auf ca. 216 Millionen DM. Umrechnung auf die Preisbasis 1982 ergibt jährliche Subventionen in Höhe von 204,5 Millionen DM und spezifische Subventionen von:

$$\underline{0{,}083\ Pf_{82}/kWh.}$$

3.2.2.3.3 Öffentliche Subventionen für Forschung und Entwicklung

Forschungs- und Entwicklungssubventionen sind die Hauptquelle öffentlicher Mittel für neue Energiesysteme. Dies gilt sowohl für die Kernenergie als auch für erneuerbare Energiequellen. Für Kohle, Öl und Erdgas stellen die Forschungs- und Entwicklungssubventionen keinen bedeutenden Faktor dar. Die jährlichen Kosten des durch Forschungs- und Entwicklungssubventionen bereitgestellten Grundstocks an Technologie wird auf der Basis einer jährlichen Verzinsung der kumulierten Summe der Forschungs- und Entwicklungssubventionen der Vergangenheit berechnet. Hierbei wird ein Zinssatz von 8 % in Anrechnung gebracht.

(a) Erneuerbare Energiequellen

Zwischen 1977 und 1984 wurden den erneuerbaren Energiequellen und der Energieeinsparung 1,505 Milliarden DM an Forschungs- und Entwicklungssubventionen gewährt (Bundesminister für Forschung und Technologie 1986a). Für den Vergleich der Wettbewerbsfähigkeit der Elektrizität aus Wind- und Photovoltaikanlagen mit der konventionellen Elektrizitätsproduktion sind entsprechend nur die Forschungs- und Entwicklungssubventionen für photovoltaische Solarenergienutzung und Windenergie von Bedeutung.

Um die bis zur Marktreife der einzelnen Technologien erforderlichen Forschungs- und Entwicklungssubventionen vergleichen zu können, müssen für die Wind- und die Solarenergie auch die zukünftig notwendigen Zahlungen bis zur Erreichung des Standes einer ausgereiften Technologie (vergleichbar zum Stand der konventionellen Kraftwerkstechnik heute) einbezogen werden. Für beide Bereiche werden die notwendigen Aufwendungen auf ca. das Fünf- bis Zehnfache der bis 1984 geleisteten Zahlungen geschätzt. Die auf der Basis der Verzinsung berechneten jährlichen Subventionen werden dann zu einer Elektrizitätsproduktion ins Verhältnis gesetzt, die 80 % des sicheren technischen Potentials dieser Technologien entspricht. Das technische Potential wird jeweils auf ca. 25 TWh jährliche Elektrizitätsproduktion geschätzt. Die Forschungs- und Entwicklungsaufwendungen werden daher zu einer Elektrizitätsproduktion von 20 TWh/a in Beziehung gesetzt, welche jeweils ca. 5 % der gegenwärtigen jährlichen Elektrizitätserzeugung entsprechen.

- Windenergie

  Nur 23 Millionen DM wurden der Windenergie vor 1980 an Forschungs- und Entwicklungssubventionen in der Bundesrepublik gewährt (vgl. Posner 1981, S. 139). Seither hat sich die Situation deutlich verbessert und zwischen 1981 und 1984 erfolgten Zahlungen in Höhe von 115 Millionen DM. Dies ergibt zusammen Forschungs- und Entwicklungssubventionen von 138 Millionen DM für die Windenergie bis 1984 (Bundesminister für Forschung und Technologie, BMFT Förderkatalog, verschiedene Jahrgänge). Die jährlichen Transferzahlungen wurden nach Beendigung des "Growian"-Projekts von 48 Millionen DM im Jahr 1981 auf 11 Millionen DM im Jahr 1984 reduziert. Rechnet man, daß bis zur Erreichung der Ausreifung der Windenergieanlagen noch das fünf- bis zehnfache dieser Mittel aufgewendet werden muß und rechnet die Gesamtsumme dann auf der Basis der Verzinsung auf jährliche Subventionen um, so erhält man jährliche Zahlungen zwischen 55 und 110 Millionen DM. Bei einer möglichen Produktion von 20 TWh/a entspricht dies spezifischen Subventionen zwischen 0,28 und 0,55 Pf/kWh in Preisen von 1984. Umrechnung auf das Preisniveau von 1982 ergibt:

  $\underline{0{,}26 - 0{,}52\ Pf_{82}/kWh.}$

- Photovoltaische Sonnenenergienutzung

  Der größte Teil der Forschungs- und Entwicklungssubventionen für die Solarenergienutzung ist bisher für die photovoltaische Sonnenenergienutzung aufgewendet worden. Die Förderung belief sich auf 30 Millionen DM zwischen 1974 und 1980 und auf 328 Millionen DM zwischen 1980 und 1986 (vgl. Bundesminister für Forschung und Technologie, BMFT Förderkatalog, verschiedene Jahrgänge). Die Gesamtsumme der Förderungen beläuft sich bisher auf 359 Millionen DM, wobei der Großteil der Förderung nach 1980 gewährt wurde. Der notwendige Förderbetrag bis zur Erreichung der Marktreife wird unter Annahme des fünf- bis zehnfachen Betrages der bisherigen Förderausgaben auf 1,37 bis 2,74 Milliarden DM geschätzt. Dies entspricht jährlichen Subventionen zwischen 110 und 220 Millionen DM. Die spezifische Subvention pro kWh liegt entsprechend bei 0,55 bis 1,1 Pf/kWh in Preisen von 1984. Umrechnung auf die Preisbasis 1982 ergibt einen Kostenbereich von:

  0,52 - 1,04 Pf_{82}/kWh.

(b) Kernenergie

Bis 1980 erhielten Forschung und Entwicklung im Bereich der Kernenergienutzung (ohne Kernfusion) 27,3 Milliarden DM aus öffentlichen Mitteln (vgl. Posner 1981, S. 137). Zwischen 1981 und 1984 wurden weitere 6,2 Milliarden DM aufgewendet (vgl. Bundesminister für Forschung und Technologie, BMFT Förderkatalog, verschiedene Jahre). Ungefähr 8,3 Milliarden DM aus der Gesamtsumme von 33,47 Milliarden DM sind in die Entwicklung neuer Reaktortypen geflossen (vgl. Posner 1981, S. 137 und Atomwirtschaft-Atomtechnik, Jahrgänge 1982 bis 1985), welche zur Zeit für die Elektrizitätserzeugung noch keine Rolle spielen. Die zurechenbare Gesamtsubvention von 26 Milliarden DM entspricht einer jährlichen Subvention von 2,08 Milliarden DM. Umrechnung auf das Basisjahr 1982 ergibt Subventionen in Höhe von 1,97 Milliarden DM und spezifische Subventionen von:

2,35 Pf_{82}/kWh.

(c) Fossile Energieträger

- Kohle

Zahlungen für Forschung und Entwicklung zur Verbesserung der Wirkungsgrade und zur Reduzierung der Emissionen fossil befeuerter Kraftwerke können nicht nach einzelnen Brennstoffen unterschieden werden. Da die Kohleverstromung eine viel größere Rolle für die Elektrizitätserzeugung der Bundesrepublik spielt als der Einsatz von Erdöl, wird angenommen, daß die Forschungs- und Entwicklungssubventionen für den Erdöleinsatz unter den Forschungs- und Entwicklungssubventionen für die Kohlenutzung subsummiert werden können. Diese Annahme beeinflußt das Ergebnis der Studie nicht, da beide Aufwendungen im abschließenden Vergleich der konkurrierenden Systeme zusammengefaßt werden.

Die Forschungs- und Entwicklungsförderung im Bereich der Elektrizitätserzeugung aus Kohle und Öl belief sich bis 1984 auf 661 Millionen DM (Bundesminister für Forschung und Technologie, BMFT Förderkatalog, verschiedene Jahrgänge). Dies entspricht einer jährlichen Subvention von 53 Millionen DM (in Preisen von 1984).

Darüber hinaus sind 1,18 Milliarden DM für Forschungs- und Entwicklungsarbeiten zur Verbesserung der Methoden des Kohlebergbaus und damit verbundener Fragestellungen gezahlt worden. Da ca. 50 % der inländisch produzierten Kohle verstromt werden, kann ein 50 %iger Anteil der F&E Förderung zugerechnet werden. Umrechnung auf die Basis jährlicher Subventionen ergibt eine Zahlung von 47 Millionen DM/a, was die jährlichen Gesamtsubventionen für Forschung und Entwicklung in diesem Bereich auf ca. 100 Millionen DM bringt.

- Erdöl und Erdgas

Wie oben schon angedeutet, spielt die Elektrizitätserzeugung aus Erdöl in der Bundesrepublik eine vernachlässigbare Rolle. Nur ein sehr geringer Anteil der gesamten Mineralölproduktion (1,4 %) geht in die Elektrizitätserzeugung. Insgesamt gingen 339 Millionen DM der Forschungs- und Entwicklungssubventionen bis 1984 in mit der Mineralölförderung und -verarbeitung verbundene Bereiche. Nach Umrechnung ergibt sich eine zurechenbare jährliche Subvention für die konventionelle Elektrizitätserzeugung von 0,4 Millionen DM/a.

Umrechnung dieser Subventionen für Kohle, Öl und Gas von 100,4 Millionen DM_{84} auf die Preisbasis von 1982 ergibt Subventionen in Höhe von 95 Millionen DM pro Jahr und spezifische Subventionen von:

$$\underline{0{,}039\ Pf_{82}/kWh.}$$

3.2.2.3.4 Jährlich induzierte öffentliche Ausgaben

Tabelle 3.18 stellt systematisch alle verschiedenen Typen von Subventionen dar, die in Kapitel 3.2.2.3 bisher diskutiert und quantifiziert worden sind. In der Tabelle wird auch eine entsprechende Aggregation zu Gesamtwerten vorgenommen.

Berücksichtigt man entsprechend der bisherigen Vorgehensweise der Studie nur die Positionen der öffentlichen Ausgaben und Transferzahlungen, welche relativ genau ermittelt werden können, so ergeben sich jährliche Zahlungen (in Preisen von 1982) für die konventionelle Elektrizitätserzeugung von 3,21 Milliarden DM (ohne die in Kapitel 3.2.1 behandelten Teilbereiche). Dieser Betrag entspricht einer spezifischen Subvention von:

$$\underline{0{,}9\ Pf_{82}/kWh.}$$

Der wichtigste Einzelposten ist die Forschungsförderung für die Kernenergie. Die Summe der induzierten öffentlichen Ausgaben erscheint relativ niedrig und unwichtig. Doch handelt es sich hier sehr wahrscheinlich um eine grobe Unterschätzung. Wie schon oben erläutert, ist es extrem schwierig, die Kosten der meisten öffentlichen Dienstleistungen, die nicht durch Gebühren abgedeckt werden, abzuschätzen. Viele konnten daher nicht in die Berechnungen mit einbezogen werden. So geht es im Bereich der Verwaltungsgebühren um sehr große Geldbeträge. Wenn hier die Gebühren auch nur um einige Prozent unter den wirklichen Kosten liegen, ist ein erhebliches Subventionspotential nicht mit in die Kalkulation einbezogen worden. Außerdem war es angesichts der großen Vielfalt einzelner Leistungen nicht möglich, alle oder auch nur die meisten öffentlichen Dienstleistungen zu erfassen.

Tabelle 3.18: Jährliche öffentliche Ausgaben für die konventionelle Elektrizitätserzeugung und geschätzte zukünftige jährliche Forschungs- und Entwicklungsaufwendungen für Windenergie und photovoltaische Sonnenenergienutzung (Preisbasis 1982)

	Öffentliche Ausgaben (Millionen DM_{82}/a)	Relevante Elektrizitätserzeugung[1] in 1984 (10^6 kWh)	Spezifische öffentliche Ausgaben (Pf_{82}/kWh)
Öffentliche Dienstleistungen			
a) Fossile Brennstoffe	161	245 800[2]	0,0655
b) Kernenergie	90	84 400[3]	0,1066
Direkte öffentliche monetäre Subventionen			
a) Steinkohle	563	245 800	0,2290
b) Erdöl, Erdgas	11	245 800	0,0045
c) Kernenergie	116	84 400	0,1374
d) Beschleunigte Abschreibungen von Umweltschutzinvestitionen	205	245 800	0,0834
F&E Förderung			
a) Steinkohle	95	245 800	0,0385
b) Erdöl, Erdgas	0,4	245 800	0,0002
c) Kernenergie	1968	84 400	2,3531
Gesamt	3210	356 200[4]	0,9012

Angenommene zukünftige jährliche öffentliche F&E Ausgaben für Wind- und photovoltaische Sonnenenergienutzung (voraussichtliche Ausgaben, bis die Technologien vollständig ausgereift sind) (Preise 1982)

	Geschätzte öffentliche Ausgaben (Millionen DM_{82}/a)	Relevante Elektrizitätserzeugung[1] (10^6 kWh)	Spezifische öffentliche Ausgaben (Pf_{82}/kWh)
a) Windenergie	52 - 104	20 000	0,26-0,52
b) Photovoltaische Sonnenenergienutzung	104 - 208	20 000	0,52-1,04

[1] Die Angaben enthalten keinen Eigenverbrauch und keine Netzverluste (Quelle: Arbeitsgemeinschaft Energiebilanzen 1985, Tabelle 2.10.2)
[2] Gesamte Elektrizitätserzeugung aus fossilen Brennstoffen 1984
[3] Gesamte Elektrizitätserzeugung aus nuklearen Brennstoffen 1984
[4] Gesamte Elektrizitätserzeugung aus allen Brennstoffen 1984

3.2.3 Zusammenfassung der sozialen Kosten der konkurrierenden Energiesysteme

Im vorangegangenen Kapitel 3.2 wurde eine Vielzahl möglicher sozialer Kosten verschiedener Energiesysteme zur Elektrizitätserzeugung diskutiert. Einige dieser Effekte lassen sich relativ leicht quantifizieren und monetarisieren, während andere sehr schwierig überhaupt zu monetarisieren sind und wiederum andere sich nicht sinnvoll quantifizieren lassen. Die folgende Tabelle 3.19 faßt alle Effekte zusammen, welche nicht oder nur teilweise monetarisiert oder auch nur quantifiziert werden konnten. Die Tabelle gibt eine kurze Synopse der einer Quantifizierung und Monetarisierung entgegenstehenden Probleme und weist darauf hin, ob ein Effekt überhaupt quantifizierbar zu sein scheint. Außerdem wird angezeigt, inwiefern die Vernachlässigung eines bestimmten externen Effektes die Wettbewerbsposition der erneuerbaren Energiequellen beeinflußt.

Praktisch alle externen Effekte, die bisher nicht monetarisiert worden sind, würden bei ihrer Einbeziehung die Wettbewerbsposition der erneuerbaren Energiequellen verbessern. Daher sei hier nochmals darauf hingewiesen, daß die im folgenden angegebenen Zahlenwerte für die sozialen Kosten und Nutzen als Mindestschätzungen angesehen werden müssen. Effekte, die bisher noch nicht monetarisiert worden sind, welche aber bei Verfügbarkeit einer entsprechenden Datenbasis monetarisiert werden könnten, sind z.B. soziale Kosten im Bereich der öffentlich bereitgestellten Güter und Dienstleistungen. Wirkungen, welche sich nicht für die Monetarisierung eignen, umfassen z.B. die psychischen und sozialen Kosten von Krankheiten und Todesfällen als Resultat des Einsatzes bestimmter Energiesysteme. Ein Beispiel hierfür ist eine ansteigende Krebshäufigkeit und die psychischen und sozialen Lasten auf die Krebspatienten, ihre Familien, Verwandten und Freunde. Derartige soziale Kosten können nicht vernünftig quantifiziert oder monetarisiert werden und können daher nicht in die Kalkulation der monetarisierten sozialen Kosten eingehen.

Die wichtigsten Effekte, welche im Rahmen der Studie nicht quantifiziert oder monetarisiert werden konnten sind:
- die psycho-sozialen Kosten verursachter Erkrankungen oder Todesfälle, wie auch die Krankheitskosten im Gesundheitssystem
- die Umweltschäden der Produktion von Vorleistungsgütern für Investitionen in Energiesysteme und den Betrieb dieser Systeme
- die Umweltschäden aller Teile der Brennstoffkreisläufe (insbesondere im Fall der Kernenergie)
- die Gesamtkosten von Klimaveränderungen
- die Umweltschäden durch den Normalbetrieb von Kernkraftwerken und
- die versteckten Subventionen für Energiesysteme, die unter anderen Haushaltstiteln gewährt werden.

Tabelle 3.19: Soziale Kosten, die in dieser Studie diskutiert werden, aber nur teilweise oder nicht monetarisiert oder quantifiziert werden konnten

Diskutierte soziale Kosten	Synopse der einer Monetarisierung entgegenstehenden Probleme	Monetarisierung erzielt (ja / nein / teilweise)	Grundsätzliche Möglichkeit einer Monetarisierung	Auswirkung der Vernachlässigung der sozialen Kosten auf die erneuerbaren Energiequellen
1. Umweltkosten				
1.1 Elektrizitätserzeugung auf der Basis fossiler Brennstoffe				
- Flora				
-- Wälder	Datenverfügbarkeit	par	ja	neg
-- Landwirtschaft	Datenverfügbarkeit	par	ja	neg
-- Artenvielfalt	Keine Monetarisierung der Reduzierung der Artenvielfalt möglich	nein	nein	neg
- Fauna	Sehr grobe Schätzungen	par	ja	neg
- Menschliche Gesundheit	Nur Schäden durch Schwefeloxyde, keine anderen Schadstoffe (nur Atemwegserkrankungen)	par	par	neg
- Materialien	Keine Schäden an historischen Baudenkmälern oder Kunstwerken berücksichtigt	par	par	neg
- Klima	Nur die Erhöhung von Dämmen und Sperrwerken an der Küste berücksichtigt	par	par	neg
1.2 Kernenergie				
- Normalbetrieb	Nur wenig Daten verfügbar	nein	par	neg
- Große Kernkraftwerksunfälle	Nur die Produktionsausfälle durch Krebserkrankungen und Todesfälle berücksichtigt. Erhöhte Kosten für das Gesundheitssystem nicht berücksichtigtigt. Keine psycho-sozialen Kosten berücksichtigt.	par	par	neg
1.3 Erneuerbare Energiequellen				
- Photovoltaik				
-- Flächenbedarf	Opportunitätskosten in Höhe von 10 % des Bodenpreises angenommen.	par	par	pos
-- Gesundheitsschäden durch Berufsunfälle	Produktionsausfälle durch Arbeitsunfälle des Wartungspersonals in Höhe von 19 500 DM/PJ angenommen. Keine Kosten für zusätzliche Krankenversorgung berücksichtigt	ja	ja	pos
- Windenergie				
-- Lärm	Wahrscheinlich eine Überschätzung des Effekts	ja	ja	pos
-- Flächenbedarf	Nur geringe Kosten aufgrund zusätzlich möglicher Landnutzung (Landwirtschaft)	nein	ja	pos
-- Beeinträchtigung des Landschaftsbilds	Der ästhetische Wert eines Landschaftsbildes und das Ausmaß der Beeinträchtigung sind extrem schwierig zu bestimmen	nein	ja	pos

Diskutierte soziale Kosten	Synopse der einer Monetarisierung entgegenstehenden Probleme	Monetarisierung erzielt (ja / nein / teilweise)	Grundsätzliche Möglichkeit einer Monetarisierung	Auswirkung der Vernachlässigung der sozialen Kosten auf die erneuerbaren Energiequellen
1.4 Umweltauswirkungen der Brennstoffkreisläufe (nukleare und fossile Brennstoffe)	Datenverfügbarkeit	nein	ja	neg
1.5 Umweltauswirkungen der Produktion von Vorleistungsinputs und Investitionsgütern	Datenverfügbarkeit und das Fehlen eines Umweltsatellitenmodells für Input-Output Analysen	nein	ja	Nukl.:neg Foss.:neg Wind:pos PV:pos
2. <u>Ökonomische Effekte</u> 2.1 Erneuerbare Energiequellen (netto) - Strukturveränderungen	Keine Abschätzung versucht, da die Zusammenhänge äußerst komplex sind, aber nur geringe Effekte aus Strukturveränderungen resultieren dürften	nein	ja	neg?
2.2 Staatliche Subventionen 2.2.1 Güter und Dienstleistungen, die öffentlich bereitgestellt werden - Katastrophenschutz (nuklear)	Datenverfügbarkeit	par	ja	neg
- Haftung des Staates bei Kernkraftwerksunfällen	Diese Kosten sind schon bei den Kosten der Kraftwerksunfälle berücksichtigt (1.2)	1.2	ja	neg
2.2.2 Öffentliche Ausgaben für allgemeine Dienstleistungen - Zusätzliche öffentliche Sicherheitskräfte	Keine Daten verfügbar (Kernenergie)	nein	ja	neg
- Verwaltungskosten von Genehmigungsverfahren etc.	Keine Daten verfügbar	nein	ja	neg
2.2.3 Monetäre Subventionen - Steinkohle - Mineralöl u. Gas - Kernenergie	Nur direkte Subventionen berücksichtigt. Subventionen unter anderen Haushaltstiteln nicht berücksichtigt, da diese kaum zuzuordnen sind	par par par	ja ja ja	neg neg neg

par: partiell
neg: negative Wirkung
pos: positive Wirkung

Tabelle 3.20 faßt die monetarisierten sozialen Kosten der verglichenen Energiesysteme zusammen. Es werden sowohl die geschätzten Bereiche für die gesamten jährlichen Effekte in Millionen DM (Preisbasis 1982) als auch die auf kWh-Basis umgerechneten spezifischen sozialen Kosten angegeben. Diese Berechnungen basieren auf der Elektrizitätsproduktion der Bundesrepublik von 1984 und einer angenommenen Elektrizitätsproduktion aus Wind- und Solarenergie von jeweils 20 ThW/a.

Jeweils sehr unterschiedliche Bereiche der sozialen Kosten spielen eine zentrale Rolle für die verschiedenen Energiesysteme. Die angegebenen sozialen Kosten müssen mit betriebswirtschaftlichen Elektrizitätserzeugungskosten zwischen 9 und 33 Pf/kWh verglichen werden (vgl. Brand und Jochem 1986, S. 5, Schmitt et al. 1986, S. 41 und Franke und Viefhues 1984, S. 11-9ff). Die Elektrizitätserzeugung aus fossilen Brennstoffen führt vor allen Dingen im Bereich der Umweltschäden zu erheblichen sozialen Kosten, wobei Gesundheitsschäden eine besondere Rolle spielen. Der Knappheitszuschlag beläuft sich für 1985 auf ca. 2 Pf/kWh, was in der Größenordnung von 10 % der betriebswirtschaftlichen Erzeugungskosten liegt. Andere Effekte, einschließlich der monetären Subventionen von insgesamt 0,4 Pf/kWh, spielen eine vergleichsweise geringere Rolle (vgl. Tabelle 3.21).

Für die Elektrizitätserzeugung aus Kernenergie spielen drei Effekte eine bedeutsame Rolle: die möglichen Schäden großer Reaktorunfälle, welche in der Bundesrepublik wahrscheinlich im Bereich zwischen 1 und 12 Pf/kWh liegen, ein relativer hoher Knappheitszuschlag für 1985 in der Höhe von 6 Pf/kWh und vergleichsweise hohe Forschungs- und Entwicklungsubventionen in der Größenordnung von 2,3 Pf/kWh. Die gesamten sozialen Kosten, soweit sie bisher monetarisiert wurden, variieren im wesentlichen mit den Annahmen über mögliche Großunfälle von Kernkraftwerken. Tabelle 3.21 zeigt die Zusammensetzung der berechneten gesamten sozialen Kosten der Elektrizitätserzeugung auf der Basis fossiler und nuklearer Brennstoffe.

Ohne Berücksichtigung der makroökonomischen Effekte aufgrund veränderter Bruttowertschöpfung, veränderten Sparens und einer geänderten Beschäftigungssituation, welche nur als Nettoeffekte der erneuerbaren Energiesysteme berechnet wurden, belaufen sich die sozialen Kosten der Elektrizitätserzeugung auf der Basis fossiler Brennstoffe auf 4 bis 9 Pf/kWh und die sozialen Kosten der Elektrizitätserzeugung aus Kernenergie auf 10 bis 21 Pf/kWh. Gewichtet man diese sozialen Kosten mit ihren relativen Anteilen an der Elektrizitätserzeugung des Jahres 1984, ergeben sich durchschnittliche soziale Kosten der Elektrizitätsproduktion der Bundesrepublik im Bereich von 5 bis 12 Pf/kWh. Diese sozialen Kosten können zum Teil durch den Einsatz anderer Energiesysteme vermieden werden, die nur geringfügige soziale Kosten haben. Dies bedeutet aber nicht, daß die konventionelle Elektrizitätserzeugung kurzfristig vollständig durch derartige Anlagen ersetzt werden könnte.

Tabelle 3.20: Zusammenfassung der in der Studie monetarisierten sozialen Kosten der verglichenen Energiesysteme

Quantifizierte externe Effekte (soziale Kosten und Nutzen)	Relevante Elektrizitätserzeugung für die Umrechnung auf spezifische Werte in 10^6 kWh/a	Berechnete jährliche soziale Kosten und Nutzen in Millionen DM_{82}/a (1*)	Berechnete soziale Kosten und Nutzen pro kWh(el) (2*) in Pf_{82}/kWh(el)
1. Umweltschäden			
1.1 Elektrizität aus fossilen Brennstoffen	245 800		
1.1.1 Schädigungen der Flora		1690 - 2550	0,69 - 1,04
1.1.2 Schädigungen der Fauna		30	0,01
1.1.3 Gesundheitsschäden		450 - 11300	0,18 - 4,60
1.1.4 Materialschäden		620 - 1090	0,25 - 0,44
1.1.5 Klimaveränderungen		20 - 30	0,01
Gesamtschäden	245 800	2810 - 14970	1,14 - 6,09
1.2 Kernenergie - Großunfälle in Kernkraftwerken (Super-GAU)	$15 \cdot 10^6$ - $150 \cdot 10^6$	$1,8 \cdot 10^6$	1,2 - 12,0
1.3 Regenerative Energiequellen			
1.3.1 Photovoltaische Sonnenenergienutzung	20 000		
- Landschaftsverbrauch		87,6	0,438
- Berufsunfälle		0,7	0,004
1.3.2 Windenergie	20 000		
- Lärmbelastung		1,8	0,009
2. Gesamtwirtschaftliche Nettoeffekte			
2.1 Windenergie	20 000		
2.1.1 Bruttowertschöpfung		-160 - -767	-0,80 - -3,84
2.1.2 Sparen		-73 - +461	-0,37 - +2,31
2.1.3 Beschäftigungseffekte		+315 - +494	+1,58 - +2,47
Gesamteffekt		+10 - +188	+0,53 - +0,94
2.2 Photovoltaische Sonnenenergienutzung (Berechnungen für 1982 nicht berücksichtigt)	20 000		
2.2.1 Bruttowertschöpfung		-1648 - +1064	-8,24 - +5,32
2.2.2 Sparen		-1183 - +1128	-5,92 - +5,64
2.2.3 Beschäftigungseffekte		+748 - +1448	+3,74 - +7,24
Gesamteffekt		+479 - +1329	+2,40 - +6,65

Quantifizierte externe Effekte (soziale Kosten und Nutzen)	Relevante Elektrizitätserzeugung für die Umrechnung auf spezifische Werte in 10^6 kWh/a	Berechnete jährliche soziale Kosten und Nutzen in Millionen DM_{82}/a (1*)	Berechnete soziale Kosten und Nutzen pro kWh(el) (2*) in Pf_{82}/kWh(el)
2.3 Ausbeutung nicht erneuerbarer Energieressourcen (Basis 1985)			
2.3.1 Erdgas	34 200	1221	3,57
2.3.2 Erdöl	7 500	406	5,42
2.3.3 Steinkohle (Inland)	104 900	3220	3,07
2.3.4 Steinkohle (Import)	12 600	427	3,39
2.3.5 Braunkohle	81 900	352	0,43
2.3.6 Gewichteter Durchschnitt für die Elektrizitätsproduktion 1984/85 aus fossilen Brennstoffen	245 800	5626	2,29
2.3.7 Kernenergie	84 400	4988 - 5258	5,91 - 6,23
Gewichteter Durchschnitt 1984/85 einschließlich Kernenergie	356 200	10610 - 10830	2,98 - 3,06
2.4 Öffentliche Subventionen			
2.4.1 Öffentlich bereitgestellte Güter und Dienstleistungen			
- Katastrophenschutz (Kernenergie)	84 400	34,1	0,043
- Öffentliche Ausgaben für Umweltverwaltung und Kontrolle			
-- Immissionsmessungen	245 800	6,1	0,0025
-- Radioaktivitätsmessungen	84 400	3,4	0,0043
- Kosten öffentlich zur Verfügung gestellter Infrastruktur			
- Fossile Brennstoffe	245 800	155	0,063
- Kernenergie	84 400	53	0,063
2.4.2 Direkte monetäre Subventionen			
- Steinkohle	245 800	563	0,2290
- Erdöl und Erdgas	245 800	11	0,0045
- Kernenergie	84 400	116	0,1374
- Beschleunigte Abschreibungen	245 800	205	0,0834

1.149.692.200.000.000

1,14 6,09

2,29

0,06

0,42

4 – 9

Quantifizierte externe Effekte (soziale Kosten und Nutzen)	Relevante Elektrizitätserzeugung für die Umrechnung auf spezifische Werte in 10^6 kWh/a	Berechnete jährliche soziale Kosten und Nutzen in Millionen DM_{82}/a (1*)	Berechnete soziale Kosten und Nutzen pro kWh(el) (2*) in Pf_{82}/kWh(el)
2.4.3 Öffentliche F&E Förderung			
- Erneuerbare Energiequellen			
-- Windenergie	20 000	52 - 104	0,26 - 0,52
-- Photovoltaik	20 000	104 - 208	0,52 - 1,04
- Kernenergie	84 400	1968	2,3531
- Fossile Brennstoffe			
-- Steinkohle	245 800	95	0,0385
-- Erdöl und Erdgas	245 800	0,4	0,0002
Gesamtsubventionen			
- Fossile Brennstoffe	245 800	1040	0,42
- Kernenergie	84 400	2170	2,60
- Erneuerbare Energiequellen	40 000	156 - 312	0,53 - 0,78

(1*) Alle Kosten auf der Preisbasis 1982. Umrechnungen auf das Basisjahr mit Hilfe des bundesdeutschen Preisindex der Lebenshaltung. In einigen Fällen mußte das Basisjahr von aus der Fachliteratur entnommenen Zahlen geschätzt werden.

(2*) Die Umrechnung der berechneten externen Gesamteffekte erfolgte auf Kilowattstundenbasis mit Hilfe der relevanten Elektrizitätserzeugung in der Bundesrepublik im Jahr 1984 (356 200 GWh gesamt, 117 500 GWh aus Steinkohle, 81 900 GWh aus Braunkohle, 4 600 GWh aus anderen festen Brennstoffen, 7 500 GWh aus Erdöl, 34 200 GWh aus Erdgas, 16 000 GWh aus Wasserkraft und 84 400 GWh aus Kernenergie). Die Zahlen für Wind- und photovoltaische Sonnenenergienutzung basieren auf einer angenommmenen jährlichen Produktion von je 20 000 GWh (im Stadium ausgereifter und voll eingeführter Technologien). Die Zahlen basieren auf Angaben der Arbeitsgemeinschaft Energiebilanzen (1985) und eigenen Berechnungen.

Quellen: Eigene Berechnungen und verschiedene im Text angegebene Quellen, hiervon besonders: Wicke (1986), Jochem et al. (1984), Düngen (1984), Arbeitsgemeinschaft Energiebilanzen (1985).

Verwendeter Preisindex der Lebenshaltung für die Bundesrepublik Deutschland (1982 = 100). (Statistisches Bundesamt 1986, S. 510 und Wirtschaft und Statistik 5/1987 S. 183)

1975	73,75
1976	77,05
1977	79,73
1978	81,79
1979	84,82
1980	89,29
1981	94,91
1982	100,00
1983	103,21
1984	105,71
1985	108,04
1986	107,77

Tabelle 3.21: Soziale Bruttokosten der auf der Basis fossiler und nuklearer Brennstoffe erzeugten Elektrizität ohne Berücksichtigung einiger makroökonomischer Effekte, welche nur als Nettoeffekte für regenerative Energiequellen berechnet wurden (Preisbasis 1982, zu den makroökonomischen Effekten vgl. Tabelle 3.22)

a) Soziale Bruttokosten der Elektrizitätserzeugung auf der Basis fossiler Brennstoffe (alle Zahlen stellen Mindestschätzwerte der sozialen Kosten dar)	
1. Umweltschäden	1,14 - 6,09 Pf_{82}/kWh_{el}
2. Ausbeutungszuschlag (1985)	2,29 Pf_{82}/kWh_{el}
3. Öffentlich bereitgestellte Güter und Dienstleistungen	0,07 Pf_{82}/kWh_{el}
4. Monetäre Subventionen (einschließlich beschleunigter Abschreibungen)	0,32 Pf_{82}/kWh_{el}
5. Öffentliche F&E-Förderung	0,04 Pf_{82}/kWh_{el}
Gesamt	3,86 - 8,81 Pf_{82}/kWh_{el}
b) Soziale Bruttokosten der Elektrizitätserzeugung auf der Basis nuklearer Brennstoffe, ohne Brut- und Hochtemperaturreaktoren (alle Zahlen stellen Mindestschätzwerte der sozialen Kosten dar)	
1. Umweltschäden (hier nur menschliche Gesundheit)	1,20 - 12,00 Pf_{82}/kWh_{el}
2. Ausbeutungszuschlag (1985)	5,91 - 6,23 Pf_{82}/kWh_{el}
3. Öffentlich bereitgestellte Güter und Dienstleistungen	0,11 Pf_{82}/kWh_{el}
4. Monetäre Subventionen	0,14 Pf_{82}/kWh_{el}
5. Öffentliche F&E-Förderung	2,35 Pf_{82}/kWh_{el}
Gesamt	9,71 - 20,83 Pf_{82}/kWh_{el}
c) Gewichtete durchschnittliche soziale Bruttokosten der bundesdeutschen Elektrizitätserzeugung in 1984	
1. Soziale Kosten der Elektrizität aus fossilen Brennstoffen (Gewichtungsfaktor 0,7444)	2,87 - 6,56 Pf_{82}/kWh_{el}
2. Soziale Kosten der Elektrizität aus Kernenergie (Gewichtungsfaktor 0,2556)	2,48 - 5,32 Pf_{82}/kWh_{el}
Gesamt (wird in Tabelle 3.22 verrechnet)	5,35 - 11,88 Pf_{82}/kWh_{el}

Tabelle 3.22 vergleicht die sozialen Kosten der photovoltaischen Sonnenenergienutzung und der Windenergienutzung mit den durchschnittlichen sozialen Kosten der derzeitigen Elektrizitätserzeugung in der Bundesrepublik. Dieser Vergleich führt zu einer positiven Nettobilanz der externen Effekte der Windenergie zwischen 5,6 und 12,3 Pf/kWh (sozialer Nettonutzen!). Der Mittelwert dieses Bereichs ergibt einen sozialen Nettonutzen der Windenergie von 8,9 Pf/kWh. In Kapitel 4 wird gezeigt, in welchem Ausmaß die relative Wettbewerbsposition der Windenergie durch die Vernachlässigung dieser erheblichen Effekte verschlechtert wird.

Tabelle 3.22: Mindestschätzwerte der sozialen Nettoeffekte (Nutzen) der auf der Basis von Winc- und photovoltaischer Solarenergie erzeugten Elektrizität (Preise 1982)

a) Windenergie		
1. Umweltschäden (Lärm)	- 0,01	Pf_{82}/kWh_{el}
2. Öffentliche F&E Förderung (Schätzung)	- 0,26 - (-) 0,52	Pf_{82}/kWh_{el}
3. Externe ökonomische Nettoeffekte	+ 0,53 - (+) 0,94	Pf_{82}/kWh_{el}
4. Vermiedene soziale Kosten der substituierten Elektrizität (vgl.Tab. 3.21)	+ 5,35 - (+) 11,88	Pf_{82}/kWh_{el}
Gesamte externe Nutzen	+ 5,61 - (+) 12,29	Pf_{82}/kWh_{el}
Auf eine Kommastelle gerundet	+ 5,6 - (+) 12,3	Pf_{82}/kWh_{el}
Mittelwert	+ 8,9	Pf_{82}/kWh_{el}
b) Photovoltaische Sonnenenergienutzung		
1. Umweltschäden	- 0,44	Pf_{82}/kWh_{el}
2. Öffentliche F&E Förderung Schätzung)	- 0,52 - (-) 1,04	Pf_{82}/kWh_{el}
3. Externe ökonomische Nettoeffekte (Berechnungen für 1982 nicht berücksichtigt)	+ 2,40 - (+) 6,65	Pf_{82}/kWh_{el}
4. Vermiedene soziale Kosten der substituierten Elektrizität (vgl.Tab. 3.21)	+ 5,35 - (+) 11,88	Pf_{82}/kWh_{el}
Gesamte externe Nutzen	+ 6,79 - (+) 17,05	Pf_{82}/kWh_{el}
Auf eine Kommastelle gerundet	+ 6,8 - (+) 17,1	Pf_{82}/kWh_{el}
Mittelwert	+ 11,9	Pf_{82}/kWh_{el}

Für die photovoltaische Sonnenenergienutzung ergibt sich eine ähnliche Situation. Die Berechnung des Nettoeffekts für die Solarenergie ergibt einen Bereich von 6,8 bis 17,1 Pf/kWh als Nettonutzen der Solarenergie. Der Durchschnitt dieses Bereichs ist ein sozialer Nettonutzen in der Größenordnung von 12 Pf/kWh.

Die meisten vorgenommenen Schätzungen sind deutlich zu Ungunsten der erneuerbaren Energiequellen verzerrt. Trotzdem gibt selbst die Minimalschätzung erhebliche positive Nettoeffekte, die in den heutigen relativen Energiepreisen nicht enthalten sind. Es kann daher gefolgert werden, daß der derzeitige Allokationsprozeß schwerwiegend beeinträchtigt ist, soweit die Energiemärkte und der Einsatz erneuerbarer Energiequellen betroffen sind.

Die durchschnittlichen sozialen Nettonutzen der Windenergie von 9 Pf/kWh wie auch die durchschnittlichen sozialen Nettonutzen der photovoltaischen Stromerzeugung von 11,9 Pf/kWh zeigen deutlich, daß die Vernachlässigung dieser externen Effekte nicht nur eine geringfügige, sondern eine sehr massive Störung des optimalen Allokationsprozesses der Ressourcen darstellt. Die nicht in den Marktpreisen berücksichtigten

Kosten und Nutzen liegen bei der Windenergie immerhin im Bereich von 30 % der heutigen internen (privaten) Erzeugungskosten. Im Fall der photovoltaischen Elektrizitätserzeugung werden diese externen Effekte aufgrund des heute noch relativ hohen Kostenniveaus allerdings erst in einigen Jahren entscheidenden Einfluß auf die Konkurrenzsituation bekommen.

Im folgenden Kapitel 4 wird der Einfluß der Berücksichtigung der sozialen Kosten auf die Wettbewerbsfähigkeit der Energiesysteme zur Nutzung erneuerbarer Energiequellen und ihre Markteinführung diskutiert. Zusätzlich werden Instrumente für die Energiepolitik vorgeschlagen, mit deren Hilfe diese Verzerrungen des Energiemarktes überwunden werden können.

4. EINFLUSS DER BERÜCKSICHTIGUNG DER SOZIALEN KOSTEN IM ALLOKATIONSPROZESS AUF DIE MARKTDIFFUSION VON WINDENERGIEKONVERTERN UND PHOTOVOLTAISCHEN SOLARANLAGEN

Auf der Basis der in Kapitel 3.2.3 zusammengefaßten Nettoeffekte wird der Einfluß der Internalisierung der sozialen Kosten und Nutzen auf den Zeitpunkt der Markteinführung und den Diffusionsprozeß von Windenergieanlagen und photovoltaischen Solarenergiesystemen gezeigt.

4.1 Grundannahmen und verfügbare Preisdaten

In den folgenden Berechnungen beziehen sich alle Preise auf das Basisjahr 1982. Der Referenzpreis für die durch die neuen Energiesysteme zu substituierende Elektrizität wurde einer Studie von Jochem et al. (1987, S. 127) entnommen. Ein Elektrizitätspreis von 25 Pf/kWh (1982) wird für normale Tarifkunden unterstellt und für die private Produktion von Elektrizität mit Solar- und Windenergieanlagen für den Eigenbedarf in Rechnung gestellt, da hier anderenfalls aus dem öffentlichen Netz entnommene Elektrizität substituiert wird. Wie weiter unten gezeigt wird, würde die ausschließliche Berücksichtigung des Arbeitspreisanteils (ca. 16 Pf_{82}/kWh) das Gewicht der sozialen Kosten noch weiter erhöhen. Es wird daher im Gegensinn zur Ausgangshypothese für die folgenden Berechnungen von den vollen Kosten ausgegangen. Für die an das öffentliche Netz abgegebene Elektrizität aus der Produktion dezentraler Anlagen wird ein Preis von 6,5 Pf/kWh angenommen (vgl. Jochem et al. 1987, S. 127). Besonders die zweite Annahme führt zu einer sehr ungünstigen Situation für alle dezentralen Produzenten, die Elektrizität an das öffentliche Netz abgeben wollen. In Ländern wie Dänemark gibt es sehr viel günstigere Konditionen, die aber für die folgenden Berechnungen keine Berücksichtigung gefunden haben.

Es wird angenommen, daß die zukünftige reale Preisentwicklung der zu substituierenden Elektrizität eine Preissteigerung von 2 % pro Jahr aufweisen wird (vgl. Hofer und Masuhr 1984, S. 114, niedriges Preisszenario für Elektrizität). Aufgrund der immer gegen den Koordinatenursprung konvexen Form der Windenergiekostenkurve führt eine niedrigere Preissteigerungsrate zu einem größeren Δt. Sollten die angenommenen 2 % eine Überschätzung der zukünftigen Strompreisentwicklung darstellen, so führt dies zu einer Unterschätzung der relativen Bedeutung der sozialen Kosten. Darüber hinaus wird angenommen, daß 20 % der durch Windenergieanlagen produzierten Elektrizität zur Substitution im anderen Fall gekaufter Elektrizität verwendet werden kann und daß 80 % der Produktion an das öffentliche Netz verkauft wird. Diese Annahme basiert auf der Überlegung, daß die meisten Windenergiesysteme als Windparks in Regionen mit sehr günstigen Windkonditionen installiert werden (Oberflächenklasse null oder eins). Dies verhindert, daß sie in der Nähe von Gebäuden oder Dörfern installiert werden. Daher muß notwendigerweise der größte Teil der produzierten Elektrizität an das öffentliche Netz abgegeben werden.

Es wird angenommen, daß die photovoltaischen Installationen kleine dezentrale 10 kW-Anlagen auf Hausdächern sein werden, die Eigentümer ca. 50 % der Produktion selbst nutzen können und die anderen 50 % der Elektrizität an das öffentliche Netz verkauft werden. Die angenommenen Relationen zwischen Eigennutzung und Verkauf an das öffentliche Netz führen zu kombinierten Erlösen von 10,2 Pf/kWh für die durchschnittliche kWh Windelektrizität (Preise 1982) und zu 15,8 Pf/kWh für die durchschnittliche Elektrizität aus photovoltaischen Solaranlagen. Diese Erlöse (oder Preise für die zu substituierende Elektrizität) werden in die Zukunft auf der Basis eines 2 %igen jährlichen realen Preisanstiegs fortgeschrieben.

Windenergiesysteme und photovoltaische Anlagen sind relativ neue Technologien und zeigen in der Zeit deutliche Preisdegressionen aufgrund technologischer Lerneffekte (inkorporierter technischer Fortschritt). Auf der Basis zum Teil relativ spärlicher empirischer Daten über die Kostenentwicklung der Vergangenheit für Solar- und Windenergiesysteme sind zukünftige Kostenentwicklungen abgeschätzt worden. Im Fall der Windenergie lagen jährliche dänische Preisdaten für die Periode 1979 bis 1985 vor (vgl. Naturlig Energi, verschiedene Jahrgänge, Informationssekretariatet for Vedvarende Energi 1986, Risø 1982 und Renewable Energy Information Service 1984). Die als Investitionskosten angegebenen Daten wurden in kWh-Kosten umgerechnet. Hierbei wurden jährliche Kapitalkosten in Höhe von 9,63 % (Annuität auf der Basis einer realen Kapitalverzinsung von 5 % angenommen, welche etwas über der langfristigen realen Zinsrate der letzten 30 Jahre für entsprechende Investitionen in der Bundesrepublik Deutschland liegt). Außerdem wurde eine Anlagenlebenserwartung von 15 Jahren unterstellt. Die Annahme einer Anlagenlebenserwartung von 15 Jahren liegt deutlich unter der generell angenommenen Zeitspanne von 20 und manchmal sogar 25 Jahren und muß eindeutig als sehr konservative Schätzung angesehen werden. Die jährlichen Betriebs- und Wartungskosten werden auf 1,5 % der ursprünglichen Investitionskosten veranschlagt. Auf der Basis der 1986 zur Verfügung stehenden Technologie ergibt sich ein kWh-Preis von 9,1 Pf/kWh (Preisbasis 1982), wenn man dänische Windenergieanlagen in der Leistungsklasse zwischen 50 und 100 kWh-Nominalleistung unterstellt. Die spezifischen Kosten der kWh Elektrizität aus dänischen Windenergieanlagen nahmen von 16,9 Pf/kWh im Jahre 1979 auf den oben genannten Wert für 1986 ab und zeigten eine deutliche Tendenz, sich langfristig einem unteren Grenzwert von ca. 7 Pf/kWh zu nähern.

Die Kostensituation in der Bundesrepublik unterscheidet sich hiervon allerdings deutlich, da die angebotenen Windenergiesysteme wesentlich teurer sind als die vergleichbaren dänischen Anlagen. Eine Studie von Hohmeyer und Rahner (1980) zeigt, daß deutsche Windenergieanlagen sich in den späten 70er Jahren in einem sehr frühen Entwicklungsstadium befunden haben. Dies mag das Faktum erklären, daß das einzige System, das in erheblicher Anzahl von westdeutschen Herstellern verkauft werden konnte, 1980 Elektrizität zu Kosten von 45 Pf/kWh produzierte (Preise aus einer Befragung von Windenergieanlagenherstellern, umgerechnet auf die Basis von 1982). Für 1986 geben Schäfer et al. (1986, S. 34) Erzeugungskosten von 27 Pf/kWh an (Preisbasis 1986 und 8 % Zinssatz). Eine Umrechnung dieser Angaben auf 82er Preise und den eher als realistisch zu bezeichnenden Zinssatz von 5 % ergibt Erzeugungskosten von 19,6 Pf/kWh. Basierend auf der Annahme, daß die deutsche Entwicklung sich in ähnlicher Weise einem Kostenminimum annähern wird, wie sich dies für die dänische Entwicklung darstellt, ist eine Kostenkurve abgeschätzt worden, die sich einem unteren Grenzwert von ca. 8 Pf/kWh für deutsche Windenergieanlagen annähert.

Für relativ große dänische Windenergieanlagen von durchschnittlich 230 kW Nennleistung gibt Madsen Erzeugungskosten von 11,2 Pf_{82}/kWh an (diese Preise wurden auf der Basis der gleichen Rahmenannahmen umgerechnet wie die vorhergegebenen Zahlen). Interne Kostenschätzungen der Kommission der Europäischen Gemeinschaften (Kommission der Europäischen Gemeinschaften 1987) für große zur Zeit in Planung befindliche Windenergieanlagen geben Kosten in der gleichen Größenordnung an.

Im Vergleich zur durch kleinere Windenergieanlagen erzeugten Elektrizität ist die Elektrizität aus photovoltaischen Anlagen heute noch sehr teuer. Schäfer gibt die Investitionskosten mit 30 000 DM pro installierten kW Spitzenlast für photovoltaische Installationen im Jahr 1982 an (Preise 1986). Andere deutsche und amerikanische Schätzungen und Projektionen der Kostenentwicklung der photovoltaischen Elektrizität liegen in der Tendenz erheblich niedriger. Solche Schätzungen werden von Winter und Nitsch (1986, S. 342), Starr und Palz (1987, S. 80f), De Meo (1987, S. 780 und 1984, S. 246ff), Authier (1987), Nitsch und Räuber (1987), Wolf (1987), Stolte (1982) und Fabre (1987) gegeben. Auf der Basis dieser unterschiedlichen Quellen wurde eine durchschnittliche Preisentwicklung für die photovoltaische Stromerzeugung in der Bundesrepublik berechnet. Auf der Basis der in Tabelle 3.15 gemachten Annahmen und eines realen Zinssatzes von 5 % ergeben sich für 1982 Kosten von 2,67 DM/kWh. Im Jahr 2000 beläuft sich dieser Preis auf ca. 62 Pf_{82}/kWh und erreicht 26 Pf_{82}/kWh im Jahr 2050. Die Kostenentwicklung wird sehr stark von der Entwicklung der Produktionskapazitäten abhängen, da der größte Teil der Kostendegressionen aus einem Anstieg der Produktionsvolumina resultiert. Diesem Umstand wird in einer Darstellung der Kostendegression von Solarmodulen von Winter und Nitsch (1986, S. 342) dadurch Rechnung getragen, daß sie die Zeitachse zusätzlich mit einer Skala für den erwarteten jährlichen Produktionsoutput versehen. Entsprechend zunehmende jährliche Outputs sind auch die Vorbedingung für das Erreichen der in dieser Studie dargestellten Kostendegressionspotentiale. Authier (1987) führt aus, daß schon in naher Zukunft ein großer Schritt in Richtung auf die Kostenreduzierung der Solarzellproduktion erreicht werden könnte, sobald eine Produktionsanlage mit einer Kapazität von 50 MW-Modulleistung pro Jahr installiert und ausgelastet werden könnte. Für die Berechnung der vorliegenden Studie wurde unterstellt, daß die Produktionsvolumina, die in der Studie von Winter und Nitsch als möglich angegeben werden (1986, S. 342), verwirklicht werden können.

Eine weitere zentrale Annahme des im folgenden vorgestellten Marktdiffusionsmodells ist, daß die effektive Marktdiffusion der auf erneuerbaren Energiequellen basierenden Energiesysteme einsetzt, sobald diese im Vergleich zur zu substituierenden Energie wirtschaftlich geworden sind. Nicht marktkonforme Hemmnisse, wie z.B. diskriminierende Verwaltungsverfahren, werden nicht in Rechnung gestellt, da solche Hemmnisse nicht Gegenstand der Analyse sind. Für beide betrachtete Energiesysteme wird ein realisierbares Marktpotential von ca. 20 TWh jährlicher Elektrizitätsproduktion angenommen, welches ca. 100 000 Windenergieanlagen von jeweils 100 kWh Nennleistung und einem jährlichen Anlagen-Output äquivalent zu 2 000 Betriebsstunden bei Nennleistung entspricht. Bei photovoltaischen Anlagen entspricht diese Jahresproduktion ca. 2,25 Millionen Anlagen von 10 kW Spitzenleistung und einem Betriebsstundenäquivalent von 890 Stunden bei Spitzenleistung. Es wird angenommen, daß ein Pioniermarkt von 5 % des Gesamtpotentials existiert, welcher mehr oder weniger unabhängig von der Frage der Konkurrenzfähigkeit zum Netzstrom ist. Es wird ferner angenommen, daß 95 % des gesamten Marktpotentials 20 Jahre nach Erreichen der Wirtschaftlichkeit realisiert werden können. Die verbleibenden 5 % des gesamten Potentials werden erst während einer relativ langen Zeitspanne realisiert, da schon ein hohes Sättigungsniveau erreicht ist und nur noch vergleichsweise ungünstige Verwendungsmöglichkeiten offenstehen. Das unterstellte Marktpotential von 20 TWh (entsprechend 80 % eines angenommenen technischen Potentials von 25 TWh/a) bleibt durchaus deutlich innerhalb der technischen Grenzen, die ein relativ ungestörter Netzbetrieb dezentralen Energiequellen setzt, die intermittierend Elektrizität einspeisen. Es bleibt anzumerken, daß weder die exakte Form der Marktdiffusionskurve, noch das absolute Niveau des technischen Potentials den Effekt der Berücksichtigung der sozialen Kosten im Allokationsprozeß des Marktes auf den Zeitpunkt des Beginns der Marktdiffusion beeinflussen. Es ist daher durchaus ausreichend, nur grobe Schätzungen bezüglich der typischen Marktdiffusionskurve zu verwenden, um diesen Effekt zu verdeutlichen.

4.2 Der Einfluß der sozialen Kosten auf die relative Wirtschaftlichkeit von Wind- und Solarenergie

Auf der Basis der oben gemachten Annahmen ist es möglich, die Auswirkungen der Berücksichtigung der sozialen Kosten auf den Allokationsprozeß zu analysieren. Bei abnehmenden Kosten für Solar- und Windenergiesysteme auf der einen Seite und steigenden Kosten für die substituierte Elektrizität auf der anderen, hat die Berücksichtigung der sozialen Nettokosten der zu substituierenden Elektrizität einen erheblichen Einfluß auf den Zeitpunkt des Beginns der Marktdiffusion der neuen Energiesysteme, zu welchem das Stadium des Pioniermarktes verlassen wird. Stellt man die Kostenfunktionen der Windenergie und der zu substituierenden Elektrizität in einem Diagramm gemeinsam dar (vgl. Abbildung 4.1a), so erhält man einen Schnittpunkt dieser Kostenfunktionen, welcher den Punkt des Erreichens der Wirtschaftlichkeit für Windenergiesysteme im Vergleich zur zu substituierenden Elektrizität angibt (A für die Kosten deutscher Windenergieanlagen in Abbildung 4.1a und A' für die Kosten dänischer Windenergieanlagen in Abbildung 4.2a). Es wird angenommen, daß genau an diesem Punkt die Marktdiffusion der neuen Technologie beginnt, d.h. A entspricht dem 5 %-Punkt auf der Marktdiffusionskurve in Abbildung 4.1b. Die Situation für dänische Windenenergieanlagen ist in Abbildung 4.2b dargestellt. Es sei hier ausdrücklich darauf hingewiesen, daß diese Abbildung nur die dänische Windenergiekostensituation darstellt, sich aber auf der Seite der zu substituierenden Elektrizität auf die Verhältnisse in der Bundesrepublik bezieht. Die sozialen Kosten können durch Addition der sozialen Nettokosten zum Marktpreis der zu substituierenden Elektrizität in die Analyse eingeführt werden (vgl. Kap. 2.5). Die Addition führt zu einer Parallelprojektion der Marktpreiskurve für die zu substituierende Elektrizität. Würden anstelle der aggregierten Nettoeffekte alle Effekte einzeln einbezogen, so würde das Resultat identisch sein, aber die Abbildung wäre durch die Vielzahl der eingetragenen Kurven erheblich verwirrender. Die Addition des unteren Grenzwerts des geschätzten Bereichs der mindestens anzusetzenden sozialen Nettokosten (Situation 1985) des Vergleichs zwischen Windenergieanlagen und zu substituierender Elektrizität (5,6 Pf/kWh) zum Marktpreis der zu substituierenden Elektrizität ergibt eine neue Kostenkurve, die die Windenergiekostenkurve deutscher Windenergieanlagen in B (Abbildung 4.1a) und dänischer Windenergieanlagen in B' (Abbildung 4.2a) schneidet. Im Fall der bundesdeutschen Anlagen wird die Wirtschaftlichkeit hierdurch sieben Jahre früher erreicht, als wenn die sozialen Kosten nicht mit berücksichtigt würden. Im Fall dänischer Windenergiekosten wird die Wirtschaftlichkeit aufgrund sehr schneller Kostendegressionen im Fall der Windelektrizitätskosten nur zwei Jahre früher erreicht. Entsprechend beginnt die Marktdiffusion im Fall bundesdeutscher Anlagen sieben Jahre früher (vgl. Abbildung 4.1b) und im Fall dänischer Anlagen um zwei Jahre früher (vgl. Abbildung 4.2b).

Abbildung 4.1: Einfluß der sozialen Kosten auf den Beginn der Marktdiffusion kleiner Windenergieanlagen in der Bundesrepublik und deren zukünftigen Marktdiffusionsverlauf bis zum Jahre 2030 (Preisbasis 1982)

a) Vergleich der Kosten der mit Windenergie erzeugten Elektrizität mit den Kosten der zu substituierenden Elektrizität

b) Marktdiffusion der Windenergie auf der Basis der oben dargestellten Kostenentwicklung

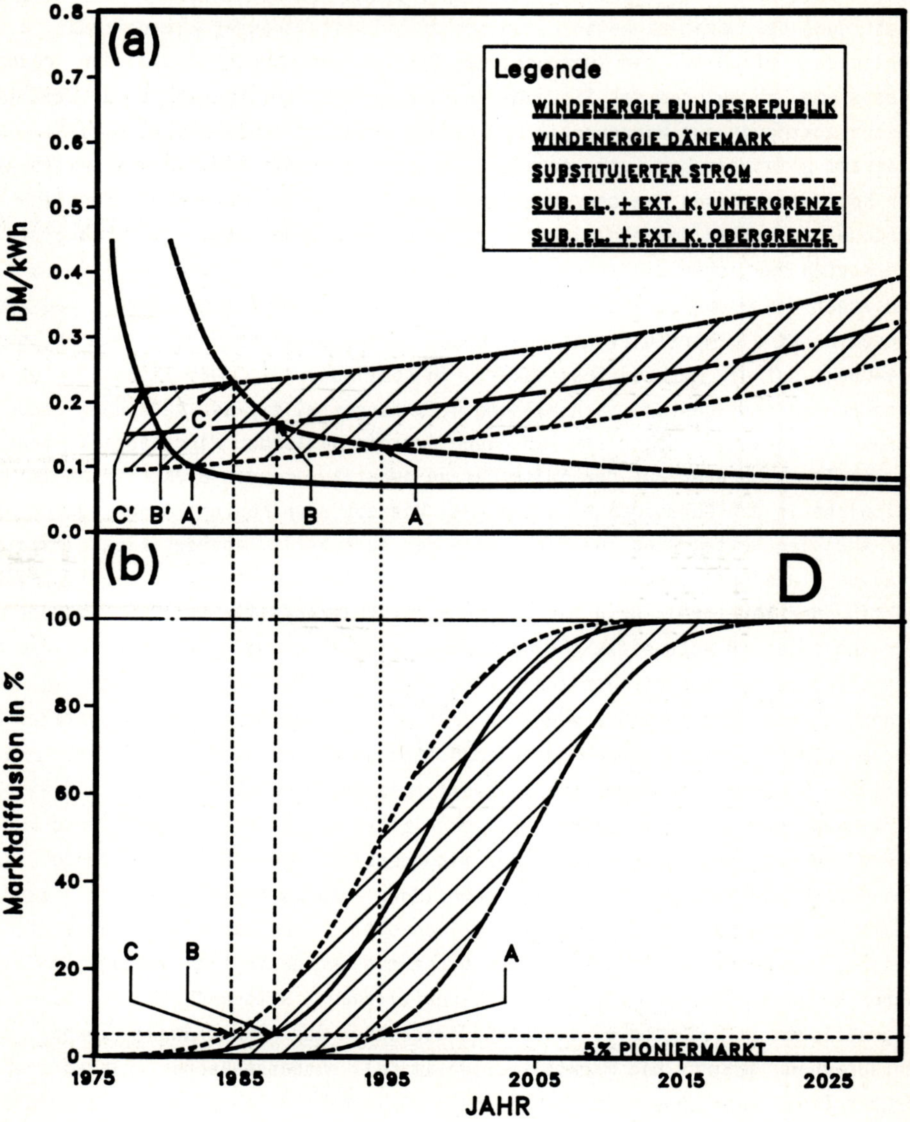

Abbildung 4.2: Einfluß der sozialen Kosten auf den Beginn der Marktdiffusion kleiner Windenergieanlagen in Dänemark und deren zukünftigen Marktdiffusionsverlauf bis zum Jahre 2030 (Preisbasis 1982)

a) Vergleich der Kosten der mit Windenergie erzeugten Elektrizität mit den Kosten der zu substituierenden Elektrizität

b) Marktdiffusion der Windenergie auf der Basis der oben dargestellten Kostenentwicklung

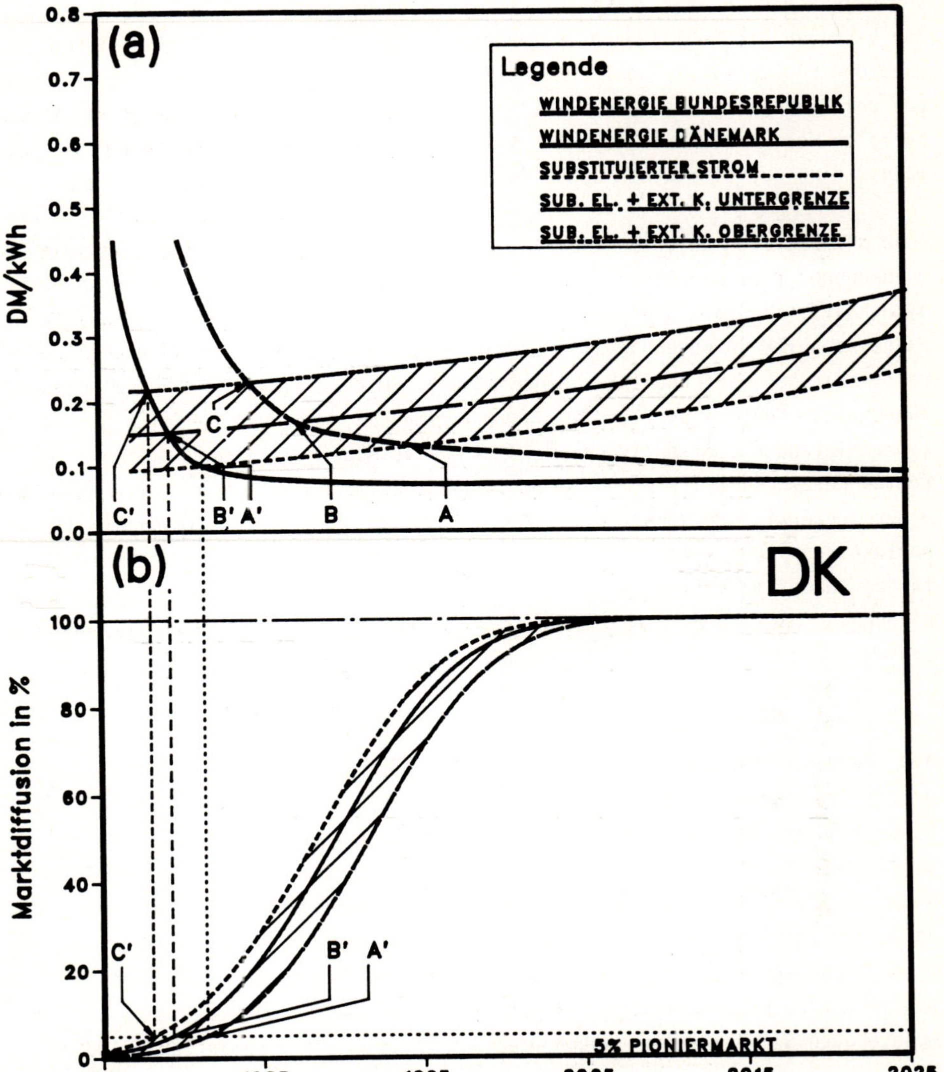

Addiert man den oberen Grenzwert des geschätzten Bereichs für die mindestens anzusetzenden sozialen Nettokosten (12,3 Pf/kWh) zur Marktpreiskurve der zu substituierenden Elektrizität (Situation 1985), so erhält man eine weitere Kostenkurve für die zu substituierende Elektrizität, die die Windenergiekostenkurve in C (Abbildung 4.1a) und C' (Abbildung 4.2a) schneidet. Im Fall der dänischen Anlagenpreise führt dies zum Erreichen der Wirtschaftlichkeit ungefähr 3 Jahre vor dem Zeitpunkt ohne Berücksichtigung sozialer Kosten und im Fall der deutschen Windenergieanlagenpreise verschiebt sich dieser Zeitpunkt um ca. 10 Jahre. Die Marktdiffusionskurven sind in den b-Teilen der Abbildungen entsprechend angegeben. Geht man im Fall der Eigennutzung der Elektrizität nicht von der Ersparnis des vollen Strompreises, sondern nur von der Einsparung des Arbeitspreisanteils aus, so gewinnt die Berücksichtigung der sozialen Kosten noch zusätzliches Gewicht. Der zeitliche Abstand zwischen A, B und C wächst dann auf 11 bzw. 15 Jahre (A=2000, B=1989, C=1985).

Wenn die zugrunde gelegten Angaben und Annahmen auch nur in etwa die Realität wiedergeben (was der Autor, besonders im Fall der Windenergie für höchst wahrscheinlich hält), so hätte der Beginn der Marktdiffusion von Windenergieanlagen in der Bundesrepublik in Abhängigkeit vom Betrag der einbezogenen sozialen Nettokosten bereits zwischen 1984 und 1987 liegen müssen. Im Vergleich hierzu wird die Markteinführung der Systeme um 7 bis 10 Jahre verschoben, wenn die sozialen Nettokosten der konkurrierenden Systeme ignoriert werden. Die Möglichkeit der Abwälzung der sozialen Kosten der zu substituierenden Elektrizität auf unbeteiligte Dritte führt somit zu einer schwerwiegenden Verzerrung des Allokationsprozesses. Solange wie die sozialen Nettokosten nicht internalisiert und der Allokationsprozeß nicht korrigiert wird, finden suboptimale Investitionen in das nationale Energiesystem statt, welche Energiequellen wie Kohle, Erdöl, Erdgas und Kernenergie begünstigen und erneuerbare Energiequellen wie Wind- und Sonnenenergie diskriminieren.

Abbildung 4.3 zeigt den Einfluß der Berücksichtigung dynamischer Ausbeutungszuschläge und dynamischer ökonomischer Effekte im Fall der Windenergiekosten bundesdeutscher Anlagen. Die Abbildung stellt eine Erweiterung der Abbildung 4.1a dar. Sie zeigt, daß die Annahme der statischen sozialen Kosten (Niveau von 1985) zu einer Unterschätzung der wirklichen Fehlallokationseffekte führt. Im Fall der Windenergie verändert diese dynamische Perspektive allerdings kaum die Zeitpunkte, zu denen die Windenergie die Wirtschaftlichkeit erreicht. Der Punkt B (aus unserer statischen Analyse) wird unter Berücksichtigung der dynamischen Aspekte lediglich um wenige Monate nach B' verschoben, wohingegen C überhaupt nicht beeinflußt wird.

Abbildung 4.3: Einfluß der dynamischen Analyse der sozialen Kosten (Ausbeutungszuschläge und ökonomische Effekte) auf die Wettbewerbsposition der Windenergie im Zeitraum 1975 bis 2030 (Preisbasis 1982)

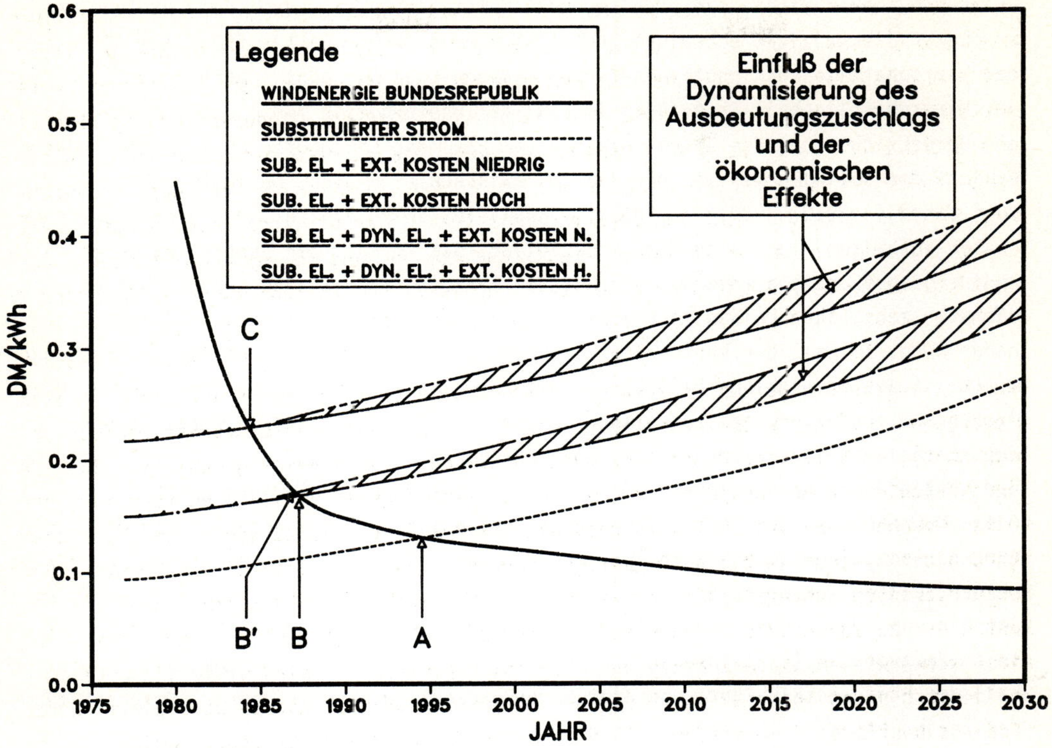

Wie in Kapitel 2 gezeigt, könnten die gesamten Kosten der verspäteten Markteinführung der Windenergie berechnet werden, wenn die exakten Marktdiffusionskurven für die Windenergie bekannt wären. Da sich aber gerade in der Berechnung der Gesamtkosten die möglichen Fehler und Unsicherheiten aus Annahmen bezüglich der Marktdiffusion der Technologien kumulieren, werden die entsprechenden Gesamtkosten in dieser Studie nicht ausgewiesen. Zur theoretischen Ableitung der gesamten sozialen Kosten vergleiche Kapitel 2.5.

Im Fall der photovoltaischen Elektrizitätserzeugung sind die Annahmen erheblich unsicherer und gehen deutlich weiter in die Zukunft. Abbildung 4.4a zeigt, daß aufgrund dieser Annahmen photovoltaische Elektrizität durch dezentrale Systeme ungefähr um das Jahr 2013 wirtschaftlich sein kann (A). Addition des unteren Schätzwertes der mindestens anzusetzenden sozialen Nettokosten (7 Pf_{82}/kWh) zur Marktpreiskurve der zu substituierenden Elektrizität ergibt eine neue Kostenkurve und führt zu einem neuen Schnittpunkt B ungefähr vier Jahre vor dem Erreichen der Wirtschaftlichkeit in

A. Die entsprechende Marktdiffusionskurve ist in Abbildung 4.4b dargestellt. Addition des oberen Wertes des geschätzten Bereichs für die mindestens anzusetzenden sozialen Nettokosten (17 Pf/kWh) ergibt eine dritte Kostenkurve für die zu substituierende Elektrizität, die sich im Punkt C mit der Preiskurve der photovoltaisch erzeugten Elektrizität schneidet. Addition dieses oberen Wertes führt zum Erreichen der Wirtschaftlichkeit photovoltaischer Systeme ungefähr acht Jahre vor Erreichen der Wirtschaftlichkeit in A. Auch im Fall der Photovoltaik führt eine ausschließliche Berücksichtigung des Arbeitspreises (im Fall der Eigennutzung) zu einem höheren Gewicht der sozialen Kosten. Der Abstand zwischen A, B und C beträgt dann vier bzw. fünf Jahre (A=2019, B=2014, C=2008). Obwohl die Zahlen einige sehr große Unsicherheiten enthalten, läßt sich doch feststellen, daß im Fall der photovoltaischen Sonnenenergienutzung die Internalisierung der berechneten sozialen Kosten während der nächsten zehn Jahre keinen merklichen Einfluß auf die Markteinführung dieser Systeme haben wird. Im Fall der Photovoltaik erscheint es wichtiger, erhebliche Forschungsmittel in die Entwicklung billigerer Solarenergiesysteme zu investieren, um zu deutlichen Preisreduzierungen zu kommen. Solche Mittel können auch in erste große Produktionsanlagen investiert werden, wenn hierdurch ein erheblicher Fortschritt bei der Kostenreduktion der Technolgie erreicht werden kann (vgl. Authier 1987, S. 8). Diese Maßnahmen sollten ergriffen werden, bevor man über Maßnahmen zur Internalisierung der sozialen Kosten nachdenkt, welche aber spätestens im Jahr 2000 ergriffen werden sollten, um erhebliche Fehlallokationen in der weiteren Zukunft zu vermeiden. Der Einfluß dynamischer Knappheitszuschläge und veränderter makroökonomischer Effekte im Zeitverlauf (vgl. Tabelle 3.16) ist in Abbildung 4.5 dargestellt. Auch im Fall der Photovoltaik führt die statische Betrachtung eher zu einer Unterschätzung der realen Effekte. Allerdings hat die Einbeziehung dynamischer Effekte keinen erheblichen Einfluß auf den Zeitpunkt des Erreichens der Wirtschaftlichkeit der Solarenergie.

Als Gesamtergebnis unserer Analyse ist deutlich geworden, daß im Fall der Windenergie die Internalisierung der erheblichen sozialen Kosten der konkurrierenden Energiesysteme für die Markteinführung von Windenergiesystemen heute und in der nahen Zukunft eine entscheidende Rolle spielt. Es ist daher notwendig, daß energiepolitische Maßnahmen so schnell wie möglich entworfen und implementiert werden, die eine effektive Internalisierung der sozialen Kosten der konkurrierenden Energiesysteme zumindest in der Größenordnung der heute quantifizierbaren und monetarisierbaren Mindesteffekte sicherstellen.

Abbildung 4.4: Der Einfluß der sozialen Kosten auf den Beginn und Verlauf der Marktdiffusion photovoltaischer Solarenergiesysteme bis zum Jahr 2040 (Preisbasis 1982)

a) Kostenentwicklung der photovoltaisch erzeugten Elektrizität im Vergleich zur Kostenentwicklung der zu substituierenden Elektrizität

b) Marktdiffusion der photovoltaischen Solarenergiesysteme auf der Basis der oben gezeigten Kosten

c) Ausschnittvergrößerung von (a), welche die Schnittpunkte der Kostenkurven deutlicher heraushebt

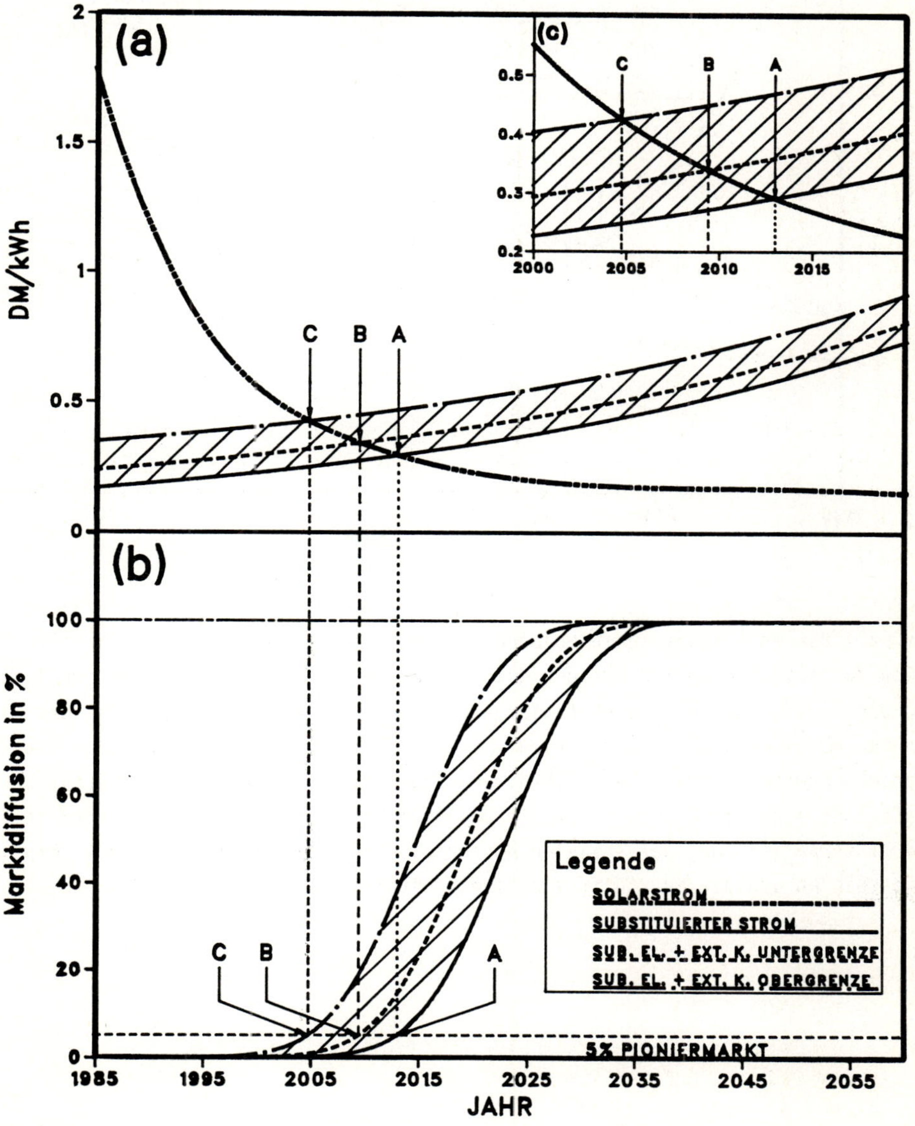

Abbildung 4.5: Einfluß der Berücksichtigung der dynamischen sozialen Kosten im Bereich der Knappheitszuschläge und der makroökonomischen Effekte auf die Wettbewerbsposition der photovoltaischen Sonnenenergienutzung zwischen 1990 und 2040 (Preisbasis 1982)

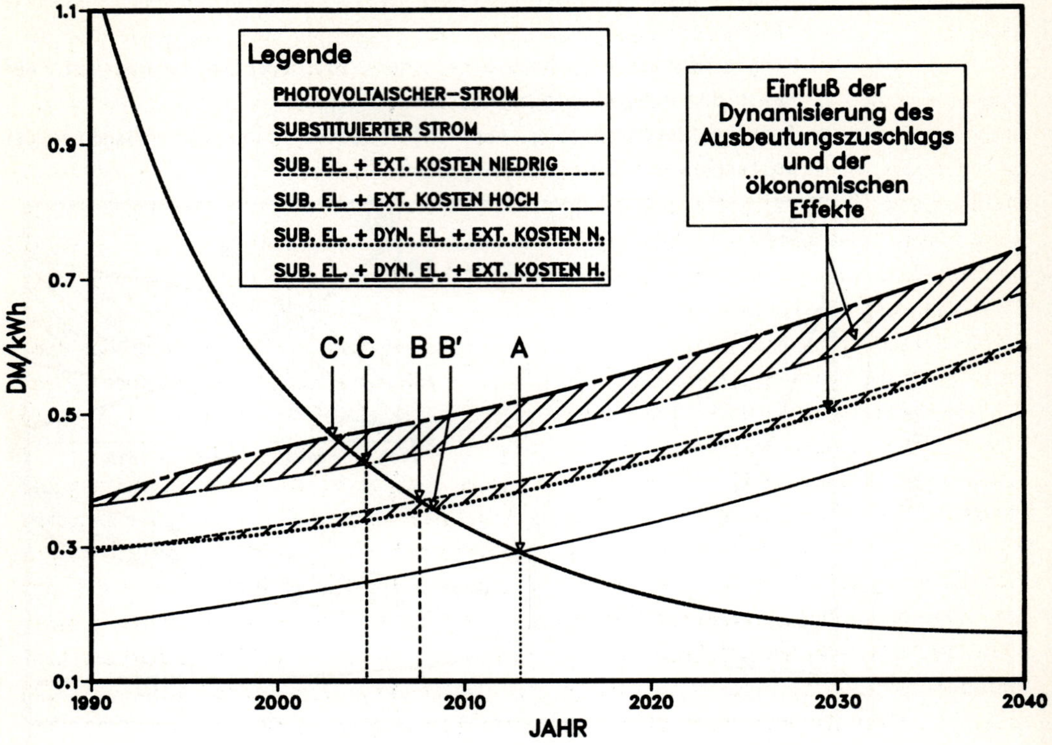

Im Fall der photovoltaischen Solarenergienutzung erscheint eine solche Internalisierung der sozialen Kosten weniger dringend. Dennoch sollten die öffentlichen Forschungs- und Entwicklungssubventionen für photovoltaische Systeme in den nächsten Jahren deutlich ausgeweitet werden, um eine sehr erhebliche Reduktion der Kosten dieser Energiesysteme zu erreichen. Erst nach einer Reduktion der Kosten für photovoltaisch erzeugte Elektrizität auf 30-50 Pf/kWh (Preisbasis 1982) wird die Frage der Internalisierung der sozialen Kosten eine entscheidende Rolle im Allokationsprozeß spielen und die Marktdiffusion photovoltaischer Systeme beeinflussen.

4.3 Mögliche Maßnahmen, die ermittelten sozialen Kosten zu internalisieren und den Allokationsprozeß zu korrigieren

Folgt man der ökonomischen Theorie, so ist es notwendig, die sozialen Kosten der kommerziellen Elektrizitätserzeugung mit Hilfe von Steuern oder Abgaben in die Kostenrechnung der Verursacher zu internalisieren. Die Erfahrung zeigt jedoch, daß eine solche Aufgabe nur unter großem politischen Druck und über eine lange Zeitspanne verwirklicht werden kann. Eine nationale Regierung könnte versuchen, dieses Ziel zu erreichen, wohingegen internationale Organisationen, wie die Kommission der Europäischen Gemeinschaft, nicht die Mittel haben, diese Kosten gegen den wahrscheinlich erheblichen Widerstand der betroffenen Unternehmen und ihrer Interessenvertretungen durchzusetzen. Daher erscheint es eine pragmatische Alternative zur generellen Internalisierung der sozialen Kosten konventioneller Energiesysteme zu sein, die sozialen Nettonutzen der konkurrierenden neuen Energiesysteme durch entsprechende Kompensationszahlungen an die Investoren zu internalisieren. Eine solche Kompensation für die sozialen Nettonutzen führt zu den gleichen relativen Energiepreisen, wie die Internalisierung der sozialen Kosten der konventionellen Energiesysteme durch eine Steuer oder Abgabe. Im Sinne der vorangegangenen Analyse bleiben die Schnittpunkte der Kostenkurven gleich, d.h. die neuen Technologien werden zum gleichen Zeitpunkt wettbewerbsfähig. Allerdings bereinigt diese Vorgehensweise nur die verzerrte Situation in bezug auf die relativen Preise der neuen Energietechnologien im Vergleich zur konventionellen Elektrizitätserzeugung. Eine solche Vorgehensweise verbessert nicht den suboptimalen Allokationsprozeß im Bereich der Substitutionskonkurrenz konventioneller Energieträger mit allen anderen Gütern und Dienstleistungen, da die sozialen Kosten der konventionellen Elektrizitätserzeugung nicht generell in die Marktpreise internalisiert werden. Als Folge bleiben die Preise für konventionell erzeugte Elektrizität im Vergleich zu den anderen Gütern und Dienstleistungen zu niedrig, und der Elektrizitätsverbrauch bleibt auf einem im Verhältnis zu seinen gesamtgesellschaftlichen Kosten zu hohem Niveau.

Wählt man einen pragmatischen Weg zur Kompensation der Marktverzerrung in bezug auf die Elektrizitätserzeugung auf der Basis der oben berechneten sozialen Kosten und zahlt an Windenergieanlagenbetreiber ca. 10 Pf/kWh erzeugter Elektrizität, so könnte man einen erheblichen Teil der sozialen Nutzen der Windenergie internalisieren. Auf der Basis der sozialen Nettonutzen der Windenergie und der in Kapitel 3 gemachten Annahmen, müßte sich eine derartige Kompensation auf 170 000 bis 370 000 DM für eine 100 kW-Windenergieanlage belaufen, wenn man eine jährliche Produktion von 200 000 kWh pro Anlage und eine Lebensdauer von 15 Jahren unterstellt. Würde man eine solche Kompensation für die gesamten 100 000 Systeme zahlen wollen, so entspräche dies einer jährlichen Zahlung von 1,13 bis 2,47 Milliarden DM für Windenergie in der Bundesrepublik. Zahlungen für die sozialen Nettonutzen der mit photovoltaischen

Systemen produzierten Elektrizität lägen aufgrund der ähnlichen externen Nettonutzen (6,8 bis 17,1 Pf_{82}/kWh) in der Größenordnung von 1,36 bis 3,42 Milliarden DM/a. Diese doch sehr erheblichen Beträge müßten von der staatlichen Stelle, die diese Zahlungen leisten wollte, in irgendeiner Form an anderer Stelle erhoben werden. Dies führt zu der Frage, wie solche Kompensationszahlungen finanziert werden können. Die Größenordnung der Kompensationszahlungen deutet darauf hin, daß jede staatliche Stelle, die versucht, den Allokationsprozeß zunächst auf diesem Wege zu korrigieren, langfristig gezwungen ist, zumindest einen Teil der sozialen Kosten konventioneller Energiesysteme von den Betreibern dieser Systeme in Form von Steuern oder Abgaben zu erheben, um zumindest einen Teil der Kompensationsleistungen finanzieren zu können. Entsprechend unseren Berechnungen in Kapitel 3 belaufen sich die sozialen Kosten konventioneller Elektrizitätserzeugung in der Bundesrepublik auf der Basis der erzeugten Elektrizitätsmenge von 1984 (245,8 TWh aus fossilen Brennstoffen und 84,4 TWh aus nuklearen Brennstoffen) auf ca. 17,7 bis 39,2 Milliarden DM/a. Schon eine nur teilweise Internalisierung dieser Kosten der konventionellen Elektrizitätserzeugung würde offensichtlich ausreichen, entsprechende Kompensationszahlungen an die neuen Energiesysteme finanzieren zu können. Die spezifische Kompensationszahlung pro kWh könnte bei Erhebung zumindest eines Teils der sozialen Kosten der konventionell erzeugten Elektrizität von den Verursachern um den Betrag der spezifischen Abgabe reduziert werden.

Es sei an dieser Stelle noch einmal darauf hingewiesen, daß alle Zahlenangaben der Studie notwendigerweise relativ grobe Schätzungen darstellen, daß sie aber nur insofern nicht mit der Realität übereinstimmen, als sie zu niedrige Schätzungen der sozialen Kosten der konventionellen Elektrizitätserzeugung ausweisen. Die Berechnungen diskriminieren in der Regel die Verwendung erneuerbarer Energiequellen in neuen Energiesystemen und begünstigen die konventionelle Elektrizitätserzeugung. Der Autor ist daher der Ansicht, daß es durchaus gerechtfertigt ist, auch auf der Basis dieser relativ groben Zahlenangaben erste energiepolitische Maßnahmen aufzubauen, die sich auf der Basis weiterer Forschungsergebnisse verfeinern lassen.

BIBLIOGRAPHIE

Aldrich, D.C. et al.:
Technical Guidance for Siting Criteria Development. Sandia National Laboratories, Albuquerque, New Mexico. Berichtsentwurf, ohne Jahr (DOE 40-550-75)

Arbeitsgemeinschaft Energiebilanzen:
Energiebilanzen der Bundesrepublik Deutschland, Frankfurt 1985 und 1986

Arrow, Kenneth Joseph:
The Economic Implications of Learning by Doing. The Review of Economic Studies, Edingburgh, Band 29/1962, S. 155-173

Atomwirtschaft-Atomtechnik (atw):
Die Bundesausgaben für Kernenergie für das Haushaltsjahr 1982, 1983, 1984, 1985, 1986, 1987,
11/1981, S. 619,
11/1982, S. 590,
11/1983, S. 592-593,
11/1984, S. 571,
11/1985, S. 589-590,
11/1986, S. 569-570

Authier, B.:
Kostendegressionspotentiale in der Photovoltaik. Entwurf. Burghausen 1987

Ayres, Robert und Allen v. Kneese:
Produktion, Verbrauch und Externalitäten. In: Müller, Hans, Ringmar Osterkamp und Wolfgang Schneider: Umweltökonomik. Beiträge zur Theorie und Politik, Königstein 1982, S. 45-67

BEIR:
Committee on the Effects of Ionizing Radiation: The Effects of Population Exposure to Low Levels of Radiation. National Academy of Sciences, Washington 1980

Bertell, Rosalie:
Handbook for Estimating Health Effects from Exposure to Ionizing Radiation. Institute of Concern for Public Health, Toronto 1984

Birkhofer, A.:
Was leisten Risikostudien? in: atomwirtschaft-atomtechnik
Vol. 31 8-9/1986, S. 440-445

Bludau, H.:
Vorrang für bessere Energienutzung oder Atomenergie? Zur Energieforschungspolitik der Bundesregierung. IFEU-Bericht Nr. 21, Heidelberg 1982

Bott, G.:
Tschernobyl - Ein Jahr danach. Manuskript zur Fernsehdokumentation vom 27.04.1987, Hamburg 1987

Büdenbender, U.:
Energierecht. Eine systematische Darstellung des gesamten Rechts der öffentlichen Energieversorgung. Köln 1982

Brand, M. und Jochem, E.:
Betriebs- und volkswirtschaftliche Beurteilung unterschiedlicher Möglichkeiten zur Lastvergleichmäßigung sowie der derzeitigen Strompreisgestaltung im Hinblick auf Investitionen in Kraftwerke und rationellere Energieverwendung. FhG-ISI, Karlsruhe 1986

Brown, Lawrence A.:
Innovation Diffusion. A New Perspective. London and New York 1981

Bundesminister der Finanzen:
Finanzbericht 1984. Die volkswirtschaftlichen Grundlagen und die wichtigsten finanzwirtschaftlichen Probleme des Bundeshaushaltsplans für das Haushaltsjahr 1984, Bonn 1984

Bundesminister der Finanzen:
Zehnter Subventionsbericht. Bundestagsdrucksache 10/3821, Bonn 1985

Bundesminister des Innern:
Umweltradioaktivität und Strahlenbelastung. Jahresbericht 1982, Bonn 1982

Bundesminister des Innern:
Dritter Immissionsschutzbericht der Bundesregierung. Bundestagsdrucksache 10/1354, Bonn 1984

Bundesminister für Forschung und Technologie:
BMFT Förderungskatalog 1981, 1982, 1983, 1984, 1985, Bonn 1982, 1983, 1984, 1985, 1986

Bundesminister für Forschung und Technologie:
Faktenbericht 1986 zum Bundesbericht Forschung, Bonn 1986(a)

Bundesminister der Finanzen:
Finanzbericht 1985, Bonn 1987

Bundesminister für Umwelt und Reaktorsicherheit:
Persönliche Mitteilung über die Investitionskosten des Meßnetzes für Radioaktivität an den Autor vom Januar 1987

Bundesminister für Umwelt und Reaktorsicherheit:
Vierter Immissionsschutzbericht der Bundesregierung. Entwurf vom Februar 1988. Bonn 1988

Committee on Nuclear and Alternative Energy Systems (CONAES):
Energy in Transition 1985 - 2000. San Francisco 1979

De Meo, E.A.:
Photovoltaics for Electric Utility Applications, in: Technical Digest of the International Photovoltaic Solar Energy Conference 3, abgehalten in Tokyo in 1987. S. 777-783

De Meo, E.A. und R.W. Taylor:
Solar Photovoltaic Power Systems: An Electric Utility and R&D Perspective, in: Science, Vol. 224, Nr. 4646, 20.4.84, S. 245-251

Düngen, H.:
Subventionen in der deutschen Energiewirtschaft von 1979 bis 1984, in: Zeitschrift für Energiewirtschaft 4/1984, S. 262-269

Emmelmann, O. und Fuchs, W.:
Staats- und Verwaltungsrecht. Sammlung öffentlich-rechtlicher Vorschriften, Karlsruhe unterschiedliche Jahre seit 1950

Energiespiegel, in:
VDI Technologienachrichten 12.2.88, S. 12

Euler, H.:
Umweltverträglichkeit von Energiekonzepten. Planungsgrundlagen für die Erstellung von umweltorientierten örtlichen und regionalen Energieversorgungskonzepten, Bonn 1984

Fabre, E.:
Fabrication and Production Costs of Solar Cells and Solar Generators, in: ISES Solar World Congress 1987. Book of Abstracts, Vol. 1. Hamburg 1987. S. 1.W.1.03

Franke, J. und Viefhues, D.:
Das Ende des billigen Atomstroms, Köln 1984

Fremlin, J.H.:
Power Production: What are the Risks? Bristol 1985

Frey, R.L., Cysin, C.H., Leu, R.E. und Schmassmann, N.:
Energie, Umweltschäden und Umweltschutz in der Schweiz. Baseler sozialökonomische Studien, Band 27, Grüsch 1985

Fry, R.J.M. und W.K. Sinclair:
New Dosimetry of Atomic Bomb Radiations, in: The Lancet, October 10, 1987. S. 845-848

Gierloff-Emden, H.G.:
Geographie des Meeres. Teil 2: Ozeane und Küsten, Berlin 1980

Gofman, J.W.:
Die Auswirkungen von niedrigen und hohen Dosen ionisierender Strahlung in Menschen, in: Kreuzer, P. et al.: Atomkraft - ein Weg der Vernunft? München 1982. S. 61-123

Grupp, H.:
Die Sozialen Kosten des Verkehrs. Teil 1 und 2, in: Verkehr und Technik 9/1986, S. 359-366 und 10/1986, S. 403-407

Halbritter et al.:
Beitrag zu einer vergleichenden Umweltbelastungsanalyse am Beispiel der Strahlenexposition beim Einsatz von Kohle und Kernenergie zur Stromerzeugung. Berichtsentwurf. Karlsruhe 1982

Heede, H.R., Morgan, R. und Ridley, S.:
The Hidden Costs of Energy, Washington D.C. 1985

Heinz, I.:
Zur ökonomischen Bewertung von Materialschäden durch Luftverschmutzung, in: Umweltbundesamt: Kosten der Umweltverschmutzung. Tagungsband zum Symposium im Bundesministerium des Innern am 12. und 13. September 1985, Berlin 1986, S. 83-95

Hickel, Rudolf:
Wirtschaften ohne Naturzerstörung. Strategien einer ökologisch-ökonomischen Strukturpolitik, in: Aus Politik und Zeitgeschichte, Band 29/1987, S. 43-54

Hofer, P. und K. Masuhr:
Die Entwicklung des Energieverbrauchs in der Bundesrepublik Deutschland und seine Deckung bis zum Jahr 2000. Vorläufiger Endbericht. Prognos AG, Basel 1984

Hohmeyer, O. und Rahner, H.-J.:
Untersuchung der Auswirkungen des Baus von ausgewählten Technologien zur rationellen Energieverwendung und zur Nutzung regenerativer Energiequellen auf die Produktion und Beschäftigung in der Bundesrepublik Deutschland. Diplomarbeit, Bremen 1980

Hohmeyer, O., Jochem, E., Garnreiter, F. und Mannsbart, W.:
Employment effects of energy conservation investments in EC countries, Luxemburg 1985

Hubert, P.:
Risk Indices in Comparative Risk Assessment Studies, in: Colloque international sur les Risques et les Avantages des Systemes Energetiques, Jülich April 1984

Informationssekretariatet for Vedvarende Energi:
Vindmølle Oversigt, Tastrup (Dänemark) 1986

Isecke, B.:
Einfluß der Luftverunreinigungen auf das Korrosionsverhalten verschiedener Materialien, in: Umweltbundesamt: Kosten der Umweltverschmutzung. Tagungsband zum Symposium im Bundesministerium des Innern am 12. und 13. September 1985, Berlin 1986, S. 67-81

Jacobi, W.:
Strahlenexposition und Strahlenrisiko der Bevölkerung, in: Kreuzer et al.: Atomkraft - ein Weg der Vernunft? München 1982. S. 125-154

Jäger, J.:
Floating new evidence in the CO_2 debate, in: Environment Band 28, Nr. 7, 1986, S. 6

Jenkins, G. und R. Harrison:
Cost modelling of wind energy conversion systems. Vortrag auf der '1988 European Wind Energy Conference', vom 6.-10. Juni 1988 in Herning, Dänemark

Jochem, E.:
Rationelle Energieverwendung - ein erstrangiges energiepolitisches Ziel auch in Zeiten entspannter Energiemärkte? FhG-ISI, Karlsruhe 1984

Jochem E. et al.:
Zum Einfluß technisch-wirtschaftlicher Rahmenbedingungen auf die Anwendungspotentiale neuer Technologien rationeller Energienutzung - ein internationaler Vergleich am Beispiel der Energieumwandlung für Strom und Wärme. FhG-ISI, Karlsruhe 1986

Jochem E. et al.:
Zum Konzept und den Realisierungsmöglichkeiten der Technikfolgen-Abschätzung (TA) am Beispiel der Solarenergienutzung in der Bundesrepublik Deutschland. FhG-ISI, Karlsruhe 1987

Kapp, William S.:
Soziale Kosten der Marktwirtschaft. Frankfurt 1979

Kiefer, H.:
Auswirkungen des Reaktorunfalls in Tschernobyl, in: atomwirtschaft-atomtechnik Band 31 7/1986, S. 394

Kommission der Europäischen Gemeinschaft, DGXII:
Persönliche Mitteilung über die geplanten Kosten des Baus zweier großer Windenergieanlagen in den späten 80er Jahren. Brüssel, November 1987

Kosobud, R.F. und Daly, T.A.:
Global Conflict or Cooperation over the CO_2 Climate Impact, in: Kyklos Band 37 4/1984, S. 638-655

Kovacsics, M.:
Chromosomen spiegeln Strahlen wider. Biologische Dosimetrie mißt die Belastung, in: VDI Nachrichten, Nr. 38, 18.9.87, S. 37

Leu, R.E., Cysin C.H., Frey, R.L. und Schmassmann, L.:
Externe Kosten der Energie am Beispiel von Mortalität und Morbidität, in: Schweiz. Zeitschrift für Volkswirtchaft und Statistik 3/1984, S. 383-408

Madsen, Birger T.:
Wind Power Economy Index: First Quarter 1988. In: WindStats Newsletter. Band 1, Nr. 3, Januar 1988. S. 1-3

Marburger, E.A.:
Zur ökonomischen Bewertung gesundheitlicher Schäden durch Luftverschmutzung, in: Umweltbundesamt: Kosten der Umweltverschmutzung. Tagungsband zum Symposium im Bundesministerium des Innern am 12. und 13. September 1985, Berlin 1986, S. 51-62

Maycock, P.:
PV-Photovoltaic News, Januar 1984 (cited by Jochem et al. 1987)

Mishan, E.J.:
Cost-benefit analysis. An informal introduction, New York 1976

Mishan, E.J.:
Die Nachkriegsliteratur über externe Effekte: Versuch einer Deutung. In: Möller, Hans, Ringmar Osterkamp und Wolfgang Schneider: Umweltökonomik. Beiträge zur Theorie und Politik, Königstein/Ts. 1982, S. 135-173

Müller, F.G.:
Ressourcenknappheit und Ressourcenknappheitsindikatoren, in: Zeitschrift für Unmweltpolitik, Nr. 1, 1981. S. 69-93

Naturlig Energi, Nimtofte (Dänemark), verschiedene Hefte der Jahrgänge 1979-1986

Neff, T.L.:
The Social Costs of Solar Energy. A Study of Photovoltaic Energy Systems, New York 1981

Nitsch, J. und Räuber:
Teilgutachten Erneuerbare Energiequellen für Baden-Württemberg, in: Voß et al.: Energiegutachten Baden-Württemberg. Möglichkeiten der Umstrukturierung der Energieversorgung Baden-Württembergs unter besonderer Berücksichtigung der Stromversorgung. Stuttgart 1987

Organisation for Economic Co-operation and Development:
The Costs and Benefits of Sulphur Oxide Control, Paris 1981

Organisation for Economic Co-operation and Development,
Environment Committee, Group on Energy and Environment: Environmental Impacts of Renewable Energy Sources and Systems. ENV/EN/85.1, Entwurf, Paris 1987

Osterkamp, Ringmar und Wolfgang Schneider:
Zur Umweltökonomik. Einführung und Überblick, in: Möller, Hans et al.: Umweltökonomik. Beiträge zur Theorie und Politik. Königstein 1982, S. 5-27

Pearce, D. und Dasgupta, A.:
Cost-Benefit Analysis. Theory and Practice, London 1972

Pfriem, Reinhard:
Die Natur taugt nicht zur Vermarktung. Ein Plädoyer für die nicht-ökonomische Bewältigung der ökologischen Krise. In: Elmar Altvater u.a.: Markt, Mensch, Natur. Zur Vermarktung von Arbeit und Umwelt. Hamburg 1986, S. 30-45

Pommerehne, W.W.:
Der monetäre Wert einer Flug- und Straßenlärmreduktion: Eine empirische Analyse auf der Grundlage individueller Präferenzen, in: Kosten der Umweltverschmutzung. Tagungsband zum Symposium im Bundesministerium des Innern am 12. und 13. September 1985, Berlin 1986, S. 199-213

Posner, E.:
Kernenergie als Beispiel öffentlicher Innovationsförderung, Essen 1981

Preston, D.L. und D.A. Pierce:
The Effects of Changes in Dosimetry on Cancer Mortality Risk Estimates in Atomic Bomb Survivors. Radiation Effects Research Foundation. Technical Report RERF TR 9-87, Hiroshima 1987

Radford, E.P.:
Report on joint Japanese - American workshop held on February 16-17, 1983 in Nagasaki, Japan, concerning reassessment of radiation doses received from atomic bombs in Hiroshima and Nagasaki, August, 1945, in: Strahlenrundbrief, Nr. 5, Bremen Oktober 1986

Reichelt, G. und Kollert, R.:
Waldschäden durch Radioaktivität? Karlsruhe 1985

Renewable Energy Information Service:
Helpful Hints on Windmills in Denmark, Tastrup 1984

Risø National Laboratory, The Test Station for Windmills:
Survey of Danish Windmills, Roskilde 1984

Risø Provestationen for mindre vindmoller:
Vindmølle Oversigt, Roskilde 1982

Schmitt, D., Düngen, H. und Wilhelm, M.:
Internationale Kostenrelationen in der Stromerzeugung, in: Zeitschrift für Energiewirtschaft 2/1986, S. 83-98

Schmitz-Feuerhake, I.:
Das Strahlenrisiko. Beantwortung eines Fragenkatalogs für die Enquete-Kommission "Zukünftige Kernenergie-Politik" des Deutschen Bundestages. Bremen 1981

Schmitz-Feuerhake, I.:
Der BEIR III-Skandal und die Bedeutung der Dosisrevision bei den Atombombenüberlebenden von Hiroshima und Nagasaki für die Bewertung des Strahlenrisikos, in: Der Strahlenrundbrief Nr. 1, Bremen April 1985, S. 3-9

Schmitz-Feuerhake, I.:
Grenzwertdiskussion - Gesundheitsschäden bei niedriger Strahlendosis, in: Technische Universität Berlin: Forschung Aktuell, Sonderheft Dezember 1986. Berlin 1986, S. 42-44

Schmitz-Feuerhake, I.:
Wandlung der Angaben über die strahleninduzierte Krebsmortalität, in: Der Strahlenrundbrief Nr. 6, Bremen February 1988, S. 1-4

Schneider, H.K.:
Implikationen der Theorie erschöpfbarer natürlicher Ressourcen für wirtschaftspolitisches Handeln, in: Erschöpfbare Ressourcen, H. Siebert (ed.). Berlin 1980, S. 815-844

Schulz, W.:
Der monetäre Wert besserer Luft. Eine empirische Analyse individueller Zahlungsbereitschaften und ihrer Determinanten auf der Basis von Repräsentativumfragen, Frankfurt 1985

Schäfer, H. et al.:
Zusammenstellung von Daten und Fakten für die Nutzung regenerativer Energiequellen in der Bundesrepublik Deutschland. Forschungsstelle für Energiewirtschaft. München 1986

Selzer, H.:
Wind Energy. Potential of Wind Energy in the European Community. An Assessment. Brüssel 1986

Siebert, H.:
Ökonomische Theorie der Umwelt, Tübingen 1978

Siebert, H.:
Ökonomische Theorie natürlicher Ressourcen, Tübingen 1983

Solow, Robert M.:
Umweltverschmutzung und Umweltschutz aus der Sicht des Ökonomen, in: Möller, Hans et al.: Umweltökonomik. Beiträge zur Theorie und Politik. Königstein 1982, S. 30-42

Starr, M.R. und W. Palz:
Photovoltaischer Strom für Europa. Eine Bewertung. Köln 1987

Statistik der Kohlewirtschaft e.V.:
Zahlen zur Kohlewirtschaft, Band 129, Essen 1986

Statistisches Bundesamt:
Statistisches Jahrbuch 1986 für die Bundesrepublik Deutschland, Stuttgart und Mainz 1986

Statistisches Bundesamt:
Preisindex für die Lebenshaltung, in: Wirtschaft und Statistik 5/1987, S. 183-184

Stolte, W.J.:
Photovoltaic Balance-of-Systems Assessment. Final Report. Bechtel Group, San Francisco, Juni 1982

Stoneman, Paul:
The Economic Analysis of Technological Change, Oxford University Press 1983

Thayer, R.L.:
The aesthetics of wind energy in the United States: Case studies in public perception. Vortrag auf der '1988 Wind Energy Conference', vom 6.-10. Juni 1988 in Herning, Dänemark

Umweltbundesamt:
Persönliche Mitteilung über die jährlichen Kosten des Meßnetzes für Luftschadstoffe an den Autor von Januar 1987

Uranreserven und Uranproduktion in der Welt,
in: atomwirtschaft-atomtechnik Band 18 12/1973, S. 598 und Band 21 6/1976, S. 370-372

Uranreserven, Uranproduktion und Uranbedarf in der Welt,
in: atomwirtschaft-atomtechnik Band 23 4/1978, S. 186-188

Die Uranversorgung der Welt.
Reserven, Produktion, Exploration - bisherige und erwartete zukünftige Entwicklung, in: atomwirtschaft-atomtechnik Band 31 12/1986, S. 614-617 und Band 27 12/1982, S. 656-661

Vereinigung Industrielle Kraftwirtschaft:
Statistik der Energiewirtschaft 1985/86, Essen ohne Jahr

Vielstich, W.:
Brennstoffzellen als Energiewandler in einer Wasserstoffwirtschaft, in: G. Sandstede and G. Collin: Wasserstoffwirtschaft - Herausforderung für das Chemieingenieurwesen. Vorträge vom 23. Tutzing-Symposium der DECHEMA vom 10. bis 13. März 1986, S. 299-314

Wachsmann, F.:
Sind kleine Strahlendosen wirklich so gefährlich? Ein Bericht über Beobachtungen, die in der Fachwelt diskutiert werden, in: atomwirtschaft-atomtechnik Band 31 10/1986, S. 499-502

Wagner, R.:
Wie teuer sind uns die fossilen Brennstoffe? - Ein interdisziplinärer Versuch, in: Zeitschrift für Energiewirtschaft 1/1987, S. 43-52

Wicke, L.:
Umweltökonomie, München 1982

Wicke, L.:
Die ökologischen Milliarden. Das kostet die zerstörte Umwelt - so können wir sie retten, München 1986

Winter, C.-J., J. Nitsch, H. Klaiß:
Sonnenenergie - ihr Beitrag zur künftigen Energieverwendung der Bundesrepublik Deutschland. Vortrag vor der VDI-GET, 19. Mai 1983

Winter, C.-J. and J. Nitsch (eds.):
Wasserstoff als Energieträger. Technik, Systeme, Wirtschaft. Berlin, Heidelberg, New York 1986

Wolf, M.:
Actual Development of Crystalline Si Cells and Their Technical Status in Production Lines, in: ISES Solar World Congress 1987. Book of Abstracts, Band 1. Hamburg 1987. S. 1.W1.02